L'INSTINCT
DU MAL

PATRICIA CORNWELL

L'INSTINCT DU MAL

UNE ENQUÊTE DE KAY SCARPETTA

roman

TRADUIT DE L'ANGLAIS (ÉTATS-UNIS)
PAR ANDREA H. JAPP

ÉDITIONS DES 2 TERRES

Titre original :
THE SCARPETTA FACTOR
Éditeur original : G.P. Putnam's Sons, New York

ISBN original : 978-0-399-15639-7

ISBN : 978-2-84893-082-4

www.les-deux-terres.com

À Michael Rudell,
avocat, ami et homme éclairé.

Et, comme toujours, à Staci.

« On doit des égards aux vivants ; on ne doit aux morts que la vérité. »

Voltaire, 1719.

CHAPITRE 1

Un vent glacial soufflait en bourrasques de l'East River, soulevant les pans du manteau du Dr Kay Scarpetta comme elle avançait d'un pas rapide le long de la 30e Rue.

Plus qu'une semaine avant Noël, et pourtant nul signe festif ne s'étalait dans ce qu'elle avait baptisé le « Triangle tragique » de Manhattan, trois sommets que liaient le désespoir et la mort. Derrière elle s'élevait Memorial Park, une vaste tente blanche qui hébergeait les restes humains non réclamés ou non identifiés retrouvés à *Ground Zero*, conditionnés sous vide. Plus loin devant elle, sur la gauche, se dressait l'ancien hôpital psychiatrique Bellevue, une bâtisse gothique de brique rouge transformée en refuge pour les sans-abri. Juste en face, la baie de déchargement de l'institut médico-légal. Une porte d'acier, évoquant celle d'un garage, était ouverte. Un camion reculait et de nouvelles palettes de contreplaqué étaient transbahutées. La morgue avait été bruyante tout le jour, l'écho des marteaux emplissant les couloirs dans lesquels le son se propageait avec autant d'efficacité que dans un amphithéâtre. Les techniciens s'affairaient à clouer des cercueils de pin brut, pour enfants ou adultes, peinant à ne pas se laisser déborder par la demande croissante d'enterrements en fosse commune. Une des conséquences de la situation économique. Comme tout le reste.

Scarpetta regrettait déjà d'avoir opté pour un *cheeseburger* accompagné de frites. Depuis combien de temps patientait-il dans le caisson chauffant de la cafétéria dévolue à la faculté de médecine de l'université de New York ? Il était quinze heures, un peu tardif pour un déjeuner, et elle avait peu d'illusions sur le goût qu'auraient ces aliments. D'un autre côté, elle n'avait guère le temps de passer une commande ou d'attendre au bar à salades, bref de manger de façon un peu saine ou, à tout le moins, quelque chose de savoureux. Elle avait vu défiler quinze cas depuis le matin, des suicidés, des accidentés, des victimes d'homicides, sans oublier les indigents décédés sans le secours d'un médecin ou, encore plus affligeant, seuls.

Décidée à prendre un peu d'avance, elle avait débuté sa journée de travail à six heures du matin et terminé ses deux premières autopsies à neuf heures. Elle avait gardé le pire pour la fin : une jeune femme présentant des blessures et des artefacts *post mortem* déroutants, dont Scarpetta savait qu'ils allaient nécessiter un temps fou. De fait, elle avait consacré plus de cinq heures au cadavre de Toni Darien, établissant de méticuleux diagrammes, prenant une multitude de notes et des dizaines de clichés, fixant l'encéphale entier dans une solution de formaldéhyde en prévision d'autres examens, prélevant bien plus de tubes à essai, de coupes d'organes qu'à l'accoutumée, s'obstinant et relevant le moindre détail de ce cas étrange, non pas parce qu'il était inhabituel mais en raison de ses contradictions.

La cause ayant entraîné le décès de cette jeune femme de vingt-six ans était d'une déprimante banalité. Sa compréhension n'avait pas occasionné une longue autopsie. Les réponses aux questions les plus rudimentaires s'étaient bien vite imposées. Il s'agissait d'un homicide, provoqué par un coup violent assené à l'arrière du crâne, à l'aide d'un objet dont une des surfaces était peinte de plusieurs couleurs. En revanche, tout le reste relevait de l'aberration. Lorsque son cadavre avait été découvert, peu avant l'aube, aux abords de Central Park, à une dizaine de mètres de la 110e Rue Est, on avait d'abord pensé qu'elle avait été agressée sexuellement, puis assassinée alors qu'elle faisait son jogging à la nuit tombée. Une nuit pluvieuse. Son pantalon de survêtement et sa culotte avaient été descendus sur ses chevilles. Son haut et son soutien-gorge de sport relevés sous son menton dénudaient ses seins. Une écharpe de Polartec, nouée d'un nœud double, enserrait son cou. À première vue, la police, tout comme les enquêteurs médico-légaux présents sur la scène de crime, avait pensé qu'elle avait été étranglée avec.

Tel n'était pourtant pas le cas. Lorsque Scarpetta avait examiné le corps à la morgue, elle n'avait rien découvert qui indique que l'écharpe en question ait causé ou même contribué à la mort : aucun signe d'asphyxie, aucune réaction vitale telle qu'une rougeur ou des traces de contusions, juste une sorte d'éraflure sèche pouvant impliquer que l'accessoire avait été noué *post mortem* autour de son cou. Certes, il était possible que le tueur l'ait frappée à la tête pour l'étrangler plus tard sans se rendre compte qu'elle était déjà morte. Dans ce cas, combien de temps avait-il passé avec elle ? Si l'on en jugeait par la contusion, la tuméfaction et l'hémorragie au niveau du cortex cérébral, elle avait survécu un moment, peut-être plusieurs heures. Pourtant fort peu de sang souillait la scène de crime. La blessure à la tête n'avait été remarquée qu'après que le corps eut été retourné, une lacération d'environ quatre centimètres dont le gonflement était visible. En revanche, l'écoulement de sang de la plaie était plutôt modeste, ce qui avait été attribué au lavage du sol par la pluie.

Scarpetta était plus que dubitative. Une telle plaie crânienne aurait dû saigner à profusion et il était fort peu probable que des averses intermittentes et, somme toute, assez modérées aient lavé la presque totalité du sang qui maculait les longs cheveux épais de Toni. Après lui avoir fracturé le crâne, son agresseur avait-il passé un long moment avec elle, dehors, dans la nuit pluvieuse ? Puis, afin de s'assurer qu'elle ne révélerait rien, l'avait-il étranglée à l'aide d'une écharpe nouée très serré ? Ou alors cette forme de ligature faisait-elle partie d'un rituel sexuel ? Pourquoi la rigidité et les lividités cadavériques assenaient-elles une version bien différente de celle qu'offrait la scène de crime ? Il semblait que Toni fût morte dans le parc, tard dans la nuit, et que son décès remontât à trente-six heures. Ce cas plongeait Scarpetta dans la perplexité. Peut-être se faisait-elle des idées. Elle était stressée, en hypoglycémie, n'ayant avalé que du café depuis le matin. Beaucoup de café.

Elle allait être en retard pour la réunion prévue à quinze heures. Il fallait qu'elle soit rentrée à dix-huit heures afin de se rendre au gymnase et dîner en compagnie de son mari, Benton Wesley. Ensuite, elle devrait foncer à CNN, et elle s'en serait volontiers dispensée. Jamais elle n'aurait dû donner son accord pour passer dans l'émission *The Crispin Report.* Pourquoi donc avait-elle accepté d'apparaître aux côtés de Carley Crispin, afin d'évoquer les altérations *post mortem* des cheveux, l'intérêt de la microscopie et d'autres techniques et disciplines des sciences légales, mal comprises justement en raison de ce à quoi elle avait accepté de participer : l'industrie du spectacle ? La boîte de son repas à la main, elle traversa le quai de déchargement, encombré de piles de cartons et de caisses de fournitures de bureau ou de morgue, de chariots et de planches en contreplaqué. Pendu au téléphone dans sa guérite en plexiglas, l'employé de la sécurité lui jeta à peine un regard.

Parvenue en haut de la rampe d'accès, elle introduisit la carte magnétique qu'elle portait autour du cou, pendue à une cordelette. La lourde porte en métal s'entrouvrit et elle pénétra dans un univers qui lui évoquait des catacombes, carrelé d'un blanc qui semblait parfois tirer sur le verdâtre et sillonné de guides qui menaient on ne savait trop où. Elle s'était souvent perdue lorsqu'elle avait commencé à travailler ici à temps partiel en tant que médecin expert. Elle atterrissait dans le labo d'anthropologie quand sa destination était celui de neuropathologie ou de cardiopathologie, ou dans le vestiaire des messieurs au lieu de celui des dames, ou dans la pièce de décomposition au lieu de la salle d'autopsie, dans la mauvaise chambre froide, devant un escalier qui n'était pas celui qu'elle cherchait. Il lui arrivait même de se tromper d'étage lorsqu'elle empruntait le vieux monte-charge en acier.

Elle avait vite compris la topographie des lieux, agencés selon une logique circulaire dont le point d'origine n'était autre que la baie de déchargement, protégée, tout comme le quai, par une épaisse porte de garage. Lorsqu'un cadavre était amené par l'équipe de transport de l'institut médico-légal, la civière était déchargée dans la baie. Elle passait alors sous un détecteur de radiations installé au-dessus de la porte. Si aucune alarme ne se déclenchait, indiquant la présence de matériel radioactif, comme par exemple les substances médicamenteuses prescrites dans le traitement de certains cancers, l'arrêt suivant était la balance de sol où le corps était pesé et mesuré. Sa destination dépendait ensuite de son état. Si ledit état était préoccupant ou considéré comme dangereux pour le personnel, le corps était alors poussé dans la chambre froide attenante à la salle de décomposition, salle dans laquelle se déroulerait ensuite l'autopsie en conditions d'isolement et avec un surcroît de précautions, dont une ventilation particulière.

Si l'état du corps était jugé correct, la civière était poussée le long d'un couloir qui partait de la droite de la baie. Au cours de ce voyage, différents arrêts étaient possibles en fonction des circonstances et de la condition du défunt : la pièce de radiographie, celle réservée au stockage des échantillons histologiques, le laboratoire d'anthropologie médico-légale, deux autres chambres froides dans lesquelles patientaient les corps non décomposés en attente d'examens, l'ascenseur pour ceux qui allaient être passés au crible et identifiés dans les étages, les armoires où étaient conservés les indices, les laboratoires de neuropathologie et de cardiopathologie, sans oublier la salle principale d'autopsie. Lorsque tous les examens avaient été réalisés et que le corps était prêt à être emporté, la boucle se complétait, revenant à son point de départ : la baie. Il attendait alors dans une dernière chambre froide, celle dans laquelle aurait dû se trouver Toni Darien, enveloppée d'une housse, allongée sur un rayonnage.

Tel n'était pas le cas. Elle avait été placée sur une civière poussée devant la porte en acier inoxydable d'une chambre froide. Une des techniciennes de l'identification arrangeait un drap bleu autour d'elle, qui la couvrait jusqu'au menton.

— Que se passe-t-il ? demanda Scarpetta.

— On a eu un petit branle-bas de combat là-haut. On vient la voir.

— Qui cela et pourquoi ?

— Sa mère est dans le hall d'accueil et refuse de partir tant qu'elle ne l'aura pas vue. Ne vous cassez pas la tête. Je vais m'en occuper.

La technicienne, Rene, âgée d'environ trente-cinq ans, avait une chevelure brune et bouclée et des yeux d'ébène. Surtout, elle possédait un don peu commun pour entourer les familles. Si elle rencontrait une difficulté, cela signifiait qu'il y avait un gros problème. Rene savait désamorcer presque n'importe quelle situation potentiellement explosive.

— Je pensais que le père l'avait déjà identifiée ? insista Scarpetta.

— Il a rempli tous les formulaires et je lui ai montré ensuite la photo que vous m'aviez transférée par *e-mail* juste avant que vous ne partiez à la cafétéria. La mère est arrivée quelques minutes plus tard et ils ont commencé à se disputer dans le hall, et je peux vous dire qu'ils ne faisaient pas semblant. Du coup, il est parti en trombe.

— Ils sont divorcés ?

— Et ils semblent se détester cordialement. Elle insiste pour voir le corps et rien ne la fera changer d'avis.

D'une main gantée de nitrile mauve, Rene repoussa une mèche humide qui barrait le front de la jeune femme morte et arrangea ses cheveux derrière les oreilles, s'assurant ainsi que les sutures laissées par l'autopsie ne seraient pas visibles.

— Je sais que vous devez assister à une réunion dans quelques minutes, reprit-elle. Je vais m'en occuper. (Elle jeta un regard au carton qui contenait le *cheeseburger* et commenta :) En plus, vous n'avez pas encore mangé. D'ailleurs qu'est-ce que vous avez avalé de la journée ? Sans doute rien du tout, comme d'habitude. Combien de kilos avez-vous perdus ? Vous allez finir dans le labo d'anthropologie et on vous confondra avec un squelette !

— À quel sujet se disputaient-ils ?

— Les entreprises de pompes funèbres. La mère désire faire appel à l'une d'entre elles située à Long Island. Le père veut avoir recours à un concurrent du New Jersey. La mère veut qu'elle soit enterrée, le père opte pour la crémation. Bref, ils se bagarrent à son sujet, résuma Rene en frôlant à nouveau le corps de la défunte comme s'il s'agissait d'un argument dans la conversation. Ensuite, ils se sont balancé à peu près n'importe quoi à la figure. Ils faisaient un tel tapage que le Dr Edison est sorti.

Il s'agissait du médecin expert en chef, donc du patron de Scarpetta lorsqu'elle travaillait à l'institut médico-légal de New York. Ayant eu le même grade que lui ou ayant exercé dans son cabinet privé la majeure partie de sa vie, elle éprouvait toujours quelques difficultés à ce qu'on la supervise. Toutefois jamais elle n'aurait souhaité être à sa place, non qu'on le lui ait demandé. Au demeurant, elle doutait fort qu'on lui fasse un jour une telle proposition. Les charges pesant sur le maire d'une grande métropole n'étaient pas sans évoquer celles que supportait le directeur d'un institut médico-légal de cette importance.

— C'est-à-dire, vous savez comment les choses s'enchaînent, observa Scarpetta. Une dispute et le corps est coincé ici. Nous allons le garder jusqu'à ce que le département juridique nous donne le feu vert. Vous avez montré la photo à la mère, et ensuite que s'est-il passé ?

— J'ai essayé, mais elle a refusé de la regarder. Elle a déclaré qu'elle voulait voir sa fille et qu'elle ne partirait pas avant.

— Elle est dans la salle réservée aux familles ? s'enquit Scarpetta.

— C'est là que je l'ai laissée. J'ai posé le dossier sur votre bureau, avec toutes les photocopies des formulaires.

— Merci. J'y jetterai un œil lorsque je remonterai. Bien, conduisez-la à l'ascenseur et je prends la suite, déclara Scarpetta. Ce serait bien que vous avertissiez le Dr Edison que je vais manquer la réunion de quinze heures. D'ailleurs elle a déjà commencé. Avec un peu de chance, il aura le temps de me mettre au courant avant de rentrer chez lui. Nous devons discuter ensemble de cette affaire.

Rene posa les mains sur la barre de la civière et promit :

— Je vais lui dire. Bonne chance pour l'émission de ce soir.

— Précisez-lui que les photos de scène de crime lui ont été transférées. En revanche, je n'aurai pas le temps de dicter mes conclusions d'autopsie, ni de lui expédier les clichés que j'ai pris avant demain.

— J'ai vu la bande-annonce de l'émission. Chouette ! poursuivit Rene sur sa lancée. Sauf que je ne supporte pas cette Carley Crispin, ni ce profileur qui est toujours sur le plateau. C'est quoi, son nom déjà ? Ah oui, le Dr Agee. J'en ai ras-le-bol qu'ils parlent d'Hannah Starr. Je suis sûre que Carley va vous poser des questions à son sujet.

— CNN sait que je ne discute jamais des affaires en cours.

— Vous pensez qu'elle est morte ? Parce que moi, j'en suis convaincue…

La voix de Rene suivit Scarpetta jusqu'à l'ascenseur :

— … C'est comme Machine à Aruba, cette île des Caraïbes. Natalee, elle s'appelait ? Les gens se volatilisent pour une excellente raison : parce que quelqu'un voulait qu'ils disparaissent !

Scarpetta avait obtenu une promesse formelle. Carley Crispin ne lui ferait jamais une chose pareille, elle n'oserait pas. Scarpetta réfléchit pendant que l'ascenseur commençait sa montée. Elle n'était pas une simple intervenante extérieure, un expert quelconque, une invitée occasionnelle. Après tout, elle était la consultante senior en sciences médico-légales de CNN. Elle avait été extrêmement ferme avec Alex Bachta, le producteur exécutif, insistant sur le fait qu'elle ne discuterait pas, ni même n'évoquerait la splendide Hannah Starr, un titan de la finance, qui semblait s'être volatilisée le lendemain de Thanksgiving. La dernière fois qu'on l'avait vue, elle sortait d'un restaurant dans Greenwich Village, puis serait montée à bord d'un taxi. Si le pire était advenu, si on la retrouvait morte et que son corps soit découvert à New York, elle serait transportée à l'institut médico-légal de la ville et pourrait fort bien devenir une des affaires de Scarpetta.

Elle descendit au rez-de-chaussée et longea un long couloir qui desservait la division des opérations spéciales. Derrière une autre porte verrouillée se trouvait le hall d'accueil, meublé de chaises et de canapés recouverts d'une tapisserie bleu et bordeaux, de tables basses, de présentoirs pour magazines, sans oublier un arbre de Noël et une *menorah,* le chandelier hébreu à sept branches, poussés devant une fenêtre qui ouvrait sur la 1re Avenue. Au-dessus du bureau d'accueil, gravés dans le marbre, s'étalaient ces mots : *Taceant colloquia. Effugiat risus. Hic locus est ubi mors gaudet succurrere vitae.* Le lieu où la mort se réjouit d'aider la vie. Une radio posée à même le sol derrière le bureau diffusait de la musique. Les Eagles chantaient *Hotel California.* Filene, l'un des agents de sécurité, avait décidé de remplir de ses « airs » le hall d'accueil désert.

— … Vous pouvez régler votre note quand bon vous semble, mais vous ne pourrez jamais partir, chantonnait Filene sans se rendre compte de l'ironie des mots.

Scarpetta marqua une pause devant le bureau et lança :

— Il doit y avoir quelqu'un dans la salle des familles.

Filene se pencha et éteignit la radio.

— Oh, je suis désolée. J'ai pensé que de là-bas elle ne pouvait pas entendre. Mais ça ne pose pas de problème. Je peux survivre sans mes airs. C'est juste que je m'ennuie terriblement, vous voyez ? Je reste là, assise, et rien ne se passe.

Les événements dont Filene était témoin en ces lieux n'avaient jamais rien d'heureux. Sans doute était-ce la raison principale – bien davantage que l'ennui – pour laquelle elle écoutait ses airs de *soft rock* un peu entraînant dès qu'elle en avait l'opportunité, qu'elle tienne le bureau d'accueil ou qu'elle travaille en bas, dans celui de la morgue. Scarpetta s'en moquait pour peu qu'il n'y ait pas alentour de familles en deuil pouvant percevoir ces musiques comme provocatrices ou irrespectueuses.

— Prévenez Mme Darien que je la rejoins. J'en ai pour un quart d'heure. Il faut que je vérifie certaines choses et que je parcoure les formulaires. On va se passer de musique tant qu'elle sera présente, d'accord ?

L'aile administrative commençait à gauche du hall d'accueil, aile qu'elle partageait avec le Dr Edison, deux assistants et la responsable du personnel qui ne reviendrait de son voyage de noces qu'après le Nouvel An. L'espace était compté dans cet immeuble vieux d'un demi-siècle, et on n'avait pas trouvé de place pour installer Scarpetta au deuxième, en compagnie des autres experts en sciences légales. Lorsqu'elle séjournait à New York, elle prenait ses quartiers dans ce qui avait été la salle de réunion du directeur, avec vue sur l'entrée de brique turquoise de l'institut médico-légal qui donnait sur la 1re Avenue. Elle déverrouilla la porte et pénétra. Elle suspendit son manteau, posa la boîte en carton de son déjeuner sur la table et consulta son ordinateur.

Elle lança un navigateur Web et tapa *BioGraph*. Une question s'afficha en haut de l'écran : « *Recherchez-vous BioGraphy ?* » Non, ce n'était pas ce qu'elle voulait. *Biograph Records*. Toujours non. *American Mutoscope and BioGraph Company*, la plus vieille entreprise cinématographique des États-Unis, fondée en 1895 par un inventeur qui avait travaillé avec Thomas Edison, un distant ancêtre du directeur de l'institut médico-légal, qui ne se souvenait plus très bien de leur lien exact de parenté. Une intéressante coïncidence. Rien ne ressortit de sa recherche sur « BioGraph », avec un B et un G majuscules, ainsi que le mot était gravé derrière la curieuse montre que Toni Darien portait au poignet gauche lorsque son corps était arrivé à la morgue ce matin.

Une neige drue tombait sur Stowe, Vermont, de gros flocons qui s'accumulaient sur les branches des sapins baumiers et des pins sylvestres. Les remonte-pentes immobiles qui traversaient les Green Mountains ressemblaient à des fils très fins, rendus presque invisibles par la tempête. De toute façon, personne ne serait allé skier dans de telles conditions. Tout le monde restait à l'intérieur.

L'hélicoptère de Lucy Farinelli était bloqué à Burlington, non loin de là. Au moins était-il protégé des éléments dans son hangar. Toutefois ni elle ni Jaime Berger, l'assistante du procureur général de New York, n'iraient nulle part avant cinq bonnes heures, peut-être davantage, en tout cas pas avant vingt et une heures, lorsque la tempête se serait déplacée vers le sud, si l'on se fiait aux prévisions. Normalement, les conditions permettraient alors de piloter en visuel, avec un plafond à trois mille pieds ou plus, une visibilité minimum de sept kilomètres, et des vents soufflant jusqu'à trente nœuds du nord-est. Elles essuieraient un sacré vent arrière durant leur retour vers New York, mais arriveraient assez tôt pour vaquer à leurs obligations. Cependant Berger était de mauvaise humeur, avait passé toute la journée dans l'autre pièce, son portable vissé à l'oreille, ne prodiguant aucun effort pour être agréable. De son point de vue, la météo les coinçait sur place plus longtemps que prévu, et puisque Lucy était son pilote, Lucy était fautive. Peu importait que les spécialistes se soient trompés, que les deux tempêtes initiales, bien modestes, se soient rejointes au-dessus de la Saskatchewan, au Canada, pour se gorger d'air arctique en enfantant un monstre.

Lucy baissa le volume de son ordinateur, où elle regardait sur YouTube la vidéo de *World Tour Live, 1987*, et plus précisément le solo de batterie de Mike Fleetwood.

— Tu m'entends mieux ? demanda-t-elle par téléphone à sa tante Kay. Le signal n'est pas terrible ici et la tempête n'arrange rien.

— Bien mieux. Comment ça se passe ? résonna la voix de Scarpetta dans l'écouteur qui suivait la ligne du maxillaire de Lucy.

— Jusque-là je n'ai rien trouvé. C'est d'ailleurs étonnant.

Lucy avait lancé trois MacBook. Chaque écran était divisé en quadrants qui affichaient les données du centre de météorologie de l'aviation, des flux d'informations provenant de recherches sur les réseaux neuronaux, des liens la guidant vers des sites potentiellement intéressants, les *e-mails* d'Hannah Starr, ses propres messages, sans oublier un enregistrement de caméra de surveillance montrant l'acteur Hap Judd – à l'époque où il n'était pas encore célèbre – vêtu de protections dans la morgue du Park General Hospital.

— Tu es certaine du mot ? insista Lucy, son regard passant en revue les différents écrans, son esprit sautant d'une préoccupation à une autre.

— Écoute, tout ce que je sais, c'est ce qui se trouve gravé dans l'acier à l'arrière du cadran, répondit Scarpetta d'une voix pressante et grave. « BioGraph », épela-t-elle à nouveau, suivi d'un numéro de série. Peut-être que les habituels moteurs de recherche sur Internet sont incapables de le trouver. Comme les virus. Quand on ne sait pas au juste ce que l'on cherche, on a peu de chances de le découvrir.

— Rien à voir avec des logiciels antivirus. J'utilise des moteurs de recherche qui ne sont pas dirigés par des logiciels. Je procède à des recherches dites « libres ». Et si je ne trouve pas « BioGraph », c'est que ça n'est pas sur le Net. Rien n'a été publié à ce sujet. Ni sur des forums, ni dans des *blogs*, ni dans des banques de données, nulle part.

— Je t'en prie, Lucy, ne pirate pas.

— Je mets simplement à profit les faiblesses des systèmes d'exploitation.

— Bien sûr ! Et si tu pénètres chez quelqu'un au prétexte que la porte de derrière n'est pas fermée, ce n'est pas non plus une intrusion ?

Lucy n'avait aucune intention d'entrer dans leur éternel débat : la fin justifiait-elle les moyens ?

— Si BioGraph était mentionné quelque part, je l'aurais trouvé, se contenta-t-elle de répondre.

— Je n'y comprends rien ! Il s'agit d'une montre très sophistiquée, équipée d'un port USB. Ça se recharge, sans doute sur une station d'accueil. Selon moi, c'est un objet de prix.

— N'empêche que je ne la trouve pas quand je tape « montre », ou « appareil », ou quoi que ce soit !

Lucy suivait du regard les résultats qui défilaient, ses moteurs de recherche neuronaux triant parmi une multitude de mots clés, de liens cliquables, de fichiers, d'URL, de balises de titres, d'*e-mails*, d'adresses IP. Elle reprit :

— Je regarde partout et je ne vois rien qui corresponde un tant soit peu à ce que tu décris.

— Il doit bien y avoir un moyen d'apprendre ce que c'est.

— Ce que je veux dire, c'est que ça n'existe pas. Il n'y a aucun BioGraph, montre ou autre, ni rien qui ressemble à ce que portait Toni Darien. Sa montre BioGraph n'existe pas, martela Lucy.

— Que veux-tu dire par là ?

— Que cet objet ne figure nulle part sur Internet, dans le réseau de communications, ou dans le *cyberspace* de façon plus métaphorique. En d'autres termes, la montre BioGraph n'a pas d'existence virtuelle. Si j'avais ce truc sous la main, je trouverais sans doute quelque chose. Surtout si tu as vu juste et s'il s'agit d'un appareil destiné à recueillir des données.

— Impossible tant que les labos n'en ont pas terminé avec, rétorqua Scarpetta.

— Merde ! Empêche-les de sortir leurs tournevis et leurs marteaux.

— Ils écouvillonnent simplement, pour les recherches ADN. La police a déjà procédé à un relevé d'empreintes digitales qui n'a rien donné. Pourrais-tu dire, s'il te plaît, à Jaime qu'elle peut m'appeler quand ça l'arrange. J'espère que vous vous amusez un peu. Désolée, mais impossible de discuter plus longtemps.

— Si je la vois, je lui transmettrai le message.

— Elle n'est pas avec toi ? s'enquit Scarpetta avec prudence.

— L'affaire Hannah Starr et maintenant cela, lâcha Lucy qui ne tenait pas à discuter de sa vie privée. Jaime est débordée et elle doit faire face à plein de choses. Tu sais mieux que personne ce qu'il en est.

— J'espère qu'elle a passé un bon anniversaire.

Encore une fois, Lucy n'avait pas l'intention de répondre.

— Il fait quel temps chez vous ?

— Venteux et froid. Assez couvert, précisa Scarpetta.

— Vous allez avoir de la pluie. Peut-être même de la neige au nord de la ville. Ça devrait se dégager vers minuit, parce que la tempête s'affaiblit au fur et à mesure qu'elle progresse vers vous.

— J'espère que vous n'avez pas l'intention de bouger.

— Si je ne sors pas l'hélicoptère, elle est capable de chercher un traîneau à chiens.

— Appelle-moi avant de partir et surtout sois prudente, conseilla Scarpetta. Il faut que j'y aille. Je dois m'entretenir avec la mère de Toni Darien. Tu me manques. On se fait vite un petit dîner, quelque chose ensemble ?

— Bien sûr, tante Kay.

Elle raccrocha et monta le volume sonore de la vidéo. Mike Fleetwood était toujours à la batterie. Ses deux mains occupées par les claviers des MacBook, comme si elle exécutait, elle aussi, un solo sur les touches, elle cliqua sur un nouveau bulletin météo et ouvrit le *mail* qui venait de s'afficher sur la messagerie d'Hannah Starr. Les gens étaient étranges. Lorsqu'on savait que quelqu'un avait disparu, était peut-être décédé, pourquoi continuer à lui envoyer des *mails* ? Lucy se demanda si Bobby Fuller, le mari d'Hannah Starr, était stupide au point de ne pas se douter que le département de police de New York et les bureaux du procureur général pouvaient surveiller la messagerie électronique d'Hannah et même louer les services d'un expert en informatique légale tel que Lucy. Au cours des trois dernières semaines, Bobby Fuller avait expédié des *e-mails* quotidiens à son épouse disparue. Cela étant, peut-être savait-il exactement ce qu'il faisait. Peut-être voulait-il que les forces de police prennent connaissance de ce qu'il écrivait à sa *bien-aimée*, son *chouchou*, son *amore mio*, bref l'amour de sa vie. Car, s'il l'avait tuée, il ne lui enverrait pas de messages. Ça tombait sous le sens !

De : Bobby Fuller
Envoyé : jeudi 18 décembre, 15 h 24
À : Hannah
Sujet : Non posso vivere senza di te

Ma petite chérie,
J'espère que tu es dans un endroit paisible pour lire ceci. Les ailes de mon âme emportent mon cœur et il te retrouvera où que tu sois.
N'oublie pas. Je ne parviens plus à dormir ni à manger. B.

Lucy vérifia l'adresse IP. Elle la connaissait par cœur. L'appartement de Bobby et Hannah à North Miami Beach, un palais où il se rongeait les sangs en se cachant des médias, un lieu familier à Lucy. Elle y avait été reçue peu auparavant par la femme de Bobby, une ravissante voleuse.

À chaque fois que Lucy découvrait un nouveau message de Bobby, elle tentait de pénétrer son esprit, se demandant ce qu'il ressentirait vraiment s'il était convaincu qu'Hannah était morte.

Mais peut-être savait-il que tel était le cas ou, au contraire, qu'elle était toujours en vie. Peut-être n'ignorait-il rien de ce qui lui était arrivé parce qu'il avait quelque chose à y voir. Lucy n'en avait pas la moindre idée. Lorsqu'elle tentait de se mettre à sa place, elle n'y parvenait pas. Une seule chose importait à ses yeux : Hannah avait récolté plus tôt que prévu ce qu'elle avait semé. Peut-être. Elle méritait le mal qui lui était tombé dessus. Elle avait fait perdre du temps et de l'argent à Lucy, et maintenant elle était en train de lui dérober une chose encore plus précieuse. Trois semaines consacrées à Hannah. Plus rien avec Berger. Même lorsque Jaime se trouvait à ses côtés, elles étaient loin l'une de l'autre. Lucy était effrayée, elle bouillonnait de rage. Parfois elle se sentait capable de faire quelque chose de terrible.

Elle transféra le dernier *e-mail* de Bobby à Berger, qui arpentait toujours l'autre pièce. L'écho de ses pas sur le plancher. Elle s'intéressa ensuite à l'adresse d'un site qui clignotait dans le quadrant d'un de ses MacBook.

— Et qu'avons-nous ici ? demanda-t-elle en s'adressant au salon de la maison de ville qu'elle avait louée en vue de l'escapade-surprise organisée pour l'anniversaire de Berger.

La maison, nichée dans une station de vacances cinq étoiles, était équipée du haut débit sans fil, de cheminées. Les matelas étaient en plumes et le linge de maison pouvait se vanter d'un luxueux compte de fils. Ce havre jouissait de tous les avantages, sauf les principaux : intimité, romantisme et divertissement. Lucy en rendait Hannah Starr, Bobby, Hap Judd responsables, bref tout le monde. Elle se sentait hantée par eux et se convainquait que Berger ne voulait pas d'elle.

— C'est grotesque…, jeta Berger en pénétrant dans le salon. (Elle faisait allusion au monde situé de l'autre côté des fenêtres, enveloppé dans un cocon blanc, la silhouette des arbres et les toits seuls visibles au travers du rideau continu de neige.) Est-ce qu'on va pouvoir partir un jour ?

— Tiens, c'est quoi, ça ? marmonna Lucy en cliquant sur un lien.

Une recherche ciblée sur les adresses IP avait fait mouche sur un site Web hébergé par le centre d'anthropologie médicolégale de l'université du Tennessee.

— À qui parlais-tu à l'instant ? demanda Berger.

— À ma tante. Et maintenant je me parle à moi-même, ça me fait de la compagnie !

Berger ne releva pas la pique. Elle n'avait aucune intention de s'excuser pour une situation dont elle avait expliqué qu'elle lui échappait. Ce n'était pas sa faute si Hannah Starr avait disparu et si Hap Judd était un pervers qui possédait peut-être des informations. Pour couronner le tout, et au cas où elle se serait ennuyée, une joggeuse avait été violée et assassinée la nuit précédente dans Central Park. Berger conseillerait à Lucy d'avoir un peu plus de compréhension, d'être moins égoïste. Elle devait devenir adulte, cesser d'être aussi peu sûre d'elle et exigeante.

— Pourrait-on s'épargner la batterie ?

Les migraines de Berger la prenaient maintenant d'assaut très fréquemment.

Lucy abandonna YouTube. Le silence envahit le salon, seulement troublé par le feu dans la cheminée. Elle dit :

— Encore des trucs de fondus.

Berger chaussa ses lunettes et se pencha en se rapprochant de Lucy. Des effluves d'huile pour le bain Amorvero lui parvinrent. Le procureur ne portait pas de maquillage. Au demeurant, elle n'en avait pas besoin. Ses courts cheveux bruns en désordre, elle était terriblement sexy dans son survêtement noir, sans rien dessous, la fermeture du haut descendue, révélant un généreux décolleté, sans que cela sous-entende quoi que ce soit. D'ailleurs, depuis un moment, Lucy ne savait pas ce que Jaime sous-entendait, ni même où son esprit se perdait la plupart du temps. Elle n'était pas là, du moins émotionnellement. Lucy eut envie de l'entourer de ses bras, de lui rappeler ce qu'elles avaient partagé, ce qui avait été.

— Il est en train de consulter le site Web de la ferme des corps et je doute que ce soit dans le but de se suicider ou d'offrir son corps à la science, commenta Lucy.

— De qui parles-tu ? demanda Berger en déchiffrant le titre du formulaire qui s'était affiché sur l'écran d'un des MacBook.

Centre d'anthropologie médico-légale
Université du Tennessee, Knoxville
Formulaire de donation de corps

— Hap Judd, précisa Lucy. Il a été pisté par son adresse IP jusqu'à ce site puisqu'il a encore utilisé un faux nom pour commander… Attends, voyons ce que ce dégénéré a derrière la tête. Suivons sa trace. (Elle ouvrit d'autres pages Web.) Jusqu'à cet écran. FORDISC Software. Un programme interactif sous Windows. Classifier et identifier les restes squelettiques. Ce mec est vraiment morbide. Ce n'est pas normal. Je t'assure que nous allons déterrer un truc important avec lui.

— Soyons honnêtes. Tu es sur sa piste parce que tu traques quelque chose de précis, contra Berger comme si elle insinuait que Lucy faisait preuve de malhonnêteté. Tu es en train de chercher des indices pour démontrer ce que toi, tu perçois comme étant le crime.

Elles argumentaient depuis des semaines au sujet d'Hap Judd.

— Je trouve des indices parce qu'il les abandonne derrière lui, rectifia Lucy. Je ne comprends pas tes réticences. Tu crois que j'invente tout ça ?

— Je veux discuter d'Hannah Starr avec lui, et toi, tu veux le crucifier.

— Il va falloir que tu lui foutes la trouille si tu souhaites qu'il lâche un mot. Surtout si son avocat n'est pas présent. Et je me suis débrouillée pour que cela se produise, pour que tu obtiennes ce que tu désires.

— Si, toutefois, nous parvenons à sortir d'ici et qu'il se montre. (Berger s'éloigna des ordinateurs et suggéra :) Peut-être se prépare-t-il pour un rôle d'anthropologue, d'archéologue ou d'explorateur dans son prochain film ? Un genre d'*Aventuriers de l'arche perdue*, ou un autre de ces films de momies avec tombes et malédictions.

— C'est ça ! Application de la méthode, immersion totale dans son prochain personnage de tordu, tiré d'un autre de ses scénarios de merde. En tout cas, ce sera son explication quand on lui tombera dessus au sujet du Park General Hospital et de ses intérêts déroutants.

— *Nous* ne lui tomberons pas dessus. Le cas échéant, je m'en chargerai toute seule. Tu ne feras rien du tout si ce n'est lui montrer ce que tu as trouvé par le biais de tes recherches sur Internet. Marino et moi mènerons la discussion.

Lucy en parlerait plus tard avec Pete Marino, lorsque Berger ne risquerait pas de surprendre leur conversation. Il n'avait aucun respect pour Hap Judd. Surtout, il n'en avait pas peur. Marino n'aurait pas la moindre hésitation à enquêter au sujet d'un personnage célèbre, ni même à le boucler derrière les barreaux. Au contraire, Berger semblait intimidée par l'acteur, ce que Lucy ne parvenait pas à comprendre. Personne n'avait jamais intimidé le procureur auparavant.

Lucy la tira vers elle et la fit s'asseoir sur ses genoux en déclarant :

— Viens par ici. (Elle se blottit contre son dos et glissa les mains dans les poches du survêtement.) Qu'est-ce qui t'effraie à ce point ? La nuit sera longue. On devrait faire une petite sieste.

Comme sa fille assassinée, Grace Darien avait de longs cheveux bruns, le nez retroussé et des lèvres pleines. Plantée devant la fenêtre qui donnait sur la grille en acier noir du Bellevue et la vigne vierge desséchée qui couvrait ses murs de brique, elle portait un manteau de laine rouge boutonné jusque sous le menton et paraissait frêle et pitoyable. Le ciel avait la couleur du plomb.

Scarpetta pénétra dans la salle d'attente réservée aux familles et se présenta :

— Madame Darien ? Je suis le Dr Kay Scarpetta.

Mme Darien s'écarta de la fenêtre, ses mains tremblant de façon incontrôlable, et débita :

— Il peut s'agir d'une erreur. Je n'arrête pas de me dire que c'est impossible. Impossible. C'est quelqu'un d'autre. Comment pouvez-vous en être certaine ?

Elle s'assit devant une petite table de bois poussée contre la bonbonne d'eau fraîche, égarée, le visage dépourvu d'expression, une lueur de terreur dans le regard.

— Nous avons réalisé une identification préliminaire de votre fille en nous fondant sur les effets personnels retrouvés par la police. (Scarpetta tira une chaise et s'installa en face d'elle.) Votre ex-mari a également eu en main une photographie.

— Celle qui a été faite ici.

— En effet. Croyez que je suis désolée.

— A-t-il pris la peine de mentionner qu'il ne la voit qu'une ou deux fois par an ?

— Si besoin, nous comparerons les relevés dentaires et réaliserons une empreinte ADN, la rassura Scarpetta.

— Je peux vous donner les coordonnées de son dentiste. Elle consulte toujours le mien…

Grace Darien fourragea dans son sac à main. Un bâton de rouge à lèvres et un poudrier dégringolèrent en tintant sur la table.

— … Le détective que j'ai fini par joindre lorsque je suis rentrée à la maison et que j'ai trouvé le message… Je ne me souviens pas de son nom… Une femme. Et puis un autre détective m'a appelée… Un homme cette fois… Mario, Marinaro…

Sa voix tremblait et elle cligna des paupières pour retenir ses larmes. Elle finit par trouver un petit carnet et un stylo.

— Pete Marino ?

Elle gribouilla quelques mots et arracha une page du carnet d'une main incertaine, presque engourdie.

— De mémoire, je suis incapable de vous donner le numéro de téléphone de notre dentiste, mais voici son nom et son adresse. (Elle fit glisser le bout de papier vers Scarpetta.) Marino, oui, je crois bien que c'est ça.

Scarpetta rangea le papier dans le dossier que Rene avait préparé pour elle et expliqua :

— Il est enquêteur au département de police de New York et affecté à l'assistante du procureur général, Jaime Berger, chargée de l'enquête criminelle.

— Il m'a dit qu'ils passeraient à l'appartement de Toni pour récupérer sa brosse à cheveux et sa brosse à dents. Sans doute que c'est déjà fait, je ne sais pas, je n'ai pas eu de nouvelles, poursuivit Mme Darien d'une voix heurtée. La police a d'abord parlé avec Larry parce que je m'étais absentée de mon domicile. Il a fallu que j'emmène le chat chez le vétérinaire. J'ai dû le faire euthanasier. Vous vous rendez compte du *timing* ? J'étais à la clinique vétérinaire lorsqu'ils ont tenté de me joindre. Cet enquêteur du bureau du procureur a dit qu'on aurait son ADN grâce à des affaires personnelles qui se trouvent dans son appartement. Je ne comprends pas comment vous pouvez affirmer qu'il s'agit bien d'elle si vous n'avez pas encore procédé à ces analyses.

Scarpetta n'avait aucun doute concernant l'identité de Toni Darien. Son permis de conduire et les clés de son domicile avaient été retrouvés dans l'une des poches du gilet qui avait suivi le corps jusqu'à l'institut médico-légal. Les radios prises *post mortem* révélaient des fractures parfaitement consolidées de la clavicule et du bras droit. Si l'on en jugeait par les informations transmises par le département de police de New York, ces vieilles blessures étaient cohérentes avec celles dont avait été victime Toni cinq ans plus tôt, lorsqu'elle avait été renversée de son vélo par une voiture.

— Je l'ai mise en garde au sujet du jogging en ville, continua Mme Darien. Des dizaines de fois. Mais, de toute façon, elle ne courait jamais à la nuit tombée. Et, en plus, je ne vois vraiment pas pourquoi elle serait partie sous cette pluie. Elle déteste courir sous la pluie, surtout lorsqu'il fait froid. Je crois qu'il y a une erreur.

Scarpetta fit glisser la boîte de mouchoirs en papier vers elle et, sachant que Grace Darien ne serait pas en état de répondre plus tard, déclara :

— J'aimerais vous poser quelques questions, vous demander des précisions avant que nous la voyions. Êtes-vous d'accord ? Quand avez-vous parlé à votre fille pour la dernière fois ?

— Mardi matin. Je ne pourrais pas vous préciser à quelle heure exactement, sans doute aux environs de dix heures. Je l'ai appelée et on a papoté.

— Deux jours auparavant. Le 16 décembre donc.

— Oui, déclara-t-elle en s'essuyant les yeux.

— Rien depuis ? Pas d'autres coups de téléphone, pas d'*e-mail* ni de message vocal ?

— Oh, on ne discutait pas tous les jours, pas même par *mails*. Mais elle m'a expédié un texto. Je peux vous le montrer, proposa-t-elle en tendant la main vers son sac. J'aurais dû en parler à cet enquêteur. Rappelez-moi son nom…

— Marino.

— Il voulait des informations au sujet de sa messagerie électronique. Il a dit qu'ils auraient besoin de la consulter. Je lui ai donné son adresse, mais, bien sûr, je ne connais pas le mot de passe. (Elle fouilla son sac à main à la recherche de son téléphone portable et de ses lunettes.) En fait, j'ai appelé Toni mardi matin pour savoir si elle préférait du poulet ou de la dinde. À Noël. Ni l'un ni l'autre ne lui plaisaient vraiment. Elle a suggéré d'apporter du poisson. J'ai répondu que j'achèterais ce qu'elle souhaitait. Vous voyez, une conversation banale sur des choses quotidiennes. Ses deux frères nous rejoignent à la maison. Nous tous réunis à Long Island. (Elle avait enfin trouvé son portable et chaussé ses lunettes, et faisait défiler les écrans d'une main tremblante.) C'est là que j'habite. À Islip. Je suis infirmière au Mercy Hospital. (Elle tendit le téléphone à Scarpetta.) Voici ce qu'elle m'a envoyé hier soir.

Elle tira des mouchoirs en papier de la boîte.

Scarpetta lut le texto :

De : Toni

Je tente de me débrouiller pour récupérer quelques jours de vacances, mais la période de Noël est assez dingue. J'essaie de trouver quelqu'un pour couvrir, mais les bonnes volontés se font rares à cause des horaires. Des baisers.

CB : 917-555-1487
Reçu : mercredi 17 décembre, 20 h 07

— Et ce numéro qui commence par 917 est celui de votre fille ?

— De son portable.

— Pouvez-vous m'expliquer à quoi elle fait allusion au juste ?

Elle transmettrait l'information à Marino.

— Elle travaille les nuits et les week-ends, et elle cherchait quelqu'un pour la remplacer afin de pouvoir prendre quelques jours de congé pour les fêtes. Ses frères viennent, répéta Mme Darien.

— Votre ex-mari a précisé qu'elle travaillait comme serveuse dans le quartier d'Hell's Kitchen.

— Ça ne m'étonne pas de lui ! Comme si elle balançait des assiettes de hachis ou retournait des hamburgers ! Elle travaille au bar High Roller Lanes, un endroit charmant, très classe, pas le bowling de n'importe qui. Elle veut posséder son propre restaurant un jour, dans un grand hôtel, à Las Vegas, Paris ou Monte-Carlo.

— Travaillait-elle la nuit dernière ?

— Non, en général pas les mercredis. Elle est libre du lundi au mercredi. Ensuite elle fait de très longues journées du jeudi au dimanche inclus.

— Ses frères sont-ils au courant de ce qui s'est passé ? Ça m'ennuierait qu'ils soient informés par les médias.

— Larry leur a sans doute dit. Moi, j'aurais attendu. Si ça se trouve, c'est une erreur.

— Il fallait prendre soin de ceux qui ne doivent pas apprendre cela brutalement de l'extérieur, renchérit Scarpetta d'un ton aussi doux que possible. Un petit ami ? Quelqu'un de très important à ses yeux ?

— Eh bien, je me suis posé la question, admit Mme Darien. Je suis passée chez Toni en septembre et j'ai remarqué toutes ces peluches alignées sur son lit, et puis plein de flacons de parfum, tout ça, mais elle est restée très évasive au sujet de leur provenance. À Thanksgiving, elle a passé son temps à envoyer des textos, ravie une minute et de mauvaise humeur l'autre. Vous voyez, la façon dont se comportent les gens amoureux. Je sais qu'elle rencontre beaucoup de monde sur son lieu de travail, pas mal d'hommes très séduisants, passionnants.

— Selon vous, se serait-elle confiée à votre ex-mari ? Au sujet d'un petit ami, par exemple ?

— Oh, ils ne sont pas très proches. Ce que vous ne comprenez pas, c'est pourquoi Larry fait cela, ce qu'il veut vraiment. Tout ça, c'est pour se venger de moi et faire croire à tout le monde qu'il est un père merveilleux au lieu d'un poivrot, d'un joueur invétéré qui a abandonné sa famille. Jamais Toni ne voudrait être incinérée et si le pire s'est produit, j'aurai recours aux services des pompes funèbres qui se sont occupés de ma mère, Levine et Fils.

— Malheureusement, tant que vous et votre ex-mari ne tombez pas d'accord au sujet des funérailles, je crains que les bureaux du médecin expert en chef ne puissent vous restituer la dépouille mortelle de votre fille.

— Mais on ne doit pas prêter attention à ce qu'il raconte. Il a abandonné Toni alors qu'elle n'était encore qu'un bébé. Pourquoi faudrait-il lui demander son avis ?

— C'est la loi, madame Darien. La loi exige que des conflits tels que le vôtre soient résolus, éventuellement par un tribunal, avant que l'on puisse vous restituer le corps. Je suis vraiment désolée. Je me doute que la dernière chose dont vous ayez besoin en ce moment, c'est d'être encore plus bouleversée.

— De quoi peut-il se targuer ? Il déboule soudain, après plus de vingt ans, avec des exigences, voulant qu'on lui donne les effets personnels de Toni. Il m'a prise à partie dans le hall d'accueil à ce sujet, et il a exigé de cette femme qu'elle lui rende tout ce que Toni portait, tout ce qu'on a retrouvé sur elle. Alors qu'il ne s'agit peut-être pas d'elle. Il a sorti des choses horribles, cruelles. Il était saoul et il a regardé une photo… Et vous lui faites confiance ? Oh, mon Dieu. Qu'est-ce que je vais voir ? Dites-moi afin que je me prépare.

— La cause de la mort est un coup violent porté à la tête. Le crâne a été fracturé et le cerveau endommagé, expliqua Scarpetta.

— Quelqu'un l'a cognée sur la tête ?

Sa voix se brisa et elle fondit en larmes.

— En effet, il s'agissait d'un coup très brutal.

— Combien ? Juste un ?

— Madame Darien, je dois vous avertir dès maintenant que tout ce que je vous révèle est confidentiel et qu'il est de mon devoir d'être très prudente vis-à-vis des informations que je vous transmets et de ce dont nous discutons. Il est essentiel que rien ne filtre qui soit de nature à aider le coupable de cet horrible crime à nous échapper. J'espère que vous comprenez. Lorsque l'enquête policière sera terminée, vous pourrez prendre rendez-vous avec moi et, si vous le souhaitez, je vous révélerai tout ce que vous souhaitez savoir.

— Toni aurait été faire son jogging à la nuit tombée, sous la pluie, du côté nord de Central Park ? Et d'abord, pourquoi serait-elle allée dans ce coin ? Est-ce que quelqu'un s'est posé cette question ?

— Nous nous posons tous beaucoup de questions et n'avons malheureusement que fort peu de réponses pour l'instant, répliqua Scarpetta. Si j'ai bien compris, votre fille occupe un appartement dans l'Upper East Side, 2e Avenue, à une vingtaine de rues de l'endroit où son corps a été découvert. Ce n'est pas une distance énorme pour un coureur expérimenté.

— Mais c'était Central Park. Non loin d'Harlem et de nuit. Jamais elle n'aurait été courir dans un coin pareil à cette heure. Et elle détestait la pluie. Elle détestait avoir froid. Est-ce que quelqu'un l'a surprise par-derrière ? Elle s'est défendue ? Oh, mon Dieu !

— Je me permets de vous rappeler ce que je vous ai expliqué au sujet des détails, de la prudence dont nous devons faire preuve à l'heure actuelle, déclara Scarpetta. Toutefois je peux vous révéler que je n'ai pas trouvé de traces évidentes d'une lutte. Il semble que Toni ait été frappée à la tête, ce qui aurait provoqué une importante contusion, une hémorragie cérébrale, impliquant un temps de survie assez long étant entendu la réponse tissulaire.

— Mais elle n'était pas consciente.

— Toutes ces observations indiquent qu'elle a survécu un moment à sa blessure. Cependant, en effet, elle était inconsciente. Peut-être n'a-t-elle pas senti ce qui se passait, ni même l'attaque. Nous n'aurons aucune certitude avant les résultats d'autres analyses. (Scarpetta ouvrit le dossier et en tira un questionnaire de santé qu'elle poussa vers Mme Darien.) Votre ex-mari l'a rempli et j'aimerais que vous y jetiez un œil.

La feuille trembla entre les mains de Mme Darien pendant qu'elle la parcourait.

Scarpetta reprit :

— Nom, adresse, lieu de naissance, nom des parents. Merci de m'indiquer si nous devons apporter des corrections. Souffrait-elle d'hypertension, de diabète ou, au contraire, d'hypoglycémie, avait-elle des problèmes psychologiques, était-elle enceinte, ce genre de choses ?

— Il a biffé la case « non » à chaque fois. Qu'est-ce qu'il peut en savoir !

Repensant à la montre BioGraph, Scarpetta demanda :

— Souffrait-elle de dépression, était-elle sujette aux mouvements d'humeur, un changement de comportement qui vous aurait alertée ? Était-elle insomniaque ? Bref, toute modification de son attitude. Vous m'avez dit que vous l'aviez récemment trouvée un peu tendue.

— Sans doute un problème de petit ami ou alors des tracas au travail, surtout avec la situation économique. Certaines de ses collègues ont été licenciées. Elle a ses humeurs, comme chacun de nous. Notamment à cette époque de l'année. Elle n'aime pas l'hiver.

— Selon vous, prenait-elle des médicaments ?

— Juste des choses en vente libre, pour ce que j'en sais. Des vitamines, par exemple. Elle prend soin d'elle, affirma Mme Darien.

— J'aimerais connaître le nom du ou des médecins qu'elle consultait. M. Darien n'a pas rempli cette partie-là.

— Évidemment, il n'en sait rien. Ce n'est pas lui qui payait les factures ! Toni vit seule depuis l'université et je ne suis pas certaine de pouvoir vous répondre. Elle n'est jamais malade. Je connais peu de gens possédant une énergie telle que la sienne. Toujours dynamique.

— Savez-vous si elle portait habituellement des bijoux ? Des bagues, un bracelet ou un collier ?

— Je l'ignore.

— Une montre ?

— Non, je ne crois pas.

— Celle que nous avons retrouvée à son poignet ressemble à une montre digitale en plastique noir, un peu comme les montres de sport. Assez volumineuse. Ça vous évoque quelque chose ?

Mme Darien hocha la tête en signe de dénégation.

— En fait, elle est assez similaire aux appareils que portent les gens impliqués dans un protocole de recherche. Je suis sûre qu'étant infirmière vous avez déjà dû en voir. Des montres qui sont en réalité des moniteurs cardiaques ou que l'on met au poignet de sujets présentant des troubles du sommeil, par exemple, insista Scarpetta.

Une lueur d'espoir s'alluma dans le regard de Mme Darien. Scarpetta poursuivit :

— Lorsque vous avez vu Toni à Thanksgiving, est-ce qu'elle portait une montre de ce type ?

— Non, affirma Mme Darien en secouant la tête. C'est exactement ce que je voulais dire. Si ça se trouve, ça n'est pas elle. Je ne l'ai jamais vue avec un tel objet au poignet.

Scarpetta lui demanda ensuite si elle souhaitait voir le corps. Elles se levèrent et passèrent dans la pièce attenante, nue et de taille modeste, dont les murs vert pâle étaient semés de quelques photographies des toits de New York. La vitre de présentation s'arrêtait à hauteur de hanches, approximativement celle d'un cercueil posé sur des tréteaux. Juste de l'autre côté s'élevait une paroi d'acier, les portes de l'ascenseur qui avait monté le corps de Toni.

— Avant que nous ne poursuivions, je tiens à vous expliquer ce que vous allez voir, prévint Scarpetta. Voulez-vous vous asseoir sur le canapé ?

— Non. Non, merci. Je vais rester debout. Je suis prête.

Ses yeux étaient grands ouverts, emplis de panique, et sa respiration devenait pénible.

Scarpetta désigna trois boutons scellés au mur, deux noirs, un rouge, les boutons d'une vieille cabine d'ascenseur.

— Je vais appuyer sur ce bouton. Les portes vont coulisser et le corps sera là.

— Je comprends. Je suis prête.

La terreur l'empêchait presque d'articuler. Elle tremblait comme une feuille et son souffle laborieux aurait pu faire croire qu'elle venait de fournir un gigantesque effort physique.

— Le corps est sur une civière dans la cabine, de l'autre côté de la vitre. Sa tête sera de ce côté, à gauche. Le reste est recouvert.

Scarpetta enfonça le bouton noir du haut et les battants se séparèrent dans un claquement sonore. De l'autre côté de la paroi de plexiglas éraflée, enveloppée d'un drap bleu, Toni Darien était allongée, le visage livide, les yeux clos, les lèvres décolorées et sèches, ses longs cheveux bruns toujours humides du lavage. Sa mère appuya ses deux mains contre la vitre. S'arcboutant, elle se mit à hurler.

CHAPITRE 2

Alors qu'il passait en revue le studio, cherchant à définir sa personnalité, son ambiance, à déchiffrer ce que l'endroit avait à lui dire, l'incertitude gagnait Pete Marino.

Les lieux sont à l'instar des défunts. Ils ont bien des choses à révéler si l'on comprend leur langage silencieux. Or, ici, quelque chose tracassait Marino : l'ordinateur et le téléphone portables de Toni Darien manquaient à l'appel, alors que leurs chargeurs respectifs étaient toujours branchés dans les prises au mur. Déroutant, d'autant plus que rien d'autre ne semblait avoir disparu, tout paraissait en ordre, au point que la police pensait que son appartement n'avait aucun lien avec le meurtre. Pourtant Marino sentait que quelqu'un était passé ici. Il ne savait pas d'où lui venait cette impression, une sorte de tension dans la nuque, un peu la même sensation que lorsqu'un regard insistant se posait dans son dos, cherchant à attirer son attention, alors qu'il ne pouvait pas voir cette personne.

Marino sortit sur le palier, où un officier en uniforme gardait l'appartement, nul n'étant autorisé à pénétrer dans les lieux, hormis avec la bénédiction de Jaime Berger. Elle avait placé le studio sous scellés jusqu'à ce qu'elle soit certaine d'en avoir fait le tour dans le cadre de l'enquête. Elle avait été catégorique lorsque Marino lui avait téléphoné, quoique énonçant une chose et son contraire : « Ne faites pas une fixation sur cet appartement », « Traitez-le à la manière d'une scène de crime ». Et il était censé faire quoi avec ça ? Cependant Marino avait un lourd kilométrage au compteur, aussi ne prêtait-il plus guère attention à personne, et cela incluait sa patronne. Il allait procéder à son habitude. À ses yeux, le studio de Toni Darien était, en effet, une scène de crime, et il le retournerait si nécessaire.

Il lança au flic installé juste devant la porte de Toni, un certain Mellnik :

— J'vais te dire... ce serait bien de passer un coup de fil à Bonnell. Faut que je lui parle de l'ordinateur et du téléphone manquants. Faut que je sois sûr que c'est pas elle qui les a embarqués.

Bonnell était l'enquêtrice du département de New York qui avait déjà fouillé l'appartement plus tôt dans la journée en compagnie de l'unité chargée d'investiguer les scènes de crime.

Mellnik était appuyé contre le mur du couloir faiblement éclairé, sa chaise pliante plantée non loin, juste en haut des marches de l'escalier.

— Pourquoi ? T'as pas de téléphone ?

Lorsque Marino serait reparti, Mellnik tirerait la chaise dans l'appartement et s'y installerait jusqu'à ce qu'un besoin naturel se fasse pressant ou que son remplaçant arrive pour le relever durant la nuit. Un foutu boulot de merde. Mais il fallait bien que quelqu'un s'y colle.

— T'es débordé de travail là ? le rembarra Marino.

Le gars, plutôt petit et taillé comme un tube, tapota ses cheveux bruns, tartinés de gel.

— C'est pas parce que je traîne toute la journée assis à me rouler les pouces que je suis pas occupé. Je réfléchis. Je vais essayer de la contacter, mais comme j'te dis... Quand je suis arrivé, le collègue d'avant, celui que je devais remplacer, m'a saoulé avec ce que les spécialistes de scènes de crime avaient raconté. Genre : où est son portable, où est son ordinateur ? Mais ils pensaient pas que quelqu'un était venu pour les récupérer. Y avait rien qui l'indiquait. Moi, je dis que c'est sacrément évident, ce qui lui est arrivé. On se demande pourquoi des gens continuent à faire leur jogging dans le parc, surtout à la nuit tombée ! Va comprendre quelque chose.

— Et la porte était bien verrouillée quand Bonnell et les gars de l'unité sont arrivés ?

— Je t'ai déjà dit que c'est l'intendant de l'immeuble qui avait ouvert, un certain Joe. Il habite au rez-de-chaussée, de l'autre côté du bâtiment. (Mellnik pointa vers la serrure.) D'ailleurs t'as qu'à vérifier. Ç'a pas été forcé. Aucun signe que quelqu'un est entré par effraction. La porte était fermée et les stores abaissés. Tout était en ordre, normal, quoi. C'est ce que m'a raconté le gars que je devais remplacer, et il a vu ce que fabriquaient les spécialistes de scènes de crime. Tout le truc.

Marino étudia la poignée de la porte, le verrou, les frôlant de ses mains gantées. Il tira une lampe torche de sa poche et scruta, sans rien remarquer qui évoque une entrée illégitime. Rien n'avait été abîmé ni éraflé récemment.

— Trouve Bonnell pour moi. Demande au dispatcheur pour que je puisse lui causer en direct. Parce que quand la patronne va rentrer, elle va me poser la question cent fois. Peut-être même avant d'ailleurs. Le plus souvent, les gens qui embarquent leur ordinateur portable prennent aussi le chargeur. Et ça, ça me turlupine.

— Si les spécialistes de l'unité avaient emporté l'ordinateur, ils n'auraient pas laissé le chargeur derrière. Mais ils ont rien pris, répéta Mellnik. Peut-être qu'elle possédait un chargeur de rechange ? T'as pensé à ça ? Peut-être que là où elle se rendait avec sa bécane portable, y avait un chargeur, ou, comme je viens de dire, qu'elle en avait un deuxième. Moi, je crois que c'est ce qui s'est passé.

— Je suis certain que Berger t'enverra une petite lettre de remerciements signée de sa main pour ta pertinente opinion.

— C'est comment de bosser avec elle ?

— Côté baise, pas mal du tout, lâcha Marino. Si seulement elle voulait bien m'accorder un peu de temps pour récupérer. Cinq, dix fois par jour. Même moi, ça me crève.

— Ouais et moi, je suis Spiderman. À ce que j'ai entendu, les hommes, c'est pas trop ce qui la branche. Mais quand je la regarde, je me dis que c'est pas possible. Ça doit être une rumeur malsaine, juste parce qu'elle a du pouvoir, hein ? Toutes les femmes avec autant de pouvoir, au plus haut niveau et célèbres, d'accord ? C'est toujours ce qu'on dit, mais c'est pas pour ça que c'est vrai. Surtout, faut pas lancer ma petite amie sur le sujet. Elle est pompier. Donc c'est soit une lesbienne, soit faut qu'elle pose en maillot de bain dans leur calendrier.

— Sans blague ? Elle est dans le calendrier féminin des pompiers ? De cette année ? Je vais commander un exemplaire.

— Comme je viens de te dire, c'est juste des suppositions. Alors voilà ma question : est-ce que c'est aussi une rumeur pour Jaime Berger ? J'aimerais bien en avoir le cœur net. On parle de ça partout sur Internet. Au sujet de Berger et de la fille... ou alors la nièce du Dr Scarpetta. Celle qui faisait partie du FBI et qui s'occupe maintenant de tous les trucs informatiques pour les enquêtes de Jaime Berger. J'veux dire : est-ce que Jaime Berger déteste les hommes et qu'elle les boucle pour cette raison ? Parce que, ça, c'est sûr que c'est presque toujours des mecs qu'elle fout derrière les barreaux. Bon, d'accord, c'est pas les femmes qui sont responsables de la plupart des crimes sexuels, mais quand même. Je me dis que si quelqu'un connaît la vérité, c'est toi.

— Ben, attends pas que le film sorte. Lis le bouquin.

— Quel bouquin ? De quel bouquin tu parles ?

Mellnik s'installa sur la chaise pliante et tira son portable de sa ceinture réglementaire.

— T'es si curieux que tu devrais peut-être l'écrire, rétorqua Marino.

Son regard balaya le couloir, la moquette marron, les murs peints d'un brun-roux pisseux, les huit portes d'appartement de l'étage.

Mellnik continuait son monologue comme si Marino s'y intéressait et qu'ils étaient de vieux copains :

— Comme je disais, je réfléchissais au fait que j'ai pas envie de continuer à faire ce job de merde toute ma vie. Peut-être que je devrais m'orienter vers les enquêtes, tu vois. Me faire muter dans le service de Jaime Berger, comme toi, enfin si elle déteste pas les hommes, ça va sans dire. Ou alors peut-être au FBI, dans leur force spéciale qui s'occupe des braquages de banque, ou celle chargée du terrorisme. Un truc de ce genre où on va chaque matin dans un vrai bureau, ou on vous file une voiture de service et où on est traité avec respect.

— Y a pas de portier, commenta Marino. On entre dans l'immeuble à l'aide d'une clé ou on appelle un des résidents par interphone, de la même façon que tu m'as ouvert quand je me suis pointé. Une fois qu'on se trouve dans la partie commune, celle où sont les boîtes aux lettres, on a deux options. On peut tourner à gauche, dépasser quatre appartements, dont celui du gardien, et emprunter le premier escalier. Ou alors tu prends sur la droite, tu longes la buanderie, le local d'entretien, les placards techniques, sans oublier une réserve, et tu te retrouves devant cet escalier-là. Tu grimpes deux volées de marches et même pas deux mètres plus loin y a la porte de Toni. Commode ! Une personne qui aurait eu les clés de son appartement aurait pu entrer, pénétrer, puis ressortir sans se faire nécessairement repérer par les voisins. Ça fait combien de temps que t'es là ?

— J'suis arrivé à deux heures. Comme je t'ai dit, y avait un autre collègue de garde avant moi. Je pense que dès qu'ils ont découvert le cadavre, ils ont envoyé quelqu'un.

— Ouais, je sais. Berger y est pas pour rien. Combien de gens t'as vu ? Des résidents, je veux dire.

— Depuis que je suis là ? Personne.

— T'as entendu de l'eau couler, des gens qui marchaient, du bruit provenant d'un des autres appartements ? insista Marino.

— D'où je me trouvais ? C'est-à-dire en haut de l'escalier ou juste derrière la porte de l'appartement de Toni Darien ? C'était très calme. Mais je suis sur place depuis… (Il consulta sa montre.) Environ deux heures.

Marino fourra sa torche dans la poche de son manteau.

— Personne n'est là dans la journée. C'est pas le genre d'immeuble qui convient quand on est retraité ou invalide. D'ailleurs y a pas d'ascenseur. Donc c'est un mauvais choix pour les vieux, les infirmes ou les malades. Pas de contrôle des loyers, c'est pas non plus une copropriété, en plus les voisins sont pas très proches les uns des autres. Aucun ne reste longtemps. En moyenne deux ans. Beaucoup de célibataires ou de couples sans enfants. L'âge moyen va de la vingtaine à la trentaine. Y a quarante appartements en tout, dont huit libres en ce moment. Et à mon avis y a pas énormément d'agents immobiliers pendus à la sonnette de l'intendant parce que l'économie est dans les choux. C'est d'ailleurs entre autres pourquoi y a tant d'appartements vides, ils ont tous été libérés les six derniers mois.

— Et comment tu sais tout ça ? T'as des pouvoirs extrasensoriels, comme le médium à la télé ?

Marino extirpa une liasse de feuilles pliées de sa poche.

— Le CCTR. J'ai la liste de tous les habitants de l'immeuble, qui ils sont, ce qu'ils font, s'ils ont déjà été arrêtés, où ils bossent, où ils font leurs courses, quel genre de bagnole ils possèdent, avec qui ils baisent.

Marino faisait allusion au Centre de criminologie en temps réel, qu'il se représentait comme la salle de commande de l'*USS Enterprise*, le centre de technologies de l'information situé dans One Police Plaza, le quartier général de la police, dirigeant globalement les opérations du vaisseau mère du département de police de New York.

— J'y ai jamais mis les pieds, regretta Mellnik.

— Pas d'animaux, ajouta Marino.

— Qu'est-ce que les animaux ont à voir avec ça ? demanda Mellnik en bâillant. Depuis qu'ils m'ont affecté aux soirées, je suis crevé. J'arrive pas à dormir assez. Ma petite amie et moi, on est un peu comme des navires lancés dans la nuit.

— Dans les immeubles où y a personne dans la journée, qui va balader le chien ? Les loyers commencent à mille deux cents dollars. C'est pas le genre d'occupants qui peuvent se payer quelqu'un pour aller faire pisser le clébard ou qui veulent se casser les pieds avec ça. Ça me ramène à mon hypothèse. Y a pas grand-chose qui se passe, personne pour voir ou entendre, du moins pas dans la journée. Si c'était moi, que j'aie une sale idée derrière la tête, ce serait le moment que je choisirais pour me pointer et pénétrer dans son appartement. Opérer en plein jour, alors que les rues grouillent de monde mais que l'intérieur de l'immeuble est désert.

— Je te rappelle qu'elle n'a pas été agressée ici, lâcha Mellnik. Elle a été assassinée quand elle faisait son jogging dans le parc.

— Trouve Bonnell. Faut commencer ta formation à l'investigation aussitôt que possible. Peut-être que quand tu seras grand, tu deviendras Dick Tracy !

Marino pénétra à nouveau dans l'appartement dont il laissa la porte ouverte. Toni Darien vivait à l'instar de pas mal de jeunes qui démarrent dans la vie, dans un espace restreint que Marino semblait remplir à lui tout seul, comme si le monde alentour avait soudain rétréci. Environ trente-sept mètres carrés selon lui. Même si son appartement d'Harlem n'était pas beaucoup plus vaste, du moins avait-il une chambre. Il n'était pas obligé de dormir dans le salon. De plus, il profitait d'une courette à l'arrière de l'immeuble, un carré d'herbe artificielle planté d'une table de pique-nique qu'il partageait avec ses voisins, pas de quoi pavoiser, mais c'était quand même un peu plus civilisé qu'ici. Dès qu'il était arrivé, environ une demi-heure plus tôt, il s'était livré à sa prise de contact habituelle avec une scène de crime : une vue d'ensemble, sans s'attacher à aucun détail en particulier. Toutefois, maintenant il allait tout étudier avec grande attention. Il commença par l'entrée – juste assez d'espace pour se tourner – meublée d'une petite table en rotin sur laquelle trônait un cendrier, souvenir du Caesars Palace. Peut-être Toni y déposait-elle ses clés, celles que retenait une chaîne en argent à laquelle pendait un dé et qu'on avait retrouvées dans la poche du gilet qu'elle portait au moment de sa mort. Peut-être le jeu la tentait-elle, à l'instar de son père ? Marino avait mené une petite enquête à son sujet : Lawrence Darien, deux arrestations pour conduite en état d'ivresse, une faillite, et quelques années auparavant il avait été impliqué dans la création d'un réseau de jeu clandestin *offshore* à Bergen County, dans le New Jersey. À l'époque, on avait soupçonné des liens avec le crime organisé, peut-être avec la famille mafieuse Genovese. La piste avait été abandonnée. Le type était une véritable ordure, un raté, ancien ingénieur en bio-électricité diplômé du MIT qui avait plaqué sa famille, un père en dessous de tout.

Bref, le genre à piéger sa fille parce qu'il avait magouillé avec des gars de l'espèce qu'il vaut mieux éviter.

Rien n'indiquait que Toni fût portée sur la boisson. D'ailleurs rien n'indiquait à Marino qu'elle fût le genre de fille à faire la bringue, ni à se laisser aller à des excès, quels qu'ils soient. Au contraire, elle lui faisait l'effet d'une jeune femme maîtrisée, ambitieuse, dotée d'une forte volonté, une dingue de forme et de santé. Une photo encadrée d'elle en train de courir, peut-être à l'occasion d'un marathon, était posée sur la table en rotin, juste derrière la porte d'entrée. Elle était jolie fille, un peu comme un mannequin, avec de longs cheveux bruns, grande, mince, le corps d'une coureuse, pas de hanches, pas de seins, un air de détermination féroce, se défonçant sur une route, au coude à coude avec une foule d'autres marathoniens, devant d'une haie de spectateurs joviaux. Marino se demanda qui avait pris la photo et quand.

En quelques pas, il fut dans la cuisine. Une cuisinière à deux feux, un réfrigérateur, un évier, trois petits placards, deux tiroirs, le tout de couleur blanche. Sur le comptoir se trouvait une pile de courrier non ouvert, comme si elle était entrée, l'avait posé pour s'occuper d'autre chose, ou encore si rien dans le lot ne l'avait intéressée. Marino feuilleta des catalogues et des prospectus contenant des bons de réduction, ce qu'il nommait du « courrier à balancer », et une annonce imprimée sur une feuille rose vif prévenant les résidents que l'eau serait coupée le lendemain, 19 décembre, de huit heures du matin à midi.

Juste à côté, un égouttoir en inox dans lequel avaient séché un couteau à beurre, une fourchette, une cuiller, une assiette, un bol et une tasse à café décorée avec un des personnages de la BD *The Far Side*, l'enfant scolarisé dans l'école Midvale pour surdoués qui poussait une porte sur laquelle était indiqué « Tirez ». L'évier était vide et propre. Sur le bord se trouvaient une éponge et un flacon de liquide vaisselle. Pas de miettes sur le comptoir, aucune tache, quant au plancher, il était impeccable. Marino ouvrit le placard situé sous l'évier et y découvrit une petite poubelle tapissée d'un sac en plastique blanc. Seuls détritus : une peau de banane qui avait viré au marron et qui dégageait une odeur à la fois forte et piquante, quelques myrtilles flétries, une brique de lait de soja, du marc de café et pléthore de feuilles d'essuie-tout.

Il en secoua certaines pour les défroisser, une odeur de miel mêlé de citron lui parvint, celle de l'ammoniaque aussi, évoquant un produit d'entretien à base de jus d'agrume, peut-être pour les meubles ou les vitres. De fait, il remarqua un flacon de lave-vitres parfumé au citron, un autre de crème protectrice pour le bois, à base de cire d'abeille et d'huile essentielle d'orange. À l'évidence, Toni était une jeune femme soigneuse, peut-être même obsessionnelle de la propreté, et elle avait fait le ménage la dernière fois qu'elle était passée chez elle. Qu'avait-elle nettoyé à l'aide du lave-vitres ? Marino ne voyait rien qui soit en verre, à l'exception des fenêtres. Il s'avança vers le mur au fond du studio et souleva les stores, puis passa un doigt ganté sur la vitre. Les fenêtres n'étaient pas vraiment sales, sans pour autant sembler avoir été astiquées récemment. Peut-être avait-elle utilisé le produit pour un miroir ou autre chose, ou peut-être que quelqu'un s'en était servi dans l'espoir d'effacer ses empreintes digitales ou son ADN. Marino revint dans la cuisine en moins de dix pas. Il jeta les feuilles d'essuie-tout récupérées dans la poubelle dans un sac à indices afin de les confier au service de l'ADN.

Toni conservait les céréales de son petit déjeuner au réfrigérateur, plusieurs boîtes de marque Kashi. Marino remarqua d'autres briques de lait de soja, des myrtilles, du fromage, des yaourts, de la romaine, des tomates cerises, un récipient en plastique contenant des pâtes accompagnées de ce qui ressemblait à une sauce au parmesan, peut-être achetées chez un traiteur, ou alors les restes d'un dîner pris à l'extérieur qu'elle avait emportés chez elle. Quand ? Hier soir ? Le petit déjeuner composé de céréales avec de la banane et des myrtilles, sans oublier une tasse de café, était-il son dernier repas à domicile ? Or une chose était certaine : pas de petit déjeuner ce matin. Cela signifiait-il qu'elle avait pris son dernier petit déjeuner hier, puis qu'elle était partie pour la journée ? Peut-être avait-elle dîné au restaurant le soir, chez un Italien. Et ensuite ? Elle serait rentrée pour ranger les restes au réfrigérateur et aurait décidé de faire son jogging en cette nuit pluvieuse ? Marino était curieux de savoir ce que Scarpetta avait détecté dans le contenu stomacal de Toni au cours de l'autopsie. Il avait tenté de la joindre à deux reprises au cours de l'après-midi, sans succès, et avait laissé des messages.

Les lourdes bottes de Marino arrachèrent des craquements au plancher lorsqu'il retourna dans le salon. Le vacarme de la circulation sur la 2e Avenue lui parvenait avec netteté, les coups de klaxon, le bruit des moteurs et celui de la foule qui s'écoulait sur les trottoirs. Ce brouhaha constant donnait peut-être à Toni l'impression d'une certaine sécurité, une fausse sécurité. Sans doute ne se sentait-elle pas isolée ici, juste un étage au-dessus de la rue. Cependant elle devait baisser les stores dès le soir tombé afin que personne ne puisse regarder chez elle. Mellnik avait affirmé qu'ils étaient baissés lorsque Bonnell, suivie des spécialistes de scènes de crime, avait passé l'appartement en revue, impliquant que Toni avait occulté les fenêtres. Mais quand ? Parce que si son dernier repas à domicile avait été le petit déjeuner de la veille, cela signifiait qu'elle n'avait pas pris la peine de remonter les stores au lever. Or, à l'évidence, elle devait aimer regarder dehors puisqu'elle avait poussé une petite table et deux chaises entre les deux fenêtres. La table était propre, elle aussi, tout comme le set de table en paille posé dessus. Marino l'imagina assise devant la veille au matin, dégustant ses céréales. Avec les stores baissés ?

Le poste de télévision, doté d'un écran plat de taille respectable, avait été installé en hauteur, entre les fenêtres, sur une tablette scellée au mur. Sa télécommande était posée sur une table basse que flanquait une causeuse. Marino la récupéra et enfonça la touche « marche » pour vérifier ce qu'avait regardé Toni la dernière fois où elle avait allumé le poste. La télévision clignota avant qu'apparaissent les *Headline News*. Un présentateur évoquait le meurtre d'une « joggeuse de Central Park dont le nom n'avait pas encore été communiqué par les forces de l'ordre ». La maire Bloomberg, puis le préfet de police Kelly prenaient ensuite la parole, habituelles déclarations des politiciens tentant de rassurer le public. Marino écouta jusqu'à ce que le présentateur aborde la récente levée de boucliers contre l'injection massive de capitaux fédéraux pour sauver AIG.

Il reposa la télécommande sur la table basse, à l'endroit précis où il l'avait ramassée, tira son calepin de sa poche et inscrivit le numéro de la chaîne que regardait Toni, se demandant si Bonnell ou les gars de l'unité de scènes de crime en avaient pris note. Probablement pas. Quand la jeune femme avait-elle suivi les informations à la télévision ? Est-ce qu'elle allumait le poste sitôt levée ? Les regardait-elle au cours de la journée ou avant d'aller se coucher ? La dernière fois, où s'était-elle installée ? S'il en jugeait par l'orientation de la tablette scellée au mur, l'écran faisait face au lit de deux personnes recouvert d'un jeté de satin bleu pâle, sur lequel trônaient trois animaux en peluche : un raton laveur, un pingouin et une autruche. Quelqu'un les lui avait-il offerts ? Peut-être sa mère, sans doute pas un petit ami. Ça ne ressemblait pas à des présents faits par un homme, sauf peut-être un *gay*. Marino renversa le pingouin d'une pichenette de son doigt ganté, puis les autres, afin de vérifier leurs étiquettes. *Gund*. Il l'écrivit sur son calepin.

Une petite table de chevet flanquait le lit. Marino en ouvrit le tiroir. À l'intérieur, il trouva une lime à ongles, quelques piles AA, un flacon de Motrin, utilisé pour soulager les petites douleurs, et deux livres de format poche, des histoires criminelles réelles : *L'Histoire de Jeffrey Dahmer : un cauchemar américain* et *Ed Gein – Psycho*. Marino griffonna les titres sur son carnet, feuilleta les ouvrages pour voir si Toni les avait annotés. Pas à première vue. Une facture datée du 18 novembre 2006 était glissée entre les pages de *L'Histoire de Jeffrey Dahmer*, lorsque le livre avait été acheté d'occasion chez Moe's Books, à Berkeley, en Californie. Une femme vivant seule lisait-elle des trucs aussi inquiétants ? Peut-être quelqu'un les lui avait-il offerts ? Marino les glissa dans un sachet à indices pour les confier aux labos afin qu'ils vérifient les empreintes digitales, l'ADN. Juste une de ses intuitions.

La penderie était située à gauche du lit et les vêtements qu'elle contenait étaient sexy et à la mode : des caleçons, de jolies tuniques aux imprimés colorés, des hauts décolletés, des vêtements moulants en élasthanne et deux robes élégantes. Marino ne reconnut pas leurs marques. De toute façon, il n'était guère expert en mode féminine : Baby Phat, Coogi, Kensie Girl. Dix paires de chaussures étaient alignées au sol, dont une paire de chaussures de sport Asics – les mêmes que celles qu'elle portait lorsqu'elle avait été assassinée –, ainsi que des bottes Ugg en mouton pour l'hiver.

Le linge de maison, plié avec soin, reposait sur l'étagère du haut, à côté d'une boîte en carton que Marino tira. Il y découvrit des DVD, principalement des comédies et des films d'action, dont la série des *Ocean's Eleven*, une autre histoire de joueurs. Apparemment, elle appréciait George Clooney, Brad Pitt et Ben Stiller. Rien de très violent ni de très effrayant, contrairement aux livres rangés dans sa table de nuit. Cela étant, peut-être n'achetait-elle plus de DVD et préférait-elle regarder les films – notamment d'horreur, si tel était son goût – sur le câble, sur Pay-Per-View. Peut-être même les téléchargeait-elle sur son ordinateur portable ? Bordel, où était-il passé ? Marino prit des photos et gribouilla d'autres notes.

Il songea qu'il n'avait pas encore vu de manteau d'hiver. Quelques coupe-vent et un long manteau en laine rouge qui semblait légèrement passé de mode, remontant sans doute à ses années d'université, peut-être un cadeau de sa mère ou de quelqu'un d'autre. Cependant aucun manteau un peu sérieux n'était suspendu dans la penderie, le genre adéquat pour sortir lors d'une journée aussi froide qu'aujourd'hui. Une parka, un anorak, un truc fourré avec du duvet. Il avait trouvé pas mal de vêtements de tous les jours, ou de sport, des vestes doublées de laine, mais que portait-elle lorsqu'elle partait travailler ? Et lorsqu'elle allait au restaurant, ou en courses, ou même lorsqu'elle courait et qu'il faisait vraiment très froid ? On n'avait découvert aucun manteau épais à proximité du cadavre, juste un gilet en polaire, ce que Marino jugeait un peu incongru lorsqu'on pensait aux effroyables conditions météo de la nuit précédente.

Il passa dans la salle de bains et alluma. Un lavabo, une baignoire équipée d'une douche, blancs, un rideau de douche bleu décoré de poissons et doublé de blanc. Plusieurs photographies encadrées étaient suspendues aux murs carrelés de blanc, eux aussi, d'autres clichés la montrant en train de courir, pas dans la même compétition que celui posé sur la table en rotin de l'entrée. Le numéro sur sa brassière était différent. Sans doute participait-elle à de nombreuses courses, une accro. Une accro des parfums aussi. Six flacons étaient alignés sur la tablette, des parfums de marque : Fendi, Giorgio Armani, Escada, et il se demanda si elle les avait achetés dans une boutique *discount* ou via Internet, avec un rabais de soixante-dix pour cent, celui qu'il avait obtenu un mois plus tôt en faisant ses achats de Noël bien à l'avance.

Il s'interrogeait maintenant. Était-ce vraiment une bonne idée d'offrir à Georgia Bacardi un parfum baptisé Problèmes, qu'il avait obtenu à vingt et un dollars et dix *cents*, une sacrée différence, juste parce que le flacon n'avait plus de boîte ? Quand il l'avait vu sur eBay, ça lui avait paru marrant et assez sexy. Bon, ça n'était plus aussi rigolo depuis quelque temps puisque, de fait, ils rencontraient tous deux des problèmes. Tellement de problèmes qu'ils passaient leur temps en prises de bec, se voyant ou s'appelant beaucoup moins. Toujours les mêmes signaux d'alarme. L'histoire se répétait. Jamais Marino n'avait eu de relation durable. D'ailleurs, si tel avait été le cas, il ne serait pas sorti avec Bacardi. Il serait heureusement marié, peut-être même toujours à Doris.

Il ouvrit la porte de l'armoire à pharmacie scellée au-dessus du lavabo, conscient que la première chose que lui demanderait Scarpetta serait l'inventaire des médicaments qu'il aurait trouvés dans l'appartement. Encore du Motrin, du Midol, des bandages utilisés par les athlètes afin d'éviter des claquages, des pansements, des compresses stériles, un stick pour soigner les ampoules et une multitude de vitamines. À côté s'alignaient trois flacons de la même molécule délivrée sur ordonnance, achetés à différentes époques, dont le plus récent juste avant Thanksgiving. Du Diflucan. Marino n'était certes pas pharmacien, mais il savait ce que c'était. Il savait ce que le médicament impliquait si la femme qui lui plaisait en prenait.

Toni souffrait-elle d'une infection vaginale chronique due aux levures ? Était-ce une conséquence d'une vie sexuelle intense ou alors de sa passion pour le jogging, des vêtements moulants qu'elle portait, qu'ils soient en cuir verni ou en vinyle ? À ce qu'il avait entendu, deux causes majeures favorisaient la prolifération des levures : la macération et un lavage insuffisant en machine des vêtements, avec une eau pas assez chaude. On lui avait même raconté que certaines femmes collaient leurs slips au four micro-ondes afin de les stériliser, et une fille avec qui il était sorti, du temps où il faisait partie de la police de Richmond, avait carrément décidé de ne plus en porter, arguant que la circulation de l'air était la meilleure prévention, une décision qui n'avait rien pour déplaire à Marino. Il nota tout ce qui se trouvait dans l'armoire à pharmacie, ainsi que dans le placard encastré sous le lavabo, principalement des cosmétiques.

Marino se tenait toujours dans la salle de bains lorsque Mellnik apparut, le téléphone à l'oreille, indiquant de son pouce levé en signe de victoire qu'il avait réussi à joindre l'enquêtrice Bonnell.

Marino récupéra l'appareil et grogna :

— Ouais !

Une voix de femme, agréable, assez basse, comme il les aimait, s'enquit :

— Et que puis-je pour toi ?

Il ne connaissait pas cette Bonnell, n'en avait jamais entendu parler avant aujourd'hui, ce qui n'était guère surprenant dans un département de police de la taille de celui de New York : environ quarante mille flics, dont six mille avaient le grade d'enquêteur. D'un signe de tête, Marino signifia à Mellnik de patienter dans le couloir.

— J'ai besoin de renseignements. Je bosse avec Jaime Berger, et je crois pas qu'on se soit rencontrés.

— Je travaille directement avec les assistants du procureur général de l'État de New York. C'est sans doute pour cela que nous ne nous connaissons pas, répondit Bonnell.

— Jamais entendu parler de toi. T'es à la brigade des homicides depuis combien de temps ?

— Assez longtemps pour éviter les trios.

— T'es musicienne ?

— Si Berger veut des informations, qu'elle m'appelle.

Marino avait l'habitude des gens qui tentaient de lui passer par-dessus pour atteindre directement Jaime Berger. Il avait entendu tant de conneries visant à expliquer pourquoi son interlocuteur devait impérativement parler au procureur et pas à lui. Bonnell devait être à la brigade des homicides depuis peu, sans quoi elle ne serait pas aussi insistante et sur la défensive. Ou alors elle avait prêté l'oreille aux rumeurs qui circulaient et décidé, sans même le connaître, sans lui accorder le bénéfice du doute, qu'elle n'aimait pas Marino.

— Ben, c'est qu'elle est un peu occupée en ce moment. C'est pour cette raison qu'elle souhaite que je réponde à un certain nombre de questions. Elle a pas trop envie de débuter sa journée de demain par un coup de téléphone du maire lui demandant ce qu'elle fout pour éviter d'autres emmerdements à l'industrie du tourisme... Enfin, ce qu'il en reste. Une joggeuse se fait violer et assassiner dans Central Park une semaine avant Noël, et soudain tu te dis que c'est pas une idée géniale de venir à New York avec la femme et les gosses pour voir le nouveau spectacle des Rockettes.

— D'où je conclus que tu ne lui as pas parlé.

— Si, ouais, bien sûr qu'on s'est causé. D'après toi, pourquoi je me trouverais dans l'appartement de Toni Darien ?

— Si Berger veut des informations, elle a mon numéro de téléphone, déclara Bonnell. Je serais ravie de lui rendre tous les services qu'elle souhaite.

— Pourquoi tu me fais cavaler comme ça ?

Ça ne faisait pas une minute que Marino était au téléphone. Pourtant il en avait déjà sa claque.

— Quand as-tu discuté avec elle pour la dernière fois ?

— Et pourquoi tu demandes ?

Un truc était en train de se passer. Un truc dont Marino ignorait tout.

— Ce serait peut-être utile que tu répondes à mes questions, observa Bonnell. Ça marche dans les deux sens, d'accord ? Une question en échange d'une autre.

— Vous autres n'aviez pas encore dégagé de la scène de crime ce matin, dans Central Park, que je discutais déjà avec Berger. À la seconde même où on l'a prévenue, elle m'a appelé puisqu'elle est chargée de cette foutue enquête, rétorqua-t-il d'un ton qui indiquait qu'il était maintenant sur la défensive, lui aussi. J'ai passé une bonne partie de la journée scotché à ce foutu téléphone, en conversation avec elle.

Une exagération. Il avait parlé avec Jaime Berger à trois reprises au cours de la journée, le dernier appel remontant à trois heures.

Bonnell reprit :

— Ce que je veux dire, c'est qu'il serait peut-être souhaitable que tu la contactes de nouveau, plutôt que moi.

— Si je voulais lui parler, à elle, c'est elle que j'aurais appelée ! Mais j'ai des questions à te poser, à toi. Y a un problème ? martela Marino en arpentant le studio, énervé.

— Peut-être.

— T'as dit que c'était quoi, ton prénom ? Et évite-moi les initiales.

— L. A. Bonnell.

Marino se demanda à quoi elle ressemblait et quel âge elle pouvait avoir.

— Ravi de faire ta connaissance. Moi, c'est P. R. Marino. Tu vois, comme les gens qui font dans les relations publiques. C'est un vrai don chez moi. Je veux juste que tu me confirmes que vous n'avez pas embarqué l'ordinateur et le téléphone portables de Toni Darien, qu'ils ne se trouvaient pas dans l'appartement lorsque vous y êtes passés.

— Exact. Nous avons juste repéré les chargeurs.

— Est-ce que Toni avait un sac à main ou un portefeuille sur elle ? Y a bien deux autres sacs à main vides dans la penderie. Mais je doute qu'elle se soit embarrassée d'un truc de ce genre alors qu'elle allait courir.

Après un court silence, Bonnell admit :

— Non. On n'a rien vu de tel.

— Ça, c'est important. En plus, si elle avait un sac à main ou un portefeuille au moment de l'agression, ils ont disparu. Vous avez pris quelque chose dans l'appartement pour analyses ?

— Pour l'instant, l'appartement n'est pas considéré comme une scène de crime.

— C'est marrant que vous l'excluiez comme ça. Vous avez décidé de façon catégorique qu'il n'avait aucun lien avec l'affaire. Et comment tu peux être certaine qu'elle ne connaissait pas son assassin ? Une personne qui était déjà venue chez elle ?

— Elle n'a pas été tuée dans l'appartement et rien n'indique qu'un individu y ait pénétré par effraction ou que quelque chose ait été dérobé ou arrangé, débita Bonnell du ton qu'elle aurait adopté pour la presse.

— Hé, tu t'adresses à un autre flic, pas aux foutus médias ! la rembarra Marino.

— Le seul détail étonnant, ce sont ses téléphone et ordinateur portables qui manquent au rapport. Et, peut-être, on n'en sait rien, un sac à main ou un portefeuille. D'accord, il faut que nous en soyons certains, admit Bonnell d'un ton moins cassant. Le mieux serait que nous passions tous les détails en revue lorsque Jaime Berger sera de retour. On s'installera tous autour d'une table.

Marino campait fermement sur ses positions :

— Ouais, ben moi, je crois que tu devrais peut-être te préoccuper davantage de l'appartement de Toni et du fait qu'un individu a pu pénétrer et prendre les trucs qui manquent.

— Rien n'indique qu'elle n'ait pas emporté ces objets quelque part...

Bonnell savait quelque chose, c'était évident, et elle n'avait aucune intention de le lui révéler au téléphone. Elle poursuivit :

— ... Par exemple, on peut imaginer qu'elle avait son portable sur elle quand elle courait la nuit dernière dans le parc, et que l'agresseur le lui a volé. Peut-être aussi qu'avant son jogging elle est allée ailleurs, chez des relations, un petit ami. Difficile de savoir à quelle heure au juste elle a quitté son domicile. D'ailleurs tellement de choses sont difficiles à déterminer.

— T'as discuté avec des témoins ?

— Qu'est-ce que tu crois que j'ai fait d'autre ? Une virée shopping ?

Elle commençait à s'énerver, elle aussi.

— Je veux dire ici, dans l'immeuble.

Sa sortie fut accueillie par un silence qu'il interpréta comme une réticence de la part de Bonnell. Il ajouta :

— Je vais transférer toutes ces informations à Berger dès que notre conversation sera terminée. Je suggère que tu me files les détails pour que je n'aie pas à lui dire que j'ai rencontré des problèmes de coopération.

— Berger et moi n'avons aucun problème de collaboration.

— Génial. Pourvu que ça dure ! Je t'ai posé une question. À qui as-tu parlé ?

— Deux témoins. Un homme, qui habite au même étage qu'elle, affirme qu'il l'a vue rentrer hier, tard dans l'après-midi. Lui-même revenait de son travail et s'apprêtait à partir pour la salle de sport quand il a aperçu Toni en haut de l'escalier. Elle a ouvert la porte de son appartement alors qu'il traversait le couloir.

— Il allait vers elle ?

— Il y a un escalier à chaque extrémité du palier. Lui descendait celui qui est proche de son appartement et Toni celui situé à l'opposé.

— Donc ce que tu veux dire, c'est qu'il ne s'est pas approché d'elle, qu'il ne l'a pas vue de près, résuma Marino.

— Laissons les détails pour plus tard. La prochaine fois que tu l'auras au téléphone, ce serait bien que tu suggères à Jaime qu'on s'installe tous autour d'une table pour discuter, insista Bonnell.

— Il faut que tu me donnes tous les détails maintenant, et tu peux considérer qu'il s'agit d'un ordre indirect de Jaime Berger, contra Marino. J'essaie de m'imaginer la scène que tu viens de me décrire. Donc le gars en question a aperçu Toni de l'autre bout du couloir, soit environ trente mètres. C'est toi en personne qui as interrogé le témoin ?

— On ne me l'avait jamais encore faite, celle-là ! Oui, c'est moi.

— Le numéro de son appartement ?

— 210. Celui qui est situé à trois portes de Toni, sur la gauche, donc à l'autre bout du couloir.

— Bon, ben je vais y faire un saut en repartant, déclara Marino en sortant les feuilles pliées du rapport du CCTR afin de vérifier qui occupait ce logement.

— Je ne pense pas que tu le verras. Il m'a raconté qu'il quittait New York pour un long week-end. Il trimbalait deux petits sacs de voyage et un billet d'avion. Ça m'ennuie parce qu'il me semble que tu es sur une mauvaise piste.

— Qu'est-ce que tu veux dire par « mauvaise piste » ?

Bordel à la fin ! Qu'est-ce qu'on lui dissimulait ?

— Je veux dire que tes informations pourraient diverger des miennes, répliqua Bonnell. J'essaie de t'expliquer quelque chose et tu ne fais pas attention.

— Eh bien, partageons ! Je te file ce que je sais et tu m'offres ton information. « Graham Tourette, lut Marino dans le rapport du CCTR. Quarante et un ans, architecte. » Quant à ce que je sais, je l'ai appris parce que j'ai pris le temps de chercher. Je sais pas d'où tu tires tes renseignements, mais j'ai pas le sentiment que tu te casses les pieds à faire des recherches.

— C'est bien à Graham Tourette que j'ai parlé, déclara Bonnell qui semblait moins cassante et qui, en revanche, devenait plus prudente.

— Et ce type Tourette, c'est une relation de Toni, un gars qui la fréquente un peu ?

— Pas à ce qu'il a déclaré. Il a ajouté qu'il ne connaissait même pas son nom. Toutefois il était formel sur un point : il l'a vue pénétrer chez elle hier, aux environs de dix-huit heures. Il a précisé qu'elle avait son courrier dans les mains, des lettres, des magazines et une annonce. Bon, écoute, je n'aime pas trop discuter de tout cela par téléphone, en plus j'ai une liste d'appels en attente qui devient affolante. On s'installera pour parler dès que Jaime sera de retour.

Marino n'avait pas précisé à l'enquêtrice que Jaime Berger était en déplacement. Il songea soudain que Bonnell lui avait donc parlé et qu'elle ne lui révélerait rien de leur conversation. Berger et Bonnell savaient quelque chose que Marino ignorait.

— Quelle annonce ? insista-t-il.

— Une circulaire sur papier rose vif. Il a précisé qu'il l'avait reconnue parce que tous les habitants de l'immeuble l'avaient reçue ce même jour, c'est-à-dire hier.

— Lorsque t'es passée, tu as vérifié s'il y avait du courrier dans la boîte aux lettres de Toni ?

— L'intendant l'a ouverte devant moi, admit Bonnell. Il faut une clé et les siennes étaient dans sa poche lorsqu'on l'a retrouvée dans le parc. Comment te résumer ma pensée ? Disons que tu te retrouves avec une situation délicate sur les bras.

— Ouais, je sais, approuva Marino. Les homicides à caractère sexuel perpétrés dans Central Park se transforment souvent en « situations délicates ». J'ai étudié les photographies de scène de crime, mais je n'ai pas à t'en remercier. Il a fallu que je me les procure des bureaux du médecin légiste en chef, de leurs analystes. Trois clés suspendues à un porte-clés orné d'un dé censé porter bonheur. Assez ironique.

— La boîte aux lettres était vide lorsque j'ai vérifié ce matin avec les techniciens de l'unité de scènes de crime, déclara Bonnell.

— J'ai le numéro de téléphone du domicile de ce Tourette, mais pas celui de son portable. Peut-être que tu pourrais me balancer ce que vous possédez à son sujet par *e-mail*, si des fois j'avais besoin de discuter avec lui. (Marino lui communiqua son adresse de messagerie.) Il faut qu'on visionne les enregistrements de la caméra de surveillance. Je suppose qu'il y en a une à l'entrée de l'immeuble ou pas loin, et on pourrait vérifier les entrées et les sorties. Je crois que ce serait pas une mauvaise idée que je discute avec certains de mes contacts au CCTR, leur demander de se connecter en direct sur cette caméra.

— Et pour quoi faire ? demanda Bonnell d'un ton un peu agacé. On a un flic de garde vingt-quatre heures sur vingt-quatre et sept jours sur sept. Tu penses que quelqu'un va revenir sur les lieux pour nous indiquer que le domicile de Toni est lié à son meurtre, d'une façon ou d'une autre ?

— On sait jamais qui peut passer, rétorqua Marino. Les tueurs sont des êtres étranges et paranoïaques. Parfois ils habitent de l'autre côté de la fichue rue, ou même c'est le gars d'à côté. Qui peut le dire ? Ce qui compte, c'est que si le CCTR peut se connecter en direct sur la caméra de surveillance, on sera certains d'avoir l'enregistrement sans qu'il risque d'être accidentellement effacé par un autre. Ce qui est encore plus important, c'est que Berger voudra cette vidéo de surveillance. Elle va exiger d'entendre le fichier WAV de l'appel au numéro d'urgence. Celui du gars qui a découvert le corps ce matin.

— Il ne s'agissait pas d'une seule personne, le détrompa Bonnell. Plusieurs témoins ont téléphoné. Ils passaient en voiture et ont eu le sentiment de voir un truc pas normal. Depuis que ça a fait la une des infos, le téléphone n'arrête pas de sonner. On devrait discuter. Toi et moi. Tu ne vas pas la fermer, alors autant en parler de vive voix.

— On va aussi avoir accès aux factures de téléphone de Toni et à sa messagerie, poursuivit Marino. Avec un peu de bol, peut-être qu'on aboutira à une explication logique pour son ordinateur et son portable, genre : elle les a laissés chez un ami. Même chose avec son sac à main ou son portefeuille.

— Comme j'ai proposé, discutons.

— Ben, je croyais que c'était ce qu'on faisait. (Marino n'avait nulle intention de lui laisser prendre les devants.) Peut-être qu'un témoin important va se faire connaître. Admettons qu'elle ait rendu visite à une relation, puis qu'elle soit partie courir et soit jamais revenue chez cette personne. Du coup, on retrouve son ordinateur et son téléphone portable, et son sac ou autre. Ça me soulagerait. Parce que je ne le sens pas top en ce moment. J'ai remarqué la photo posée sur la petite table en rotin de l'entrée, déclara Marino en retournant vers le meuble et en portant le cadre à ses yeux. Elle participe à une course, brassard 343. Y en a deux autres un peu similaires dans la salle de bains.

— Et alors ?

— Elle ne porte ni écouteurs ni iPod sur aucun des clichés. Et je ne vois rien qui ressemble à un truc de ce genre chez elle.

— Et ?

— Et ? C'est de ça que je parle, du danger d'avoir des idées préconçues, insista Marino. Les marathoniens ou les coureurs de vitesse n'ont jamais de musique dans les oreilles. C'est interdit. Quand je vivais à Charleston, le marathon des Marines était un super-événement. Les organisateurs avaient menacé de disqualifier les participants s'ils se pointaient avec un Walkman ou autre.

— Où veux-tu en venir au juste ?

— Que si quelqu'un arrivait dans ton dos pour t'assener un violent coup sur la tête, peut-être que tu serais plus à même de détecter son approche si tu n'avais pas des dizaines de décibels contre les tympans. Or il semble bien que Toni Darien n'écoutait pas de musique lorsqu'elle courait. Pourtant son agresseur a pu surgir derrière elle et la frapper avec violence sur le crâne sans même qu'elle se retourne. Ça t'étonne pas un peu ?

— Tu sautes aux conclusions. Rien ne dit que le tueur ne l'a pas agressée de face. Elle aurait pu se tourner, tenter d'esquiver ou je ne sais quoi dans l'espoir de protéger son visage, argumenta Bonnell. De plus, elle n'a pas été frappée juste au milieu du crâne, mais plutôt du côté gauche, derrière l'oreille. Donc on peut imaginer qu'elle était en train de réagir, de pivoter, trop tard. Je me demande si tu ne te lances pas dans des suppositions simplement parce qu'il te manque des éléments.

— En général, quand les gens réagissent et tentent de se protéger des coups, ils lèvent les bras, les mains, et on se retrouve avec les fameuses marques de défense, contra Marino. Elle n'en présente aucune sur les photos de scène de crime que j'ai étudiées. D'un autre côté, j'ai pas encore eu l'occasion de discuter avec Scarpetta et je n'aurai de confirmation qu'à ce moment-là. J'ai l'impression que Toni Darien n'a rien vu venir, et soudain elle s'est écroulée au sol. Ça me paraît un peu étrange de la part d'une fille qui court de nuit, dont on peut penser qu'elle est vigilante sur son environnement parce qu'elle s'entraîne beaucoup et sans écouteurs vissés aux oreilles.

— Pourquoi ? Elle participait à une course hier ? Et qu'est-ce qui te permet de penser qu'elle ne portait jamais d'écouteurs ? Peut-être qu'elle les avait hier et que le tueur a piqué son iPod ou son Walkman.

— Ce que je sais, c'est que les coureurs sérieux ne se collent pas de musique dans les oreilles, qu'ils courent seuls ou pas, surtout à New York. Suffit que tu vérifies autour de toi. Dis-moi si tu connais un seul coureur de cette ville, je veux dire un sportif qui prend les choses à cœur, qui porte des écouteurs, au risque de se retrouver dans la voie réservée aux cyclistes, ou de se faire renverser par un automobiliste qui fait pas attention, ou encore d'être agressé par-derrière.

— Tu pratiques ?

— Écoute, je sais pas quelle information tu détiens et refuses de partager. En revanche, je vois ce qui se trouve sous mon nez, et là ce qui est certain, c'est qu'on devrait faire gaffe à pas sauter aux conclusions alors qu'on sait foutre rien, déclara Marino.

— Tout à fait d'accord et je te retourne le conseil, P. R. Marino.

— Et le « L. A. », c'est pour quoi ?

— Rien, si l'on exclut une ville de Californie. Si tu veux m'appeler autrement que « Bonnell » ou « Trouduc », tu optes pour « L. A. ».

Marino sourit. Peut-être qu'au fond elle n'était pas si nulle qu'il l'avait cru.

— Je vais te dire, L. A., j'allais me rendre chez High Roller Lanes. Et si on se retrouvait là-bas ? Tu aimes le bowling ?

— Selon moi, ils ne vous louent pas les chaussures spéciales si votre QI est supérieur à soixante.

— Oh, j'irais jusqu'à soixante-dix. Je suis assez bon. Et j'ai mes propres chaussures.

CHAPITRE 3

Scarpetta ne fut pas surprise que Marino ait tenté de la joindre. Il avait laissé deux messages sur sa boîte vocale, et quelques minutes plus tôt un *e-mail* instantané truffé d'abréviations à peu près incompréhensibles, dépourvu de ponctuation, d'accents ou de capitales, sauf lorsque son BlackBerry se substituait à lui pour corriger. Il n'avait pas encore compris comment insérer des symboles ou des espaces, ou, plus vraisemblablement, n'en avait rien à faire.

Berger pa la, come vs save mais retour cet ap-mid. Voudra resu Darien et ai inf ajout et bq quest. Tel.

Marino rappelait à Scarpetta que le procureur était en déplacement. De fait, Scarpetta était au courant. Les hiéroglyphes du grand flic indiquaient ensuite que, dès son retour à New York prévu le soir même, Jaime Berger voudrait prendre connaissance des résultats d'autopsie et de tout autre indice qu'aurait découvert Scarpetta, puisque l'unité du procureur chargé des crimes sexuels s'occupait de l'affaire. Bien. Cela étant, Scarpetta ne l'ignorait pas non plus. Marino poursuivait en expliquant qu'il avait des questions à lui poser, mais détenait aussi de nouvelles informations et qu'elle le contacte dès qu'elle en aurait l'occasion. Bien aussi, puisqu'elle avait pas mal de choses à lui dire.

Elle tenta de lui expédier un message tout en se dirigeant vers son bureau, à nouveau agacée par le BlackBerry que Lucy lui avait offert deux semaines auparavant. Une surprise, certes généreuse et attentionnée, mais que Scarpetta considérait à la manière d'un cheval de Troie, bref un machin qui n'occasionnait que des ennuis. Sa nièce avait décidé que sa tante, Berger, Marino et Benton devaient posséder le même assistant digital qu'elle – dernier cri, génial. Elle avait configuré un serveur d'entreprise ou, plus exactement, ce qu'elle décrivait comme un environnement avec authentification bilatérale, triple cryptage des données et protection *firewall*.

Le nouvel appareil de poche possédait un écran tactile, un appareil photo, une caméra vidéo, un GPS, un *media player*, une messagerie électronique, une fonctionnalité *e-mails* instantanés, en d'autres termes une multitude de capacités multimédias qui laissait Scarpetta assez indifférente et qu'elle n'avait ni le temps ni l'envie d'exploiter. En conséquence, ses relations avec son téléphone surdoué n'étaient pas au beau fixe et elle finissait par se convaincre qu'il était plus intelligent qu'elle. Elle s'immobilisa pour taper à l'aide de ses pouces sur l'écran à cristaux liquides, revenant fréquemment en arrière pour supprimer et corriger puisque, contrairement à Marino, elle n'envoyait pas de messages remplis de fautes.

Vous appellerai plus tard. Dois rencontrer mon patron. Nous avons des problèmes. Des choses sont en suspens.

En raison de sa méfiance à l'égard des *e-mails* instantanés, elle n'avait nulle intention d'être plus précise. Cependant elle pouvait de moins en moins les éviter, simplement parce que tout le monde y avait recours.

Les relents de son *cheeseburger*-frites la dégoûtèrent lorsqu'elle pénétra dans son bureau. Son déjeuner allait se fossiliser sous peu. Elle balança la boîte en carton dans la poubelle qu'elle sortit pour la poser dans le couloir, puis entreprit de baisser les stores des fenêtres donnant sur les marches de granit de l'entrée principale de l'institut médico-légal, où les familles et les proches de ceux qui atterrissaient en ce lieu allaient souvent s'asseoir lorsqu'ils ne pouvaient plus supporter de patienter dans le hall d'accueil. Elle regarda quelques instants. Grace Darien monta à l'arrière d'une Dodge Charger d'un blanc crasseux. La mère de Toni semblait moins chancelante, mais toujours aussi désorientée et sous le choc.

Elle avait failli se trouver mal lorsqu'elle avait vu le cadavre de sa fille. Scarpetta l'avait escortée dans la salle d'attente réservée aux familles et s'était assise à côté d'elle de longues minutes. Elle lui avait préparé une tasse de thé, s'occupant d'elle du mieux qu'elle le pouvait, jusqu'au moment où elle avait considéré que la femme brisée était à peu près en état de repartir. Scarpetta se demanda ce que Mme Darien ferait ensuite. Elle espérait que la personne qui l'avait conduite jusqu'ici resterait avec elle, de sorte qu'elle ne se retrouve pas seule. Peut-être ses collègues de l'hôpital s'occuperaient d'elle, et ses fils reviendraient-ils vite à Islip ? Peut-être qu'elle et son ex-mari mettraient un terme à leur bagarre à propos des funérailles de leur fille assassinée et de ses effets personnels, jugeant que la vie était trop courte pour l'amertume et les conflits ?

Scarpetta s'installa derrière son bureau, plus exactement une station de travail en forme de U, non loin de laquelle se dressaient deux classeurs métalliques à casiers qui faisaient aussi office de desserte pour une imprimante et un fax. Derrière son dos se trouvait une table sur laquelle était posé son microscope Olympus BX41, relié à un bloc d'éclairage à fibre optique et à une caméra vidéo, ce qui lui permettait de regarder sur écran des lames positionnées sous la platine du microscope, tout en les récupérant électroniquement ou en ayant la possibilité de les imprimer sur du papier photo. Juste à sa portée s'alignaient de vieux amis : le *Cecil Textbook of Medicine*, le *Robbins Pathology*, sans oublier le *Manuel Merck* et les ouvrages de Saferstein, Schlesinger, Petraco, ainsi que d'autres objets qu'elle avait rapportés de chez elle afin de lui tenir compagnie. Une trousse de dissection de l'époque où elle étudiait la médecine au Johns Hopkins et des souvenirs et pièces de collection qui lui rappelaient la longue tradition de sciences légales qui la précédait. Une balance en cuivre, un mortier et son pilon, des flacons d'apothicaire et des bocaux, une trousse de chirurgie de campagne remontant à la guerre de Sécession. Un microscope vieux de plus d'un siècle, sans oublier une collection de casquettes et des insignes de police.

Elle composa le numéro de portable de Benton. Elle atterrit sur sa messagerie vocale, ce qui, en général, signifiait qu'il avait coupé l'appareil, se trouvait dans un endroit où il ne pouvait l'utiliser, en l'occurrence la prison pour hommes du Bellevue, où il était consultant en psychologie médico-légale. Elle tenta le numéro de son bureau et son humeur s'allégea un peu lorsqu'il répondit.

— Tu es toujours là-bas ? demanda-t-elle. Tu veux partager un taxi ?

— Tu me dragues ?

— La rumeur affirme que tu n'es pas farouche. J'en ai encore pour une heure environ. Je dois discuter avec le Dr Edison. Ça te va ?

— Oui, une heure devrait faire l'affaire, répondit-il d'un ton un peu morose, un peu abattu. Il faut également que je rencontre mon chef.

Elle coinça le téléphone entre son menton et son épaule, et se connecta à sa messagerie électronique.

— Tu vas bien ?

— Je vais peut-être devoir terrasser un dragon.

Sa voix familière, d'un apaisant baryton, se teintait d'anxiété et de colère. Un mélange qu'elle détectait de plus en plus souvent ces derniers temps.

— Je croyais que ton rôle consistait à aider les dragons, pas à les terrasser. Tu ne m'en diras sans doute pas davantage, observa-t-elle.

— Tout juste.

Il lui faisait comprendre qu'il ne pouvait rien lui révéler. Sans doute rencontrait-il des problèmes avec un patient. Ça semblait devenir la mode en ce moment. Scarpetta avait depuis un mois l'impression qu'il évitait le McLean, l'hôpital psychiatrique affilié à Harvard et situé dans le Massachusetts, à Belmont, où ils avaient choisi de vivre. Il semblait encore plus tendu, plus distrait qu'à l'accoutumée, comme si quelque chose le rongeait sans qu'il puisse l'évoquer, sans doute pour des raisons déontologiques. Scarpetta savait quand insister et quand laisser tomber, s'étant habituée depuis bien longtemps au fait que Benton parvenait difficilement à partager certaines choses.

Les vies qu'ils menaient s'étaient peuplées de secrets, ressemblant maintenant à des pièces plongées dans une semi-pénombre. Des détours solitaires, des destinations parfois inconnues de l'autre décrivaient leur long pèlerinage mitoyen. Certes, la chose n'était pas aisée pour elle, mais, de bien des façons, elle était encore plus ardue pour Benton. À de rares exceptions près, elle pouvait discuter de ses cas avec son psychologue criminologiste de mari, solliciter son avis ou ses conseils sans enfreindre l'éthique professionnelle. Malheureusement, l'inverse était rarement vrai. Les patients de Benton étaient vivants et jouissaient de droits et de privilèges qu'avaient perdus les défunts dont s'occupait Scarpetta. Benton ne pouvait en parler avec sa femme sans violer le secret médical, sauf lorsqu'il s'agissait d'un individu présentant un danger pour lui-même ou les autres, ou reconnu coupable d'un crime.

Benton biaisa en abordant le sujet des fêtes et de leur vie dans le Massachusetts, qui devenait de plus en plus floue et lointaine :

— Il faudrait que nous décidions quand nous comptons rentrer à la maison. Justine se demande si elle doit décorer pour Noël. Peut-être poser des guirlandes lumineuses dans les arbres.

— C'est une bonne idée. Ça peut suggérer que quelqu'un occupe la maison, déclara Scarpetta en passant en revue ses *mails*. Ça décourage les cambrioleurs et, si j'en crois tout ce que j'entends, les vols et les cambriolages explosent. Oui, qu'elle mette des guirlandes lumineuses. Peut-être pour orner les buis qui se trouvent de chaque côté de l'entrée et dans le jardin.

— J'en conclus que nous ne ferons rien d'autre, résuma-t-il.

— Avec ce qui se passe en ce moment, je ne sais même pas où nous serons la semaine prochaine. Je me retrouve avec une sale histoire sur les bras et les gens se crêpent le chignon.

— J'en prends note. Décorer avec des loupiotes pour dissuader les cambrioleurs. Sans cela, pas la peine de se casser la tête.

— Je vais acheter quelques amaryllis pour égayer l'appartement et peut-être un petit sapin en pot que nous pourrons ensuite replanter. Et avec un peu de chance nous pourrons rentrer pour quelques jours si c'est ce que tu souhaites.

— Je ne sais pas ce dont j'ai envie. On devrait probablement partir de l'idée que nous allons rester à New York. Ça élimine le problème. Qu'en penses-tu ? Ça marche ? On se décide ? On organise un dîner ou un truc de ce genre. Avec Jaime et Lucy. Et Marino, je suppose.

— Tu supposes ?

— Bien sûr. Si tu as envie qu'il vienne.

Benton n'allait certainement pas dire qu'il souhaitait la présence du grand flic puisque c'était faux. Pourquoi faire semblant ?

— Marché conclu, déclara-t-elle, bien que cette solution ne lui plût guère. Nous restons à New York.

Une fois énoncée, cette perspective la dérangea encore plus.

Elle pensa à leur maison d'un étage, construite en 1910, une sobre harmonie de bois, de plâtre et de pierre qui lui rappelait à chaque fois à quel point elle aimait l'architecture de Frank Lloyd Wright. Sa vaste cuisine aux appareils professionnels en acier inoxydable lui manqua durant un instant. Leur chambre, avec ses grandes fenêtres de toit et son conduit de cheminée en brique nue, lui manquait aussi.

— Quelle importance, ici ou là-bas, à partir du moment où nous sommes ensemble, conclut-elle.

— Je voudrais te demander un truc. Aurais-tu reçu un… envoi inhabituel, peut-être une carte de vœux, quelque chose qui aurait été expédié à ton bureau du Massachusetts, à l'institut médico-légal de New York ou même chez CNN ?

— Une carte de vœux ? D'une personne en particulier ?

— C'est juste une question. Un courrier, disons… insolite.

— Des *e-mails,* des *e-cards.* En général, ce que m'envoient des étrangers arrive chez CNN et, fort heureusement, quelqu'un dépouille mon courrier à ma place.

— Je ne faisais pas vraiment allusion à des messages de fans. Je voulais parler d'une carte de vœux parlante ou chantante. Pas d'un truc électronique. Une version classique papier.

— J'ai l'impression que tu as un expéditeur en tête.

— C'est juste une question, répéta-t-il, prouvant qu'en effet il soupçonnait l'identité de cette personne.

Un patient. Peut-être même le dragon qu'il devait terrasser.

Elle ouvrit un *mail* émanant de son patron. Génial ! Il était dans son bureau jusqu'à dix-sept heures.

— Non, fit-elle.

— Inutile d'en discuter, précisa Benton qui n'avait pas envie de s'étendre sur le sujet. Appelle-moi lorsque tu es sur le départ et je te rejoindrai devant l'entrée principale. Tu m'as manqué aujourd'hui.

Benton enfila une paire de gants d'examen en coton et extirpa une enveloppe FedEx et une carte de Noël du sachet à indices où il les avait placées plus tôt. L'idée que cette carte, à tout le moins inappropriée, pour ne pas dire de mauvais goût, lui ait été envoyée au Bellevue le perturbait. Comment Dodie Hodge, sortie du McLean cinq jours auparavant, savait-elle que Benton se trouverait au Bellevue aujourd'hui ? D'ailleurs, comment était-elle au courant de ses allées et venues ? Benton avait passé en revue toutes les explications depuis le matin, jusqu'à l'obsession, le spectre de Dodie faisant ressortir le flic en lui, pas le psychologue.

Certes, en toute logique, Dodie pouvait avoir vu la bande-annonce de l'émission en direct à laquelle Scarpetta participait ce soir, *The Crispin Report*. Elle en avait donc conclu que Benton accompagnerait sa femme, surtout à quelques jours de Noël. Puisqu'il était à New York, il était donc probable qu'il fasse un saut au Bellevue, ne fût-ce que pour prendre connaissance de son courrier. Il était également vraisemblable que la condition psychiatrique de Dodie se soit délabrée dès après son retour chez elle, que ses insomnies soient devenues encore plus sévères ou, plus simplement, qu'elle n'obtienne plus la dose d'excitation dont elle avait un irrésistible besoin. Cependant aucune des hypothèses auxquelles en était arrivé Benton ne parvenait à le satisfaire. Au fil des heures, sa tension et sa vigilance s'étaient amplifiées. Son inquiétude tenait au fait que le geste déconcertant de Dodie ne cadrait pas avec sa personnalité, avec ce qu'il aurait pu prévoir d'elle, et il se demandait si elle avait agi seule. Mais sa propre attitude le préoccupait également. On aurait dit que Dodie avait éveillé en lui des penchants et un comportement inacceptables dans sa profession. Qu'il n'était pas vraiment lui-même ces derniers temps.

Rien n'était inscrit sur l'enveloppe rouge de la carte, ni le nom de Benton, ni celui de Scarpetta, ni même celui de Dodie Hodge. Du moins ce point était-il cohérent avec ce qu'il savait d'elle. Durant son séjour au McLean, elle avait refusé d'écrire ou de dessiner. Elle avait d'abord prétendu être timide. Elle avait ensuite déclaré que les médicaments prescrits au cours de son hospitalisation lui occasionnaient des tremblements et perturbaient sa coordination musculaire, l'empêchant de recopier la série la plus facile de dessins géométriques, de réunir des nombres dans un certain ordre, de trier ou même de manipuler des cubes. Pendant presque un mois, Dodie s'était contentée de jouer la comédie, d'attiser les tensions, de se plaindre, de donner des leçons à tous, de dispenser ses conseils, de tenter de s'immiscer partout, de mentir et d'engager la conversation, parfois en hurlant, avec tous ceux qui acceptaient de l'écouter. Elle n'avait jamais son content de drames de nature à la gonfler d'importance, de pensées imaginaires, voire magiques, devenant la star de son propre film et sa fan la plus passionnée.

Benton ne redoutait aucun désordre de la personnalité autant que l'histrionisme. Dès l'arrestation de Dodie à Detroit, Michigan, pour délit de vol et troubles à l'ordre public, tous ceux qui étaient concernés par cette affaire s'étaient démenés pour qu'elle reçoive un traitement psychiatrique, toutefois aussi loin d'eux que possible. Personne ne voulait s'approcher de cette femme grandiloquente qui beuglait, hurlait dans la librairie-café Betty's qu'elle était la tante de la star de cinéma Hap Judd, qu'elle faisait partie de sa liste de privilégiés et que, donc, planquer quatre DVD de ses films d'action dans son pantalon ne s'apparentait pas à un vol. Betty en personne n'avait fait aucune difficulté pour retirer sa plainte si, en échange, Dodie ne remettait jamais les pieds dans son établissement, ni à Detroit, ni même dans l'État du Michigan. Le marché passé avec Dodie était simple : elle acceptait d'être hospitalisée au minimum trois semaines et les charges contre elle seraient abandonnées.

Elle avait cédé à la condition expresse d'être internée au McLean, puisque c'était dans cet hôpital que les VIP, les gens riches et célèbres, séjournaient. De plus, sa localisation l'arrangeait, lui permettant de surveiller son domaine de Greenwich dans le Connecticut, mais aussi d'être proche de Salem, où elle aimait faire des emplettes dans des magasins spécialisés dans la sorcellerie et tirer les cartes, dispenser des rituels, vendre des grigris. Elle avait insisté sur le fait qu'avec ce qu'allait lui coûter cette hospitalisation privée, elle exigeait d'être traitée par le plus réputé et le plus important des experts disponibles, un homme possédant au minimum un PhD, ayant un passé avec le FBI, en plus d'un esprit ouvert en ce qui concernait le surnaturel et une grande tolérance vis-à-vis des autres croyances, dont l'Ancienne Religion.

Le premier choix de Dodie s'était porté sur le Dr Warner Agee, un psychiatre légal, ancien profileur du FBI – du moins à ce qu'elle affirmait –, qu'on voyait beaucoup à la télévision. Sa requête avait été rejetée. Tout d'abord, Agee n'était pas affilié au McLean. De surcroît, les bureaux du procureur général de Detroit ne voulaient en aucun cas collaborer avec celui qu'ils nommaient « la rigolade des experts médico-légaux ». Dès que le nom d'Agee, qu'il méprisait plus que tout, était apparu dans la salade Dodie, Benton s'était efforcé de se retirer du jeu, sans même s'intéresser à l'identité de la patiente. Néanmoins Benton était lié au McLean par des obligations professionnelles. Manque de chance pour lui, il devenait le candidat de choix pour mener à bien la pénible mission : évaluer psychologiquement cette femme qui affirmait être une sorcière et posséder des attaches avec des célébrités. Le but consistait à lui éviter le tribunal et la prison, d'autant qu'aucun établissement pénitentiaire n'aurait souhaité la récupérer.

Durant les quatre semaines où elle avait été hospitalisée au McLean, Benton avait passé autant de temps que possible à New York, non seulement pour être proche de Scarpetta, mais pour conserver le plus de distance possible avec Dodie. Il avait été si soulagé par son départ, dimanche dernier dans l'après-midi, qu'il avait téléphoné à plusieurs reprises pour s'en assurer, vérifier qu'on était bien venu la chercher pour la reconduire chez elle, c'est-à-dire pas dans un domaine du Connecticut, puisqu'il s'agissait d'un autre mensonge. Elle avait été déposée devant une petite maison d'Edgewater, dans le New Jersey, où elle vivait de toute évidence seule, après avoir épuisé quatre maris qui étaient décédés ou s'étaient sauvés des années auparavant. Pauvres gars !

Benton récupéra le téléphone et composa le numéro de poste du Dr Nathan Clark, le directeur du département de psychiatrie médico-légale du Bellevue, afin de le prier de lui consacrer une minute. Durant l'attente, Benton examina à nouveau l'enveloppe FedEx, des détails le déroutant, le préoccupant toujours, l'incitant à agir d'une façon qui n'était pas acceptable. Il n'y avait aucune adresse d'expéditeur. Quant à la sienne au Bellevue, elle avait été tracée à la main, dans une sorte de calligraphie fonctionnelle à la plume, si précise qu'on aurait cru une sortie d'imprimante. Une régularité de trait qu'il n'aurait jamais attribuée à Dodie. Les seuls exemples de son écriture qu'il avait vus se résumaient à sa signature en bas des formulaires du McLean : un gribouillage ample, semé de boucles. Il tira l'épaisse carte de vœux en papier glacé de son enveloppe. Elle représentait un gros père Noël pourchassé par une Mme Noël à l'air furieux qui brandissait un rouleau à pâtisserie, la légende disant : « T'es sûr que c'est aux enfants que tu offres de la lingerie fine ? » Benton entrouvrit la carte et la voix enregistrée de Dodie chanta faux, sur l'air d'*Holly Jolly Christmas* :

Un joyeux, très joyeux Noël,
Et quand vous penserez à Dodie,
Suspendez à la place rêvée du gui dodu
Et pendez un ange à votre sapin.
Joyeux, joyeux Noël, Benton et Kay !

Les mêmes paroles exaspérantes en boucle et ces vœux ânonnés d'une voix à la fois infantile et voilée.

— Pas vraiment un *crooner*, déclara le Dr Clark en pénétrant vêtu de son manteau, portant son chapeau et remorquant sa vieille sacoche en cuir patiné équipée d'une bandoulière.

À chaque fois qu'il posait le regard sur celle-ci, Benton pensait aux sacs de courrier de l'époque du Pony Express et des chariots couverts.

— Si vous parvenez à le supporter jusqu'au bout, l'enregistrement se répète durant exactement quatre minutes.

Le Dr Clark déposa sa sacoche sur la chaise et se rapprocha du siège de Benton, se penchant pour regarder de près la carte, plaquant les deux mains sur le bord du bureau afin de garantir son équilibre. Il avait un peu plus de soixante-dix ans et on venait de lui diagnostiquer un début de maladie de Parkinson, une cruelle punition pour un homme talentueux dont le corps avait toujours été aussi performant que l'esprit. Le tennis, le ski, l'escalade, piloter son avion personnel, le Dr Clark avait presque tout tenté et réussi, sans doute guidé par un amour infini de la vie. Il s'était fait escroquer par la biologie, la génétique, l'environnement, peut-être par quelque chose d'aussi banal qu'une exposition aux vieilles peintures à base de plomb ou à d'anciennes canalisations, qui avait occasionné au ganglion basal de son éblouissant cerveau des dégâts dus aux radicaux libres. Qui diable pouvait savoir pour quelle raison il était frappé d'un tel fléau ? Cependant la maladie progressait rapidement. Il commençait à se voûter et ses mouvements devenaient maladroits et décalés.

Benton referma la carte et la voix de Dodie fut interrompue en plein milieu d'une phrase.

— Une fabrication maison, *a priori*. Les cartes sonores que l'on achète dans le commerce ont des durées d'enregistrement qui vont de dix secondes à environ quarante-cinq. Certainement pas quatre minutes. D'après ce que j'ai compris, on peut acheter un module vocal vierge programmable à volonté si on souhaite un enregistrement plus long. Ça se trouve sur Internet et on peut concocter sa propre carte de vœux. Ce qu'a fait cette ancienne patiente, ou du moins ce que quelqu'un a réalisé pour elle.

Il ramassa la carte et l'inclina sous différents angles afin que le Dr Clark puisse en examiner les tranches, se rendre compte du soin méticuleux avec lequel elle avait été fabriquée.

— Elle a trouvé cette carte – ou quelqu'un l'a fait pour elle – et enregistré sa chansonnette sur un module qui a ensuite été collé à l'intérieur, puis recouvert d'un morceau de papier, peut-être la face vierge d'une autre carte de vœux découpée, continua

Benton. Ce qui explique qu'elle n'ait rien inscrit à l'intérieur. D'ailleurs elle n'a pas écrit le moindre mot de tout son séjour au McLean. Elle affirme qu'elle n'écrit jamais.

— Une phobique de l'écriture ?

— De l'écriture et des médicaments, c'est ce qu'elle prétend.

— Une perfectionniste qui ne tolère pas les critiques, suggéra le Dr Clark en contournant le bureau.

— Une fausse malade.

— Ah ! Un désordre factice, donc. Et pour quelle raison ? s'enquit le Dr Clark qui commençait à douter de l'explication de Benton.

— L'argent et l'attention sont ses deux motivations les plus puissantes. Cela étant, peut-être y a-t-il autre chose, poursuivit Benton. Je commence à me demander qui nous avons gardé au McLean durant un mois. Et pourquoi.

Le Dr Clark s'assit avec lenteur, avec prudence, plus aucun de ses gestes n'étant maintenant spontané. Benton se rendit compte qu'il avait terriblement vieilli depuis l'été dernier.

— Je suis désolé de vous ennuyer avec ça. Je sais à quel point vous êtes occupé.

— Vous ne m'ennuyez jamais, Benton. Nos discussions m'ont manqué et je songeais justement à vous appeler. Je me demandais comment vous alliez, déclara le Dr Clark comme s'ils avaient eu des choses à évoquer et que Benton se soit montré évasif. Et donc elle a refusé de se soumettre aux tests crayon et papier ?

— Pas moyen de lui faire faire le Bender-Gestalt ou la figure complexe de Rey-Osterrieth, ni la tache de substitution chiffres/symboles, le test d'habileté syntaxique, ni même le test des tracés. Rien qui exige qu'elle écrive ou qu'elle dessine.

— Et les tests explorant la fonction psychomotrice ?

— Pas d'épreuves de cubes, ni de tour de Londres, ni de *finger tapping*.

— Intéressant. Donc rien qui mesure le temps de réaction.

— Son ultime excuse a été que les médicaments qu'elle prenait lui donnaient des tremblements affreux et qu'elle ne parvenait plus à tenir un stylo. Elle ne voulait pas être humiliée par un écrit, un dessin, ni même en manipulant des objets.

Benton ne pouvait s'empêcher de songer à la pathologie qui rongeait le Dr Clark alors qu'il évoquait les prétendues affections dont se plaignait Dodie Hodge.

— Rien qui requière d'elle une performance, rien qui puisse, du moins dans son esprit, inciter l'autre à la critique ou au jugement. Elle refuse qu'on l'évalue. Quels médicaments ?

Le regard du Dr Clark se perdit vers la fenêtre située derrière Benton, comme s'il y avait là quelque chose d'intéressant à observer, en dehors des briques beiges de l'hôpital et de la nuit qui s'imposait peu à peu.

— Selon moi, plus rien en ce moment. On ne peut pas dire qu'elle fasse une malade docile et, de surcroît, les molécules ne l'intéressent que si elles la font se sentir bien. L'alcool, par exemple. Elle prenait du Risperdal durant son hospitalisation.

— Qui peut provoquer une dyskinésie tardive, mais c'est plutôt atypique, considéra le Dr Clark.

— Elle n'a souffert ni de spasmes musculaires, ni de tremblements, sauf ceux qu'elle mimait, rectifia Benton. Toutefois, bien sûr, elle affirme que cet état est maintenant permanent.

— C'est théoriquement un effet secondaire possible du Risperdal, notamment chez la femme âgée.

— Dans son cas il s'agit de comédie, de conneries. Et je suis certain qu'elle a un but caché. Heureusement, j'ai suivi mon intuition et exigé que toutes nos sessions soient enregistrées.

— Et comment l'a-t-elle pris ?

— Elle s'est glissée dans la peau du personnage, en fonction de l'humeur du jour ou de ce qui lui traversait l'esprit : séductrice, bonne dame de l'Armée du salut ou sorcière.

— Craignez-vous qu'elle puisse se montrer violente ?

— Du moins ses préoccupations le sont-elles. Elle affirme avoir déterré des souvenirs enfouis de culte satanique, son père tuant des enfants sur des autels de pierre, puis ayant des relations sexuelles avec elle. Nous n'avons aucune preuve qui corrobore ses dires.

— Mais quelle preuve pourrait exister ?

Benton ne répondit rien. Il n'avait pas le droit de vérifier la véracité des déclarations de ses patients, pas le droit d'enquêter à leur sujet. Cette éthique professionnelle était tellement opposée à ce que lui soufflait son intuition qu'elle en devenait presque intolérable.

— Donc elle n'aime pas écrire, mais se complaît dans le drame, résuma le Dr Clark en fixant Benton.

— Le drame est le dénominateur commun.

Benton sut que son patron s'acheminait vers la vérité. Il sentait ce que Benton avait fait ou, du moins, qu'il avait fait quelque chose. Une pensée traversa l'esprit de celui-ci : il avait orchestré cette conversation en prenant Dodie pour prétexte parce que, en réalité, il avait besoin de parler de lui.

— Son insatiable besoin de drame et les troubles du sommeil dont elle a souffert la majeure partie de sa vie, poursuivit Benton. Elle a passé des tests dans le laboratoire du sommeil au McLean. De toute évidence, elle a également participé à nombre d'études d'actigraphie au fil des années. Elle souffre, la chose est claire, de troubles du rythme circadien et d'insomnie chronique. Plus ses problèmes de sommeil empirent, plus ses capacités de compréhension et son jugement se délabrent, plus sa vie devient chaotique. Cela étant, le niveau de ses connaissances est excellent et elle est dans la fourchette des individus très intelligents, pour ne pas dire brillants.

— Le Risperdal a-t-il amélioré son état ?

— Son humeur s'était un peu stabilisée. Elle semblait moins hypomaniaque, avouait qu'elle dormait mieux.

— Si elle a mis un terme à son traitement, il y a de fortes probabilités que sa condition empire. Quel âge ?

— Cinquante-six ans, précisa Benton.

— Une bipolaire ? Schizophrène ?

— Ce serait plus aisé à traiter si tel était son cas. Un désordre de la personnalité axe II, une histrionique avec des tendances limites antisociales.

— Génial ! Et pourquoi lui a-t-on prescrit du Risperdal ? s'enquit le Dr Clark.

— Lorsqu'elle a été admise le mois dernier, elle semblait délirante, mais en fait il s'agit d'une menteuse pathologique.

Benton poursuivit en racontant brièvement l'arrestation de Dodie à Detroit.

— Selon vous, risque-t-elle de vous accuser d'avoir violé ses droits civils, de prétendre qu'elle a été hospitalisée contre sa volonté, qu'elle a été victime de coercition et forcée de prendre un traitement qui l'a rendue partiellement invalide pour le reste de son existence ?

— Elle a signé une décharge de plein gré. On lui a remis un document précisant ses droits, dont celui d'avoir recours à un conseil juridique et tout le reste. En ce moment, ce n'est pas un litige ou une action en justice que je crains, Nathan.

— En effet, je n'ai pas pensé que vous portiez des gants d'examen parce que vous aviez peur qu'on vous colle un procès sur le dos.

Benton replaça la carte de vœux et l'enveloppe FedEx dans le sachet à indices qu'il referma avec soin. Il ôta ses gants avant de les jeter à la poubelle.

— Quand est-elle sortie du McLean ? demanda le Dr Clark.

— Dimanche dernier, dans l'après-midi.

— Lui avez-vous rendu visite, avez-vous discuté avec elle juste avant son départ ?

— Deux jours plus tôt, c'est-à-dire le vendredi.

— Et elle ne vous a pas fait un témoignage d'amitié, pas de vœux pour les fêtes à ce moment-là, au moment où elle pouvait le formuler de vive voix, votre réaction devenant sa gratification ?

— Non. En revanche, elle a parlé de Kay.

— Je vois.

À l'évidence. Il savait parfaitement ce dont Benton s'inquiétait, avec raison.

Le Dr Clark suggéra :

— Il est possible que Dodie ait jeté son dévolu sur le McLean parce qu'elle savait d'ores et déjà que vous, l'éminent mari de l'éminente Kay Scarpetta, faisiez partie de son personnel. Peut-être Dodie souhaitait-elle passer un moment « précieux » en votre compagnie ?

— Elle ne m'a pas choisi en premier.

— Qui d'autre ?

— Une autre personne, biaisa Benton.

— Quelqu'un que je connais ? insista le Dr Clark comme si un soupçon lui était venu.

— Oh, si je le nommais, vous le reconnaîtriez tout de suite.

— Cependant n'auriez-vous pas conçu des doutes sur le fait que son prétendu « premier choix » était bien celui qu'elle désirait vraiment ? Après tout, les intentions et la sincérité de Dodie semblent très sujettes à caution. Mais le McLean était bien l'hôpital qu'elle voulait ?

— En effet.

— Je trouve cela significatif puisque d'autres « premier choix » n'auraient pas été possibles ici.

— C'est exactement ce qui s'est produit, admit Benton.

— Elle a de l'argent ?

— Qui lui vient prétendument de sa collection de maris. Elle a séjourné au Pavillon, où, vous le savez, le patient règle lui-même la facture. Elle a payé comptant, ou du moins son avocat s'en est-il chargé.

— Ça coûte combien maintenant ? Trois mille dollars la journée ?

— Dans ces eaux-là.

— Elle a donc payé plus de quatre-vingt-dix mille dollars comptant.

— Un dépôt à l'admission, puis le solde lorsqu'elle est sortie. Un transfert bancaire par l'intermédiaire de son avocat de Detroit, précisa Benton.

— Elle vit là-bas ?

— Non.

— Mais le cabinet de son avocat s'y trouve ?

— Il semblerait.

— Que fabriquait-elle à Detroit ? À part se faire arrêter ? demanda ensuite le Dr Clark.

— Elle était en vacances. Elle séjournait au Grand Palais, expérimentant ses pouvoirs magiques sur les machines à sous et les tables de roulette.

— Une joueuse invétérée ?

— Oh, elle vous vendra quelques amulettes porte-bonheur si vous le souhaitez.

Son pénétrant regard toujours fixé sur Benton, le Dr Clark observa :

— Vous paraissez vraiment éprouver pour elle une aversion marquée.

— Je ne certifierai pas que je ne suis pas entré en ligne de compte dans son choix d'hôpital. Ou Kay d'ailleurs, admit Benton.

— Ce que j'entends, moi, c'est que vous commencez à le redouter, rectifia Nathan Clark en ôtant ses lunettes pour les nettoyer à l'aide de sa cravate en soie grise. Les derniers événements vous rendent-ils exagérément méfiant ou inquiet à l'égard de ceux qui vous entourent ?

— À quels événements pensez-vous ?

— Pourquoi ne pas me le révéler ?

— Je ne suis pas paranoïaque, se défendit Benton.

— Certes, mais c'est ce qu'affirment tous les sujets paranoïaques.

— Je mets votre réflexion au compte de votre millésime personnel d'humour pince-sans-rire.

— Et, à part ça, comment allez-vous ? Tant de choses se sont passées dernièrement, n'est-ce pas ? Tant sont survenues en même temps, en quelques petites semaines.

— Il se passe toujours beaucoup de choses.

— Kay s'est montrée à la télé. C'est un personnage public. (Nathan Clark chaussa ses lunettes avant de poursuivre :) À l'instar de Warner Agee.

Benton Wesley s'attendait depuis quelques instants à ce que son patron mentionne Agee. Sans doute Benton avait-il évité le Dr Clark. Pas sans doute. À l'évidence. Jusqu'à aujourd'hui.

Son patron reprit :

— Il m'est venu à l'esprit que cela devait vous faire quelque chose de voir Agee dans des émissions, l'homme qui a saboté votre carrière au FBI, qui a saboté votre vie entière parce qu'il rêvait d'être vous. Aujourd'hui, il joue votre rôle devant le public, du moins de façon métaphorique, en endossant la personnalité de l'expert en sciences légales, du profileur du FBI. Enfin sa grande chance d'atteindre la célébrité.

— Tant de gens prétendent des choses exagérées, voire mensongères.

— Avez-vous parcouru sa biographie sur Wikipedia ? demanda ensuite le Dr Clark. Il y est cité comme l'un des pères fondateurs du profilage et votre mentor. On précise même qu'alors que vous exerciez au FBI, du temps où vous dirigiez l'unité des sciences du comportement et que débutait votre liaison adultère – je cite – avec Kay Scarpetta, il aurait travaillé avec elle sur certaines affaires célèbres. Est-il vrai qu'il a collaboré avec Kay ? Parce que, si mes souvenirs sont exacts, Warner n'a jamais été profileur au FBI, ni nulle part ailleurs.

— J'ignorais que vous considériez Wikipedia comme une source fiable, rétorqua Benton comme s'il accusait le Dr Clark de propager ces mensonges.

— J'y ai jeté un œil parce que, souvent, les anonymes qui contribuent à enrichir des encyclopédies *on line* ou d'autres sites Internet d'informations ont un intérêt bien spécifique et pas impartial pour le sujet sur lequel ils écrivent de façon, disons, fort discrète. Étrangement, il semble que sa biographie ait été considérablement revue et développée au cours des récentes semaines. Je me demande bien par qui.

— Peut-être par la personne concernée, suggéra Benton en se tendant de rage et de ressentiment.

— Je suppose que Lucy pourrait le découvrir, si elle ne le sait pas déjà, et éliminer ces informations erronées. Cela étant, peut-être n'a-t-elle pas songé à vérifier certains détails parce qu'elle n'est pas au courant des aspects de votre passé que vous m'avez confiés.

— Il existe des choses bien plus intéressantes auxquelles consacrer notre temps, plutôt qu'à des individus peu doués qui recherchent désespérément l'attention. Lucy a mieux à faire que gâcher ses capacités informatiques d'investigation pour explorer les cancans d'Internet. Toutefois vous avez raison : je ne lui ai pas révélé tout ce que je vous ai dit.

Cela faisait bien longtemps que Benton ne s'était pas senti si menacé, si longtemps qu'il ne s'en souvenait pas.

— Si vous ne m'aviez pas appelé cet après-midi, j'étais décidé à inventer de toutes pièces un prétexte pour venir discuter avec vous, de sorte que nous mettions cartes sur table, avoua le Dr Clark. Vous seriez fondé à vouloir détruire Warner Agee.

Quant à moi, je suis également fondé à espérer que vous dépasserez cette envie.

— Je ne vois pas le lien entre ceci et ce que nous évoquions plus tôt, Nathan.

— Oh, mais tout est lié, Benton, contra le médecin en le scrutant, le dévisageant. Revenons-en à notre sujet initial, votre ancienne patiente, Dodie Hodge, parce que j'ai le sentiment qu'il existe un lien entre elle et le reste. Un certain nombre d'éléments me frappent. Tout d'abord la carte qui suggère des violences domestiques, un homme qui humilie une femme en offrant des frivolités à d'autres femmes, son épouse le pourchassant dans la ferme intention de le frapper à l'aide d'un rouleau à pâtisserie, les connotations sexuelles. En d'autres termes, nous sommes face à l'une de ces plaisanteries qui n'ont rien de drôle. Que vous suggère-t-elle ?

— Projection…

Benton se contraignit à juguler la fureur qu'il ressentait contre Warner Agee et reprit :

— C'est ce qu'elle projette, s'entendit-il déclarer d'un ton maîtrisé.

— D'accord. Et ce serait quoi, sa projection, selon vous ? Qui est le Père Noël ? Et la Mère Noël ?

— Je suis le Père Noël, traduisit Benton, comme la vague de colère s'apaisait.

Un véritable cataclysme l'avait habité, pour décroître jusqu'à presque disparaître. Il se détendit un peu et poursuivit :

— Mme Noël m'est hostile. Elle pense que j'ai commis un acte méchant ou humiliant à son égard. Moi, le Père Noël, je m'apprête à distribuer mes cadeaux et elle a le sentiment que je suis un tricheur.

— La perception de Dodie Hodge, c'est qu'elle a été accusée à tort, humiliée, banalisée, considérée quantité négligeable. Néanmoins elle sait aussi que sa perception est erronée. Et c'est là que la personnalité histrionique fait son entrée en scène. L'évident message de cette carte de vœux est que le pauvre Père Noël va se faire frotter les oreilles parce que Mme Noël a mal interprété ce qu'il a fait. Dodie comprend très bien la plaisanterie, sans quoi elle n'aurait jamais choisi cette carte.

— Si tant est que ce soit elle.

— Vous ne cessez de faire allusion à ce point. À la possibilité que quelqu'un l'ait aidée. Peut-être un complice.

— Du moins pour la partie technique, rectifia Benton. Quelqu'un qui connaît les systèmes d'enregistrement, qui peut les commander sur Internet, puis assembler les différentes parties. Dodie est impulsive et recherche une gratification immédiate. Il existe ici un degré de réflexion qui est incompatible avec ce que j'ai appris d'elle lors de son séjour à l'hôpital. De plus, quand aurait-elle trouvé le temps ? Ainsi que je vous l'ai dit, elle est sortie du McLean dimanche dernier. Le FedEx a été envoyé hier, c'est-à-dire mercredi. D'ailleurs, comment savait-elle que c'était ici qu'il fallait me l'adresser ? L'adresse manuscrite est étrange. Toute cette histoire est étrange.

— Elle est avide de drame, or la carte chantante est très spectaculaire. Vous trouvez cela incompatible avec ses tendances histrioniques ?

— Vous avez insisté vous-même sur le fait qu'elle n'a pas été témoin de sa petite mise en scène, souligna Benton. Un drame perd de son intérêt s'il n'a pas de public. Elle ne m'a pas vu ouvrir la carte et ne peut pas même être certaine que je l'ai fait. Pourquoi ne me l'a-t-elle pas offerte juste avant sa sortie de l'hôpital, en mains propres ?

— Quelqu'un l'aurait donc poussée à cet envoi ? Son complice ?

— Les paroles de la chanson me tracassent.

— Lesquelles ?

— « Suspendez à la place rêvée du gui dodu et pendez un ange à votre sapin », récita Benton.

— Qui est l'ange ?

— À votre avis ?

— Il pourrait s'agir de Kay, admit le Dr Clark en soutenant le regard de Benton. Le sapin pourrait également être une allusion à votre pénis, à votre relation sexuelle avec votre femme.

— Et aussi à un lynchage.

CHAPITRE 4

Le médecin expert en chef de l'institut médico-légal de New York était penché sur son microscope lorsque Kay Scarpetta tapa légèrement à la porte ouverte de son bureau.

Sans lever la tête alors qu'il avançait une lame sur la platine, le Dr Brian Edison demanda :

— Vous savez ce qui se passe lorsqu'on sèche une réunion du personnel ? Les gens parlent de vous.

— Je ne veux pas l'entendre.

Scarpetta pénétra dans la pièce et s'installa dans un fauteuil en orme à dossier incurvé, de l'autre côté du bureau où deux personnes pouvaient travailler face à face. Il se tourna pour la regarder, ses cheveux blancs en désordre, le regard intense, tel celui d'un oiseau de proie.

— Sans doute devrais-je être plus précis. La conversation n'a pas roulé sur vous en tant qu'individu, plutôt de façon indirecte : CNN, TLC, Discovery, toutes les chaînes du câble. Avez-vous une idée du nombre d'appels que nous recevons chaque jour ?

— Rien que cela mériterait que vous engagiez une secrétaire supplémentaire.

— Alors qu'en fait nous allons devoir nous séparer de certaines personnes. Du personnel administratif et des techniciens. On a déjà rogné sur le personnel de sécurité et de maintenance. Dieu sait ce que nous deviendrons si l'État met ses menaces à exécution et ampute à nouveau notre budget de trente pour cent. Nous ne sommes pas dans le secteur du divertissement, et n'en avons aucune envie. D'ailleurs nous ne pouvons pas nous le permettre.

— Je suis désolée si je suis à l'origine de problèmes, Brian.

Brian Edison était probablement le plus remarquable anatomopathologiste qu'avait fréquenté Scarpetta. Il définissait sa mission de façon limpide, une mission un peu différente de celle de Scarpetta, et il n'y avait pas à sortir de là. Selon lui, la médecine légale était un service de santé publique. Il se passait des médias, dont la seule utilité à ses yeux consistait à informer les citoyens de ce qui concernait leur santé, tels les risques chimiques ou biologiques, les maladies transmissibles, qu'il s'agisse d'un lit d'enfant dangereux ou d'une épidémie d'hantavirus. Sa perception de son métier n'était pas fausse. En revanche, tout le reste l'était. Le monde avait changé, pas nécessairement en mieux.

— Je tente de naviguer à vue sur une voie que je n'ai pas choisie, admit Scarpetta. On avance sur un chemin élevé, dans un monde sillonné par des routes de bas niveau. Alors que faire ?

— S'abaisser à leur échelle ?

— J'espère que vous ne me prêtez pas ce genre d'intentions.

Il récupéra une pipe d'églantier qu'il n'avait plus le droit de fumer à l'intérieur du bâtiment.

— Comment percevez-vous votre carrière sur CNN ?

— Je ne l'envisage pas comme une carrière. C'est pour moi le moyen de diffuser des informations d'une façon que j'estime incontournable à notre époque.

— Oui, faire contre mauvaise fortune bon cœur.

— Je peux arrêter si vous le souhaitez, Brian. Je vous l'ai proposé dès le début. Je ne ferai jamais rien, du moins intentionnellement, qui puisse porter préjudice à l'institut ou compromettre sa réputation, même un tant soit peu.

— Il est inutile de revenir encore et encore là-dessus. En théorie, je ne suis pas opposé à votre vision des choses, Kay. Le public est toujours aussi mal informé qu'auparavant en matière de justice pénale et de sciences médico-légales. Et, en effet, ça compromet des scènes de crime et des procès, sans même évoquer la législation, là où passe une partie des impôts. Toutefois je ne crois vraiment pas que des apparitions dans ce genre d'émissions vont régler le problème. Bon, c'est ma position et je suis du genre inflexible, au point que je me sens obligé de vous rappeler les cimetières indiens qu'il ne faut pas fouler. Hannah Starr en est un.

— J'imagine que ce fut l'un des thèmes abordés à la réunion du personnel. La fameuse discussion dont je n'étais pas directement l'objet, remarqua Scarpetta.

— Je ne regarde jamais ces émissions, poursuivit-il en jouant avec sa pipe. Cependant Hannah Starr semble devenue une sorte de poule aux œufs d'or pour tous les Carley Crispin et Warner Agee, comme pas mal de célébrités décédées qui l'ont précédée. Le pire serait qu'on vous pose des questions au sujet de la joggeuse assassinée durant le show de ce soir.

— J'ai passé un accord avec CNN : je ne discute jamais des affaires en cours.

— Et votre accord avec cette Crispin ? Pour ce que j'en sais, elle n'a pas la réputation de jouer franc jeu. Or ce sera elle qui tiendra le micro ce soir. En direct.

— On m'a demandé de parler de microscopie, notamment en ce qui concerne l'analyse de cheveux, rectifia Scarpetta.

— Une bonne chose, qui peut se révéler utile. Certains de nos collègues dans les labos sont assez inquiets parce que leurs disciplines sont vite décrétées de peu d'importance. La raison en est simple : aux yeux du public et des politiciens, l'ADN est la panacée. Il suffit de bien agiter le tube à essai et tous les problèmes seront résolus. Au diable les fibres, les poils, la toxicologie, l'analyse de documents et même les empreintes digitales. (Le Dr Edison reposa sa pipe dans un cendrier qui n'avait plus vu de cendres depuis des années.) Nous n'avons aucun doute en ce qui concerne l'identité de Toni Darien, n'est-ce pas ? Je sais que la police veut révéler cette information au grand public.

— On peut parfaitement communiquer son nom. En revanche, je n'ai pas l'intention de divulguer quelque détail que ce soit au sujet de mes conclusions. Je suis préoccupée. Je me demande si la scène de crime n'est pas factice, si Toni n'a pas été assassinée dans un autre endroit que celui où on a découvert son cadavre, et si elle courait vraiment lorsqu'elle a été agressée.

— Sur quoi vous fondez-vous ?

— Différentes choses. Elle a été frappée à la tête, un coup porté dans la partie postérieure de l'os temporal gauche, expliqua Scarpetta en pointant son index vers la zone correspondante de son crâne. La survie a pu être de plusieurs heures, ainsi que le suggèrent l'importance masse visqueuse et les tissus œdémateux et hémorragiques sous le cuir chevelu. Ensuite, elle est morte et on a noué une écharpe autour de son cou.

— Vous avez une idée de l'arme utilisée ?

— Une fracture circulaire avec un important fracas osseux, qui a repoussé des éclats d'os dans le cerveau. Quel que soit l'objet avec lequel on l'a frappée, il possède au moins une surface arrondie de cinquante millimètres de diamètre.

— Pas enfoncé, mais fracassé. Il ne s'agit donc pas d'un objet du type marteau, arrondi mais possédant une surface plate. Pas non plus d'une batte de base-ball si ladite surface n'excède pas cinquante millimètres et si elle est ronde. En fait, la taille d'une boule de billard. Je serais curieux de savoir quoi au juste.

— Je pense qu'elle est morte depuis mardi, poursuivit Scarpetta.

— Le processus de décomposition était en cours ?

— Pas du tout. Toutefois les lividités cadavériques étaient fixées, leur localisation cohérente avec le fait qu'elle soit restée allongée sur le dos pas mal de temps après le décès, au moins douze heures, dévêtue, les bras le long du corps, les paumes vers le sol. Or ce n'est pas ainsi que le corps a été retrouvé, pas de cette façon qu'il a été positionné dans le parc. Certes, elle était bien sur le dos, mais ses bras étaient relevés au-dessus de sa tête, légèrement repliés, comme si on l'avait traînée en l'agrippant par les poignets.

— La *rigor mortis* ? s'enquit le Dr Edison.

— Les membres n'ont pas opposé beaucoup de résistance lorsque je les ai pliés. En d'autres termes, la rigidité cadavérique s'était installée et était en train de se désinstaller. Et cela aussi, ça demande du temps.

— Je suppose que vous voulez dire qu'elle n'a pas été difficile à manipuler, à transporter ailleurs. Son cadavre a donc été balancé dans le parc, ce qui aurait été problématique si elle avait été encore rigide. Un dessèchement ? Ce à quoi on s'attendrait si elle était restée dans un endroit frais qui aurait retardé la décomposition d'un ou deux jours.

— Une dessiccation légère de l'extrémité des doigts, des lèvres, et la tache noire sclérale : les yeux étaient entrouverts et la conjonctive avait bruni à cause de la déshydratation. La température axillaire était de dix degrés centigrades. La température nocturne la plus basse était à peine de deux degrés ; la plus haute au cours de la journée de huit degrés et demi. La marque tout autour du cou est une abrasion superficielle sèche et brunâtre. Pas de suffusion, pas de pétéchies de la face ou sur la conjonctive. La langue était logée dans la cavité buccale.

— Donc *post mortem*, résuma le Dr Edison. L'écharpe avait-elle été nouée selon un angle particulier ?

— Non. Au milieu de la gorge, fit Scarpetta en joignant le geste à la parole. Elle a été nouée d'un double nœud sur le devant, nœud que je n'ai pas coupé, vous vous en doutez. J'ai récupéré l'écharpe en tranchant le tissu à l'arrière du cou. Aucune réponse tissulaire vitale et c'est aussi vrai à l'examen interne. L'os hyoïde, la thyroïde et les muscles du cou sont intacts.

— Tout un ensemble d'éléments qui va dans le sens de votre hypothèse selon laquelle elle aurait été assassinée dans un lieu différent, puis transportée et abandonnée en bordure de parc, dans un endroit très visible en plein jour… Peut-être pour qu'elle soit rapidement découverte ce matin, au moment où les gens partaient travailler ? Avez-vous des raisons de croire qu'elle a été ligotée à un moment ou un autre ? Une agression sexuelle ?

— Pas de contusions, pas de marques suggérant une immobilisation par ligatures. Pas de blessures de défense non plus, énuméra Scarpetta. En revanche, j'ai constaté deux hématomes sur la face interne supérieure des deux cuisses. On retrouve une abrasion superficielle au niveau de la fourchette postérieure, avec un saignement discret et des contusions adjacentes. Les lèvres sont rougies. Pas de sécrétions visibles au niveau de l'introïtus, ni de la voûte vaginale. Toutefois on note la présence d'une égratignure sur la paroi postérieure. J'ai eu recours à un PERK.

Elle faisait référence au kit de détection utilisé lors des suspicions de viol, qui contient des écouvillons pour ADN.

— J'ai également poussé l'examen du corps en lumière spéciale et collecté tout ce que je pouvais trouver, notamment dans sa chevelure, continua-t-elle. Pas mal de poussière, de débris divers et variés dans les cheveux, que j'ai rasés au pourtour de la plaie. Grâce à un simple examen à la loupe, j'ai détecté des copeaux de peinture, certains incrustés assez profondément dans les blessures. Un rouge et un jaune éclatants, du noir aussi. Nous verrons ce que le labo des traces peut nous en dire. J'ai encouragé tout le monde à accélérer au maximum les analyses.

— Ce que vous faites à chaque fois si je ne m'abuse, remarqua le Dr Edison.

— Ah, un autre détail intéressant, poursuivit Scarpetta sur sa lancée. Ses chaussettes ont été enfilées sur les mauvais pieds.

— Comment cela est-il possible ? Vous voulez dire à l'envers ?

— Les chaussettes utilisées par les coureurs sérieux sont dessinées avec soin d'un point de vue anatomique. Il y a la chaussette droite et la gauche. D'ailleurs elles sont différenciées. Un D est imprimé sur l'une, un G sur la deuxième. Les siennes étaient inversées. La chaussette gauche était enfilée sur le pied droit, et vice versa.

Le Dr Edison enfila sa veste en suggérant :

— Elle a pu commettre l'erreur elle-même, sans s'en apercevoir, au moment où elle passait ses vêtements de sport.

— C'est possible, bien sûr. Cependant elle était très méticuleuse en ce qui concernait ses vêtements de course. Est-il vraisemblable qu'elle se soit trompée de pied ? Et puis… elle courait cette nuit-là sous la pluie, dans le froid, et elle n'aurait pas porté de gants, rien pour se protéger les oreilles, pas de manteau, pas de veste chaude, juste un gilet ? Mme Darien affirme que sa fille détestait courir lorsque les conditions météorologiques étaient très mauvaises. De surcroît, elle ne se souvient absolument pas d'avoir vu cette montre étrange que Toni portait lorsqu'on l'a retrouvée. Une sorte d'énorme montre digitale en plastique noir, avec « BioGraph » gravé derrière, dont je me demande si elle n'est pas destinée à collecter des données.

— Vous avez cherché sur Google ? s'enquit le Dr Edison.

— Oui, et Lucy a fouiné partout. Elle l'examinera de près lorsque le labo d'ADN en aura fini. Jusque-là, rien qui se nomme BioGraph n'est ressorti. J'espère qu'un des médecins que consultait Toni ou l'une de ses relations aura une idée de ce que c'est et de la raison pour laquelle elle la portait.

— Avez-vous conscience que votre temps partiel est en train de se métamorphoser en temps plein ?

Il ramassa sa sacoche et récupéra son manteau suspendu derrière la porte avant d'ajouter :

— Je n'ai pas le sentiment que vous soyez retournée une seule fois dans le Massachusetts de tout le mois.

— Nous avons été pas mal occupés.

Elle se leva et réunit ses affaires.

— Et dans quel sens on vous asticote là-bas ?

— Dans un sens qui mène droit à Boston, et plus vite que ça ! déclara-t-elle en enfilant son manteau et en lui emboîtant le pas vers la sortie. La même histoire se répète et c'est bien dommage. Mes bureaux du district Northeastern à Watertown seront bientôt fermés, sans doute l'été prochain. Comme si l'institut médicolégal de Boston ne croulait pas déjà sous le travail !

— Benton fait sans arrêt des allers et retours ?

— Par la navette aérienne. Parfois Lucy et son hélicoptère lui servent de taxi. Toutefois il reste le plus souvent à New York depuis un certain temps.

— C'est gentil de la part de votre nièce de nous aider avec ce BioGraph, commenta le Dr Edison. Nous n'aurions pas les moyens de louer ses talents en informatique. Mais quand le labo d'ADN en aura terminé avec la montre et si Jaime Berger est d'accord, j'aimerais bien savoir si des données sont enregistrées sur cette chose, quelle qu'elle soit. J'ai une réunion à l'hôtel de ville demain matin, dans l'arène, en compagnie du maire et de ses collaborateurs ! Ce que nous faisons ici est mauvais pour le tourisme. Hannah Starr. Et maintenant Toni Darien. Vous vous doutez de ce que je vais entendre.

— Peut-être devriez-vous leur rappeler que s'ils s'obstinent à réduire encore notre budget, notre métier va devenir encore pire pour l'industrie du tourisme, parce que nous ne parviendrons plus à le faire.

— Lorsque j'ai commencé à l'institut médico-légal, au début des années quatre-vingt-dix, dix pour cent des homicides du pays étaient commis à New York, dit-il alors qu'ils traversaient le hall d'accueil escortés par la voix d'Elton John à la radio. Pour être précis, j'ai vu défiler deux mille trois cents homicides lors de ma première année d'exercice. L'année dernière, nous n'en avons eu que cinq cents, un peu moins même, ce qui représente une baisse de soixante-dix-huit pour cent. J'ai le sentiment que tout le monde oublie cette amélioration. Tout ce dont ils se souviennent, c'est du dernier meurtre, pour peu qu'il soit sensationnel. Filene et sa musique ! Je devrais peut-être confisquer sa radio.

— Vous ne feriez jamais cela.

— Vous avez raison. Les gens travaillent dur ici, et on ne peut pas dire que nous ayons beaucoup d'occasions de sourire.

Ils sortirent sur le trottoir. Un vent glacial balayait la 1re Avenue, plongée dans le vacarme de la circulation d'heure de pointe. Des taxis chargeaient, ponctuant leurs zigzags de coups de klaxon, les sirènes hurlaient, des ambulances fonçaient jusqu'au complexe du nouvel hôpital Bellevue à quelques pâtés de maisons ou au centre médical Langone de l'université de New York, juste à côté. Il était dix-sept heures passées et l'obscurité nocturne les environnait. Se souvenant qu'elle devait appeler Benton, Scarpetta plongea la main dans son sac à bandoulière, à la recherche de son BlackBerry.

Dodie Hodge et son livre de magie à couverture noire ornée d'étoiles jaunes. Elle le trimbalait partout.

— Des rituels, des sorts, des envoûtements, des fragments de corail, des clous d'acier, de petits sacs en soie remplis de fèves de Tonka, expliquait Benton au Dr Clark. Nous avons vraiment eu des problèmes avec elle au McLean. D'autres patients et même des membres de l'établissement ont gobé ses histoires de dons spirituels, dons autoproclamés, bien sûr, et ils ont acheté ses talismans et ses conseils. Elle affirme haut et clair posséder des capacités de médium et d'autres pouvoirs surnaturels. Vous vous en doutez : les gens sont très perméables à ce genre de choses, surtout les déséquilibrés, encore plus vulnérables.

— Ses talents de médium devaient être en sommeil lorsqu'elle a volé les DVD dans la librairie de Detroit. Dans le cas contraire, elle aurait dû prévoir qu'elle serait arrêtée, commenta le Dr Clark, qui progressait toujours avec obstination sur le chemin de la vérité et parviendrait bientôt à destination.

— Oh, mais si vous lui posez la question, selon elle il ne s'agit pas d'un vol. Ils lui appartenaient de plein droit puisque Hap Judd est son neveu.

— Cette relation est-elle réelle ou s'agit-il d'un autre mensonge ? Ou encore, à vos yeux, d'un autre délire ?

— Nous ignorons si elle possède un lien de famille quelconque avec lui, répondit Benton.

— Ça ne devrait pas être difficile à découvrir.

— J'ai téléphoné à son agent à L. A. un peu plus tôt.

Cette déclaration était une confession. Benton ignorait au juste pour quelle raison il s'y était résolu. Cependant il savait depuis un moment qu'il en viendrait là.

Le Dr Clark demeura silencieux, son regard fixé sur lui.

— L'agent, une femme, n'a ni confirmé ni infirmé. Elle a dit qu'elle n'était pas en mesure de discuter de la vie privée d'Hap Judd, poursuivit Benton alors que la vague de colère l'inondait à nouveau, encore plus puissante. Elle a ensuite voulu savoir pourquoi je lui posais des questions au sujet d'une certaine Dodie Hodge. À la façon dont elle m'a répondu, j'ai vraiment eu le sentiment qu'elle savait parfaitement de qui je parlais, même si elle a prétendu le contraire. Bien sûr, je ne pouvais pas révéler grand-chose et je me suis contenté de lui dire que j'avais des informations et voulais les corroborer.

— Vous ne vous êtes pas présenté ? Vous n'avez pas expliqué les raisons de votre intérêt pour Dodie Hodge ?

Le silence de Benton fut sa réponse. Nathan Clark le connaissait fort bien, parce que Benton l'avait accepté. Ils étaient amis. Peut-être même son seul ami, le seul auquel Benton ait permis de pénétrer dans les zones de sa vie qu'il protégeait de tous, à l'exception de Scarpetta. Et encore, elle avait ses limites, évitait ces endroits qui l'effrayaient. Or, de fait, la conversation que Clark et lui poursuivaient concernait cette part de Benton qui la terrorisait le plus. Le Dr Clark était en train d'extirper la vérité de lui, et Benton ne tenterait rien pour l'empêcher de sortir. Il fallait en venir là.

— C'est tout le problème lorsqu'on est un ancien agent du FBI, n'est-ce pas ? poursuivit le Dr Clark. Difficile de résister à la tentation d'obtenir des informations par n'importe quel moyen, quitte à jouer les taupes. Même après tant d'années passées dans le privé.

— L'agent a sans doute pensé que j'étais un journaliste.

— Est-ce ainsi que vous vous êtes présenté ?

Un silence.

— Au lieu d'expliquer qui vous étiez au juste, d'où vous appeliez et pour quelle raison. Toutefois cela aurait constitué une violation de l'HIPAA, souligna le Dr Clark, faisant référence à la loi qui obligeait tous les intervenants de santé à protéger les informations détenues sur les patients.

— En effet.

— Ce que vous ne vouliez surtout pas.

Benton demeura muet, autorisant Nathan Clark à aller aussi loin qu'il le souhaitait.

— Il faut sans doute que nous ayons une discussion sérieuse au sujet de vos liens avec le FBI, continua le Dr Clark. Cela fait un moment que nous n'avons pas évoqué ces années durant lesquelles vous étiez un témoin protégé et où Kay vous croyait mort, assassiné par la famille Chandonne, qui dirigeait un cartel criminel. Vos années les plus sombres, lorsque vous vous cachiez, viviez un cauchemar au-delà de ce que peut imaginer le commun des mortels. Peut-être devrions-nous explorer ce que vous ressentez aujourd'hui vis-à-vis du FBI, de votre passé. D'ailleurs est-ce vraiment le passé ?

— C'était il y a très longtemps. Une autre vie. Un autre FBI. Cela étant, peut-être le dicton est-il fondé : flic un jour…

Benton n'avait aucune envie de discuter de ce point. Il attendit que le Dr Clark poursuive.

— Flic toujours, compléta son patron. Je connais le cliché. Mais je prends le risque d'affirmer que ceci déborde largement les clichés. Vous êtes en train d'admettre que vous vous êtes conduit à la manière d'un représentant des forces de l'ordre, un flic, pas celle d'un professionnel spécialisé dans les désordres mentaux et dont la priorité est le bien-être de ses patients. Dodie Hodge a réveillé quelque chose en vous.

À nouveau, Benton opta pour le silence.

— Une chose qui, d'ailleurs, n'a jamais été en sommeil, même si vous êtes attaché à le croire.

Un autre silence.

— Alors la question que je me pose est la suivante : qui a été le déclencheur ? Dodie ne pouvait pas vraiment jouer ce rôle. Elle ne revêt pas assez d'importance. Je la vois davantage en catalyseur. Êtes-vous d'accord ? demanda le Dr Nathan Clark.

— J'ignore son impact exact. Cela étant, vous avez raison : elle n'est pas le déclencheur.

— J'ai tendance à penser qu'il s'agit de Warner Agee. Voilà trois semaines qu'il est souvent invité dans l'émission à laquelle participe Kay ce soir, présenté comme un psychiatre médico-légal travaillant pour le FBI, le prototype du profileur, l'expert suprême des criminels en série et des psychopathes de tout poil. Vous avez des sentiments… disons marqués à son sujet, ce qui est bien normal. Au demeurant, vous m'aviez confié un jour que des envies de meurtre vous venaient lorsque vous pensiez à lui. Kay le connaît-elle ?

— Pas personnellement.

— Est-elle au courant du mal qu'il vous a fait ?

— Nous ne parlons pas de cette époque, précisa Benton. Nous nous sommes efforcés de dépasser cela, de recommencer à zéro. Il y a beaucoup de choses que je n'évoque pas avec elle. Et même si c'était possible, je ne le pourrais pas, elle ne le voudrait pas. À la vérité, si j'analyse tout, je ne sais au juste ce qu'elle se rappelle, et j'ai pris garde à ne pas la pousser dans ce sens.

— Peut-être redoutez-vous ce qui se passera si elle se souvient. Sa colère ?

— Elle serait parfaitement fondée à être en colère. Cependant elle n'en parle jamais. Selon moi, c'est elle qui redoute sa propre rage, rectifia Benton.

— Et la vôtre ?

— La colère et la haine sont destructrices et je ne veux ressentir ni l'une ni l'autre, affirma Benton.

Pourtant la haine et la colère le rongeaient de l'intérieur, comme s'il avait avalé de l'acide.

— Je vais donc partir du principe que vous ne lui avez jamais révélé en détail ce que Warner Agee vous a fait subir. Je vais également partir du présupposé que le voir se pavaner à la télé a été très contrariant, pour ne pas dire bouleversant pour vous, a rouvert une porte que vous vous étiez efforcé de fermer, déclara le Dr Clark.

Benton demeura coi.

— Vous est-il venu l'idée que, peut-être, Warner Agee a délibérément choisi de passer dans la même émission que Kay parce qu'il se délecte à la pensée de se retrouver en compétition directe avec vous ? Je me souviens que vous avez mentionné le fait que Carley Crispin avait fait des pieds et des mains pour vous inviter tous les deux ensemble, vous et Kay. D'ailleurs, si je ne m'abuse, elle avait poussé le bouchon au point de l'annoncer lors d'un de ses shows. Je crois bien avoir vu ou entendu un truc de ce genre quelque part. Vous avez refusé, à juste raison, de participer à cette émission. Et que s'est-il passé ? On a invité Warner à votre place. S'agit-il d'une conspiration ? D'un complot de Warner vous visant ? Est-ce seulement une conséquence de son besoin de se mesurer avec vous ?

— Kay refuse toujours de participer à quelque émission que ce soit en compagnie d'autres invités. Elle ne veut pas faire partie de panels, de ce qu'elle qualifie de « foires d'empoigne » de prétendus experts, qui se hurlent dessus, qui discutaillent à n'en plus finir. De surcroît, elle ne passe presque jamais au *Crispin Report.*

— L'homme qui a tenté de vous voler votre vie après votre retour d'entre les morts est en train de devenir une célébrité de l'expertise, se métamorphose en vous, l'être qu'il enviait plus que tout. Et voilà qu'il participe à la même émission, sur la même chaîne, que votre épouse, insista à nouveau le Dr Clark.

— Kay n'est pas une invitée régulière dans cette émission et, comme je vous l'ai dit, elle refuse de participer à quoi que ce soit si un autre expert est présent. Elle ne passe que très occasionnellement chez Carley, contre mon avis d'ailleurs. Elle n'a accepté à deux reprises que pour faire plaisir au producteur. Carley a un impérieux besoin d'aide. Son audimat baisse. D'ailleurs, depuis cet automne, c'est même une vraie dégringolade.

— Je suis soulagé que vous ne soyez pas sur la défensive, ni évasif à ce sujet.

— J'aimerais juste que Kay prenne ses distances, c'est tout. Qu'elle n'approche pas de Carley. Bordel ! Kay est trop gentille. Il faut sans arrêt qu'elle aide tout le monde. Elle a le sentiment qu'elle doit être l'institutrice du monde entier. Vous la connaissez.

— Je suppose que maintenant tout le monde la reconnaît. Est-ce délicat pour vous ? Peut-être menaçant ?

— Je voudrais qu'elle n'ait rien à voir avec la télé. D'un autre côté, elle vit sa vie.

— Si j'ai bien compris, Warner a été propulsé sur le devant de la scène il y a environ trois semaines, à peu près au moment de la disparition d'Hannah Starr. Avant, c'était un homme de l'ombre, derrière le rideau. On ne voyait jamais son visage sur le plateau de *The Crispin Report*.

— La seule façon pour un être sans aucun charisme, totalement inintéressant, une nullité, de passer en *prime time* est de discuter avec Carley, en y allant de grossières exagérations et contrevérités au sujet d'une affaire très médiatique. De jouer les putes en d'autres termes.

— Oh, ça me soulage que vous ne vous soyez pas forgé d'opinion concernant la personnalité de Warner Agee, ironisa le Dr Clark.

— Ce n'est pas bien. Vraiment pas bien. Même une personne aussi tordue que lui sait que ce n'est pas bien.

— Jusque-là, vous vous êtes débrouillé pour ne jamais prononcer son nom ou faire référence à lui de façon précise. Mais peut-être progressons-nous.

— Kay n'a jamais su au juste ce qui s'était déroulé dans cette chambre de motel à Waltham, dans le Massachusetts, en 2003, déclara Benton en fixant le Dr Clark. Elle ne connaît pas les détails, pas vraiment, n'a jamais eu idée de la complexité de la mécanique à l'œuvre, celle qui a élaboré l'opération, son plan. Elle pense que je suis la tête pensante, que j'ai choisi de rejoindre le programme de protection des témoins, qu'il s'agissait de mon idée. Elle est certaine que je suis à l'origine du profilage de la famille Chandonne et de son cartel, que j'avais prévu qu'ils allaient m'abattre, éliminer tous ceux qui m'entouraient, sauf si l'ennemi était convaincu que j'étais déjà mort. Si je restais en vie, ils allaient tenter par tous les moyens de me supprimer, d'exécuter Kay et les autres. Bien sûr. Prenez votre ticket et faites la queue. De toute façon, ils s'en sont pris à elle, du moins Jean-Baptiste Chandonne, et c'est un miracle qu'elle en ait réchappé. Je n'aurais pas géré cette affaire de la sorte. J'aurais pris le problème comme j'ai fini par le faire, en descendant ceux qui cherchaient à m'éliminer, à éliminer Kay et les autres. J'aurais fait ce qu'il fallait en me passant de la machine.

— Quelle machine ?

— Le FBI, le ministère de la Justice, la Sécurité intérieure, le gouvernement, la personne qui a rédigé un rapport biaisé. La machine s'est mise en marche à cause de ce rapport mensonger, de conseils intéressés.

— Les conseils de Warner, son influence.

— Certaines éminences grises ont manipulé les officiels. Une personne en particulier, qui voulait que je disparaisse à jamais, qui voulait que je sois puni, poursuivit Benton.

— Puni pour quoi ?

— Pour mener la vie que cette personne désespérait d'avoir. Voilà de quoi j'étais coupable, semble-t-il. Néanmoins tous ceux qui connaissent ma vie seraient sidérés qu'on puisse la convoiter.

— C'est sans doute vrai dans le cas des gens qui perçoivent ce qu'est votre vie intérieure, rectifia le Dr Clark. Vos tourments, vos démons. Toutefois, vu de l'extérieur, il y a plutôt de quoi vous envier, le genre d'homme dont on se dit qu'il a tout. De l'allure, un pedigree et de l'argent, un ancien du FBI, leur profileur star, et maintenant un éminent psychologue médico-légal affilié à Harvard. Et Kay. Personnellement, je vois très bien pourquoi quelqu'un pourrait souhaiter votre existence.

— Kay pense que j'ai été un témoin protégé, que j'ai disparu de la circulation durant six ans et qu'après avoir refait surface j'ai démissionné du FBI, rappela Benton.

— Que vous vous en êtes pris au Bureau et avez perdu tout respect à son égard.

— Certaines personnes pensent que c'est la raison.

— Et elle ?

— Sans doute.

— Alors qu'en réalité vous pensez que le Bureau s'est retourné contre vous et a perdu tout respect pour vous. Qu'ils vous ont trahi à l'instar de Warner, rectifia le Dr Clark.

— Le FBI a sollicité des opinions de ses experts, requis des informations, des conseils. Je comprends pourquoi on s'est préoccupé de ma sécurité. Même si on exclut toute influence délétère, ceux qui étaient en position de décider avaient de sérieux motifs d'être inquiets. Tout comme je comprends également qu'on ait eu des doutes sur ma stabilité après ces six années, après tout ce que j'avais enduré.

— Est-ce à dire que vous pensez que Warner Agee avait vu juste au sujet des Chandonne, de la nécessité de mettre votre mort en scène ? Cela reviendrait à reconnaître qu'il avait aussi raison de se préoccuper de votre stabilité et de décider que vous n'étiez plus apte à mener à bien votre mission.

— Vous connaissez la réponse. Je me suis fait entuber. Cela étant, je ne crois vraiment pas que ces passages à la télévision aient un rapport avec une rivalité à mon égard. Je soupçonne, au contraire, qu'il s'agit de tout autre chose qui n'a rien à voir avec moi, du moins directement. J'aurais pu me passer de ce rappel de souvenirs, voilà tout. Oui, j'aurais pu m'en passer !

— Intéressant ! commenta le Dr Clark. Warner Agee a été si silencieux, pour ne pas dire invisible, au cours de son assez longue mais fort peu remarquable carrière. Et soudain on le voit partout, aux informations, ailleurs. Je l'admets, je suis perplexe. Peut-être même fais-je fausse route en ce qui concerne le véritable objectif. Je suis d'accord avec vous : je ne suis pas certain que vous soyez la cible, du moins pas complètement, ni même que tout se résume à sa jalousie et à son appétence pour la gloire. Quelque chose d'autre entre sans doute en ligne de compte. Et si l'argent était son mobile principal ? Peut-être qu'à l'instar de beaucoup de gens il rencontre des difficultés financières ? À son âge, ça devient vraiment angoissant.

— Les invités d'émissions d'information ne sont pas rémunérés, contra Benton.

— Certes, mais leur participation, si elle est assez provocante, si elle titille le spectateur, bref si elle améliore l'audience, peut mener vers d'autres débouchés plus lucratifs. De la consultance, un contrat d'édition.

— Il est exact que beaucoup de gens n'ont plus de retraite et se démènent pour survivre. Gain personnel, gratification d'ego ? Je n'ai pas la moindre idée de sa véritable motivation, admit Benton. Cela étant, à l'évidence Hannah Starr a constitué une opportunité pour lui. Si elle n'avait pas disparu, il ne se pavanerait pas sur les plateaux de télé, on ne lui porterait pas une telle attention. Ainsi que vous l'avez souligné, avant cela il était condamné à rester derrière le rideau.

— « Lui » et « il », des pronoms. Du moins sommes-nous en train de discuter de la même personne. C'est un progrès.

Benton se sentait vaincu et soulagé tout à la fois. Se mêlaient en lui l'épuisement et une sorte de chagrin. Il déclara :

— En effet, lui. Warner. Il est malade. Non qu'il ait jamais été parfaitement bien. Ce n'est pas une personne bien dans sa tête. Il ne l'a jamais été et ne le sera jamais. Destructeur, dangereux, dépourvu de remords. Un narcissique, un sociopathe doublé d'un mégalomane. Mais il ne va pas bien, et parvenu à cette phase de sa vie ratée, à mon avis, il décompense encore plus. J'irais jusqu'à dire qu'il est motivé par son insatiable besoin de validation, par ce qu'il perçoit comme une récompense, quelle qu'en soit la nature. C'est sa raison d'aspirer à être connu grâce à ses théories obsolètes et sans fondement. Et peut-être qu'il a, en plus, besoin d'argent.

— Je suis d'accord avec vous, il est malade. Toutefois je refuse que vous n'alliez pas bien à votre tour, assena le Dr Clark.

— Je ne vais pas mal. J'admets que voir sa foutue gueule partout aux informations et l'entendre s'attribuer tout le crédit de ma carrière, même lorsqu'il mentionne mon nom, ne m'a pas réjoui. Fichue ordure !

— Cela vous soulagerait-il de connaître mon opinion au sujet de Warner Agee, que j'ai rencontré bien plus souvent au cours des ans que je ne l'aurais souhaité ?

— Allez-y, lâchez-vous.

— Tous nos contacts eurent lieu lors de réunions professionnelles. Il a toujours tenté de rentrer dans mes bonnes grâces. Non… plutôt de me rabaisser.

— Quelle surprise !

— Oublions un instant ce qu'il vous a fait, conseilla le Dr Clark.

— Ça n'arrivera jamais. Il devrait être jeté dans une foutue taule pour ça.

— Moi, je crois qu'il devrait rôtir en enfer. Il s'agit d'un monstrueux spécimen de l'espèce humaine. Je suis franc, n'est-ce pas ? sourit le Dr Clark. Du moins y a-t-il certains privilèges à la vieillesse et au fait de se transformer en débris, en se demandant chaque matin si la journée sera un peu meilleure ou carrément pire. Peut-être que je ne trébucherai pas, que je ne renverserai pas mon café sur ma chemise. La nuit dernière, je zappais de chaîne en chaîne, et soudain le voilà ! Je n'ai pas pu m'empêcher de regarder. Il n'arrêtait pas de bavasser, répandant ses bêtises au sujet d'Hannah Starr. Non seulement il s'agit d'une affaire non résolue et encore moins jugée, mais en plus on ignore toujours si elle est morte ou vivante, et il y va de spéculations sur toutes les monstruosités qu'un tueur en série aurait pu lui infliger. Le vieil abruti prétentieux ! Je suis surpris : le FBI aurait pu trouver un moyen discret de faire taire cet agneau. Il est si… embarrassant. C'est un vilain bouton sur la face de l'unité des sciences du comportement.

— Il n'a jamais été membre du BAU, l'unité d'analyses comportementales, pas plus que de l'unité des sciences du comportement lorsque je la dirigeais, rectifia Benton. Cela fait partie du mythe qu'il essaie de répandre.

— Et vous, vous étiez au FBI, mais plus aujourd'hui.

— Vous avez parfaitement raison.

— Bien, je vais résumer et récapituler. Ensuite il faudra vraiment que j'y aille, sans quoi je risque de rater un rendez-vous important, poursuivit le Dr Clark. Les bureaux du procureur général de Detroit vous ont demandé de réaliser l'évaluation psychologique de la prévenue Dodie Hodge. Cela ne vous donnait en aucun cas le droit d'enquêter sur d'autres crimes ou délits que vous pouviez soupçonner.

— En effet, je n'en avais pas le droit.

— Le fait de recevoir cette carte chantante ne vous en donnait pas non plus la possibilité légale.

— Vous avez encore raison, admit Benton. Toutefois il ne s'agit pas simplement d'une carte de vœux, mais d'une menace voilée.

Benton n'avait aucune intention de céder sur ce point.

— Tout dépend de la façon dont on la considère, contra le Dr Clark. C'est un peu comme de vouloir prouver qu'une image du Rorschach est un insecte écrasé ou un papillon. Nul ne le sait. D'aucuns pourraient affirmer que votre perception négative de cette carte est une sorte de régression, l'évidente démonstration que vos longues années de lutte contre le crime, de fréquentation de la violence – sans même évoquer les traumatismes – se sont soldées par une attitude surprotectrice vis-à-vis des gens que vous aimez et par la peur sous-jacente, mais tenace, que les salauds sont toujours sur vos traces. Faites attention de ne pas trop glisser dans ce sens. On risque de penser que c'est vous qui présentez un désordre du raisonnement.

— Je garderai mes raisonnements de dérangé pour moi. Je ne ferai pas de commentaires au sujet de gens qui sont irrécupérables et une plaie pour les autres.

— Excellente décision. Il ne nous appartient pas de décider qui est irrécupérable et une plaie, ainsi que vous le formulez.

— Même lorsque nous savons que c'est exact.

— Nous savons beaucoup de choses, rétorqua le Dr Clark, dont pas mal que je préférerais ignorer. Cela fait très longtemps que j'exerce ce métier, bien avant l'invention du terme « profileur », à l'époque où le FBI jouait toujours de la mitraillette et cherchait à tout prix les communistes, beaucoup moins ceux que l'on nomme les tueurs en série. Pensez-vous vraiment que j'aime tous mes patients ? (Il se leva en s'aidant des accoudoirs de son siège.) Pensez-vous que j'aime celui avec qui j'ai passé plusieurs heures aujourd'hui ? Le cher Teddy, qui a estimé tout à fait normal de verser de l'essence dans le vagin d'une fillette de neuf ans. De cette manière, elle ne pouvait pas tomber enceinte après son viol, ainsi qu'il me l'a expliqué avec application. Est-il responsable ? Un schizophrène dont personne ne s'est jamais occupé, lui-même victime d'abus sexuels et de tortures répétés durant l'enfance, est-il fautif ? Doit-il être condamné à l'injection létale, au peloton d'exécution ou à la chaise électrique ?

— Être fautif et être responsable sont deux choses différentes légalement, rectifia Benton au moment où la sonnerie de son téléphone se déclenchait.

Il répondit, souhaitant qu'il s'agisse de Scarpetta.

— Je suis devant l'immeuble, annonça-t-elle.

— Devant ? Le Bellevue ? demanda-t-il, inquiet.

— J'ai marché.

— C'est pas vrai ! Bien. Attends-moi dans le hall. Pas dehors. Patiente à l'accueil. Je descends tout de suite.

— Quelque chose ne va pas ?

— Il fait très froid dehors. Désagréable. Je descends tout de suite, répéta-t-il en se levant.

Le Dr Clark s'immobilisa sur le pas de la porte, son manteau sur le dos, son chapeau sur la tête, sa sacoche pendant de son épaule, évoquant le tableau qu'aurait pu peindre Norman Rockwell d'un frêle psychiatre âgé.

— Souhaitez-moi bonne chance. Je vais faire du tennis.

— Soyez sympa avec McEnroe, plaisanta Benton en rangeant sa serviette.

— La machine à balles est réglée à la vitesse la plus basse. Ce qui n'empêche pas que c'est toujours elle qui l'emporte. J'ai bien peur d'être au terme de ma carrière de joueur amateur. La semaine dernière, je me suis retrouvé sur le court à côté de Billie Jean King. J'ai pris une gamelle. J'étais couvert de terre rouge de la tête aux pieds.

— C'est ce qui arrive lorsqu'on veut se faire remarquer.

— Je ramassais les balles à l'aide d'un panier et j'ai trébuché sur cette fichue bande. Et tout d'un coup la voilà, penchée au-dessus de moi pour vérifier que j'allais bien. Drôle de façon de rencontrer une légende !

Benton hésita quelques instants, puis décida de glisser la carte de vœux chantante de Dodie Hodge dans sa serviette, sans trop savoir ce qui motivait son geste. Il ne pouvait la montrer à Scarpetta, d'un autre côté il n'avait pas envie de la laisser dans son bureau. Et s'il se produisait autre chose. Mais quoi ? Rien ne se passerait. Il était juste inquiet, à cran, hanté par les fantômes du passé. Tout irait très bien. Il verrouilla la porte de son bureau et avança d'un pas rapide, pressé, aucune raison d'être inquiet et pourtant il ne parvenait pas à s'apaiser. Voilà bien longtemps que l'anxiété ne le quittait plus. Une sensation d'appréhension, son psychisme avait été meurtri, il l'imaginait blessé, bleui tel un hématome. Sa voix résonna dans sa tête : *Il se souvient d'émotions qui n'existent plus.* Tant de temps avait passé depuis. Il y avait longtemps. Tout allait bien maintenant. Les portes des bureaux de ses collègues étaient closes, tout le monde parti, certains en vacances. Dans une semaine exactement ce serait Noël.

Il se dirigea vers l'ascenseur. L'entrée de la prison était située juste en face. En provenaient les bruits habituels. Des voix fortes, quelqu'un qui criait « Je passe ! » parce que le gardien de la guérite de contrôle n'ouvrait jamais assez vite les portes de sécurité. Benton aperçut un détenu vêtu de la combinaison orange vif de Rikers Island, entravé et escorté de deux flics, un de chaque côté, sans doute un prétendu malade ou un gars qui s'était infligé une blessure de manière à pouvoir se retrouver au Bellevue pour les fêtes. Dodie Hodge lui revint à l'esprit alors que les portes d'acier se refermaient et qu'il montait dans l'ascenseur. Il se souvint de ses années de non-existence, d'isolement, coincé dans l'identité d'un homme qui n'avait jamais existé : Tom Haviland. Six années de dissolution qu'il devait à Warner Agee. Benton ne supportait pas les émotions qui l'habitaient. C'était épouvantable de souhaiter faire du mal à un être. Il connaissait bien cette sensation, l'ayant éprouvée plus d'une fois lors de ses missions, mais jamais parce qu'elle devenait une sorte de fantasme, un désir presque charnel.

Il regretta que Scarpetta n'ait pas téléphoné plus tôt, qu'elle se soit mise en route de nuit dans cette partie de la ville, où se concentraient les sans-abri, les indigents, les toxicomanes et les ex-patients psychiatriques, toujours les mêmes, qui entraient puis sortaient des institutions d'un système débordé, jusqu'à ce qu'on ne puisse plus les accueillir nulle part. Certains finissaient par pousser un voyageur sur la voie au moment où le train entrait en gare, ou alors ils attaquaient un groupe de gens au couteau. Ils semaient la mort parce qu'ils entendaient des voix et que personne n'y prêtait attention.

Benton parcourut à grandes enjambées d'interminables couloirs, dépassa la cafétéria et la boutique de cadeaux, slalomant à travers la foule des patients et des visiteurs, sans oublier le personnel de l'hôpital en blouse. Les halls du centre hospitalier Bellevue avaient été ornés pour les fêtes, les haut-parleurs diffusaient une musique guillerette, comme si ces décorations de Noël amélioraient considérablement l'état des malades et des blessés, comme si soudain être un fou criminel devenait anodin.

Scarpetta l'attendait derrière les portes vitrées de l'entrée, vêtue de son long manteau sombre, les mains protégées de gants de cuir noir. Elle ne l'aperçut pas tout de suite alors qu'il avançait vers elle, environné par la foule. Quant à lui, il était aux aguets, surveillant la façon dont certaines personnes la regardaient, se demandant si elles la connaissaient. Il ressentait toujours la même chose pour elle, un poignant mélange d'excitation et de tristesse, le plaisir d'être avec elle entaché par le souvenir de toutes ces années où il avait cru qu'il ne la retrouverait jamais. À chaque fois qu'il l'apercevait de loin, sans qu'elle en soit consciente, il revivait ces moments du passé où il l'avait espionnée en secret, désespérant de pouvoir la rejoindre un jour. Parfois il se demandait ce que serait devenue la vie de Scarpetta si ce qu'elle avait cru était vrai, s'il était réellement mort. Les choses auraient-elles mieux tourné pour elle ? Peut-être. Il lui avait fait du mal, il l'avait fait souffrir, il l'avait mise en danger. D'une certaine façon, il l'avait abîmée et il ne se le pardonnerait jamais.

Parvenu à sa hauteur, il lança :

— Peut-être devrais-tu décommander pour ce soir.

Elle se tourna vers lui, surprise, heureuse, son intense regard aussi bleu que le ciel, ses pensées et ses émotions aussi fluctuantes que le temps qui change, lumière et ombre, brume et nuages ou éclatant soleil.

— On devrait sortir, s'offrir un dîner tranquille, poursuivit-il en lui prenant le bras, se rapprochant d'elle comme s'ils luttaient contre le froid. Il Cantinori. Je peux appeler Frank, voir s'il parvient à nous caser quelque part.

— Ne me torture pas, plaisanta-t-elle, son bras enserrant la taille de Benton. *Melanzane alla parmigiana.* Un Brunello di Montalcino. Je serais capable de dévorer ton assiette et de terminer la bouteille à moi toute seule !

— Oh, ce serait très goinfre !

Dans un geste de protection, il se rapprocha encore d'elle alors qu'ils se dirigeaient vers la 1re Avenue. Des rafales de vent les giflaient et la pluie commença à tomber. Il héla un taxi qui fonça vers eux et insista :

— Tu peux parfaitement décommander. Dis à Alex que tu as la grippe.

— Non, c'est impossible. Et nous devons rentrer. Une conférence téléphonique nous attend.

Benton ouvrit la portière arrière du taxi et s'enquit :

— Ah bon ?

Scarpetta se faufila à l'extrémité opposée de la banquette arrière et il s'installa à côté d'elle. Elle précisa leur adresse au chauffeur, puis expliqua à Benton :

— Oui, avec Jaime. Boucle ta ceinture de sécurité. (Son étrange habitude, même lorsque les gens n'avaient pas besoin qu'on le leur rappelle.) Lucy pense qu'elles pourront quitter le Vermont d'ici deux heures, que la tempête se sera déplacée vers le sud. En attendant, Jaime souhaite nous parler à tous, toi, Marino et moi. Elle m'a téléphoné il y a environ dix minutes, alors que je te rejoignais. Je me trouvais sur le trottoir. Ce n'était pas le moment idéal pour discuter, donc j'ignore les détails.

— Tu n'as même pas une vague idée de ce qu'elle veut ?

Le taxi coupa par la 3e Avenue, se dirigeant vers le nord, ses essuie-glaces balayant bruyamment la bruine. Dehors, les toits illuminés des immeubles semblaient enveloppés d'un voile tenace.

Elle n'avait pas l'intention d'être plus claire devant leur chauffeur, même s'il n'était pas certain qu'il entende, ni même qu'il comprenne l'anglais.

— L'affaire de ce matin.

— L'affaire qui t'a occupée toute la journée ? demanda Benton en faisant référence à Toni Darien.

— Nous avons reçu une information dans l'après-midi. Il semble que quelqu'un ait vu quelque chose.

CHAPITRE 5

L'adresse de Marino était assez fâcheuse : pièce 666, au One Hogan Place. Ce hasard l'ennuya encore plus lorsque L. A. Bonnell et lui s'immobilisèrent dans le couloir carrelé de gris où s'empilaient jusqu'au plafond des boîtes à archives en carton, les trois 6 scellés au-dessus de sa porte semblant le désigner de désagréable façon, une sorte de mise en garde invitant à la vigilance ceux qui y prêtaient attention.

Bonnell leva le regard vers le numéro et déclara :

— Hum, d'accord. Moi, je serais incapable de travailler ici. Même si ça ne signifie rien, ça provoque des pensées négatives. Si les gens pensent qu'un truc porte malheur, ça porte malheur. Personnellement, je déménagerais.

Il ouvrit la porte beige de son bureau, dont la peinture était écaillée autour de la poignée. Une odeur très forte de cuisine chinoise se répandait partout. Il mourait de faim. Il n'avait qu'une hâte : plonger dans ces rouleaux de printemps au canard grillé, dans ces travers de porc. Il était satisfait que Bonnell ait commandé des plats similaires, un bœuf *teriyaki*, des nouilles, mais rien de cru, aucune de ces cochonneries de sushis qui lui faisaient penser à un appât pour la pêche. Elle n'était pas du tout telle qu'il se l'était imaginée : une petite femme menue, débordante d'énergie, le genre à vous allonger au sol en deux temps trois mouvements, vous menotter derrière le dos avant même que vous ayez compris ce qui vous tombait dessus. Avec Bonnell, vous compreniez très vite à qui vous aviez affaire.

Elle mesurait pas loin d'un mètre quatre-vingts, une charpente solide, de grandes mains, de grands pieds, une opulente poitrine, le genre de femme qui pouvait occuper un homme à plein temps, que ce soit au lit ou lorsqu'elle décidait de lui botter le derrière, à la façon de Xena, la princesse guerrière, mais portant tailleur. Seules différences : Bonnell avait les yeux bleu glace, les cheveux courts blond clair, une couleur dont Marino était presque certain qu'elle était naturelle. Il ne s'était pas senti trop sûr de lui lorsqu'ils avaient fait un passage chez High Roller Lanes, certains des mecs dévisageant Bonnell, se donnant du coude. Marino aurait bien lancé quelques boules en se la jouant un peu.

Bonnell, chargée des cartons du traiteur chinois, pénétra dans le bureau de Marino en commentant :

— On devrait peut-être s'installer dans la salle de réunion ?

Il se demanda si sa réaction était inspirée par le 666 au-dessus de la porte ou par le fait que son espace de travail avait des allures de décharge publique, et déclara :

— Berger va nous appeler sur la ligne de mon bureau. Vaut mieux pas bouger. En plus, j'ai besoin de mon ordinateur et je veux pas que quelqu'un entende la conversation.

Il posa sa mallette de scène de crime d'un gris ardoise, une boîte à outils équipée de quatre tiroirs, parfaite pour ses besoins, et récupéra les sachets du traiteur chinois qu'il posa sur un petit placard dans lequel étaient enfermées les pièces à conviction. Il referma la porte.

— Je me doutais que tu le remarquerais. Crois surtout pas que ça implique quoi que ce soit à mon sujet, prévint-il en faisant allusion au numéro de son bureau.

— Et pourquoi est-ce que je croirais ça ? Ce n'est pas toi qui as décidé d'attribuer ce numéro en particulier à cette porte.

Elle débarrassa une chaise de la paperasse, du gilet pare-balles et de la boîte à outils qui l'encombraient, et s'installa.

Marino se laissa choir sur le fauteuil situé derrière son bureau métallique, qui disparaissait sous d'énormes piles de fatras.

— Imagine ma tête quand j'ai découvert le numéro de ma porte. Tu préfères qu'on mange après le coup de téléphone ?

— Bonne idée.

Elle regarda autour d'elle, comme si elle se demandait où ils pourraient bien déjeuner. Mais Marino trouvait toujours une petite place où poser son hamburger, son bol de nouilles ou son récipient en plastique.

— On va prendre l'appel ici et on ira s'installer dans la salle de réunion pour manger, proposa-t-il.

— Encore une meilleure idée.

— Ben, je dois admettre que j'ai failli donner ma démission. J'y ai vraiment pensé, reprit-il en revenant à leur discussion au sujet du numéro. La première fois qu'on m'a fait visiter ce bureau, je me suis dit : *Mais ils se foutent de ma gueule ou quoi ?*

À la vérité, sur le moment il avait vraiment cru à une blague de Jaime Berger, que ce 666 au-dessus de la porte était une autre preuve de l'humour tordu que possèdent ceux qui s'occupent de justice pénale. Il avait même songé que Berger lui mettait le nez dedans, un rappel de la raison pour laquelle il avait fini par travailler pour elle et du fait qu'elle ne l'avait engagé que pour rendre service, lui donner une deuxième chance après la chose désastreuse qu'il avait commise. Il s'en souvenait à chaque fois qu'il pénétrait dans son bureau. Après toutes les années qu'il avait partagées avec Scarpetta, il avait fallu qu'il la blesse de la sorte ! Il était soulagé de ne s'en souvenir que très partiellement. Il était complètement saoul ce soir-là et n'avait jamais eu l'intention de poser les mains sur elle, de faire ce qu'il avait fait.

— Je crois pas être superstitieux, annonça-t-il à Bonnell. Mais j'ai grandi à Bayonne, dans le New Jersey. J'étais dans une école catholique, j'ai fait ma communion et même que j'ai été enfant de chœur, pas très longtemps parce que je me battais sans arrêt. Ensuite, j'ai commencé la boxe. Pas avec les Bayonne Bleeder, j'aurais sans doute pas tenu quinze rounds face à Muhammad Ali, mais je suis arrivé en demi-finale du National Golden Gloves une année. J'ai même pensé passer professionnel, mais au lieu de ça je suis devenu flic. (Il avait envie qu'elle apprenne des petites choses à son sujet.) D'accord, 666 sont les chiffres de la Bête, personne ne prétendra le contraire, un nombre à éviter à tout prix.

C'est d'ailleurs ce que j'ai toujours fait, qu'il s'agisse d'une adresse, d'un numéro de boîte postale, d'une plaque minéralogique ou même d'une heure de la journée.

— Une heure ? fit Bonnell. Six heures et soixante-six minutes n'existent pas.

Marino n'aurait su dire si elle plaisantait, son comportement étant difficile à déchiffrer.

— Six heures six du sixième jour du mois, par exemple.

— Et pourquoi elle ne te met pas ailleurs ? Il n'y a pas un autre endroit où tu pourrais travailler ?

Elle plongea dans son sac à main et en extirpa une clé USB qu'elle lui lança. Marino l'introduisit dans le port de son ordinateur en demandant :

— Y a tout là-dessus ? L'appartement, la scène de crime, les fichiers WAV ?

— Tout sauf les photos que tu as prises là-bas un peu plus tôt.

— Elles sont sur mon appareil photo. Il faut que je les transfère. Ça m'étonnerait qu'elles apportent des infos supplémentaires par rapport à celles que vous avez prises sur les lieux avec les gars de l'unité de scène de crime. Berger a répondu que j'étais au sixième étage et que mon bureau était le soixante-sixième. Je lui ai dit : « Ouais, et c'est aussi dans le livre des Révélations. »

— Berger est juive, rappela Bonnell. Elle ne lit pas le livre des Révélations.

— Ouais, mais avec ce genre de logique ça reviendrait à dire que si elle n'a pas lu le journal hier, c'est qu'il s'est rien passé.

— Ça n'a rien à voir. Le livre ne parle pas de ce qui s'est produit.

— Mais de choses qui vont arriver.

— Quelque chose qui doit arriver est une prédiction, ça peut aussi s'appeler prendre ses désirs pour des réalités ou ça peut être le résultat d'une phobie. Ça n'est pas fondé sur des faits existants.

La sonnerie du téléphone de bureau de Marino retentit. Il décrocha d'un geste sec et annonça :

— Marino.

La voix du procureur résonna :

— C'est Jaime. Je pense que nous avons tout le monde.

— On parlait justement de vous, déclara Marino.

Il détaillait Bonnell. D'ailleurs il parvenait difficilement à détacher d'elle son regard. Peut-être parce qu'elle était particulièrement baraquée pour une femme. À ses yeux, la qualité superluxe.

— Kay ? Benton ? Tout le monde est là ? vérifia Berger.

À la voix de Benton, on aurait pu croire qu'il se trouvait très loin lorsqu'il assura :

— Tout à fait.

— Je branche le haut-parleur, prévint Marino. Je suis en compagnie de l'enquêtrice Bonnell de la section des homicides. (Il enfonça un bouton et raccrocha avant de poursuivre :) Et Lucy ?

— Au hangar. Elle prépare l'hélicoptère. Avec un peu de chance nous pourrons décoller dans quelques heures, le renseigna Berger. La neige a enfin cessé de tomber. Si vous ouvrez vos messageries, vous devriez trouver deux fichiers qu'elle vous a expédiés avant de partir pour l'aéroport. Nous avons suivi le conseil de Marino et demandé aux analystes du CCTR de se connecter au serveur qui contrôle la caméra de surveillance installée sur la façade de l'immeuble de Toni Darien. Vous savez tous que la police de New York a passé un accord avec plusieurs fournisseurs de caméras de surveillance en circuit fermé afin de pouvoir accéder aux enregistrements sans avoir besoin de rechercher les administrateurs système pour obtenir les mots de passe. Il se trouve que l'immeuble de Toni a été équipé par l'un de ces fournisseurs, et donc le CCTR s'est connecté au serveur vidéo. Ils ont analysé quelques-uns des enregistrements, en se focalisant dans un premier temps sur la semaine dernière et en comparant les images avec des photos récentes de Toni, dont celle de son permis de conduire ou d'autres trouvées sur Facebook, MySpace. C'est ahurissant tout ce que l'on peut dénicher. Commençons par le fichier nommé « enregistrement 1 ». Je vous précise que j'ai étudié les deux fichiers et que ce que j'ai vu corrobore les informations reçues il y a quelques heures et dont nous discuterons plus en détail tout à l'heure. Vous devriez pouvoir télécharger la vidéo afin de l'ouvrir. Allons-y.

— On l'a bien, annonça Benton.

Il n'avait pas l'air amical, une habitude depuis quelque temps.

Marino trouva le message dont parlait Berger et ouvrit le fichier vidéo. Bonnell se leva, contourna le bureau pour regarder avec lui, s'accroupissant à côté de son fauteuil. Il n'y avait pas de son, juste des images de la circulation qui s'écoulait devant l'immeuble de brique de Toni situé sur la 2e Avenue, des voitures, des taxis, des bus en arrière-plan, des passants qui défilaient sur le trottoir, emmitouflés dans de chauds vêtements de pluie, certains d'entre eux cramponnés à des parapluies, inconscients qu'une caméra était en train de les filmer.

— Bien, elle ne va pas tarder à apparaître à l'image, déclara Berger de ce ton de commande qu'elle n'abandonnait jamais, même lorsqu'elle discutait de choses et d'autres. Elle est vêtue d'une parka vert foncé, avec une capuche bordée de fourrure. La capuche est abaissée sur sa tête et elle porte des gants noirs et une écharpe rouge. On voit aussi avec netteté un sac en bandoulière noir, un pantalon noir et des chaussures de course.

— Ce serait bien si nous pouvions avoir un gros plan de ces dernières, intervint Scarpetta. Pour vérifier s'il s'agit de celles qu'elle avait aux pieds lorsque son cadavre a été retrouvé ce matin. Des Asics Gel-Kayano blanches avec incrustations réfléchissantes rouges et des accents, rouges aussi, en haut du talon. Taille 39.

Marino pouvait ressentir la chaleur qui émanait du corps de Bonnell, le long de sa jambe et dans son coude. Très conscient de sa proximité, il remarqua :

— Celles de la vidéo sont aussi blanches avec du rouge.

La caméra avait saisi la silhouette de dos. Son visage était invisible, en raison de sa position par rapport à l'appareil de surveillance, mais aussi de la capuche bordée de fourrure qui tombait bas sur son front. Elle obliqua à droite et grimpa les marches détrempées qui menaient à l'entrée de son immeuble. Elle tenait ses clés à la main : Marino y vit la preuve qu'elle était organisée et qu'elle prêtait attention à ce qu'elle faisait, qu'elle était vigilante et avertie en matière de sécurité. Elle ouvrit la porte de l'immeuble et disparut. La vignette horaire de la vidéo précisait dix-sept heures quarante-sept, 17 décembre, donc la veille. La vidéo s'arrêta. Un autre enregistrement débuta. La même silhouette toujours vêtue de la parka vert sombre, la capuche baissée, le même grand sac noir passé à l'épaule, sortait de l'immeuble, descendait les marches, obliquait à droite et disparaissait dans la nuit pluvieuse. La vignette horaire indiquait cette fois : dix-neuf heures une, 17 décembre.

La voix de Benton résonna :

— Quelque chose m'intrigue... On ne voit jamais son visage. Comment les analystes du CCTR peuvent-ils être certains qu'il s'agit bien d'elle ?

— Je me suis posé la même question, renchérit Berger. Mais je crois que c'est grâce à d'autres enregistrements plus anciens, sur lesquels on la distingue nettement, et que vous verrez bientôt. Selon le CCTR, le passage où elle sort de l'immeuble est le dernier sur lequel on l'aperçoit. Il semble donc qu'elle soit rentrée chez elle et y soit restée un peu plus d'une heure. La question est : où s'est-elle rendue ensuite ?

— Je dois ajouter que le texto reçu par Grace Darien du téléphone portable de Toni a été envoyé environ une heure plus tard. Aux environs de vingt heures, précisa Scarpetta.

— J'ai laissé un message vocal à Mme Darien, annonça Marino. On va récupérer le portable pour voir ce qu'il y a d'autre dessus.

— Je ne sais pas si c'est le bon moment pour évoquer cela, continua Scarpetta. L'heure d'expédition du texto et les précisions données par les vignettes ne concordent pas avec ce que j'ai remarqué lorsque j'ai examiné le corps.

— Focalisons-nous d'abord sur les trouvailles du CCTR, répliqua Berger. On passera aux résultats d'autopsie ensuite.

Cela revenait à dire que Berger considérait que ce qu'avait découvert le CCTR était plus important que le rapport de Scarpetta. Une unique déclaration de témoin et le procureur avait tout compris ? Cela étant, Marino ignorait les détails. Il ne savait que ce que Bonnell avait lâché, de façon bien vague, lorsqu'elle avait fini par admettre avoir discuté au téléphone avec Jaime Berger, qui lui avait ordonné de ne rien révéler de leur conversation, à qui que ce soit. Tout ce que Marino avait réussi à lui arracher, à force de persuasion, se résumait au fait qu'un témoin s'était fait connaître, détenteur d'informations qui prouvaient sans ambiguïté que l'appartement de Toni n'avait aucun lien avec son meurtre.

— En regardant les vidéos, je me repose la même question. Où est passée sa parka verte ? Elle n'est pas chez elle et on ne l'a jamais retrouvée, observa Marino.

Poursuivant son idée, Scarpetta intervint :

— Si quelqu'un a récupéré le téléphone portable de Toni, cette personne pouvait envoyer un texto à l'un des numéros stockés dans le répertoire de l'appareil, notamment à sa mère. On n'a pas besoin de mot de passe pour cela. Il suffit juste d'avoir le téléphone et cela permet de faire croire que son légitime propriétaire – Toni en l'occurrence – a envoyé un message à une heure donnée. Cette personne-là pouvait parcourir des messages envoyés ou reçus, pour avoir une idée de la façon de formuler les phrases et surtout quoi raconter. Dans ce cas, le but était de tromper, de laisser une preuve qui conduirait les gens à penser que Toni était toujours en vie hier soir, alors qu'elle était déjà morte.

— Si j'en juge par mon expérience, les homicides sont rarement aussi élaborés, aussi astucieux que vous le suggérez, contra Berger.

Marino n'en revenait pas. Le procureur balançait ni plus ni moins à Scarpetta qu'ils n'étaient pas dans un Agatha Christie, dans un foutu polar.

— En temps ordinaire, c'est moi qui ferais cette réflexion, rétorqua Scarpetta dont la voix ne laissait transparaître aucune irritation, aucune susceptibilité blessée. Toutefois le meurtre de Toni Darien n'a rien d'ordinaire.

— On va tenter de localiser l'endroit d'où a été envoyé le texto, le lieu où se trouvait le téléphone à ce moment-là, déclara Marino. C'est tout ce qu'on peut faire. C'est légitime puisqu'on ignore ce qu'est devenu le portable. Je suis d'accord. Et si une personne l'avait récupéré pour envoyer le fameux texto à Mme Darien ? Ça a l'air un peu tiré par les cheveux à première vue, mais qu'est-ce qu'on en sait après tout ?

Il regretta d'avoir dit « tiré par les cheveux ». On pouvait penser qu'il critiquait Scarpetta ou mettait ses paroles en doute.

Benton prit la suite :

— Une question me vient, à moi aussi, en regardant ces enregistrements : comment peut-on être sûr que cette femme en parka verte est bien Toni Darien ? On ne distingue jamais son visage.

Marino fit remonter la vidéo pour vérifier et ajouta :

— Juste qu'elle semble blanche. Je vois la ligne de mâchoire, un peu du menton. Sa capuche est baissée, il fait sombre et elle ne regarde pas la caméra. Elle est prise de derrière et elle regarde vers le bas en marchant. Même attitude qu'elle entre ou sorte de l'immeuble.

— Si vous ouvrez maintenant le deuxième fichier envoyé par Lucy, celui qui s'appelle « enregistrement 2 », vous allez découvrir un certain nombre de prises fixes, extraites d'enregistrements antérieurs, où Toni porte le même vêtement, et sur lesquelles on voit clairement son visage. Vous remarquerez que la silhouette est identique, intervint Berger.

Marino referma le premier fichier et ouvrit le second. Il cliqua sur le diaporama et passa en revue les clichés de Toni, devant l'immeuble, entrant ou sortant. Sur tous elle portait la même écharpe rouge et la même parka verte à capuche bordée de fourrure. Toutefois les clichés avaient été pris par temps sec. La capuche battait contre son dos et ses longs cheveux bruns balayaient ses épaules. Elle était vêtue d'un pantalon de survêtement ou d'un pantalon de ville, voire d'un jean. Sur l'une des prises de vues ses mains étaient protégées de moufles brun-roux et vert olive, sur une autre de gants noirs. Il revit le grand sac noir en bandoulière. Elle était toujours à pied, sauf un jour où il pleuvait et où on la voyait monter dans un taxi.

— Ça corrobore le témoignage de son voisin, remarqua Bonnell en frôlant le bras de Marino pour la troisième fois, un contact à peine perceptible et que, pourtant, il sentit avec netteté. C'est le manteau qu'il a décrit. Il m'a dit qu'elle portait un manteau vert à capuche et qu'elle avait son courrier à la main, courrier qu'elle a dû récupérer juste après être entrée dans l'immeuble, à dix-sept heures quarante-sept. J'imagine qu'elle a ouvert sa boîte aux lettres, ramassé ce qui s'y trouvait, puis elle a grimpé l'escalier et c'est à ce moment-là que son voisin l'a aperçue. Elle est rentrée chez elle, a posé le courrier sur le comptoir de la cuisine où je l'ai retrouvé ce matin lors de ma visite avec l'unité de scènes de crime. Les lettres n'étaient pas ouvertes.

— Elle avait toujours sa capuche sur la tête à l'intérieur de l'immeuble ? s'enquit Scarpetta.

— Le voisin n'a pas précisé. Il a juste dit qu'elle portait un manteau vert avec une capuche.

— Graham Tourette, rappela Marino. Faut qu'on se renseigne sur lui et sur l'intendant de l'immeuble, Joe Barstow. Pas de casier judiciaire, ni l'un ni l'autre, si on exclut des délits mineurs de la circulation : refus de céder le passage, certificat d'inscription du véhicule non valide, un feu arrière cassé. Ça remonte loin et il n'y a pas eu d'arrestation. J'ai demandé au CCTR de me sortir absolument tout sur les habitants de l'immeuble.

— Graham Tourette a insisté sur le fait que lui et son compagnon étaient au théâtre la nuit dernière, quelqu'un leur ayant offert des places pour *Wicked*, ajouta Bonnell. Alors j'aimerais bien demander au Dr Wesley…

— Improbable. Il est très improbable qu'un homosexuel ait commis ce crime, répondit Benton.

— J'ai pas vu de moufles dans son appartement, observa Marino. Et on les a pas retrouvées non plus sur la scène de crime. Sur les prises les plus anciennes, elle porte jamais de gants noirs et elle a pas ce gros sac.

— Selon moi, il s'agit d'un meurtre à motivations sexuelles, poursuivit Benton comme si Marino n'existait pas.

— Des signes d'agression sexuelle remarqués à l'autopsie ? demanda Berger.

— Des blessures dans la zone génitale, répondit Scarpetta. Des contusions, des rougeurs, des marques de pénétration, de traumatisme.

— Du sperme ?

— Je n'ai rien vu, mais il faut attendre les résultats du labo.

Marino, qui se sentait toujours fautif d'avoir taxé un peu plus tôt l'idée de Scarpetta de « tirée par les cheveux » et qui espérait qu'elle n'en déduirait rien de déplaisant pour elle, intervint :

— Je crois que ce que veut dire la Doc, c'est qu'il est pas impossible que la scène de crime ait été maquillée et même le crime en lui-même. Et, dans ce cas, ça pourrait être un *gay*, hein, Benton ?

— Si j'en juge par ce que je sais, Jaime, commença Benton en indiquant par là qu'il ne souhaitait pas répondre directement à

Marino, le but de ce genre de mise en scène est de dissimuler la vraie nature et les mobiles réels d'un meurtre, sans oublier quand il a été perpétré et les liens éventuels entre la victime et l'agresseur. Dans notre cas, la personne qui a commis cela craint d'être arrêtée. Toutefois, et je me répète, la motivation est sexuelle.

— On a le sentiment que vous ne croyez pas que son agresseur ait été un étranger, souligna Marino.

Benton ne répondit pas.

— Si ce que déclare le témoin est vrai, j'ai l'impression que c'est bien le cas, observa Bonnell en frôlant de nouveau Marino. Je ne crois vraiment pas à l'implication d'un petit ami, ni même de quelqu'un qu'elle aurait connu avant-hier soir.

— Bon, il va falloir convoquer Tourette et l'intendant de l'immeuble, lâcha Berger. Je veux leur parler, surtout à l'intendant, Joe Barstow.

— Pourquoi surtout à l'intendant ? s'enquit Benton qui ne semblait pas très content.

Peut-être que Benton et la Doc rencontraient des problèmes dans leur couple ? Marino n'avait aucune idée de la façon dont les choses se passaient entre eux. Il ne les avait pas vus depuis des semaines, mais il commençait à en avoir assez de faire des efforts pour être agréable avec Benton. Ça commençait à bien faire d'être rembarré sans arrêt.

— Je suis en possession des mêmes informations que Marino, celles communiquées par le CCTR. Vous avez jeté un œil au curriculum vitae du bonhomme ? Deux compagnies de limousines, puis chauffeur de taxi et des tas d'autres boulots. Barman, serveur. Il a travaillé jusqu'en 2007 pour une compagnie de taxis. Il semble avoir fait pas mal de choses en même temps qu'il étudiait à temps partiel au Manhattan Community College, de façon plus ou moins régulière, depuis trois ans.

Bonnell s'était levée, toujours proche de Marino, et feuilletait son calepin.

— Il essaie de décrocher un DEUG en arts et technologie de la vidéo. Il joue de la basse. Il faisait partie d'un groupe de musiciens et voudrait organiser des concerts de rock. Il espère toujours faire sa grande percée dans l'industrie de la musique…

Elle continua à lire ses notes, sa cuisse touchant Marino.

— … Dernièrement, il a bossé à temps partiel pour une boîte de production spécialisée dans le numérique. Des petits jobs, surtout des emplois de réceptionniste, de coursier, même s'il appelle ça « assistant de production ». Il a vingt-huit ans. Il a affirmé qu'il ne connaissait Toni qu'à cause des contacts qu'il avait pu avoir avec elle en tant que locataire, qu'il n'était – je cite – « jamais sorti avec elle », même s'il avait pensé à l'inviter.

— Est-ce vous qui lui avez demandé s'il « sortait » avec elle ou en aurait eu envie, ou est-ce lui qui a évoqué cet aspect spontanément ? demanda Berger.

— Déclaration spontanée. Tout comme le fait qu'il ne l'avait pas vue de plusieurs jours. Il a également affirmé être resté chez lui toute la soirée et la nuit d'hier, s'être fait livrer une pizza et avoir regardé la télé parce que le temps était affreux et qu'il était fatigué.

— Il nous offre donc pas mal d'alibis, commenta Berger.

— On pourrait être tenté de le conclure, mais ce n'est pas inhabituel en pareil cas. Beaucoup de gens s'imaginent être suspects. Ou alors il y a quelque chose dans leur vie qu'ils n'ont pas envie qu'on apprenne, répliqua Bonnell en tournant les pages de son carnet. Il a décrit Toni Darien comme une femme cordiale, pas le genre à se plaindre, et a précisé qu'elle ne lui faisait pas l'impression d'être une noceuse ni du genre à inviter des tas de gens – je cite : « une flopée de types ». J'ai remarqué qu'il était bouleversé et effrayé. Je n'ai pas l'impression qu'il soit toujours chauffeur de taxi, précisa-t-elle comme si ce détail était important.

— Nous n'en avons pas la certitude, rectifia Berger. Il pourrait avoir accès à ce genre de véhicules. On ne sait pas ce qu'il fait au noir, pour ne pas payer d'impôts supplémentaires par exemple. Comme pas mal de chauffeurs indépendants, notamment à New York.

— L'écharpe rouge ressemble beaucoup à celle que j'ai ôtée du cou de Toni…, intervint Scarpetta.

Marino l'imagina assise à côté de Benton, leurs deux têtes penchées vers l'écran d'un ordinateur, sans doute dans leur appartement de Central Park West, non loin de CNN.

— ... Rouge vif, faite dans un matériau *high tech*, légère mais très chaude.

— On dirait bien que c'est ce qu'elle porte, renchérit Berger. Ce que semblent indiquer ces enregistrements de sécurité et le texto envoyé à sa mère, c'est qu'elle était toujours en vie à dix-neuf heures passées d'une minute et même une heure plus tard environ. Kay, vous aviez commencé à nous dire que votre évaluation de l'heure de la mort divergeait de celle qu'indiquent ces extraits vidéo, par exemple.

— Mon opinion est qu'elle était déjà morte hier soir, lâcha Scarpetta d'une voix si imperturbable qu'on aurait cru que cette annonce ne devait surprendre personne.

Bonnell fronça les sourcils et demanda :

— Et alors, qui vient-on de voir ? Un imposteur ? Une femme qui portait son manteau pour entrer et ressortir de l'immeuble et qui avait ses clés ?

— Kay ? Afin que tout soit clair, avez-vous toujours la même opinion maintenant que nous avons visionné ces extraits de surveillance ? insista Berger.

— Je fonde mes déductions sur l'examen du corps que j'ai pratiqué, pas sur les vidéos. Or les artefacts *post mortem*, en particulier la rigidité et les lividités cadavériques, impliquent qu'elle est morte bien plus tôt, sans doute mardi.

— Mardi ? répéta Marino interloqué. Genre avant-hier ?

— Mon opinion est qu'elle a reçu un coup sur la tête mardi, peut-être dans l'après-midi, plusieurs heures après avoir ingéré une salade au poulet. Le contenu gastrique était composé de romaine, de tomates et de viande de poulet imparfaitement digérées. Après qu'elle a été violemment frappée au crâne, la digestion s'est interrompue, expliquant que les aliments soient restés partiellement intacts pendant qu'elle agonisait, une agonie qui a pu durer une heure, voire davantage, si j'en juge par les réponses vitales au niveau des blessures.

— Y avait de la romaine et du poulet dans son réfrigérateur, se souvint Marino. Peut-être qu'elle a pris son dernier repas chez elle. Vous êtes certaine que ça aurait pas pu se dérouler hier soir, qu'elle aurait pas pu dîner durant l'heure qui s'est écoulée entre le moment où on la voit entrer dans l'immeuble et celui où elle en ressort ?

— Ça semblerait logique, souligna Bonnell. Elle a mangé et plusieurs heures plus tard, vers vingt et une ou vingt-deux heures, disons, elle était dehors et on l'a agressée.

— Cependant ce n'est pas logique. Ce que j'ai constaté lorsque je l'examinais indique qu'elle était déjà morte hier soir, et il est fort peu probable qu'elle ait été encore en vie mercredi, répéta Scarpetta d'une voix paisible.

Elle ne parlait jamais d'une façon heurtée, brusque ou péremptoire. Elle n'essayait jamais de la ramener, alors qu'elle aurait eu tous les droits de s'adresser aux autres comme elle le souhaitait. Après toutes ces années passées à travailler avec elle, presque toute sa carrière, dans une ville ou une autre, Marino savait d'expérience que si un cadavre disait quelque chose à Scarpetta, c'était exact. Cela étant, sa déclaration lui posait un vrai problème. Ça semblait n'avoir aucun sens.

— Bon, nous devons discuter de pas mal de choses, reprit Berger d'une voix forte. Une chose à la fois. Concentrons-nous d'abord sur ce que nous venons de voir sur les extraits de la caméra de surveillance. Partons du principe que cette silhouette vêtue d'une parka verte n'est pas celle d'un imposteur, mais bien de Toni Darien, et que c'est elle qui a envoyé un texto à sa mère hier soir.

Berger n'ajoutait pas foi à ce que venait de déclarer Scarpetta. Le procureur pensait que la légiste se trompait et, si incroyable que la chose lui parût à lui-même, Marino avait également des doutes. L'idée que Scarpetta avait commencé à croire à sa propre légende, cette légende selon laquelle elle pouvait découvrir la réponse à tout sans jamais commettre d'erreur, lui traversa l'esprit. C'était quoi, cette formule que répétait sans cesse CNN ? La façon exagérée dont ses capacités en matière criminelle étaient présentées ? *L'effet Scarpetta.* Merde ! Marino réfléchit. Il avait vu le même scénario se répéter, des gens finir par croire ce que l'on racontait d'eux, se reposer sur leurs lauriers jusqu'au moment où ils se plantaient et se ridiculisaient.

— La question demeure, continua Berger : où s'est rendue Toni après avoir quitté son appartement ?

— Pas à son boulot, précisa Marino en tentant de se souvenir si Scarpetta avait déjà commis une erreur de celles qui mettent en cause un expert, qui bousillent un procès.

Aucun exemple ne lui revint. Mais à cette époque elle n'était pas encore célèbre et elle ne passait pas sans arrêt à la télé.

— Justement, parlons de son travail chez High Roller Lanes, proposa Berger d'une voix forte et claire. Marino, enquêtrice Bonnell, allez-y.

Marino fut déçu lorsque Bonnell contourna le bureau. Il mima quelqu'un qui boit. Peut-être qu'elle pouvait leur servir des Coca Light. Le fait de la regarder, de remarquer la roseur de ses joues, l'éclat de son regard, l'énergie qui émanait d'elle provoqua un sentiment différent en lui. Il pouvait toujours la sentir contre son bras, la rondeur ferme de son corps, alors même qu'elle s'était écartée. Il imagina à quoi elle ressemblait, les sensations que provoquerait son contact, se rendant compte qu'il n'avait pas été si attentif et alerte depuis un bon bout de temps. Elle devait savoir ce qu'elle faisait lorsqu'elle l'avait frôlé.

— D'abord, permettez-moi de vous décrire l'endroit. Rien à voir avec un bowling classique, commença-t-il.

— Plus le genre de trucs qu'on trouverait à Las Vegas, approuva Bonnell en extirpant deux canettes de Coca Light d'un sachet et en lui en tendant une, son regard étincelant se rivant au sien durant un bref instant.

Marino tira l'opercule. Du Coca gicla et dégoulina le long des flancs de la canette, gouttant sur son bureau. Il épongea avec des feuilles de papier et s'essuya les mains sur son pantalon avant de poursuivre :

— Juste. Le genre d'endroit haut de gamme. Éclairage néon, écrans de projection géants, canapés en cuir, un salon carrément luxueux, avec un gigantesque bar tapissé de miroirs. Plus de vingt pistes, des tables de billard, un fichu code vestimentaire. Vous pouvez pas entrer là-dedans habillé en clodo.

Il avait emmené Georgia Bacardi là-bas en juin dernier pour célébrer leur anniversaire de six mois de rencontre. Il était plus qu'improbable qu'ils célèbrent leur première année. La dernière fois qu'ils s'étaient vus, le premier week-end de décembre, elle n'avait pas eu envie de faire l'amour et avait trouvé dix façons différentes de lui faire comprendre la même chose, qui se résumait à : pas la peine d'y penser. Elle ne se sentait pas bien, trop fatiguée, son boulot à Baltimore était aussi important que celui de Marino, en plus elle avait des bouffées de chaleur, il voyait d'autres femmes et elle en avait ras-le-bol. Berger, Scarpetta et même Lucy. Si on incluait Bacardi, cela faisait quatre femmes dans la vie de Marino, et la dernière fois qu'il avait eu un rapport sexuel remontait au 7 novembre, six fichues semaines plus tôt.

— L'endroit est vraiment beau, tout comme les filles qui s'occupent de vous pendant que vous jouez, continua-t-il. Beaucoup tentent de percer dans le show-business ou dans le mannequinat. La clientèle aussi est haut de gamme, et il y a des photos de gens célèbres jusque dans les toilettes, en tout cas celles des hommes. T'en as vu chez les femmes ?

Elle haussa les épaules en retirant la veste de son ensemble, au cas où Marino aurait eu des doutes sur ce qui se trouvait dessous. Il regarda. Il fixa ouvertement.

— Dans les toilettes des hommes, y a une photo d'Hap Judd, ajouta-t-il, sachant que cette information intéresserait Berger. Pas vraiment à la place d'honneur puisqu'elle est suspendue au-dessus d'un urinoir.

— Vous savez quand elle a été prise et s'il s'agit d'un client régulier ? s'enquit Berger.

— Pas mal de célébrités qui habitent New York viennent souvent, ou alors quand ils sont en tournage dans le coin. À l'intérieur, High Roller évoque un peu un *steak house.* Des photos de gens célèbres partout. La photo d'Hap Judd a pu être prise l'été dernier, mais personne à qui j'ai posé la question s'en souvenait vraiment. Il est venu, mais c'est pas un régulier.

— Mais c'est quoi, l'attrait ? demanda Berger. J'ignorais que le bowling était si pratiqué par les célébrités.

— Vous avez jamais entendu parler de « jouer au bowling avec les stars » ?

— Non.

— Beaucoup de gens connus pratiquent, et en plus High Roller Lanes est une sortie branchée.

Marino avait l'impression que ses pensées s'embourbaient, que son sang avait fui de sa tête pour se concentrer bien plus bas. Il poursuivit :

— Le propriétaire est un gars qui possède des restaurants, des salles de jeux vidéo, des parcs d'amusement à Atlantic City, Detroit, en Indiana, en Floride du Sud, en Louisiane. Un type qui s'appelle Freddie Maestro, aussi vieux que Mathusalem. Il est photographié en compagnie de toutes les célébrités, ce qui prouve qu'il passe pas mal de temps à New York.

Il s'efforça de détourner son regard de Bonnell afin de se concentrer.

— Ce que je veux dire, c'est que vous savez jamais qui vous allez rencontrer. Peut-être que ça faisait partie de l'attrait pour Toni Darien. Elle voulait gagner de l'argent et les pourboires sont généreux là-bas. En plus, elle avait décidé de faire des connaissances, de se brancher avec des gens. Ses horaires, c'est ce que j'appelle le *prime time* ! Les soirées. Ça commence en général vers dix-huit heures et ça dure jusqu'à la fermeture, à deux heures du matin. Du jeudi jusqu'au dimanche. Elle se rendait à son travail à pied ou prenait un taxi. Elle avait pas de voiture.

Il avala une gorgée de Coca Light et fixa le tableau blanc accroché au mur non loin de la porte. Berger et ses tableaux blancs. Tout était codé par couleur : les affaires prêtes à être jugées en vert, celles qui ne l'étaient pas en bleu, les dates d'audience en rouge, en noir ceux qui étaient de permanence pour recevoir les appels concernant les crimes sexuels. Fixer le tableau ne présentait aucun danger. Il pensait avec plus de clarté.

— Que voulez-vous dire par « se brancher avec des gens » ? demanda Berger.

— Mon avis, c'est que dans des endroits huppés de ce genre, vous pouvez trouver de tout, expliqua Marino. Donc, peut-être qu'elle est tombée sur la mauvaise personne.

— Ou alors High Roller Lanes pourrait n'avoir aucun lien avec quoi que ce soit.

Bonnell venait de dire ce qu'elle croyait, expliquant sans doute son peu d'intérêt pour les photos, ou pour ce que diffusaient les écrans géants au-dessus des pistes, ou même l'observation des riches et célèbres.

Bonnell était convaincue que le meurtre de Toni était gratuit, qu'elle avait été choisie au hasard par un prédateur, un tueur en série en chasse. Peut-être qu'elle portait des vêtements de sport, mais elle ne courait pas lorsqu'elle s'était retrouvée au mauvais moment au mauvais endroit. Bonnell déclara que Marino comprendrait bien mieux lorsqu'il écouterait l'appel du témoin au numéro d'urgence.

— Je suppose que nous ne savons toujours pas où sont passés son ordinateur et son téléphone portable ? interrogea Scarpetta.

— Ni son portefeuille et peut-être son sac à main, leur rappela Marino. Ils ont disparu, eux aussi. Rien dans son appartement. Pas non plus sur la scène de crime. Et maintenant je me demande où sont ses moufles et son manteau.

— On en comprendra peut-être davantage au sujet de ces articles manquants grâce à l'appel du témoin, l'information reçue par l'enquêtrice Bonnell, déclara Berger. Il est possible que Toni soit montée dans un taxi, qu'elle ait eu ces objets et ces vêtements avec elle parce qu'elle ne faisait pas son jogging. Elle était sortie pour faire autre chose, peut-être rendre une visite, puis courir ensuite.

— Y avait-il d'autres types de chargeurs hormis ceux du téléphone et de l'ordinateur ? s'enquit Scarpetta. Vous avez vu autre chose dans l'appartement ?

— Non, répondit Marino.

— Une station d'accueil USB, par exemple ? Quelque chose qui pourrait indiquer qu'elle possédait un autre appareil nécessitant d'être chargé, comme la montre qu'elle portait au poignet, insista Scarpetta. On dirait un instrument destiné à collecter des données. Ça s'appelle BioGraph. Ni Lucy ni moi n'avons trouvé quoi que ce soit à son sujet sur Internet.

— Et comment une telle montre peut exister sans être sur Internet ? s'étonna Marino. Faut bien qu'on la vende, non ?

— Pas nécessairement. Pas si elle fait partie d'un projet classifié ou si elle est toujours en recherche et développement.

Lorsque Benton lui répondait directement, c'était toujours pour le contrer ou pour le rabaisser.

— Alors Toni travaillait peut-être pour la CIA, lui balança Marino en retour.

CHAPITRE 6

Si le meurtre de Toni avait été une exécution organisée par un service de renseignements, il semblait évident qu'on ne lui aurait jamais laissé au poignet un appareil de collecte de données.

Benton le souligna de cette voix plate dont il usait avec les gens qu'il n'aimait pas du tout. Un ton tout à la fois sec et monocorde qui évoquait la pierre ou une terre aride à Scarpetta, assise sur le canapé de la chambre d'amis située à l'arrière de l'appartement et que Benton avait transformée en bureau, un élégant espace avec vue sur la ville.

La voix de Marino résonna par l'intermédiaire du terminal d'audioconférences posé à côté de l'ordinateur de Benton :

— De l'intox. Pour nous faire gober un truc. Bref, une mise en scène. Je cherche juste des arguments pour rebondir sur votre suggestion, que ça ferait partie d'un projet secret.

Benton écoutait, impassible dans son fauteuil de cuir. Un mur tapissé de livres du sol au plafond s'élevait derrière lui, rangés par thème, reliés, des premières éditions, d'autres très anciens. La colère de Marino flambait parce que Benton, à ses yeux, l'avait ridiculisé, et plus le grand flic tentait de se justifier, plus il avait l'air godiche. Scarpetta souhaita qu'ils cessent de se comporter comme des adolescents.

— Je veux dire, si on pousse cette hypothèse, peut-être qu'ils voulaient qu'on retrouve cette sorte de montre parce qu'ils savent que ce qu'il y a dessus est faux, de la désinformation, poursuivit Marino.

— Qui cela, « ils » ? demanda Benton d'un ton carrément désagréable.

Marino ne se sentait plus le droit de se défendre, et Benton ne tentait plus de prétendre qu'il lui avait pardonné. On aurait pu croire que ce qui s'était déroulé un an et demi plus tôt à Charleston ne concernait qu'eux, plus du tout Scarpetta. Une caractéristique des agressions : elle n'était plus la victime puisque tous les autres l'étaient devenus.

La grosse voix envahissante de Marino emplit le petit espace de travail de Benton :

— Je sais pas. Mais je pense qu'on devrait écarter aucune possibilité. Plus on fait ce boulot, plus on se rend compte qu'on doit garder l'esprit ouvert. En plus, on a toute cette merde dans ce pays avec le terrorisme, l'espionnage, le contre-espionnage, les Russes, les Coréens du Nord, et j'en passe.

— J'aimerais qu'on écarte l'hypothèse d'une implication de la CIA, intervint Berger d'une voix efficace, le tour que prenait la conversation l'agaçant. Il n'existe aucun indice permettant de penser que nous avons affaire à une exécution de type services secrets ou ayant une relation avec le terrorisme, ou la politique en général. Je dirais même que nous avons pas mal d'éléments qui vont dans le sens inverse.

— Et si on parlait de la position du cadavre sur la scène de crime ? dit L. A. Bonnell, posée et sûre d'elle mais parfois difficile à déchiffrer, et qui paraissait presque amusée. Docteur Scarpetta, avez-vous des raisons de croire qu'elle a été tirée par les bras, traînée ? Personnellement, j'ai trouvé sa posture assez étrange. Presque grotesque, avec les jambes pliées à la manière d'une grenouille et les bras allongés de part et d'autre de la tête. On aurait dit qu'elle dansait *Hava Nagila*. Je sais que ça peut paraître bizarre, mais ça m'a traversé l'esprit lorsque je suis arrivée sur la scène.

Benton faisait défiler sur son écran les photographies prises sur la scène de crime et répondit avant même que Scarpetta n'ouvre la bouche :

— La position du corps est dégradante. La volonté de ridiculiser la morte. (Il fit apparaître d'autres clichés.) Le corps est exposé de façon sexuellement graphique, afin d'exprimer le mépris et de choquer. Aucun effort n'a été fourni pour dissimuler le cadavre, bien au contraire. La position dans laquelle était Toni a été mise en scène.

— Hormis cette posture, il n'existe rien qui indique qu'elle a été traînée, répondit Scarpetta à Bonnell. Pas d'abrasion sur la face postérieure du corps, pas de marque autour des poignets. Cela étant, vous devez conserver à l'esprit qu'il est normal qu'on ne constate aucune réaction dite « vitale » aux blessures. Si elle a été agrippée par les poignets après sa mort, cela n'a pas occasionné de contusions. D'ailleurs, dans l'ensemble, le corps est relativement indemne, à l'exception de la plaie au crâne.

La voix énergique de Berger résonna dans le haut-parleur d'un noir brillant qu'utilisait Benton pour les conférences téléphoniques :

— Supposons que vous ayez raison, qu'elle soit morte depuis un moment. Je me dis qu'il doit bien y avoir une explication à cela.

— L'explication, c'est ce que nous savons des altérations cadavériques, expliqua Scarpetta. À quelle vitesse refroidit un corps, la façon dont le sang se dépose sous l'effet de la gravité, à quoi ressemblent ces dépôts, et la raideur progressive des muscles consécutive à la baisse de l'adénosine triphosphate.

— Toutefois il peut exister des exceptions, contra Berger. Il est bien connu que ce genre d'artefacts dépendant de l'heure de la mort peuvent considérablement varier en fonction de ce que faisait la victime juste avant le décès, des vêtements qu'elle portait, des conditions météorologiques et même des drogues ou des médicaments qu'elle consommait, n'est-ce pas ?

— En effet, l'évaluation de l'heure de la mort n'est pas une science exacte, admit Scarpetta, peu surprise des arguments contradictoires de Berger.

Il s'agissait d'une de ces situations où la vérité rendait les choses infiniment plus difficiles.

— En ce cas, il n'est pas exclu que certaines circonstances expliquent pourquoi la rigidité et les lividités cadavériques constatées sur Toni paraissent si avancées. Par exemple, si elle s'était beaucoup dépensée physiquement, si elle courait, peut-être même tentait de fuir son agresseur juste avant qu'il ne la frappe derrière la tête. Cela ne pouvait-il pas se traduire par une accélération du processus de rigidité ? Peut-être même par une raideur instantanée, ce que l'on nomme un « spasme cadavérique » ?

— Non, parce qu'elle n'est pas morte immédiatement après le coup sur la tête. Elle a survécu un certain laps de temps et était tout sauf active physiquement à ce moment-là. Elle était réduite à l'impuissance, pratiquement dans le coma et à l'agonie.

— Mais si on essaie d'être objectif, s'obstina Berger comme si elle insinuait que Scarpetta ne l'était pas, les lividités ne peuvent pas vous préciser quand elle est morte au juste. Beaucoup de variables les affectent.

— C'est vrai, ces lividités ne me renseignent pas avec précision sur l'heure de la mort, mais offrent une évaluation approximative. Cependant ça m'indique clairement qu'elle a été déplacée, argumenta Scarpetta qui avait la sensation de se retrouver dans le box des témoins. Il est possible que cela se soit produit quand elle a été transportée dans le parc. À l'évidence, la personne responsable ne s'est pas rendu compte que positionner les bras de Toni de la sorte se soldait par une évidente contradiction. Ses bras n'étaient pas levés au-dessus de sa tête pendant que se formaient et fixaient les lividités cadavériques, mais le long de ses flancs, avec les paumes tournées vers le sol. De surcroît, on ne distingue aucune marque laissée par les vêtements, alors qu'on constate un blêmissement sous le bracelet de montre, indiquant qu'elle la portait pendant que les lividités se fixaient. Je soupçonne qu'elle est restée au moins douze heures allongée nue, à l'exception de la montre. Elle ne portait pas non plus ses chaussettes, faites d'un matériau élastique qui aurait laissé des traces. Elle a été rhabillée juste avant que son corps soit transporté dans le parc, et on lui a enfilé ses chaussettes en les intervertissant.

Elle leur apprit que Toni utilisait des chaussettes anatomiques pour courir et ajouta que, le plus souvent, les agresseurs laissaient des preuves de leur intervention lorsqu'ils rhabillaient leurs victimes après les faits. Ils commettaient des erreurs, tels des vêtements entortillés ou enfilés à l'envers. Dans leur cas, une interversion involontaire des chaussettes.

— Mais pourquoi lui avoir laissé la montre ? interrogea Bonnell.

Benton étudiait les photos qui s'affichaient sur son écran d'ordinateur, zoomant sur la montre BioGraph que Toni portait au poignet gauche. Il déclara :

— Sans importance pour celui qui l'a dévêtue. Ôter des bijoux à une victime, sauf lorsqu'il s'agit d'un trophée qu'on emporte en souvenir, n'est pas aussi chargé sexuellement que retirer des vêtements, exposer la chair nue. Cela étant, ce qui compte, c'est ce qui est symbolique et érotisant pour l'agresseur. Et l'individu qui se trouvait avec elle n'était pas pressé. Pas s'il disposait de Toni durant une journée et demie.

— Kay, avez-vous déjà rencontré un cas similaire : un sujet n'est décédé que depuis huit heures, mais on pourrait croire que cela fait cinq fois plus de temps qu'il est mort ?

Berger était parvenue à une conclusion et faisait de son mieux pour influencer le témoin.

— Uniquement lors de cas où le processus de décomposition est considérablement accéléré, comme sous des climats tropicaux ou subtropicaux, répondit Scarpetta. Lorsque j'exerçais en Floride du Sud, ce genre d'intensification n'était pas inhabituel. Je l'ai souvent rencontré.

— Selon vous, a-t-elle été sexuellement agressée dans le parc, ou peut-être dans un véhicule, puis déplacée et exposée ainsi que Benton l'a décrit ? poursuivit Berger.

— Curiosité de ma part : pourquoi dans un véhicule ? s'enquit Benton en se laissant aller contre le dossier de son fauteuil.

— J'évoque un scénario possible : elle aurait été violée et assassinée dans un véhicule, puis transportée dans le parc, et son corps aurait été mis en scène où nous l'avons découvert.

— Rien de ce que j'ai observé au cours de l'examen externe puis à l'autopsie n'indique une agression à l'intérieur d'un véhicule, remarqua Scarpetta.

— Je me pose des questions au sujet des blessures que nous aurions retrouvées si elle avait été agressée dans le parc, lâcha Berger. Si vous en jugez par votre expérience, lorsque quelqu'un est violé sur une surface dure telle que la terre, n'y a-t-il pas des contusions, des égratignures ?

— C'est souvent le cas.

— Ce qui ne se produirait pas sur une banquette arrière, la surface sous la victime étant beaucoup moins impitoyable que la terre gelée, parsemée de gravier et de pierres, de brindilles et autres débris, poursuivit Berger.

— En me fiant à mes observations, je ne peux pas préciser si elle a été agressée dans un véhicule, répéta Scarpetta.

— Il est possible qu'elle soit montée dans un véhicule, qu'elle ait été frappée à la tête et que son assaillant l'ait ensuite agressée sexuellement, qu'il soit resté avec elle un moment avant de la balancer dans le parc, où nous l'avons retrouvée. (Il ne s'agissait pas d'une question, mais d'une affirmation dans la bouche de Berger.) En conséquence, les lividités et la rigidité cadavériques sont déroutantes et peuvent être mal interprétées parce qu'elle était dévêtue et qu'il faisait un froid polaire. Et s'il est exact que son agonie fut longue, se prolongeant peut-être plusieurs heures en raison de sa plaie crânienne, les lividités ont été accélérées.

— Il existe toujours des exceptions à la règle. Cela étant, je doute de pouvoir vous fournir celles que vous semblez chercher, Jaime, rétorqua Scarpetta.

— J'ai fait pas mal de recherches bibliographiques au cours des années, Kay. L'heure de la mort est une de mes préoccupations, et je suis souvent forcée de l'aborder au tribunal. Je suis tombée sur des situations intéressantes. Par exemple des cas de longues agonies dues à des insuffisances cardiaques ou des cancers, et les lividités commencent avant même le décès. Et, comme je l'ai mentionné, des cas de rigidité instantanée. On pourrait donc émettre l'hypothèse que les lividités de Toni se sont développées avant sa mort et que la rigidité a été immédiate pour des raisons inhabituelles. Je crois me souvenir que cela peut se produire lors de morts par asphyxie. Or une écharpe était nouée autour de son cou et il semble qu'elle ait été étranglée en plus de recevoir un violent coup sur la tête. Serait-il possible qu'elle soit morte depuis bien moins longtemps que vous ne le pensez ? Morte depuis quelques heures ? Moins de huit heures ?

— Selon moi, c'est impossible.

— Enquêtrice Bonnell, avez-vous le fichier WAV ? Vous pourriez l'ouvrir sur l'ordinateur de Marino ? Avec un peu de chance, nous devrions l'entendre par haut-parleur. Il s'agit de l'enregistrement d'un appel reçu par le numéro d'urgence vers quatorze heures aujourd'hui.

— J'ouvre le fichier audio, annonça Bonnell. Dites-moi si vous n'entendez rien.

Benton poussa le volume du terminal d'audioconférences lorsque l'enregistrement débuta :

— Police. Quelle est l'urgence ?

Une voix d'homme assez jeune qui semblait nerveux, effrayé, déclara :

— Euh… C'est au sujet de la dame qu'ils ont trouvée ce matin dans le parc, côté nord, vers la 100e et la 10e Rue.

— À quelle dame faites-vous allusion ?

— Cette dame… Euh… La joggeuse qui a été assassinée. J'ai entendu ça aux infos…

— S'agit-il d'une urgence, monsieur ?

— Je crois bien parce que j'ai vu… enfin, je crois que j'ai vu la personne responsable. Je passais en voiture dans le coin, vers cinq heures ce matin. J'ai vu un taxi jaune se garer et un type qui aidait à sortir de l'arrière du véhicule ce que j'ai pris pour une femme saoule. Tout d'abord, j'ai pensé qu'il s'agissait peut-être de son petit ami, qu'ils avaient fait la fête toute la nuit. J'ai pas vraiment bien regardé. Il faisait sombre et il y avait du brouillard.

— Un taxi jaune ?

— Et elle était saoule ou alors elle était tombée dans les pommes. Ça s'est passé très vite et, ainsi que je viens de vous le dire, il faisait encore très sombre et il y avait beaucoup de brume. Pas facile de distinguer. Je me dirigeais vers la 5e Avenue, et j'ai juste aperçu ça du coin de l'œil. Je n'avais pas de raison de ralentir, mais je sais ce que j'ai vu, et oui, c'était bien un taxi jaune. La lumière sur le toit était éteinte, comme lorsque les taxis sont occupés.

— Vous avez un numéro d'immatriculation ou le numéro d'identification peint sur la portière ?

— Non, non. Je n'avais pas de raison de le relever. Euh... Mais ensuite j'ai entendu aux informations qu'il s'agissait d'une joggeuse et je me souviens que la dame en question portait un genre de vêtements de sport et puis un bandana rouge ou un truc de ce genre autour du cou. Enfin, j'ai vu quelque chose de rouge autour de sa gorge. Elle portait une sorte de sweat-shirt de couleur claire au lieu d'un manteau. Je me suis tout de suite fait la réflexion qu'elle n'était pas chaudement vêtue. Si j'en juge par ce qu'ils ont dit, l'heure à laquelle elle a été découverte, eh bien... c'était peu de temps après que j'étais passé par là.

L'enregistrement s'arrêta.

— J'ai été prévenue par le dispatcheur, et j'ai discuté avec ce monsieur par téléphone. Je vais suivre cette histoire personnellement, et nous avons procédé à une petite enquête à son sujet, précisa Bonnell.

Scarpetta repensa au copeau de peinture jaune qu'elle avait retrouvé dans le cuir chevelu de Toni Darien, à proximité de la plaie. Elle se souvint que lorsqu'elle l'avait examiné à la loupe dans la morgue, la peinture lui avait évoqué la couleur de la moutarde de Dijon ou celle des taxis.

— Harvey Fahley, vingt-neuf ans, chef de projet chez Klein, une compagnie pharmaceutique basée à Brooklyn, où il vit d'ailleurs, continua Bonnell. Sa petite amie, quant à elle, a un appartement à Manhattan, à Morningside Heights.

Scarpetta ignorait si la peinture avait été arrachée d'une automobile. Ça pouvait également provenir de matériaux de construction, d'une bombe aérosol, d'un outil quelconque, d'un vélo, d'un panneau signalétique, d'à peu près n'importe quoi.

— Ce qu'il m'a raconté est cohérent avec son message au numéro d'urgence. Il avait passé la nuit chez sa petite amie et rentrait chez lui, se dirigeant vers 5e Avenue. Il avait l'intention de prendre par la 59e pour rejoindre le Queensboro Bridge afin de se préparer pour le travail.

L'opposition de Berger aux certitudes de Scarpetta en matière d'heure de la mort devenait justifiée. Si le tueur était chauffeur de taxi, il semblait plus que probable qu'il ait sillonné les rues à la recherche d'une proie, et repéré Toni alors qu'elle marchait ou courait tard dans la soirée. En revanche, il paraissait bien peu probable que ce même chauffeur l'ait ramassée dans la journée du mardi, sans doute l'après-midi, pour conserver son corps jusqu'à près de cinq heures ce matin même.

Bonnell poursuivit sur sa lancée :

— Rien ne m'a paru suspect dans ce qu'il me racontait, quant à son passé, il est limpide. Le plus important à mes yeux, c'est la description qu'il fait de la femme alors que quelqu'un l'aidait à descendre du taxi, la façon dont elle était habillée. Comment aurait-il pu être au courant de ces détails ? Ils n'ont pas été rendus publics.

Un corps ne ment pas. Scarpetta se souvint de ce qu'elle avait appris au cours de ses premiers jours de formation : *Ne tordez jamais les constatations d'une enquête pour les rendre cohérentes avec le crime.* Toni Darien n'avait pas été assassinée la nuit précédente. Elle n'avait pas été assassinée la veille. Et peu importait ce que Berger voulait croire ou ce que racontait un témoin.

— Harvey Fahley a-t-il donné une description plus précise de l'homme qui aurait aidé la femme saoule à sortir du taxi ? s'enquit Benton, son regard fixé au plafond, les mains jointes, les extrémités de ses doigts pianotant, un signe d'impatience.

— Un homme avec des vêtements sombres, une casquette de base-ball, et qui portait peut-être des lunettes. Il a l'impression que l'homme était mince, de taille moyenne, répondit Bonnell. Toutefois il a précisé qu'il l'avait entraperçu puisqu'il n'avait pas ralenti, mais aussi en raison des conditions météo. Il a ajouté que le taxi lui bouchait la vue parce que l'homme et la femme se tenaient entre le véhicule et le trottoir, ce qui s'explique si le véhicule se dirigeait vers l'est sur la 100e et la 10e Rue, vers la 5e Avenue.

— Et le chauffeur du taxi ? demanda Benton.

— Il ne l'a pas vraiment vu, mais est parti du principe qu'il y en avait un, répondit Bonnell.

— Et pourquoi cela ?

— Seule la portière droite à l'arrière était ouverte, pouvant suggérer que le chauffeur était toujours assis à l'avant alors que les passagers, l'homme et la femme, avaient pris place sur la banquette arrière. Harvey a précisé que s'il avait aperçu le chauffeur de taxi aider sa passagère à descendre, il se serait sans doute carrément arrêté. Il aurait compris que la dame en question avait des ennuis. On n'abandonne pas une personne complètement saoule et inconsciente sur un bord de trottoir.

— Ouais, on dirait qu'il cherche des excuses au fait de pas s'être arrêté, commenta Marino. Il veut surtout pas penser que ce qu'il a vraiment vu, c'est un chauffeur de taxi qui balançait une femme blessée ou morte sur le bas-côté. C'est plus confortable de se convaincre qu'il s'agissait d'un couple de noceurs qui avaient picolé toute la nuit.

— L'endroit qu'il précise dans son message au numéro d'urgence se situe à quelle distance de celui où on a retrouvé le corps ? s'enquit Scarpetta.

— À moins d'une dizaine de mètres, la renseigna Bonnell.

Scarpetta leur parla ensuite du copeau de peinture jaune qu'elle avait découvert dans les cheveux de Toni, tout en les mettant en garde contre des conclusions hâtives puisqu'aucune des analyses de traces n'était revenue des labos et qu'elle avait également collecté des fragments microscopiques de peinture rouge et noire sur le corps de la victime. La peinture pouvait avoir été transférée de l'outil qui avait servi d'arme. En fait, elle pouvait provenir de n'importe où.

Marino formula la question évidente :

— Bon, si elle était dans un taxi, comment ça se fait qu'elle était morte depuis trente-six heures ?

— Cela donne à penser que c'est le chauffeur du véhicule en question qui a fait le coup, conclut Bonnell avec bien plus d'aplomb qu'aucun d'entre eux n'en aurait jamais eu. De quelque façon qu'on prenne cette charade, et si ce que dit Harvey est exact, c'est nécessairement un chauffeur de taxi qui l'a ramassée hier en fin de soirée, l'a tuée et a abandonné son cadavre dans le parc tôt ce matin. Ou alors il a gardé le corps durant un bon moment, si le Dr Scarpetta a raison au sujet de l'heure de la mort. Et, bien sûr, on se retrouve avec un lien entre l'affaire Hannah Starr et le meurtre de Toni : un taxi jaune.

Scarpetta attendait cette suggestion depuis un moment.

— La dernière fois qu'on a aperçu Hannah Starr, elle montait dans un taxi, rappela Bonnell.

— Nous n'en sommes pas au point où nous pouvons relier les deux affaires, intervint Berger.

— Le problème, c'est que si on ne dit rien et que ça se reproduit, eh bien, ça en fera trois, insista Bonnell.

— À l'heure actuelle, je n'ai aucune intention de partir du principe que ces deux histoires ont quoi que ce soit en commun, répéta Berger.

Son ton sonna comme un avertissement : personne n'avait intérêt à évoquer publiquement des similitudes entre le meurtre de Toni Darien et la disparition d'Hannah Starr.

— Ce n'est pas forcément ce que je pense, continua Berger, pas au sujet d'Hannah Starr. Il existe d'autres éléments dans sa disparition. Beaucoup des choses que j'ai étudiées portent à croire qu'il s'agit d'un cas très différent de celui de Toni. De plus, nous n'avons aucune certitude quant au fait qu'elle est morte.

— Cependant pouvons-nous être certains qu'un témoin quelconque n'a pas remarqué, dans son cas, la même chose qu'Harvey Fahley ? déclara Benton en regardant Scarpetta. Il serait fâcheux qu'une personne, suivant la mode actuelle, aille livrer son témoignage à une chaîne de télévision plutôt qu'à la police. Je n'aimerais pas me trouver à proximité de CNN ou d'une autre chaîne d'informations si une fuite se produisait concernant un taxi jaune.

— Je comprends, admit Scarpetta. Cependant, qu'il y ait eu fuite ou pas, le fait que je ne vienne pas à l'émission de ce soir risque d'être encore plus problématique. Ça ne ferait qu'amplifier le côté sensationnel d'une telle révélation. CNN sait que je ne discuterai ni de Toni Darien, ni d'Hannah Starr. Je n'évoque jamais les affaires en cours.

Benton la fixa avec intensité.

— Je n'irais pas à ta place.

— La clause est dans mon contrat et je n'ai jamais eu de problèmes auparavant.

— Je suis d'accord avec Kay, approuva Berger. Je ferais comme si de rien n'était. Si vous vous décommandez au dernier moment, ça ne fera qu'offrir un sujet en or de spéculations à Carley Crispin.

CHAPITRE 7

Le Dr Warner Agee s'assit sur son lit défait, dans sa petite suite meublée d'antiquités anglaises, aux rideaux tirés afin de garantir un peu d'intimité.

Son hôtel était entouré d'immeubles, avec vue sur d'autres fenêtres. Il ne put s'empêcher de repenser à son ex-femme, à ce que cela avait représenté pour lui de trouver un nouveau point de chute. Il avait été horrifié lorsqu'il s'était rendu compte du nombre d'appartements à Washington équipés de télescopes, certains décoratifs mais parfaitement fonctionnels, d'autres achetés à fin d'espionnage du voisinage. Par exemple des jumelles binoculaires Orion, montées sur trépied, installées devant un fauteuil relax et orientées non pour admirer un fleuve ou un parc, mais pour surveiller un autre immeuble. L'agent immobilier vantait la vue magnifique pendant qu'Agee voyait ce qui se passait dans l'appartement situé en face, aux rideaux ouverts, où quelqu'un se baladait à poil.

Au demeurant, quel intérêt aurait-il pu y avoir à posséder un télescope ou des jumelles binoculaires dans une zone aussi peuplée que Washington DC ou New York, si ce n'était par goût de l'espionnage ou du voyeurisme ?

Des voisins crétins qui se déshabillaient, faisaient l'amour, se disputaient, se bagarraient, prenaient leur bain, allaient aux toilettes. Si les gens pensaient qu'ils jouissaient d'intimité chez eux ou dans leurs chambres d'hôtel, ils se trompaient. Les prédateurs sexuels, les voleurs, les terroristes, le gouvernement – surtout qu'ils ne vous voient ni ne vous entendent. Il fallait s'assurer qu'ils ne vous épiaient pas, qu'ils ne vous écoutaient pas. S'ils ne pouvaient ni vous voir ni vous entendre, ils ne pourraient jamais vous coincer. Des caméras de surveillance dans tous les coins, des systèmes pour suivre les voitures, des caméras espions, des amplificateurs de son, des gens dont les oreilles traînaient un peu partout, qui observaient des étrangers durant leurs moments les plus humiliants ou de vulnérabilité. Il suffisait qu'une information tombe entre de mauvaises mains pour faire basculer une vie. Si le jeu vous tente, faites-le subir aux autres avant d'en devenir victime. Agee tirait toujours les rideaux, de jour et de nuit.

— Savez-vous quel est le système de sécurité le plus performant ? Des stores !

Agee avait ressassé ce conseil toute sa carrière.

Rien n'était plus vrai. C'était exactement ce qu'il avait dit à Carley Crispin la première fois qu'ils s'étaient rencontrés, en 2000, lors de l'une des soirées données par Rupe Starr, alors qu'elle était encore porte-parole de la Maison-Blanche et qu'Agee était un consultant qui gravitait sur pas mal d'orbites, pas seulement le FBI. Quelle fille splendide, attirante au possible, avec ses cheveux roux flamboyants, intelligente, intense, dès qu'elle ne s'adressait plus à des journalistes et pouvait vraiment dire ce qu'elle pensait ! Il ne se souvenait plus des circonstances exactes, mais ils avaient tous deux atterri dans la bibliothèque de livres rares de Rupe Starr. Ils y avaient consulté de vieux volumes qui traitaient de l'un des sujets favoris d'Agee, l'hérétique Simon le Magicien et saint Joseph de Cupertino, qui avaient manifestement le pouvoir de léviter. Agee lui avait parlé de Franz Anton Mesmer et expliqué les vertus curatives du magnétisme animal. Il avait ensuite abordé Braid et Bernheim, et leurs théories sur l'hypnose et le mauvais sommeil.

Ainsi qu'il était prévisible, Carley, toute à ses passions journalistiques, avait été moins intéressée par le paranormal que par les albums photo reliés de cuir florentin réunissant les clichés des prétendus amis de Rupe, la collection des fripouilles, ainsi qu'Agee avait baptisé cette partie particulièrement prisée de la bibliothèque. Durant de longues heures solitaires, installés au deuxième étage de l'imposante demeure, Agee et Carley avaient feuilleté des décennies de photographies, pointant celles des gens qu'ils reconnaissaient.

— C'est fou ce qu'on peut s'offrir d'amis avec de l'argent, et il les croit sincères. Je trouverais cela très triste si je parvenais à éprouver de la peine pour ce putain de multimilliardaire, avait commenté Agee au profit d'une femme qui ne faisait confiance à personne parce qu'elle était aussi amorale et utilisatrice que tous ceux que rencontrait Rupe Starr.

Toutefois Rupe n'avait jamais fait gagner de l'argent à Carley. Elle n'était qu'une sorte d'attraction pour ses autres invités, à l'instar d'Agee. Impossible d'obtenir une entrevue dans le club très fermé de Rupe sans être détenteur d'au minimum un million de dollars. Cependant il pouvait vous choisir comme invité si vous étiez distrayant de quelque manière. Il vous invitait alors à ses dîners, ses réceptions, en tant que divertissement pour ses véritables hôtes. Ceux qui avaient de l'argent à investir. Des acteurs, des athlètes professionnels, les nouveaux sorciers de Wall Street se rejoignaient dans la demeure de Park Avenue. On leur accordait le privilège de rendre Rupe encore plus riche, en échange de quoi ils se mêlaient à d'autres personnalités dont l'attrait n'était pas l'argent. Des politiciens, des présentateurs de télé, des chroniqueurs de journaux, des experts en sciences légales, des avocats, n'importe qui d'un peu connu ou avec une ou deux bonnes histoires et convenant au profil de la personne que Rupe cherchait véritablement à impressionner. Il menait des recherches au sujet de ses clients potentiels pour apprendre ce qui pouvait les émouvoir. Ensuite, il recrutait. Nul besoin pour lui de vous connaître pour vous ajouter à sa liste B. Vous receviez une lettre ou un coup de fil. Rupert Starr souhaitait le plaisir de votre présence.

— C'est un peu comme de jeter des cacahuètes aux éléphants, avait lâché Agee à Carley un soir qu'il n'oublierait jamais. Nous sommes les cacahuètes, eux, ce sont les éléphants. Nous ne deviendrons jamais des poids lourds, même si nous vivons aussi longtemps que les animaux en question. La cruelle ironie dans tout cela, c'est que certains de ces éléphants ne sont pas assez vieux pour rejoindre le cirque. Regardez celle-ci.

Il avait tapoté une photo de son doigt, celle d'une fille terriblement jolie, qui fixait l'objectif d'un regard intrépide, son bras passé autour de Rupe. L'année 1996 était inscrite sur la page.

— Sans doute une jeune actrice, avait suggéré Carley en tentant de deviner laquelle.

— Raté.

— Qui alors ? Elle est belle, mais dans un genre différent. Comme un très joli garçon. D'ailleurs c'en est peut-être un. Non, je crois que j'aperçois des seins.

Elle avait touché la main d'Agee en tournant la page, et ce frôlement l'avait un peu surpris. Carley avait poursuivi :

— Encore une autre photo. Non, décidément, ce n'est pas un garçon. Waouh ! Vraiment splendide, abstraction faite des fringues à la Rambo et de l'absence de maquillage. Elle a un magnifique corps d'athlète. J'essaie de me souvenir dans quoi elle jouait.

— Dans rien, et vous ne devinerez jamais son identité. (Il n'avait pas bougé la main, dans l'espoir que peut-être la sienne l'effleurerait à nouveau.) Bon, un indice : le FBI.

— Elle appartient au crime organisé si elle a les moyens de faire partie de la prestigieuse galerie de Starr, avait-elle commenté, impliquant que les êtres humains pouvaient se comparer à la collection de précieuses voitures anciennes du maître des lieux. Du mauvais côté de la loi. C'est le seul lien qu'elle peut avoir avec le FBI si elle est aussi obscènement riche. À moins qu'elle ne soit dans notre camp, avait ajouté Carley en faisant allusion à la liste B.

— Rien à voir avec nous. Elle pourrait acheter cette demeure et être encore bourrée de fric.

— Qui est-ce à la fin !

— Lucy Farinelli.

Agee avait trouvé un autre cliché, celui-ci représentant Lucy dans le garage en sous-sol de Rupe Starr. La jeune femme était installée derrière le volant d'une Duesenberg, paraissant bien décidée à comprendre le maniement d'une voiture de sport hors de prix qu'elle n'hésiterait pas une seconde à conduire, ce qu'elle avait d'ailleurs peut-être fait ce jour-là ou un autre, à l'occasion de ses visites professionnelles, lorsqu'elle venait vérifier l'importance de sa fortune.

Agee n'en savait rien. Il n'avait jamais croisé Lucy dans la demeure, pour l'excellente raison qu'il était la dernière personne qu'on y inviterait dans le but de distraire Lucy. À tout le moins, elle se souviendrait de lui lorsqu'il était à Quantico où, alors qu'elle n'était encore qu'une toute jeune étudiante surdouée, elle avait aidé à concevoir et à programmer ce que le Bureau avait baptisé « CAIN », un réseau d'intelligence artificielle dont l'objet était la lutte contre le crime.

Dès que Carley avait compris les liens entre Lucy et Scarpetta et surtout Benton, ce grand type avec une allure folle et des traits qui semblaient sculptés dans le granit, elle avait été intriguée.

— D'accord. Je vois qui c'est. Il a servi de modèle à cet acteur dans *Le Silence des agneaux*. C'était quoi son nom, déjà ? Celui qui interprétait Crawford ?

— C'est du pipeau ! Benton n'était même pas à Quantico lors du tournage, mais en déplacement quelque part pour une enquête, et cet arrogant connard vous le confirmerait lui-même.

La colère d'Agee s'était éveillée. Plus que de la colère. D'autres choses vibraient en lui.

— Vous les connaissez donc ? avait-elle déclaré, impressionnée.

— Toute la clique. Je les connais, en effet. En revanche, et dans le meilleur des cas, ils ont peut-être entendu parler de moi. Nous ne sommes pas amis. Enfin, à l'exception de Benton. Il me connaît très bien. La vie et ses nœuds dysfonctionnels. Benton baise Kay. Kay adore Lucy. Benton obtient un stage de formation au FBI pour Lucy. Warner se fait baiser.

— Pourquoi vous êtes-vous fait baiser ?

— Qu'est-ce que l'intelligence artificielle ?

— Un substitut à la vraie.

— Vous voyez, tout peut devenir compliqué si on porte ça, avait-il déclaré en désignant ses appareils auditifs.

— J'ai pourtant le sentiment que vous m'entendez bien. Je ne vois donc pas où vous voulez en venir.

— Disons seulement que j'aurais peut-être eu des opportunités, qu'on m'aurait peut-être confié d'autres tâches si un système informatique capable de s'en acquitter à ma place n'était pas né.

Était-ce le vin, un très bon bordeaux ? Toujours est-il qu'il avait commencé à raconter à Carley sa peu gratifiante et injuste carrière, sans oublier sa pesanteur. Les flics, leurs stress et traumatismes. Le pire était encore que les agents n'avaient pas le droit d'avoir des problèmes, de se comporter en êtres humains, ils appartenaient au FBI avant tout et se retrouvaient contraints de tout déballer devant un psychologue ou un psychiatre FBI pur jus. Du *baby-sitting*, de la pommade adoucissante à passer. On ne lui avait jamais rien demandé au sujet d'affaires criminelles, surtout pas lorsqu'elles devenaient médiatiques. Il avait illustré son propos d'une anecdote remontant à 1985 à l'académie du FBI, Quantico, Virginie. Un directeur adjoint du nom de Pruitt avait déclaré à Agee qu'un sourd ne pouvait en aucun cas se rendre dans une prison de haute sécurité afin de mener des entretiens avec des détenus.

Il existait des dangers inhérents au fait d'employer un psychiatre légal équipé d'appareils auditifs et qui lisait sur les lèvres. Au risque d'être brutal, le Bureau n'allait pas avoir recours à quelqu'un qui pouvait mal interpréter les propos de criminels violents ou qui serait sans cesse forcé de leur demander de répéter ce qu'ils disaient. Et puis eux-mêmes pouvaient se méprendre sur ce qu'il faisait, un geste, la façon dont il croisait les jambes, dont il inclinait la tête. Et si un schizophrène paranoïaque qui venait juste de démembrer une femme après l'avoir énucléée à l'aide d'une lame n'aimait pas qu'Agee fixe ses lèvres ?

C'est alors qu'Agee avait compris ce qu'il représentait pour le FBI, ce qu'il représenterait toujours : un invalide, un être imparfait. Quelqu'un qui n'était pas assez imposant. Cela n'avait rien à voir avec sa capacité d'évaluer des tueurs en série ou des assassins. Il ne s'agissait que d'apparences, de la façon dont il propagerait l'image du Tout-Puissant Bureau. Il était une gêne, une honte. Agee avait répondu à Pruitt qu'il comprenait sa position et qu'il ferait, bien sûr, tout ce que souhaitait le Bureau. C'était à prendre ou à laisser. Agee avait toujours voulu appartenir au Saint des saints à ses yeux, depuis qu'il n'était qu'un frêle petit garçon jouant aux gendarmes et aux voleurs, aux militaires, à Al Capone, tirant à l'aide de son pistolet à amorces dont il entendait à peine les détonations.

Le Bureau pouvait avoir besoin de lui en interne, lui avait-on expliqué. Des incidents cruciaux, le management du stress, l'unité d'infiltration, dans l'ensemble une aide psychologique à dispenser en priorité aux agents qui émergeaient de leur vie d'infiltrés. Dans le tas étaient également inclus les agents spéciaux de supervision, c'est-à-dire les profileurs. L'unité des sciences du comportement était encore assez récente à cette époque, et le Bureau devait se préoccuper sérieusement du stress auquel les profileurs seraient exposés quotidiennement, mais également déterminer si cette pression affectait leur raisonnement et leur efficacité opérationnelle. À ce moment de leur dialogue qui virait au monologue, Agee avait demandé à Pruitt si le FBI avait songé à l'évaluation théorique des criminels, sur papier, puisqu'il pouvait l'aider dans ce domaine. S'il parvenait à avoir accès aux transcriptions d'entretiens, aux rapports divers et variés, aux photographies de scènes de crime et d'autopsies, bref à l'intégralité des dossiers, qu'il analyserait alors, il se savait en mesure de constituer une banque de données sérieuse et significative, et de se poser enfin comme l'atout qu'il était.

Certes, ce n'était guère comparable avec un contact direct avec les meurtriers, assis face à face, mais c'était bien mieux que jouer les petites sœurs des pauvres nouant de bonnes relations avec les malades, un simple soutien, alors que le vrai boulot, le travail satisfaisant, reconnu et récompensé revenait à des inférieurs qui étaient loin de posséder son intelligence, son expérience et sa sagacité. Des inférieurs tels que Benton Wesley.

— Bien sûr, vous n'avez plus besoin d'analyses manuelles, humaines, si vous vous êtes doté d'un système d'intelligence artificielle, si vous possédez CAIN, avait repris Agee alors que Carley et lui regardaient les photos dans la bibliothèque de

Rupe Starr. Dès le début des années quatre-vingt-dix, les calculs statistiques, différents types de tri et d'analyse ont été faits de façon automatique, tous les résultats de mes efforts ont été importés dans l'astucieux environnement d'intelligence artificielle créé par Lucy. À partir de ce moment-là, poursuivre ma tâche aurait été du même topo que le fermier qui persiste à labourer avec un cheval après l'invention du tracteur. Je suis donc retourné à mes évaluations d'agents. C'était tout ce que j'étais capable de faire aux yeux du FBI.

— Imaginez ce que je ressens lorsque je me dis que le président des États-Unis se fait mousser grâce à mes idées.

Comme à l'habitude, Carley avait tout ramené à elle.

Il lui avait ensuite fait visiter la demeure pendant que les invités s'amusaient plus bas et l'avait conduite vers une chambre d'amis, vers un lit, sachant pertinemment que ce qui excitait Carley n'avait rien à voir avec lui. C'était le sexe, la violence, le pouvoir et l'argent, sans oublier leur conversation au sujet de l'entité Benton, Scarpetta et Lucy, sans oublier tous ceux qui tombaient sous leur charme. Ensuite, plus rien de lui n'avait tenté Carley. Quant à lui, il voulait davantage, être avec elle, lui faire l'amour pour le restant de ses jours. Lorsqu'elle lui avait finalement dit qu'il devait cesser de lui envoyer des *e-mails*, de lui laisser des messages, il était trop tard, les dégâts étaient faits. Il ne savait toujours pas qui avait surpris sa conversation, ni s'il avait parlé trop fort. Il n'en demeurait pas moins qu'il n'avait fallu qu'un écart de conduite, une erreur, un message abandonné sur la boîte vocale du téléphone de Carley, alors que sa femme se trouvait juste derrière la porte fermée de son bureau, un sandwich et une tasse de thé entre les mains.

Leur mariage avait vite périclité. Carley et lui étaient restés en relation, une relation épisodique et distante. En fait, il avait suivi sa carrière alors qu'elle passait d'un média à l'autre. Et puis, environ un an auparavant, il avait lu un entrefilet relatant la création d'une émission, *The Crispin Report*, présentée comme du journalisme sans concession, du véritable travail policier principalement centré sur des affaires en cours, faisant intervenir des téléspectateurs. Agee avait alors décidé de contacter Carley afin de lui soumettre une proposition, peut-être même plusieurs. Il se sentait si seul et ne s'était pas remis d'elle. De plus, il avait vraiment besoin d'argent. Ses interventions de consultant s'étaient raréfiées, quant à ses liens avec le FBI, ils avaient été rompus peu après la disgrâce de Benton, en partie à cause de cela d'ailleurs, certains adhérant à la thèse que quelque chose de véritablement douteux l'avait justifiée, d'autres affirmant qu'il s'agissait d'un sabotage. Au cours des cinq dernières années, les pérégrinations d'Agee l'avaient conduit ailleurs. Il s'était peu à peu métamorphosé en charognard, acceptant de maigres honoraires en liquide en échange des services qu'il rendait à des industriels, à des organisations ou à des privés qui tiraient de jolis profits de leur habileté à manipuler les consommateurs, les clients, les patients, la police, il se foutait de savoir qui. Agee n'avait rien fait d'autre que de courber l'échine devant des inférieurs, voyageant beaucoup – notamment en France –, plongeant encore plus profond dans l'invisibilité, les dettes, le désespoir. Et puis il avait rencontré Carley, dont les perspectives étaient aussi bouchées et périlleuses que les siennes, d'autant qu'ils n'étaient plus jeunes.

Il lui avait expliqué qu'une personne dans sa situation avait surtout besoin d'informations, d'accéder à ceux qui les possédaient. Le problème auquel elle serait vite confrontée se résumait au fait que les experts essentiels à son succès refuseraient de participer à une émission de télé. Les gens bien et intéressants ne parlent pas. Ils ne le peuvent. Ou alors, à l'instar de Scarpetta, ils avaient des contrats et on n'osait pas leur poser de questions. En revanche, on pouvait assener, lui avait affirmé Agee. Il s'agissait là du secret qu'il avait enseigné à Carley. Il faut arriver sur le plateau déjà armé avec ce que l'on veut apprendre et ne jamais demander. Affirmer. Il pouvait aller à la pêche aux informations pour elle, lui procurer des transcriptions, des rapports, de sorte que ses déclarations soient appuyées sur des faits, validées, et que nul ne puisse les réfuter.

Certes, il serait également ravi d'apparaître lors d'une de ses émissions si elle le souhaitait. Un événement sans précédent, avait-il souligné. Il n'était jamais passé à la télévision auparavant, sa photo n'avait jamais paru et il donnait très peu d'interviews. Il avait omis d'en préciser la raison : on ne le sollicitait pas et

Carley avait fait mine de l'ignorer. Carley n'était pas quelqu'un de bien, pas plus que lui. Cependant elle s'était montrée assez gentille à son égard, aussi gentille qu'elle pouvait l'être. Ils se supportaient bien et étaient tombés dans une harmonieuse routine de complicité professionnelle, rien d'autre. Toutefois il avait fini par entériner le fait que leur nuit arrosée de bordeaux dans la demeure Starr ne se reproduirait plus jamais.

Aux yeux d'Agee, une simple coïncidence ne pouvait pas être à l'origine de leur première rencontre, puisqu'il ne croyait pas aux coïncidences. Tout cela faisait partie d'une destinée bien plus importante. Carley ne croyait pas aux phénomènes paranormaux, aux poltergeists, et n'avait aucun don télépathique. D'ailleurs les informations qu'elle aurait pu recevoir par ce biais auraient été bien trop altérées par des pollutions sensorielles. En revanche, elle avait foi dans les Starr – notamment Hannah –, et lorsque celle-ci avait disparu, ils y avaient immédiatement vu une opportunité, l'affaire qu'ils espéraient. Ils y avaient droit en raison de connexions antérieures qui n'avaient rien d'aléatoire dans l'esprit d'Agee. Il s'agissait d'un transfert d'informations de la part d'Hannah, qu'il avait rencontrée dans la vaste demeure et à laquelle il avait parlé de ses intérêts paranormaux, avant de la présenter à des gens aux États-Unis et à l'étranger, dont l'homme qu'elle avait fini par épouser. Selon Agee, il n'était pas inconcevable qu'Hannah ait commencé à envoyer des signaux télépathiques après s'être volatilisée. Il n'était pas non plus inconcevable qu'Harvey Fahley envoie bientôt quelque chose. Pas une pensée ni une image, mais un message.

Qu'allait-il faire à son sujet ? Agee était très inquiet, et l'irritation le gagnait. Il avait répondu à l'*e-mail* d'Harvey une heure plus tôt et attendait toujours sa réaction. Il ne disposait pas de beaucoup de temps s'il voulait que Carley puisse balancer la nouvelle ce soir devant l'anatomopathologiste qui avait autopsié Toni Darien. Un parfait *timing*. Certes, Agee aurait dû être celui choisi pour participer à cette émission, cela aurait été encore plus parfait. Toutefois on ne l'avait pas invité. Il ne pouvait jamais se trouver sur le même plateau que Scarpetta, ni même dans l'immeuble de CNN lorsqu'elle y passait. Elle refusait d'apparaître à ses côtés, jugeant qu'il manquait de crédibilité, du moins s'il en croyait Carley. Peut-être qu'Agee pourrait donner une leçon de crédibilité à Scarpetta tout en rendant service à Carley. Il lui fallait une transcription.

Comment amener Harvey à discuter au téléphone ? Comment l'entraîner dans une conversation ? Comment la pirater ? Agee songea à lui envoyer un deuxième *mail*, en précisant son propre numéro de téléphone et en lui demandant de le rappeler. Néanmoins cela ne l'aiderait pas. La seule façon pour lui de parvenir à ses fins consistait à convaincre Harvey de composer le numéro 1800 destiné aux malentendants. Un service téléphonique via Internet. L'ennui, en ce cas, serait qu'Harvey se rendrait compte qu'il était écouté par une tierce personne, une sorte de sous-titreur qui transcrivait chacun de ses mots au fur et à mesure. S'il était aussi méfiant et choqué qu'il le semblait, il n'accepterait jamais.

En revanche, si Agee prenait les devants et lui téléphonait, il ne viendrait pas à l'esprit d'Harvey que tout ce qu'il racontait était transcrit, devenait une preuve, aussi limpide qu'un enregistrement et recevable d'un point de vue légal. Agee procédait de cette façon à chaque fois qu'il interviewait des témoins au profit de Carley. Lorsque, exceptionnellement, une des personnes interrogées se plaignait, prétendant qu'elle n'avait jamais tenu les propos qu'on lui prêtait, Carley produisait la transcription, qui n'incluait pas la participation d'Agee à la conversation, seulement celle du témoin, ce qui était encore mieux. Puisqu'il n'existait aucune trace des questions ou commentaires d'Agee, les réponses de la personne contactée pouvaient être interprétées par Carley à peu près à sa guise. La plupart des gens souhaitaient juste se sentir importants. Ils n'avaient que faire qu'on transforme leur témoignage pour peu qu'on prononce leur nom correctement ou qu'on le taise, selon les cas.

Agee enfonça nerveusement la barre d'espace de son ordinateur portable, abandonnant le mode veille, vérifiant si un nouvel *e-mail* s'affichait dans sa boîte de réception CNN. Rien d'intéressant. Il l'avait inspectée toutes les cinq minutes et Harvey ne lui répondait toujours pas. Son inquiétude et son agacement crûrent. Il relut le message qu'Harvey lui avait expédié un peu plus tôt :

Cher Docteur Agee,

Je vous ai vu dans l'émission *The Crispin Report* et je ne vous écris pas afin d'y participer. Je ne souhaite pas attirer l'attention.

Je m'appelle Harvey Fahley. Je suis un témoin dans l'affaire de la joggeuse assassinée, dont je viens d'apprendre au journal télévisé qu'elle avait été identifiée. Il s'agit d'une certaine Toni Darien. Tôt ce matin, alors que je passais à proximité de Central Park sur la 110e Rue, j'ai vu un homme la tirer d'un *taxi jaune*. Je suis formel. Je me demande maintenant si elle n'était pas déjà morte à ce moment-là. Cela s'est passé peu de temps avant que son cadavre soit découvert.

La dernière fois que l'on a aperçu Hannah Starr, elle montait dans un *taxi jaune*.

J'ai fait une déclaration à la police, à une enquêtrice nommée L. A. Bonnell qui m'a précisé que je ne pouvais rien révéler de ce que j'avais vu, à quiconque. Puisque vous êtes un psychiatre légal, je pense que je peux avoir confiance, et que vous traiterez mes propos avec intelligence et une extrême discrétion.

Vous vous en doutez, mon grand souci est le suivant : les citoyens ne devraient-ils pas être avertis ? Cependant je ne pense pas que ce soit mon rôle et, de toute façon, je ne peux pas, sous peine d'avoir des ennuis avec la police. Mais si quelqu'un d'autre était blessé ou tué, je ne pourrais plus me supporter. Je me sens déjà coupable de ne pas m'être arrêté au lieu de continuer ma route. J'aurais dû vérifier, m'assurer que cette dame allait bien. Sans doute était-il déjà trop tard, mais peut-être pas. Cette pensée me bouleverse. Je ne sais pas si vous recevez des patients en clientèle privée, mais je me dis que j'éprouverai peut-être un jour le besoin d'en parler.

Je vous demande donc, s'il vous plaît, d'utiliser mon témoignage comme vous le jugerez adéquat, mais de ne pas révéler votre source.

Mes salutations sincères,

Harvey Fahley.

Agee tapa sur l'onglet de sa boîte d'envoi et trouva l'*e-mail* de réponse qu'il avait expédié quarante-six minutes plus tôt, se demandant s'il avait pu écrire quelque chose de nature à décourager Harvey :

Harvey,

S'il vous plaît, communiquez-moi un numéro de téléphone où je puisse vous joindre et nous déciderons de la façon la plus judicieuse d'avancer. En attendant, *je vous conseille vivement de n'en discuter avec personne d'autre*.

Mes salutations,

Dr Warner Agee.

Harvey n'avait toujours pas répondu parce qu'il ne voulait pas qu'Agee l'appelle. Ça semblait l'explication la plus sensée. La police lui avait recommandé de ne parler à personne et il avait peur d'être incité à divulguer plus qu'il n'en avait déjà dit, regrettant peut-être d'avoir contacté Agee. Autre possibilité : il n'avait pas ouvert sa messagerie électronique depuis une heure. Agee n'était pas parvenu à trouver un numéro de téléphone correspondant à Harvey Fahley. Enfin si, mais celui pêché sur Internet était déconnecté. Il aurait quand même pu remercier ou, du moins, accuser réception de l'*e-mail* d'Agee. Harvey ignorait le psychiatre. Peut-être allait-il contacter quelqu'un d'autre. Un manque de maîtrise, et Harvey allait divulguer des informations précieuses à un autre interlocuteur. Agee serait à nouveau le dindon de la farce.

Il pointa la télécommande vers l'écran de télé, enfonça le bouton de mise en marche. Le programme en cours sur la chaîne CNN s'afficha. Une autre publicité annonçant la participation de Kay Scarpetta à l'émission du soir. Agee consulta sa montre. Dans moins d'une heure. Suivit un montage d'images : Scarpetta descendant d'un 4 × 4 blanc de l'institut médico-légal, la bandoulière de sa mallette de crime passée à l'épaule ; Scarpetta dans une combinaison jetable blanche en Tyvek sur une plate-forme mobile, un gigantesque semi-remorque équipé de postes de travail consacrés aux analyses qui entrait en jeu lors de catastrophes tel un accident d'avion ; Scarpetta présente sur le plateau de CNN.

« Ce dont nous avons besoin, c'est de l'effet Scarpetta. Et qui nous rejoint ? La vraie Kay Scarpetta. Les conseils les plus pertinents en matière de sciences légales à la télévision sont présents sur CNN. » La phrase standard du présentateur depuis un moment, avant de passer la parole au plateau, à Kay Scarpetta. Alors qu'il regardait la télé privée de son dans sa chambre silencieuse, Agee l'entendait en boucle dans sa tête, comme si les mots lui parvenaient vraiment. Scarpetta et son effet magique allaient tout arranger. Agee regarda les images d'elle qui défilaient sur l'écran, d'autres de Carley, un spot de trente secondes pour l'émission de ce soir, une émission à laquelle il aurait dû participer. Carley devenait hystérique sur son audimat, affirmant qu'elle ne tiendrait pas une autre saison si quelque chose de totalement nouveau ne se produisait pas. Si elle était remerciée, que deviendrait Agee ? Il n'était plus qu'un homme entretenu, entretenu par des mortels qui lui étaient inférieurs, entretenu par Carley, qui ne ressentait pas pour lui ce qu'il ressentait pour elle. Si le show se plantait, il plongeait avec.

Il se leva du lit pour récupérer ses appareils auditifs abandonnés dans la salle de bains. Il inspecta dans le miroir son visage barbu, ses cheveux gris qui se clairsemaient, l'homme qui le fixait lui semblant à la fois familier et étrange. Il se connaissait, et pourtant que savait-il de lui ? *Qu'est-ce que tu es devenu ?* Il ouvrit un tiroir et découvrit un rasoir et une paire de ciseaux. Il les déposa sur une petite serviette de toilette qui sentait un peu l'aigre. Il brancha ses appareils auditifs. Le téléphone sonnait. Un voisin de chambre qui se plaignait encore du volume excessif de la télé. Il baissa le son. Le vacarme de CNN se transforma en paroles qui lui semblaient audibles sans plus, mais qui devaient être bruyantes, pour ne pas dire criardes, pour des gens dotés d'une ouïe normale. Il revint vers le lit et entreprit ses préparatifs, ramassant deux téléphones mobiles, l'un, un Motorola, correspondant à son numéro personnel de Washington DC, l'autre, un appareil jetable qu'il avait acheté dans une boutique de matériel électronique pour touristes, située dans Times Square.

Il brancha la télécommande de ses appareils auditifs Bluetooth avec son téléphone Motorola et se connecta au service de sous-titrage Internet grâce à son ordinateur portable. Il cliqua sur l'onglet « boîte de réception » qui se trouvait en haut de l'écran et entra son numéro de Washington DC. À l'aide du téléphone jetable, il contacta le service destiné aux malentendants en tapant 1800. Après une sonnerie, on lui enjoignit de composer le numéro qu'il souhaitait appeler. Il composa celui de son téléphone de Washington DC, suivi du symbole de la livre sterling.

Le téléphone portable qu'il serrait dans la main droite appela le Motorola dans sa main gauche. Celui-ci sonna et Agee répondit, tenant l'appareil fermement appliqué contre son oreille gauche.

— Allô ? annonça-t-il de son ton grave, plaisant et rassurant.

— C'est Harvey. Vous êtes seul ? demanda une voix de ténor nerveuse, la voix d'une personne jeune, bouleversée.

— Tout à fait. Comment allez-vous ? Vous semblez retourné.

— Je voudrais tant n'avoir jamais rien vu ! (La voix chancelait comme s'il était au bord des larmes.) Vous comprenez ? Je n'avais aucune envie de voir une telle chose, de me retrouver impliqué. J'aurais dû m'arrêter. J'aurais dû tenter d'aider. Et si elle était toujours en vie lorsque j'ai aperçu cet homme qui la tirait d'un taxi jaune ?

— Racontez-moi en détail ce que vous avez vu.

Agee s'exprimait avec calme, de façon rationnelle, à l'aise dans son rôle de psychiatre, intervertissant les deux téléphones, les baladant d'une oreille à l'autre pendant que sa conversation avec lui-même était transcrite en temps réel par un sous-titreur auquel il n'avait jamais parlé, qu'il ne connaissait pas, quelqu'un dont la seule identité pour lui était un numéro d'opérateur : 5622. Des phrases en gras apparaissaient dans la fenêtre de son navigateur alors qu'il conversait en changeant de voix, de téléphone, semant son faux dialogue de murmures, de sons qui donnaient l'impression d'une médiocre connexion. Pendant ce temps, le sous-titreur ne transcrivait que les propos du prétendu Harvey Fahley :

... Cette enquêtrice avec qui j'ai discuté m'a dit que la police savait qu'Hannah Starr était morte grâce à des cheveux qu'ils avaient retrouvés et qui étaient décomposés... *(Peu clair.)* Où ça ? Euh... non, elle ne me l'a pas précisé. Peut-être qu'ils sont déjà au courant pour le taxi jaune puisqu'on a vu Hannah Starr monter dans l'un d'eux. Peut-être qu'ils savent plein de trucs qu'ils ne révèlent pas à cause des retombées possibles ? Enfin, ça ne serait pas une bonne publicité pour New York... Oui, tout juste... L'argent. *(Peu clair.)* Mais si des cheveux d'Hannah en décomposition ont été trouvés dans un taxi et que personne n'a diffusé l'information... *(Peu clair.)* Mauvais. Très mauvais. *(Peu clair.)* Écoutez, je vous perds là... *(Peu clair.)* De toute façon, je ne devrais pas vous parler. J'ai vraiment peur. Il faut que je raccroche.

Agee mit un terme à la fausse conversation. Il surligna le texte, le copiant sur un bloc-notes avant de l'exporter dans un fichier de traitement de texte. Il le joignit ensuite à un *e-mail* qui parviendrait sur l'iPhone de Carley en quelques secondes :

Carley,
Voici une transcription de ce qu'un témoin vient de me confier lors d'un entretien téléphonique. Comme à l'habitude, ceci n'est pas destiné à une publication ou à une diffusion, et nous devons protéger l'identité de ma source. Cela étant, il s'agit d'une preuve destinée éventuellement à la chaîne, pour le cas où elle la demanderait.
Warner.

Il appuya sur la touche d'envoi.

Le plateau de *The Crispin Report* faisait penser à un trou noir. Un carrelage insonorisé noir, une table et des chaises noires également, posées sur un sol noir, sous des rails de projecteurs peints en noir. Scarpetta songea qu'il s'agissait d'un décor visant à souligner la sobriété nécessaire aux informations sérieuses et aux véritables drames, le style de CNN, et certainement pas ce qu'apportait Carley Crispin.

— L'ADN n'est pas la panacée, déclara Scarpetta en direct. Parfois, ça n'est pas même pertinent.

— Je suis stupéfaite ! s'exclama Carley, vêtue d'un rose qui jurait avec sa chevelure cuivrée et qui semblait particulièrement vivace ce soir. Le nom le plus respecté dans l'univers des sciences légales croit que l'ADN n'est pas pertinent !

— Ce n'est pas ce que je viens de dire, Carley. Je répète la même chose depuis vingt ans : l'ADN n'est pas la seule pièce à conviction et ne remplace pas un examen minutieux.

— Chers téléspectateurs, vous l'avez entendu comme moi ! L'ADN n'est pas adéquat.

Le visage de Carley, rectifié au collagène et paralysé par le botox, envahit l'écran.

— J'insiste, ce n'est pas ce que j'ai dit.

— Docteur Scarpetta, allons, soyons honnêtes. L'ADN est tout à fait pertinent. D'ailleurs il pourrait devenir la preuve la plus irréfutable dans l'affaire Hannah Starr.

— Carley…

La présentatrice l'interrompit en levant la main, tentant un nouveau stratagème :

— Je ne vous poserai pas de questions au sujet de cette enquête. Je cite Hannah Starr à titre d'exemple. L'ADN peut prouver qu'elle est morte.

Sur les écrans du studio s'afficha une photo de la disparue, celle que l'on voyait à la télé depuis des semaines. Elle était magnifique, pieds nus sur un trottoir qui longeait une plage, vêtue d'une robe bain de soleil blanche et décolletée, un sourire mélancolique jouant sur ses lèvres, avec en arrière-plan des palmiers et une mer diaprée.

— Et c'est ce qu'ont décidé nombre de gens qui font partie de la communauté pénale, continua Crispin. Même si vous refusez de l'avouer à l'antenne. En n'admettant pas la vérité, vous laissez la voie libre à de dangereuses conclusions, lança-t-elle d'un ton presque accusateur. Si elle est morte, ne devrions-nous pas être au courant ? Bobby Fuller, son pauvre mari, doit-il être tenu dans l'ignorance ? Une enquête criminelle ne devrait-elle pas être lancée et des mandats demandés ?

Une autre photo apparut sur les écrans de contrôle : celle de Bobby Fuller avec son grand sourire blanchi, en vêtements de tennis, dans l'habitacle de sa Porsche Carrera GT à quatre cent mille dollars.

— N'est-ce pas exact, docteur Scarpetta ? insista Carley. D'un strict point de vue théorique, une analyse ADN peut-elle révéler si un individu est décédé ? Si vous collectez du matériel génétique provenant d'un endroit quelconque, un véhicule par exemple ?

— L'ADN ne peut pas prouver qu'une personne est morte. L'ADN est un moyen d'identification, répondit Scarpetta.

— Donc cet ADN pourrait, à l'évidence, nous dire si les cheveux retrouvés, par exemple dans un véhicule, sont bien ceux d'Hannah.

— Je ne commenterai pas.

— D'autant plus si ses cheveux portaient des signes de décomposition.

— Je ne peux pas discuter de cette affaire.

— Vous ne pouvez pas ou vous ne voulez pas ? la pressa Carley. Que voulez-vous nous dissimuler ? Peut-être une vérité embarrassante, le fait que des experts tels que vous pourraient se tromper au sujet de ce qui est véritablement arrivé à Hannah Starr ?...

Une autre photo vue et revue apparut sur les écrans : Hannah Starr vêtue d'un ensemble Dolce & Gabbana, ses longs cheveux blonds tirés vers l'arrière, portant des lunettes, assise à un bureau Biedermeier dans une pièce d'angle donnant sur l'Hudson.

— ... Que l'explication de sa tragique disparition pourrait être radicalement différente de ce que tout le monde, vous comprise, a supposé ?

Les questions de Carley s'étaient transformées en affirmations, comme si elle assenait des faits. Elle avait adopté le ton d'un redoutable avocat au cours d'un interrogatoire.

— Carley, je suis médecin légiste à New York. Je suis certaine que vous comprendrez les raisons pour lesquelles je ne peux pas discuter de cette affaire.

— Techniquement, vous êtes une consultante privée, pas une employée de l'État de New York.

— Je suis une employée et je réponds directement au médecin expert en chef de la ville de New York, rectifia Scarpetta.

Une autre photo : la façade années cinquante en brique bleue de l'institut médico-légal.

— Vous travaillez à titre gratuit. Je crois avoir lu ça quelque part. Vous offrez donc votre temps aux bureaux du médecin expert en chef…

Carley se tourna vers la caméra et poursuivit :

— … Pour mes téléspectateurs qui ne seraient pas au courant, je précise que le Dr Kay Scarpetta est médecin expert dans l'État du Massachusetts et qu'elle travaille à temps partiel et gratuitement pour l'institut médico-légal de New York. (Elle s'adressa ensuite à Scarpetta :) Cela étant, je ne comprends pas très bien pourquoi vous exercez dans ces deux endroits.

Scarpetta ne lui fournit pas d'explication.

Carley ramassa un stylo comme si elle avait l'intention de prendre des notes et continua :

— Docteur Scarpetta, en réalité, si vous insistez tant sur le fait que vous ne pouvez discuter de l'affaire Hannah Starr, c'est parce que vous savez qu'elle est morte. Dans le cas contraire, cela ne vous poserait pas de problème. En effet, elle ne peut pas devenir « votre affaire » tant qu'elle est en vie !

Faux. Les anatomopathologistes pouvaient, en cas de besoin, examiner des patients en vie ou être mêlés à des enquêtes concernant des personnes disparues et présumées mortes, sans certitude. Toutefois Scarpetta n'avait pas l'intention de clarifier ce point. Elle déclara :

— Il est inapproprié, voire inconvenant, de discuter des détails d'une enquête en cours ou d'un cas qui n'a pas encore été jugé. J'étais d'accord pour aborder tout autre chose dans votre émission de ce soir, Carley. Nous devions parler de façon générale des preuves scientifiques, notamment de l'analyse de traces, une des plus habituelles étant l'analyse microscopique de cheveux.

— Bien. Discutons donc de l'analyse de traces, de cheveux, proposa la présentatrice en tapotant son stylo sur une pile de paperasse. N'est-il pas exact que les tests que l'on réalise sur les cheveux peuvent prouver qu'ils sont tombés après le décès d'une personne ? Par exemple, dans le cas où des cheveux seraient retrouvés dans une voiture, on pourrait affirmer que ledit véhicule a en fait été utilisé pour transporter un cadavre.

— L'ADN est incapable de dire si quelqu'un est mort, répéta Scarpetta.

— En toute hypothèse, que pourraient nous révéler des cheveux, si, par exemple, ils étaient identifiés comme appartenant à Hannah après avoir été retrouvés dans un endroit quelconque, tel qu'un véhicule ?

— Pourquoi ne pas aborder le sujet de l'examen microscopique de cheveux de façon générale, puisqu'il s'agit du thème sur lequel nous étions toutes les deux tombées d'accord pour l'émission de ce soir ?

— D'accord, en général. Expliquez-nous comment vous pouvez déterminer si un cheveu a été perdu par une personne décédée. Vous retrouvez des cheveux je ne sais où, disons dans un véhicule. Comment pouvez-vous affirmer si l'individu dont il provient était vivant ou mort ?

— Les dégâts occasionnés *post mortem* aux racines, ou leur absence, peuvent nous renseigner, expliqua Scarpetta.

— C'est exactement là où je voulais en venir, approuva Carley en faisant osciller son stylo à la manière d'une aiguille de métronome. Parce que, si j'en crois mes sources, on a retrouvé des cheveux dans le cadre de l'affaire Hannah Starr et ils présentaient les dégâts que vous associeriez avec la mort et la décomposition !

Scarpetta n'avait aucune idée de ce que racontait Carley. Elle se demanda si elle ne confondait pas l'affaire Hannah Starr avec les détails de l'enquête menée au sujet d'un très jeune enfant disparu, Caylee Anthony, dont les cheveux retrouvés dans le coffre de la voiture familiale portaient des signes de décomposition ou prétendus tels.

Carley épingla Scarpetta de son regard en permanence sidéré et demanda :

— Dites-moi, comment expliquez-vous qu'un cheveu soit abîmé ainsi qu'on le constaterait chez une personne morte si cette personne est toujours en vie ?

— Je ne sais pas ce que vous entendez par « abîmé », rétorqua Scarpetta, et elle songea qu'elle ferait mieux de quitter le plateau.

— Abîmé par, disons, des insectes par exemple, précisa Carley en tapotant bruyamment le stylo. Mes sources m'ont informée que les cheveux retrouvés dans le cadre de l'enquête sur la disparition d'Hannah Starr montraient des signes de dégâts, le genre que l'on constate après la mort. (Se tournant vers la caméra, elle ajouta :) Et cela n'a jamais été divulgué au public. Nous en discutons en exclusivité, pour la première fois, ici, dans mon émission.

— Les dégâts occasionnés par les insectes ne signifient pas nécessairement que la personne est décédée, précisa Scarpetta, évitant de mentionner Hannah Starr. Si vos cheveux tombent de façon naturelle, chez vous, dans votre garage ou votre voiture, ils peuvent être… d'ailleurs ils seront le plus souvent attaqués par des insectes.

— Pourriez-vous expliquer à nos téléspectateurs comment les insectes abîment les cheveux ?

— Ils les mangent. On distingue les marques de morsures au microscope. Si vous retrouvez un cheveu présentant ces marques, vous supposez en général qu'il n'est pas tombé récemment.

Carley pointa du stylo dans sa direction et affirma :

— Et vous partez du principe que son propriétaire est mort.

— Non, vous ne pouvez pas parvenir à une telle conclusion sur ce seul résultat d'analyse.

Sur les écrans de contrôle apparut la photo de deux cheveux humains grossis cinquante fois.

— Bien, docteur Scarpetta, nous sommes en train de passer les photos que vous nous avez demandé de montrer à nos téléspectateurs, annonça Carley. Expliquez-nous ce que nous voyons.

— L'anneau *post mortem* des racines. Ou, pour reprendre les mots de l'éminent analyste de traces Nick Petraco, une bande opaque et ellipsoïdale qui semble être constituée d'une série d'espaces parallèles remplis d'air le long de la gaine du cheveu, du côté proche du cuir chevelu.

— Waouh ! Et si on traduisait pour nos téléspectateurs ?

— Sur les photos que vous voyez en ce moment, c'est cette zone sombre au niveau de la racine en forme de bulbe. Vous voyez cette sorte d'anneau sombre ? Disons simplement que ce phénomène ne se produit pas chez une personne vivante.

— Et ces cheveux sont ceux d'Hannah Starr, assena Carley.

— Non, certainement pas.

Si elle quittait le plateau, cela ne ferait qu'empirer les choses. *Débrouille-toi et sors-toi de là,* s'admonesta Scarpetta.

— Non ? (Une pause très théâtrale, puis :) Et à qui appartiennent-ils ?

— Je vous montre des exemples de ce que peut accomplir une analyse microscopique de cheveux, répondit Scarpetta comme si la question était fondée, alors que tel n'était certainement pas le cas.

Carley Crispin savait parfaitement que les cheveux ne provenaient pas d'Hannah Starr. Elle n'ignorait pas qu'il s'agissait d'un cas pris au hasard dans une des présentations PowerPoint que Scarpetta utilisait tout le temps lors d'interventions dans des formations à l'investigation médico-légale.

— Il ne s'agit pas des cheveux d'Hannah et ils n'ont rien à voir avec sa disparition ?

— Ils ne servent que d'exemple.

— Eh bien, ce doit être ce qu'ils appellent « l'effet Scarpetta » ! Vous utilisez un tour de passe-passe pour accréditer votre théorie, qui, bien sûr, est qu'Hannah est morte. C'est la raison pour laquelle vous nous montrez des photos de cheveux perdus par un cadavre. Je suis d'accord avec vous, docteur Scarpetta, déclara Carley d'une voix grave et lente, théâtrale. Je crois, en effet, qu'Hannah Starr est décédée. Je crois également possible qu'il existe un lien entre ce qu'il lui est arrivé et cette joggeuse brutalement assassinée dans Central Park, Toni Darien.

Sur les écrans s'afficha d'abord une photo de Toni en pantalon moulant et corsage minimum, les pistes de bowling apparaissant derrière elle, puis une autre, celle-ci prise sur la scène de crime.

Où ont-ils trouvé ça ? Scarpetta dissimula sa stupeur. Comment Carley avait-elle mis la main sur une photo de ce genre ?

S'adressant à la caméra, Carley Crispin poursuivit :

— Vous le savez, j'ai mes sources, et je ne peux pas toujours donner de précisions à leur sujet ou révéler leur identité, mais je suis à même de vérifier leurs informations. Je me contenterai de vous apprendre qu'au moins un témoin, qui a contacté le département de police de New York, a vu tôt ce matin un homme tirer le corps de Toni Darien d'un taxi jaune. Il semble que cet homme soit le chauffeur du taxi. Êtes-vous au courant de ce fait, docteur Scarpetta ? demanda Carley en rythmant ses propos de lents mouvements du stylo qu'elle tenait toujours entre ses doigts.

— Je ne discuterai pas non plus de l'enquête sur le meurtre de Toni Darien.

Scarpetta tentait de ne pas se laisser déconcentrer par la photo de scène de crime. On aurait dit l'une de celles prises ce matin par l'enquêteur médico-légal des bureaux du médecin expert en chef.

— Est-ce parce qu'il n'y a rien à en dire ?

— Je n'ai pas énoncé une telle chose.

— Je rappelle à chacun que la dernière fois que l'on a aperçu Hannah Starr, elle grimpait dans un taxi jaune après avoir dîné avec des amis dans Greenwich Village, la veille de Thanksgiving. Je sais que vous n'aborderez pas ce sujet, docteur. Mais permettez-moi de vous poser une question à laquelle vous pourrez répondre : la prévention ne fait-elle pas partie de la mission d'un médecin expert ? N'êtes-vous pas supposée comprendre pour quelle raison un individu est mort afin d'éviter, peut-être, une autre victime ?

— La prévention, bien sûr, dit Scarpetta. Mais la prévention requiert parfois de ceux d'entre nous qui sont responsables de la santé et de la sécurité du public une extrême prudence quant aux informations qu'ils diffusent.

— Bien. Une autre question alors : en quoi informer le public qu'un tueur en série qui conduit un taxi jaune sillonne peut-être les rues de New York à la recherche de sa prochaine victime pourrait-il porter préjudice ? Si vous étiez détentrice d'une telle information, ne devriez-vous pas la faire connaître à tous, docteur Scarpetta ?

— Si l'information en question est vérifiable et de nature à protéger le public, en effet elle doit être divulguée, admit Scarpetta.

— Et alors pourquoi ça n'a-t-il pas été le cas ?

— Je ne suis pas nécessairement tenue au courant de la diffusion d'une information de cette nature, ni même si elle repose sur des faits établis.

— Comment est-il possible que vous ne soyez pas au courant ? Vous recevez à la morgue un cadavre et la police ou un témoin crédible vous apprend qu'un taxi jaune pourrait être impliqué. Vous ne croyez pas qu'il est de votre responsabilité de communiquer ce détail crucial au public, de sorte qu'une autre pauvre jeune femme ne soit pas violée et tuée avec une telle brutalité ?

— Vous vous égarez dans un domaine qui dépasse ma compétence professionnelle et ma mission, déclara Scarpetta. La fonction d'un médecin expert est de déterminer la cause de la mort, de fournir des éléments objectifs à ceux qui sont chargés de faire appliquer la loi. Cela ne consiste pas à se substituer à un magistrat ou à révéler de prétendues informations, voire des rumeurs, récoltées ici ou là.

Le téléprompteur avertit Carley qu'un appel était en attente. Scarpetta se demanda s'il ne s'agissait pas du producteur de l'émission, Alex Bachta, désireux de remettre Carley sur les rails, de lui conseiller d'arrêter avant d'aller trop loin. Le contrat de Scarpetta avait été bafoué de toutes les manières possibles.

— Eh bien, il nous reste beaucoup de points à discuter, déclara Carley à ses téléspectateurs. Mais, tout d'abord, prenons cet appel de Dottie qui vit à Detroit. Dottie, vous êtes avec nous. Comment va le Michigan ? Êtes-vous contents là-bas que les élections soient terminées et qu'on vous ait enfin appris que vous étiez frappés par la récession, au cas où vous ne l'auriez pas remarqué ?

Une voix basse, un peu essoufflée, résonna dans l'écouteur de Scarpetta.

— J'ai voté pour McCain et mon mari vient juste d'être licencié de Chrysler. De plus, mon nom n'est pas…

— Votre question ?

— Elle s'adresse à Kay. Vous savez, Kay, je me sens proche de vous. J'aimerais bien que vous descendiez par chez nous, que vous passiez boire une tasse de café. Je sens qu'on deviendrait bonnes amies et j'adorerais vous donner des conseils spirituels qu'aucun labo n'est en mesure de vous fournir et…

— Votre question ? l'interrompit Carley.

— Quel genre de tests peut-on faire pour savoir si un corps a commencé à se décomposer ? Je crois qu'ils peuvent aujourd'hui analyser l'air avec une sorte de robot…

— Je n'ai jamais entendu parler d'un robot, l'interrompit à nouveau Carley.

— Ce n'est pas à vous que je posais la question, Carley. Je ne sais plus quoi croire de nos jours, si ce n'est que les sciences légales sont incapables de régler ce qui ne va pas dans notre monde. J'ai lu, il y a peu, un article rédigé par le Dr Benton Wesley, le respecté mari de Kay, qui est psychologue légal. Selon lui, la résolution des homicides a chuté de trente pour cent en vingt ans, et ça ne devrait pas s'arranger. Pendant ce temps-là, environ un adulte sur trente est en prison dans notre pays. Il suffit donc d'imaginer ce que ça donnerait si on arrêtait tous ceux qui le méritent. Où les mettrait-on, et en avons-nous les moyens ? Kay, je voulais savoir s'il existait bien un tel robot.

— Vous faites allusion à un détecteur qui a été doté d'un nez électronique, une sorte de renifleur, et, en effet, vous avez raison, répondit Scarpetta. Un tel robot existe et il remplace maintenant les chiens dits « à cadavres » afin de localiser des tombes clandestines.

— Une question pour vous maintenant, Carley. C'est vraiment dommage que vous soyez si banale et impolie. Il n'y a qu'à voir comment vous vous ridiculisez soir après soir…

Carley interrompit la communication en précisant :

— Ce n'est pas une question et, malheureusement, nous sommes au terme de notre émission.

Elle fixa la caméra, tapota les papiers posés sur la table qui servaient exclusivement d'accessoires, avant de conclure :

— Rejoignez-moi demain soir dans *The Crispin Report*, avec d'autres révélations exclusives sur la disparition choquante d'Hannah Starr. Existe-t-il un lien entre elle et le meurtre affreux de Toni Darien, dont le corps brutalisé a été retrouvé ce matin dans Central Park ? Ce lien inconnu serait-il un taxi jaune et devrait-on mettre en garde les citoyens ? Je recevrai le psychiatre légal Warner Agee, ancien membre du FBI, qui pense que les deux femmes pourraient avoir été assassinées par un psychopathe sexuel violent. Il pourrait s'agir d'un chauffeur de taxi de New York. Les officiels ne sont-ils pas en train de retenir des informations afin de préserver l'industrie touristique ? Vous m'avez bien entendue. Le tourisme !

— Carley, nous sommes coupés, prévint un cameraman.

— Vous avez bien eu la dernière partie, au sujet du tourisme ? J'aurais dû interrompre cette femme plus tôt, lâcha Carley en s'adressant au plateau plongé dans l'obscurité. J'imagine que nous avions une foule d'appels en attente ?

Un silence. Puis :

— On a bien le truc au sujet du tourisme. On reste sur un vrai suspense.

— Bien, ça va donc sonner de tous les côtés, précisa Carley au profit de Scarpetta. Merci, vraiment. C'était génial. Vous n'avez pas trouvé ?

— Je pensais que nous avions un accord, rétorqua Scarpetta en ôtant son écouteur.

— Je ne vous ai pas posé de questions directes sur Hannah ou Toni. J'ai juste affirmé certaines choses. Vous ne pouvez pas espérer que je passe sur des informations crédibles. Vous n'avez pas à répondre à des choses qui vous embarrasseraient. D'ailleurs vous avez été parfaite. Pourquoi ne pas revenir demain soir ? Ainsi j'aurais Warner et vous. Je compte lui demander d'établir le profil de ce chauffeur de taxi, annonça Carley.

— À partir de quels éléments ? demanda Scarpetta d'une voix qui trahissait son exaspération. Grâce à une théorie obsolète du profilage fondée sur l'anecdote, qui n'a jamais pris en compte les données et recherches véritables ? Si Warner Agee est à l'origine des informations que vous venez d'assener, croyez-moi, vous avez un gros souci ! Demandez-vous comment il aurait pu y avoir accès. Il n'est impliqué d'aucune façon dans ces enquêtes. À ce propos, il n'a jamais été profileur au FBI !

Scarpetta dégrafa son micro-épingle, se leva et sortit du studio sans attendre d'être raccompagnée, en enjambant les câbles. Elle déboucha dans un long couloir inondé de lumière et avança, dépassant les immenses photos des grands reporters et journalistes accrochées aux murs. Lorsqu'elle pénétra dans la salle de maquillage, elle fut surprise de découvrir Alex Bachta installé dans une haute chaise pivotante. Il fixait un écran de télévision d'un air absent. Le son de l'appareil était au plus bas et Alex discutait, son téléphone collé à l'oreille. Scarpetta récupéra son manteau dans la penderie.

— ... Il n'y avait pas vraiment de doute. Toutefois je serais assez d'accord, oui, un fait accompli. On ne peut pas se permettre ce genre de... Je sais, je sais, expliquait Alex à son interlocuteur. Bon, il faut que j'y aille.

Dans sa chemise et sa cravate froissées, il avait l'air grave et semblait fatigué. Il raccrocha. Scarpetta se fit la réflexion que sa barbe nettement taillée devenait de plus en plus grise. Des rides sillonnaient son visage et des poches s'étaient formées sous ses yeux. Un des effets de Carley sur les gens.

— Inutile de me reposer la question, lui balança-t-elle.

Alex lui fit signe de refermer la porte. Des témoins lumineux clignotèrent sur le téléphone.

— J'arrête, ajouta-t-elle.

— Pas si vite. Asseyez-vous.

— Vous avez violé les clauses de mon contrat. Plus grave, vous avez trahi ma confiance, Alex. Où avez-vous dégoté cette photo de scène de crime ?

— Carley effectue ses propres recherches. Je n'ai rien à voir avec cela. Pas plus que CNN. Nous ne nous sommes pas doutés une seconde que Carley allait mentionner un taxi jaune et des cheveux qui auraient été retrouvés. Bordel, j'espère que c'est vrai. Je ne vous dis pas les gros titres qu'on aura. Super ! Cela étant, elle a intérêt à ce que ce soit vrai !

— Attendez, vous espérez vraiment qu'un tueur en série sillonne la ville à bord d'un taxi jaune ?

— Kay, ce n'est pas ce que je veux dire. C'est le foutoir, le téléphone n'arrête pas de sonner. Le responsable de la communication externe du département de police de New York réfute.

Il réfute catégoriquement. Il affirme que cette déclaration au sujet de cheveux en décomposition provenant d'Hannah Starr qu'on aurait découverts est dépourvue de tout fondement. Du pipeau. Dit-il vrai ?

— Je n'ai pas l'intention de vous aider sur ce point.

— Foutue Carley ! Elle est toujours dans la compétition, jalouse de tous les grands journalistes qui ont collaboré avec CNN. Elle a intérêt à pouvoir prouver ce qu'elle affirme, avec tous ces gens qui nous tombent dessus. Je n'arrive même plus à imaginer de quoi demain sera fait. Cela étant, c'est quand même fascinant, cette histoire de taxi jaune dans les deux enquêtes. L'info n'a été ni confirmée ni infirmée par le département de police de New York. Alors, qu'est-ce qu'on peut en conclure ?

— Personnellement, rien. Mon travail de médecin légiste ne consiste pas à vous aider à enquêter en direct.

— Ç'aurait été tellement mieux si nous avions eu un enregistrement B au sujet du renifleur mécanique, regretta Alex en se passant la main dans les cheveux.

— J'ignorais que le sujet serait abordé. On m'avait promis qu'Hannah Starr ne serait pas mentionnée. Quant à Toni Darien, la question ne se posait même pas. Enfin quoi, vous savez qu'il s'agit d'une affaire traitée par les bureaux du médecin expert en chef de New York, vous savez que je l'ai autopsiée ce matin. Vous vous étiez engagé, Alex ! Ça sert à quoi, un contrat ?

— J'essaie de m'imaginer à quoi ça peut ressembler. Ça paraît presque un gag, un ustensile de police appelé un « renifleur ». D'un autre côté, je suppose que les enquêteurs n'ont pas toujours de chiens à cadavres à leur disposition.

— Vous ne pouvez pas faire appel à des experts impliqués dans des enquêtes criminelles en cours et tolérer ce genre de choses, insista Scarpetta.

— Vous auriez dû expliquer ce qu'étaient des chiens à cadavres. Ç'aurait été sensationnel.

— J'aurais été ravie d'entrer dans les détails. Pas en ce qui concerne le reste, toutefois. Vous étiez d'accord sur le fait que l'affaire Starr était exclue. Et vous savez très bien que l'enquête au sujet de Toni Darien est également confidentielle pour l'instant.

— Écoutez, vous avez été géniale ce soir. (Il croisa son regard et soupira.) Je sais que ce n'est pas votre avis et que vous êtes à cran. Je sais que vous êtes furax et je le comprends parce que je suis dans le même état d'esprit.

Scarpetta abandonna son manteau sur un siège de maquillage et s'assit.

— J'aurais dû démissionner il y a des mois, un an. D'ailleurs je n'aurais jamais dû accepter de participer à vos émissions. J'ai promis au Dr Edison que je n'aborderais jamais les affaires en cours et il m'a crue sur parole. Vous m'avez mise en difficulté.

— Non, pas moi. C'est Carley la responsable.

— Non, c'est moi la responsable, alors que j'étais bien placée pour savoir ce qui risquait de se passer. Je suis certaine que vous pouvez trouver un anatomopathologiste légal quelconque ou un criminologue qui adorerait participer et ne serait que trop content d'y aller d'opinions décoiffantes et de spéculations gratuites au lieu de s'appliquer à rester prudent et objectif ainsi que je m'y efforce.

— Kay…

— Je ne deviendrai jamais une Carley. Ce n'est pas moi.

— Kay, *The Crispin Report* est dans les chiottes. Ce n'est pas simplement un problème d'audience. Elle se fait canarder par les critiques, par les bloggeurs, et des reproches me tombent dessus depuis un moment, des reproches qui émanent du plus haut de la chaîne. Carley a été une journaliste correcte. Ce n'est plus le cas, et c'est la foutue vérité. L'engager n'était pas mon idée. Cela étant, pour être honnête vis-à-vis de CNN, je dois ajouter qu'elle savait depuis le début que son émission était un essai.

— Alors qui a eu cette idée ? Vous êtes tout de même le producteur exécutif. Quel essai ?

— Ça semblait une super-bonne affaire. Une ancienne porte-parole de la Maison-Blanche. Je ne sais pas ce qui s'est passé. Ça se solde par une erreur et, en toute honnêteté, je le répète, elle savait que l'émission était un test. Tout d'abord, elle nous avait promis d'utiliser ses anciennes relations pour amener sur le plateau des invités haut de gamme, comme vous.

—Je n'ai accepté ses invitations, à trois reprises, que parce que vous vous rouliez par terre.

—J'essayais de sauver ce qui pouvait être sauvé. J'ai tenté le coup. Vous aussi. Nous lui avons offert toutes les opportunités possibles. L'idée de qui ? Quelle importance maintenant. Rien n'a plus aucune importance. Quant à ses invités, hormis vous, c'est de la merde, le bas de gamme. D'ailleurs, qui peut avoir envie d'apparaître à ses côtés ? Ce fossile de psychiatre légal, ce Dr Agee, avec ses monologues pédants qui me portent sur les nerfs ? La règle incontournable dans ce métier est simple : vous faites une première saison qui n'est pas top, à la limite on tente le coup une deuxième. Deux saisons et vous êtes lourdé. Dans son cas, le verdict tombe sous le sens : sa place est dans une chaîne locale d'informations, dans une petite ville, n'importe où. Je ne sais pas, elle pourrait présenter la météo, animer une émission de cuisine ou un machin du genre « Le croiriez-vous ? ». Ce qui est clair, c'est qu'elle n'a pas l'étoffe requise chez CNN.

—J'en conclus que vous allez la remercier, traduisit Scarpetta. Une mauvaise nouvelle, surtout à cette époque de l'année et avec l'actuelle conjoncture économique. Est-elle au courant ?

Il s'appuya contre le bord du comptoir de maquillage et enfonça les mains dans ses poches en déclarant :

— Pas encore, et je vous demande de ne rien dire. Écoutez, je vais aller droit au but. Vous voulez la remplacer ?

— C'est une plaisanterie, j'espère ? Ça me serait impossible. Et ce qui importe n'est pas ce que vous voulez. Je ne suis pas taillée pour ce genre de cirque.

— Plutôt du théâtre. C'est vrai. Le théâtre de l'absurde, rectifia Alex. Enfin, du moins est-ce ce qu'elle en a fait. Ça lui a pris moins d'un an pour tout foutre en l'air. Nous n'avons pas du tout envie que vous fassiez le même genre d'émission, la même merde que Carley, bordel, non ! Un show axé sur le crime, même plage horaire, mais la comparaison s'arrête là. Notre projet est radicalement différent. Ça fait un certain temps que nous en discutons et nous avons tous la même optique. Nous souhaiterions que vous ayez votre propre émission, parfaitement adaptée à ce que vous êtes et ce que vous faites.

— Quelque chose de parfaitement adapté ? Eh bien, ce pourrait être une maison face à la mer, avec un bon livre, ou mon bureau le samedi matin lorsque je me retrouve toute seule. Je n'ai pas envie d'une émission. Je vous avais dit que je vous aiderais en tant qu'analyste si, et seulement si, cette participation n'interférait pas avec ma vie réelle et si elle ne causait aucun tort.

— Ce qui nous intéresse, c'est la vie réelle, Kay.

— Vous souvenez-vous de nos premiers échanges à ce sujet ? lança Scarpetta. Nous étions tombés d'accord sur le fait que ma participation ne devait pas entraver mes responsabilités d'anatomopathologiste légal en exercice. Après la séance de ce soir, lesdites entraves sautent aux yeux !

— Vous prenez connaissance des blogs, des *mails* ? La réaction à vos interventions est phénoménale.

— Non, je ne les lis pas.

— *L'Effet Scarpetta*, un titre génial pour votre nouvelle émission.

— Ce que vous suggérez est exactement ce dont je tente de me sortir.

— Pourquoi tenter de s'en sortir ? C'est un terme que tout le monde emploie, presque un cliché.

— Et c'est précisément ce que je n'ai pas envie de devenir, rétorqua-t-elle en tentant de ne pas montrer à quel point elle était choquée.

— Ce que je veux dire, c'est que c'est le *buzz* du moment. Lorsque quelque chose semble impossible à résoudre, les gens veulent l'effet Scarpetta.

— C'est vous qui avez commencé à fourrer cela dans la tête des gens, votre fameux *buzz*. À force de le répéter, de me présenter de cette façon. En présentant ce que j'avais à dire de cette façon. C'est gênant et cela engendre de fausses interprétations.

— Bon, je vous envoie une proposition de contrat à l'appartement, vous en prenez connaissance et nous en reparlons, déclara Alex.

CHAPITRE 8

Les lumières du New Jersey vacillaient, évoquant des millions de petites flammes, et les avions ressemblaient à des supernovas, certains suspendus dans un vide noir, parfaitement immobiles. Une illusion d'optique si Benton se souvenait de ce que Lucy avait expliqué : lorsqu'un avion paraît fixe, c'est qu'il se dirige vers vous ou qu'il s'éloigne en droite ligne. Dans ces cas-là, mieux vaut savoir dans quel sens il progresse, sans quoi on est mort.

Assis dans son fauteuil favori en chêne, installé en face des fenêtres qui donnaient sur Broadway, il se pencha, tendu, et abandonna un nouveau message sur le portable de Scarpetta : « Ne rentre pas à pied toute seule. S'il te plaît, appelle-moi et je viendrai te chercher. »

Ça n'était jamais que la troisième fois qu'il tentait de la joindre. Elle ne répondait pas. De surcroît, elle aurait dû être rentrée depuis une heure. Il se retenait de ne pas enfiler son manteau et ses chaussures à la hâte pour se précipiter à sa rencontre. Mais cela n'aurait pas été malin. Le centre Time Warner et le quartier de Columbus Circle étaient vastes et il y avait fort peu de chances que Benton la croise. De plus, elle s'inquiéterait si elle rentrait et trouvait l'appartement désert. Le mieux était encore de l'attendre. Il se leva et regarda vers le sud, en direction du quartier général de CNN, ses tours de verre d'un gris acier illuminées d'une douce lueur blanche en damier.

Carley Crispin avait trahi Scarpetta et ça se traduirait par un tollé parmi les officiels de la ville. Peut-être qu'Harvey Fahley avait contacté CNN, décidé à se transformer en *iReporter* ou autre nom donné à ces journalistes autoproclamés et occasionnels qui fournissaient des informations aux chaînes de télévision. Toutefois un autre témoin pouvait s'être fait connaître, affirmant qu'il avait vu quelque chose, qu'il possédait des informations, ainsi que Benton l'avait prédit et redouté. Néanmoins ces détails sur des cheveux en décomposition retrouvés dans un taxi ne pouvaient pas provenir de Fahley, à moins qu'il les ait inventés, qu'il soit en train de fabriquer des histoires à dormir debout. Qui pouvait affirmer un truc pareil ? On n'avait retrouvé nulle part les cheveux d'Hannah Starr.

Il composa à nouveau le numéro du producteur Alex Bachta, qui, cette fois, répondit. Sans se préoccuper de civilités, Benton attaqua :

— Je cherche Kay.

— Elle est partie il y a quelques minutes en compagnie de Carley.

— Avec Carley ? s'enquit Benton, perplexe. Vous êtes sûr ?

— Tout à fait. Elles sont sorties au même moment.

— Savez-vous où elles se rendaient ?

— Vous avez l'air inquiet. Tout va bien, non ? Je tenais à vous dire que cette information au sujet d'Hannah Starr et d'un taxi jaune…

Benton l'interrompit :

— Je n'appelle pas à ce sujet.

— Ah oui, eh bien, ce n'est pas le cas de tous nos autres appels. Ça n'était pas notre idée. Nous ne soutiendrons pas Carley et il faudra qu'elle se débrouille toute seule. Je me fous de savoir qui est sa source, elle est responsable.

Benton allait et venait devant la fenêtre. Carley et sa carrière lui étaient parfaitement indifférentes.

— Kay ne répond pas, lâcha-t-il.

— Je peux tenter de joindre Carley si vous le souhaitez, proposa Alex. Il y a un problème ?

— Dites-lui que j'essaie de joindre Kay et qu'il est préférable qu'elles prennent un taxi.

— Ça paraît presque étrange en ce moment, vous voyez ce que je veux dire, répondit Alex. Personnellement, je ne sais pas si je recommanderais à quelqu'un de prendre un taxi.

Benton se demanda s'il s'essayait à l'humour.

— Je ne veux pas qu'elle rentre à pied et je ne souhaite inquiéter personne, lâcha-t-il.

— Et donc vous craignez que ce tueur puisse s'en prendre à...

— Vous ne savez pas ce que je crains et je n'ai pas envie de perdre du temps à en discuter. Je vous demande juste de localiser Kay.

— Ne coupez pas, je vais appeler le numéro de Carley.

Benton entendit Alex composer un numéro sur un autre téléphone, puis laisser un message à Carley :

— ... Bon, tu me rappelles aussi vite que possible. Benton tente de joindre Kay. Je ne sais pas si tu es toujours avec elle. C'est urgent. (Il revint à Benton :) Peut-être qu'elles ont oublié de remettre en marche leurs téléphones portables après l'émission.

— Je vous donne le numéro de la réception de notre immeuble, dit Benton. Ils me passeront la communication au cas où vous auriez des nouvelles. Voici également mon numéro de portable.

Benton aurait largement préféré qu'Alex n'utilise pas l'adjectif « urgent ». Il lui communiqua les numéros et songea à appeler Marino. Il se réinstalla dans son fauteuil et lâcha le téléphone, qui tomba sur ses genoux. Il n'avait pas envie de lui parler, pas même envie d'entendre à nouveau sa voix aujourd'hui. Néanmoins il avait besoin de son aide. De l'autre côté de l'Hudson, les lumières des gratte-ciel se réfléchissaient dans l'eau, ponctuant la berge. Au milieu, la rivière s'écoulait, sombre, un vide, pas même une péniche en vue, une obscurité glaciale et déserte. Exactement ce que ressentait Benton lorsqu'il pensait à Marino. Benton ne savait trop quoi faire et resta inerte un moment. Ça le mettait en colère qu'à chaque fois que Scarpetta était en danger, la première personne qui lui venait à l'esprit était Marino, à l'esprit de tout le monde, comme si une puissance supérieure avait chargé le grand flic de sa protection. Pourquoi ? Pourquoi aurait-il eu besoin de Marino pour quoi que ce fût ?

Benton était toujours furieux, et c'était dans de tels moments que cette rage s'imposait à lui. D'une certaine façon, il la ressentait davantage ce soir que lors de l'« incident ». Cela ferait deux ans au printemps prochain, un insupportable abus qui, à la vérité, pouvait être considéré comme criminel. Benton connaissait toute l'histoire, chaque détail sordide qu'il avait constaté après les faits. Marino ivre mort, fou, accusait l'alcool et l'hormone sexuelle qu'il prenait pour optimiser ses performances, une chose ajoutée à une autre, ça n'avait pas d'importance. Tout le monde était désolé, n'aurait pas pu l'être davantage. Benton avait géré la situation avec élégance et aisance, en tout cas avec humanité. Il avait encouragé Marino à suivre un traitement, lui avait trouvé un emploi. Il aurait dû avoir dépassé cette histoire. Tel n'était pas le cas. Il avait le sentiment d'une énorme et sombre menace planant au-dessus de lui. Il était psychologue, et pourtant il ne parvenait pas à comprendre pourquoi il n'arrivait pas à s'en débarrasser.

Marino répondit à la première sonnerie.

— C'est moi, annonça Benton. Où vous trouvez-vous ?

— Dans mon appartement de merde. Bordel, mais vous pouvez m'expliquer ce qui vient de se passer, là ! Où Carley a-t-elle dégoté cette connerie ? Mon Dieu, quand Berger va apprendre ça… Elle est à bord de l'hélicoptère et, pour l'instant, elle n'est au courant de rien. Qui a contacté Carley, bordel ? Parce que c'est pas le genre de trucs qu'elle aurait pu inventer. Quelqu'un a dû parler. C'est comme la photo de scène de crime, où se l'est-elle procurée ? J'ai tenté de mettre la main sur Bonnell. Surprise, surprise : je tombe sans arrêt sur sa messagerie. Je suis sûr qu'elle est pendue au téléphone. Sans doute le préfet de police, tout le monde s'affolant, voulant savoir si on a un tueur en série en liberté dans la ville, au volant d'un taxi.

Marino avait regardé Scarpetta dans *The Crispin Report*, logique ! Benton ressentit une vague rancœur, puis plus rien. Il refusait de se laisser glisser dans ce gouffre.

— J'ignore ce qui s'est produit, fit-il. Ce qui semble certain, c'est que quelqu'un a contacté Carley. Peut-être Harvey Fahley ou autre. Vous êtes sûr que Bonnell ne…

— Vous vous foutez de moi, là ? Vous croyez qu'elle irait bavasser avec CNN au sujet de sa propre enquête ?

— Je ne la connais pas. De plus, elle s'inquiétait qu'on ne mette pas en garde le public.

— Elle va pas être heureuse, vous pouvez me croire sur parole ! affirma Marino comme si Bonnell et lui étaient les meilleurs amis de monde.

— Votre ordinateur est à proximité ?

— Ça peut le faire. Pourquoi ? Et qu'est-ce qu'en dit la Doc ?

— Je ne sais pas. Elle n'est pas encore rentrée, lui apprit Benton.

— Vous ne savez pas ? Et comment ça se fait que vous ne soyez pas avec elle ?

— Je ne vais jamais à CNN, je ne l'accompagne pas. Elle ne le souhaite pas. Vous savez comme elle est.

— Elle y est allée toute seule, à pied ?

— C'est juste à six rues d'ici, Marino.

— Peu importe. Elle devrait pas.

— Eh bien, elle le fait quand même. À chaque fois. Elle s'y rend seule à pied, elle insiste là-dessus, et ce depuis qu'elle a commencé sa collaboration avec eux, il y a un peu plus d'un an. Elle ne veut pas prendre de taxi, ne veut pas que je l'accompagne, du moins lorsque je suis à New York avec elle, ce qui n'est pas toujours le cas, loin s'en faut.

Benton parlait de façon décousue et sa voix trahissait son irritation. Il était en train de se justifier et cette constatation l'agaçait. Marino l'avait mis dans le rôle du mauvais mari.

— L'un d'entre nous devrait être avec elle quand elle participe à des émissions en direct, insista le grand flic. Ils font assez de promotion et ils en parlent sur leur site Web, dans des pubs et des bandes-annonces, des jours à l'avance. Quelqu'un pourrait être en planque devant l'immeuble et l'attendre à l'arrivée ou à la sortie. Je vous le dis : on devrait l'accompagner. Je fais pareil avec Berger. C'est du direct. Donc c'est vachement facile de savoir où elle se trouve et quand.

C'était précisément ce qui inquiétait Benton. Dodie Hodge. Elle avait appelé Scarpetta sur le plateau de l'émission. Or il ignorait où se trouvait Dodie en ce moment. Peut-être à New York, toute proche. Elle n'habitait pas loin, juste de l'autre côté du pont George-Washington.

— Voilà ce que je vous propose : vous faites la leçon à Kay en matière de sécurité et on voit si elle vous écoute avec plus d'attention que moi, lâcha Benton.

— Je devrais peut-être la surveiller sans qu'elle le sache.

— Le meilleur moyen pour qu'elle vous déteste !

Marino ne commenta pas, alors qu'il l'aurait pu. Il aurait pu rétorquer que Scarpetta ne pouvait pas le haïr, que cela n'était pas dans ses fibres. Dans le cas contraire, elle l'aurait exécré depuis bien longtemps. Elle aurait commencé à le détester au cours de cette nuit de printemps, un an et demi auparavant, à Charleston, lorsque Marino saoul et en fureur l'avait agressée sexuellement chez elle. Mais Benton était silencieux. Ce qu'il venait tout juste de dire au sujet de la détestation restait suspendu entre eux et il regrettait ses mots.

— Dodie Hodge, embraya-t-il. Cette femme qui appelait prétendument de Detroit. Je peux vous révéler la raison qui explique que je connais son nom. Elle nous a envoyé une carte de vœux. À Kay et à moi.

— Si c'est ce que vous pouvez me dire, ça signifie qu'il y a plein de trucs que vous gardez pour vous. Laissez-moi deviner. En direct du pays des zinzins. Le Bellevue, le Kirby, le McLean. Une de vos patientes, ce qui explique qu'elle ait lu l'article que vous avez écrit sur le taux merdique d'élucidation des crimes. Remarquez, c'est vrai. Dans vingt ans, on n'en résoudra plus aucun. Tout le monde se claquemurera dans des forts armés de mitraillettes.

— Je n'ai jamais publié dans un journal professionnel sur ce sujet en particulier.

Il ne précisa pas qu'Agee l'avait fait. Une sorte d'éditorial peu original dans une revue dont Benton avait oublié le titre. Il avait créé une alerte Google afin de pister Warner Agee depuis que des ragots sans fondement avaient commencé d'apparaître sur

Wikipedia. De la légitime défense. Le Dr Clark n'avait rien appris à Benton qu'il ne sache déjà.

La voix trop forte de Marino résonna :

— C'est une de vos patientes ? Vrai ou faux ?

— Je ne peux pas vous révéler si elle l'est ou l'était, biaisa Benton.

— Au passé. Donc la timbrée est sortie et se balade, libre comme l'air. Dites-moi ce que vous voulez que je fasse.

— Je pense que ce ne serait pas une mauvaise idée de faire une recherche à son sujet au CCTR.

Benton n'ignorait pas quelle serait la réaction du Dr Clark.

— De toute façon, faut que j'y passe. J'y resterai sans doute presque toute la journée de demain.

— Non, Marino, je parle de ce soir, maintenant. Vérifier si quelque chose ressort de ce monstre d'ordinateur, quelque chose que nous devrions savoir. Vous pouvez y accéder de chez vous ou il faut que vous vous rendiez sur place ?

— Non, je peux pas y pénétrer depuis mon ordinateur.

— Désolé. Ça m'ennuie vraiment de vous faire sortir.

— Faut que je bosse avec l'aide de leurs analystes, ce qui est une bonne chose. Je suis pas une Lucy bis. Je tape toujours avec deux doigts et je connais rien de rien aux sources de données hétérogènes, ni aux séquences reçues en direct. Ce qu'ils appellent la « chasse ». Bon, je chausse mes bottes en même temps que je vous parle et je pars à la chasse, juste pour vous, Benton.

Benton en avait assez que Marino tente de l'apaiser, tente, d'une certaine façon, de le convaincre comme si rien ne s'était passé. Pourtant Benton n'était pas amical, à peine civil. Il le savait, mais ne parvenait pas à changer d'attitude, et les choses avaient empiré depuis quelques semaines. À la limite, peut-être serait-il préférable que Marino lui dise d'aller se faire foutre. Peut-être pourraient-ils alors vider leur contentieux.

— Je peux vous poser une question ? Pour quelle raison vous faites le lien entre cette Dodie qui a appelé de Detroit et la carte de vœux ? Enfin, Detroit, c'est ce qu'elle a prétendu. La Doc est au courant pour cette carte ?

— Non.

— Non à quoi ?

— Non à tout, déclara Benton.

— Et cette Dodie, elle a déjà rencontré la Doc ?

— Pas que je sache. Cela étant, ce n'est pas Kay la cible, c'est moi. Son appel à CNN ce soir me concernait.

— Ouais, je sais, Benton, tout vous concerne, mais c'était pas ce que je vous demandais.

Une agression. Comme si Marino avait poussé Benton du plat de la main. *Bien. Vas-y, mets-toi en colère. Défends-toi.*

— J'ai reconnu sa voix, admit Benton.

À une époque plus lointaine, peut-être seraient-ils sortis pour régler leur différend, peut-être en seraient-ils arrivés au duel. On pouvait au moins dire une chose en faveur des comportements primitifs : ils avaient le mérite de vider l'abcès.

— Grâce à une carte de Noël ? Je comprends pas trop, insista Marino.

— Une carte sonore. Vous l'ouvrez et l'enregistrement débute. La voix de Dodie chantonnant un couplet de Noël, assez inapproprié.

— Vous l'avez conservée ?

— Évidemment, il s'agit d'une preuve.

— Une preuve de quoi ?

— Essayez de trouver quelque chose grâce à l'ordinateur du CCTR, éluda Benton.

— Je vous repose la question : la Doc a-t-elle entendu parler de Dodie Hodge ou de cette carte ?

— Non. Tenez-moi au courant du résultat de vos recherches au CCTR.

Benton ne pouvait s'y rendre lui-même, n'ayant pas l'autorisation requise, et il en éprouvait une indiscutable amertume.

— Bon, ça veut donc dire que je vais trouver un truc. C'est pour ça que vous suggérez cette recherche, traduisit Marino. D'ailleurs, vous savez déjà ce que je vais dénicher. Est-ce que vous avez conscience du temps que font perdre vos conneries de confidentialité ?

— Vous avez tort, j'ignore ce que vous allez déterrer. Ce qui compte, c'est de s'assurer qu'elle n'est pas dangereuse, qu'elle n'a pas déjà été arrêtée quelque part pour un délit sérieux.

En toute logique, Marino allait tomber sur son arrestation à Detroit. Mais peut-être y avait-il eu des précédents. Benton se transformait à nouveau en flic, du moins par procuration. Toutefois son impuissance lui devenait intolérable.

— Ces sujets instables, qui se passionnent de façon assez maladive pour des gens connus, m'inquiètent, avoua Benton.

— Qui d'autre à part la Doc ? Même si vous étiez la cible réelle de cette Dodie. Qui d'autre ? Vous avez des noms de célébrités en tête ?

— Par exemple des stars de cinéma. En toute hypothèse, un acteur connu. Hap Judd, par exemple.

Un court silence s'installa, que Marino rompit :

— Marrant que vous le citiez.

— Pourquoi ?

Que savait Marino ?

— Ce serait peut-être mieux que vous me racontiez pourquoi vous l'avez mentionné, reprit le grand flic.

— Ainsi que je l'ai suggéré, voyez ce que vous trouvez au CCTR. Comme vous le savez, je n'ai pas le droit de mener une enquête.

Il en avait trop dit. Toutefois la réalité était qu'il ne pouvait même pas demander une pièce d'identité à un patient. Il ne pouvait pas le fouiller pour savoir s'il dissimulait une arme. Il n'avait pas le droit de vérifier son passé. Il ne pouvait rien faire.

— Bon, je vais m'intéresser à cette Dodie Hodge. Et puis aussi à Hap Judd. Si un autre truc vous traverse l'esprit, prévenez-moi. Je peux fureter partout. Je suis content de pas être profileur, avec toutes ces limites à la con. Ça me rendrait dingue !

— Si j'étais toujours profileur, je n'aurais pas à me préoccuper de ce genre de limites et je n'aurais pas besoin de vous pour effectuer cette recherche, balança Benton d'un ton irrité.

— Si jamais j'entrais en contact avec la Doc avant vous, c'est OK si j'aborde le sujet Dodie Hodge ?

L'idée que Marino puisse parler à Scarpetta avant lui fit grimper l'agacement de Benton. Il lança :

— Si tel était le cas, j'apprécierais beaucoup que vous lui disiez que j'ai tenté de la joindre.

— D'accord. Bon, j'y vais. Quand même, ça me surprend qu'elle soit toujours pas rentrée. Je pourrais demander à deux véhicules de patrouille d'essayer de la localiser.

— À votre place, pour l'instant je n'en ferais rien, à moins que vous ne vouliez que ça se retrouve aussitôt dans les médias. Souvenez-vous qui l'accompagne. Si des flics les rejoignent, vous vous imaginez ce que sera l'accroche de l'émission de Carley dès demain.

— Je verrais bien « Le taxi de la terreur à Manhattan ».

— Vous vous lancez dans la bande-annonce ?

— Pas moi. Ça s'est déjà répandu partout. On ne parle plus que du « lien taxi jaune ». Je parie qu'on n'entendra que cela aux infos pendant Noël. La Doc et Carley sont peut-être allées boire un café, un machin de ce genre.

— Je doute que Kay ait envie de boire un café en sa compagnie après ce qu'elle lui a fait ce soir.

— Bon, prévenez-moi si vous avez besoin d'autre chose, répéta Marino avant de raccrocher.

Benton composa à nouveau le numéro de Scarpetta et tomba sur la boîte vocale. Alex avait probablement raison. Elle avait oublié de remettre en marche son portable et personne ne le lui avait rappelé, ou peut-être que la batterie de l'appareil était à plat. Quoi qu'il en soit, ça ne lui ressemblait pas du tout. Elle devait être préoccupée. Il n'était pas dans ses habitudes de rester coupée des autres lorsqu'elle était en route et n'ignorait pas qu'il l'attendait et minutait son retour. Pour couronner le tout, Alex ne répondait pas non plus. Benton décida d'étudier l'émission *The Crispin Report*, qu'il avait enregistrée une heure auparavant. Il ouvrit en même temps un fichier vidéo sur l'ordinateur bloc-notes posé sur ses genoux afin de visionner à nouveau un entretien au McLean, entretien qui remontait à la mi-novembre.

La voix désincarnée, essoufflée de Dodie lui parvint des haut-parleurs de la télévision à écran plat : « … J'ai lu, il y a peu, un article rédigé par le Dr Benton Wesley, le respecté mari de Kay qui est psychologue légal… »

Benton fit défiler en accéléré le fichier vidéo sur son ordinateur, tout en regardant Scarpetta à la télévision scellée au-dessus du manteau de la cheminée non fonctionnelle de leur appartement d'avant-guerre sur Central Park West. Elle était éblouissante avec son visage aux traits fins, encore jeune pour son âge, ses cheveux blonds au pli naturel qui balayaient le col de son tailleur-jupe ajusté, bleu marine avec un peu de prune. Incongru et déconcertant de la regarder tout en visionnant l'enregistrement de Dodie sur l'écran de son ordinateur.

« ... Vous devriez vous sentir concerné, du moins un tout petit peu. Après tout, nous sommes dans le même bateau, Benton, n'est-ce pas ? »

Une femme lourde, au physique plutôt ingrat, mal fagotée, ses cheveux grisonnants serrés en chignon rond, son livre de magie à la couverture noire décorée d'étoiles jaunes posé en face d'elle.

« Bien sûr, ce n'est pas comme d'avoir une star du cinéma dans sa famille. Mais vous avez Kay. J'espère que vous lui direz que je ne la rate jamais lorsqu'elle passe sur CNN. Pourquoi ne font-ils pas aussi appel à vous quand elle est invitée, au lieu de ce pédant de Warner Agee avec ses appareils auditifs couleur chair qui pendent derrière ses oreilles ? On dirait des sangsues. »

Ce n'était pas la première fois que Dodie faisait de tels commentaires. Benton lui avait demandé : « Il semblerait que vous lui en vouliez ? »

Benton détailla sa propre image. Il était assis, raide, impassible, habillé d'un costume sombre et d'une cravate. Dodie avait senti sa tension. Elle prenait plaisir à sa gêne et son intuition semblait lui avoir soufflé que le sujet Warner Agee le mettrait mal à l'aise.

« ... Il a eu sa chance, souriait Dodie, le regard dépourvu d'émotion.

— Quelle chance ?

— Nous avons des relations communes et il aurait dû être honoré... »

Sur le moment, Benton n'avait pas prêté grande attention à cette sortie, désireux qu'il était d'en terminer avec cette entrevue et de quitter cette salle. Cependant, aujourd'hui, une carte chantante avait été envoyée et Dodie avait appelé CNN, et il se demandait ce que l'allusion au sujet d'Agee voulait vraiment dire. Qui Benton et Dodie pouvaient-ils avoir en commun sinon Warner Agee, et, en ce cas, par quel biais l'aurait-elle connu ? À moins que telle ne soit pas l'explication. Peut-être son avocat de Detroit connaissait-il le psychiatre. Ce même conseil qui avait présenté cette absurde requête : qu'elle soit évaluée psychologiquement au McLean par un expert, et pas n'importe lequel : Agee. Son conseil, un gars nommé Lafourche, parlait lentement avec un accent cajun et semblait avoir un but. Benton ne l'avait jamais rencontré et ignorait tout de lui. Toutefois ils avaient discuté à plusieurs reprises au téléphone, lorsque Lafourche le faisait appeler pour prendre des nouvelles de « notre nana », balançant des blagues sur un client qui pouvait raconter des bobards aussi gros qu'une montagne.

« … C'est vraiment dommage que vous soyez si banale et impolie », continua la voix de Dodie par l'intermédiaire de la télévision scellée au-dessus de la cheminée.

La caméra était sur Scarpetta. Elle frôlait son écouteur machinalement tout en suivant son discours, puis croisait paisiblement les mains sur la table. Un geste qu'on ne pouvait interpréter que lorsqu'on la connaissait aussi bien que Benton. Elle fournissait un effort considérable pour garder son calme. Il aurait dû la mettre en garde. Rien à faire de la réglementation HIPAA, de ses exigences de confidentialité. Il résista à la folle envie de se ruer dehors, dans la nuit glaciale de décembre, afin de retrouver sa femme. Il regarda, écouta, et sentit à quel point il l'aimait.

CHAPITRE 9

Les lumières qui illuminaient Columbus Circle repoussaient l'obscurité noyant Central Park. Non loin de l'entrée, la fontaine du Maine Monument et sa sculpture dorée de Columbia triomphante étaient désertes.

Les petites baraques rouges du marché de Noël étaient closes, le nombre de leurs chalands ayant considérablement diminué cette année. Pas un badaud ne tournait autour du kiosque à journaux, pas même les habituels flics, juste un vieil homme, un sans-abri, emmitouflé sous des couches de haillons, assoupi sur un banc de bois. Les publicités ornant les toits des taxis qui fonçaient s'étaient raréfiées, quant aux longues files de limousines garées le long des immeubles ou des hôtels, elles avaient disparu. Partout où se posait le regard de Scarpetta, il enregistrait les signes de ces temps lugubres, la pire époque dont elle se souvînt. Certes, elle avait grandi dans la pauvreté, dans un quartier défavorisé de Miami. Toutefois les choses étaient différentes alors. Tout le monde ne manquait pas d'argent. Eux, oui, les Scarpetta, descendants d'immigrés italiens miséreux.

Carley lui jeta un regard par-dessus le col remonté de son manteau. Elles progressaient sur le trottoir, environnées par la lumière irrégulière des lampadaires. La présentatrice remarqua :

— Vous avez du bol de vivre dans ce coin. On doit bien vous payer. Ou alors il s'agit peut-être de l'appartement de Lucy. Ce serait idéal de la recevoir dans mon émission pour qu'elle nous parle de l'informatique légale. Elle est toujours très amie avec Jaime Berger ? Je les ai aperçues un soir au Monkey Bar. Je ne sais pas si elles vous l'ont dit. Jaime a refusé de participer et je ne vais pas la relancer. Ce n'est vraiment pas juste. Je n'ai rien fait pour mériter cela.

Carley ne semblait pas avoir la moindre idée que son émission allait être supprimée, du moins avec elle dans le rôle de l'animatrice. Ou bien prêchait-elle le faux pour savoir le vrai, se doutant de ce qui se préparait dans les coulisses de CNN. L'avoir découverte dans le couloir, juste derrière la porte de la salle de maquillage, lorsqu'elle était ressortie avec Alex, ennuyait profondément Scarpetta. Carley avait alors affirmé qu'elle s'apprêtait juste à partir et que Scarpetta et elle pouvaient faire un bout de chemin ensemble, ce qui n'avait aucun sens. Carley ne vivait pas à New York, mais dans le Connecticut, à Stamford. Elle ne marchait pas, ni ne prenait le train ou un taxi. Elle rentrait dans une voiture avec chauffeur fournie par la chaîne.

— Après son apparition dans *American Morning* l'année dernière. Je ne sais pas si vous l'avez vue. (Carley contourna des plaques de neige sale.) C'était au sujet de cette affaire de maltraitance d'animaux dont elle était chargée, cette chaîne d'animaleries. CNN avait accepté qu'elle vienne en parler, un service qu'ils lui rendaient. Et puis elle s'est énervée parce qu'on lui a posé des questions un peu dures. Et qui est puni dans l'histoire ? Moi. Si vous le lui demandiez, je suis sûre qu'elle accepterait. D'ailleurs vous pourriez convaincre tout le monde avec vos relations.

— Pourquoi ne pas vous trouver un taxi ? proposa Scarpetta. Vous vous éloignez de votre destination. Je peux parfaitement rentrer toute seule. L'immeuble n'est plus loin.

Elle avait envie d'appeler Benton pour lui expliquer ce qui l'avait retardée, afin qu'il ne s'inquiète pas, mais elle n'arrivait pas à mettre la main sur son BlackBerry. Elle l'avait sans doute oublié dans l'appartement, sans doute posé à côté du lavabo de la salle de bains, et elle avait songé plusieurs fois à emprunter le téléphone de Carley. Mais cela impliquait qu'elle compose son numéro personnel, liste rouge, et si Scarpetta avait appris une chose ce soir, c'était qu'on ne pouvait pas faire confiance à Carley.

— Je suis bien contente que Lucy n'ait pas investi sa fortune chez Madoff. Remarquez, ce n'est pas le seul escroc, poursuivit Carley.

Un métro passa bruyamment sous leurs pieds et une bourrasque chaude s'éleva d'une bouche d'aération. Scarpetta n'allait pas mordre à l'hameçon. Carley tentait de pêcher des informations.

— J'ai tardé à sortir de la Bourse, attendu jusqu'à ce que le Dow Jones plonge sous la barre des huit mille, continua la présentatrice. Et me voilà participant parfois aux mêmes manifestations que Suze Orman, l'expert en finances qui a une émission de télé, et je ne lui ai même pas demandé de conseils. Combien a perdu Lucy ?

Croyait-elle vraiment que Scarpetta allait lui répondre ? D'autant qu'elle n'en savait rien.

— Je sais qu'elle a fait fortune grâce aux ordinateurs et à ses investissements. Elle figurait toujours sur la liste du magazine *Forbes*, dans les cent premiers. Plus maintenant. J'ai remarqué qu'elle n'y est plus. Il n'y a pas si longtemps que cela, elle pesait plusieurs milliards grâce aux technologies ultra-rapides et tous ces logiciels qu'elle a inventés alors qu'elle portait encore des couches-culottes. En plus, je suis certaine qu'elle dispose des meilleurs avis en matière de finance. Ou disposait.

Scarpetta n'en avait pas la moindre idée. Lucy n'avait jamais été très communicative en matière d'argent et il était exclu que sa tante lui pose des questions à ce sujet.

— Je n'épluche pas les listes de *Forbes* et je ne discute pas de ma famille, déclara-t-elle.

— Il y a décidément beaucoup de choses dont vous ne discutez pas.

Elles parvinrent devant l'immeuble de Scarpetta.

— Nous y voilà ! Prenez soin de vous, Carley. Bonnes fêtes !

— Le boulot, c'est le boulot, c'est ça ? Rien à redire. N'oubliez quand même pas que nous sommes amies.

Carley la serra dans ses bras, un geste très étonnant.

Scarpetta pénétra dans le hall d'accueil en marbre poli et plongea les mains dans ses poches de manteau à la recherche de ses clés. Elle avait l'impression que son BlackBerry s'y trouvait peu avant, sans véritable certitude. Elle ne parvenait plus à s'en souvenir, tentant de retracer ses gestes de la soirée. S'était-elle servie de l'appareil ? L'avait-elle sorti chez CNN pour l'abandonner quelque part ? Non, elle était sûre du contraire.

Le gardien, un jeune homme récemment embauché, élégant dans son bel uniforme bleu marine, lui sourit et la complimenta :

— Vous étiez drôlement bien ce soir à la télé. Carley Crispin ne vous a pas lâchée, hein ? Si j'avais été à votre place, je me serais mis en rogne. Un paquet vient d'arriver pour vous.

Il se pencha derrière son bureau. Scarpetta se souvint qu'il se prénommait Ross.

— À cette heure ? s'étonna-t-elle avant de se souvenir qu'Alex devait lui envoyer une proposition de contrat.

Ross lui tendit un paquet FedEx en commentant :

— La ville qui ne dort jamais.

Elle monta dans l'ascenseur et enfonça le bouton du dix-neuvième étage, jetant d'abord un regard au bordereau, puis l'examinant de plus près. Elle ne découvrit rien qui puisse indiquer que l'envoi provenait d'Alex ou de CNN. De plus, l'adresse de l'expéditeur ne figurait pas, juste la sienne, écrite d'étrange manière :

DR KAY SCARPETTA
MÉDECIN EXPERT EN CHEF DE GOTHAM CITY
1111 CENTRAL PARK WEST USA 10023

Un sarcasme que ce titre de médecin expert en chef de Gotham City. Loufoque dans un sens désagréable. L'écriture était si régulière qu'on aurait presque cru une police d'ordinateur. Cependant elle aurait juré qu'une main avait tracé ces lettres derrière lesquelles elle sentait une intelligence goguenarde.

Elle se demanda comment l'expéditeur savait que Benton et elle vivaient dans cet immeuble. Leur adresse et leur numéro de téléphone étaient sur liste rouge. Ce fut à cet instant qu'elle remarqua avec une crainte croissante que la copie destinée à l'expéditeur était toujours attachée à la liasse du large bordereau d'envoi. Le paquet n'avait jamais transité par FedEx. *Mon Dieu, faites que ce ne soit pas une bombe !*

L'ascenseur était vieux, avec des portes en cuivre très travaillé et un plafond marqueté. Surtout, il grimpait avec une épouvantable lenteur. Elle s'imagina une explosion étouffée, une dégringolade rapide dans la cage, la cabine s'écrasant tout en bas. D'infects relents goudronnés lui montèrent aux narines, l'odeur chimique à la fois douceâtre et écœurante d'un produit à base de pétrole, un accélérant peut-être. Du diesel ? Le diphénylphosphinopropane, le peroxyde d'acétone, le C4 et la nitroglycérine ? Des odeurs associées à des dangers qu'elle connaissait pour avoir travaillé sur des incendies et des explosions, être intervenue lors d'enseignements spécialisés dans ce domaine à la fin des années quatre-vingt-dix, lorsque Lucy était un des agents spéciaux de l'ATF, et qu'elle et Benton étaient membres de son International Response Team. Avant que Benton ne soit décédé, avant qu'il ne revienne à la vie.

Une chevelure grise, des os et de la chair carbonisée, sa montre Breitling baignant dans une eau noire de suie après l'incendie, à Philadelphie, le jour où elle avait senti son univers s'écrouler. Elle avait cru qu'il s'agissait des restes de Benton, de ses effets personnels. Elle ne l'avait pas simplement supposé. Elle avait été certaine qu'il était mort, parce qu'il le fallait. L'odeur répugnante de l'incendie, des accélérants de feu. Le vide qui s'ouvrait devant elle, incompréhensible et interminable. Plus rien d'autre, hormis la solitude et la peine. Elle avait peur du néant parce qu'elle l'avait vécu. Après des années de non-existence, son esprit fonctionnait toujours aussi bien. Son cœur, lui, s'était arrêté. Comment le décrire ? Benton lui posait encore parfois la question, de moins en moins souvent. Il avait disparu aux yeux du cartel Chandonne, du crime organisé, des ordures meurtrières, et avait réussi à la protéger, elle aussi. Lui en danger, elle était également menacée. Comme si elle avait été moins en danger sans sa présence à ses côtés. Cela étant, on s'était passé de son avis sur le sujet. Mieux valait que tout le monde croie qu'il était mort. Du moins était-ce ce que les fédéraux avaient affirmé. *Mon Dieu, je vous en prie, que ce ne soit pas une bombe !* Une odeur de pétrole, de goudron. L'odeur agressive du coaltar, de l'acide naphténique, du napalm. Ses yeux lui piquaient. Elle avait la nausée.

Les portes de cuivre s'ouvrirent. Elle avança, secouant le paquet le moins possible. Ses mains tremblaient. Elle ne pouvait pas l'abandonner dans la cabine d'ascenseur. Elle ne pouvait pas le poser par terre, s'en débarrasser sans mettre les autres occupants de l'immeuble et les employés en danger. Elle tripota nerveusement ses clés. Son cœur s'emballa et elle commença à hyperventiler, incapable de retrouver son souffle. Le métal contre le métal. Des frictions, l'électricité statique pouvait déclencher le mécanisme. *Respire lentement, à fond, reste calme.* La porte de l'appartement s'ouvrit dans un cliquettement qui lui parut assourdissant. *Je vous en conjure, mon Dieu, que ce ne soit pas ce que je pense.*

— Benton ?

Elle avança sans refermer la porte derrière elle.

— Benton ?

Elle posa délicatement le paquet FedEx au milieu de la table basse, dans leur salon désert décoré d'œuvres d'art et meublé Arts & Crafts. Elle vit en imagination les larges fenêtres exploser, former une énorme bombe de verre, gonfler, se transformer en pluie d'échardes aussi tranchantes qu'un rasoir et fondre dix-neuf étages plus bas. Elle souleva de la table une sculpture en verre, une coupe en courbes aux couleurs éclatantes, la posa sur le tapis afin de dégager le passage entre la porte et le paquet.

— Benton, où es-tu ?

Une pile de papiers était posée sur son relax Morris préféré, poussé près des fenêtres qui ouvraient sur les lumières de l'Upper West Side et l'Hudson. Au loin, les avions qui survolaient les pistes illuminées de Teterboro évoquaient des ovnis. Lucy devait se trouver à bord de son hélicoptère, volant en direction de New York, de Westchester County. Scarpetta n'aimait pas qu'elle pilote de nuit. Si elle perdait le contrôle de l'appareil, en cas de panne par exemple, elle pourrait toujours avoir recours à l'autorotation pour descendre. Mais comment verrait-elle où se poser ? Et si la panne survenait au-dessus d'hectares boisés ?

— Benton !

Scarpetta longea le couloir qui menait à leur chambre. Elle prit de longues inspirations, déglutissant de façon répétée dans l'espoir d'apaiser sa fréquence cardiaque et de dissiper sa nausée. Elle entendit le bruit de la chasse d'eau.

La voix de Benton lui parvint avant même qu'il n'apparaisse sur le seuil de leur chambre :

— Enfin, mais qu'est-ce qui se passe avec ton téléphone ! Tu as eu mes messages ? Kay ? Que se passe-t-il ?

— Ne t'approche pas.

Il était toujours vêtu de son costume en flanelle bleu sombre, rien qui évoque l'argent, parce qu'il ne portait jamais rien de luxueux dans les unités psychiatriques ou les prisons, restant très vigilant sur l'image qu'il véhiculait auprès des détenus ou des patients. Il avait retiré sa cravate et ses chaussures, et sa chemise blanche déboutonnée au col était sortie de son pantalon. Sa chevelure argentée avait pris ce pli indiquant qu'il s'était passé la main dans les cheveux.

Immobile sur le pas de la porte, il demanda :

— Qu'est-ce qui s'est passé ? Quelque chose est arrivé ? Quoi ?

Scarpetta s'éclaircit la gorge et ordonna :

— Prends tes chaussures et ton manteau. Ne t'approche pas. Je ne sais pas ce que je peux avoir sur moi.

Elle avait désespérément besoin de se récurer les mains à l'eau de Javel, de les décontaminer, de prendre une longue douche chaude, de se démaquiller, se laver les cheveux.

— Qu'est-ce qui s'est passé ? Tu as rencontré quelqu'un ? Dis-moi ! J'ai tenté de te joindre à plusieurs reprises.

Benton était figé sur le pas de la porte, le visage livide, son regard se perdant derrière elle en direction de la porte palière, comme s'il redoutait qu'un individu soit entré à sa suite.

— Nous devons partir, annonça-t-elle.

Son maquillage de télé était poisseux, évoquant de la colle, et l'écœurait. L'odeur lui parvenait toujours, du moins en avait-elle l'impression. Des molécules de goudron, du soufre piégés dans son maquillage, dans la laque qui fixait ses cheveux, piégés à l'arrière de son nez. L'odeur du feu, du soufre, de l'enfer.

— Cette téléspectatrice de Detroit. J'ai essayé de t'appeler, commença Benton. Que se passe-t-il à la fin ? Quelqu'un a tenté quelque chose ?

Elle ôta son manteau, ses gants, et les laissa tomber dans le couloir, les poussant vers le mur du pied, et répéta :

— Il faut que nous partions. Tout de suite. Un paquet suspect. Dans le salon. Il faut s'habiller chaudement.

Ne sois pas malade. Ne vomis pas.

Il disparut dans la chambre et elle l'entendit fourrager dans sa penderie, les cintres crissant le long de la barre. Il reparut tenant des chaussures de randonnée, un manteau de laine et un blouson de ski qu'il n'avait pas porté depuis une éternité. Un ticket de remontée mécanique pendait toujours à la fermeture éclair. Il lui tendit le blouson et ils se précipitèrent dans le couloir. Le visage de Benton s'était fait dur. Par la porte grande ouverte, il fixa le paquet FedEx posé sur la table du salon, puis la coupe sur le tapis oriental.

Ouvre les fenêtres pour réduire la pression et les dégâts s'il se produit une explosion. Non, c'est impossible. Ne pénètre pas dans le salon. Ne t'approche pas de la table basse. Ne panique pas. Évacue l'appartement, ferme les portes et empêche les autres d'entrer. Ne fais pas de bruit. Ne crée pas d'ondes de choc.

Elle referma la porte avec un luxe de précautions, sans la verrouiller de sorte que la police puisse entrer. Il y avait deux autres appartements sur leur palier.

— Tu as demandé au bureau d'accueil comment le paquet était arrivé ? Je suis resté là toute la soirée. Ils ne m'ont pas appelé.

— Je n'ai remarqué certains détails qu'une fois dans l'ascenseur. Non, je n'ai rien demandé. Il s'en dégage une odeur bizarre.

Elle passa le blouson de ski, dans lequel elle disparut presque et qui lui arrivait à mi-cuisse. Aspen. Quand y étaient-ils allés la dernière fois ?

— Quel genre d'odeur ?

— Un truc douceâtre, goudronné, avec des relents d'œuf pourri. Je ne sais pas. C'est peut-être une illusion olfactive. Et puis ce bordereau d'envoi, la façon dont il est rédigé. Je n'aurais jamais dû l'apporter dans l'appartement. J'aurais dû le laisser sur le bureau et exiger que Ross sorte en vitesse, empêcher que des gens s'en approchent le temps que la police intervienne. Mon Dieu, que je suis bête !

— Mais non, tu n'es pas bête.

— Oh si, crétine. J'étais déconcentrée par Carley Crispin et je me suis conduite comme une idiote.

Elle enfonça le bouton de sonnette de l'appartement le plus proche du leur. Il faisait le coin de l'immeuble et appartenait à un *designer* de vêtements qu'elle n'avait que croisé. New York ! On pouvait vivre des années à côté de gens sans jamais engager la conversation.

— Je n'ai pas l'impression qu'il soit là, dit Scarpetta, sonnant à nouveau, cognant contre la porte. Ça fait un moment que je ne l'ai pas aperçu.

— Comment était-il rédigé, le bordereau ?

Elle lui relata que le feuillet destiné à l'expéditeur était toujours attaché, ce titre ironique qui la bombardait médecin expert en chef de Gotham City. Elle décrivit cette étrange écriture en enfonçant à nouveau le bouton de sonnette. Ils avancèrent ensuite vers le troisième appartement, occupé par une dame âgée qui avait été actrice comique des décennies plus tôt, surtout célèbre pour ses apparitions dans *The Jackie Gleason Show*. Son mari était décédé environ un an auparavant. C'était à peu près tout ce que Scarpetta savait à son sujet, si ce n'est que Judy était la maîtresse d'un caniche nain particulièrement nerveux qui commença son vacarme en aboyant dès que la sonnette résonna. Judy eut l'air surprise de les voir lorsqu'elle ouvrit la porte, surprise et pas trop heureuse. Elle bloqua le passage comme si elle dissimulait un amant ou un fuyard, son chien sautillant et faisant mine de s'élancer vers les envahisseurs, sans quitter ses jambes toutefois.

Elle jeta un regard narquois à Benton, son manteau sur le dos, en chaussettes, et tenant ses chaussures de randonnée à la main, et lui lança :

— Oui ?

Scarpetta lui demanda s'ils pouvaient utiliser son téléphone.

— Vous n'en avez pas ?

Ses mots étaient un peu indistincts. Elle avait de beaux méplats mais le visage abîmé. Une buveuse.

— Nous ne pouvons pas utiliser nos portables ni la ligne fixe et je n'ai pas le temps d'entrer dans les détails, déclara Scarpetta. Nous avons besoin d'utiliser votre filaire.

— Mon quoi ?

— Le téléphone de votre appartement. Ensuite, il faudra que vous descendiez avec nous. Il s'agit d'une urgence.

— Certainement pas. Je n'irai nulle part !

— Un paquet suspect a été livré. J'ai donc besoin de votre téléphone. Tous les résidents de cet étage devront ensuite descendre aussi vite que possible.

— Mais pourquoi l'avez-vous monté ? Pourquoi faire une chose pareille ?

Des relents d'alcool parvinrent à Scarpetta. Elle ne voulait même pas imaginer la collection de médicaments qu'elle trouverait dans l'armoire à pharmacie de Judy. Dépression, irritabilité, toxicomanies diverses et variées, le vide d'une vie. Benton et Scarpetta pénétrèrent dans un salon aux murs lambrissés, encombré de jolies antiquités françaises et de porcelaines romantiques de Lladro : des couples en gondole ou carrosse, à cheval, dans une balançoire, s'embrassant ou conversant. Une sculpture élaborée en cristal, posée sur un appui de fenêtre, représentait une scène de la Nativité. Une composition de Noël Royal Doulton en décorait un autre, en revanche nulle guirlande lumineuse, pas de sapin ni de *menorah*. Un amoncellement de souvenirs, de photographies d'un passé glorieux, dont un Emmy protégé derrière les vitres d'une armoire à bibelots ornée de cupidons et d'amants peints à la main et laquée d'un vernis Martin, parsemait la pièce.

— Quelque chose est arrivé dans votre appartement ? demanda Judy, couvrant les aboiements perçants de son chien.

Benton décrocha le téléphone posé sur une console en bois doré. Il composa un numéro de mémoire et Scarpetta fut presque certaine de connaître l'identité de la personne qu'il cherchait à joindre. Benton gérait toujours les situations avec efficacité et discrétion, grâce à ce qu'il nommait le « conduit principal », obtenant ou offrant des informations directement à la source. En l'occurrence, Marino.

— Ils ont monté un paquet suspect ? Mais quelle idée ! Enfin, quel genre de service de sécurité a-t-on ? continuait Judy.

— Ce n'est sans doute rien de dangereux. Toutefois ne prenons aucun risque, lui lança Scarpetta.

— Vous êtes arrivé au quartier général ? Écoutez, ne vous cassez pas la tête avec ça pour l'instant, conseilla Benton à Marino tout en ajoutant qu'il y avait un risque qu'on ait livré un paquet dangereux à Scarpetta.

— Je suppose que des gens comme vous sont entourés de dingues de toutes sortes, commenta Judy.

Elle enfila un long manteau de chinchilla ras à poignets festonnés. Son chien sautait tel un ressort, jappant encore plus hystériquement dès qu'elle récupéra sa laisse sur un petit meuble à étagères en bois satiné d'Inde.

Benton coinça l'appareil entre son épaule et son menton, et enfila ses chaussures de randonnée. Il expliqua :

— Non. Nous sommes chez une voisine. On craignait d'envoyer un signal électronique si nous utilisions nos téléphones à proximité, d'autant qu'on ignore ce qui se trouve dans le paquet. Un faux envoi par FedEx, de toute évidence. Sur la table basse. Oui, nous descendons tout de suite.

Il raccrocha. Judy tituba lorsqu'elle se pencha pour accrocher la laisse au collier assorti du caniche, cuir bleu et fermoir Hermès qu'elle avait sans doute fait graver au nom du chien caractériel. Ils sortirent et se dirigèrent vers l'ascenseur. La puissante odeur douceâtre, chimique, l'odeur de la dynamite, parvint à Scarpetta. Une hallucination olfactive. Son imagination. Impossible. Elle ne pouvait pas sentir la dynamite.

— Tu sens quelque chose ? demanda-t-elle à Benton. (Puis, s'adressant à Judy :) Votre chien est bouleversé, je suis désolée.

Une façon courtoise d'encourager Judy à calmer le fichu animal.

— Non, je ne sens rien.

Judy renifla ses poignets et suggéra :

— Mon parfum peut-être ? Oh, vous parliez d'une mauvaise odeur. J'espère qu'on ne vous a pas envoyé de l'anthrax ou quel que soit le nom. Mais pourquoi l'avoir monté ? Enfin, ce n'est pas très correct vis-à-vis des autres habitants.

Scarpetta se rendit compte que son sac à main était resté dans l'appartement, sur la desserte du couloir. Son portefeuille, ses pièces d'identité se trouvaient à l'intérieur, et la porte n'était pas verrouillée. Elle ne parvenait toujours pas à se souvenir où elle avait laissé son BlackBerry. Elle aurait dû vérifier ce paquet avant de le monter. Mais qu'est-ce qui lui était passé par la tête ?

— Marino est en chemin mais arrivera après les autres, annonça Benton sans prendre la peine d'expliquer à Judy de qui il parlait. Il était dans le centre-ville, au quartier général, à la section des opérations d'urgence.

— Pourquoi ? demanda Scarpetta, le regard rivé sur les paliers qui se succédaient lentement.

— Au CCTR. Des recherches. Du moins allait-il les lancer.

— Si nous étions dans une copropriété, nous n'aurions jamais accepté que vous achetiez un appartement dans notre immeuble, déclara Judy au seul profit de Scarpetta. Vous passez à la télé, vous parlez de tous ces affreux crimes et voilà ce qui arrive ! Vous ramenez ça chez vous et nous exposez tous. Les gens de votre sorte attirent les dingues.

— Espérons que ce ne soit rien et, encore une fois, mes excuses pour vous avoir bouleversés, vous et votre chien, tenta à nouveau Scarpetta.

— Et cet ascenseur qui se traîne ! Calme-toi, Fresca, calme-toi ! Oh, elle aboie, elle aboie, mais elle ne ferait pas de mal à une mouche. Où voulez-vous que j'aille ? Dans le hall, je suppose. Cela étant, je ne vais pas y rester assise toute la nuit.

Judy fixait les portes en cuivre de la cabine d'ascenseur, le visage crispé de déplaisir. Benton et Scarpetta s'étaient tus. Des images, des sons dont Scarpetta s'était débarrassée affluèrent dans sa mémoire. À cette époque, pendant sa période à l'ATF, la vie avait pris un tour tragique, le pire. Un vol à basse altitude au-dessus de pins broussailleux, d'une terre si sableuse qu'on aurait cru de la neige, les pales du rotor fouettant l'air, rythmant le silence de leur écho. La surface aux reflets métalliques des plans d'eau ondulait sous le vent et des oiseaux surpris s'envolaient en désordre, ponctuant la brume de points sombres, voletant en direction de l'ancienne base de dirigeables de Glynco, en Géorgie, où l'ATF avait installé ses champs d'explosifs, ses fausses maisons destinées à former les agents à l'assaut, ses bunkers en ciment, et ses blockhaus pour expérimenter différents types de feux. Elle n'aimait pas son rôle de formatrice auprès des agents qui intervenaient après les explosions. Au demeurant, elle y avait mis un terme dès après l'incendie de Philadelphie. Elle avait quitté l'ATF, à l'instar de Lucy, toutes deux tentant de poursuivre leurs vies sans Benton.

Pourtant il se trouvait à côté d'elle, dans l'ascenseur, comme si cette partie du passé de Scarpetta n'était qu'un cauchemar, un rêve délirant, un passé dont elle ne s'était pas remise parce qu'elle en était incapable. Elle n'avait plus jamais donné ce genre de cours depuis, un besoin d'évitement, son objectivité plus aussi performante qu'à l'accoutumée. Elle était personnellement atteinte par ces corps déchiquetés. Des chairs brûlées, des éclats d'obus, une avulsion massive des tissus mous, des os fragmentés, des organes lacérés ou qui avaient éclaté, des moignons de doigts ensanglantés. Elle pensa au paquet qu'elle avait apporté chez elle. Elle n'avait pas fait attention, se tracassant à cause de Carley, au sujet de ce que lui avait confié Alex, au fond trop absorbée par ce que le Dr Edison avait appelé sa carrière à CNN. Elle aurait immédiatement dû se rendre compte que l'envoi ne portait pas d'adresse de retour et que la copie destinée à l'expéditeur était toujours dans le bordereau.

— C'est Fresca ou Fresco ? demanda Benton à Judy.

— Fresca. Vous savez, la marque de soda. J'en avais un verre à la main lorsque Bud est rentré à la maison avec la petite chienne dans un emballage de pâtisserie. Un cadeau pour mon anniversaire. J'aurais dû m'en douter lorsque j'ai vu tous les trous qu'il avait pratiqués dans le couvercle. J'ai d'abord cru qu'il s'agissait d'un gâteau. Ensuite, elle a aboyé.

— Je n'en doute pas.

Fresca commençait à tirer sur sa laisse, hurlant sur un ton suraigu, perçant les tympans de Scarpetta au point qu'elle avait l'impression que les aboiements lui vrillaient le cerveau. Elle hyperventila, son cœur s'emballant à nouveau, se répétant : *Ne sois pas malade.* L'ascenseur s'arrêta et les lourdes portes de cuivre coulissèrent sans hâte. Les lumières rouges et bleues de gyrophares pulsaient de l'autre côté de l'entrée en verre de l'accueil. Un air glacial s'engouffrait et une demi-douzaine de flics dans l'uniforme bleu marine du BDU, bottés, protégés par leurs gilets multipoches, s'activaient, leurs ceinturons alourdis de rangements pour batteries, pour chargeurs de revolver, pour matraque, pour torche lumineuse, et leurs armes fourrées dans leurs holsters. Un flic poussa deux chariots à bagages à l'extérieur du hall. Un autre fonça vers Scarpetta comme s'il la connaissait, un grand type, jeune, les cheveux et la peau sombres, musclé. L'insigne cousu sur son gilet était décoré d'étoiles dorées et d'une bombe rouge stylisée, celle de la brigade des démineurs et artificiers.

— Docteur Scarpetta ? Lieutenant Al Lobo, se présenta-t-il en lui serrant la main.

— Mais qu'est-ce qui se passe ici ? lança Judy.

— On va vous demander d'évacuer l'immeuble, madame. Si vous pouviez juste sortir jusqu'à ce qu'on ait terminé. C'est pour votre sécurité.

— Et pour combien de temps ? Mon Dieu, ce n'est pas juste !

Le lieutenant détailla Judy comme si elle lui paraissait familière et répéta :

— S'il vous plaît, madame, sortez. Un officier va vous diriger sur...

Judy adressa un regard furieux à Scarpetta avant de protester :

— Je ne peux absolument pas rester dehors, dans ce froid glacial, avec mon chien. Non, ce n'est vraiment pas juste !

— Il y a un bar non loin, suggéra Benton. Elle peut s'y rendre ?

Indignée, Judy contra :

— Ils n'acceptent pas les chiens !

— Oh, je suis bien certain que si vous leur demandez gentiment…, déclara Benton en la menant jusqu'à la porte vitrée.

Il revint vers Scarpetta et lui prit la main. Le hall se transforma en bruyant chaos, le vent soufflant en bourrasques à l'intérieur, les portes de l'ascenseur s'ouvrant en carillonnant, et les policiers de la brigade montant dans les étages pour commencer l'évacuation des appartements situés au-dessus, en dessous et de chaque côté de celui de Benton et de Scarpetta, ou plus exactement de ce que le lieutenant nommait la « cible ». Il débita ses questions à toute vitesse.

— Je suis presque certaine qu'il n'y a plus personne à notre étage, au dix-neuvième, précisa Scarpetta. Un des voisins n'a pas répondu lorsque nous avons sonné et ne semble pas être chez lui, mais vous devriez à nouveau vérifier. L'autre voisine est descendue, dit-elle en faisant référence à Judy.

— Elle me fait penser à une actrice. Dans l'un de ces vieux programmes télé, genre Carol Burnett. Il n'y a qu'un étage au-dessus de chez vous ?

— Non, deux, rectifia Benton.

Par les vitres du hall, Scarpetta vit d'autres camions réservés aux urgences, blancs à bandes bleues, arriver, se garer, l'un d'eux tractant une remorque légère. Elle se rendit compte que la circulation avait été interdite aux deux extrémités de l'artère. La police venait de boucler cette partie de Central Park West. Les moteurs diesel grondaient, les sirènes des véhicules hululaient, la zone entourant leur immeuble évoquait de plus en plus un décor de cinéma. Des voitures de police et des camions encombraient la rue. Les projecteurs halogènes sur pied ou fixés sur le toit des camionnettes illuminaient les alentours et les lumières rouges et bleues pulsaient sans discontinuer.

Des agents de la brigade ouvrirent les conteneurs situés sur les flancs des camions et en tirèrent des valises métalliques, des mallettes, des sacs, des harnais et des outils, grimpant ensuite les marches de l'entrée quatre à quatre, les bras encombrés, puis déposant leur chargement sur des chariots à bagages. Scarpetta se sentait un peu mieux. Pourtant un froid intérieur rampa en elle alors qu'elle détaillait une des techniciennes de la brigade. La femme souleva le couvercle d'un des conteneurs et en extirpa une tunique et un pantalon, une armure brun-roux d'environ quarante kilos faite d'un tissu doublé d'un épais rembourrage ignifugé. Un blindage anti-bombes. Un 4 × 4 noir banalisé pila devant l'immeuble. Un autre technicien en descendit, libérant son labrador chocolat installé à l'arrière.

— J'ai besoin du maximum de détails que vous pouvez me donner au sujet du paquet, expliquait Lobo à Ross, le gardien, debout derrière son bureau, l'air hébété et effrayé. Mais bon, on va sortir. Docteur Scarpetta, Benton, suivez-nous, je vous prie.

Ils sortirent tous les quatre sur le trottoir. La lumière des halogènes était si violente qu'elle blessait les rétines de Scarpetta, et le grondement des moteurs diesel évoquait les prémices d'un tremblement de terre. Des flics de patrouille et ceux de l'unité d'urgence délimitaient le périmètre autour de l'immeuble à l'aide du large ruban jaune vif réservé aux scènes de crime. Des badauds s'étaient rassemblés par dizaines de l'autre côté de la rue, dans l'ombre épaisse du parc, assis sur le muret, s'interpellant avec excitation, prenant des photos grâce à leurs téléphones portables. Il faisait très froid et des bourrasques de vent polaire rebondissaient d'immeuble en immeuble, mais l'air était sain. L'esprit de Scarpetta s'éclaircissait et elle respirait plus aisément.

— Décrivez-moi le paquet. Gros comment ? lui demanda Lobo.

— Un paquet moyen de chez FedEx. Je dirais trente-cinq centimètres par vingt-huit, sur huit centimètres d'épaisseur, c'est approximatif. Je l'ai déposé au milieu de la table basse, dans le salon. Rien ne gêne le passage depuis la porte palière, vous pouvez l'atteindre sans difficulté, ou alors votre robot. Je n'ai pas verrouillé.

— Quel poids selon vous ?

— Huit cents grammes, au plus.

— Est-ce que ça avait l'air de glisser à l'intérieur ?

— J'ai essayé de le bouger le moins possible. Mais non, je ne crois pas.

— Vous avez entendu ou senti quelque chose, docteur ?

— Rien entendu. En revanche, je crois avoir senti une odeur évoquant un produit pétrolier. Une odeur de goudron, douceâtre et désagréable, une substance contenant du soufre. Je ne suis pas parvenue à l'identifier, mais une odeur très déplaisante qui m'a fait venir les larmes aux yeux.

— Et vous, Benton ? demanda Lobo.

— Je n'ai rien senti, mais je ne me suis pas approché.

Se tournant vers Ross, le lieutenant reposa sa question :

— Lorsque le paquet est arrivé, vous avez senti un truc ?

— Je pourrais pas dire. Je me traîne un genre de rhume et j'ai le nez bouché.

— Le manteau et les gants que je portais... Je les ai jetés dans le couloir de l'appartement. Vous pourriez les prendre et vérifier qu'ils n'ont pas récupéré de résidus chimiques, suggéra Scarpetta.

Le lieutenant n'avait pas l'intention de le dire, mais elle venait de lui fournir un nombre conséquent d'informations. S'il se fiait à la taille et au poids du paquet, celui-ci pouvait contenir plus d'une livre et demie d'explosif. Son contenu ne semblait pas sensible au mouvement, à moins d'imaginer un mécanisme d'horlogerie un peu innovant, monté sur un interrupteur à bascule.

Ross regardait vers la rue et son inquiétant spectacle, les lumières se reflétant sur son visage enfantin. Il débita d'un ton précipité :

— J'ai rien remarqué d'inhabituel au sujet de ce paquet. Le gars l'a posé sur le comptoir et puis il est reparti. Je l'ai rangé en dessous, pas dans la pièce derrière parce que je savais que le Dr Scarpetta rentrerait bientôt.

— Et comment le saviez-vous ? intervint Benton.

— On a une télé dans la salle de repos. On savait qu'elle passait sur CNN ce soir...

— « On » qui ? voulut savoir Lobo.

— Ben, moi, le portier et un des coursiers. Et puis j'étais de garde quand elle est partie là-bas, à CNN.

— Décrivez-moi la personne qui a livré le FedEx, dit Lobo.

— Un *Black*, avec un long manteau sombre et des gants. Il portait la casquette FedEx et il tenait une de ces planchettes à pince sur lesquelles ils écrivent. Je pourrais pas préciser son âge, mais il n'était pas très vieux.

— Vous l'aviez déjà aperçu dans l'immeuble ou le coin, livrant ou venant chercher des envois ?

— Pas que je me souvienne.

— Il est arrivé à pied ou en camionnette ?

— J'ai pas vu de véhicule, ni rien, déclara Ross. En général, ils se garent où ils peuvent trouver une place et ils débarquent dans le hall. C'est à peu près tout ce que j'ai remarqué.

— Ce que vous êtes en train de me dire, c'est que vous ne savez pas si ce type était bien un employé FedEx ? balança Lobo.

— Comment voulez-vous que je sache ! D'un autre côté, il avait une attitude normale, rien qui me donne des soupçons. C'est tout ce que je sais.

— Et après ? Il a posé le paquet sur le comptoir. Qu'est-ce qui s'est passé ensuite ?

— Il est reparti.

— Dans la seconde ? Il est parti comme une flèche ? Vous êtes certain qu'il n'a pas traîné un peu, se rapprochant de l'escalier ou s'asseyant un instant ?

Les policiers de l'unité d'urgence sortaient de l'ascenseur, escortant des habitants de l'immeuble à l'extérieur.

— Donc vous affirmez que ce gars de FedEx est entré, qu'il a foncé vers votre comptoir, puis qu'il est ressorti aussi sec ? insista Lobo.

Ross l'écoutait à peine, fixant d'un air éberlué la caravane qui se rapprochait de l'entrée de l'immeuble : des voitures de police encadrant un quatorze-tonnes, un camion spécialement conçu et équipé pour transporter le TCV, une chambre de confinement destinée aux objets potentiellement explosifs.

Le gardien s'exclama :

— Bordel de merde ! C'est une attaque terroriste ou quoi ? Tout ça à cause de cette boîte FedEx ? C'est une blague ou quoi ?

Ne démordant pas de ses préoccupations, Lobo persista :

— Il a peut-être été jeter un œil au sapin de Noël qui décore le hall ? Vous êtes sûr qu'il ne s'est pas approché des ascenseurs ? Ross, vous faites un peu attention à ce que je vous dis ? C'est important.

— Sainte mère de Dieu !

Le camion blanc et bleu « spécial bombes », son TCV à l'arrière recouvert d'une bâche noire, s'arrêta juste devant l'immeuble.

— Des petits trucs peuvent se révéler cruciaux, continua Lobo. Même un minuscule détail compte. Donc je vous repose la question : le gars prétendu FedEx, il n'a été nulle part ? Pas une seconde ? Pas même aux chiottes ? Ou chercher un verre d'eau ? Il n'a pas regardé ce qui se trouvait sous le sapin du hall ?

Bouche bée à la vue du camion, Ross répondit à nouveau :

— Je crois pas. Ah, mon Dieu !

— Vous ne croyez pas ? Ça ne me suffit pas, Ross. Il faut que je sache exactement ce qu'il a fait et où il est allé. Vous comprenez pourquoi ? Je vais vous l'expliquer. Parce que, où qu'il ait traîné, il faut qu'on vérifie s'il n'a pas déposé un appareil dans un coin où on ne penserait pas à chercher. Regardez-moi quand je vous adresse la parole ! On va vérifier les enregistrements de votre caméra de sécurité. Mais ça irait beaucoup plus vite si vous me disiez ce que vous avez vu. Vous êtes certain qu'il ne portait pas un autre paquet quand il est entré ? Racontez-moi chaque détail, le plus minime, et ensuite je visionnerai les enregistrements.

— Je suis presque sûr qu'il est entré, m'a tendu le paquet et est ressorti aussi vite, déclara Ross. Mais j'ai pas la moindre idée de ce qu'il a pu fabriquer une fois dehors, ni s'il s'est rendu ailleurs. Je l'ai pas suivi, d'accord ? J'avais aucune raison de me méfier. L'ordinateur qui gère la caméra de surveillance est derrière. Je ne vois rien d'autre.

— Quand il est sorti, il est parti dans quel sens ?

— Je l'ai vu passer la porte. Il a fait un petit signe de la main et c'est tout.

— Ça s'est passé à quelle heure ? demanda Lobo.

— Juste après vingt et une heures.

— Donc il y a deux heures, deux heures quinze ?

— Ouais, sans doute.

S'adressant au gardien, Benton s'enquit :

— Portait-il des gants ?

— Des gants noirs. Je crois bien qu'ils étaient doublés en lapin. Quand il m'a remis le paquet, j'ai vu des poils de fourrure sur le bord.

Lobo s'écarta soudain d'eux et récupéra sa radio

— Vous souvenez-vous d'autre chose, n'importe quoi... la façon dont il était habillé, par exemple ? continua Benton.

— Des vêtements de couleur sombre. Il devait porter des bottes noires et un pantalon sombre. Et puis un long manteau, qui arrivait sous les genoux, noir aussi. Le col était remonté, et donc il avait des gants, peut-être fourrés, comme je l'ai dit, et aussi la casquette des gars de chez FedEx. C'est tout.

— Des lunettes ?

— Le genre teinté. Celles qui réfléchissent.

— Qui réfléchissent ?

— Oui, les lunettes miroirs, je ne sais pas. Attendez, je viens juste de me souvenir d'un truc. Je me suis dit qu'il sentait la cigarette, enfin plutôt les allumettes. Comme s'il venait de fumer.

— Je croyais que vous aviez le nez pris, que vous ne pouviez plus rien sentir, lui rappela Benton.

— Ça vient juste de me traverser l'esprit. Je crois bien que j'ai perçu un truc, genre fumée de cigarette.

Benton se tourna vers Scarpetta :

— Ce n'est pas la même odeur que toi, n'est-ce pas ?

— Non.

Elle n'ajouta pas que Ross avait peut-être inconsciemment détecté le soufre, l'odeur d'une allumette enflammée, ce qui s'était soldé par une association d'idées avec la cigarette.

— Et cet homme que décrit Ross ? poursuivit Benton. As-tu entraperçu un individu correspondant à cette description en revenant de CNN ou en y allant ?

Elle réfléchit un instant sans que rien lui revienne. Soudain, une idée lui traversa l'esprit. Elle interrogea Ross :

— La tablette, celle sur laquelle ils écrivent. Il vous a demandé de signer un formulaire quelconque ?

— Non.

— En ce cas, à quoi ça lui servait ?

Ross haussa les épaules, son souffle filant en buée blanche lorsqu'il parla :

— Il m'a rien demandé de faire. Rien de rien. Il m'a juste tendu le paquet.

— A-t-il précisé qu'il fallait le donner spécifiquement au Dr Scarpetta ? intervint Benton.

— Ouais, il a dit de faire en sorte qu'on lui remette en mains propres. Et maintenant que vous le mentionnez, je me souviens qu'il a prononcé son nom. Il a dit : « C'est pour le Dr Scarpetta. Elle l'attend. »

— Les employés de FedEx sont-ils toujours aussi explicites, concernés ? Ça ne vous paraît pas un peu inhabituel ? Je ne me souviens pas d'avoir entendu un livreur de chez eux faire ce genre de réflexions. Comment pouvait-il savoir si elle attendait un envoi ou non ? le pressa Benton.

— Je sais pas. C'est vrai, j'imagine que c'était un peu inhabituel.

Scarpetta revint à son idée :

— Qu'y avait-il sur sa tablette ?

— J'ai pas vraiment regardé. Peut-être des reçus, des bordereaux. Je vais pas avoir des ennuis à cause de ce truc ? Ma femme est enceinte. J'ai vraiment pas besoin de problèmes, s'inquiéta Ross qui paraissait bien jeune pour être marié et futur père.

— Je ne comprends pas pourquoi vous n'avez pas appelé l'appartement pour m'avertir qu'un paquet venait d'arriver, insista Benton.

— Parce que ce gars de chez FedEx a précisé que c'était pour elle, comme je vous l'ai dit, et que je savais qu'elle rentrerait vite. En plus, après ce qu'il m'avait dit, je me suis mis dans la tête qu'elle l'attendait.

— Et pourquoi saviez-vous qu'elle rentrerait rapidement ?

— Il était à l'accueil lorsque je suis partie vers vingt heures, répondit Scarpetta à la place de Ross. Il m'a souhaité bonne chance pour l'émission.

— Et comment saviez-vous qu'elle participait à une émission ce soir ? persista Benton.

— J'ai vu la bande-annonce, les pubs. Suffit de regarder. On voit que votre nom sur ces fichues lumières !

Ross pointa vers le haut d'un building de l'autre côté de Columbus Circle. Les nouvelles importantes de CNN défilaient le long d'un énorme ruban lumineux et pouvaient être lues à plusieurs pâtés de maisons de distance.

Sous l'auvent rouge de CNN, un commentaire hors micro sur Scarpetta sinuait autour du sommet du gratte-ciel :

... a fait le lien entre Hannah Starr et la joggeuse assassinée. Elle a affirmé que le profilage au FBI « datait » et qu'il n'était pas fondé sur des données crédibles... ce soir, dans l'émission *The Cripsin Report*, le Médecin Expert Dr Kay Scarpetta a fait le lien entre Hannah Starr et la joggeuse assassinée. Elle a affirmé que le profilage au FBI...

CHAPITRE 10

Pete Marino se matérialisa soudain au milieu de la rue barricadée, environné par le flamboiement des halogènes, une apparition presque irréelle.

La rotation des balises lumineuses éclairait par à-coups son visage buriné et ses peu seyantes lunettes cerclées de métal. Le grand flic baraqué était vêtu d'un blouson de duvet, d'un pantalon de treillis et de bottes. Il avait rabattu bas sur son front sa casquette du département de police de New York, décorée au milieu de la visière d'un insigne représentant un vieil hélicoptère Bell 47 qui évoquait le film *MASH.* Un cadeau clin d'œil de Lucy. Marino détestait voler.

Marino rejoignit Scarpetta et Benton en lançant :

— Je suppose que vous avez fait la connaissance de Lobo. Il s'occupe bien de vous ? Je vois pas de chocolat chaud. Remarquez, en ce moment, un peu de bourbon serait pas de refus. Allons-nous asseoir dans ma voiture avant que vous chopiez des engelures.

Marino les précéda vers son véhicule, garé au nord du camion de déminage inondé par la lumière des projecteurs halogènes dressés sur des trépieds. Des flics avaient ôté la bâche et abaissé une rampe métallique, une rampe spéciale que Scarpetta avait déjà vue plusieurs fois dans le passé, au sol hérissé de picots en dents de scie. Si l'on trébuchait et tombait sur la passerelle, les dents acérées vous déchiquetaient. Et si l'on chancelait, une bombe dans les bras, le problème était encore plus sérieux. Le TCV, la chambre de confinement total, était monté sur un camion à plateau en lattis métallique et ressemblait à une cloche à plongeur jaune vif dont le couvercle était scellé par un grappin, qu'un policier de l'unité d'urgence desserra avant de le retirer. Dessous se trouvait le couvercle, d'une dizaine de centimètres d'épaisseur, et le policier y attacha un câble d'acier, s'aidant d'un treuil pour qu'il atteigne le plancher du camion. Il s'employa à extraire un plateau au cadre de bois tendu de fils de nylon et déposa la télécommande du treuil dessus. Il serra le câble de sorte qu'il ne gêne pas, préparant le terrain pour le technicien démineur dont le travail consisterait à enfermer le paquet suspect reçu par Scarpetta dans sept tonnes d'acier à haute résistance avant qu'il ne soit transporté au loin pour être neutralisé par la crème des policiers de New York.

— Je suis vraiment désolée pour tout ça, déclara Scarpetta en s'adressant à Marino, alors qu'ils s'approchaient de la Crown Victoria bleu marine, à distance respectueuse du camion et de son TCV. Je suis sûre que ce ne sera rien de sérieux.

— Et moi, je pense que Benton sera d'accord avec moi. On est jamais sûr de rien, rectifia Marino. Vous avez agi comme il fallait, tous les deux.

Benton avait le regard fixé en direction de l'auvent rouge de CNN, situé juste après le Trump International Hotel avec sa sphère en métal argenté, une version réduite du globe, haut de dix étages, dans Flushing Meadows. Toutefois cette représentation en acier de la planète n'avait rien à voir avec l'âge spatial, mais tout avec l'univers en expansion de Donald Trump. Scarpetta déchiffra la bande défilante des informations, les mêmes idioties hors contexte, et se demanda si Carley avait minuté son coup. Sans doute.

Carley ne voulait pas que le résultat de son piège s'affiche en grosses lettres lumineuses alors qu'elle raccompagnait sa victime jusque devant chez elle. Mieux valait patienter une heure, puis mettre Scarpetta dans l'embarras vis-à-vis du FBI. Peut-être qu'elle réfléchirait alors à deux fois avant de participer à une autre émission de télé, quelle qu'elle soit. Bordel ! Pourquoi certaines personnes se conduisaient-elles de la sorte ? Carley savait que son taux d'audience plongeait, voilà pourquoi. Une tentative désespérée et si possible sensationnelle de se cramponner à sa carrière. Peut-être aussi un sabotage. Carley avait entendu la proposition qu'Alex avait faite à Scarpetta et savait maintenant ce que l'avenir lui réservait. Il ne s'agissait plus de doutes dans l'esprit de Scarpetta. Elle en était certaine.

Marino déverrouilla les portières de sa voiture et proposa à Scarpetta :

— Et si vous vous installiez sur le siège passager ? Comme ça, on pourrait discuter. Désolé, Benton, faudra vous contenter de la banquette arrière. Lobo et d'autres gars du déminage étaient à Mumbai il y a peu, pour dégoter ce qu'ils pouvaient, de sorte que le même genre de merde nous arrive pas ici. Benton est sans doute au courant, mais la nouvelle mode en matière d'attaques terroristes, c'est plus les attentats-suicides. Ils utilisent maintenant des petits groupes de commandos hautement entraînés.

Benton garda le silence, son hostilité presque tangible. Dès que Marino se montrait particulièrement amical, tentant d'inclure Benton dans son discours, il ne faisait que rendre la situation encore plus épineuse. Benton devenait mal élevé. Marino contrait en tentant de s'affirmer parce qu'il se sentait rabaissé et que la colère le gagnait. Une oscillation répétitive et grotesque, un comportement en engendrant un autre, et vice versa. Scarpetta aurait donné beaucoup pour que tout cela cesse. Merde à la fin ! Elle en avait son compte.

— Ce que je veux dire, c'est que ces gars sont les meilleurs. Vous pourriez pas tomber entre des mains plus compétentes, et ils prendront soin de vous, Doc.

Comme s'il y avait personnellement veillé.

Scarpetta referma la portière et déroula la ceinture de sécurité. Un geste automatique. Elle se ravisa. Ils n'allaient nulle part.

— Je suis vraiment confuse.

— Mais tu n'as rien fait, déclara Benton de la banquette arrière.

Marino tourna la clé de contact et poussa le chauffage au maximum en suggérant :

— C'est peut-être une boîte de petits gâteaux. Vous et Bill Clinton. Même histoire. Une mauvaise adresse et l'équipe de déminage est appelée. En fait, c'est juste des petits gâteaux.

— Ça me remonte le moral, pesta-t-elle.

— Vous préféreriez que ce soit une vraie bombe ?

— Je préférerais que rien ne se soit passé.

Elle ne parvenait pas à s'en empêcher. Elle se sentait mortifiée, coupable, comme si tout était sa faute.

— Tu n'as pas à t'excuser, insista Benton. On ne prend pas de risques dans ce genre de situations, même s'il s'agit neuf fois sur dix de fausses alertes. On croise les doigts pour que tel soit le cas.

Scarpetta remarqua ce qui s'était affiché sur l'écran de l'ordinateur mobile monté sur le tableau de bord du véhicule : une carte de l'aéroport de Westchester County, à White Plains. Peut-être était-ce en relation avec Berger et Lucy, qui devaient atterrir ce soir, à moins qu'elles ne soient déjà arrivées. Étrange cependant. Pourquoi Marino aurait-il affiché la carte de l'aéroport ? Cela étant, plus rien ne semblait avoir de sens depuis un moment. Scarpetta était désorientée, perturbée et surtout humiliée.

— Quelqu'un a du nouveau ? demanda Benton à Marino.

— On a repéré deux autres hélicos dans la zone. C'est clair que ça va pas se faire avec discrétion. Suffit que le camion-vaisseau amiral du déminage déboule et vous êtes bons. Va y avoir une escorte de motards digne d'un foutu déplacement présidentiel quand ils vont emporter le paquet de la Doc à Rodman's Neck. Le fait que j'appelle directement Lobo nous a épargné pas mal de conneries, mais je peux pas étouffer le truc. C'est pas que vous ayez besoin d'encore plus d'attention, remarqua le grand flic, puisque je vois d'ici votre nom en lettres lumineuses. Comme ça, on dénigre le FBI ?

— C'est faux, rectifia Scarpetta. Je parlais de Warner Agee et, théoriquement, nous n'étions plus à l'antenne. De plus, il s'agissait de commentaires privés.

— « Privé » n'existe pas, observa Benton.

— Surtout pas avec Carley Crispin. Sa prétention à la gloire va brûler ses sources. J'arrive pas à comprendre pourquoi vous acceptez de participer à cette émission, reprocha Marino. D'accord, c'est pas trop le moment d'aborder le sujet. Mais quel bordel ça fout ! La rue est presque complètement déserte, vous avez remarqué ? Si Carley continue avec ses conneries de taxi jaune, c'est toutes les rues qui seront désertées. C'est d'ailleurs probablement ce qu'elle cherche. Un autre scoop, non ? Trente mille taxis jaunes, plus une seule course, et des émeutes de panique comme si on avait lâché King Kong. Joyeux Noël !

Scarpetta n'avait aucune envie de discuter de ses bourdes sur CNN, et encore moins d'évoquer Carley Crispin ou d'écouter les exagérations de Marino.

— Je suis intriguée : pourquoi la carte de l'aéroport de Westchester County est-elle affichée sur votre écran ? Vous avez des nouvelles de Lucy et de Jaime ? Elles auraient déjà dû atterrir, non ?

— Ouais, c'est ce que je pense aussi. J'ai fait une recherche sur MapQuest pour trouver le chemin le plus court. J'ai pas l'intention de m'y rendre, mais elles, elles doivent rappliquer.

— Et pourquoi rappliqueraient-elles ici ? Elles sont au courant au sujet du paquet ?

Scarpetta ne voulait pas que Lucy débarque au beau milieu de tout cela.

Dans sa vie antérieure d'agent spécial et d'enquêtrice certifiée pour l'ATF, Lucy avait souvent eu affaire à des explosifs, à des incendies criminels. Elle excellait dans ce métier, comme avec toutes les choses techniques et risquées. Plus les autres s'écartaient d'une difficulté ou échouaient, plus vite elle la maîtrisait afin d'en faire étalage sous leurs yeux. Ses dons et son acharnement ne lui avaient certainement pas valu que des amis. Certes, elle était aujourd'hui plus souple émotionnellement qu'à vingt ans, mais l'échange avec les autres ne lui était toujours pas naturel. Quant à respecter les limites et la loi, il ne fallait pas trop espérer de ce côté-là. Si Lucy débarquait, elle y irait d'une opinion et d'une théorie, et peut-être même d'une solution paramilitaire, et, à cet instant, Scarpetta ne se sentait pas d'humeur.

— Non, pas ici, pas juste où nous sommes en ce moment, rectifia Marino. Ici en ville.

— Et depuis quand ont-elles besoin de MapQuest pour rentrer à New York ? s'étonna Benton de la banquette arrière.

— Un problème que je peux pas vraiment évoquer.

Scarpetta tourna le regard vers le profil rude et si familier, puis vers l'écran illuminé de l'ordinateur monté au-dessus du tableau de bord. Elle regarda ensuite Benton. Par la vitre de sa portière, il surveillait la brigade qui émergeait du hall de l'immeuble.

— J'imagine que tout le monde a éteint son téléphone portable. Et votre radio ? vérifia Benton.

— Pas allumée, rétorqua Marino en se demandant si l'autre le prenait pour un crétin.

La technicienne du déminage, engoncée dans ses vêtements de protection et coiffée d'un casque, sortit à son tour de l'immeuble, ses bras informes sous le rembourrage tendus vers l'avant, tenant un sac noir spécialement conçu pour amoindrir l'onde de choc d'une bombe et retenir prisonniers d'éventuels débris dangereux.

— Ils ont dû voir un truc qui ne leur plaisait pas aux rayons X, commenta Benton.

— Ben, pourquoi ils se servent pas d'Androïde ? s'étonna Marino.

— De qui ? interrogea Scarpetta.

— Le robot. Ils l'ont baptisé Androïde à cause du nom de la technicienne démineuse. Elle s'appelle Ann Droiden. C'est curieux parfois, les gens qui ont des patronymes qui évoquent leur boulot, comme les médecins et les dentistes qui se nomment Payne ou Seringuet. C'est une bonne. Une jolie fille, en plus. Tous les gars lui tournent autour. Ça doit pas être facile pour elle d'être la seule femme de la brigade de déminage. (Marino se sentit obligé de justifier ses interminables commentaires au sujet de la ravissante technicienne spécialiste des explosifs :) Si je suis au courant, c'est qu'elle bossait avant à Harlem, au Two Truck, là où ils entreposent le TCV, et qu'elle y passe de temps en temps pour voir ses anciens potes. C'est pas très loin de chez moi, à quelques rues. J'y vais parfois. Je prends un petit café et j'amène des gâteries à leur mascotte, Mac, un boxer, un chien génial, adorable. Un rescapé. Quand je peux et qu'ils sont tous occupés ailleurs, je ramène Mac à la maison pour qu'il reste pas tout seul la nuit.

— Si c'est elle qui a récupéré le paquet au lieu du robot, ça implique que ce qui se trouve dans la boîte n'est pas sensible au mouvement, conclut Scarpetta. Ils doivent s'en être assurés.

— Dans le cas contraire, on serait en train de ramasser des petits bouts de vous dans tout l'immeuble, renchérit Marino avec son habituelle délicatesse.

— Ça pouvait être sensible au mouvement mais connecté à une minuterie. De toute évidence, tel n'est pas le cas, remarqua Benton.

Des policiers faisaient reculer les curieux, s'assurant que personne n'approche à moins de cent mètres de la technicienne, qui descendit les marches de l'entrée de l'immeuble, son visage dissimulé derrière la visière de son casque. Elle avança d'un pas lent, un peu raide mais avec une agilité surprenante, vers le camion dont le moteur diesel vrombissait.

— Ils ont perdu trois gars le 11 Septembre : Vigiano, D'Allara, Curtin, et l'équipe de déminage un : Danny Richards, poursuivit Marino. De là vous pouvez pas voir, mais leurs noms sont peints sur la carrosserie du camion, de tous les camions garés au Two Truck. Ils ont aménagé une petite pièce attenante à la cuisine en mémorial, un autel avec des bouts d'équipement ramassés à côté des corps, des clés, des lampes torches, des radios. Certains avaient fondu. Ça fait une sacrée impression de voir la torche fondue d'un mec, vous savez ?

Scarpetta n'avait pas vu Marino depuis un moment. À chaque fois qu'elle revenait à New York, elle était débordée de travail et vivait à un rythme effréné. L'idée que le grand flic se sentait seul lui traversa l'esprit. Elle se demanda s'il avait des problèmes avec sa petite amie, Georgia Bacardi, une enquêtrice de Baltimore avec laquelle il avait commencé à sortir sérieusement l'année précédente. Peut-être leur liaison était-elle terminée ou à l'agonie, non que cela fût surprenant. Les relations amoureuses de Marino s'avéraient en général d'une longévité minimale. L'humeur de Scarpetta s'assombrit encore. Elle s'en voulait d'avoir monté un paquet jusqu'à son appartement sans l'examiner au préalable, et elle se sentait coupable vis-à-vis de Marino. Elle devrait s'occuper un peu de lui lorsqu'elle séjournait à New York. Même lorsqu'elle était dans le Massachusetts, d'ailleurs. Un simple petit coup de téléphone ou un *e-mail* de temps en temps.

La technicienne démineuse avait atteint le camion. Ses pieds chaussés de bottes adhéraient fermement à la rampe hérissée de picots sur laquelle elle progressait. Marino bloquant la vue, il était difficile de distinguer ce qui se passait plus loin dans la rue, mais Scarpetta s'en doutait, elle connaissait la procédure. La technicienne allait déposer le sac spécial sur le plateau, qu'elle ferait glisser dans le TCV. Elle utiliserait la télécommande du treuil pour que le câble se rétracte, et le couvercle massif en acier se refermerait sur l'ouverture ronde. Elle repositionnerait ensuite le grappin et le resserrerait, sans doute à mains nues. Les techniciens démineurs ou artificiers portaient au mieux des gants en Nomex ou bien en nitrile afin de se protéger du feu ou de substances potentiellement toxiques. En effet, des gants à l'épais rembourrage auraient rendu impossible tout geste simple, sans pour autant sauver les doigts du manipulateur en cas de détonation.

Lorsque la technicienne en eut terminé, le lieutenant Lobo et d'autres hommes convergèrent vers l'arrière du camion, repoussèrent la rampe à l'intérieur, couvrirent le conteneur de confinement de sa bâche et l'arrimèrent. Le camion démarra dans la rue bouclée en prenant la direction du nord, de l'autoroute West Side, des véhicules de police s'alignant à l'avant et à l'arrière, le convoi ressemblant à un océan d'éclats lumineux. Il emprunterait ensuite un itinéraire déterminé, aussi sécurisé que possible, jusqu'aux champs de déminage du département de police de New York situés à Rodman's Neck, sans doute par la voie rapide du Cross Bronx et l'autoroute 95 Nord, bref une route qui épargnerait au mieux les véhicules, les immeubles, les passants des ondes de choc, d'un danger biologique, de radiations ou d'éclats dans l'éventualité où l'engin exploserait en endommageant son conteneur de confinement.

Lobo se dirigea vers eux. Il grimpa à l'arrière à côté de Benton, accompagné d'une bourrasque d'air glacial. Il referma la portière en annonçant :

— J'ai envoyé des prises de vues sur votre adresse de messagerie. Des images provenant de la caméra de sécurité de votre immeuble.

Marino frappa quelques touches du clavier de l'ordinateur. La carte de White Plains fut remplacée par un écran lui demandant d'entrer son nom d'utilisateur et son mot de passe.

Se penchant vers l'avant, mâchonnant un chewing-gum à la cannelle, Lobo poursuivit :

— Votre gars de chez FedEx porte un tatouage intéressant. Un grand, du côté gauche du cou, pas facile à distinguer parce qu'il a la peau sombre.

Marino ouvrit le fichier attaché à un message. Une prise fixe récupérée de l'enregistrement de la caméra de surveillance emplit l'écran, le cliché d'un homme portant la casquette FedEx qui se dirigeait vers le bureau du hall d'accueil.

Benton changea de position pour mieux voir et déclara :

— Non. Aucune idée. Je ne le connais pas.

Il n'évoquait rien à Scarpetta non plus. Un Afro-Américain aux pommettes hautes, portant barbe et moustaches, sa casquette rabattue bas sur son front, les yeux dissimulés derrière des lunettes à verres réfléchissants. Le col de son manteau de laine noire occultait partiellement un tatouage qui couvrait la face gauche de son cou jusqu'à son oreille, un tatouage qui représentait des crânes humains. Scarpetta en dénombra huit, sans parvenir à distinguer sur quoi ils s'empilaient, juste le bord linéaire de quelque chose.

— Vous pouvez agrandir ? demanda-t-elle en désignant le tatouage. (Ce qui ressemblait au rebord d'une boîte s'agrandit d'un clic de souris.) Peut-être un cercueil. Des crânes entassés dans un cercueil. Ce qui me fait immédiatement penser qu'il a peut-être servi en Irak ou en Afghanistan. Des crânes, des squelettes, des squelettes qui sortent de cercueils, des pierres tombales. Des autels à la mémoire des soldats tombés, en quelque sorte. En général, chaque crâne représente un camarade mort.

Les tatouages de ce genre se sont répandus ces dernières années.

— Le CCTR peut entreprendre une recherche, suggéra Marino. Si ce type est dans les mémoires pour une raison quelconque, on fera peut-être une touche sur son tatouage. On en a une multitude dans la banque de données.

L'odeur puissante de la cannelle parvint à nouveau à Scarpetta, lui rappelant des scènes d'incendies, la symphonie d'odeurs inattendues dans des endroits totalement carbonisés. Lobo frôla son épaule, insistant :

— Donc ce type ne vous rappelle rien. Rien ne vous vient à l'esprit ?

— Non.

— Il me fait l'effet d'un teigneux, ajouta Lobo.

— Ross, le gardien, a pourtant dit qu'il n'avait rien d'alarmant, observa Scarpetta.

— Ouais, c'est ce qu'il a dit, en effet, admit Lobo dans un mouvement de son chewing-gum. D'un autre côté, il s'accroche à son boulot dans votre immeuble, vu qu'il a été viré du précédent. Il avait laissé le bureau sans surveillance. Au moins, il a eu l'honnêteté de le reconnaître. Bien sûr, il a omis de préciser qu'il avait aussi été inculpé en mars dernier pour possession de substance illicite.

— Est-on certain qu'il n'a aucun lien avec cet homme, celui de la caméra de surveillance ? demanda Benton.

— On n'est certain de rien. Mais ce mec-là, poursuivit le lieutenant en désignant l'homme de la prise, ne fait sans doute pas partie des employés FedEx, ça paraît évident. On peut acheter ce genre de casquette sur eBay, rien de compliqué. Ou alors en confectionner une. Et quand vous êtes rentrée de CNN, docteur, vous avez vu quelqu'un, un individu qui vous aurait attiré l'œil pour une raison quelconque ?

— Un sans-abri qui dormait sur un banc. C'est tout ce que je me rappelle.

— Où ? la pressa Benton.

— Pas très loin de Columbus Circle. Là-bas, précisa Scarpetta en se tournant et en tendant le bras dans cette direction.

Elle se rendit compte que les véhicules d'urgence étaient repartis, imités par les curieux, et que les projecteurs halogènes avaient été éteints, rendant la rue à son incomplète obscurité. La circulation s'écoulerait à nouveau très bientôt. Les habitants réintégreraient l'immeuble, les cônes de signalisation, les barrières et le ruban jaune de scène de crime disparaîtraient, comme si rien ne s'était passé. Aucune autre ville de sa connaissance ne savait gérer les urgences aussi vite et assurer un retour à l'ordre tout aussi rapidement. Les leçons tirées du 11 Septembre. Une expérience acquise à un terrible prix.

— Il n'y a personne dans le coin, affirma Lobo. Personne sur un banc. Mais toute cette soudaine activité a dû les faire fuir. Et donc personne d'autre n'a attiré votre regard quand vous êtes rentrée à pied ?

— Non, répéta Scarpetta.

— C'est juste que parfois, quand les gens laissent des « présents » du genre agressif, ils aiment bien traîner dans le coin pour voir l'effet produit, ou même se pointer après les faits pour constater les dégâts qu'ils ont occasionnés.

— On a d'autres photos ? s'enquit Benton.

Son souffle frôla l'oreille de Scarpetta, faisant voleter ses cheveux.

Marino cliqua sur deux autres prises fixes, les affichant côte à côte, des clichés de pied de l'homme au tatouage qui traversait le hall d'accueil en direction du bureau, puis s'en écartait.

— Il ne porte pas l'uniforme FedEx, remarqua Scarpetta. Un pantalon sombre, des boots et un manteau noir boutonné jusque sous le cou. Sans oublier des gants. Je pense que Ross avait raison, je crois distinguer un peu de fourrure. Ils auraient pu être doublés de lapin.

— Rien qui éveille un souvenir ? insista à nouveau le lieutenant.

— Rien du tout, répéta Benton.

— Pour moi non plus, renchérit Scarpetta.

— Qui que soit cet homme, il s'agit soit d'un simple messager, soit de l'expéditeur. Alors la question à mille dollars est bien sûr la suivante : y a-t-il des gens qui pourraient vous vouloir du mal ou chercher à vous effrayer ? lui demanda Lobo.

— Aucun nom ne me vient en tête, du moins dans ce cas particulier.

— Et en général ?

— De façon générale, ça pourrait être n'importe qui.

— Et du courrier d'admirateurs dans le genre inhabituel ? *E-mail*, n'importe quoi, adressé à vos bureaux du Massachusetts ou à l'institut médico-légal de New York ? Peut-être à CNN ?

— Je ne vois rien de spécial.

— Moi si, rectifia Benton. La téléspectatrice qui t'a appelée à l'antenne ce soir. Dodie.

— Tout juste, opina Marino.

— Tout juste ? s'enquit Lobo.

— Dodie Hodge, sans doute une ancienne patiente du McLean's, attaqua Marino en écorchant à son habitude le nom de l'hôpital qui n'avait jamais été affublé d'une apostrophe suivie d'un *s*. J'ai pas encore eu le temps de lancer une recherche à son sujet au CCTR. J'ai été interrompu par le petit incident de la Doc.

— Je ne la connais pas, souligna Scarpetta.

Le rappel de cette femme qui avait mentionné Benton par son nom, se référant à un article qu'il n'avait jamais écrit, ajouta à son malaise.

Elle se retourna vers son mari et le rassura :

— Je ne te poserai pas de questions.

— Je ne peux rien révéler.

— Ben, moi si, avec votre permission, puisque je me cogne des règlements qui visent à protéger les dingues, lâcha Marino en s'adressant à elle. Donc cette dame sort du McLean's et Benton reçoit d'elle une carte chantante de Noël, carte qui vous est également adressée, et juste après elle vous appelle en direct à la télé et on vous livre un paquet suspect.

— C'est vrai ? s'étonna Lobo.

— Je ne peux rien vérifier et je n'ai jamais confirmé qu'elle avait été patiente au McLean.

— Vous pouvez affirmer le contraire ? le poussa Marino.

— Cela non plus, je ne peux pas en discuter.

— D'accord ! s'exclama Lobo. Prenons les choses autrement. Sait-on si cette Dodie Hodge est dans le coin en ce moment, à New York par exemple ?

— Ce n'est pas exclu, admit Benton.

— Pas exclu ? s'énerva Marino. Vous croyez pas qu'on devrait être informés si c'est le cas ?

— Vous savez comment les choses se passent tant que nous ne sommes pas certains qu'elle a commis un acte illégal ou qu'elle est un danger, commença Benton.

— Ouais, super ! Des règlements qui protègent tout le monde sauf les innocents ! Ouais, ouais, je sais comment ça fonctionne. Des timbrés et des délinquants juvéniles. De nos jours, y a des gamins de huit ans qui canardent des gens. Mais surtout faut protéger la confidentialité des infos sur eux !

— Vous avez reçu la carte chantante par quel biais ? voulut savoir Lobo.

— FedEx, accepta de dévoiler Benton. Je ne dis pas qu'il existe un lien, ni l'inverse. Je l'ignore.

— On va vérifier auprès de CNN, tracer l'appel de Dodie Hodge en cours d'émission, annonça Lobo. On devrait trouver d'où elle l'a passé. Et je vais avoir besoin d'un enregistrement du show. On va devoir la localiser et discuter un peu avec elle. Elle vous a donné des raisons de penser qu'elle pourrait se révéler dangereuse ? Laissez tomber. Vous ne pouvez pas parler d'elle.

— En effet.

— Bien. Peut-être que ça changera lorsqu'elle fera exploser la cervelle de quelqu'un, ragea Marino.

— Tout ce que nous pouvons affirmer, c'est qu'un homme noir avec un tatouage sur le cou a livré le paquet à l'accueil, Marino. De surcroît, nous ignorons à cette heure ce qui se trouve à l'intérieur. Nous ne savons toujours pas s'il s'agit d'un engin explosif.

— On en sait assez pour que je ne me sente pas trop rassuré, contra Lobo. Notamment ce qu'on a découvert aux rayons X. Des fils, des piles boutons, un micro-interrupteur. En plus, et ça me perturbe pas mal, il y a un petit récipient transparent, un genre de tube à essai muni d'un bouchon. Pas de radiations détectées, mais nous n'avons pas utilisé d'autres types de détection, on voulait pas trop s'approcher.

— Génial ! commenta Marino.

— Avez-vous perçu une odeur particulière ? intervint Scarpetta.

— Je n'étais pas assez près. Ceux d'entre nous qui sont montés jusqu'à votre appartement ont travaillé depuis la cage d'escalier. La technicienne qui a pénétré dans votre appartement était emmitouflée dans son uniforme de protection. Elle n'aurait rien pu sentir à moins que ça empeste vraiment.

— Vous vous en occuperez cette nuit ? demanda Marino. Pour qu'on sache quel foutu truc y a dans le paquet.

— On ne démine pas d'objets la nuit. Droiden, qui est aussi spécialisée dans les substances et matériaux dangereux, est en chemin pour Rodman's Neck. Elle devrait y arriver sous peu pour le transfert du paquet du TCV à un autre conteneur. Elle utilisera d'autres détecteurs pour déterminer s'il y a un danger de contamination chimique, biologique ou nucléaire, une émanation gazeuse, ou alors s'ils peuvent l'extraire sans problèmes du paquet. Ainsi que je l'ai dit, on n'a pas eu d'alarme à la radioactivité et on n'a pas détecté de poudre blanche, mais on ne sait pas trop. Grâce aux rayons X, on a vu une sorte de fiole qui pourrait contenir une substance, c'est très probable et ça nous rend méfiants. On va boucler le paquet dans un autre conteneur et on s'en occupera dès demain matin pour le désamorcer ou le rendre inoffensif d'une façon ou d'une autre, et comme ça on verra à quoi on a affaire.

Sur ces mots, Lobo sortit de la voiture. Marino lui lança :

— On va se reparler sous peu. Je resterai sans doute toute la nuit au CCTR, à fouiner au sujet de cette dingo de Dodie Hodge, du tatouage et de tout ce qui me vient à l'esprit.

— Bon plan, acquiesça Lobo en refermant la portière.

Scarpetta le suivit du regard comme il se dirigeait vers un 4 × 4 bleu foncé. Elle glissa les mains dans ses poches à la recherche de son téléphone portable, pour se souvenir qu'elle ne portait pas son manteau et qu'elle avait égaré son BlackBerry.

— Il faudrait que nous prévenions Lucy avant qu'elle ne l'apprenne par les informations ou par les synthèses de l'OEM, suggéra Scarpetta.

L'OEM, le bureau chargé de la gestion des urgences, publiait de constantes mises à jour sur Internet. Les personnels qui avaient besoin de certaines informations – depuis les bouches d'égout manquantes jusqu'aux homicides – pouvaient y accéder. Si Lucy découvrait qu'une équipe de déminage avait été expédiée à Central Park West, elle s'inquiéterait inutilement.

— La dernière fois que j'ai vérifié, elles étaient toujours en vol, la renseigna Marino. Mais je peux l'appeler sur le téléphone de l'hélico.

— On lui téléphonera de l'appartement, proposa Benton.

Il avait envie de sortir de cette voiture, envie de ne plus voir le grand flic.

— Non, pas la ligne de l'hélicoptère. Elle n'a pas besoin d'être distraite lorsqu'elle pilote, décida Scarpetta.

— Je vais vous dire : vous rentrez tous les deux, vous essayez de vous détendre un peu et je les contacte, proposa Marino. De toute façon, faut que j'avertisse Berger de ce qui se passe.

Scarpetta se sentait plutôt bien. Du moins jusqu'au moment où Benton ouvrit la porte de leur appartement.

— C'est pas vrai ! s'exclama-t-elle.

Elle retira son blouson de ski et le jeta sur une chaise, soudain si furieuse qu'elle eut envie de hurler.

La police avait été pleine d'égards. Pas une empreinte de chaussure sur le plancher, son sac était toujours posé sur l'étroite desserte de l'entrée où elle l'avait laissé avant de se rendre à CNN. Cependant la sculpture Millefiori, celle à la naissance de laquelle elle avait assisté grâce à un maître verrier de l'île vénitienne de Murano, avait été replacée au mauvais endroit. Elle ne se trouvait pas sur la table basse, mais sur la table au plateau de pierre devant le canapé. Elle le fit remarquer à Benton, qui ne pipa pas mot. Il savait quand garder le silence. Maintenant, par exemple.

— Elle est couverte d'empreintes digitales.

Elle souleva la sculpture et désigna des crêtes et des verticilles bien visibles, des boucles et un arc, d'infimes traces identifiables sur le bord aux couleurs vives. La preuve du délit.

— Je vais la nettoyer, proposa Benton.

Mais elle refusa. À l'aide de l'ourlet de son corsage en soie, elle essuya le verre d'un geste rageur en accusant :

— Quelqu'un ne portait pas de gants. Sans doute la technicienne démineuse. Ils n'en portent jamais. C'est quoi, son nom, déjà ? Ann. Elle n'avait pas de gants. Elle l'a ramassée et l'a déplacée, martela-t-elle comme si Ann était une cambrioleuse. Quoi d'autre ont-ils tripoté ici, dans notre appartement ?

Benton ne répondit pas, certain que ce serait malvenu. Il savait exactement comment se comporter lorsque Scarpetta était à ce point bouleversée. Elle eut l'impression que l'odeur du paquet lui montait à nouveau aux narines. Une autre odeur se substitua à la première, celle de la baie, la Laguna Veneta. La mer peu profonde et la chaleur du soleil printanier lorsque Benton et elle étaient descendus du bateau-taxi au débarcadère de Colonna, suivant la Fondamenta jusqu'à Calle San Cipriano. Les visites d'usine n'étaient pas autorisées. Toutefois cela n'avait pas découragé Scarpetta. Remorquant Benton par la main, ils avaient dépassé une barque alourdie d'éclats de verre cassé pour parvenir jusqu'au panneau d'entrée du Fornace-Entrata Libera. Une fois à l'intérieur, ils avaient demandé à assister à une démonstration dans cet espace semé de fours aussi imposants que des incinérateurs, entouré de murs de brique peints en rouge foncé et aux hauts plafonds. Aldo, l'artisan, un petit homme qui portait des moustaches, vêtu d'un short et chaussé de tennis, était issu d'une dynastie de souffleurs de verre, une lignée ininterrompue depuis sept siècles, ses ancêtres ayant passé leur vie sur l'île, avec interdiction de s'aventurer au-delà de la lagune sous peine de mort ou d'avoir les mains tranchées.

Scarpetta lui avait aussitôt commandé une pièce, pour Benton et elle, le couple heureux, ce qu'Aldo choisirait. Il s'agissait d'un voyage spécial, un voyage sacré, et elle voulait se souvenir de ce jour, de chaque minute. Plus tard, Benton lui avait avoué qu'il ne l'avait jamais autant entendue parler, expliquer sa fascination pour la science du verre. Du sable, un mélange de soude et d'hydroxyde de calcium qui se transforment en ce qui n'est ni tout à fait un solide, ni tout à fait un liquide, sans donnée empirique attestant qu'il continue de se modifier après qu'il a été façonné en vitres de fenêtre ou en vase, avait-elle dit dans son italien approximatif. Lorsque le verre a cristallisé, seuls quelques degrés de liberté vibrationnelle persistent. La forme est prise. Un bol ressemble à un bol mille ans plus tard et le tranchant des lames préhistoriques d'obsidienne ne s'émousse pas. Un mystère, peut-être la raison pour laquelle elle aimait le verre. Et aussi la façon dont le verre transformait la lumière, avait ajouté Scarpetta. Ce qui se produisait lorsque des pigments étaient ajoutés, du fer, du cobalt, du bore, du manganèse et du sélénium, pour créer le vert, le bleu, le violet, l'ambre et le rouge.

Scarpetta et Benton étaient revenus chercher leur sculpture à l'usine dès le lendemain, le temps pour elle de recuire doucement dans le four, puis qu'elle refroidisse avant d'être enveloppée dans un cocon protecteur de papier à bulles. Scarpetta ne l'avait pas quittée, la portant serrée contre elle, la fourrant dans le porte-bagages au-dessus de sa tête, durant tout le chemin du retour aux États-Unis, retour d'un voyage professionnel qui, *a priori*, n'était pas consacré au tourisme. Et Benton lui avait réservé une surprise : il lui avait demandé de l'épouser. Ces quelques jours passés en Italie demeuraient, du moins pour elle, plus que mémorables. Ils étaient devenus son sanctuaire imaginaire, le lieu où ses pensées pouvaient se retirer lorsqu'elle était triste ou heureuse. Son sanctuaire avait été piétiné, bafoué. Elle reposa la sculpture à sa place, la table basse en merisier. Elle se sentait souillée, un peu comme si elle était rentrée chez elle pour découvrir son appartement cambriolé, saccagé, une scène de crime. Allant et venant, elle entreprit de tout vérifier : les éviers, les lavabos, les savons, pour savoir si on s'était lavé les mains ou si on avait utilisé les toilettes, pour voir si quelque chose manquait ou avait été déplacé.

— Personne n'est entré dans les salles de bains, annonça-t-elle.

Elle ouvrit les fenêtres du salon pour se débarrasser de l'odeur.

— Je sens toujours ce paquet. Pas toi ?

— Non, répondit Benton, planté devant la porte palière, son manteau sur le dos.

— Mais si, insista-t-elle. Tu dois le sentir. Ça évoque le fer. Vraiment rien ?

— Vraiment. Il s'agit d'un phénomène de persistance de la mémoire olfactive. Le paquet est parti. Il est parti et nous sommes en sécurité.

— C'est parce que, contrairement à moi, tu ne l'as pas touché. Une odeur fongique et métallique, persista-t-elle. On aurait dit que ma peau était entrée en contact avec des ions ferreux.

Benton lui rappela d'un ton très calme qu'elle portait des gants lorsqu'elle avait manipulé le paquet.

— Mais il a pu frôler ma peau, entre les gants et les poignets de mon manteau, quand je le tenais, expliqua-t-elle en s'avançant vers lui.

L'envoi avait abandonné des relents sur ses poignets, un parfum malsain, des peroxydes provenant des lipides de sa peau, de la sueur, oxydés par les enzymes responsables de la corrosion, de la décomposition. Comme du sang, affirma-t-elle. L'odeur ressemblait à celle du sang.

— Tu sais, l'odeur du sang lorsqu'on en macule la peau, répéta-t-elle en tendant les poignets vers lui afin qu'il les renifle.

— Je ne sens toujours rien.

Pourtant elle ne pouvait s'empêcher de revenir encore et encore à ces remugles.

— Un truc à base de pétrole, une substance chimique, je ne sais pas trop quoi. Ce dont je suis sûre, c'est que je perçois de la rouille derrière. Il y a quelque chose de malsain, de très mauvais dans cette boîte. Je suis contente que tu n'y aies pas touché.

Elle se lava les mains, les poignets, les avant-bras à l'aide de liquide vaisselle dans la cuisine, frottant comme en prévision d'une intervention chirurgicale, comme si elle se décontaminait. Elle nettoya la table basse sur laquelle elle avait posé le paquet avec un détergent doux. Elle s'agitait, rageait. Benton demeurait silencieux, la laissant passer sa colère, tâchant de rester rationnel, compréhensif. Mais son comportement ne faisait qu'ajouter à l'énervement et au ressentiment de Scarpetta.

— Tu pourrais réagir un peu, à moins que tu t'en moques ! lança-t-elle.

—Je ne m'en moque pas du tout, rétorqua-t-il en ôtant son manteau. Et c'est injuste de me dire cela. Je me rends parfaitement compte que la situation est affreuse.

—Je n'arrive pas à savoir si les choses t'importent. D'ailleurs je ne le peux jamais.

On aurait pu croire qu'elle l'accusait d'être celui qui avait monté la boîte suspecte chez eux.

Le visage sombre, il lui demanda :

— Tu préférerais que je me mette en colère ?

—Je vais prendre une douche.

Elle se déshabilla à gestes rageurs tout en se dirigeant d'un pas raide dans le couloir, en direction de leur chambre. Elle fourra ses vêtements dans un sac de pressing et balança ses sous-vêtements dans un panier d'osier. Elle passa sous la douche, réglant l'eau à la température la plus chaude possible. L'odeur se mêla à la vapeur d'eau, parvenant avec encore plus de force à ses sinus, l'odeur du paquet, du feu, du soufre. La chaleur attisait ses sens. D'autres images défilèrent dans son esprit. Philadelphie, l'obscurité, l'enfer, des échelles qui grimpaient vers le ciel nocturne, la stridulation des scies qui découpaient des trous dans le toit, l'eau qui jaillissait des lances à incendie, plus de cinq mille litres à la minute, un flot d'une invraisemblable puissance qui partait du toit du camion de pompiers afin d'enrayer un feu d'envergure.

Les jets propulsés qui s'élevaient en arches des camions entourant le pâté de maisons, la carcasse carbonisée d'une voiture tordue, ses pneus complètement brûlés. De l'aluminium fondu mêlé au verre, des gouttes de cuivre, les murs qui pelaient en lambeaux, l'acier malmené, les montants de bois craquelés en écailles des fenêtres brisées, une épaisse fumée noire. Un poteau qui ressemblait à une allumette consumée. Ils avaient expliqué qu'il s'agissait d'un feu roulant, un de ces feux traîtres qui trompent les pompiers, d'abord pas intenable, puis si chaud qu'il faisait bouillir les casques. Pataugeant dans l'eau sale, irisée en surface par des volutes d'essence, les lampes torches tentant de percer la dense obscurité, l'eau qui dégoulinait, qui dévalait des trous carrés pratiqués par des haches dans le film bitumé du toit. L'air saturé d'une odeur âcre évoquant des *marshmallows* réduits en cendre, à la fois douceâtre et forte, malsaine, alors qu'ils la menaient vers lui, vers ce qu'il en restait. Plus tard, bien plus tard, ils avaient dit qu'il était déjà mort lorsque le feu avait pris. On l'avait attiré là, puis on l'avait abattu.

Scarpetta ferma le robinet, restant plantée dans le nuage de vapeur, l'inspirant par le nez, l'aspirant par la gorge. La buée l'empêchait de distinguer quoi que ce fût par la porte vitrée, mais elle savait que ces altérations d'intensité lumineuse trahissaient les mouvements de Benton dans la salle de bains. Elle n'était pas encore prête à lui parler.

— Je t'ai préparé un verre, annonça-t-il.

La lumière changea à nouveau. Il passait devant la cabine de douche. Elle l'entendit tirer la chaise de la table de toilette et s'asseoir.

— Marino vient d'appeler.

Scarpetta ouvrit la porte vitrée et tendit le bras pour récupérer la serviette suspendue à proximité.

— S'il te plaît, ferme la porte de la salle de bains pour que l'air froid ne pénètre pas.

— Jaime et Lucy devraient se poser à White Plains dans quelques minutes.

Il se leva, ferma la porte et se réinstalla.

— Elles n'avaient toujours pas atterri ? Mais qu'est-ce qu'il se passe à la fin !

— Elles sont parties très tard à cause de la météo. Il y a eu beaucoup de retards en raison du temps. Marino a appelé la ligne de l'hélicoptère. Elles vont bien.

— Bordel ! Je lui avais dit de ne pas faire ça. Elle n'a pas besoin qu'on la dérange avec ce fichu téléphone quand elle vole !

— Il a dit que la communication n'avait pas duré une minute. Il ne lui a pas raconté ce qui s'était produit. Il la mettra au courant lorsqu'elles se seront posées. Ne t'inquiète pas. Elles vont bien.

Benton la regarda, environnée de vapeur d'eau.

Elle se séchait à l'intérieur de la cabine dont la porte était entrouverte. Elle n'avait pas envie de sortir. Il ne lui demanda pas ce qui n'allait pas, pourquoi elle se cachait dans la douche telle une petite fille.

— J'ai encore tout retourné dans l'appartement à la recherche de ton téléphone. Je ne le vois nulle part, ajouta-t-il.

— Tu as tenté de l'appeler ?

— Je parie qu'il est tombé au fond de la penderie de la salle de maquillage à CNN, là où tu accroches toujours ton manteau, si je ne m'abuse.

— Lucy saura le trouver, du moins si j'ai la chance de pouvoir lui reparler un jour.

— Je croyais que tu lui avais parlé plus tôt dans la journée, alors qu'elles étaient toujours coincées à Stowe.

Une façon pour lui de l'encourager à redevenir raisonnable. Mais la chose était impossible à Scarpetta pour l'instant.

— Parce que c'est moi qui l'ai appelée. Elle ne me téléphone presque jamais, de moins en moins en ce moment. Peut-être qu'elle trouvera un jour le temps, par exemple parce que le blizzard la retarde ou qu'elle n'a pas encore atterri.

Benton la détailla.

— Peut-être qu'alors elle localisera mon téléphone. En tout cas elle devrait, puisque c'était son idée d'installer un Wide Area Augmentation System pour augmenter les performances GPS de mon BlackBerry, de ton BlackBerry, du BlackBerry de Jaime et du BlackBerry de Marino, sans oublier celles de la puce implantée dans la nuque de son bouledogue, pour déterminer où nous sommes, ou plutôt nos téléphones et son chien, avec une précision d'environ trois mètres.

Benton demeurait muet, la regardant au travers de la buée épaisse. Elle se séchait, toujours dans la douche. Une tentative un peu inepte puisque la chaleur de la vapeur d'eau la faisait transpirer.

— L'administration de l'aviation fédérale envisage d'utiliser la même technologie pour les approches et les atterrissages en pilotage automatique, bien sûr…

On aurait dit qu'une autre personne parlait par sa bouche, un être qu'elle ne connaissait pas et qu'elle n'aimait pas. Elle embraya :

— … Peut-être qu'ils l'utilisent avec les drones. Bordel, on s'en fout ! Sauf que mon foutu téléphone sait, lui, où il se trouve à ce foutu instant, même si moi je n'en sais foutre rien et que c'est un jeu d'enfant pour Lucy de le localiser ! Je vais lui envoyer un *e-mail*. Peut-être qu'ainsi elle se décidera à retrouver mon portable…

Elle s'essuya les cheveux, au bord de la crise de larmes, sans trop savoir ce qui motivait celle-ci, et acheva :

— … Peut-être même qu'elle va appeler parce qu'elle s'inquiète un tout petit peu du fait qu'un individu a pu m'envoyer une bombe !

— Kay, je t'en prie, ne te mets pas dans cet état-là…

— Tu sais, je déteste vraiment qu'on me sorte ce genre de choses. J'ai passé ma vie à éviter d'être bouleversée, contrariée, parce que moi, je n'ai pas le droit, bordel ! Eh bien, à cet instant précis, je suis bouleversée et je vais me l'autoriser parce que, de toute façon, il semble que je ne puisse pas faire autrement. Parce que si je le pouvais, je ne serais pas dans cet état-là !

Sa voix tremblait. Elle frissonnait comme si elle avait attrapé un virus. Peut-être qu'elle était en train de tomber malade. Bon nombre des employés de l'institut médico-légal avaient la grippe. Ça traînait un peu partout. Elle ferma les yeux et se laissa aller contre le carrelage humide qui refroidissait.

Elle tenta de se calmer, de repousser la peine et la colère qui l'étouffaient.

— Je lui avais demandé de m'appeler juste avant qu'elles décollent du Vermont. Auparavant, elle le faisait avant chaque départ, ou lorsqu'elle avait atterri, ou simplement pour me dire deux mots.

— Et comment peux-tu être certaine qu'elle n'a pas laissé de message puisque tu ne retrouves pas ton portable ? interrogea Benton de cette voix conciliante qu'il adoptait lorsqu'il cherchait à désamorcer une situation explosive. Retraçons tes mouvements. Te souviens-tu de t'en être servie, l'avoir consulté après avoir quitté l'appartement ?

— Non.

— Mais tu es certaine de l'avoir fourré dans la poche de ton manteau avant de sortir ?

— Je ne suis plus sûre de rien en ce moment !

Elle se souvint qu'elle avait jeté son manteau sur une des chaises de maquillage lorsqu'elle avait discuté avec Alex Bachta. Peut-être l'appareil avait-il glissé à ce moment-là ? Peut-être se trouvait-il toujours sur la chaise ? Elle allait expédier un *e-mail* à Alex, lui demander d'envoyer quelqu'un afin de vérifier et, le cas échéant, de mettre le BlackBerry sous clé jusqu'à ce qu'elle passe le récupérer. Elle détestait cet appareil et elle avait commis une bêtise. Une telle imbécillité qu'elle parvenait à peine à le croire. Le BlackBerry n'était pas protégé par un mot de passe. Toutefois elle ne l'avouerait pas à Benton. Ni à Lucy.

— Lucy va le pister. Au fait, Marino a demandé si tu souhaitais te rendre à Rodman's Neck pour voir ce qu'ils trouvent, du moins si ça t'intéresse. Il a proposé de passer te prendre quand tu voudras. Peut-être à la première heure, vers sept heures. Je t'accompagnerai.

Elle s'enroula dans le drap de bain et posa le pied sur un tapis antidérapant en bambou. Benton, pieds nus, seulement vêtu de son bas de pyjama, était appuyé contre la table de toilette. Elle ne se supportait pas. Elle ne voulait pas se mettre dans cet état. Benton n'avait rien fait pour mériter cela.

— Je pense que nous devrions récolter le maximum d'informations auprès des techniciens du déminage et des labos. Je veux savoir ce que contient au juste ce paquet, qui l'a envoyé et pourquoi, déclara Benton en la regardant, nimbée d'une buée chaude.

— Oui, la boîte de petits gâteaux qu'un de tes patients attentionnés m'a expédiée, ironisa-t-elle.

— Je me demande s'il ne s'agit pas d'un mécanisme à piles, avec une fiole en forme de tube à essai qui contient un liquide sentant l'accélérant de feu.

— Et Marino souhaite que tu viennes aussi ? Pas seulement moi ? Tous les deux ?

Elle se brossa les cheveux, mais le miroir scellé au-dessus du lavabo était couvert de vapeur d'eau.

— Que se passe-t-il, Kay ?

Elle essuya la glace avec un gant de toilette et biaisa :

— Je me demandais juste si Marino avait aussi requis ta présence, nommément.

— Qu'est-ce qui ne va pas ?

Elle se brossait les cheveux, détaillant son reflet dans le miroir.

— Attends, laisse-moi deviner : il ne t'a pas invité. Ou, s'il l'a fait, il n'avait aucune envie que tu acceptes. Et, franchement, cela ne me surprend pas après la façon dont tu l'as traité aujourd'hui. Pendant la conférence téléphonique et, ensuite, dans la voiture.

Benton porta son verre à ses lèvres, bourbon sec sur glaçons, et rétorqua :

— Ne me lance pas là-dessus.

Les arômes du Maker's Mark lui parvenaient, ramenant à sa mémoire une affaire sur laquelle elle avait travaillé il y avait bien longtemps. Un homme brûlé à mort, entouré d'une rivière de feu. Des tonneaux de whisky qui explosaient dans le hangar d'une distillerie prise d'assaut par les flammes.

— Je n'ai été ni amical, ni inamical, se défendit Benton. Pourquoi es-tu de si mauvaise humeur ?

— *Pourquoi ?* s'exclama-t-elle comme s'il s'agissait d'une plaisanterie douteuse.

— Hormis l'évidence.

— J'en ai assez de la guerre froide entre toi et Marino. Inutile de prétendre le contraire. Vous êtes à couteaux tirés.

— Il n'y a pas de guerre.

— De son côté, je veux bien le croire. Et pourtant ce ne fut pas toujours le cas. En toute franchise, il semble avoir dépassé tout cela. Pas toi. Du coup, il se sent attaqué et sa colère monte. C'est tout de même le comble de l'ironie lorsqu'on songe qu'il a eu un gros problème vis-à-vis de toi durant toutes ces années.

— Soyons précis : c'est avec toi qu'il a eu un gros problème.

La patience de Benton s'effilochait. Même lui avait ses limites.

— Je ne suis pas en train de parler de moi. Mais si tu y tiens, en effet, il a eu un problème de taille me concernant. Cependant il s'en est débarrassé.

Benton faisait tournoyer le liquide contenu dans son verre comme s'il ne savait trop quoi en faire. Il admit :

— Je suis d'accord sur le fait qu'il semble aller mieux. Souhaitons que ça dure.

La buée se dissipant, Scarpetta déchiffra la note qu'elle s'était laissée sur le comptoir de granit : « Jaime. Appeler vendredi matin. » Elle aurait fait expédier une orchidée au One Hogan Place, les bureaux de Berger, un présent d'anniversaire un peu tardif. Peut-être une somptueuse Princesse Mikasa. Le bleu saphir était la couleur préférée du procureur.

— Benton, nous sommes mariés. Marino en a parfaitement conscience et il l'a accepté, peut-être avec un certain soulagement d'ailleurs. Selon moi, il est bien plus heureux depuis, il a une relation sérieuse, il a commencé une nouvelle vie.

Elle n'était pas trop sûre de ce qu'elle avançait, ni concernant sa relation avec Bacardi, ni même cette nouvelle vie, pas après avoir perçu sa solitude alors qu'elle était assise à côté de lui dans la voiture. Elle l'imagina passant au garage de l'unité d'urgence, au Two Truck comme il disait, afin de tenir compagnie à un chien récupéré. Au lieu de cela, elle affirma :

— Il est passé à autre chose et tu dois l'imiter. Je veux que ça cesse. Quel que soit l'effort que ça exige de toi, fais-le. Mets-y vraiment un terme. Je vois clair, même si je ne dis rien. Nous sommes tous dans le même bateau.

— Une grande famille aimante !

— C'est exactement ce que je voulais dire. Ton hostilité, ta jalousie. Je veux que ça cesse.

— Bois une gorgée. Tu te sentiras mieux.

— Ah, le ton condescendant, et ça, ça me met en colère !

Sa voix se fit à nouveau heurtée.

— Je ne te traite pas avec condescendance, Kay. De toute façon, tu es déjà en colère. Ça fait même un bon moment que tu es en colère.

— Oui, j'ai le sentiment que tu me parles comme à une petite fille, et non, je ne suis pas en colère depuis longtemps ! Je ne comprends même pas que tu puisses sortir un truc pareil. C'est de la provocation.

Elle ne voulait pas se bagarrer, elle détestait ces conflits. Pourtant elle s'acheminait dans cette direction.

— Je suis désolé si tu as cette impression. C'est faux, je t'assure. Et je ne t'en veux pas de ta colère. La dernière chose que je souhaite, c'est te provoquer.

Il avala une gorgée de son bourbon, examinant le verre, faisant tinter les glaçons.

— L'ennui, c'est que tu ne sais pas pardonner et, en tout cas, tu ne peux rien oublier. C'est la base de ton problème avec Marino. Au bout du compte, tout le monde se retrouve coincé. Il a fait ce qu'il a fait. Il était ivre mort, bourré de substances plus ou moins licites, à cran. Il a commis un acte qu'il n'aurait jamais dû commettre. C'est tout à fait exact. Cela étant, je suis peut-être celle qui devrait refuser de pardonner ou d'oublier ! Je suis la foutue victime, celle qu'il a maltraitée. Mais c'est le passé. Il est désolé. Si désolé qu'il m'évite. Il peut s'écouler des semaines sans qu'il cherche à me joindre. Il est d'une courtoisie excessive lorsqu'il se trouve en ma compagnie, avec nous, presque obséquieux, et tout ce que cela fait, c'est rendre les choses encore moins agréables. Nous ne nous sortirons jamais de ce passé si tu ne fais pas d'efforts. À toi de décider.

— Il est vrai que je n'oublie pas, avoua-t-il, la mine sombre.

— Ce n'est pas très juste lorsqu'on songe à ce que certains d'entre nous ont dû oublier et pardonner, lâcha-t-elle, si secouée qu'elle en était effrayée.

Elle songea qu'elle allait exploser. Son regard noisette posé sur elle, il la scrutait. Il était assis, immobile, attendant ce qui allait suivre.

— Notamment Marino et Lucy. Les secrets que tu les as contraints à dissimuler. C'était affreux pour moi, mais si inique vis-à-vis d'eux. Devoir mentir pour toi. Surtout ne crois pas que j'ai envie de déterrer le passé.

Cependant elle ne pouvait plus se contrôler. Le passé remontait et l'étouffait. Elle déglutit avec peine, tenta de ravaler le passé, de lui interdire de sortir de sa gorge en éclaboussant leurs deux vies.

Il la regardait, une infinie tristesse mêlée de tendresse dans les yeux. La sueur dévala de son cou, dégoulinant dans sa toison pectorale, se perdant le long de son ventre, trempant la ceinture du pantalon de pyjama gris qu'elle lui avait offert. Il était mince, une silhouette bien découpée. C'était toujours un bel homme, remarquable, avec ces muscles et cette peau fermes. Une moiteur de serre régnait dans la salle de bains, résultat de la longue douche qui ne l'avait pas aidée à se sentir mieux, plus saine, moins répugnante, moins stupide. L'impuissance l'avait gagnée. Elle ne parvenait pas à se laver de l'odeur étrange du paquet, ni de l'émission de Carley Crispin, ni de l'auvent de CNN, de rien.

Sa voix tremblait lorsqu'elle demanda :

— Eh bien, as-tu quelque chose à dire ?

— Tu sais fort bien de quoi il s'agit, répondit-il en se levant.

Les larmes affluèrent aux yeux de Scarpetta, qui affirma :

— Je ne veux pas qu'on se dispute. Je dois être fatiguée. C'est tout. C'est la fatigue. Je suis désolée d'être si fatiguée.

— Le système olfactif est une des zones les plus primitives de notre cerveau. Il envoie des informations qui gouvernent des émotions, qui attisent notre mémoire, altèrent notre comportement. (Il était passé derrière elle et lui enserrait la taille de ses bras, tous deux regardant leur reflet dans le miroir embué.) Les molécules odorantes stimulent toutes sortes de récepteurs. (Il lui embrassa la nuque, la serrant contre lui.) Dis-moi ce que tu as senti. Donne-moi tous les détails possibles.

Leurs contours dans la glace étaient maintenant totalement dilués et les larmes s'accumulaient sous les paupières de Scarpetta.

— Du bitume chaud. Le pétrole. Des allumettes enflammées. De la chair humaine carbonisée.

Il attrapa une serviette sèche et lui essuya les cheveux, massant son cuir chevelu.

— Je ne sais pas au juste quoi, hésita-t-elle.

— L'important n'est pas que tu saches. Ce qui compte, c'est ce que cela a éveillé en toi.

— Quelle que soit la personne qui a laissé ce paquet, elle a obtenu ce qu'elle espérait, dit-elle. Il s'agissait bien d'une bombe, même si ce n'est pas un engin explosif.

CHAPITRE 11

Lucy fit passer l'hélicoptère Bell 407 en vol stationnaire, en attendant l'autorisation de se poser. Les bourrasques de vent giflaient l'appareil alors qu'elle attendait que la tour de contrôle la dirige vers la terre ferme.

— Ah non, pas encore ! dit-elle à Berger, installée à son côté sur le siège du copilote, parce qu'elle n'était pas du genre à accepter la banquette arrière si elle pouvait faire autrement. Je ne peux pas croire qu'ils aient encore collé ce foutu chariot-plate-forme à cet endroit !

La piste ouest de l'aéroport de Westchester County était encombrée d'avions garés, certains de taille très modeste, équipés d'un seul moteur, d'autres assez expérimentaux, construits par des amateurs passionnés, en passant par des avions de dimensions intermédiaires comme le Challenger, sans oublier un long courrier Boeing Business Jet. Lucy se contraignit au calme, l'énervement et le pilotage ne faisant pas bon ménage. Cela étant, il lui en fallait peu pour s'échauffer. Elle était versatile, ne pouvait pas rester en place et détestait ces traits de caractère chez elle. Mais détester une chose ne l'a jamais fait disparaître, et elle ne parvenait pas à se débarrasser de sa colère. En dépit de tous ses efforts pour la maîtriser, aidés par les bonnes choses survenues dans sa vie, des événements heureux, la colère venait de ressortir de son trou, peut-être encore plus instable qu'auparavant, ayant profité de tout le temps qu'elle avait été ignorée, négligée. Pas disparue. Même si Lucy avait voulu s'en convaincre.

— Personne n'est plus intelligent et physiquement doué que toi, aimait à répéter sa tante. Pourquoi es-tu exaspérée en permanence ?

Maintenant, c'était au tour de Berger de lui faire le même reproche. Berger et Scarpetta adoptant les mêmes mots. Le même langage, la même logique, au point qu'on aurait cru qu'elles communiquaient grâce aux mêmes ondes.

Lucy calcula la meilleure approche jusqu'au chariot qui lui était réservé, la petite plate-forme en bois montée sur roues, garée trop près des autres engins, sa barre de remorquage orientée dans le mauvais sens. La meilleure solution consistait en un vol stationnaire à assez haute altitude, entre l'extrémité des ailes du Learjet et le King Air garé à dix heures. Ils supporteraient bien mieux le déplacement d'air dû aux pales que les petits coucous. Ensuite, directement au-dessus de son chariot, selon un angle beaucoup plus raide qu'elle ne l'aurait souhaité, à quoi il convenait d'ajouter qu'elle allait devoir atterrir avec un vent arrière qui soufflait à vingt-huit nœuds. Du moins si le contrôleur aérien s'occupait un peu d'elle. Avec cet important vent arrière, il allait falloir négocier avec la puissance du moteur, se poser sans grâce et sans douceur, et les gaz d'échappement refouleraient dans la cabine. Berger s'en plaindrait, elle aurait l'une de ses migraines, et elle refuserait de voler avec Lucy avant un moment. Encore une chose qu'elles ne feraient pas ensemble.

— C'est délibéré, pesta Lucy dans l'interphone. Je vais relever son nom et son numéro.

Ses bras et ses jambes étaient tendus, ses pieds et ses mains fermes sur les commandes. Elle bagarrait contre l'appareil pour qu'il reste immobile, ne change pas de position, à une dizaine de mètres du sol.

La voix de Berger résonna dans ses écouteurs :

— Ce n'est pas la tour qui décide de l'endroit où on gare les chariots-plates-formes.

L'attention de Lucy s'était focalisée à l'extérieur du pare-brise. Elle scruta les formes sombres des avions, une multitude d'appareils, remarquant les cordes nouées aux anneaux scellés dans le ciment de la piste, enroulées sur elles-mêmes, leurs extrémités effilochées frémissant dans la lumière de son projecteur NightSun de vingt millions de bougies.

— Tu l'as entendu. Il m'a dit de suivre Echo Route. C'est exactement ce que j'ai fait. Je n'ai pas outrepassé ses instructions. Il se paie ma tête.

— La tour de contrôle a d'autres choses plus urgentes à surveiller que les endroits où l'on gare les plates-formes.

— Sauf qu'il peut faire ce qu'il veut.

— Laisse tomber. Ça ne vaut pas le coup.

Le timbre onctueux mais ferme de Berger, évoquant un bois dur. Le bois de fer de la forêt tropicale, l'acajou, le teck. Magnifique mais inflexible, blessant.

— Il se passe un truc à chaque fois qu'il est à son poste. C'est personnel.

Lucy contrôlait le vol stationnaire, scrutant les environs, prenant garde à ne pas dériver.

— Ça n'a aucune importance, laisse tomber, conseilla Berger, retrouvant ses réflexes d'avocate.

Lucy se sentit injustement accusée, elle ne savait trop de quoi. Elle avait l'impression d'être sous contrôle, jugée, mais là encore elle ignorait d'où lui venait cette impression. L'impression que lui donnait sa tante. Que tout le monde lui donnait. Même lorsque sa tante certifiait qu'elle n'était ni dans le jugement, ni dans le contrôle, Lucy avait le sentiment du contraire. Peu d'années séparaient Berger et Scarpetta, c'est-à-dire une génération par rapport à Lucy. Une génération si différente au cours de laquelle la civilisation s'était radicalement modifiée. Elle n'avait jamais pensé que cela posait problème, bien au contraire. Du moins avait-elle trouvé un être qui commandait le respect, puissant, talentueux, jamais ennuyeux.

Jaime Berger était fascinante avec ses courts cheveux châtain foncé, ses traits élégants, un pur-sang qui avait pris grand soin de lui-même. Elle était éblouissante, vraiment, en plus de posséder une stupéfiante intelligence. Lucy aimait son apparence, ses gestes, la façon dont elle s'exprimait. Elle aimait sa manière de s'habiller, ses tailleurs, ses ensembles en velours ou en jean, son foutu manteau de fourrure si politiquement incorrect. La jeune femme avait encore du mal à croire qu'elle avait enfin obtenu ce qu'elle avait toujours voulu, toujours rêvé. Certes, cela n'avait rien de parfait. C'en était même assez loin, et elle ne comprenait pas ce qui s'était passé. Ça faisait à peine un an qu'elles étaient ensemble et les dernières semaines avaient été affreuses.

Enfonçant le bouton de transmission du cyclique, elle annonça par l'intermédiaire de la radio :

— Hélicoptère niner-lima-foxtrot, toujours en attente.

Après un long silence, la voix trop empressée se déversa dans ses écouteurs :

— Hélicoptère, vous avez été devancé. Répétez la requête.

— Hélicoptère niner-lima-foxtrot, toujours en attente, s'exécuta Lucy d'un ton sec.

Elle relâcha le bouton de transmission et déclara au profit de Berger :

— Non, je n'ai pas été devancée. Où tu vois un autre appareil dans les parages ?

Jaime Berger ne répondit pas et Lucy évita de la regarder, évita de regarder autre chose que le pare-brise. Un des gros avantages du pilotage : elle n'avait à regarder personne lorsqu'elle était en colère ou blessée. Aucune bonne action ne reste impunie. Combien de fois Marino lui avait-il seriné cette phrase, à ceci près qu'il n'utilisait pas le terme « bonne action », mais « service ». Aucun service ne reste impuni. Il le lui répétait depuis qu'elle était enfant et qu'elle ne le lâchait pas, lui tapant sur les nerfs. En ce moment précis, elle avait l'impression que le grand flic était son seul ami. Incroyable. Pas si longtemps auparavant, elle avait voulu lui tirer une balle dans la tête. Ce qu'elle avait fait à son ordure de fils – un fugitif recherché par Interpol pour meurtre – alors qu'il était assis sur une chaise, dans la chambre 511 de l'hôtel Radisson à Szczecin, en Pologne. Parfois, sans raison apparente, le souvenir de Rocco Junior lui traversait l'esprit. Il transpirait, grelottait de peur, les yeux exorbités. Des plateaux sur lesquels pourrissaient des restes de repas traînant un peu partout dans la chambre. L'air empestait parce qu'il s'était fait dessous. Il avait supplié. Lorsqu'il avait compris que cela ne marcherait pas, il avait tenté de la soudoyer. Après tout ce qu'il avait infligé à des innocents, il avait supplié pour une seconde chance, demandé grâce, puis proposé de l'argent en échange de sa vie.

Aucune bonne action ne reste impunie. Mais, ce jour-là, Lucy n'avait pas l'intention de commettre une bonne action. Si elle avait été charitable, si elle avait laissé la vie sauve à Rocco, il aurait abattu son flic de père, un contrat, une rétribution. Peter Rocco Marino Junior avait changé son nom en Caggiano tant il exécrait son père. Mais le petit Rocco, la brebis galeuse, avait des ordres, un plan précis afin d'éliminer son père de sang-froid quand celui-ci profiterait de sa partie de pêche annuelle, ne se mêlant des affaires de personne, dans sa cabane de pêcheurs de Buggs Lake. Rocco devait faire passer cela pour un cambriolage qui aurait mal tourné. *Réfléchis mieux que cela, petit Rocco.* Lorsque Lucy était ressortie de l'hôtel, les oreilles encore bourdonnantes de la détonation, elle n'avait ressenti que du soulagement. Pas tout à fait. Il s'agissait d'un sujet que ni elle ni Marino n'abordaient jamais. Elle avait tué son fils, une exécution judicieuse qui ressemblait à un suicide, une opération secrète, son boulot, la chose à faire. Cela étant, il s'agissait quand même du fils de Marino, son unique enfant, la dernière branche de sa famille, du moins à ce qu'elle en savait.

La voix du contrôleur aérien résonna dans ses écouteurs :

— Niner-lima-foxtrot, en attente.

Sale enfoiré ! Lucy l'imagina assis dans la salle de contrôle obscure, un petit sourire suffisant aux lèvres, la regardant du haut de sa tour.

— Niner-lima-foxtrot, confirma-t-elle.

Puis, s'adressant à Berger :

— Il me fait le même coup que la dernière fois. Il veut m'emmerder.

— Ne t'énerve pas.

— Je devrais demander son numéro de téléphone. Je vais découvrir qui est cet enfoiré.

— Tu es en train de t'énerver.

— Ils ont intérêt à ne pas avoir perdu ma voiture ou l'avoir abîmée !

— La tour n'a rien à voir avec ça.

— J'espère que tu as de l'influence auprès de la police routière. Il va falloir que j'enfonce l'accélérateur. On ne peut pas être en retard.

— C'était une mauvaise idée. Nous aurions dû planifier ce voyage à un autre moment.

— Un autre moment, ce n'était plus ton anniversaire, rétorqua Lucy.

Elle n'allait pas se laisser piquer au vif, pas alors qu'elle tentait de descendre en affichant une puissance à quatre-vingt-dix pour cent, un vent de travers fouettant l'arceau de queue de l'appareil, le faisant tourner tandis qu'elle le maintenait stable à l'aide du palonnier, apportant de petites corrections grâce au collectif et au cyclique. Berger l'admettait, laissait sortir la vérité : elle n'avait eu aucune envie de partir dans le Vermont pour célébrer son anniversaire. Non pas que Lucy ait eu besoin de cette confirmation. Elle était restée assise seule devant la cheminée, regardant les lumières de Stowe, admirant la neige. Berger était si distante, si préoccupée. Elle aurait tout aussi bien pu se trouver au Nouveau-Mexique. En tant que chef de l'unité chargée des crimes sexuels auprès du procureur général du comté de New York, elle supervisait les enquêtes sur ce qui se révélait toujours être les crimes les plus haineux des cinq districts. Quelques heures après la disparition d'Hannah Starr, les forces de police avaient opté pour l'hypothèse du meurtre, peut-être sexuel. Après trois semaines de travail, Berger en était arrivée à une théorie très différente, notamment grâce à Lucy et à ses compétences en informatique légale. La récompense de Lucy ? Berger ne pensait presque plus qu'à cela. Et puis il avait fallu que cette joggeuse soit assassinée. Une escapade que Lucy avait planifiée depuis des mois. Complètement ratée. Une autre bonne action punie.

Lucy, envahie par ses préoccupations, ses émotions, avait dégusté un chablis grand cru, installée devant la cheminée, tout en remâchant ses sombres pensées, des pensées très noires, d'affreuses pensées au sujet d'erreurs qu'elle avait commises, principalement avec Hannah Starr. Lucy était incapable de pardonner, ne parvenait pas à s'en dépêtrer, si furieuse et secouée par la haine qu'elle avait presque l'impression d'être atteinte d'une maladie, une sorte d'immense fatigue chronique. Les sombres pensées ne la quittaient plus, la rendant terriblement malheureuse. Mais elle les gardait pour elle. Berger n'était pas au courant. Elle ne pouvait pas comprendre ce qui habitait Lucy. Des années de missions d'infiltration pour le FBI, l'ATF, des enquêtes paramilitaires ou privées avaient permis à Lucy de contrôler ce qu'elle révélait, ce qu'elle taisait. Il fallait manifester une parfaite maîtrise lorsqu'un tic nerveux, une crispation du visage, si minime soit-elle, ou même un simple geste pouvait faire avorter un plan ou vous faire descendre.

Objectivement et d'un strict point de vue déontologique, elle n'aurait jamais dû accepter d'analyser le cas Hannah Starr grâce à ses outils informatiques. À l'évidence, elle devrait aujourd'hui se récuser mais n'en avait pas l'intention, sachant ce qu'Hannah avait fait, en toute connaissance de cause. Au fond, Lucy était la personne idéale pour s'occuper d'une telle dissimulation. Elle partageait une histoire commune avec Hannah Starr. Une histoire bien plus dévastatrice qu'elle ne l'avait imaginé avant de commencer à restaurer les fichiers électroniques et les comptes de messagerie de la garce trop gâtée. Jour après jour, assise devant ses ordinateurs, elle avait pris connaissance des *e-mails* que lui envoyait toujours Bobby, son mari chéri. Et plus Lucy découvrait de choses, plus son mépris, plus sa rage justifiée enflaient. Elle n'arrêterait plus maintenant. Personne ne l'y contraindrait.

Elle maintenait le vol stationnaire au-dessus de la ligne jaune d'attente, écoutant le contrôleur aérien diriger un pauvre pilote d'Hawker en le baladant d'un endroit à l'autre. Mais qu'est-ce qui ne tournait pas rond chez les gens ? Lorsque l'économie avait commencé de plonger, le monde semblant se désintégrer, Lucy avait cru que les gens allaient peut-être se conduire mieux, comme après le 11 Septembre. Même si on ne devient pas des saints, on prend peur en de telles circonstances et on passe en mode de survie. Les chances de survie sont améliorées si on se conduit de façon civilisée et si on ne s'acharne pas à emmerder les autres alors qu'il n'y a rien à y gagner. À l'exemple de cet abruti de contrôleur aérien. Il ne gagnait rien à pourrir la vie de Lucy ou celle des autres pilotes, et il ne le faisait que parce qu'il pouvait rester anonyme dans sa tour de contrôle, l'enfoiré de pétochard ! Elle était tentée par l'idée d'une confrontation, aller jusqu'à la tour, sonner au bouton d'interphone qui protégeait la porte extérieure. Quelqu'un la laisserait entrer. Les employés de la tour de contrôle savaient très bien qui elle était. *Bordel ! Calme-toi.* De surcroît, elle n'avait pas le temps.

Lorsqu'elle mettrait l'appareil à l'arrêt, elle n'attendrait pas le camion de ravitaillement de carburant. Ça allait prendre des heures, et de la façon dont les choses étaient engagées, si ça se trouvait, le camion ne viendrait jamais. Elle bouclerait tout, récupérerait sa voiture et foncerait jusqu'à Manhattan. Elles arriveraient au Village, dans son loft, à une heure et demie, si l'on excluait d'autres retards imprévus. Peu de temps restant avant cette entrevue de deux heures du matin, une opportunité qui ne se représenterait jamais, une entrevue qui pouvait les mener jusqu'à Hannah, dont la disparition avait conquis l'imagination morbide du public depuis cette veille de Thanksgiving, lorsqu'on l'avait prétendument aperçue monter à l'arrière d'un taxi jaune dans Barrow Street. Ironie du sort, la rue en question n'était qu'à quelques pâtés de maisons du loft de Lucy, ainsi que le lui avait fait remarquer Berger à plusieurs reprises. « Et tu étais chez toi cette nuit-là. C'est vraiment dommage que tu n'aies rien vu. »

— Hélicoptère niner-lima-foxtrot ? débita la voix du contrôleur par radio. Vous pouvez avancer vers la piste. L'atterrissage se fait à vos risques et périls. Si vous connaissez mal l'aéroport, vous devez nous en informer.

— Niner-lima-foxtrot, répéta Lucy du ton plat qu'elle adoptait lorsqu'elle se débarrassait de quelqu'un ou l'en menaçait.

Elle poussa l'appareil dans la direction indiquée.

Elle tournoya aux abords de la piste, entreprit sa descente verticalement et se posa sur son chariot-plate-forme, coincé entre un hélicoptère Robinson qui lui faisait penser à une libellule et un Gulfstream Jet qui lui évoquait Hannah Starr. Le vent s'empara de la queue et les gaz d'échappement enfumèrent la cabine.

— Mal connaître l'aéroport ? (Lucy bascula la manette des gaz en position ralenti et éteignit l'avertisseur sonore de bas régime rotor.) Je connais mal l'aéroport ? Tu as entendu ça ? Il est en train de me faire passer pour un pilote lamentable.

Environnée de l'odeur entêtante des gaz, Berger demeura silencieuse.

— Et il me refait le coup à chaque fois, s'énerva Lucy en levant la main pour éteindre les interrupteurs situés au-dessus de sa tête. Je suis désolée pour les gaz d'échappement. Ça va ? Il faut attendre encore deux minutes. Vraiment désolée.

Il ne fallait pas qu'elle laisse passer ça. Elle devait exiger une explication de ce type.

Berger ôta ses écouteurs et approcha le visage de la vitre avant de l'entrouvrir.

— C'est encore pire avec la vitre ouverte, lui rappela Lucy.

Elle devrait foncer jusqu'à la tour de contrôle, emprunter l'ascenseur jusqu'à la salle et lui tomber dessus devant tous ses collègues.

Elle surveilla sur l'horloge digitale les secondes qui s'écoulaient. Encore un peu plus de cinquante à attendre. Son anxiété et sa colère montèrent. Elle allait demander le nom de ce fichu contrôleur aérien et ne pas se laisser faire. Quels étaient ses torts à l'égard de ce type, ou d'ailleurs de tous ceux qui travaillaient en haut de la tour, si ce n'est se montrer courtoise, ne s'occuper que de ses affaires, donner de généreux pourboires et acquitter tous les frais qu'elle devait ? Encore trente et une secondes de patience. Elle ne le connaissait pas, pas plus que son nom. Elle était toujours restée professionnelle avec lui lors de leurs échanges radio, en dépit de sa grossièreté à lui, une grossièreté dont tout le monde bénéficiait. *Bien. S'il veut la bagarre, il va l'avoir !* Il n'avait aucune idée de la personne avec qui il allait se colleter.

Lucy envoya un message radio à la tour. Le même contrôleur lui répondit.

— Le nom de votre superviseur ? exigea-t-elle.

Il le lui donna, n'ayant pas d'autre choix en raison des règlements de l'aviation fédérale. Elle l'inscrivit sur la plaquette de bord. Qu'il panique un peu. Qu'il en transpire. Elle envoya ensuite un autre message à la compagnie de services de l'aéroport pour ordonner que l'on sorte sa voiture et que l'on remorque son hélicoptère jusqu'à un hangar. Elle se demanda si sa prochaine mauvaise surprise ne serait pas des dommages occasionnés à sa Ferrari. Peut-être encore un sale coup du contrôleur aérien. Elle coupa l'arrivée des gaz et fit taire à nouveau l'avertisseur sonore de bas régime rotor. Elle retira ses écouteurs et les suspendit à leur crochet.

— Je sors, déclara Berger dans l'obscurité du cockpit empuanti. Il est inutile de chercher le conflit.

Lucy tendit la main vers le frein du rotor et l'abaissa en prévenant :

— Attends que j'arrête les pales. Souviens-toi que nous sommes sur un chariot-plate-forme, pas sur la terre ferme. Ne l'oublie pas quand tu descendras. Encore quelques secondes de patience.

Berger déboucla son harnais de vol pendant que Lucy terminait toutes les manœuvres d'arrêt de l'appareil. Elle s'assura que les gaz étaient à zéro et bascula l'interrupteur de la batterie. Elles descendirent de l'hélicoptère, Lucy récupérant leurs sacs et verrouillant les portes. Berger ne l'attendit pas. Elle se dirigea vers le bureau de la compagnie de services, progressant d'un pas vif entre les appareils garés, esquivant les cordes attachées aux anneaux, évitant un camion de carburant, sa silhouette mince emmitouflée dans son manteau de fourrure s'amenuisant pour disparaître tout à fait. Lucy connaissait la routine. Berger allait se précipiter dans les toilettes des dames, avaler quatre Advil ou un Zomig et se passer le visage sous l'eau fraîche. En d'autres circonstances, elle ne serait pas montée en voiture tout de suite. Elle se serait accordé quelques instants pour se remettre en faisant quelques pas pour profiter de l'air frais. Mais le temps faisait défaut.

Si elles n'étaient pas chez Lucy, dans son loft, à deux heures du matin, Hap Judd s'affolerait. Il disparaîtrait et ne recontacterait plus jamais Berger. Il n'était pas le genre à tolérer des excuses, excuses dans lesquelles il verrait immédiatement une ruse. On était en train de lui tendre un piège, les *paparazzi* étaient en planque au coin de la rue, voilà ce qu'il s'imaginerait parce qu'il était complètement paranoïaque et encore plus coupable. Il les laisserait en plan. Il prendrait un avocat, et même le plus crétin d'entre eux lui conseillerait de se taire. Du coup, leur piste la plus prometteuse partirait en fumée. On ne retrouverait jamais Hannah Starr. Or il le fallait, ne serait-ce que pour que justice soit faite. Pas pour elle. Elle ne méritait rien et surtout pas ce qu'elle avait refusé aux autres. Quelle blague ! Le public n'avait pas la moindre idée de qui elle était. Ce foutu monde éprouvait de la peine pour elle.

Lucy n'avait jamais éprouvé de la compassion à son endroit. Toutefois elle n'avait su exactement ce qu'elle ressentait pour Hannah Starr que trois semaines auparavant, exactement. Au moment où sa disparition avait été signalée, Lucy avait compris dans le détail tous les dégâts que cette femme pouvait provoquer et, de fait, avait provoqués. Mais elle n'avait pas encore déduit que tout avait été délibéré. Sur le coup, Lucy avait blâmé la malchance, le marché, la récession économique et le conseil malavisé d'une personne superficielle, un conseil qui s'était soldé par un échec cuisant. Jamais elle n'avait pensé qu'Hannah avait commis un acte malveillant et prémédité. Faux. Complètement faux. Hannah Starr était diabolique, malfaisante. Si seulement Lucy avait écouté un peu plus son instinct ! En effet, elle s'en rendait compte aujourd'hui, l'impression viscérale qu'avait produite Hannah sur elle lorsqu'elles s'étaient rencontrées en Floride n'était pas favorable, du tout. Hannah était polie, charmante, presque séductrice, mais autre chose était tapi sous ce masque. Peut-être était-ce la façon dont elle ne cessait d'observer les bateaux de luxe qui slalomaient dans le hurlement exaspérant de leurs moteurs, juste sous la terrasse de son somptueux appartement de North Miami Beach, des vrombissements si puissants que Lucy parvenait à peine à comprendre ce que lui disait cette femme. La cupidité. Une cupidité sans fond. Et le goût de la compétition.

—Je suis sûre que vous possédez un bateau de ce genre garé quelque part.

La voix d'Hannah, rauque et sexy, alors qu'un 46 Rider XP, triple coque, moteurs d'au moins neuf cent cinquante chevaux chacun, filait vers le large, abandonnant un panache sonore qui ressemblait à celui d'une Harley lancée pleins gaz, du moins lorsqu'on était proche de son pot d'échappement.

— Les hors-bord ultra-rapides ne sont pas trop mon truc, lui avait avoué Lucy, ce qui était vrai.

— Sans blague ? Vous et toutes vos machines ? Je me souviens pourtant que les voitures de mon père vous faisaient saliver. Vous étiez la seule qu'il autorisait à conduire son Enzo. Je n'en revenais pas. Vous étiez encore une gosse. J'aurais pensé qu'un bateau-cigarette était tout à fait dans votre genre.

— Pas du tout.

— Moi qui croyais vous connaître !

— Ils ne pourraient me conduire nulle part où j'ai besoin d'aller, sauf si je menais une double vie, un passé trouble de trafiquante de drogue ou d'acolyte de la mafia russe.

— Double vie ? Passé trouble ? Dites-moi tout !

— Je n'en ai pas.

— Ah, mon Dieu, regardez ça !

Un autre bateau fonçait dans un rugissement de moteurs, fendant l'eau en laissant derrière lui un sillage de dentelle d'écume, quittant l'Intercoastal, ce réseau de canaux de cinq mille kilomètres de long, filant sous le pont pour rejoindre l'Atlantique.

— Une autre de mes ambitions : en avoir un aussi. Je ne parle pas du passé trouble. Le bateau me suffira !

— Si vous en venez là, mieux vaut que je ne l'apprenne pas. Je ne parle pas du bateau, avait plaisanté Lucy.

— Oh, pas moi, chérie. Ma vie est un livre ouvert.

La bague Arts déco en diamant que portait Hannah avait scintillé dans le soleil lorsqu'elle s'était appuyée à la balustrade afin de contempler la mer bleu-vert, le ciel bleu pastel, la longue langue de plage au sable gris pâle semée de parasols roulés qui ressemblaient à des sucettes plantées droit, et les palmiers dont l'extrémité des feuilles commençait à jaunir.

Lucy se souvint d'avoir songé à cet instant qu'Hannah semblait tout droit sortie d'une pub vantant un cinq-étoiles, vêtue de son ensemble de prêt-à-porter Ungaro en soie, belle et blonde, juste assez pulpeuse pour être sexy, juste assez âgée pour être convaincante dans son rôle de super-expert de la finance. Quarante ans et parfaite. L'une de ces personnes précieuses et rares, indemnes de vulgarité, préservées des épreuves, de toutes les laideurs du monde. L'une de ces personnes que Lucy évitait lorsqu'elle assistait aux fastueux dîners et réceptions que donnait son père, Rupert Starr. Hannah lui avait paru incapable de commettre un acte répréhensible, pour au moins une évidente raison : elle n'avait pas besoin de vivre dans quelque chose d'aussi peu ragoûtant qu'une existence fondée sur le mensonge, ni de plumer les gens. Lucy s'était lourdement trompée lorsqu'elle avait déchiffré le fameux « livre ouvert » d'Hannah, tellement mal lu qu'elle s'était exposée à des dommages dévastateurs. Elle avait pris une claque qui se chiffrait en milliards, juste à cause d'un « conseil malavisé ». Un mensonge en amène un autre, et Lucy était maintenant contrainte d'en vivre un, en dépit du fait qu'elle avait sa propre définition du verbe « mentir ». Au fond, il ne s'agissait pas véritablement d'un mensonge s'il menait à la vérité.

Elle s'immobilisa au milieu de la passerelle et tenta de contacter Marino. À cet instant précis, il devait être en surveillance, pistant Hap Judd dans ses moindres déplacements, s'assurant qu'il n'allait pas leur poser un lapin après ses atermoiements de coquette, son exigence de les rencontrer au beau milieu de la nuit pour qu'on ne risque pas de le reconnaître. Il redoutait qu'un entrefilet ne paraisse en page six du *Post* ou sur Internet. Il aurait sans doute dû y penser avant d'envoyer sur les roses Jaime et ses homologues, lorsqu'elle avait tenté de le joindre la première fois, trois semaines plus tôt. Il aurait certainement dû y penser avant de se répandre au profit d'un étranger qui, manque de chance pour Hap, n'était autre qu'un ami de Lucy, un indic.

— C'est toi ? demanda la voix de Marino par l'intermédiaire de son écouteur sans fil. Je commençais à me faire de la bile. J'ai eu peur que vous décidiez de rendre visite à John Denver, le chanteur qui s'est crashé en Californie.

Lucy ne rit pas, pas même un sourire. Elle ne plaisantait jamais au sujet des pilotes qui s'étaient écrasés. Les avions, les hélicoptères, les navettes spatiales et même les voitures ou les motos : pas drôle !

—Je t'ai expédié un MapQuest de l'itinéraire le plus court, reprit Marino alors qu'elle progressait sur le tarmac, l'épaule alourdie par les sacs de voyage. Je sais que ta voiture de sport est pas équipée d'un GPS.

— Pourquoi j'aurais besoin d'un fichu GPS pour rentrer chez moi ?

— Des routes ont été coupées, la circulation a été déviée à cause d'un petit incident que j'ai préféré ne pas mentionner quand tu étais dans les airs, dans ce piège de métal. En plus, le paquet est avec toi, ajouta-t-il en faisant référence à Berger, sa patronne. Tu te perds ou t'es retardée, tu es en retard pour ton rendez-vous de deux heures du matin et, à ton avis, qui prend ? Elle va déjà être furibarde quand elle va s'apercevoir que je rapplique pas.

— Pas du tout ? C'est encore mieux, commenta Lucy.

Elle lui avait juste demandé de ne pas se précipiter, d'avoir trente à quarante minutes de retard pour qu'elle ait le temps de cuisiner Hap Judd. En effet, si Marino avait été présent dès le début de l'entrevue, elle n'aurait pas pu manœuvrer ainsi qu'elle le souhaitait. Or ce qu'elle souhaitait s'apparentait à un laminage. Lucy possédait un don certain pour les interrogatoires, et elle avait la ferme intention d'apprendre ce qu'elle cherchait afin de mener les choses à bien.

— T'as entendu les infos ?

— Quand nous nous sommes arrêtées pour le ravitaillement en carburant. Bon, nous avons appris ce qui traîne maintenant partout sur Internet, ce lien avec un taxi jaune, la similitude entre Hannah Starr et la joggeuse, déclara-t-elle, certaine qu'il voulait en venir là.

— T'as pas pris connaissance des synthèses de l'OEM ?

— Certainement pas. Pas eu le temps. J'ai été déroutée à deux reprises. Un des aéroports était à court de carburant, l'autre n'avait pas été déneigé. Que se passe-t-il ?

— Un paquet FedEx a été livré à ta tante, chez elle. Tout va bien, mais tu devrais l'appeler.

Lucy pila.

— Un paquet FedEx ? Comment ça ?

— On sait pas ce qu'il y a dedans. Ça pourrait avoir un lien avec une patiente de Benton. Une fondue qui a envoyé un petit cadeau de Noël à la Doc. Sauf que le traîneau du Père Noël a dû l'emmener jusqu'à Rodman's Neck. Ils ont pris la route y a moins d'une heure et ils se dirigent vers toi. Jusqu'à la voie express Cross Bronx que tu vas traverser en sortant de White Plains. C'est pour ça que je t'ai envoyé une carte. Je te fais passer par l'est du Bronx, au cas où.

— Merde ! Quel agent de la brigade de déminage s'en est occupé ? Je contacterai la personne en question.

Le sixième commissariat, le quartier général de la brigade de déminage, se trouvait au Village, non loin du loft de Lucy. Elle connaissait certains de ses techniciens.

— C'est trop gentil, super-agent de l'ATF. Mais le département de police de New York devrait être capable de se débrouiller sans ton aide. Te panique pas, je fais ce qu'il faut. La Doc te racontera tout. Elle va bien. La même timbrée de Benton pourrait avoir des liens avec Hollywood, déballa Marino en utilisant le petit surnom sarcastique qu'il avait attribué à Hap Judd. Je vais voir ce que je peux déterrer au CCTR. Cela étant, peut-être que tu pourrais aborder le sujet. Son nom est Dodie Hodge. Une patiente psychiatrique au McLean's.

Lucy reprit sa marche.

— Et pour quelle raison le connaîtrait-elle ?

— Ça pourrait être du pipeau, une autre facette de son délire, d'accord. D'un autre côté, y a eu cet incident dans l'immeuble de ta tante, donc peut-être que tu devrais demander des précisions à Hollywood au sujet de cette femme. Je vais sans doute passer toute la nuit au CCTR. Explique-le à la patronne. J'ai pas envie qu'elle m'en veuille, mais c'est important. J'ai bien l'intention d'y voir clair avant qu'un truc plus grave arrive.

— Vous êtes où, là ? À TriBeCa, à Manhattan ?

Lucy slaloma entre les ailes des appareils au sol, prenant garde d'éviter tout ce qui en dépassait comme des nageoires, notamment les antennes dressées qui pouvaient arracher l'œil d'un imprudent. Elle avait un jour vu un pilote qui buvait un café, absorbé dans sa conversation téléphonique, foncer droit vers le tranchant de l'aileron de son Junker. Ça lui avait ouvert le crâne.

— Je me suis baladé devant chez Hollywood y a quelques minutes, en me rendant au centre-ville. On dirait bien qu'il est chez lui. Bonne nouvelle. Ça veut peut-être dire qu'il se pointera.

— Vous devriez le filer, vous assurer qu'il viendra. C'était notre plan.

Lucy détestait dépendre d'autres personnes. Foutu temps ! Si elle avait pu rentrer plus tôt, elle aurait elle-même pisté Hap Judd pour s'assurer qu'il ne leur poserait pas un lapin.

— J'ai des choses plus importantes à faire en ce moment que coller au derrière d'un pervers qui pense qu'il est le nouveau James Dean. Appelle si tu es déroutée et que tu te paumes, chère Amelia Earhart !

Lucy raccrocha et reprit sa progression. Elle songea à téléphoner à sa tante, puis repensa au numéro qu'elle avait griffonné dans l'hélicoptère. Peut-être devrait-elle contacter le superviseur avant de quitter l'aéroport ? Peut-être valait-il mieux attendre demain, téléphoner au directeur ou, mieux, se plaindre auprès de l'aviation fédérale et envoyer le gars en stage de remise à niveau ? Elle bouillait en repensant à ce qu'il lui avait balancé en utilisant la fréquence radio commune à la tour de contrôle, de sorte que tous entendent qu'il la soupçonnait d'être une pilote minable incapable de s'orienter dans un aéroport qu'elle empruntait plusieurs fois par semaine.

Son hélicoptère et son avion Citation X étaient dans leurs hangars, bordel ! Et s'il s'agissait de son véritable mobile ? La rabaisser d'un cran ou deux, lui mettre le nez dedans, parce qu'il avait entendu des rumeurs ou parce qu'il y allait de suppositions sur ce qui avait pu lui arriver au cours de ce que tous appelaient « la pire débâcle financière depuis les années trente ». Néanmoins, le krach de Wall Street n'était pas à l'origine des pires dégâts dans le cas de Lucy. Hannah Starr s'en était chargée. Un service, un cadeau que son père Rupe aurait aimé que Lucy reçoive. Un présent de départ. Alors qu'Hannah sortait avec Bobby, ce n'était que Lucy par-ci, Lucy par-là.

— Il pensait que vous étiez un deuxième Einstein. Einstein en joli, mais un garçon manqué quand même. Il vous adorait, avait affirmé Hannah moins de six mois auparavant.

Séductrice ou comédienne, Lucy n'aurait juré de rien, ignorant ce qu'Hannah voulait dire, savait ou supposait. Rupe connaissait la vie de Lucy, c'était sûr. Des lunettes à fine monture d'or, des cheveux blancs crépus, des yeux bleu-gris, l'homme de petite taille qui portait toujours d'impeccables costumes était aussi honnête qu'il était intelligent. Il se foutait de savoir avec qui Lucy passait ses nuits pourvu que cette personne ne plonge pas les mains dans ses poches, pourvu que cela ne lui coûte rien qui soit important à ses yeux, d'aucune façon. Il comprenait que des femmes aiment d'autres femmes, puisqu'il les aimait, lui aussi. Il disait qu'il aurait très bien pu être lesbienne s'il avait été une femme, parce que même dans ce cas il aurait été attiré par elles. De toute façon, qui était-on ? C'était ce qu'on avait dans le cœur qui comptait, affirmait-il toujours. Un permanent sourire. Un homme bon et honorable. Le père que Lucy n'avait pas eu. Lorsqu'il était mort en mai, l'année précédente, au cours d'un déplacement professionnel en Géorgie, d'une infection par une salmonelle particulièrement virulente qui avait eu raison de lui en peu de temps, Lucy ne l'avait d'abord pas cru, pour être ensuite assommée. Comment quelqu'un comme Rupe pouvait-il mourir à cause d'un piment *jalapeno* ? L'existence ne dépendait-elle que d'une foutue commande de *nachos* ?

— Il nous manque terriblement. Mon mentor et mon meilleur ami, avait continué Hannah sur sa terrasse au mois de juin précédent, en regardant des hors-bord à un million de dollars rugir en filant vers le large. Vous avez bien réussi avec lui. Ça peut devenir encore meilleur avec moi.

Lucy l'avait remerciée en déclinant, encore et encore. Elle éprouvait des réticences à confier l'intégralité de son portefeuille d'actifs à Hannah Starr. Hors de question, avait répondu Lucy, très courtoisement. Du moins avait-elle suivi son instinct sur ce point. Mais elle aurait dû être plus vigilante au sujet du *service. Ne le fais pas.* Pourtant elle y était allée. Peut-être sa décision avait-elle procédé de son besoin d'impressionner Hannah parce que Lucy avait flairé la compétition entre elles. Peut-être était-ce sa blessure, celle sur laquelle Hannah avait habilement appuyé car elle était assez rusée pour l'avoir détectée. Enfant, Lucy avait été abandonnée par son père. Adulte, elle ne supportait pas que Rupe l'abandonne à son tour. Il avait géré sa fortune depuis le tout début. Il avait toujours été honnête et prenait soin d'elle. Il était son ami. Il aurait voulu qu'elle conserve quelque chose de spécial venant de lui après sa mort parce qu'elle était précieuse à ses yeux.

— Il s'agit d'un tuyau qu'il vous aurait donné s'il avait vécu assez longtemps, avait précisé Hannah, frôlant ses doigts en lui tendant sa carte professionnelle au dos de laquelle s'étalait son écriture ample et généreuse : « Bay Bridge Finance », suivi d'un numéro de téléphone.

Elle avait poursuivi :

— Il vous aimait comme sa fille, et il m'avait fait promettre de m'occuper de vous.

Comment aurait-il eu l'occasion de lui faire promettre une telle chose ? Mais Lucy ne l'avait compris que trop tard. Il avait été emporté si vite. Hannah ne l'avait pas revu et ne lui avait pas reparlé avant qu'il ne décède à Atlanta. Malheureusement, Lucy ne s'était posé cette question que quelques milliards plus tard. Elle était maintenant certaine qu'il y avait plus dans cette histoire que les gigantesques pots-de-vin qu'avait reçus Hannah des gens fortunés qu'elle conduisait vers l'abattoir. Elle voulait blesser Lucy pour le plaisir de lui faire du mal, la mutiler, l'affaiblir.

Le contrôleur aérien ne pouvait pas avoir la moindre idée de ce qui était arrivé à la fortune de Lucy. Il ne pouvait pas connaître l'étendue des dégâts et la terrible situation qu'elle prenait de plein fouet. Son anxiété l'emportait, elle devenait irrationnelle, paranoïaque, ce que Berger nommait « pathologique », d'une effroyable humeur parce que le week-end-surprise qu'elle avait planifié depuis des mois avait tourné à l'échec, parce que Berger avait été distante et irritable, l'avait repoussée, la blessant. Berger l'avait ignorée alors qu'elles séjournaient dans la maison que Lucy avait louée, et plus tard, lorsqu'elle était partie pour rejoindre le hangar. Une fois à bord de l'hélicoptère, la situation ne s'était pas améliorée. Elles n'avaient abordé aucun sujet personnel durant la première moitié du vol et avaient passé la seconde à expédier des textos depuis la ligne de l'appareil, parce que Carley Crispin, parce que les taxis jaunes, parce que n'importe quoi, chaque détail déplaisant les ramenant toujours et encore à cette plaie d'Hannah. Elle s'était emparée de la vie de Berger et venait de dérober quelque chose d'autre à Lucy, une chose inestimable cette fois.

Lucy leva les yeux vers la tour de contrôle, son sommet de verre étincelant tel un phare, et imagina le contrôleur aérien, l'ennemi, assis en face de son écran radar, fixant des cibles et des codes de balises qui représentaient de véritables humains dans de véritables appareils, chacun s'efforçant de faire de son mieux pour arriver à bon port sain et sauf, pendant qu'il aboyait ses commandes et ses insultes. *Sac à merde !* Elle devrait avoir une petite explication avec lui. Il fallait qu'elle s'oppose à quelqu'un.

— Bien, qui a remorqué mon chariot à l'extérieur et l'a orienté vent arrière ? lança-t-elle au premier employé qu'elle croisa dans le bureau de la compagnie de services.

— Vous êtes sûre ?

C'était un gars maigre, boutonneux, engoncé dans sa combinaison en matériau isolant, les bâtons lumineux grâce auxquels il orientait les appareils sur la piste dépassant des poches de sa veste Dickies. Il évitait son regard.

— Si je suis sûre ? répéta-t-elle comme si elle ne l'avait pas bien compris.

— Vous voulez demander à mon chef ?

— Non, pas la peine. C'est la troisième fois en deux semaines que je me pose avec un vent arrière, F. J. Reed, déclara-t-elle en lisant le nom inscrit sur son badge. Vous savez ce que ça signifie ? Ça signifie que la personne qui sort mon chariot du hangar le positionne sur la piste avec la barre de remorquage exactement dans la position inverse de ce qu'elle devrait être, directement dans le sens du vent, ce qui fait que je me pose avec un vent arrière.

— Pas moi. Je ferais jamais un truc pareil.

— Il n'y a pas de *tate*.

— Hein ?

— Orient. Comme dans « Extrême-Orient », lâcha Lucy. Vous avez une vague idée de l'aérodynamique, F. J. Reed ? Les avions et les hélicoptères atterrissent et décollent vent de face, pas dans leur cul ! Les vents de travers, c'est également la merde. Pourquoi ? Parce que la vitesse du vent égale la vitesse de l'air moins la vitesse au sol, et que la direction du vent modifie la trajectoire de vol et fout en l'air l'angle d'attaque. Quand vous n'avez pas un vent de face au décollage, c'est beaucoup plus dur d'atteindre le vol transitionnel. Et quand vous vous posez, si vous n'avez pas assez de puissance, c'est le putain d'accident. Qui était le contrôleur aérien qui me dirigeait ? Vous connaissez les gars de la tour, n'est-ce pas, F. J. Reed ?

— Pas vraiment. J'connais personne.

— Vraiment ?

— Oui, m'dame. C'est vous, l'hélico noir avec le détecteur infrarouge et le NightSun. On dirait un engin de la Sécurité intérieure. Sauf que je saurais si vous en faisiez partie. On connaît tous nos clients.

Lucy en était maintenant certaine. Il s'agissait du minus qui avait remorqué son chariot sur la piste et l'avait orienté vent arrière parce que le sale type de la tour de contrôle le lui avait demandé ou du moins lui avait suggéré de s'en prendre à elle, de la tourner en ridicule, de l'humilier et de la rabaisser.

— Merci, j'apprécie. Vous venez de me dire ce que je voulais savoir.

Elle s'écarta brusquement au moment où Berger sortait des toilettes en boutonnant son manteau de vison. Elle s'était aspergée le visage d'eau froide. Il n'en fallait pas beaucoup au procureur pour avoir ce qu'elle nommait un « mal de tête carabiné », et ce que Lucy appelait une « migraine ».

Elles quittèrent le bureau de la compagnie de services et s'avancèrent vers la 599GTB, le moteur douze cylindres ronflant bruyamment. Lucy balaya la peinture brillante Rosso Barchetta – un rouge profond, celui d'un vin précieux – du puissant faisceau lumineux de sa lampe Surefire, à la recherche de la plus mince égratignure, du moindre signe prouvant qu'on avait vandalisé son super-coupé de six cent onze chevaux. Elle vérifia même les pneus RunFlat et le coffre pendant qu'elle y rangeait les bagages. Elle se glissa ensuite derrière le volant en fibre de carbone, détailla le tableau des commandes, vérifia la station sélectionnée sur la radio, et il y avait intérêt à ce que ce soit celle qu'elle avait choisie, releva le kilométrage, bref elle chercha le plus infime indice qui prouverait que quelqu'un avait emprunté la Ferrari pour une petite balade, pendant que Berger et elle étaient absentes ou, ainsi que le formulait Berger, « coincées à Stowe ». Elle repensa à l'*e-mail* que lui avait envoyé Marino, mais ne tenta pas d'en prendre connaissance. Elle n'avait pas besoin de son aide de navigateur et peu importaient les déviations ou les routes fermées à la circulation. Il fallait qu'elle appelle sa tante.

— Je ne l'ai pas vu, dit Berger, son beau profil bien dessiné se détachant de l'obscurité presque complète.

— Il a intérêt à ce que moi, je ne lui tombe pas dessus ! rétorqua Lucy en passant la première.

— Non, je voulais parler du pourboire. Je n'en ai pas donné au voiturier.

— Pas de pourboire. Quelque chose ne tourne pas rond. Et jusqu'à ce que je découvre quoi, je ne serai gentille avec personne. Comment tu te sens ?

— Bien.

— Marino m'a expliqué que quelqu'un, une ancienne patiente psychiatrique de Benton, avait laissé un paquet pour ma tante à la réception de son immeuble. La brigade de déminage est intervenue. Le paquet en question est à Rodman's Neck, résuma Lucy.

— C'est la raison pour laquelle je ne prends jamais de vacances. Il suffit que je parte et regarde ce qui se passe !

— Le nom de cette femme est Dodie Hodge et, selon Marino, elle pourrait avoir un lien avec Hap Judd. Il va faire une recherche à son sujet au CCTR.

— Et toi, tu n'as rien déterré sur elle ? s'étonna Berger. Avec toutes les recherches de données que tu as faites, on pourrait s'attendre à ce que tu aies trouvé quelque chose, si tant est qu'il y ait quelque chose à trouver.

— Ça ne me dit rien. Il faudrait poser la question à Hap Judd, apprendre s'il la connaît, et, dans ce cas, comment. Ce qui est certain, c'est que je n'aime pas du tout la tournure que prennent les choses. Cette ordure pourrait avoir un lien avec la personne susceptible d'avoir laissé un paquet dangereux pour ma tante.

— Il est prématuré d'établir ce genre de connexion.

— Marino est submergé par les contretemps. Il m'a demandé de te prévenir.

— Ce qui signifie ?

— Il m'a juste expliqué qu'il avait plein de trucs à vérifier. Il avait l'air pas mal débordé.

Elle rétrograda en troisième après avoir atteint les quatre-vingt-dix kilomètres-heure en trois secondes pile. Prendre calmement la bretelle d'accès et retenir les chevaux sur la route 120. Ensuite, on pouvait filer à cent cinquante kilomètres-heure, les yeux à moitié fermés, sur la voie Parkway. Elle n'avait aucune intention d'annoncer à Berger que Marino ne pourrait pas assister à l'entrevue.

— Ralentis, ordonna Berger.

— Bordel ! J'avais pourtant mis en garde tante Kay au sujet de ses apparitions en direct à la télé !

Elle braquait dans les virages comme si elle avait l'intention de foncer au travers, le manettino du volant sur la position « course », la direction assistée neutralisée.

— Tu t'en inquiètes aussi. Quand tu es en direct sur un plateau, tout le monde sait où te trouver. Du coup, il devenait évident qu'elle était à New York ce soir, mais nous disposons de plein de moyens de rendre le boulot difficile aux gens qui veulent l'emmerder. Il faudrait quand même qu'elle se défende, qu'elle empêche ces individus de l'atteindre.

— Ne transformons pas la victime en coupable, contra Berger. Kay n'est pas responsable.

— Putain, ce n'est pas faute de lui avoir répété de ne pas approcher de cette Carley Crispin !

Lucy aveugla de ses feux de route un imbécile qui se traînait devant elle, accéléra pour le dépasser et se rabattit en lui envoyant une volée de gravillons.

— Ce n'est pas de sa faute. Elle pense qu'elle rend service. Il court tant d'idioties un peu partout. Quant aux jurés, n'en parlons pas. Tout le monde se croit un expert. Doucement mais sûrement, les gens compétents comme ta tante doivent rectifier, remettre les choses à plat. On est tous dans le même bateau.

— En aidant Carley ? C'est sans doute l'unique personne qu'aide ma tante en l'occurrence. Et impossible de rectifier quoi que ce soit avec des individus de ce genre. Ça paraît évident. Il n'y a qu'à regarder ce qui vient de se passer. On verra combien de gens héleront un taxi demain matin !

— Mais pourquoi es-tu si dure avec elle ?

Lucy conduisait très vite et ne répondit pas.

Le regard perdu vers la route, Berger insista :

— Peut-être pour la même raison que tu es dure avec moi.

— Et ce serait quelle raison ? Je te vois quoi ? Deux soirées par semaine. Je suis vraiment désolée que tu aies détesté ton anniversaire.

— Tous, je les ai tous détestés, lâcha Berger du ton qu'elle adoptait lorsqu'elle voulait calmer le jeu. Attends d'avoir dépassé quarante ans. Toi aussi, tu les détesteras.

— Ce n'est pas ce que je voulais dire.

— Je sais ce que tu voulais dire.

Lucy accéléra encore.

— Je suppose que Marino s'est mis en route pour aller à ton loft ?

— Il a prévenu qu'il serait peut-être un peu en retard.

Un mensonge qui n'en était pas tout à fait un.

— Tout ça ne me met pas à l'aise.

Berger pensait à Hannah Starr, à Hap Judd. Préoccupée, obsédée même, mais pas au sujet de Lucy. Peu importait que Berger la rassure, s'excuse. Les choses avaient changé.

Lucy tenta de se souvenir quand le basculement s'était produit. Durant l'été peut-être, lorsque la ville avait commencé à annoncer des coupes budgétaires et que le monde avait vacillé sur son axe. Et puis, au cours des dernières semaines, plus grand-chose. Aujourd'hui ? Fini, parti. Le sentiment que c'était fini. Le sentiment que tout était terminé. Impossible. Lucy ne le permettrait pas. D'une façon ou d'une autre, il fallait qu'elle enraye le processus de fin, qu'elle empêche ce qui était fondamental de disparaître.

—Je me répète, la seule chose qui compte, c'est l'issue.

Elle tendit la main vers celle de Berger, la tira à elle, la caressant de son pouce, et poursuivit :

— Hap Judd parlera parce qu'il n'est qu'un sociopathe arrogant, parce que la seule chose qui l'intéresse, c'est lui, et qu'il pense que discuter avec nous est dans son intérêt.

— Ce qui ne signifie pas pour autant que je me sente à l'aise, observa Berger en entrelaçant ses doigts à ceux de Lucy. Nous sommes à un cheveu de soutirer des informations par la ruse. Peut-être même pas à un cheveu.

— Ah, ça recommence… Tout va bien. Ne t'inquiète pas. Eric n'avait qu'une quantité très modeste de White Widow sur lui, pour une utilisation en antalgique. Possession de marijuana à titre médical, rien à reprocher. Quant à savoir où il l'avait obtenue ? Peut-être d'Hap. Gros consommateur de shit.

— Souviens-toi à qui tu parles. Je ne veux rien savoir de la façon dont Eric ou toi vous procurez votre prétendue herbe à usage médical. Quant à toi, je pars du principe que tu n'en as pas, n'en as jamais acheté, rappela Berger, un point sur lequel elle avait déjà insisté. Tu as intérêt à ce que je n'apprenne jamais que tu en fais pousser ou je ne sais quoi.

—Jamais. C'est terminé pour moi, ce genre de trucs. Ça fait des années que je ne me suis pas roulé un joint. Promis !

Lucy sourit. Elle rétrograda pour prendre la bretelle qui menait à la I-684 en direction du sud. La pression des doigts de Berger la rassurait, lui redonnait confiance. Elle expliqua :

— Eric n'avait que quelques joints. Il prenait un peu de bon temps et il a rencontré Hap Judd qui fréquente les mêmes endroits, une créature d'habitudes. Pas malin. Ça vous rend facile à pister et à aborder.

— En effet, tu l'as déjà dit. Quant à moi, je persiste aussi : que se passera-t-il si Eric se laissait aller à papoter avec la mauvaise personne ? L'avocat d'Hap, par exemple. Parce qu'il en prendra un. Après que j'en aurai terminé avec lui, il va s'empresser de le faire.

— Eric m'aime bien et je lui donne du travail.

— Exactement. Tu fais confiance à ton homme à tout faire.

— Un consommateur régulier de marijuana avec un casier judiciaire. Personne n'accordera foi à ses dires le cas échéant, pas crédible. Je te promets que tu n'as aucune raison de t'en faire.

— Si, plein. Tu as persuadé un acteur célèbre…

— Attends, il ne s'agit pas vraiment de Christian Bale, contra Lucy. Tu n'avais même pas entendu parler d'Hap Judd avant cette histoire.

— Oui, mais ce n'est plus le cas aujourd'hui, et il est assez célèbre. Ce qui importe, c'est que tu l'as encouragé à enfreindre la loi, à utiliser une substance illicite, et tu l'as fait pour rendre service à une fonctionnaire, de façon à accumuler des preuves contre lui.

— Je n'étais pas présente, d'ailleurs je n'étais pas à New York. Toi et moi nous trouvions dans le Vermont lundi, le soir où mon homme à tout faire et Hap Judd se sont amusés comme des fous.

— Ah, ah… C'est donc la vraie raison pour laquelle tu souhaitais cette escapade pour nous deux en pleine semaine ?

— Ce n'est pas moi qui ai décidé que ton anniversaire tombait le 17 décembre. Et je n'ai pas non plus programmé le temps, pour que nous nous retrouvions coincées par la neige, balança-t-elle, à nouveau piquée au vif. Cela étant, en effet, j'ai jugé adéquat d'envoyer Eric faire la tournée des bars alors que nous n'étions pas en ville. Surtout toi.

— Tu ne t'es pas contentée de l'envoyer dans les bars. Tu lui as fourni l'herbe.

— Faux ! C'est Eric qui l'a achetée.

— Et où a-t-il trouvé l'argent ? la pressa Berger.

— On a déjà discuté de tout ça. Tu es en train de te monter la tête.

— La défense hurlera à la ruse, au piège, insistera sur des pratiques inacceptables de la part du gouvernement.

— Et tu rétorqueras qu'Hap Judd avait de nettes prédispositions !

— Tu m'apprends mon métier maintenant ? (Berger eut un petit rire triste). À se demander pourquoi je me suis ennuyée à faire mon droit. Résumons et soyons honnêtes. Tu as influencé Hap Judd. Tu l'as convaincu qu'il avait commis des actes de nature à le faire condamner, alors que nous ne parviendrons jamais à les prouver. Tu t'es débrouillée pour qu'il soit *stone* et tu as demandé à ton homme à tout faire de l'entraîner par la ruse dans une conversation au sujet de Park General Hospital. Pourquoi avais-tu des soupçons concernant cet hôpital ? Parce que tu as piraté la messagerie d'Hap Judd et Dieu sait quoi encore ! Peut-être même l'ordinateur de ce fichu établissement. Mon Dieu !

— J'ai obtenu leurs informations de façon honnête.

— Oh, s'il te plaît !

— De plus, nous n'avons pas à le prouver, continua Lucy. Enfin, l'idée, c'est de foutre une trouille bleue à M. Hollywood de sorte qu'il se conduise de manière correcte.

— Je ne sais vraiment pas pourquoi je t'écoute, dit Berger en serrant plus fort la main de Lucy et en l'attirant vers elle.

— Il aurait pu être honorable. Il aurait pu aider. Il aurait pu être un citoyen normal, obéissant aux lois. Mais devine ! Ce n'est pas le cas. Il est le seul responsable de ce qui lui arrive.

CHAPITRE 12

Des projecteurs balayaient le quadrillage des filins d'acier en haut du pont George-Washington, où un désespéré s'était accroché aux câbles. C'était un homme très charpenté, âgé d'une soixantaine d'années, au visage hagard. Le vent gonflait et fouettait ses jambes de pantalon, découvrant ses chevilles nues et blafardes. Marino ne pouvait empêcher son regard de revenir au direct diffusé sur l'écran plat de la télé située à l'autre bout de la pièce.

Il aurait voulu que les caméras se fixent plus longtemps sur le visage de l'homme afin de voir ce qui se trouvait là et ce qui manquait. Peu importait le nombre de fois où il avait été témoin de ce genre de tentatives, car chaque cas de désespéré était différent. Marino avait vu des êtres mourir ou comprendre soudain qu'ils allaient survivre. Il avait vu des gens en tuer d'autres ou se faire tuer. Il les avait observés. Il avait lu dans leurs yeux cette soudaine révélation, le moment où l'on sait que tout est terminé ou, au contraire, que la vie continue. Mais le regard n'était jamais tout à fait le même : la rage, la haine, le choc, le chagrin, l'angoisse, la terreur, le mépris, l'amusement même, parfois une combinaison de toutes ces émotions, puis plus rien. Aussi variable que les gens peuvent l'être.

La pièce bleue, aveugle, dans laquelle Marino allait à la pêche aux informations, assez fréquemment ces temps-ci, lui évoquait

Times Square, le magasin Niketown. Il était environné par une multitude d'images à donner le tournis, certaines fixes, d'autres se succédant à un rythme fou, toutes plus grandes que nature, qui s'affichaient en mosaïque sur un écran géant, haut de deux étages, des cubes de rétroprojection Mitsubishi empilés les uns sur les autres à la manière d'un carrelage *high-tech*. Dans l'un des cubes, un sablier virtuel tournait pendant que le logiciel du CCTR fouillait sa gigantesque banque de données de plus de trois térabytes à la recherche de quiconque ressemblerait à la description de l'homme coiffé d'une casquette FedEx. Une photographie de lui haute de trois mètres, extraite de l'enregistrement de la caméra de sécurité, était affichée à côté d'un cliché satellite de l'immeuble en granit de Scarpetta, sur Central Park West.

Marino était installé sur une chaise ergonomique devant sa station de travail et se faisait aider par un analyste du nom de Petrowski. Il commenta :

— S'il saute, il atteindra jamais l'eau. Merde ! Il va s'écraser sur ce foutu pont. Mais qu'est-ce qu'il avait dans le crâne quand il a commencé à escalader les câbles ? Qu'il allait s'aplatir sur le toit d'une bagnole ? Dégommer dans la foulée un pauvre mec qui n'emmerdait personne au volant de sa Mini Cooper ?

Petrowski, un détective âgé d'une trentaine d'années, vêtu d'un costume et d'une cravate assez BCBG, n'était pas particulièrement intéressé par ce qui se passait sur le pont George-Washington à presque deux heures du matin. Il répondit :

— Les gens dans cet état d'esprit ne réfléchissent pas.

Il était bien trop occupé, entrant des mots clés pour une recherche concernant les tatouages. *In vino*, puis *veritas*, ou « os », ou « crânes », et maintenant « cercueils ». Le sablier tournait comme un bâton de majorette sur son écran du mur de données, juste à côté de l'image vidéo de l'homme à la casquette FedEx et celle prise par satellite de l'immeuble de Scarpetta. Sur l'écran plat de la télé, le désespéré semblait réfléchir au milieu des câbles, comme un trapéziste devenu fou. À chaque instant, le vent pouvait le propulser. La chute. Le point final.

— Bon, on ne trouve rien de très intéressant, se plaignit Petrowski.

— Ouais, tu me l'as déjà dit.

Marino ne parvenait pas à voir avec netteté le visage du type cramponné aux câbles du pont. Quelle utilité d'ailleurs ? Au fond, sans doute comprenait-il ce que ce type ressentait. Il avait finalement crié : « Fait chier ! » Cependant la vraie question était la suivante : que voulait-il dire au juste ? En ces toutes premières heures d'un nouveau jour, il allait mourir ou rester en vie dans son enfer personnel. Alors pourquoi avait-il grimpé en haut de la pile nord du pont pour s'aventurer sur l'écheveau de câbles ? Sa véritable intention était-elle de mettre un terme à son existence ou de hurler qu'il en avait ras-le-bol ? Marino tenta de déterminer son origine socio-économique par son allure, ses vêtements, ses accessoires. Difficile à dire. Un pantalon de treillis, pas de chaussettes, des chaussures de sport, une veste noire, pas de gants. Une montre à bracelet métallique, peut-être. Chauve, un *look* un peu négligé. Peut-être avait-il perdu son argent, son boulot, sa femme, ou les trois dans la foulée. Marino savait ce qu'il devait éprouver. Du moins, il en était presque certain. Environ un an et demi auparavant, il s'était trouvé dans le même état d'esprit. Lui aussi avait envisagé de se jeter d'un pont. Il s'en était fallu d'un cheveu qu'il ne lance sa voiture contre la rambarde de sécurité, qu'il ne plonge dans la Cooper River à Charleston.

— Pas d'adresse, sauf celle de la victime, annonça Petrowski.

Il faisait référence à Scarpetta, et cela secoua Marino qu'on en parle comme d'une victime.

— Le tatouage est unique. C'est le seul élément intéressant, précisa Marino.

Il regardait le type qui s'accrochait aux câbles, très au-dessus du tablier du pont, très au-dessus du gouffre noir de l'Hudson. Marino grommela pour lui-même :

— Bordel, lui balancez pas la lumière des projecteurs dans les yeux. Combien de millions de chandelles ? Il doit avoir les doigts gourds. T'imagines comme ces câbles en acier doivent être glacés. Mon pote, rends-toi un gros service : la prochaine fois, bouffe ton flingue ou avale un flacon de pilules.

Il ne pouvait empêcher les souvenirs de Caroline du Sud d'affluer, les souvenirs de lui-même à cette époque, l'époque la plus sombre de sa vie. Il voulait mourir. Il méritait de mourir. En fait, il ne savait toujours pas exactement ce qui l'en avait empêché. Pourquoi, au juste, n'avait-il pas terminé à la télé, à l'image de ce pauvre type en haut du pont George-Washington ? Rétrospectivement, Marino imagina les flics, les pompiers, l'équipe de plongeurs qui hissaient son pick-up des flots de la Cooper River, avec lui dans l'habitacle. Ça aurait été vraiment moche, si injuste pour tout le monde. Cependant, lorsqu'on en est à ce point de désespoir, aussi bousillé, on ne pense plus à ce qui est juste ou pas. Gonflé par la décomposition, les gaz le soulevant, un verdâtre malsain gagnant son épiderme, ses yeux exorbités comme ceux d'une grenouille, ses lèvres, ses oreilles et peut-être même sa queue rongées par les crabes et les poissons. Les « flotteurs », rien de pire.

L'ultime punition aurait été de devenir aussi répugnant que ça, de puer au point de donner envie de vomir à tous, une horreur intenable sur la table d'autopsie de la Doc. De fait, il aurait été un de ses « cas », son bureau de Charleston étant le seul en ville. Elle l'aurait ouvert. Elle ne l'aurait jamais fait transférer à plusieurs centaines de kilomètres, jamais elle n'aurait fait appel à un confrère. Elle se serait personnellement occupée de lui. Marino en était certain. Il l'avait déjà vue prendre soin de gens qu'elle connaissait. Elle enveloppait leurs visages dans une serviette, recouvrait leurs corps nus d'un drap aussi longtemps que possible, par respect. Parce que personne d'autre qu'elle n'aurait été aussi attentionné et qu'elle le savait.

— Il n'est pas nécessairement unique. En plus, il n'est probablement pas stocké dans une banque de données, déclara Petrowski.

— Quoi ?

— Le tatouage. Quant à la description du gars en question, ça peut correspondre à une petite moitié de New York.

Le désespéré sur son pont aurait tout aussi bien pu être un des personnages d'un film que Petrowski avait déjà vu. L'analyste tournait à peine le regard vers l'écran. Il poursuivit :

— Homme noir entre vingt-cinq et quarante-cinq ans, entre un mètre soixante-dix et un mètre quatre-vingt-cinq. Pas de numéro de téléphone, pas d'adresse, pas de plaque minéralogique, rien sur quoi accrocher la recherche. Je ne peux pas faire grand-chose de plus avec ce dont je dispose.

Impliquant que Marino n'aurait vraiment pas dû débouler au septième étage du One Police Plaza et casser les pieds d'un analyste du CCTR s'il n'avait que des détails aussi minimes.

D'un autre côté, il n'avait pas tort. Marino aurait dû les appeler d'abord. Mais mieux valait se pointer avec un disque à la main. Sa mère le lui serinait : « Vas-y, Pete. Bloque la porte avec ton pied s'il le faut ! »

La chaussure du désespéré glissa sur un câble. Il se rattrapa de justesse.

— Waouh ! s'exclama Marino en fixant l'écran plat.

Il se demanda vaguement si le mot « pied » qu'il venait d'évoquer avait fait déraper celui du gars en haut du pont. Le regard de Petrowski suivit celui du grand flic et il observa :

— Ils grimpent tout en haut et ils changent d'avis. Ça arrive tout le temps.

Marino commençait à mépriser vaguement ce type accroché aux câbles. Ça lui tapait un peu sur les nerfs.

— Si on a vraiment décidé d'en finir, pourquoi se faire subir tout ça, pourquoi changer d'avis ? Si tu veux mon sentiment, c'est des conneries. Des fondus dans ce genre ? Ils veulent juste attirer l'attention, passer à la télé, prendre leur revanche. En d'autres termes, ils veulent autre chose en plus de la mort.

En dépit de l'heure, la circulation était dense sur le tablier supérieur du pont George-Washington. La police avait délimité un périmètre et installé un énorme coussin gonflé d'air juste sous le désespéré, destiné à le recevoir en cas de chute. Un négociateur avait entrepris de discuter avec lui, de le convaincre de renoncer à son projet, et d'autres flics escaladaient les câbles pour s'en rapprocher. Tous risquaient leur peau pour un gars qui n'en avait plus rien à foutre, qui avait lâché « Fait chier ! », quoi qu'il ait voulu dire par là. Le son de la télé avait été coupé et Marino ne pouvait entendre ce qui s'échangeait. D'ailleurs il n'avait pas à l'entendre puisqu'il ne s'agissait pas d'une de ses enquêtes, qu'il n'avait rien à voir là-dedans et qu'il ne devait pas se laisser piéger par cette histoire. Toutefois il était toujours distrait dans cette salle du CCTR où s'entrecroisaient trop de données sensorielles et pourtant pas assez. Une multitude d'images balancées en permanence sur les murs, mais pas de fenêtres, juste des panneaux acoustiques bleus, des rangées incurvées de postes de travail avec des écrans doubles, de la moquette grise.

En fait, il ne jouissait d'un point de référence réel – une vue du Brooklyn Bridge, du Downtown Presbyterian, de Pace Union et du vieil immeuble Woolworth – que lorsque les stores des fenêtres de la salle de réunion étaient remontés, ce qui n'était pas le cas cette nuit. Le New York de sa jeunesse, lorsqu'il venait tout juste d'intégrer les forces de police de la ville, lorsqu'il n'était qu'un rien du tout de Bayonne qui avait renoncé à la boxe, renoncé à cogner les autres comme un malade et décidé de les aider à la place. Il n'était pas certain de la raison qui l'avait motivé. Tout comme il ne savait pas trop ce qui l'avait poussé à quitter New York pour atterrir à Richmond, en Virginie, au début des années quatre-vingt. À cette étape de sa vie, il avait eu l'impression de se réveiller un jour pour découvrir qu'il était devenu l'enquêteur star des forces de police de l'ancienne capitale de la Confédération. Le coût de la vie, un endroit chouette pour installer sa famille, élever des enfants. Ce que voulait Doris, son ex-femme. Sans doute était-ce la raison.

Quel tissu de conneries ! Leur fils unique, Rocco, avait quitté la maison et rejoint le crime organisé. Il était mort. Doris l'avait plaqué pour un concessionnaire automobile et aurait tout aussi bien pu être morte. Au cours des années de Marino à Richmond, la ville avait pu s'enorgueillir du plus grand nombre d'homicides par habitant de tous les États-Unis. L'arrêt-détente des trafiquants de drogue le long de l'autoroute 95, un couloir entre New York et Miami, où tous ces salopards faisaient leurs affaires en chemin, parce que Richmond était une pépinière de consommateurs : sept cités. Les plantations et l'esclavage. On récolte ce qu'on sème. Richmond était un endroit parfait pour vendre de la came et tuer des gens. Les flics y étaient crétins, du moins c'était ce qui se répétait dans la rue et le long du fameux couloir, de haut en bas de la côte est. Ça rendait Marino dingue. Plus maintenant. C'était il y avait si longtemps, et il ne fallait jamais se sentir visé directement par des choses qui n'étaient pas personnelles. Ce qui survenait procédait généralement du hasard.

Plus il vieillissait et moins il était capable de relier un événement de sa vie à un autre, un lien qui indique une volonté intelligente et aimante derrière ses choix et ses désordres, sans oublier les désordres occasionnés par ceux qui avaient franchi ses frontières, des femmes surtout. Combien en avait-il aimé et perdu ou simplement baisé ? Il se souvint de la première fois, aussi clairement que si c'était la veille. Bear Mountain State Park, l'embarcadère qui donnait sur l'Hudson. Il avait seize ans. Toutefois, de manière générale, il n'avait pas la moindre idée de ce qui avait mené son existence. De toute façon, il était ivre si souvent. Comment aurait-il pu se souvenir ? Les ordinateurs ne se saoulaient pas, ils n'oubliaient pas, ils n'avaient aucun regret, ils s'en foutaient. Ils reliaient tout, créant des arbres logiques sur le mur de données. Et Marino en venait à redouter son propre mur de données. Il redoutait qu'il n'ait aucun sens, que la presque totalité des décisions qu'il avait prises n'ait ni queue ni tête. Pas de plan maître, comme on disait. Il n'avait pas envie de constater combien de ramifications ne menaient nulle part, ou alors vers Scarpetta. D'une certaine façon, elle était devenue l'icône d'écran qui permettait d'accéder à toutes ses connexions et déconnexions. D'une certaine façon, cette icône-là était celle qui avait le plus et le moins de sens.

— Je persiste à penser qu'on peut apparier les images et les photographies, lança Marino à Petrowski, le regard toujours fixé sur le désespéré. Je veux dire, si par exemple la photo d'identité de ce mec de FedEx était stockée dans une banque de données quelconque et que tu trouves son visage et son tatouage. Ça nous permettrait de relier ça à ce qu'on a grâce à la caméra de surveillance.

— Je vois ce que tu veux dire. Sauf que je pense que nous avons établi qu'il ne bossait pas pour FedEx.

— Donc tu lances l'ordinateur pour qu'il fasse sa recherche de données et qu'il apparie les images.

— On cherche par mot clé et par catégorie. Pas par image. Ça viendra peut-être un jour, regretta Petrowski.

— Ben alors, comment ça se fait qu'on puisse chercher et trouver des images via Google, genre des photographies, et les télécharger ? demanda Marino.

Il ne parvenait pas à détourner le regard du gars en haut du pont. C'était vrai. Il avait dû changer d'avis. Pourquoi ? Le vertige ? La peur de toute cette foutue attention ? Bordel ! Les hélicoptères, les flics, la télé en direct. Peut-être qu'il avait décidé d'attendre encore avant le grand saut. Pour faire la couverture du magazine *People* ?

— C'est parce que tu cherches par mots clés, pas grâce à la véritable image, expliqua Petrowski d'un ton patient. Une application de recherche-image exige un ou plusieurs mots clés. Par exemple, tu vois notre logo là-bas, sur le mur ? Tu entres les mots clés « CCTR » et « logo », et le logiciel trouve une image ou plusieurs qui incluent ces mêmes mots clés, en fait il trouve l'hébergeur.

— Le mur ? répéta Marino un peu perdu alors qu'il regardait le mur et le logo, un aigle et des drapeaux américains.

— Non, l'hébergeur n'est pas le mur. C'est une banque de données. Dans notre cas, on appelle ça un « hangar de données » en raison de sa taille et de sa complexité puisque nous avons entrepris de tout centraliser. Chaque mandat, chaque infraction, chaque incident faisant l'objet d'un rapport, armes, cartes, arrestations, plaintes, fouilles, délinquance juvénile, crimes, interrogatoires, contraventions, bref tout ce à quoi tu peux penser. En fait, nous procédons au même type d'analyse de liens que dans la lutte antiterroriste, expliqua Petrowski.

— D'accord. Mais si tu pouvais connecter des images, tu pourrais du même coup identifier des terroristes, des noms différents mais la même personne. Alors pourquoi on ne le fait pas ? Bien. Ils vont l'avoir. Mon Dieu ! Et il faut qu'on descende en rappel d'un pont à cause d'un fondu de ce genre !

Les flics de l'unité d'urgence étaient suspendus au pont par des cordes, se rapprochant du désespéré par trois côtés.

— Pour l'instant, c'est impossible. Peut-être un jour, répondit Petrowski sans se préoccuper de l'homme en haut du pont, ni s'il s'en sortirait ou pas. Nous relions des données publiques, des adresses, des emplacements, des objets, d'autres collections de données, pas des photographies de visages. En fait, lorsqu'on obtient une touche, c'est sur des mots clés, pas sur des images de tatouages au sens strict. Je ne sais pas si je suis clair. Parce que j'ai le sentiment que tu ne comprends pas trop ce que je dis. Peut-être que ça irait mieux si ton attention se focalisait sur ce que nous sommes en train de faire plutôt que sur le pont George-Washington.

— J'aimerais voir son visage plus nettement, déclara Marino à l'écran plat. Y a un truc avec lui. Comme si je connaissais ce gars de quelque part.

— De partout ! Quinze à la douzaine ces temps-ci. C'est vachement égoïste. Vous voulez vous dégommer, d'accord, mais n'entraînez pas d'autres gens avec vous, ne les mettez pas en danger, ne gâchez pas l'argent des citoyens. Ils le boucleront au Bellevue dès cette nuit. Demain on découvrira qu'il était impliqué dans une escroquerie à la Ponzi, un système de cavalerie comme celui de Madoff. On vient d'amputer notre budget de cent millions de dollars et on sauve la peau de son cul suspendu en haut d'un pont ! Dans une semaine, il se tuera d'une autre façon.

— Nan. Il racontera son expérience dans une émission de télé, rectifia Marino.

— Ne me lance pas !

— Reviens à ce tatouage d'alcoolo façon mont Rushmore, celui que tu avais il y a quelques minutes.

Marino récupéra son gobelet de café pendant que les flics de l'unité d'urgence risquaient leur vie pour sauver celle d'un type qui n'en valait pas la peine, un parmi d'autres, qui aurait dû se balancer dans la flotte bien longtemps auparavant et se faire repêcher par les garde-côtes pour être transporté à la morgue.

Petrowski cliqua sur un fichier qu'il avait ouvert peu avant et, à l'aide de la souris, tira une image vers le vaste écran vide d'un ordinateur portable. Une photo d'identité apparut sur le mur de données. Un homme noir dont le cou, côté droit, était couvert d'un tatouage : quatre crânes empilés sur un affleurement de rocs, un machin qui évoquait le mont Rushmore à Marino et la phrase latine *In vino veritas.*

— Une bouteille de vin, le fruit de la vigne, énonça Marino.

Deux des flics de l'unité d'urgence avaient pratiquement rejoint le gars. Marino ne pouvait pas voir son visage, ce que le type ressentait ou s'il discutait.

— Dans le vin est la vérité, traduisit Petrowski. Je crois que ça vient de la Rome antique. Bordel, c'était quoi son nom ? Pline quelque chose. Tacite, peut-être ?

— Mateus et Lancers, les rosés portugais ? Tu te souviens ?

Petrowski sourit sans répondre. Il était trop jeune. Sans doute n'avait-il jamais entendu parler de Mad Dog et de Bonne's Farm, une boisson maltée.

— Tu te tapes une bouteille de Lancers en voiture et si t'as du bol, tu offres la bouteille vide à ta petite amie en souvenir, continua Marino. Les filles avaient l'habitude de planter une bougie dans le goulot et de laisser la cire dégouliner. Des bougies de différentes couleurs. J'appelais ça la « bougie de la baise ». Ouais, bon, c'était une autre époque.

Petrowski et son sourire. Marino n'était jamais certain de ce qu'il signifiait, mais il avait l'impression que le type était du genre nez dans l'informatique et, à part ça, plutôt coincé. Beaucoup des fondus d'ordinateurs l'étaient. Pas Lucy. D'ailleurs elle était même très décoincée ces derniers temps. Il consulta sa montre, se demandant comment Berger et elle se débrouillaient avec Hap Judd, pendant que Petrowski arrangeait des images les unes à côté des autres sur le mur de données. Le tatouage que portait le prétendu employé de FedEx au cou était juxtaposé avec celui représentant quatre crânes et souligné de la phrase *In vino veritas.*

— Nan, commenta Marino en avalant une gorgée de son café noir maintenant froid. Ça y ressemble même pas quand on regarde avec attention.

— C'est ce que j'ai essayé de te dire.

— Je pensais qu'un genre de schéma se dégagerait, par exemple l'endroit où on lui a fait. Si on avait trouvé une ressemblance, j'aurais pu localiser le tatoueur et lui montrer une photo du gars FedEx, se justifia Marino.

— C'est pas dans la banque de données, insista Petrowski. Du moins pas avec ces mots clés. Pas avec « cercueil », ni « camarade tombé », ni « Irak », ni rien de ce qu'on a essayé. Il nous faudrait un nom, un incident, un lieu, une carte, un truc.

— Et le FBI, sa banque de données ? suggéra Marino. Ce nouvel ordinateur à un milliard de dollars, j'ai oublié son petit nom.

— ING, identification de nouvelle génération. Il en est toujours à la phase de développement.

— Mais j'ai entendu dire qu'il était opérationnel quand même.

Il le savait par Lucy.

— On parle d'une technologie extrêmement avancée qui se répartit sur un calendrier de plusieurs années. Je sais que les premières étapes sont terminées, dont l'IAFIS, qui stocke les empreintes génétiques, le CODIS, qui répertorie les empreintes génétiques, et peut-être aussi l'IPS, leur système photo inter-États. Pour le reste, j'en suis pas trop sûr. Et puis avec l'état actuel de l'économie, plein de budgets sont passés à la trappe.

— J'ai entendu dire qu'ils avaient une banque de données pour les tatouages, dit Marino.

— Oh, bien sûr.

— Donc ce que je propose, c'est qu'on ratisse très large, qu'on fasse une recherche nationale et même internationale sur le salopard de faux FedEx. Ce qui sous-entend que tu puisses avoir accès à la banque de données du FBI d'ici, à son ING.

— Exclu. On ne partage pas. Mais je vais lui expédier ton tatouage. Aucun problème. Tiens, on dirait qu'il n'est plus sur le pont, remarqua Petrowski à propos du désespéré, enfin curieux mais pas vraiment concerné.

Marino tourna la tête vers l'écran plat, comprenant qu'il avait raté le grand moment. Il s'exclama :

— Ça peut pas être bon ! Merde, je vois les gars de l'unité d'urgence mais plus le pauvre type.

— Tiens, il est là.

Les projecteurs des hélicoptères balayaient le corps du gars, aplati au sol. Une silhouette lointaine. Il avait raté le coussin d'air.

Petrowski résuma l'issue à sa manière :

— Les gars de l'unité d'urgence vont être furax. Ils détestent quand ça se termine comme ça.

Le regard fixé sur la photo du prétendu employé de FedEx étalée sur le mur de données, Marino revint à leur recherche :

— Bon, si tu envoyais cette photo-là, avec le tatouage, et ensuite on tente encore des trucs avec d'autres mots clés. « FedEx ». Peut-être « uniforme FedEx », « casquette FedEx ». N'importe quoi avec « FedEx ».

— On peut faire ça, approuva Petrowski en se mettant aussitôt à taper.

Le sablier virtuel reprit sa place sur le mur de données, tournant sur lui-même. Marino remarqua que l'écran plat scellé au mur s'était obscurci, l'enregistrement des hélicoptères de police n'étant plus relayé en direct au CCTR parce que le gars était mort. Soudain, il comprit pourquoi le désespéré lui avait paru familier, un acteur – c'était quoi, ce film, déjà ? Le chef de la police qui s'était attiré des ennuis à cause d'une prostituée. Merde, c'était quoi, le titre ? Impossible de se le rappeler. Ça lui arrivait de plus en plus souvent depuis quelque temps.

— T'as vu ce film avec Danny DeVito et Bette Midler ? C'était quoi, le titre ? demanda Marino.

— Pas la moindre idée, déclara Petrowski, le regard fixé sur le sablier et sur le message rassurant qui s'était affiché : « Votre recherche est en cours. » Qu'est-ce qu'un film a à voir là-dedans ?

— Tout a à voir avec tout. Je croyais d'ailleurs que c'était l'objet de cette taule, rétorqua Marino en balayant la vaste salle bleue du bras.

« Onze résultats trouvés. »

— Bon, les affaires reprennent ! J'arrive pas à croire que j'ai un jour détesté les ordinateurs et les trouducs qui bossaient dessus.

De fait, il les avait détestés, s'amusant à ridiculiser les informaticiens. Plus aujourd'hui. Il avait pris l'habitude de déterrer des informations cruciales grâce à leur fameuse « analyse de liens » et à les transmettre électroniquement et presque instantanément. Il aimait bien maintenant débarquer sur une scène pour enquêter ou interviewer un plaignant en sachant déjà ce que la personne concernée par l'histoire avait fait dans le passé, à qui et à quoi il ou elle ressemblait, quelles étaient ses relations professionnelles ou familiales et s'il ou elle représentait une menace pour soi-même ou les autres. *Le meilleur des mondes*, en tout cas un monde nouveau, ainsi que Marino se plaisait à le répéter en référence à un bouquin qu'il n'avait jamais lu, mais qu'il parcourrait peut-être un jour.

Petrowski affichait des résultats de recherches sur le mur de données. Des rapports concernant des agressions, des vols, un viol, et deux échanges de coups de feu dans lesquels FedEx était cité d'une façon ou d'une autre : paquets dérobés, nom évoqué, diverses activités et un cas d'attaque mortelle de pitbull. Aucune des données pêchées n'intéressait Marino, jusqu'à ce que son regard tombe sur une injonction à comparaître délivrée par le département des transports en commun le 1er août dernier, qui s'étalait sur le mur. Marino lut le nom, Edgewater, New Jersey, l'adresse, le sexe, l'origine ethnique, la taille, le poids.

— Tiens, tiens, une surprise ! Regarde qui sort. J'allais te demander de faire une recherche sur elle, déclara-t-il pendant qu'il prenait connaissance des détails de l'infraction.

> Le sujet, de sexe féminin, a été aperçu montant à bord d'un bus de la ville de New York, à l'intersection de Southern Boulevard et de la 149e Rue Est à onze heures trente, et a commencé à s'en prendre verbalement à un autre passager sous prétexte que celui-ci lui aurait pris sa place. Elle s'est mise à hurler contre ledit passager. Lorsqu'un officier s'est approché d'elle afin de la ramener au calme et de lui conseiller de s'asseoir, elle a déclaré : « Vous pouvez expédier votre cul jusqu'en enfer par FedEx, parce que ce n'est pas moi qui ai commencé. Ce mec, là, est un fils de pute, mal élevé de surcroît ! »

— Ça m'étonnerait qu'elle porte un tatouage avec des crânes, ironisa Petrowski. Je ne pense pas qu'il s'agit de ton gars.

— Bordel, j'y crois pas ! s'exclama Marino. Tu peux me faire une sortie papier ?

— Tu devrais compter combien de fois par heure tu dis « bordel », « foutu », « putain ». Chez moi, ça te coûterait une fortune. On doit un *quarter* quand on dit une grossièreté.

— Dodie Hodge ! Cette foutue dingue qui a appelé CNN !

CHAPITRE 13

La compagnie d'investigations informatiques de Lucy, Connextions, était hébergée dans l'immeuble où elle vivait, une ancienne manufacture de bougies et de savons datant du dix-neuvième siècle, située à Barrow Street, dans Greenwich Village, ou plus exactement dans le Far West Village. Un immeuble d'un étage en brique, d'audacieux style roman, avec des fenêtres en plein cintre, classé par les Monuments historiques, tout comme l'ancienne remise à attelages attenante que Lucy avait rachetée au printemps précédent pour la transformer en garage.

Lucy était le rêve pour n'importe quelle commission de préservation du patrimoine, puisqu'elle était du genre à respecter l'intégrité d'une bâtisse, à l'exception des méticuleux et inévitables aménagements nécessaires à ses installations informatiques et de surveillance. S'ajoutait à ce culte des vieux bâtiments sa philanthropie, qui, d'ailleurs, n'allait pas sans bénéfice personnel. Jaime Berger n'avait pas la moindre foi en l'altruisme désintéressé, vraiment pas. Elle n'avait pas la moindre idée de l'argent dépensé par Lucy en dons générateurs de conflits d'intérêts. Pourtant elle aurait dû s'en préoccuper, et cela l'ennuyait. Lucy n'aurait rien dû lui dissimuler. Néanmoins, tel était le cas. Au cours des semaines qui venaient de s'écouler, Berger avait commencé à ressentir une sorte de malaise concernant leur relation, très différent de ce qu'elle avait expérimenté jusque-là.

Lucy leva la main, paume vers le ciel, et déclara :

— Peut-être que vous devriez vous le faire tatouer sur la main ? Une sorte de signal. Les acteurs adorent ce genre de choses. « Tout dépend. » (Elle fit semblant de déchiffrer quelque chose d'inscrit sur sa paume.) Offrez-vous un tatouage qui dit « Tout dépend » et regardez-le à chaque fois que vous allez mentir.

— Je n'ai pas besoin de signaux et je ne mens pas, affirma Hap Judd, très calme. Des tas de gens disent des tas de choses et ça ne signifie pas pour autant qu'ils aient commis quelque chose de répréhensible.

— Je vois, dit Berger en songeant qu'elle apprécierait vraiment que Marino les rejoigne au plus vite. (Où pouvait-il bien être ?) Donc, ce que vous vouliez dire dans ce bar lundi dernier, le soir du 15 décembre, lorsque vous avez discuté avec Eric Mender, va intégralement dépendre de l'interprétation qu'on en fait, moi en l'occurrence. Si vous lui avez déclaré que vous compreniez que l'on se montre « curieux » au sujet d'une jeune fille de dix-neuf ans plongée dans le coma, que l'on puisse désirer la voir nue et peut-être même se livrer à des attouchements sexuels sur elle, tout est dans l'interprétation ? Franchement, j'essaie de le retourner en tous sens pour trouver une interprétation qui ne soit pas dérangeante.

— Mon Dieu, c'est ce que j'essaie de vous faire comprendre. Oui, une interprétation. Ça n'a rien à voir avec ce que vous pensez. Sa photo était partout aux informations. Et je travaillais là-bas à l'époque. J'avais un boulot à l'hôpital où elle avait été transférée, insista Hap Judd, un peu moins serein. Ouais, d'accord, j'étais curieux. Si les gens étaient honnêtes, ils admettraient qu'eux aussi le sont. C'est mon fonds de commerce, la curiosité, et pour à peu près n'importe quoi. Ça ne signifie pas pour autant que je me livre à des actes inacceptables.

Hap Judd n'avait rien du portrait que l'on se fait d'une star de cinéma. Il n'avait pas un charisme suffisant pour décrocher des rôles dans des films à gros budget comme *Tomb Raider* ou *Batman*. Berger ne pouvait s'empêcher d'y penser alors qu'elle était assise en face de lui, dans cet espace qui ressemblait à une grange aménagée, aux poutres apparentes et au parquet de bois couleur café, ponctué d'écrans plats d'ordinateurs en mode veille, installés sur des bureaux qui ne connaissaient pas le moindre bout de papier. Assise de l'autre côté de la table de réunion en acier brossé de Lucy, elle le détaillait. Hap Judd était de taille moyenne, d'une minceur sèche, presque maigre. Ses yeux et ses cheveux marron n'avaient rien de remarquable. Certes, il avait le visage de ces super-héros de bande dessinée, un visage fade qui, à l'écran, pouvait constituer un plus, mais manquait véritablement d'attrait dans la vie réelle. S'il s'était agi du voisin de palier, Berger aurait dit de lui qu'il était d'allure soignée, plaisant. Il avait un petit côté tout à la fois obtus et insouciant, et sans doute Lucy ne l'avait-elle pas perçu. Dans le cas contraire, peut-être était-ce la raison pour laquelle elle le malmenait. Cela faisait une demi-heure qu'elle le harcelait d'une façon qui inquiétait sérieusement Berger. Mais où était passé Marino ? Il aurait déjà dû les rejoindre. Il était censé aider Berger pour l'interrogatoire, pas Lucy. Elle ne se contrôlait plus, comme si elle avait eu un contentieux personnel avec Hap Judd, un passé peu agréable. Et, d'ailleurs, peut-être était-ce le cas. Lucy fréquentait Rupe Starr.

— Que j'aie prétendument raconté des choses à un étranger croisé dans un bar ne signifie pas pour autant que je les ai faites, répéta-t-il pour la dixième fois. Il faudrait quand même que vous vous demandiez pourquoi j'aurais prononcé les phrases qu'on met dans ma bouche.

— Je ne me demande rien. J'attends de vous la réponse, contra Lucy en le scrutant de son regard intense.

— Je vous dis ce que je sais.

Avant que Berger n'ait une chance d'intervenir, Lucy l'épingla :

— Non, vous nous dites ce que vous voulez que nous entendions.

— Je ne me souviens pas de tout. Je buvais. Je suis quelqu'un de très occupé, plein de trucs en cours. Il est inévitable que j'oublie parfois des choses, argumenta Judd. Et puis vous n'êtes pas procureur. (Se tournant vers Berger, il insista :) Pourquoi est-ce qu'elle me parle comme si elle était un procureur ? Vous n'êtes même pas flic, juste une assistante ou je ne sais trop quoi. Qui vous êtes, d'abord, pour me tanner avec toutes ces questions et pour m'accuser ?

— Votre mémoire semble pourtant assez bonne lorsque vous affirmez que vous n'avez rien fait de répréhensible, contre-attaqua Lucy, qui ne ressentait pas le besoin de se justifier.

Installée à la table de réunion dans son loft, un ordinateur portable ouvert devant elle, son écran affichant la carte d'un endroit que Berger ne parvenait pas à reconnaître, elle était sûre de son fait.

— Vous vous souvenez d'assez de choses pour changer de version, ajouta-t-elle.

— Je ne change rien du tout. Je ne me souviens pas de cette nuit, j'ignore même de quelle soirée il s'agissait. Enfin, merde, qu'est-ce que vous me voulez ? lui répondit Hap Judd en regardant Berger comme si elle pouvait voler à son secours.

Il fallait que Lucy se tienne tranquille. Berger lui avait envoyé de multiples signaux, mais elle les ignorait. Elle n'aurait même pas dû adresser la parole à Hap Judd, à moins que Berger ne lui ait demandé d'intervenir sur certains détails de l'enquête informatique, et ils n'avaient pas encore abordé celle-ci. Où était Marino à la fin ? Lucy se conduisait comme si elle était devenue le grand flic, se substituant à lui, et des soupçons commençaient à se former dans l'esprit de Berger, soupçons qui l'avaient épargnée jusque-là, peut-être parce qu'elle en savait déjà assez et que douter davantage de Lucy lui était presque intolérable. Lucy ne se conduisait pas de façon honnête. Elle avait connu Rupe Starr et ne l'avait jamais mentionné à Jaime Berger. Lucy obéissait à ses propres mobiles. Elle n'était pas procureur, ne faisait plus partie des forces de l'ordre, du coup, dans son esprit, elle n'avait rien à perdre.

En revanche, tel n'était pas le cas de Berger, et elle n'avait aucune envie qu'une célébrité écorne sa réputation. Elle avait reçu plus que sa dose de sales coups injustes. Sa relation avec Lucy n'avait certes pas amélioré les choses. On pouvait véritablement affirmer que leur liaison n'avait pas été un plus. Des ragots désagréables et des commentaires infâmes circulaient sur

Internet. Une gouine qui détestait les hommes, une gouine juive et procureur, Berger avait grimpé sur le *top ten* d'une liste haineuse publiée par un groupe néo-nazi, une liste encourageant au meurtre, son adresse et d'autres renseignements personnels précisés dans l'espoir que quelqu'un « ferait ce qui était juste et bon ». Sans compter les évangélistes qui lui avaient conseillé de faire ses bagages pour un aller simple en enfer. Berger n'aurait jamais pensé que l'honnêteté puisse être si difficile et ne lui occasionner que des ennuis. Se montrer en public aux côtés de Lucy, ne plus se cacher ou mentir. Berger avait pris tant de choses en pleine figure, des choses qui avaient fait beaucoup plus de mal qu'elle ne l'aurait jamais imaginé. Et pour quoi ? Pour être trompée. Mais jusqu'où plongeaient les racines du mensonge, où se terminaient-elles ? Car cela se terminerait. *Ne t'inquiète pas,* se répétait-elle. Un jour ou l'autre surviendrait une conversation, Lucy s'expliquerait et tout s'arrangerait. Lucy lui raconterait tout au sujet de Rupe.

Berger saisit l'opportunité de s'adresser à Hap Judd avant que Lucy n'intervienne à nouveau :

— La seule chose que nous souhaitons, c'est que vous nous disiez la vérité. Il s'agit d'une histoire sérieuse, très. Nous ne jouons pas à des petits jeux.

— Je ne sais même pas pourquoi je suis ici. Je n'ai rien fait, lui répondit Hap Judd, et elle n'aima pas ce qu'elle lut dans son regard.

Il la fixait de façon effrontée, la détaillant de la tête aux pieds, conscient de l'effet produit sur Lucy. Il savait pertinemment ce qu'il faisait, les défiait, et parfois Berger sentait qu'il s'amusait d'elles.

— Je vous le répète, je n'ai rien fait de mal.

Peut-être, peut-être pas. Toutefois il ne leur avait pas été d'une grande aide. Or Berger lui avait accordé un délai de trois semaines. C'est très long, trois semaines, lorsqu'une femme a disparu, a peut-être été enlevée, est peut-être morte ou, plus vraisemblablement, s'emploie à se forger une nouvelle identité en Amérique du Sud, aux Fidji, en Australie, Dieu seul savait où.

Lucy le dévisageait de son implacable regard vert, ses cheveux blond-roux flamboyant dans la lumière des plafonniers. Elle s'apprêtait à lui sauter à nouveau dessus tel un chat sauvage. Elle lui balança :

— Ce n'est pas le pire ! Je ne sais pas au juste ce que les autres détenus feraient à un tordu malsain de votre genre.

Elle pénétra sur sa messagerie électronique et entreprit de taper.

La mention de la prison produisait son effet. Il ne paraissait plus aussi content de lui. Quittant les seins de Berger du regard, ne s'adressant qu'à elle, son calme s'effritant complètement, il déclara :

— Vous savez quoi ? J'ai failli ne pas venir. Il s'en est fallu d'un cheveu, vous n'avez pas idée ! Et voilà la merde que je ramasse. Je n'ai pas l'intention de rester assis ici pour prendre votre merde en pleine figure !

Mais il ne fit aucun mouvement pour se lever, sa jambe tressautant nerveusement, les dessous-de-bras de son ample chemise en coton blanc auréolés de sueur. Berger pouvait apercevoir sa poitrine se lever à chaque souffle, l'étrange croix d'argent qu'il portait autour d'un lien de cuir se soulevant au rythme de ses inefficaces inspirations. Il serrait les accoudoirs de son fauteuil et une grosse bague d'argent en forme de crâne brillait à son doigt. Ses muscles se tendaient nerveusement et ses veines saillaient sous la peau de son cou. Il ne parvenait plus à partir. Une force l'empêchait de bouger, comme ces gens qui n'arrivent pas à détourner le regard d'une imminente catastrophe ferroviaire.

Sans quitter son écran des yeux, Lucy demanda :

— Vous vous souvenez de Jeffrey Dahmer ? Vous vous souvenez de ce qui est arrivé à cet enfoiré de tordu ? Ce que les détenus lui ont fait ? Ils l'ont tabassé à mort avec un manche à balai. Peut-être même qu'ils s'en sont servis pour lui faire d'autres trucs. Il faisait dans le même genre de saloperies malsaines que vous.

— Jeffrey Dahmer ? Vous rigolez là ?

Il éclata d'un rire sonore qui n'avait rien de joyeux. Il avait peur. Se tournant vers Berger, il reprit :

— Elle est complètement dingue ! Je n'ai jamais fait de mal à personne, de toute ma vie. Je ne fais pas de mal.

— Vous voulez dire pas encore ?

Une grille de carte s'était affichée sur l'écran de Lucy. On aurait dit qu'elle avait lancé une recherche sur MapQuest.

— Je refuse de lui adresser la parole, déclara Hap Judd à Berger. Je ne l'aime pas. Faites-la sortir ou c'est moi qui me tire !

— Et si je vous présentais une liste des gens à qui vous avez fait du mal ? proposa Lucy. En commençant par la famille et les amis de Farrah Lacy.

— Je ne sais pas qui est cette fille et vous pouvez aller vous faire foutre !

— Savez-vous ce qu'est un crime de classe E ? intervint Berger.

— J'ai rien fait ! J'ai jamais fait de mal à personne.

— Ça peut valoir jusqu'à dix ans de prison. Voilà ce que c'est.

Ignorant les signaux que lui envoyait Berger, tous destinés à la convaincre de lâcher le morceau, Lucy déclara alors qu'une nouvelle carte s'affichait sur son écran d'ordinateur portable :

— En cellule d'isolement, pour votre propre protection.

Berger distinguait des zones vertes représentant des parcs, des bleues figurant des pièces d'eau quadrillées par des rues. La sonnerie de son BlackBerry la prévint qu'elle venait juste de recevoir un *e-mail.* Il était presque trois heures du matin.

— Hum… l'isolement. Sans doute à Fallsburg, continuait Lucy. Ils ont l'habitude des prisonniers de marque. Attica, ce n'est pas l'idéal. Ils ont hébergé le Fils de Sam. Il s'est fait attaquer à l'arme blanche là-bas.

L'*e-mail* provenait de Marino :

patiente psychiatr possible liée à l'incident doc dodie hodge trouvé quelque chose au cctr oubliez pas de demand votre temoin si connait elle suis occupé vous expliquerai

Berger leva le nez de l'écran de son BlackBerry. Lucy continuait de terroriser Hap Judd en lui déballant tout ce qui pouvait arriver à des gens de sa sorte en prison.

— Parlez-moi de Dodie Hodge, interrompit-elle. Votre relation avec elle.

La perplexité puis la colère se peignirent sur le visage d'Hap Judd, qui éructa :

— C'est une gitane, une foutue sorcière ! C'est moi qui devrais être considéré comme une victime ici, vu comme cette dingue me casse les pieds. Pourquoi me posez-vous cette question ? Qu'est-ce qu'elle a à voir dans cette histoire ? Ah, mais peut-être que c'est elle qui m'accuse de je ne sais quoi ? Peut-être qu'elle est derrière tout ça ?

— Peut-être que je répondrai à vos questions lorsque vous me fournirez des réponses aux miennes, rétorqua Berger. Racontez-moi de quelle façon vous l'avez connue.

— Une médium, une conseillère spirituelle, quel que soit le nom que vous voudrez lui donner. Beaucoup de gens – notamment à Hollywood –, des gens qui ont un succès fou, même des politiciens, la connaissent, sollicitent son conseil dans un peu tous les domaines : l'argent, leur carrière, leurs relations. Je me suis conduit comme un crétin. Je lui ai un peu parlé et depuis elle n'arrête pas de m'importuner. Elle inonde mon bureau de L. A. de coups de téléphone.

— Elle vous traque ?

— Ouais, c'est exactement ça !

— Quand cela a-t-il débuté ? s'enquit Berger.

— Je ne me souviens plus au juste. L'année dernière. À l'automne, je dirais. On me l'avait indiquée.

— Qui cela ?

— Une personne du milieu qui pensait qu'elle pourrait m'aider. Des conseils au sujet de ma carrière.

— Je vous demandais un nom, insista Berger.

— Écoutez, il faut quand même que je respecte l'anonymat de cette personne. Beaucoup de gens vont consulter cette femme. Vous n'en reviendriez pas.

— Ils vont la voir ou c'est elle qui se déplace ? Où se déroulent les rencontres ?

— Elle est venue chez moi, dans mon appartement à TriBeCa. Les gens très en vue ne se rendront certainement pas chez elle, au risque d'être suivis et peut-être filmés. Elle réalise aussi des prédictions par téléphone.

— Et comment se fait-elle payer ?

— En liquide. Ou alors, si la consultation se passe par téléphone, vous envoyez un chèque à une boîte postale située dans le New Jersey. Je lui ai parlé à quelques reprises au téléphone et j'ai coupé la communication parce qu'elle est vraiment trop dingue. Ouais, je suis traqué, et c'est de ça qu'on devrait discuter.

— Est-ce qu'elle fait de soudaines apparitions dans des endroits où vous vous trouvez ? Votre appartement de TriBeCa, un plateau de tournage, des lieux que vous avez l'habitude de fréquenter ? Le bar de Christopher Street à New York, par exemple ? énuméra Berger.

— Elle passe sa vie à me laisser des messages chez mon agent.

— Elle appelle L. A. ? Je peux vous donner un très bon contact à l'antenne FBI de la ville. Le FBI est très compétent en matière de traque, de harcèlement en tout genre. C'est même l'une de ses spécialités.

Judd ne répondit pas. Il n'avait aucune intention de contacter le FBI de Los Angeles. C'était un salopard méfiant et Berger se demanda fugacement si cette « personne » dont il protégeait l'anonymat pouvait être Hannah Starr. Si elle en croyait ce qu'il venait de révéler, sa première rencontre avec Dodie Hodge remontait à l'époque où il avait commencé à être en relations financières avec Hannah. Un an plus tôt, à l'automne.

Elle revint à sa question, mécontente de l'entrée en scène de Dodie Hodge, et contrariée que Marino ait interrompu l'interrogatoire d'un témoin qu'elle commençait à sérieusement prendre en grippe.

— Le bar de Christopher Street, disais-je.

— Vous ne pouvez rien prouver, lança-t-il d'un ton de défi.

— Puisque vous êtes certain que nous ne possédons aucune preuve, pourquoi être venu cette nuit ?

— Surtout que vous avez affirmé avoir été à un cheveu de nous planter, souligna Lucy, toujours concentrée sur son MacBook, rédigeant des *e-mails* et consultant des cartes.

— Pour coopérer. Je suis ici dans le but de coopérer, expliqua Judd à Berger.

— Je vois. Et donc vous ne pouviez pas coincer votre désir de coopération dans votre emploi du temps surchargé il y a trois semaines, lorsque j'ai commencé à m'intéresser à vous et que je vous ai poursuivi au téléphone ?

— Je me trouvais à L. A.

— Ah oui, j'avais oublié. Et ils n'ont pas le téléphone là-bas ?

— J'étais débordé et les messages que j'ai reçus n'étaient pas clairs. Je n'ai rien compris sur le moment.

— Bien. Mais aujourd'hui vous avez compris et êtes désireux de coopérer, résuma Berger. Venons-en à ce petit incident de lundi dernier et surtout à ce qui s'est passé après votre départ, tard dans la nuit, du Stonewall Inn, situé au numéro 53 de Christopher Street. Vous êtes parti en compagnie de ce jeune gars, Eric. Vous vous souvenez d'Eric ? Le type avec qui vous avez fumé de l'herbe. Celui avec qui vous avez discuté si franchement.

— On était défoncés, argua Judd.

— En effet, les gens parlent beaucoup lorsqu'ils sont défoncés. Vous étiez donc *high* et vous lui avez raconté des histoires de cul complètement dingues, ses propres mots. Des histoires qui s'étaient déroulées au Park General Hospital, dans Harlem.

Ils étaient nus sous le duvet de plume, incapables de dormir, serrés l'un contre l'autre, admirant la vue par la fenêtre. La ligne des toits de Manhattan n'avait rien de comparable avec l'océan, une chaîne de montagnes majestueuses ou les ruines de Rome, mais ils l'aimaient et avaient pris l'habitude de relever les stores à la nuit, après avoir éteint toutes les lumières.

Benton caressa la peau nue de Scarpetta, son menton posé sur sa tête. Il embrassa sa nuque, ses oreilles, abandonnant une trace fraîche sous ses baisers. Sa poitrine était pressée contre son dos et elle pouvait sentir les battements paisibles de son cœur.

— Je ne te pose jamais de questions au sujet de tes patients, dit-elle.

— À l'évidence, je ne dois pas être un divertissement digne de ce nom, si tu penses à mes patients, murmura Benton à son oreille.

Elle se lova dans ses bras et lui embrassa les mains.

— Peut-être pourrais-tu essayer à nouveau de me distraire dans quelques minutes. J'aimerais poser une question, en toute hypothèse.

— Tu en as le droit, et je suis même surpris que tu n'en aies qu'une !

— Comment un individu du genre de ton ancienne patiente pourrait-il connaître notre adresse personnelle ? Et je ne suis pas en train de suggérer que c'est elle qui a fait déposer le paquet.

Scarpetta se refusait à prononcer le nom de Dodie Hodge alors qu'ils étaient couchés côte à côte.

— On peut spéculer qu'un individu particulièrement manipulateur peut parvenir à tirer des informations des autres. Par exemple, certains membres du personnel du McLean savent où nous habitons, puisque du courrier et des paquets nous sont parfois adressés ici.

— Et des membres du personnel confieraient ce genre de choses à des patients ?

— J'espère bien que non, et je ne dis pas que les choses se sont déroulées ainsi, observa Benton. Je ne dis même pas que cette personne ait jamais été au McLean, qu'il s'agit d'une ancienne patiente de cet établissement.

Il n'avait aucun besoin de s'appesantir sur ce point. Scarpetta était certaine que Dodie Hodge avait séjourné là-bas.

— Je ne dis pas non plus qu'elle avait quelque chose à voir avec la livraison douteuse de ce soir.

Cela non plus, il n'avait pas besoin de le préciser. Scarpetta savait qu'il redoutait précisément que tel fût le cas.

— En revanche, il est clair que d'autres risquent de la soupçonner d'être derrière cet acte, et peu importe que l'on découvre des indices du contraire.

Il parlait d'une voix très douce, intime, un ton presque incongru étant donné la nature de la conversation.

— Tu veux dire que c'est ce que Marino soupçonne. Il en est même sans doute convaincu, mais pas toi. C'est cela ?

Scarpetta n'en revenait pas.

Elle était certaine que Benton ne se faisait plus d'illusions au sujet de son ancienne patiente qui avait appelé de façon si imprudente CNN. Benton était convaincu de la dangerosité de Dodie Hodge.

— Marino peut avoir raison ou se tromper, reprit Benton. Même si cette fameuse ancienne patiente est une mauvaise nouvelle à elle toute seule et un individu potentiellement nuisible, il serait encore plus dommageable que le paquet ait été envoyé par quelqu'un d'autre, et qu'on passe à côté parce qu'on est certain de l'identité de l'expéditeur. Car qu'arrivera-t-il si nous sommes dans l'erreur ? Peut-être que quelqu'un risque d'être sérieusement blessé au prochain coup.

— Nous ne savons pas ce qui se trouve dans le paquet. Rien peut-être. Tu paniques ?

— Oh, il y a bien quelque chose, je peux te le garantir. À moins que tu n'aies été la star féminine d'un film de Batman sans que je sois au courant, tu n'es pas le médecin expert en chef de Gotham City. Il y a là une allusion qui me déplaît. D'ailleurs je n'arrive pas très bien à comprendre pourquoi ça me tracasse autant.

— Parce que c'est à la fois sarcastique et hostile, résuma-t-elle.

— Peut-être. L'écriture m'intéresse beaucoup. La description que tu en fais : très précise, stylisée au point que l'on croirait une sortie d'imprimante.

— La personne qui a tracé l'adresse a la main sûre. Peut-être un don artistique, renchérit Scarpetta tout en sentant qu'une autre idée le préoccupait.

Une des informations que Benton possédait au sujet de Dodie Hodge le ramenait à cette écriture.

— Tu es certaine qu'il ne s'agit pas d'une sortie laser ? insista-t-il.

— J'ai eu pas mal de temps pour l'analyser quand je me trouvais dans l'ascenseur. Encre noire, stylo-bille. Les lettres présentent des variations assez nettes pour affirmer que l'adresse a été manuscrite.

— Avec un peu de chance, nous aurons peut-être encore quelque chose à quoi nous raccrocher une fois à Rodman's Neck. Le bordereau d'envoi est notre meilleur indice.

— Hum… Si nous avons de la chance, fit-elle.

Lucy aurait un grand rôle à jouer. À l'évidence, l'équipe de déminage s'emploierait à déjouer n'importe quel mécanisme de mise à feu pouvant se trouver dans la boîte FedEx. La technique consistait à faire feu à l'aide d'un perturbateur PAN, mieux connu sous le nom de canon à eau, un fusil calibre 12 modifié afin de pouvoir tirer des cartouches d'eau et envoyer ainsi entre quatre-vingt-dix et cent vingt millilitres sur la cible. Dans ce cas, la cible principale serait la supposée alimentation de l'engin explosif, à savoir les petites piles décelées aux rayons X. Scarpetta espérait juste qu'elles ne se trouvaient pas derrière le bordereau d'envoi portant l'adresse manuscrite, sans quoi ils ne retrouveraient rien à l'exception d'une sorte de pulpe détrempée.

— On peut avoir une conversation d'ordre général, proposa Benton en se redressant un peu et en arrangeant les oreillers. Tu connais ce qu'on appelle une personnalité limite. Un individu dont l'ego est mal canalisé, mal contrôlé, dont les limites connaissent des failles et qui, à la faveur d'un stress, peut devenir agressif, violent. L'agressivité est affaire de concurrence. On entre en compétition pour le mâle, pour la femelle, pour celui ou celle qui est le plus apte à la reproduction. On entre en compétition pour s'approprier les ressources, la nourriture, un endroit protégé. On entre en compétition pour prendre le pouvoir parce que, sans hiérarchie, il n'existe plus d'ordre social. En d'autres termes, l'agressivité survient lorsqu'on peut en tirer quelque chose de profitable.

Scarpetta repensa à Carley Crispin. Elle repensa à son BlackBerry disparu. En fait, elle y songeait depuis des heures. Une sorte d'angoisse l'oppressait, quoi qu'elle fasse. Même lorsqu'elle faisait l'amour, elle avait peur. Elle était en colère. Elle était très mécontente d'elle et se demandait comment Lucy allait prendre les choses. Scarpetta s'était conduite comme une idiote. Comment avait-elle pu être aussi bête !

— Malheureusement, ces pulsions primitives, basiques, qui peuvent être compréhensibles lorsqu'on les met en parallèle avec la survie des espèces, dérapent parfois vers la malignité et deviennent contre-adaptatives. Elles peuvent prendre des formes extrêmement inappropriées et ne plus rien avoir de rentable, expliquait Benton. Parce que, au bout du compte, un acte d'agression comme celui qui consiste à harceler et à menacer une personne importante telle que toi n'est pas rentable pour l'initiateur dudit acte. Le résultat n'en sera que la punition, la confiscation de toutes les choses pour lesquelles il était légitime d'entrer en compétition. Qu'il s'agisse d'un internement dans un établissement psychiatrique ou d'une peine de prison.

— Je dois en conclure que la femme qui m'a appelée ce soir durant l'émission de CNN présente un désordre de la personnalité, peut se montrer violente en cas de stress important et est en compétition avec moi pour conquérir le mâle, toi en l'occurrence.

— Elle t'a appelée dans le but de m'atteindre, et ça a fonctionné. Elle veut capter mon attention. Ce genre de personnalité limite prospère sur un renforcement négatif, aime être l'œil du cyclone. Si tu ajoutes d'autres désordres de la personnalité au mélange, on passe de l'œil du cyclone au parfait cyclone.

— Transfert. Aucune de tes patientes n'a une chance. Elles veulent ce que j'ai.

Et elle le voulait à nouveau. Elle voulait son attention, en avait assez de parler travail, problèmes, assez d'évoquer des êtres humains qui étaient de véritables horreurs. Elle voulait être toute proche de lui, songer que rien n'était interdit, et son ardent besoin d'intimité était insatiable parce qu'elle ne pouvait obtenir ce qu'elle souhaitait. Elle n'avait jamais eu ce qu'elle voulait avec Benton, et sans doute était-ce la raison pour laquelle elle le désirait encore, de façon aussi manifeste. C'était pour cela qu'elle l'avait voulu au tout début, qu'elle s'était sentie attirée par lui, avait ressenti une bourrasque de désir dès leur première rencontre. Et elle se trouvait dans le même état d'esprit, vingt ans plus tard, une attraction désespérée qui la satisfaisait et la laissait vide tout à la fois. Ainsi était le sexe avec lui, une alternance entre donner et recevoir, rassasier et assécher, et puis revenir au point de départ pour demander davantage.

— Je t'aime, tu sais, murmura-t-elle contre sa bouche. Même lorsque je suis en colère.

— Tu seras toujours en colère, et j'espère que tu m'aimeras toujours.

— Je veux comprendre, affirma-t-elle.

Il s'agissait d'un mensonge, et sans doute était-elle incapable de cette compréhension.

En effet, lorsque le souvenir dévalait dans son esprit, elle ne parvenait pas à comprendre ses choix, qu'il ait pu l'abandonner de façon si brutale, si définitive, sans jamais vérifier comment se déroulait sa vie. Jamais elle n'aurait procédé comme lui. Cependant elle n'avait pas l'intention d'en discuter à nouveau.

— Je sais que je t'aimerai toujours, déclara-t-elle en l'embrassant et en se glissant sur lui.

Ils changèrent de position, sachant de façon intuitive de quelle façon bouger. Ils avaient depuis bien longtemps dépassé le stade où ils devaient réfléchir, évaluer ce que l'autre attendait, les limites à ne pas franchir pour éviter la fatigue ou l'inconfort. Scarpetta avait entendu toutes les variations possibles des inévitables blagues liées à ses connaissances en anatomie, qui devaient, dans l'esprit des plaisantins, faire d'elle une bombe au lit. Au-delà même de leur côté grotesque, elles ne l'avaient jamais amusée. À de rares exceptions près, ses patients étaient décédés et leur réaction à son toucher inexistante et de peu d'aide. Cela ne signifiait pas pour autant que la morgue ne lui avait pas enseigné quelque chose d'essentiel, bien au contraire. Ses longues années d'expérience professionnelle l'avaient encouragée à affiner ses sens, à voir, à humer, à sentir, à détecter les nuances les plus subtiles chez ceux qui ne pouvaient plus dire, des êtres peu coopératifs qui avaient besoin d'elle mais n'offraient rien en échange. La morgue l'avait rendue plus forte. La morgue lui avait offert des mains robustes et aptes. La morgue lui avait aussi communiqué des désirs puissants. Des envies de tiédeur, de frôlements, de vie. Elle avait envie de faire l'amour.

Benton s'endormit ensuite, d'un sommeil profond. Il ne frémit même pas lorsqu'elle se leva, des pensées s'entrechoquant à nouveau dans son esprit, l'angoisse et le ressentiment retrouvant leur emprise. Il était trois heures passées de quelques minutes. Une longue journée s'annonçait, une journée qu'elle prévoyait lourde de surprises, une de ces journées qu'elle disait « indéterminées ». Les champs de tir et de déminage de Rodman's Neck et la bombe éventuelle, peut-être les labos, peut-être ensuite le bureau afin d'y dicter des rapports d'autopsie et tenter de juguler son retard en matière de paperasse et de messages en attente. *A priori*, elle n'avait pas d'autopsies prévues. Mais tout pouvait changer en fonction du personnel disponible et des corps transportés à l'institut médico-légal au cours de la journée. Et que faire à propos de son BlackBerry ? Peut-être Lucy avait-elle appelé ? Que faire au sujet de sa nièce ? Sa conduite était difficilement compréhensible. Elle se montrait si irritable, si impatiente. Et puis il y avait eu son insistance au sujet des Smartphones. Elle avait récupéré les anciens et les avait remplacés, sans se préoccuper de l'avis de leurs propriétaires, comme s'il s'agissait d'un acte plein d'égards et débordant de générosité. *Tu devrais te recoucher et te reposer un peu. La fatigue rend tout sombre*, s'admonesta Scarpetta. Toutefois se rendormir un peu n'était plus une option. Elle devait régler certaines choses, dire la vérité à Lucy et en finir avec cette histoire. *Avoue-lui ce que tu as fait. Explique-lui à quel point sa tante Kay s'est conduite en idiote.*

Dans le domaine technique, Lucy était l'être le plus talentueux qu'ait connu Scarpetta. Déjà toute petite, la façon dont fonctionnaient les choses la fascinait. Elle assemblait des bouts de tout, puis les désarticulait, certaine qu'elle pourrait ainsi améliorer les performances de l'appareil qu'elle disséquait. Une telle inclination, ajoutée à une insécurité de fond, sans oublier un besoin vital de pouvoir et de contrôle, avait façonné une Lucy, une sorte de génie capable de détruire aussi complètement qu'elle réparait, le tout en fonction de ses intentions et surtout de son humeur du moment. Échanger des téléphones sans demander la permission de leurs propriétaires était, à tout le moins, abusif, et Scarpetta ne comprenait toujours pas ce qui avait motivé sa nièce. Quelques années auparavant, Lucy aurait d'abord demandé l'autorisation des personnes concernées. Elle ne se serait pas désignée administrateur système pour tous, sans consulter personne, sans même prévenir, et elle allait être très mécontente lorsque Scarpetta lui avouerait sa bêtise et sa conduite pour le moins inintelligente. Lucy réagirait en lançant que c'était aussi malin que de traverser une artère sans regarder dans les deux sens, ou percuter un rotor de queue.

Scarpetta redoutait la leçon de morale qu'elle était certaine de récolter lorsqu'elle admettrait avoir supprimé le mot de passe permettant d'accéder à son BlackBerry deux jours après l'avoir reçu, parce que la configuration voulue par Lucy lui tapait sur les nerfs. *Tu n'aurais pas dû. Tu n'aurais jamais dû !* Ce reproche revenait en boucle dans son esprit. À sa décharge, à chaque fois qu'elle sortait l'appareil de son étui, elle devait le déverrouiller. Lorsqu'elle ne l'utilisait pas, au bout de dix minutes il se verrouillait à nouveau. Et puis il y avait eu le problème des erreurs de frappe, lorsqu'elle avait entré à six reprises un mot de passe erroné : la goutte d'eau qui avait fait déborder le vase et l'avait pétrifiée. Lucy l'avait clairement indiqué dans ses instructions : huit erreurs de mot de passe consécutives et le BlackBerry cessait de fonctionner, une dernière précaution à la manière de *Mission : Impossible*, quand la bande où se trouve le message s'autodétruit.

Lorsque Scarpetta avait envoyé un *e-mail* à sa nièce pour l'avertir que son BlackBerry avait été « égaré », elle avait omis de mentionner le mot de passe invalidé, un « détail ». Si quelqu'un avait récupéré son appareil, ce serait très embêtant. Scarpetta le craignait, tout comme elle craignait Lucy. Surtout, elle en venait à avoir peur d'elle-même. *Depuis quand te montres-tu si négligente ? Tu as transporté un engin explosif jusque dans ton appartement et tu as supprimé le mot de passe de ton téléphone. Mais qu'est-ce que tu as dans la tête à la fin ! Réagis. Au lieu de te tracasser, résous le problème, fais un peu attention à tes actes !*

Il fallait qu'elle mange. Son estomac vide protestait. Si elle avalait quelque chose, elle se sentirait mieux. Il fallait qu'elle occupe ses mains à une activité apaisante, pas sexuelle. Faire à manger était apaisant, régénérant. Préparer l'un de ses plats favoris, se concentrer sur les détails afin de revenir à la normalité et d'en finir un peu avec le désordre. Faire le ménage ou la cuisine, mais elle avait assez nettoyé, les effluves du produit pour le bois lui parvenant toujours comme elle traversait le salon pour atteindre la cuisine. Elle ouvrit le réfrigérateur, examina son contenu à la recherche d'une inspiration. Une *frittata*, une omelette ? Elle n'avait pas envie d'œufs, de pain ou de pâtes. Plutôt quelque chose de léger, de sain, avec de l'huile d'olive et des herbes aromatiques fraîches. Une *insalata caprese* peut-être ? Ce serait parfait. Un plat d'été, à ne préparer que lorsque les tomates étaient à pleine maturité, si possible récoltées dans le potager de Scarpetta. Cependant, dans des villes telles que New York ou Boston, pour peu qu'il y ait une grande surface diététique ou bio, on pouvait trouver de magnifiques tomates toute l'année, de savoureuses Crimée d'un rouge noir, des cœurs de bœuf goûteuses, des tomates jaunes, tant d'autres.

Elle en choisit quelques-unes dans le panier posé sur le comptoir de la cuisine et les découpa en quartiers sur la planche. Elle fit tiédir de la mozzarella fraîche à la température ambiante en l'enfermant dans un sac à congélation et en la plongeant quelques minutes dans une eau un peu chaude. Elle arrangea les tranches de tomate et de fromage en cercles concentriques sur une assiette et les parsema de feuilles de basilic frais, avant de verser un filet d'huile d'olive pression à froid et non filtrée. Puis elle saupoudra son plat d'une pincée de gros sel marin. Elle transporta son en-cas dans la salle à manger attenante, qui donnait face à l'ouest sur des gratte-ciel et sur l'Hudson, avec, au loin, le trafic aérien du New Jersey.

Elle avala une bouchée tout en ouvrant le navigateur de son MacBook. Il était temps d'affronter sa nièce. Sans doute lui avait-elle déjà répondu. Autant faire face à sa mauvaise humeur et régler le problème du BlackBerry manquant. Il ne s'agissait pas d'un incident banal, insignifiant, et Scarpetta n'avait pu se l'ôter de la tête depuis qu'elle s'était rendu compte qu'il avait disparu. Ça virait à l'obsession. Elle tentait de se souvenir depuis des heures de ce qui se trouvait au juste sur la mémoire du téléphone, d'imaginer à quelles informations pourrait accéder la personne qui l'aurait découvert. Dans le même temps, une part d'elle-même aurait aimé retrouver l'époque où son plus gros souci consistait à se prémunir contre les fouineurs, un indélicat qui aurait consulté son Rolodex ou fouillé dans ses messages papier, ses rapports d'autopsie ou les photographies empilées sur son bureau. Une précaution la débarrassait alors de la plupart des indiscrétions et fuites potentielles : une serrure ! Les rapports hautement confidentiels étaient bouclés dans une armoire de bureau et lorsque des données qu'elle voulait protéger de la curiosité traînaient sur son bureau, il lui suffisait de verrouiller sa porte quand elle s'absentait. Simple et efficace ! Du bon sens, rien d'autre. Aucune difficulté là-dedans. Il suffisait ensuite de cacher la clé.

Elle était toujours médecin expert en chef de l'État de Virginie lorsque étaient arrivés les premiers ordinateurs de bureau. Cela aussi avait été simple, et elle n'avait pas ressenti d'aversion pour cette nouveauté. Elle avait décidé qu'elle pouvait gérer le bon avec le mauvais. Certes, elle n'était pas parvenue à éviter tout à fait les failles de sécurité, mais là encore chaque difficulté avait trouvé une solution, et des mesures de prévention avaient fait le reste. Les premiers téléphones mobiles non plus n'avaient pas été un épineux problème à cette époque. Au fond, la méfiance qu'elle avait éprouvée à leur égard tenait davantage au recours éventuel à des scanneurs pour écouter les conversations des autres et, plus prosaïquement, aux gens qui avaient vite développé cette habitude incivile et imprudente de se lancer n'importe où dans des conversations n'ayant plus rien de privé. Mais ces dangers n'étaient pas comparables avec ceux nés récemment. Elle ne parvenait même plus à décrire ce pour quoi elle se tracassait presque quotidiennement. La technologie moderne n'était plus sa meilleure amie. Elle lui réservait parfois des coups bas. Et, cette fois-ci, le coup risquait d'être sévère.

Le BlackBerry de Scarpetta était un concentré de sa vie professionnelle et personnelle. Son répertoire renfermait les numéros de téléphone ou les adresses *e-mail* de gens qui seraient furieux – voire compromis – si une personne malintentionnée mettait la main sur des informations privées les concernant. Elle se sentait très protectrice envers les proches de ceux qu'une mort tragique avait emportés, les abandonnant dans son sillage. D'une certaine façon, ces survivants devenaient à leur tour ses patients, dépendant d'elle pour apprendre des choses, l'appelant pour lui raconter un détail qui leur était revenu à la mémoire, lui poser une question, formuler une hypothèse, ou simplement parce qu'ils avaient besoin de parler un peu, souvent aux dates anniversaires ou en cette période de l'année, les fêtes. Les confidences de ces familles, de ces êtres chers aux défunts, étaient sacrées. L'aspect le plus sacré de son travail.

Ce serait épouvantable si la mauvaise personne – une personne travaillant, par exemple, pour une chaîne de télé câblée – avait accès à ces noms, dont beaucoup étaient associés à des affaires très médiatisées, comme Grace Darien. Grace était la dernière à qui Scarpetta avait parlé, aux environs de dix-neuf heures quinze, juste après avoir terminé sa conférence téléphonique avec Berger, alors qu'elle se dépêchait pour partir à CNN. Au bord de la crise de nerfs, Mme Darien l'avait appelée sur son BlackBerry. Le communiqué de presse avait cité l'identité de Toni et précisé qu'elle avait été agressée sexuellement avant d'être battue à mort. Mme Darien était à la fois paniquée et dans l'incompréhension totale. Elle n'avait jamais pensé qu'un coup violent porté à la tête signifiait la même chose qu'être battue à mort. Rien de ce qu'avait pu lui dire Scarpetta ne l'avait rassurée. Scarpetta n'avait pas été malhonnête, elle ne l'avait pas induite en erreur. Elle n'avait pas rédigé ce communiqué de presse et, si difficile que cela soit pour elle, Mme Darien devait admettre qu'elle ne pouvait pas entrer davantage dans les détails. Scarpetta était désolée, vraiment, mais elle ne pouvait pas discuter plus avant de l'enquête.

Elle avait entrepris de se changer tout en parlant à Mme Darien :

— Vous souvenez-vous de ce que je vous ai dit ? La confidentialité est cruciale. Certains détails ne sont connus que du tueur, du légiste et de la police. C'est pourquoi je ne peux pas vous en révéler plus pour l'instant.

Quelle ironie : la championne de la discrétion et de l'éthique ! Si cela se trouvait, un individu avait mis la main sur son BlackBerry dépourvu de protection, eu accès aux informations concernant Grace Darien et contacté cette mère désespérée. Scarpetta ne pouvait s'empêcher de repenser à ce que Carley Crispin avait répandu dans les médias, ce détail concernant un taxi jaune – le prétendu lien entre Hannah Starr et Toni Darien –, sans oublier l'information frauduleuse selon laquelle des cheveux d'Hannah en voie de décomposition auraient été découverts. À l'évidence, un journaliste sans état d'âme et aux abois souhaiterait impérativement s'entretenir avec toutes les Grace Darien du monde. La liste des méfaits considérables que pouvait causer son téléphone disparu s'allongeait au fur et à mesure que revenaient à Scarpetta des éléments contenus dans la mémoire de l'appareil. Tous ces noms, des contacts qu'elle avait gardés et qui remontaient pour certains au tout début de sa carrière, d'abord transcrits sur papier, puis en version électronique, exportés d'un téléphone portable à un autre, à mesure que les appareils se modernisaient, pour finalement terminer sur le BlackBerry offert par Lucy.

Des centaines de noms se trouvaient dans le répertoire électronique de Scarpetta. Beaucoup parmi ces gens ne lui feraient plus jamais confiance si un spécimen tel que Carley Crispin les appelait sur leur portable ou leur fixe, voire à leur domicile. Bloomberg, le maire ; Kelly, le préfet ; le Dr Edison ; d'innombrables personnages officiels et puissants, aux États-Unis ou à l'étranger, sans compter l'impressionnant réseau personnel de Scarpetta : des collègues anatomopathologistes, des médecins, des magistrats, des avocats, et sa famille, ses praticiens, son dentiste, son coiffeur, son *coach*, sa femme de ménage, les boutiques où elle aimait se rendre. Ses commandes sur Amazon, les livres qu'elle lisait. Ses restaurants préférés, son comptable. Son conseiller financier à la banque. La liste ne cessait de s'allonger, de plus en plus inquiétante. Des messages vocaux alignés sur l'écran, que l'on pouvait écouter sans avoir recours à un mot de passe. Des documents et des présentations sous PowerPoint qui incluaient des photos pour le moins graphiques qu'elle avait importées à partir d'*e-mails*, notamment les photos de scène de crime concernant Toni Darien. Celle que Carley avait diffusée en direct aurait pu provenir du téléphone de Scarpetta. Autre sujet d'inquiétude : la MI, la messagerie instantanée, toutes ses applications destinées à permettre un dialogue électronique presque permanent et en temps réel.

Scarpetta ne croyait pas à cette MI. Selon elle, ce type de technologie ne constituait pas une amélioration mais relevait de la manie, une des innovations les moins heureuses et les plus imprudentes, des gens tapant sur de petits écrans tactiles et de minuscules claviers plutôt que de prêter une totale attention à des activités importantes telles que conduire, traverser une rue passante, utiliser des machines dangereuses, ou même écouter un cours, une conférence, une présentation médicale, voire une pièce de théâtre, assister à un concert, ou simplement faire un peu cas de la personne assise en face d'eux au restaurant ou couchée à leur côté dans leur lit. Il n'y avait pas si longtemps, elle avait surpris un étudiant en médecine en stage à l'institut médico-légal de New York qui envoyait un message instantané durant une autopsie, appuyant de ses pouces gantés de latex sur les minuscules touches de son clavier. Elle l'avait viré de la morgue et lui avait retiré son encadrement. Elle avait ensuite encouragé le Dr Edison à interdire tous les appareils électroniques des zones actives. Cependant elle ne se faisait pas d'illusions. Il était déjà trop tard pour revenir en arrière et personne ne s'exécuterait.

Les flics, les enquêteurs de l'institut médico-légal, les scientifiques, les pathologistes, les anthropologues, les odontologistes, les archéologues légaux, le personnel de la morgue, les techniciens de l'identité judiciaire et le personnel de sécurité, personne n'accepterait de se dessaisir de son PDA, de son iPhone, de son BlackBerry, de son téléphone cellulaire, de son bipeur. En dépit des continuelles mises en garde de Scarpetta à ses collègues, de son insistance à souligner la possible dissémination d'informations confidentielles via la MI ou les *e-mails*, ou, pire, des photos ou vidéos prises grâce à ces appareils, le cas se produisait quand même. D'ailleurs elle n'était pas une exception à la règle : elle avait envoyé des textos et téléchargé des images et des données sans trop de précautions. Elle était devenue un peu laxiste, elle aussi. Elle passait maintenant tant de temps dans des aéroports, dans des taxis, le flot d'informations ne s'interrompant jamais, ne laissant plus aucun répit à personne. Or elle n'avait presque rien protégé par un mot de passe, parce qu'elle était agacée et puis aussi peut-être parce qu'elle n'aimait pas avoir le sentiment que Lucy contrôlait ses faits et gestes.

Elle ouvrit sa boîte de réception. Le *mail* le plus récent avait été expédié quelques minutes auparavant. Il émanait de Lucy, avec un intitulé provocateur :

SUIS LES MIETTES DE PAIN

Scarpetta l'afficha :

Tante Kay : en fichier joint, un extrait du journal de données GPS de traçage tactique, mis à jour toutes les quinze secondes. Je n'ai inclus que les localisations et les horaires, en commençant aux environs de dix-neuf heures trente-cinq, au moment où tu as suspendu ton manteau dans la penderie de la salle de maquillage, alors que le BlackBerry se trouvait sans doute dans ta poche. Un pic est plus évocateur qu'un millier de mots ! Visionne les photos et forge-toi ta propre opinion. La mienne est déjà faite. Inutile de dire que je suis ravie que tu ailles bien. Marino m'a mise au courant au sujet du paquet FedEx. L.

La première image du fichier attaché était ce que Lucy appelait « une vue d'épervier du Times Warner Center », une vue aérienne rapprochée. Suivait une carte portant une adresse, mentionnant latitude et longitude. À l'évidence, à dix-neuf heures trente-cinq le BlackBerry de Scarpetta se trouvait bien au Time Warner Center, c'est-à-dire lorsqu'elle s'était présentée devant l'entrée de la tour nord, située sur la 59e Rue, était passée par le poste de sécurité, avait emprunté l'ascenseur jusqu'au quatrième étage, parcouru le couloir jusqu'à la salle de maquillage, puis suspendu son manteau dans la penderie. À ce moment-là deux personnes seulement se trouvaient dans la pièce : la maquilleuse et elle. Il était inconcevable que quiconque ait pu fouiller les poches de son manteau durant les vingt minutes et quelques de la séance de maquillage, alors qu'elle était assise, qu'on l'apprêtait, qu'elle attendait en regardant Campbell Brown, un journaliste politique, sur l'écran de télévision qu'on n'éteignait jamais.

Scarpetta se souvenait juste qu'un technicien du son l'avait appareillée d'un micro-épingle aux environs de vingt heures vingt, soit une bonne vingtaine de minutes plus tôt qu'à l'accoutumée, à la suite de quoi on l'avait accompagnée jusqu'au plateau pour l'installer. Carley Crispin n'avait fait son apparition que quelques minutes avant vingt et une heures et s'était assise en face d'elle, avait bu quelques gorgées d'eau à la paille, échangé des plaisanteries avec les uns et les autres. L'émission avait alors commencé. Selon Lucy, durant l'émission et jusqu'à ce qu'elle ait quitté l'immeuble à vingt-trois heures approximativement, son BlackBerry était resté au même endroit, avec une réserve :

> Si ton BB a été déplacé à un autre endroit à la même adresse – une autre pièce, un étage différent, par exemple –, la latitude et la longitude n'ont pas changé. Donc je ne sais pas. Je sais juste qu'il n'est pas sorti de l'immeuble.

Ensuite, à presque vingt-trois heures, le téléphone avait quitté le Time Warner Center en même temps que Scarpetta et Carley Crispin. Scarpetta suivit son parcours sur le journal de données GPS et grâce aux prises de vues, la première dans Columbus Circle. Une autre photographie aérienne rapprochée s'afficha : son immeuble de Central Park West à vingt-trois heures seize. Une conclusion semblait s'imposer : à ce moment-là, le BlackBerry se trouvait toujours dans la poche de son manteau, et ce que le WAAS, le système d'élargissement utilisé par l'aviation fédérale, relevait toutes les quinze secondes n'était qu'elle rentrant à son domicile. D'un autre côté c'était impossible, car, alors, comment expliquer que Benton ait tenté de l'appeler à plusieurs reprises ? Si l'appareil se trouvait bien dans sa poche, pourquoi n'avait-il pas sonné ? Elle ne l'avait pas éteint. Elle ne le faisait jamais.

Encore plus troublant, ainsi que le découvrit Scarpetta : lorsqu'elle avait pénétré dans le hall de son immeuble, son téléphone ne l'avait pas suivie. Les photos postérieures du diaporama, une série de vues aériennes, accompagnées de cartes, d'adresses, retraçaient le curieux voyage de son BlackBerry. Il était d'abord retourné au Time Warner Center, puis avait longé la 6e Avenue, pour s'arrêter enfin au numéro 60 de la 54e Rue Est. Scarpetta agrandit la vue, étudiant un ensemble d'immeubles de granit gris coincé au milieu de gratte-ciel. Les voitures et les taxis étaient figés au milieu de la rue. En arrière-plan, elle reconnut le Museum of Modern Art, le Saegram Building et la flèche gothique de l'église Saint-Thomas.

60 54e Est correspond à l'adresse de l'hôtel Élysée, qui héberge notamment le Monkey Bar – accessible si tu fais partie du gratin. C'est une sorte de club privé, très sélect, très Hollywood. Une sortie prisée des célébrités en vue et des acteurs.

Était-il possible que le Monkey Bar soit encore ouvert à cette heure, trois heures dix-sept du matin ? Si l'on se fiait au journal GPS, le BlackBerry de Scarpetta se trouvait toujours dans la 54e Rue Est. Elle se souvint de ce qu'avait précisé Lucy au sujet de la latitude et de la longitude. Peut-être que Carley n'était pas au Monkey Bar, mais dans le même immeuble ?

Elle envoya un *e-mail* à sa nièce :

Le bar est-il ouvert ou le BB peut-il se trouver ailleurs dans le même immeuble ?

Lucy répondit :

Ça peut être l'hôtel. Je suis en entretien avec un témoin, sans ça j'irais vérifier moi-même.

Scarpetta :

Marino le peut, sauf si tu es avec lui.

Lucy :

Je devrais le désintégrer. La plupart de tes données sont également sauvegardées sur le serveur. Tu serais à l'abri. Marino n'est pas avec moi.

De fait, Lucy pouvait accéder à distance au BlackBerry de Scarpetta, détruire la plupart des données stockées dans l'appareil, sans oublier sa « customisation », avec pour résultat de lui restituer son paramétrage d'usine. Si les soupçons de Scarpetta étaient fondés, il était un peu tard pour ce genre de manipulations. Son BlackBerry était entre les mains de quelqu'un d'autre depuis six heures, et si Carley Crispin l'avait dérobé, elle avait eu le temps nécessaire pour récupérer une mine d'informations privilégiées. D'ailleurs peut-être s'en était-elle déjà servie avant de raccompagner Scarpetta, expliquant comment cette photographie de scène de crime avait pu se retrouver à l'écran. Scarpetta était fermement décidée à ne pas le lui pardonner, et il lui faudrait des preuves.

Elle rédigea un nouvel *e-mail* :

Ne désintègre rien. Le BB et ce qu'il renferme sont des preuves. Continue à le pister, s'il te plaît. Où est Marino ? Chez lui ?

La réponse de Lucy ne tarda pas :

Le BB n'a pas bougé depuis trois heures. Marino est au CCTR.

Scarpetta ne répondit pas. Elle n'allait pas mentionner le mot de passe invalidé, pas en ces circonstances. Lucy était capable de « désintégrer » l'appareil en dépit des instructions de sa tante, puisque, apparemment, elle se passait désormais volontiers de permission. Assez étonnant, tout ce dont Lucy était au courant, et Scarpetta se sentait déroutée, titillée par quelque chose qu'elle ne parvenait pas à identifier. Lucy savait où se trouvait le BlackBerry, où joindre Marino, et s'investissait dans la vie des autres d'une façon qui ne lui était pas habituelle. Que savait d'autre sa nièce, pourquoi s'obstinait-elle à vouloir surveiller tout le monde ou, du moins, à en avoir la capacité technique ? *Au cas où on te kidnapperait,* avait-elle expliqué, et il ne s'agissait pas d'une plaisanterie. *Ou alors si tu perds ton appareil, si tu l'oublies dans un taxi. Je pourrais le retrouver.*

Étrange. Scarpetta repensa au jour où les élégants super-téléphones avaient fait leur apparition. Elle s'émerveilla du plan élaboré par Lucy, de sa précision, de son intelligence, bref de la façon dont sa nièce les avait surpris avec son présent. Un samedi après-midi, le dernier de novembre, le 29, se souvint-elle. Benton et elle s'entraînaient au gymnase. Ils avaient pris rendez-vous avec l'entraîneur, comptaient passer ensuite au sauna, puis se sustenter d'un dîner avant de se rendre au théâtre pour assister à une représentation de *Billy Elliot*. Ils avaient leurs habitudes et Lucy les connaissait.

Elle savait qu'ils n'emportaient jamais leurs téléphones au gymnase de leur immeuble. La réception y était affreuse. De surcroît, ce n'était pas nécessaire puisqu'on pouvait toujours les joindre. Le bureau d'accueil du club de remise en forme leur transmettrait les appels urgents. Lorsqu'ils avaient rejoint leur appartement, les BlackBerry trônaient sur la table de la salle à manger, enrubannés de rouge. Une petite note de Lucy – qui avait un double des clés – les accompagnait. Elle y expliquait qu'elle était passée en leur absence et qu'elle avait importé toutes les données de leurs anciens téléphones portables sur les nouveaux. Suivaient des instructions concernant le fonctionnement. Sans doute avait-elle opté pour une stratégie identique avec Berger et Marino.

Scarpetta se leva et composa un numéro.

Un homme à l'accent français répondit :

— Hôtel Élysée. Puis-je vous aider ?

— Carley Crispin, je vous prie.

Un silence, puis :

— Souhaitez-vous que j'appelle sa chambre, madame ? Il est très tard.

CHAPITRE 14

Lucy avait cessé de taper sur le clavier, de rédiger des *e-mails* et de consulter des plans. Elle s'apprêtait à dire une chose qu'elle aurait dû garder pour elle. Berger le sentait et ne pouvait rien tenter pour l'en empêcher.

— Je suis assise en face de vous et je me demande ce qu'en penseraient vos fans, lança Lucy à Hap Judd. J'essaie de me mettre à la place de l'une d'elles. Cette star de cinéma pour laquelle j'ai le béguin. Ça y est, j'y suis ! Et j'imagine mon idole – Hap Judd – avec un doigt de gant en latex comme préservatif en train de baiser le cadavre d'une jeune fille de dix-neuf ans dans la chambre froide d'une morgue d'hôpital.

Hap Judd n'aurait pas été plus stupéfait s'il avait reçu une gifle. Bouche ouverte, le visage cramoisi, il semblait sur le point d'exploser.

— Lucy, je viens de penser... Jet Ranger a peut-être besoin de sortir, intervint Berger après un silence.

Le vieux bouledogue était à l'étage et avait fait ses besoins deux heures avant.

— Il peut encore attendre.

Le regard vert de Lucy épingla celui de Berger. L'audace, l'obstination. Si Lucy n'avait pas été Lucy, Berger l'aurait virée.

— Un autre verre d'eau, Hap ? proposa le procureur. J'aimerais bien un Pepsi Light.

Son regard soutint celui de Lucy. Il ne s'agissait pas d'une suggestion mais d'un ordre. Il lui fallait quelques instants de solitude avec son témoin, elle voulait que Lucy arrête de mettre la pression sur Judd et qu'elle se taise. Il s'agissait d'une enquête criminelle, pas d'une empoignade. Qu'est-ce qui ne tournait pas rond chez elle ?

S'adressant à Hap Judd, Berger reprit :

— Nous parlions donc de ce que vous avez confié à Eric. Il affirme que vous avez fait des commentaires sexuels au sujet d'une jeune fille qui venait de décéder à l'hôpital.

— Je n'ai jamais dit que je m'étais livré à un acte aussi répugnant !

— Mais vous avez parlé de Farrah Lacy à Eric. Vous lui avez raconté que vous soupçonniez des comportements inacceptables de la part de certains membres du personnel de l'hôpital, voire des employés des pompes funèbres, des actes de nécrophilie, avec cette jeune fille et d'autres défunts, résuma Berger au profit de Judd alors que Lucy se levait. Pourquoi avoir mentionné tout cela à quelqu'un que vous ne connaissiez pas ? Peut-être parce que vous aviez un impératif besoin de vous confesser, d'apaiser votre culpabilité. Lorsque vous évoquiez ce qui se passait au Park General Hospital, vous soulagiez en fait votre conscience, vous avouiez vos actes.

— C'est des conneries ! Qui est en train d'essayer de me faire plonger ? C'est un coup monté ! hurla Judd. Il s'agit de fric ? Est-ce que cette petite salope tente de me faire chanter ou un truc de ce genre ? Est-ce que c'est un mensonge tordu de cette foutue dingue de Dodie Hodge ?

— Personne ne tente de vous faire chanter. Cela n'a rien à voir avec l'argent ou quelqu'un qui vous harcèlerait. Nous discutons simplement de ce qui s'est déroulé au Park General avant que vous ne deveniez riche, peut-être même avant que des harceleurs s'accrochent à vos basques.

La tonalité du BlackBerry posé juste à côté d'elle avertit Berger que l'on venait de lui expédier un *e-mail*.

— Des cadavres ! Ça me donne envie de gerber juste d'y penser !

— Mais vous avez fait plus qu'y penser, n'est-ce pas ? déclara Berger.

— Que voulez-vous dire ?

— Vous allez voir.

— Vous êtes en train de chercher un bouc émissaire, ou bien vous voulez vous tailler une réputation à mes frais.

Berger ne rétorqua pas qu'elle s'était déjà fait un nom et qu'elle n'avait certainement pas besoin de l'aide d'un acteur de second plan. À la place, elle lâcha :

— Au risque de me répéter : je ne cherche que la vérité. La vérité a un côté thérapeutique. Vous vous sentirez mieux ensuite. Nous commettons tous des erreurs.

Il s'essuya les yeux. Sa jambe tressautait si violemment que Berger se demanda s'il n'allait pas être déséquilibré de sa chaise. Elle ne l'aimait pas. Toutefois, à cet instant, elle s'aimait encore moins. Elle se souvint pourtant qu'il récoltait ce qu'il avait semé. Il aurait pu éviter tout ça s'il lui avait offert son aide lorsqu'elle l'avait contacté pour la première fois, trois semaines auparavant. S'il avait alors accepté de lui parler, elle n'aurait pas eu besoin de mettre un plan sur pied, plan qui avait fini par prendre une existence autonome. Lucy y avait veillé. Il n'avait jamais été dans l'intention de Berger de poursuivre Hap Judd pour ce qui s'était possiblement passé au Park General Hospital. De plus, elle accordait une confiance très limitée aux dires d'un homme à tout faire, indicateur occasionnel, grand amateur de joints, qu'elle n'avait jamais rencontré et encore moins interrogé. Certes, Marino avait discuté avec cet Eric. Il avait rapporté à Berger les propos du jeune homme au sujet de l'hôpital, et l'information était à tout le moins déconcertante, pour ne pas dire incriminante. Cependant une affaire beaucoup plus importante intéressait le procureur.

Hap Judd était client de la très respectée et très prospère compagnie de management financier que possédait et dirigeait Hannah Starr. Néanmoins, lui n'avait pas perdu sa fortune, pas un centime, lors de cette escroquerie fondée sur un système de cavalerie. Il avait été sauvé de la catastrophe lorsque Hannah avait, semblait-il, retiré tous les investissements d'Hap Judd de la Bourse le 4 août dernier. Ce même jour, deux millions de dollars exactement avaient été virés sur le compte bancaire de l'acteur. Son apport initial, un an auparavant, qui ne représentait qu'un quart de ce montant, n'avait jamais transité par la Bourse. Il était resté dans le giron d'une banque d'investissement immobilier, la Bay Bridge Finance, dont le PDG avait été récemment arrêté par le FBI pour fraude. Hannah clamerait son ignorance des faits. Elle jurerait qu'elle n'avait aucune idée que la Bay Bridge Finance recourait à une vieille tactique de cavalerie, ainsi que l'avaient affirmé, à juste titre, les institutions financières, les associations de bienfaisance et les banques à la réputation sans tache dupées par Bernard Madoff et ses semblables. Sans aucun doute, Hannah Starr crierait haut et fort qu'elle était une victime, à l'instar de tant d'autres.

Cependant, Berger n'allait pas tomber dans le panneau. La date précise de la transaction initiée par Hannah Starr au profit d'Hap Judd – alors que, de toute évidence, il ne la lui avait pas suggérée, ni l'un de ses conseils – était la preuve qu'elle savait dans quoi elle était impliquée, et était donc complice. Une enquête portant sur ses archives financières était en cours depuis sa disparition, la veille de Thanksgiving. Elle soulignait qu'Hannah, seule héritière de la fortune et de la compagnie de son père, Rupe Starr, usait de pratiques professionnelles pour le moins insolites, notamment lorsqu'il s'agissait d'envoyer ses honoraires à ses clients. Ça n'en faisait pas pour autant une criminelle. Rien n'était ressorti, jusqu'à ce que Lucy découvre ce transfert de deux millions de dollars sur le compte d'Hap Judd. Soudain, la disparition d'Hannah Starr, dont on supposait qu'elle était l'œuvre d'un prédateur sexuel, c'est-à-dire le domaine de Jaime Berger, était apparue sous un tout autre éclairage. Berger s'était alors associé d'autres avocats et analystes de la division d'enquête de ses bureaux, notamment sa section fraudes, et elle avait contacté le FBI.

Elle se retrouvait donc chargée d'une investigation hautement confidentielle, dont le public ignorait tout. La dernière chose qu'elle souhaitait était que son intime conviction se répande telle une traînée de poudre : contrairement à ce que les citoyens lambda pensaient, Hannah Starr n'avait pas été victime d'un psychopathe sexuel. Si un taxi jaune était impliqué dans cette histoire, il s'agissait sans doute du véhicule qui l'avait accompagnée jusqu'à un aéroport, où elle était montée à bord d'un avion privé, ainsi qu'elle l'avait prévu. Elle devait se servir de son Gulfstream le jour de Thanksgiving pour rejoindre Miami et ensuite Saint-Barthélemy. On ne l'avait plus revue parce que ses plans étaient différents. Hannah Starr, une reine de l'arnaque. Elle était probablement en vie et en cavale, et n'aurait jamais épargné un terrible revers financier à Hap Judd, sauf à avoir un intérêt autre que professionnel pour lui. Elle était tombée amoureuse de sa star de client, et il pouvait donc détenir des précisions sur sa cachette.

— Ce que vous n'avez jamais imaginé, c'est qu'Eric contacterait mes bureaux le mardi matin et tomberait sur mon enquêteur, à qui il répéterait tout ce que vous lui aviez raconté, précisa Berger à Judd.

Si Marino avait été présent, il aurait pu l'aider à ce point de la discussion. Il aurait pu répéter ce qu'Eric lui avait dit. Berger se sentait isolée, d'une certaine façon rabaissée. Lucy lui manquait de respect et lui cachait des choses. Quant au grand flic, il était beaucoup trop occupé. Elle poursuivit :

— De façon assez ironique, je ne suis pas si certaine que cela qu'Eric ait formé de véritables soupçons à votre sujet. Il voulait surtout pavaner. Il voulait se vanter d'avoir traîné en compagnie d'une star du cinéma, se vanter de posséder des éléments qui pouvaient se traduire par un énorme scandale, devenir la nouvelle gloire américaine en passant sur toutes les chaînes d'informations. Une motivation très répandue de nos jours. Malheureusement pour vous, nous avons commencé à fouiner un peu dans cette histoire du Park General Hospital, et il en ressort qu'il y a bien quelque chose là-dessous.

— C'est juste un petit voyou qui l'ouvre pour se faire remarquer.

Judd était plus calme depuis que Lucy avait quitté la pièce.

— Nous avons vérifié, Hap.

— C'était il y a quatre ans de ça, dans ces eaux-là, il y a longtemps, à l'époque où je travaillais là-bas.

— Quatre ans, cinquante ans, il n'existe aucun délai de prescription, l'informa Berger. Toutefois je reconnais que vous allez mettre le tribunal face à un défi légal inhabituel. En général, lorsque des restes humains sont profanés, il s'agit d'archéologie, pas de nécrophilie.

— Vous voudriez tant que ce soit la vérité, mais c'est faux. Je le jure. Je ne ferais jamais de mal à personne.

— Personne ne souhaite qu'une telle chose soit vraie, croyez-moi, le détrompa Berger.

— Je ne suis venu cette nuit que dans le but de vous aider.

Les mains d'Hap Judd tremblaient lorsqu'il s'essuya à nouveau les yeux. Peut-être de la comédie. Peut-être voulait-il qu'elle le prenne en pitié. Il poursuivit :

— Cet autre truc ? C'est faux, archi-faux, et peu importe ce qu'a raconté ce mec.

— Eric était très convaincant.

Si Marino était présent, il pourrait lui prêter main-forte, bordel ! Elle était furieuse contre lui.

— Foutue merde, qu'il aille se faire foutre ! On a quitté le bar et je plaisantais. On a allumé un joint. Je rigolais à propos de ce truc à l'hôpital. Je la ramenais, c'est tout. Merde, j'ai vraiment pas besoin de rentrer là-dedans. Pourquoi j'irais faire des trucs comme ça ? C'étaient des mots en l'air, des mots, de l'herbe et de la tequila pour faire bonne mesure. Donc je suis là, dans ce bar, complètement pété, et ce mec... Foutue merde de rien du tout ! Qu'il aille se faire foutre ! Je vais lui faire un procès. Il y laissera la peau de son cul, je vais le ruiner. Voilà ce que je récolte à me montrer sympa avec des groupies de merde.

— Qui vous dit qu'Eric est un de vos groupies ?

— Parce qu'il s'est précipité vers moi dès qu'il m'a vu dans le bar. Je m'occupais de mes oignons en buvant un verre, et il me demande un autographe, vous voyez ? Je commets l'erreur d'être gentil. De fil en aiguille, on sort, on marche un peu et il me pose plein de questions sur ma vie. Apparemment, il espérait que je sois *gay*. Je le suis pas, même pas un essai.

— Eric est *gay* ? demanda Berger.

— Ben, il traîne au Stonewall Inn.

— Vous aussi.

— Je vous le répète : je ne suis pas *gay* et je ne l'ai jamais été.

— Un lieu inhabituel pour vous, donc. Le Stonewall Inn est l'un des établissements *gay* les plus célèbres du pays, un symbole de la lutte pour les droits homosexuels, en fait. Pas véritablement la balade classique pour des hétérosexuels, en d'autres termes.

— Quand on est acteur, on traîne dans pas mal d'endroits. Ça permet d'interpréter n'importe quel type de personnage. Je suis la méthode Stanislavski, vous voyez. Je fais des recherches. C'est ma technique. C'est là que je trouve des idées, que je m'imprègne. J'ai la réputation de mettre les mains dans le cambouis si besoin. Je fais ce qu'il faut faire.

— Passer la soirée dans un bar *gay* est donc une forme de recherche ?

— J'ai pas de problème avec ça, avec rien, je me sens bien dans mes pompes.

— Quels autres types de recherches poursuivez-vous, Hap ? Vous avez entendu parler de la ferme des corps dans le Tennessee ?

L'incompréhension fit place à l'incrédulité sur le visage de Judd.

— Quoi ? Vous fliquez ma messagerie électronique maintenant ?

Berger ne répondit pas.

— D'accord, je leur ai passé une commande. Pour des recherches. Je dois jouer le rôle d'un archéologue dans un film. On fait des fouilles et on découvre ce charnier de pesteux. Vous voyez, plein de squelettes. Des centaines, des milliers de squelettes. Il s'agit juste de recherches et, pour tout vous dire, je comptais même leur demander si je pouvais venir à Knoxville pour me mettre dans le bain, sentir ce que ça faisait d'être confronté à ça.

— À quoi ? Des corps en décomposition ?

— Si vous voulez jouer juste, il faut voir, sentir, humer. Ça m'intéresse d'apprendre ce qui arrive à un corps une fois qu'il a été enterré ou juste abandonné quelque part. À quoi ça ressemble après un bon moment. Et d'ailleurs je n'ai pas à me justifier vis-à-vis de vous, à expliquer le métier d'acteur, à déballer ma foutue carrière. Je n'ai rien fait. Vous avez bafoué mes droits en pénétrant dans ma messagerie.

— Je ne me souviens pas d'avoir dit cela, biaisa Berger.

— Et comment vous le sauriez sans ça ?

— Recherche de données. Les gens utilisent des ordinateurs connectés à des serveurs. Vous achetez un objet quelconque en ligne et c'est ahurissant les traces que vous laissez derrière vous. Reparlons un peu d'Eric, suggéra Jaime Berger.

Soit il la regardait droit dans les yeux, soit son regard se perdait dans la pièce. Cependant il ne la détaillait plus de la tête aux pieds, goguenard. Une attitude qu'il n'adoptait qu'en présence de Lucy.

— Foutue pédale !

— Il vous a confié qu'il était *gay* ?

— Il me faisait du rentre-dedans, d'accord ? Ça crevait les yeux. Il n'arrêtait pas de me poser des questions sur moi, mon passé. C'est là que j'ai précisé que j'avais fait plein de boulots, dont un emploi de technicien à temps partiel dans un hôpital. J'attire les pédés, conclut-il.

— C'est vous qui avez mentionné cet emploi ou c'est lui qui en a parlé le premier ?

— Je me souviens plus comment c'est venu. Il voulait tout savoir sur ma carrière, comment j'avais débuté, et c'est là que j'ai parlé de l'hôpital. J'ai raconté tous les trucs que j'avais faits en attendant que mon métier d'acteur démarre assez pour me permettre d'en vivre. Des machins du genre assistant en phlébotomie, collecteur d'échantillons et même aide à la morgue, laver les sols, pousser les corps dans les chambres froides, là où on avait besoin de moi.

— Pourquoi ? lança Lucy en revenant, porteuse d'un Pepsi Light et d'une bouteille d'eau.

Hap Judd tourna la tête vers elle, et son comportement changea instantanément. Il la détestait et ne faisait aucun effort pour le cacher. Il aboya :

— Comment ça, « pourquoi » ?

— Pourquoi accepter des boulots de merde dans ce genre ?

Elle décapsula la canette de Pepsi et la posa devant Berger avant de se réinstaller.

— J'ai juste fait le lycée, pas d'autre diplôme, expliqua-t-il sans la regarder.

Lucy attaqua à nouveau, comme si elle n'avait jamais quitté la pièce, se moquant de lui, l'insultant :

— Vous pouviez être mannequin, un truc de ce genre, en attendant que votre métier d'acteur vous rapporte assez.

Berger suivait l'échange. Une nouvelle tonalité l'avertit qu'un autre *e-mail* venait d'arriver sur son BlackBerry. Merde, qui tentait de la joindre à quatre heures du matin ? Peut-être Marino ? Trop occupé pour venir, mais il l'interrompait encore ! Peut-être pas le grand flic. Elle fit glisser le téléphone vers elle pendant qu'Hap Judd continuait à parler en ne regardant qu'elle. Autant vérifier ses messages. Elle entra discrètement son mot de passe.

— J'ai un peu fait le mannequin. J'ai fait tout ce que je pouvais pour gagner de l'argent et acquérir une expérience authentique. Le travail ne me fait pas peur. D'ailleurs, je n'ai peur de rien sauf des connards qui racontent des mensonges à mon sujet.

Le premier *e-mail*, envoyé quelques minutes auparavant, émanait de Marino :

Vais avoir besoin mandat de perquisition aussi vite que poss re-incident doc concernée je mail faits ds quelques mn

— Rien ne me dégoûte, continuait Judd. Je fais partie de ces gens qui font ce qu'il faut. Tout ce que j'ai obtenu, je ne le dois qu'à moi…

Marino lui expliquait qu'il rédigeait la version préliminaire d'une demande de mandat de perquisition, demande qu'il expédierait sous peu à Berger. Ce serait ensuite à elle d'en vérifier les termes et la précision, et de trouver un juge qu'elle pourrait déranger à cette heure pour se rendre à son domicile afin d'obtenir sa signature. Quel mandat de perquisition ? Et où était l'urgence ? Que se passait-il avec Scarpetta ? Berger se demanda si ce nouvel incident avait un lien avec le paquet suspect livré à son immeuble.

— ... C'est pour ça que je peux accepter certains rôles et être convaincant. Parce que je n'ai pas peur, ni des serpents, ni des insectes, expliquait Hap Judd à Berger, qui l'écoutait avec attention tout en consultant ses *e-mails*. Je veux dire, je pourrais faire comme le chanteur Gene Simmons, me fourrer une chauve-souris dans la bouche ou cracher du feu. Je réalise la plupart de mes cascades. Je ne veux pas lui parler. S'il faut, je préfère me tirer, répéta-t-il en jetant un regard mauvais à Lucy.

Le second *e-mail*, qui venait tout juste d'arriver, avait été expédié par Scarpetta :

Re : mandat de perquisition. Si j'en juge par mon expérience, je crois que la fouille concernant l'appareil volé, sur lequel sont stockées des données, requiert la présence d'un expert en informatique légale.

De toute évidence, Marino et Scarpetta avaient été en contact, même si Jaime Berger n'avait pas la moindre idée de ce qu'était cet appareil volé ou de ce qu'il fallait chercher. Surtout, elle ne comprenait pas pourquoi Scarpetta n'avait pas évoqué avec le grand flic la nécessité de la présence d'un expert, de sorte qu'il puisse l'inclure dans l'addendum du brouillon de mandat. Au lieu de cela, Scarpetta lui faisait savoir, directement à elle, qu'elle voulait qu'un civil participe à la fouille, quelqu'un qui soit au fait des appareils de stockage de données, tels les ordinateurs. Soudain le procureur comprit. Scarpetta avait besoin de la présence de Lucy sur la scène et demandait à Berger de s'assurer que tel serait le cas. Cela semblait très important.

— Hum... Votre prestation à l'hôpital, c'était une sacrée cascade, balança Lucy à Judd.

— J'ai jamais fait de cascade là-bas ! contra Judd en s'adressant à Berger. C'était juste des mots. Je faisais part de mes soupçons, peut-être quand les gars des pompes funèbres se sont pointés, parce que c'était vraiment une belle fille, pas du tout amochée pour quelqu'un qui avait été blessé si sérieusement. C'était à moitié des blagues, même si je me demandais ce qui branchait certains de ces gars. Ça, c'est la vérité. Parmi ceux que j'ai rencontrés, il y en a qui ont éveillé ma méfiance. Je crois que les gens sont capables de faire plein de trucs pas clairs s'ils pensent pouvoir s'en tirer.

— Ça vaut une citation, ça, ironisa Lucy. « Hap Judd nous apprend que les gens commettent n'importe quoi pour peu qu'ils s'en sortent. » Un gros titre immédiat sur Yahoo !

Se tournant vers elle, Berger intervint :

— Peut-être est-ce le moment idéal pour lui montrer ce que nous avons trouvé ? (Puis à Judd :) Vous avez entendu parler de l'intelligence artificielle ? Ce que nous utilisons est encore plus en avance. Sans doute ne vous êtes-vous pas interrogé sur la raison pour laquelle nous voulions que la rencontre ait lieu ici.

Son visage de héros de bande dessinée était dénué d'expression. Il balaya la pièce du regard.

— Ici ?

— Vous avez choisi l'heure, j'ai choisi le lieu, cet espace minimaliste très *high-tech.* Vous voyez tous ces ordinateurs un peu partout ? Vous êtes au siège d'une compagnie spécialisée dans les enquêtes informatiques.

Il n'eut aucune réaction.

— C'est pourquoi j'ai opté pour cet endroit, souligna Berger. Permettez-moi de vous éclairer. Lucy est une consultante dont le procureur général de l'État de New York loue les services. Cependant elle est bien davantage. Ancien agent du FBI, de l'ATF, je vous épargnerai son CV. Ce serait trop long. Ainsi, lorsque vous dites qu'elle n'est pas un vrai flic, ce n'est pas tout à fait juste.

Il n'eut pas l'air de comprendre.

— Revenons à la période où vous travailliez au Park General Hospital, suggéra Berger.

— Je ne me souviens pas vraiment. Presque rien, enfin pas grand-chose au sujet de cet incident.

— Quel incident ? le poussa Berger avec ce que Lucy aimait appeler « son calme d'eau qui dort ».

À ceci près qu'il ne s'agissait pas d'un compliment dans sa bouche.

— La fille.

— Farrah Lacy, donc.

— Oui… Enfin, non. J'essaie, mais ce que je veux dire, c'est que c'est loin maintenant.

— C'est tout le charme des ordinateurs, ironisa Berger. Ils se moquent du temps qui passe. Surtout ceux de Lucy, ses applications en réseau neuronal, des programmes qui imitent le fonctionnement du cerveau humain. Permettez-moi de vous rafraîchir la mémoire au sujet de votre lointain passé au Park General Hospital. Lorsque vous y pénétriez, vous deviez utiliser votre badge de sécurité. Ça vous rappelle quelque chose ?

— Euh, sans doute. Je veux dire, c'est classique comme procédure.

— À chaque fois que vous utilisiez votre badge, votre numéro personnel était enregistré par l'ordinateur de l'hôpital.

— En plus des enregistrements réalisés par la caméra de surveillance, intervint Lucy. S'ajoutent à cela vos *e-mails* de l'époque puisqu'ils transitaient par le serveur de l'hôpital, serveur qui effectue des sauvegardes régulières de toutes ses données, ce qui signifie qu'ils ont conservé des archives électroniques du temps où vous bossiez là-bas. Lesdites archives incluent aussi tout ce que vous avez pu écrire en empruntant n'importe quel ordinateur de l'hôpital. Et si vous vous êtes connecté sur votre messagerie personnelle depuis votre lieu de travail… eh bien, ça aussi, ça se retrouve sur les sauvegardes ! Tout est lié. Il suffit de savoir comment. Je ne vais pas vous assommer avec mon jargon informatique, mais c'est ce que je fais ici. J'établis des connexions à la manière dont les neurones de notre cerveau procèdent. Des entrées, des sorties provenant des nerfs sensitifs ou moteurs de vos yeux, vos mains, des flux de signaux que le cerveau arrange pour accomplir des tâches, résoudre des problèmes. Des images, des idées, des écrits, des conversations. Même un scénario. Tout cela est interconnecté, et il s'en dégage des schémas qui expliquent que nous puissions détecter, décider, prédire.

— Quel scénario ? (Hap Judd avait la bouche sèche et ses mots semblaient coller à sa langue.) Je ne comprends pas de quoi vous voulez parler !

Lucy frappa quelques touches et pointa une télécommande en direction d'un écran plat qui tapissait l'un des murs. Judd récupéra sa bouteille d'eau, se bagarra un peu avec la capsule et avala une longue gorgée.

L'écran plat se divisa en fenêtres. Dans l'une, un Hap Judd plus jeune, en blouse et pantalon d'hôpital, pénétrait dans la morgue, tirait des gants de latex d'une boîte, ouvrait la porte en acier inoxydable d'une chambre froide. Dans la deuxième, une photographie de journal, celle d'une très jolie jeune fille de dix-neuf ans, d'origine afro-américaine, à la peau café au lait, vêtue d'un costume de majorette, serrant ses gros pompons, un large sourire aux lèvres. Dans la troisième fenêtre s'afficha un *e-mail*. Dans la dernière, une page de scénario.

INTÉRIEUR – CHAMBRE, NUIT

Une magnifique femme est allongée dans un lit, les couvertures sont repoussées sur ses pieds nus. On dirait qu'elle est morte. Ses mains sont jointes sur sa poitrine en prière. Elle est complètement nue. Un INTRUS, dont on ne voit pas le visage, avance vers elle, de plus en plus près ! Il agrippe ses chevilles et tire son corps inerte jusqu'au bord du lit, puis lui écarte les cuisses. On entend le cliquettement de la boucle de sa ceinture.

L'INTRUS : Bonne nouvelle ! Tu vas monter tout droit au paradis.

Son pantalon tombe au sol.

— Où avez-vous trouvé ça ? Merde, qui vous a donné ce truc ? Vous n'avez pas le droit de fouiner dans ma messagerie, éructa Hap Judd. Et c'est pas ce que vous croyez ! C'est un coup monté.

D'un clic de souris, Lucy fit apparaître un *e-mail* sur l'écran plat :

Hé, trop dommage pour machine de mes fesses. Qu'elle aille se faire foutre. Je dis pas ça de façon littérale ! Appelle si t'en veux une bien raide.

Hap.

La voix tremblante, les mots lui collant au palais, Judd tenta de se défendre :

— Je parlais d'un verre. Je me souviens pas à qui... Écoutez... bien sûr qu'il s'agissait d'une boisson bien raide. Je devais demander à quelqu'un s'il voulait qu'on sorte pour se taper un verre.

— C'est bizarre, déclara Lucy à Berger. J'ai l'impression qu'il croit que nous avons interprété « une bien raide » de façon différente. Un cadavre de femme peut-être ? (Se tournant vers lui, Lucy reprit :) Vous devriez être plus prudent, ne pas faire n'importe quoi, ne pas envoyer n'importe quel *mail*, être vigilant lorsque vous rédigez quoi que ce soit sur un ordinateur relié à un serveur. Celui de l'hôpital, par exemple. On peut rester ici toute la semaine si vous le souhaitez. Je possède des applications qui peuvent relier chaque instant de votre existence de merde, une existence de pacotille.

Elle bluffait. Elles n'avaient pas grand-chose à quoi se raccrocher, rien d'autre que ses écrits saisis sur les ordinateurs de l'hôpital, ses *e-mails*, bref tout ce qui avait transité par le serveur à cette époque, sans oublier quelques prises provenant des caméras de sécurité et les enregistrements de badge à l'entrée au cours des deux semaines où Farrah Lacy avait été hospitalisée. Le temps avait fait défaut pour passer le reste au crible. Berger était pressée. Elle redoutait qu'un délai supplémentaire lui ôte toute chance de pouvoir interroger Hap Judd. Elle appelait cela un « bombardement-surprise ». Elle n'avait jamais apprécié cette façon de procéder. Et cette nuit elle se sentait carrément mal à l'aise. Des doutes l'envahissaient. Les mêmes doutes qui l'avaient assaillie auparavant, mais qui revenaient avec une ampleur décuplée. Lucy menait la danse. Elle avait un but bien déterminé en tête et, à l'évidence, elle se moquait de la façon dont elle l'atteindrait.

— Je ne veux plus rien voir, déclara Judd.

— Il y a encore des tonnes de documents à passer en revue. J'en louche ! annonça Lucy en tapant sur le clavier de son MacBook de l'index. Voilà, tout est chargé. Des choses dont je doute que vous vous souveniez, pas une seconde. Je ne sais pas très bien ce que les flics pourront en faire. Madame Berger ? Selon vous, que peuvent-ils en faire ?

— Ce qui m'inquiète, c'est surtout ce qui a pu se produire alors que la victime était toujours en vie. Farrah a séjourné à l'hôpital durant deux semaines avant de décéder, intervint Berger.

Elle était forcée de jouer la comédie. Elle ne pouvait plus arrêter le processus.

— Douze jours exactement, rectifia Lucy. Avec assistance respiratoire et cardiaque. Elle n'est jamais revenue à la conscience. Hap Judd a travaillé durant cinq de ces journées. Vous êtes entré dans sa chambre, Hap ? Pour vous amuser un peu avec elle alors qu'elle était plongée dans le coma ?

— C'est vous qui êtes malade !

— Alors, votre réponse ?

Fixant Berger, il affirma :

— Je vous l'ai déjà dit. Je ne sais même pas qui c'était !

— Farrah Lacy, répéta le procureur. La petite majorette de dix-neuf ans dont la photo a paru dans l'*Harlem News,* celle que nous venons de vous montrer.

— La photo que vous vous êtes expédiée à vous-même par *e-mail,* renchérit Lucy. Laissez-moi deviner. Vous ne vous souvenez pas. Je vais vous rafraîchir la mémoire. Vous vous l'êtes envoyée le jour même de sa parution sur les informations *on line.* En réalité, vous vous êtes expédié tout l'article relatant l'accident de voiture. Je trouve ça très intéressant.

Elle cliqua à nouveau sur la photographie, qui s'étala sur l'écran du mur. Le cliché de Farrah Lacy dans son uniforme de majorette.

Hap Judd détourna le regard en marmonnant :

— Je ne sais rien de cet accident de voiture.

— Toute la famille rentrait de Marcus Garvey Memorial Park, à Harlem. Un bel après-midi de juillet 2004, un samedi. Un gars pendu à son téléphone portable grille un feu sur Lenox Avenue et les réduit en bouillie.

— Je ne me souviens pas.

— Farrah a reçu ce que l'on nomme une blessure crâne intact, non pénétrante, en d'autres termes strictement interne, expliqua Berger.

— Je ne me souviens pas. Je crois, en effet, me rappeler qu'elle a séjourné à l'hôpital.

— Bien. Vous vous souvenez donc qu'elle se trouvait à l'hôpital dans lequel vous travailliez. Dans l'unité de soins intensifs, sous assistance respiratoire. Vous vous rendiez parfois dans cette unité pour aider aux prises de sang, n'est-ce pas ? lui demanda Berger.

Il garda le silence.

— N'est-il pas exact que vous aviez la réputation d'être très doué pour la phlébotomie ? poursuivit le procureur.

— Il aurait pu tirer du sang à une pierre, renchérit Lucy. C'est ce qu'une des infirmières a raconté à Marino.

— Qui est ce fichu Marino ?

Lucy n'aurait pas dû le nommer. Faire référence à l'un des enquêteurs de Berger – ou à quiconque travaillait sur l'une de ses affaires – était sa prérogative, pas celle de Lucy. Marino avait contacté, avec grande prudence, certains des employés de l'hôpital. La situation était épineuse. Berger songea que sa responsabilité dans l'histoire devenait écrasante, ne serait-ce qu'en raison de l'identité de l'éventuel prévenu. De toute évidence, Lucy ne partageait pas son inquiétude. La seule chose qui semblait la préoccuper était de faire plonger Hap Judd, comme elle avait voulu en découdre avec le contrôleur aérien quelques heures plus tôt ou avec l'assistant de la compagnie de services de l'aéroport, qu'elle avait vertement réprimandé. Derrière la porte des toilettes pour dames, Berger avait suivi tout l'échange. Lucy se conduisait tel un fauve qui a senti le sang. Peut-être pas seulement celui d'Hap Judd. Peut-être aussi le sang d'autres personnes. Berger ignorait pour quelle raison. Elle ne savait plus que penser.

— Nous avons affecté pas mal de gens à cette histoire. Lucy a lancé des tas de recherches informatiques à votre sujet et sur une foule d'autres données depuis des jours.

Ça n'était pas tout à fait vrai. Lucy y avait consacré une journée, fouinant à distance depuis Stowe. Une fois que Marino avait lancé la machine, l'hôpital s'était montré très coopératif, envoyant par *e-mails* certaines informations sans discuter. Après tout, il s'agissait d'une affaire personnelle, concernant l'un de ses anciens employés. Avec son habituel talent, Marino avait suggéré que plus l'hôpital leur apporterait son concours, plus il y avait de chances que les choses se règlent à l'amiable et de façon discrète. Des mandats, des décisions judiciaires, sans compter un employé devenu une personnalité et donc une cible des médias, n'était-ce pas superflu quand, si ça se trouvait, personne ne serait inculpé de quoi que ce soit au bout du compte ? Quel dommage de plonger à nouveau la famille de Farrah dans l'affliction ! N'était-elle pas insupportable, cette manie actuelle de traîner tout le monde en justice ? Tels avaient été les arguments de Marino.

— Je vais raviver vos souvenirs, dit Berger à Hap Judd. Vous vous êtes rendu dans l'unité de soins intensifs durant la nuit du 6 juillet 2004, dans une chambre mitoyenne de celle de Farrah. Vous deviez prélever le sang d'une patiente, très âgée celle-là. Elle avait des veines en mauvais état et vous vous êtes porté volontaire, puisque vous pouviez « tirer du sang à une pierre ».

— Je peux vous montrer son dossier médical, proposa Lucy.

Un autre bluff. Lucy était dans l'incapacité de le fournir. L'hôpital avait refusé à Berger et ses enquêteurs tout accès aux informations confidentielles des autres patients. Acharnée, elle poursuivit :

— Je peux charger la vidéo qui vous montre en train de pénétrer dans sa chambre, vos mains gantées de latex, poussant votre chariot. D'ailleurs on peut visionner les vidéos de chacune des chambres du Park General dans lesquelles vous êtes entré, dont celle de Farrah.

— Je ne suis jamais entré dans sa chambre. C'est un mensonge, que des mensonges !

Hap Judd s'était avachi sur sa chaise.

— Vous êtes tout à fait certain de n'avoir pas pénétré dans sa chambre cette nuit-là, alors que vous vous trouviez dans l'unité de soins intensifs ? insista Berger. Parce que vous avez affirmé le contraire à Eric. Vous lui avez confié que Farrah excitait votre curiosité, qu'elle était vraiment très jolie, que vous aviez envie de la voir nue.

— Putains de mensonges. C'est un enfoiré de menteur !

— Il répétera la même chose sous serment, dans le box des témoins, ajouta le procureur.

— C'est juste des paroles ! Même si j'ai fait un truc pareil, je voulais juste voir. Je n'ai rien fait d'autre, pas de mal, à personne.

— Les crimes sexuels sont affaire de pouvoir, déclara Berger. Peut-être que vous vous êtes senti soudain puissant en violant une adolescente inconsciente qui ne pouvait pas se plaindre. Grand et puissant, surtout qu'à l'époque vous n'étiez encore qu'un petit acteur qui parvenait à peine à décrocher des rôles de figuration dans des séries télé. Je me dis que vous ne deviez pas être très satisfait de vous, piquant les veines de patients grincheux ou très mal en point, lessivant les sols, recevant des ordres des infirmières, de tout le monde d'ailleurs. Tout en bas de la chaîne, en d'autres termes.

— Non ! cria-t-il en secouant la tête. Je n'ai pas fait un truc pareil. Je n'ai rien fait.

— Malheureusement, Hap, il semble bien que si, contra Berger. Je vais encore vous rafraîchir la mémoire grâce à d'autres faits. Le 7 juillet, les médias ont annoncé qu'on allait débrancher l'assistance respiratoire qui maintenait Farrah Lacy en vie. Juste après que cela a été fait, vous êtes venu travailler alors que l'hôpital ne vous avait pas appelé. Vous étiez rémunéré à la journée, de garde uniquement lorsqu'on vous le demandait. Toutefois tel ne fut pas le cas dans l'après-midi du 7 juillet 2004. Mais vous débarquez et décidez de nettoyer la morgue, vous récurez le sol et les tables en acier inox. Ce témoignage émane d'un employé de la sécurité qui travaille toujours à l'hôpital et que vous allez bientôt revoir sur la vidéo que nous allons vous passer. Farrah est donc morte et vous vous précipitez au neuvième étage, à l'unité de soins intensifs, pour descendre la civière sur laquelle elle a été déposée jusqu'à la morgue. Ça ne vous évoque vraiment rien ?

Il fixait le plateau en acier brossé de la table, sans répondre. Elle ne parvenait pas à déchiffrer son attitude. Était-il sous le choc ? Calculait-il ce qu'il allait lui sortir ?

— Vous avez donc descendu le corps de Farrah Lacy jusqu'à la morgue, répéta Berger. Nous avons un enregistrement de caméra de surveillance. Souhaitez-vous le voir ?

— C'est n'importe quoi ! Ça n'a rien à voir avec ce que vous racontez, affirma-t-il en se passant les mains sur le visage.

— Bien, nous allons vous projeter cet extrait.

Un clic de souris, un autre, et la vidéo démarra. Hap Judd, en blouse de labo et pantalon d'hôpital, poussait un lit roulant dans la morgue et s'arrêtait devant les portes en acier de la chambre froide. Un agent de la sécurité entrait, ouvrait une porte en acier, déchiffrait l'étiquette en haut du linceul qui recouvrait le corps et disait :

— Pourquoi est-ce qu'ils l'autopsient ? Elle était en mort cérébrale, ils ont juste débranché la prise.

— C'est la volonté de la famille, répondait Hap Judd. Pas la peine de chercher plus loin. Elle était foutument jolie, une majorette. La fille de rêve que tu accompagnerais volontiers au bal de fin d'année.

L'agent :

— Ah ouais ?

Hap Judd tirait le drap, révélant le corps de la jeune défunte en commentant :

— Quel gâchis !

L'agent acquiesçait d'un mouvement de tête et lui disait :

— Bon, mets-la dedans. J'ai des trucs à faire.

Sur une réponse inaudible, Judd poussait le lit roulant dans la chambre froide.

L'acteur repoussa sa chaise et se leva en déclarant :

— Je veux un avocat.

— Je ne peux pas vous aider sur ce point, dit Berger. Vous n'avez pas été arrêté. L'État n'a pas à procurer des avocats commis d'office à des citoyens dans votre cas. Si vous voulez avoir recours à un avocat, libre à vous. Personne ne vous en empêche.

— C'est pour pouvoir me mettre en taule. Et je crois que c'est ce que vous allez faire. C'est pour ça que je suis ici.

Il avait l'air un peu perdu et évitait le regard de Lucy.

— Pas maintenant, promit Berger.

— Alors pourquoi je suis ici ?

— Vous n'êtes pas en état d'arrestation. Pas encore. Peut-être un jour, peut-être pas. Je l'ignore. Ce n'est pas pour cette raison que je voulais discuter avec vous lorsque je vous ai contacté il y a trois semaines.

— Alors quoi ? Qu'est-ce que vous voulez ?

— Asseyez-vous, ordonna Berger.

Il s'exécuta.

— Vous ne pouvez pas m'inculper pour un truc pareil. Vous comprenez ? Vous ne pouvez pas ! Il y a une arme ici ? Pourquoi vous ne me tirez pas simplement une foutue balle dans la tête ?

— Cela n'a pas de sens, rétorqua Berger. Nous pourrions poursuivre nos investigations, et peut-être alors seriez-vous accusé. Inculpé, éventuellement. Que se passe-t-il ensuite ? Vous tentez le coup face à un jury. Et personne n'a l'intention de vous descendre.

— Je vous le dis et le répète : je n'ai rien fait à cette fille, s'obstina Judd.

— Et le gant ? intervint Lucy d'un ton plein de sous-entendus.

— Écoute, je vais lui poser la question moi-même, déclara Berger.

Elle en avait soupé. Lucy allait arrêter, et tout de suite.

— Je vais la poser, réitéra Berger, soutenant le regard de Lucy jusqu'à ce qu'elle soit assurée qu'elle allait obtempérer, enfin.

Berger poursuivit son interrogatoire, utilisant les informations glanées par Marino, tentant de ne pas se laisser déconcentrer par son mécontentement à son égard :

— L'agent de la sécurité affirme qu'il a quitté la morgue, vous abandonnant en compagnie du cadavre de Farrah Lacy. Il dit qu'il est repassé environ vingt minutes plus tard, au moment où vous sortiez de la morgue. Il se souvient que vous ne portiez qu'un seul gant et que vous sembliez essoufflé. Où est passé l'autre gant, Hap ? Dans la vidéo que nous vous avons montrée, vos deux mains étaient gantées. Nous pouvons vous passer d'autres extraits d'enregistrements de surveillance. On vous y voit pénétrer dans la chambre froide et y demeurer presque un quart d'heure avec la porte grande ouverte. Mais qu'est-ce que vous fabriquiez là-dedans ? Pourquoi avoir retiré un de vos gants ? L'avez-vous utilisé à autre chose, pour recouvrir une autre partie de votre anatomie ? Votre pénis, peut-être ?

— Non, affirma-t-il en secouant la tête.

— Souhaitez-vous l'expliquer devant un jury ? Voulez-vous qu'un jury de vos pairs entende tout cela ?

Il fixait la table, son index se promenant sur l'acier brossé à la manière d'un petit garçon qui aurait peint à l'aide de ses doigts. Son souffle était heurté et son visage cramoisi.

— Ce que je déduis de tout cela, c'est que vous aimeriez que cette histoire soit loin derrière vous, reprit Berger.

Il ne leva pas le regard, mais lança :

— Dites-moi comment.

Berger n'avait pas d'ADN à quoi se raccrocher. Elle n'avait aucun témoin oculaire, aucune autre preuve, et Judd n'avouerait jamais. Elle n'aurait jamais rien, hormis les circonstances, et cela ne valait pas plus que des insinuations malfaisantes au regard de la loi. Cela étant, il ne lui en fallait pas davantage pour détruire Hap Judd. Vu sa célébrité, une accusation devenait une condamnation. Si elle l'inculpait pour « profanation de restes humains », l'unique intitulé des textes de loi pour la nécrophilie, la vie d'Hap Judd serait réduite en cendres. Cependant il ne s'agissait certes pas d'une décision légère aux yeux du procureur. Elle n'avait pas la réputation de poursuivre un suspect en usant de malveillance, de construire ses procès en biaisant les procédures ou en se fondant sur des preuves manipulées dans le sens qu'elle souhaitait. Elle n'avait jamais eu recours à des procédés excessifs ou injustifiables, n'avait aucune intention de s'y résoudre aujourd'hui, et encore moins de permettre à Lucy de la pousser dans cette direction.

— Revenons trois semaines en arrière, lorsque j'ai appelé votre agent. Vous vous souvenez bien d'avoir reçu mes messages ? Votre agent m'avait promis qu'il vous les transmettrait.

— Comment cette histoire peut-elle disparaître de ma vie ?

Hap Judd la fixa. Il cherchait à passer un marché.

— Coopérez. C'est une bonne idée. Une collaboration, ainsi que vous procédez pour réaliser un film. Faire travailler les gens ensemble. (Berger posa son stylo sur son carnet de notes et croisa les doigts.) Vous n'étiez pas coopératif il y a trois semaines, lorsque j'ai téléphoné à votre agent. Je voulais m'entretenir avec vous, mais vous ne vouliez pas être dérangé. J'aurais pu envoyer des flics à votre appartement de TriBeCa, ou vous chercher dans tout L. A., ou ailleurs, et vous contraindre à venir, mais j'ai préféré vous éviter ce traumatisme. Je me suis montrée sensible en raison de qui vous êtes. Toutefois, aujourd'hui, nous sommes dans une situation bien différente. J'ai besoin de votre aide et vous de la mienne. Parce que vous avez maintenant un gros problème qui n'existait pas il y a trois semaines, à l'époque où vous n'aviez pas encore rencontré Eric dans ce bar. J'ignorais tout de Farrah Lacy et du Park General Hospital il y a trois semaines. Peut-être pouvons-nous nous donner un coup de main mutuel.

— Dites-moi, s'empressa-t-il de répondre, la peur dans le regard.

— Parlons de votre relation avec Hannah Starr.

Il demeura muet, sans réaction.

— Vous n'allez pas prétendre ne pas connaître Hannah Starr ? embraya Berger.

— Pourquoi je le prétendrais ? lâcha-t-il en haussant les épaules.

— Et vous n'avez pas pensé une seconde que je pouvais appeler à son sujet ? Vous savez qu'elle a disparu, n'est-ce pas ?

— Bien sûr.

— Et il ne vous est pas venu à l'esprit…

— D'accord, ouais… Mais je n'avais pas envie de parler d'elle pour des raisons privées, expliqua Judd. Ça n'aurait pas été correct vis-à-vis d'elle, et je ne vois vraiment pas le lien avec ce qui lui est arrivé.

— Parce que vous savez ce qui lui est arrivé, insista Berger comme si tel était le cas.

— Pas vraiment.

— J'ai l'impression du contraire.

— Je veux pas me retrouver impliqué là-dedans. Je n'ai rien à voir dans cette histoire, souligna Hap Judd. Ma relation avec elle ne concernait personne d'autre. Mais elle vous dirait que je ne suis pas dans des trucs malsains. Si elle était dans les parages, elle vous affirmerait que ce truc au Park General, c'est des conneries. Je veux dire, les gens qui en arrivent à ça, c'est qu'ils ne peuvent pas trouver des vivants, d'accord ? Elle vous dirait que je n'ai aucun problème dans ce domaine. Je peux trouver des partenaires sexuels quand je veux.

— Vous aviez une liaison avec Hannah Starr.

— J'y ai mis un terme très vite. Enfin, j'ai essayé.

Lucy le fixait d'un regard sans aménité.

— Vous avez rejoint sa compagnie d'investissements financiers en tant que client il y a un peu plus d'un an, rappela Berger. Je peux retrouver la date exacte si vous le souhaitez. Vous comprenez, bien sûr, que nous avons récolté pléthore d'éléments à la suite de ce qui s'est produit.

— Ouais, je sais. On n'entend que ça aux informations. Et maintenant cette autre fille. La coureuse de marathon. Je ne me souviens plus de son nom. Et peut-être un *serial killer* qui conduit un taxi jaune. Remarquez, ça ne me surprendrait pas.

— Qu'est-ce qui vous fait penser que Toni Darien était marathonienne ?

— J'ai dû l'entendre à la télé, le voir sur Internet ou ailleurs.

Barger tenta de se souvenir si des allusions avaient été faites au marathon. *A priori*, les médias n'avaient rien mentionné de tel, seulement que Toni Darien était joggeuse.

— Comment avez-vous rencontré Hannah Starr ?

— Au Monkey Bar. Plein de gens d'Hollywood traînent là-bas. Une nuit, elle était présente et on a commencé à discuter. Elle était vraiment bonne question argent. Elle m'a expliqué plein de trucs dont je n'avais pas la moindre foutue idée.

— Et vous savez ce qui lui est arrivé il y a trois semaines ? insista Berger alors que Lucy ne perdait pas un mot de l'échange.

— Ouais, je crois en avoir une idée. Je pense que quelqu'un a fait un truc. Vous voyez, elle emmerdait les gens, grave.

— Qui cela ? s'enquit Berger.

— Vous avez un annuaire de téléphone ? Y a qu'à feuilleter.

— Beaucoup de gens donc, traduisit le procureur. Êtes-vous en train de dire qu'elle emmerdait à peu près tous ceux qu'elle rencontrait ?

— Même moi, je l'admets. Il fallait toujours que ce soit elle qui décide, de tout. C'était vital pour elle.

— Vous en parlez comme si elle était morte.

— Écoutez, je ne suis pas non plus naïf. La plupart des gens pensent qu'il lui est arrivé une sale histoire.

— Vous n'avez pas l'air trop bouleversé à cette perspective, observa Berger.

— Bien sûr que si, c'est bouleversant. Je ne la détestais pas. J'en ai juste eu marre qu'elle me tanne, sans arrêt. Vous voulez que je vous dise la vérité ? Elle me poursuivait tout le temps. Elle ne supportait pas qu'on lui dise non.

— Pourquoi vous a-t-elle restitué votre argent ? En réalité, quatre fois votre investissement initial. Deux millions de dollars. C'est ce que j'appelle une jolie culbute financière en un an de placement.

Un autre haussement d'épaules, puis :

— Le marché était très volatil. Lehman Brothers était en train de couler. Elle m'a appelé et m'a conseillé de me retirer. J'ai répondu par l'affirmative, vous vous en doutez. J'ai reçu le virement. Ensuite ? Merde, elle avait vraiment raison. J'aurais tout perdu, et je ne gagne pas des millions et des millions. Je suis pas encore sur la liste A. Je ne veux pas perdre ce que j'ai.

— À quand remonte votre dernière relation sexuelle avec Hannah ? demanda Berger en prenant des notes sur son carnet, consciente de la présence de Lucy, de son immobilité minérale, de la façon dont elle dévisageait Hap Judd.

Il dut réfléchir.

— Hum… Attendez… Oui, je me souviens… Juste après son appel. Elle m'a averti qu'elle retirait mon argent du marché et m'a demandé si je pouvais passer, qu'elle m'expliquerait mieux la situation. C'était un prétexte, bien sûr.

— Passer où ?

— Chez elle. Je me suis exécuté et une chose en a entraîné une autre. C'est la dernière fois. En juillet, je crois. Je devais aller à Londres et, en plus, elle a un mari. Bobby. Je ne me sentais vraiment pas à l'aise chez elle lorsqu'il était présent.

— Il s'y trouvait à cette occasion ? Quand elle vous a demandé de passer, juste avant votre départ pour Londres ?

— Oh, je ne m'en souviens pas. C'est une énorme baraque.

— Leur demeure sur Park Avenue.

— Il n'était presque jamais là, déclara Judd sans répondre vraiment à la question. Il voyage tout le temps à bord de leurs jets privés. Il se rend beaucoup en Europe, un peu partout. J'ai eu l'impression qu'il passait beaucoup de temps en Floride du Sud, à Miami, ils y ont un appartement en front de mer. Il gare son Enzo là-bas. Une de ces Ferrari qui coûtent plus d'un million de dollars. Je ne le connais pas vraiment. Je l'ai juste rencontré quelquefois.

— Où cela et quand ? s'enquit Berger.

— Quand j'ai commencé à investir dans leur compagnie, il y a un peu plus d'un an. Ils m'ont invité chez eux. C'est là-bas que je l'ai vu.

Berger réfléchit à l'enchaînement des événements et repensa à Dodie Hodge.

— Est-ce Hannah qui vous a recommandé cette médium, Dodie Hodge ?

— OK, d'accord. Elle tirait les cartes à Hannah et Bobby, à domicile. Hannah a suggéré que je lui parle et c'était une erreur. Cette bonne femme est folle à lier. Elle a fait une obsession sur moi, convaincue que j'étais la réincarnation d'un fils qu'elle avait eu lors d'une vie antérieure, en Égypte. J'étais donc un pharaon et elle ma mère.

— Attendez, laissez-moi vérifier de quelle maison il s'agit au juste. C'est bien celle où vous avez eu une relation sexuelle avec Hannah pour la dernière fois, en juillet dernier ?

— Oui, la maison du vieux Starr, qui doit valoir dans les quatre-vingts millions de dollars, avec son énorme collection de voitures, des antiquités incroyables, des statues, des peintures de Michel-Ange aux murs et aux plafonds, des fresques, enfin je ne sais pas trop comment ça s'appelle.

— Je doute qu'il s'agisse de véritables œuvres de Michel-Ange, commenta Berger d'un ton mi-ironique, mi-désabusé.

— Genre vieille de cent ans, la baraque. Bordel, incroyable ! Gigantesque, presque un pâté de maisons à elle seule. Bobby vient d'une famille très riche, lui aussi. Lui et Hannah, c'était un partenariat. Elle me disait toujours qu'ils n'avaient jamais fait l'amour. Même pas une fois…

Berger nota qu'Hap continuait à utiliser le passé lorsqu'il parlait d'Hannah Starr. Il l'évoquait comme s'il était certain de son décès.

— Mais le vieux Starr en a eu marre qu'elle soit juste une riche fille à papa et a décidé qu'elle devait se marier pour être sûr que son business continuerait à fonctionner, poursuivit Judd. Rupe ne voulait pas tout lui laisser tant qu'elle faisait la folle, vous voyez, célibataire et passant sa vie en bringues. Il n'avait pas envie qu'elle finisse par épouser un tocard qui n'aurait eu qu'à ramasser le magot. Donc vous comprenez pourquoi elle s'envoyait en l'air à droite et à gauche, même si, parfois, elle me disait qu'elle avait peur de Bobby. Au fond, elle ne le trompait pas vraiment, puisque la baise ne faisait pas partie de leur marché.

— Quand a commencé votre relation sexuelle avec Hannah ? demanda Berger.

— La première fois dans leur résidence ? Comment dire... Elle était super-sympa avec moi. Ils ont une piscine intérieure, un vrai spa, du genre de ceux qu'on voit en Europe. Bon, y avait moi et des clients triés sur le volet. On comptait faire quelques longueurs, boire un coup, dîner, avec tout ce personnel autour, du Dom Pérignon, du Cristal qui coulaient à flots. Et donc je me suis retrouvé dans l'eau, et disons qu'elle était très attentive à moi. C'est elle qui a fait les premiers pas.

— Elle vous a donc fait des avances lors de votre première visite dans la maison de son père, il y a un an, en août dernier ?

Lucy était assise, bras croisés, figée. Silencieuse, elle évitait le regard de Jaime Berger.

— C'était clair comme de l'eau de roche, souligna Hap Judd.

— Et où se trouvait Bobby alors qu'Hannah était si claire ?

— Je ne sais pas. Peut-être en train de faire admirer sa nouvelle Porsche. Oui, je me souviens de ça. Il s'était offert une de ces Carrera GT, une rouge. Vous savez, cette photo de lui qu'on voit partout. Ben, c'est la voiture en question. Il baladait certains de ses invités sur Park Avenue. Si vous voulez mon avis, vous devriez vous intéresser un peu à Bobby. Où était-il quand Hannah a disparu, hein ?

Bobby Fuller se trouvait dans leur appartement de North Miami Beach ce soir-là, mais Berger n'allait certainement pas renseigner Judd. Elle demanda :

— Et vous, où étiez-vous la veille de Thanksgiving, en soirée ?

Il retint un rire.

— Moi ? Ah, parce que maintenant vous pensez que j'ai fait quelque chose à Hannah ? Aucune chance. Je ne fais pas de mal aux gens. C'est pas mon truc.

Berger griffonna à nouveau sur son carnet : Judd semblait convaincu qu'on avait « fait du mal » à Hannah.

— Je vous ai posé une question simple : où étiez-vous ce mercredi 26 novembre ?

Sa jambe tressauta à nouveau. Un tic nerveux.

— Attendez que je réfléchisse… Franchement, je ne me souviens pas.

— Il y a juste trois semaines, Thanksgiving, et vous avez oublié ?

— Une seconde… J'étais à New York. Le lendemain j'ai pris l'avion pour L. A. J'aime bien me déplacer pendant les fêtes parce que les aéroports sont moins bondés. Je suis parti pour L. A. Le matin de Thanksgiving.

Berger en prit note et dit à Lucy :

— Nous allons vérifier. (Puis à Judd :) Vous souvenez-vous du nom de la compagnie aérienne, du vol ?

— American. Aux environs de midi. J'ai oublié le numéro du vol. Je ne fête pas Thanksgiving. J'en ai rien à foutre de la dinde, de la farce et du reste. Ça ne représente rien pour moi. C'est d'ailleurs pour ça que j'ai dû réfléchir à ce que j'avais fait ce jour-là. (Le mouvement de sa jambe s'accéléra.) Bien sûr, vous allez penser que c'est suspect.

— Quoi donc ?

— Elle disparaît et, le lendemain, je me tire de New York.

CHAPITRE 15

La Crown Victoria de Marino était recouverte d'une pellicule de sel, qui lui rappelait son épiderme, sec, écailleux à cette période de l'année, lui et sa voiture s'en tirant aussi peu glorieusement durant les hivers new-yorkais.

Se déplacer dans un véhicule aux flancs éraflés, au revêtement de sièges élimé, sans oublier une petite déchirure dans celui du toit, n'avait jamais été son genre, et il était en permanence conscient de ce délabrement qui parfois l'irritait ou le gênait. Lorsqu'il avait vu Scarpetta un peu plus tôt devant son immeuble, il avait remarqué qu'une grande traînée de poussière blanchâtre maculait sa veste, à l'endroit où elle avait frôlé la portière passager. Il était en route pour la rejoindre, et il aurait bien voulu croiser une laverie automatique sur son chemin.

Il avait toujours pris un soin maniaque de ses caisses, du moins à l'extérieur, qu'il s'agisse d'une voiture de police, d'un pick-up ou d'une Harley. Le char d'assaut d'un homme était une projection de lui-même et de ce qu'il valait à ses propres yeux, l'exception à cette règle étant le fouillis intérieur, qui ne l'avait jamais beaucoup préoccupé tant que certaines personnes ne le voyaient pas. Il l'admettait, tout en blâmant ses anciennes tendances à l'autodestruction, il avait été un rustaud flemmard, surtout dans sa période à Richmond. L'intérieur de sa voiture de police était répugnant, jonché de paperasses, de vieux gobelets à café, d'emballages alimentaires, le cendrier si rempli qu'il ne parvenait plus à le fermer, des vêtements entassés à l'arrière, un fatras d'équipements divers et variés, des sachets à indices, sa Winchester Marine rangée dans le coffre au milieu de tas d'autres trucs. Plus maintenant. Marino avait changé.

Il avait rasé son ancienne vie, à la manière d'un vieil immeuble, en arrêtant l'alcool et les cigarettes. Ce qu'il avait reconstruit dessus n'était pas si mal, jusque-là. Toutefois son horloge interne s'était bloquée et peut-être ne repartirait-elle jamais, pas seulement à cause de la façon dont il passait son temps, mais parce qu'il jouissait maintenant de trois à cinq heures de plus par jour, du moins s'il se fiait à ses calculs. Il l'avait vérifié sur papier, une tâche que lui avait attribuée Nancy, sa thérapeute, durant son traitement au centre Massachusetts North Shore, en juin, il y avait maintenant un an et demi. Il était sorti de la chapelle pour s'installer sur une chaise longue. L'odeur de la mer lui parvenait et il entendait les heurts sourds des vagues qui se brisaient sur les rochers. L'air était frais, le soleil tiède sur son crâne, et il avait mis à plat l'arithmétique de sa vie. Jamais il n'oublierait le choc qu'il avait ressenti. Chaque cigarette était donc censée raccourcir sa vie de sept minutes, auxquelles il convenait d'ajouter les deux ou trois minutes occupées par le rituel : où et quand fumer sa clope, la sortir du paquet, l'allumer, aspirer la première bouffée, puis les cinq ou six autres, l'éteindre, enfin se débarrasser du mégot. L'alcool était une perte de temps encore plus importante, la journée de Marino se terminant approximativement quand il attaquait les canettes.

Lorsqu'il lui avait présenté le résultat de ses cogitations, Nancy, la thérapeute, avait déclaré :

— La sérénité vient de la connaissance de ce qu'on peut ou ne peut pas changer. Or ce que vous ne pourrez jamais changer, Pete, c'est que vous avez gâché environ vingt pour cent de vos heures éveillées pendant près d'un demi-siècle.

De deux choses l'une : ou il remplissait intelligemment ces vingt pour cent supplémentaires, ou il reprenait ses mauvaises habitudes, et c'était exclu puisqu'elles avaient assez causé de dégâts. Marino s'adonnait désormais à la lecture, se préoccupant de ce qui se passait dans le monde, il surfait sur Internet, nettoyait, organisait, réparait des objets, fonçait au milieu des linéaires des grandes chaînes de quincaillerie. Lorsqu'il ne parvenait pas à dormir, il traînait du côté du Two Truck pour boire un petit café, aller balader Mac le chien et investir un peu le garage dédié aux monstres de l'unité d'urgence. Il avait fait de sa caisse de police dégueulasse son projet, la bricolant lui-même du mieux qu'il pouvait, armé de colle, de peinture. Il avait marchandé, calculé pour obtenir une sirène surpuissante code 3 amovible, des projecteurs de pare-buffle et de toit. Il avait fait du charme dans la boutique de réparation de matériel audio pour qu'on customise sa radio mobile Motorola P25 de sorte qu'elle capte une multitude d'autres fréquences, en plus de la division des opérations spéciales. Il avait utilisé son propre argent pour acheter un système de tiroirs TruckVault qu'il avait installé dans son coffre pour ranger avec soin des fournitures et son équipement, des piles jusqu'aux munitions de réserve, en passant par un sac dans lequel il avait fourré son léger Beretta Storm neuf millimètres à canon court, un imperméable, des vêtements de terrain, un gilet de protection et une paire de boots Blackhawk de rechange.

Marino enclencha les essuie-glaces et aspergea le pare-brise d'une généreuse dose de liquide lave-glace, nettoyant la vitre en deux arches, alors qu'il quittait la « zone gelée », la partie sécurisée du One Police Plaza, dans laquelle seuls des gens tels que lui étaient autorisés à pénétrer. La plupart des fenêtres du quartier général de brique brune étaient plongées dans l'obscurité, notamment celles du treizième étage, le centre de commande, où se trouvaient la salle Teddy Roosevelt et le bureau du préfet de police. Plus personne. Il était un peu plus de cinq heures du matin. Il lui avait fallu pas mal de temps pour taper le brouillon du mandat, puis pour l'envoyer à Jaime Berger en lui rappelant la raison pour laquelle il n'avait pu assister à l'entretien avec Hap Judd, et est-ce que tout s'était bien déroulé, et à quel point il était désolé, mais il avait une réelle urgence sur les bras !

Dans son message d'accompagnement, il avait insisté sur le paquet suspect livré chez Scarpetta et sur le fait que, depuis que le BlackBerry de la Doc avait été volé, il craignait désormais une brèche dans la sécurité tant pour les bureaux du médecin expert en chef que pour le département de police de New York et même ceux de Jaime Berger. Dans la mémoire de l'appareil étaient stockées des informations confidentielles concernant tout le système de justice pénale de la ville, sans oublier ses acteurs. Sans doute une légère exagération. Cependant il avait fait faux bond à Berger, sa patronne, Scarpetta devenant son urgence. Berger allait l'accuser d'avoir un problème dans ses priorités, et ce ne serait pas la première fois. Bacardi lui faisait le même reproche, expliquant que leur relation battait de l'aile.

Parvenu à l'intersection entre Pearl et Finest, il ralentit à hauteur du poste de garde blanc aux vitres opaques de buée. La silhouette floue du flic à l'intérieur lui adressa un signe de la main. Marino songea à téléphoner à Bacardi, comme avant, quand elle se moquait de l'heure qu'il pouvait être ou de son occupation du moment. Au tout début de leur relation, rien n'était gênant et il pouvait discuter avec elle quand il le souhaitait, lui raconter ce qui se passait, recueillir ses réactions, profiter de son humour, de ses allusions au fait qu'il lui manquait et à ce qu'ils feraient lorsqu'ils se verraient. Il se demanda s'il n'allait pas plutôt téléphoner à Bonnell – L. A., ainsi qu'il l'appelait maintenant. Mais c'était stupide, ils n'en étaient pas encore là. Au fond, il se rendit compte à quel point il était impatient de retrouver Scarpetta, même s'il s'agissait du boulot. Il avait été surpris, interloqué même, lorsqu'il avait entendu sa voix au téléphone, lui expliquant qu'elle rencontrait un problème et avait besoin de son aide. Ça faisait plaisir à Marino qu'on lui rappelle que le Grand Manitou Benton avait ses limites. Benton ne pouvait rien faire au sujet du vol du BlackBerry de la Doc par Carley Crispin, Marino si. Et il allait arranger le coup à merveille.

La flèche en cuivre du vieux gratte-ciel Woolworth pointait tel un chapeau de sorcière vers le ciel nocturne. Non loin, la circulation s'écoulait, fluide mais constante, sur le pont de Brooklyn, produisant un bruit de fond qui évoquait le ressac ou un vent distant. Marino monta le volume de sa radio, écoutant les opérateurs et les flics baragouiner dans ce langage qui leur était propre, une langue de codes, de phrases tronquées qui n'avait aucun sens pour le commun des mortels. Marino la comprenait comme s'il l'avait parlée toute sa vie et, quelles que soient ses préoccupations, il saisissait toujours au vol son numéro d'unité.

— … 8-7-0-2.

Le numéro produisit sur lui le même effet qu'un sifflet de rappel aux oreilles d'un chien. Il passa aussitôt en état de vigilance, l'adrénaline dévalant dans ses veines. On aurait dit que quelqu'un avait appuyé sur l'accélérateur. Il attrapa le micro.

— 0-2 à la radio, K, transmit-il en abandonnant le début de son numéro d'unité, 8702, parce qu'il préférait garder un peu d'anonymat quand il y parvenait.

— Vous pouvez rappeler un numéro ?

— 10-4.

Le dispatcheur lui dicta. Marino l'écrivit sur une serviette en papier tout en conduisant. Un numéro new-yorkais qui lui semblait familier sans pour autant lui évoquer une chose précise. Il le composa et une femme répondit à la première sonnerie :

— Lanier.

— Enquêteur Marino, du département de police de New York. Paraît qu'on veut me joindre ?

Il prit par Canal en direction de la 8e Avenue.

— Agent spécial Marty Lanier, du FBI, à l'appareil. Merci de me rappeler.

Qui le cherchait à presque cinq heures du matin ? Il comprit pourquoi le numéro lui avait semblé familier.

— Qu'est-ce qui se passe ?

Le 384, le central téléphonique de l'antenne FBI de New York, à laquelle il avait déjà eu affaire à maintes reprises. Cependant il ne connaissait pas cette Marty Lanier, ni son numéro de poste. Il n'avait même jamais entendu parler d'elle et ne comprenait pas pour quelle raison elle l'avait pisté dès l'aube. Et soudain il se souvint. Petrowski avait transféré des photos au FBI, celles de la caméra de sécurité sur lesquelles on voyait l'homme au cou tatoué. Marino attendit que l'agent Lanier s'explique.

Elle commença :

— Nous venons de recevoir des éléments du CCTR qui vous mentionnent comme contact au sujet d'une recherche de données. L'incident à Central Park West.

Cette entrée en matière secoua un peu Marino. Elle l'appelait au sujet du paquet suspect au moment même où il se dirigeait vers Central Park West pour prendre Scarpetta.

— D'accord. Vous avez trouvé un truc ?

— L'ordinateur a fait une touche dans l'une de nos banques de données, déclara-t-elle.

La banque recensant les tatouages, espéra-t-il. Il était impatient d'en savoir davantage sur l'ordure avec sa casquette FedEx, le gars qui avait livré le paquet à la Doc.

— On peut en discuter de vive voix un peu plus tard dans nos bureaux, proposa Lanier.

— Plus tard ? Vous m'annoncez que vous avez une touche, mais c'est pas urgent ?

— Il va falloir patienter jusqu'à ce que le département de police de New York se soit occupé de l'item.

Elle faisait référence au paquet suspect. Il était toujours enfermé dans son conteneur de protection à Rodman's Neck, et personne ne savait encore ce qu'il en était. Elle reprit :

— Nous ne savons pas si nous avons une référence criminelle associée au numéro 1 de Central Park West.

— Ce qui signifie que vous pourriez l'avoir ailleurs ?

— Nous en parlerons lors de notre rencontre.

— En ce cas, pourquoi vous m'appelez si tôt, comme s'il s'agissait d'une urgence ?

Ça l'exaspérait vraiment que le FBI se sente obligé de le déranger sur l'instant, tout cela pour refuser de lui communiquer les détails et lui enjoindre d'attendre qu'ils décident d'une foutue réunion à leur convenance.

— J'ai supposé que vous étiez en mission puisque nous venons juste de recevoir l'information, continua Lanier. La vignette horaire sur la demande de recherche. On dirait que vous faites la nuit ?

Encore ces conneries de dissimulation à la sauce FBI, songea Marino assez énervé. Rien à voir avec Marino prenant la permanence de nuit. Tout à voir avec Lanier. Si elle appelait du central téléphonique 384, ça signifiait qu'elle se trouvait dans les bureaux de l'antenne de New York. En d'autres termes, un truc suffisamment important se passait pour qu'elle soit au boulot en ce moment. Quelque chose d'énorme. Elle était en train de lui expliquer qu'elle déciderait qui d'autre devait être présent lors de cette réunion. Marino traduisit : il ne saurait rien de rien jusqu'à ce qu'il se pointe là-bas, à la fichue heure où ça aurait lieu. Pas mal de choses allaient dépendre de ce que la brigade de déminage découvrirait dans le paquet adressé à Scarpetta.

— Et vous faites quoi au juste au FBI ?

Marino avait décidé qu'il devait poser cette question puisqu'elle le baladait et lui donnait des ordres.

— En ce moment, je travaille avec la force spéciale chargée des braquages de banques. Et je suis la coordinatrice en chef du Centre national d'analyse des crimes violents.

Cette force chargée des braquages était une unité fourre-tout, la plus vieille des États-Unis, à laquelle collaboraient des agents du FBI et des policiers du département de police de New York. Elle s'occupait d'un peu tout, depuis les braquages de banques, en effet, jusqu'aux kidnappings, en passant par les harcèlements sexuels et les crimes en haute mer, comme la piraterie et les viols sur des bateaux de plaisance. Si Marino comprenait que l'unité en question puisse être impliquée dans une affaire qui intéressait les fédéraux, la mention du Centre national d'analyse des crimes violents le laissait perplexe. En d'autres termes, l'ancienne unité des sciences du comportement. En d'autres termes, Quantico. Putain, Marino ne s'attendait vraiment pas à cela. L'agent spécial Marty Lanier était donc ce qu'il nommait une « profileuse », comme l'avait été Benton. Le fait qu'elle était aussi coincée au téléphone s'expliquait mieux. Le FBI avait déterré quelque chose de sérieux.

Il tenta sa chance :

— Vous êtes en train d'insinuer que le FBI s'impliquerait dans l'incident de Central Park West ?

— On se voit un peu plus tard.

Ce fut sa seule réponse et la façon dont elle mit terme à la conversation.

Marino n'était qu'à quelques minutes de l'immeuble de Scarpetta, vers le numéro 40 de la 8e Avenue, au cœur de Times Square. Des affiches lumineuses, des bannières en vinyle, des panneaux de pub partout, des écrans multicolores sur lesquels défilaient des informations et qui lui évoquaient la salle du CCTR. Des taxis jaunes sillonnaient les rues plutôt désertes et il se demanda de quoi serait faite la journée. Les gens allaient-ils paniquer, dédaigner les taxis à cause de Carley Crispin et de son tuyau sur l'un d'eux ? Il en doutait. On était à New York ! Le pire mouvement de panique dont il avait été témoin dans cette ville n'avait même pas eu lieu le 11 Septembre, mais à cause de l'économie. Voilà ce qu'il voyait depuis des mois : le terrorisme à Wall Street, les pertes financières désastreuses et la peur endémique que le plus désastreux était à venir. Ne pas avoir un sou en poche avait plus de probabilités de vous faire la peau qu'un supposé tueur en série qui se baladait en taxi jaune. D'ailleurs, si vous étiez fauché, vous ne pouviez pas vous offrir un fichu taxi et vous étiez bien plus angoissé à l'idée de finir SDF que de vous faire tabasser en faisant votre petit jogging.

Dans Columbus Circle, la bande-annonce sur l'auvent de CNN n'avait plus rien à voir avec Scarpetta ni *The Crispin Report*. On était passé à autre chose, un truc au sujet de Pete Townshend et des Who, en rouge vif sur fond de nuit. Peut-être le Bureau organisait-il une réunion de crise parce que Scarpetta l'avait prétendument attaqué en public, qualifiant le profilage d'obsolète ? Une déclaration de cet ordre, faite par une personnalité de sa trempe, était toujours prise au sérieux et pas aisément digérée. Même si elle n'avait jamais lancé un truc pareil ou si elle l'avait formulé hors micro. De toute façon, la remarque avait été sortie de son contexte et ce n'était pas ce qu'elle voulait dire.

Marino se demanda ce qu'elle voulait vraiment dire, puis conclut que quelles que soient les intentions du FBI, elles n'avaient sans doute aucun rapport avec ce reproche, qui n'était pas nouveau. Les flics en général ne se gênaient pas pour tomber sur le poil du Bureau. La plupart du temps par pure jalousie. Si les flics croyaient réellement aux critiques qu'ils balançaient au sujet des fédéraux, ils ne feraient pas des pieds et des mains pour participer à des opérations jointes avec le FBI ou être admis aux formations dispensées par Quantico. Quelque chose d'autre s'était produit, étranger à un écart de langage dévalorisant. Il en revenait sans cesse au même point : ça avait un lien avec le tatouage, avec l'homme qui portait une casquette FedEx. Marino était sur des charbons ardents, mais il allait devoir attendre pour apprendre les détails.

Il se gara derrière un taxi jaune SUV, une voiture hybride, la dernière mode. New York virant écolo. Il descendit de sa Crown Victoria qui sifflait de l'essence au goulot et entra dans le hall de réception de l'immeuble. Scarpetta était assise dans un canapé, enveloppée d'un épais manteau en agneau et de bottes, bref habillée pour une matinée dont elle prévoyait qu'elle la conduirait à Rodman's Neck, situé près de l'eau et toujours venteux et glacial. Un sac de nylon noir était passé à son épaule, celui qu'elle prenait toujours lorsqu'elle travaillait et qui contenait les choses essentielles. Des gants, des protections de chaussures, une combinaison, un appareil photo numérique, des fournitures médicales de base. Ainsi étaient leurs vies. Ils ne savaient jamais où ils allaient atterrir au juste, ni sur quoi ils allaient tomber, et avaient toujours le sentiment qu'ils devaient être prêts à faire face à n'importe quoi. La fatigue se lisait sur ses traits. Pourtant elle souriait de ce sourire qu'elle réservait à ceux dont elle appréciait l'attitude. Elle lui était reconnaissante d'être venu l'aider, et cela faisait du bien à Marino. Elle se leva et s'avança à sa rencontre. Ils ressortirent ensemble, descendirent les marches pour rejoindre l'obscurité de cette fin de nuit.

Marino lui ouvrit la portière passager et s'enquit :

— Où est Benton ? Attention à votre manteau. La bagnole est sale comme pas possible. Tout ce sel et cette merde de neige sur les routes, pas moyen d'avoir une caisse un peu propre. C'est pas la Floride, la Caroline du Sud ou la Virginie. Et puis essayez de trouver une laverie automatique ! Ça sert à quoi ? Deux rues plus loin, on dirait que j'ai traversé une carrière de calcaire.

L'état de sa voiture le mettait à nouveau mal à l'aise.

— Je lui ai dit de ne pas m'accompagner. Remarquez, il ne peut pas nous aider en ce qui concerne le BlackBerry. À Rodman's Neck non plus, sa présence n'était pas nécessaire. Pas mal de choses sont en train de se passer et il a assez à faire.

Marino s'abstint de lui demander pourquoi et comment. Il ne laissa pas paraître sa satisfaction de ne pas être soumis à Benton et à ses manières. Benton n'avait jamais été amical avec Marino, jamais, durant les vingt années de leur collaboration. Ils n'étaient jamais devenus copains, ne s'étaient jamais fréquentés, n'avaient jamais fait quoi que ce soit ensemble. Leur relation n'avait rien de comparable à celles que les flics ont d'habitude entre eux. Benton ne pêchait pas, ne pratiquait pas le bowling, se contrefichait des motos. Ils n'avaient jamais traîné dans un bar, jamais échangé leurs petites histoires sur des affaires ou des femmes, bref ce que se racontent les hommes. En vérité, Marino et Benton ne partageaient qu'un point commun : la Doc, et il tenta de se souvenir de la dernière fois où il s'était trouvé seul avec elle. C'était vraiment sympa d'être seul avec elle. Il allait s'occuper de ses ennuis. Carley Crispin était cuite.

Scarpetta lança son habituelle mise en garde :

— Attachez votre ceinture de sécurité.

Il tourna la clé de contact et s'exécuta, même s'il détestait être ligoté de la sorte. Une de ses vieilles habitudes, comme fumer ou boire, auxquelles il mettrait peut-être un terme mais qu'il n'oublierait pas et dont la fin ne lui apporterait aucun plaisir particulier. Et quoi, même si c'était meilleur pour lui ? Il ne supportait pas d'être sanglé par une ceinture de sécurité et ça n'allait pas changer. Il espérait juste qu'il ne se retrouverait jamais dans une situation où il aurait besoin de sortir en trombe de son véhicule et… merde, il était coincé par la ceinture, et boum, il était mort. Il se demanda si le département de police envoyait toujours son unité spéciale pister des flics de façon aléatoire, vérifiant s'ils avaient leur ceinture pour leur clouer la peau des fesses dans le cas contraire, avec une suspension de six mois.

— Allez… vous devez bien avoir rencontré des cas où ces foutus machins ont tué quelqu'un ? dit-il à Scarpetta qui devait connaître la vraie réponse.

— Quels machins ? demanda-t-elle comme il s'éloignait de son immeuble.

— Les ceintures de sécurité. Vous savez, ces camisoles de force automobiles dont vous êtes la défenseuse, Dr Le-Pire-Est-à-Venir. Toutes ces années à Richmond ? À l'époque, il n'y avait pas encore de flics-indics qui patrouillaient pour foutre les camarades dans le pétrin, juste sous prétexte qu'ils n'avaient pas bouclé leur ceinture. Tout le monde s'en foutait et je l'ai jamais mise. Pas une fois. Pas même lorsque vous montiez dans ma bagnole pour m'asticoter en me résumant toutes les façons dont j'allais me blesser ou me tuer si je faisais pas un peu attention.

Ça le mettait d'excellente humeur de se souvenir du passé, de conduire en sa compagnie, sans Benton. Il continua :

— Vous vous rappelez ce jour où j'ai été pris dans une fusillade à Gilpin Court ? Si j'avais pas pu me casser vite fait de la bagnole, devinez ce qui se serait passé ?

— Votre mauvaise habitude explique que vous n'ayez pas acquis le réflexe de déboucler votre ceinture dans l'urgence, contra-t-elle. D'autant que, si je me souviens bien, c'était vous qui aviez pris ce dealer de drogue en chasse, pas l'inverse. Je ne crois vraiment pas que votre ceinture ait été un facteur déterminant, attachée ou pas.

— Historiquement, les flics les ont jamais mises pour une bonne raison, répliqua-t-il. Ils en portent pas, et depuis la nuit des temps ! Vous attachez pas votre ceinture et vous allumez jamais le plafonnier. Pourquoi ? Parce qu'y a rien de pire que d'avoir un trouduc de bon à rien qui vous tire dessus alors que vous êtes attaché dans l'habitacle et qu'il vous vise au poil grâce à la lumière du plafonnier.

— Je peux vous communiquer les statistiques, dit Scarpetta, un peu éteinte, le regard perdu vers la fenêtre de sa portière. Dont celle concernant tous ceux qui ne seraient sans doute pas morts s'ils avaient bouclé leur ceinture. En revanche, je ne suis pas certaine de trouver un seul exemple du cas contraire.

— Et si vous plongez d'un quai dans la flotte ?

— Sans ceinture, votre tête risque de heurter le pare-brise. Vous assommer ne devrait pas arranger les choses si vous êtes submergé. (Elle changea de sujet :) Benton vient de recevoir un appel du FBI. Je suppose que personne ne peut rien me dire à ce sujet ?

— Peut-être que lui est au courant ? En tout cas, moi pas.

— Vous avez eu un contact avec eux ? demanda-t-elle, et Marino perçut sa tristesse.

— Y a même pas un quart d'heure, j'étais en voiture. Juste avant que je vienne vous prendre. Benton vous a dit quelque chose ? C'était pas une profileuse du nom de Lanier ?

Marino bifurqua dans Park Avenue et Hannah Starr lui revint à l'esprit.

La demeure des Starr était proche de l'endroit où Scarpetta et lui se rendaient.

— Il était toujours en ligne lorsque j'ai quitté l'appartement. Tout ce que je sais, c'est qu'il discutait avec le FBI.

— Donc il a rien dit au sujet de ce qu'elle voulait.

Marino partait du principe que la correspondante de Benton n'était autre que Marty Lanier, qu'elle l'avait appelé juste après s'être entretenue avec lui.

— Rien. Il était en communication lorsque je suis partie, répéta-t-elle.

Elle taisait quelque chose. Peut-être qu'elle s'était disputée avec Benton, ou alors elle était un peu à cran et déprimée à cause de son BlackBerry volé.

— J'arrive pas à relier les points sur ce coup, poursuivit Marino, incapable de s'arrêter. Pourquoi est-ce qu'ils appelleraient Benton ? Marty Lanier est une profileuse du FBI. Pourquoi elle aurait besoin d'un ancien profileur de chez eux ?

Écorner l'armure étincelante de Benton lui procurait un plaisir confidentiel. Benton n'appartenait plus au FBI. Il n'était même pas flic.

— Benton a déjà été impliqué dans plusieurs affaires liées au FBI, expliqua-t-elle calmement, sans une ombre d'agressivité mais d'un ton grave. Cela étant, je n'en sais rien.

— Vous voulez dire que le FBI prend son avis ?

— Parfois.

Marino était déçu d'entendre cela.

— C'est surprenant. Je croyais que le Bureau et lui se détestaient, commenta-t-il, associant le Bureau à un être humain.

— On ne le consulte pas parce qu'il a appartenu au FBI, mais parce qu'il est un psychologue légal réputé et qu'il a souvent fait part de ses évaluations et ses opinions sur des affaires criminelles de New York ou d'ailleurs.

Plongée dans l'ombre de l'habitacle, elle regardait Marino, un lambeau du revêtement déchiré qui tapissait l'intérieur du toit se balançant au-dessus de sa tête. Il devrait vraiment acheter un bout de tissu doublé de mousse et de la colle haute température afin de remplacer ce foutu machin.

Il abandonna le sujet Benton et déclara :

— Ce qui est sûr, c'est que ça a un rapport avec le tatouage. Quand je me trouvais au CCTR, j'ai suggéré qu'on jette le filet plus loin et qu'on élargisse la recherche au-delà du fameux dépôt de données du département de police de New York, parce qu'on s'était planté avec le tatouage, des crânes, le cercueil, bref tout ce qu'il y avait sur le cou de ce gars. En revanche, on a dégoté un truc sur Dodie Hodge. En plus de son arrestation à Detroit le mois dernier, je suis tombé sur une assignation à comparaître, à la demande du département des transports en commun de New York, parce qu'elle avait collé le bordel dans un bus en balançant à un autre passager qu'il avait qu'à envoyer son cul jusqu'en enfer par FedEx. C'est quand même intéressant, puisqu'elle a adressé une carte à Benton par ce moyen et que le type au tatouage vous a livré un paquet suspect dans un emballage FedEx.

— Est-ce que ça ne revient pas à affirmer que deux lettres ont un rapport parce qu'elles portent toutes les deux un timbre ?

— Je sais, c'est peut-être un peu tiré par les cheveux. Mais j'arrive pas à m'ôter de l'esprit qu'il existe un lien entre ce gars et cette patiente psychiatrique qui vous a envoyé une carte de Noël chantante, pour vous appeler ensuite pendant l'émission de CNN. Et si c'est le cas, je vais commencer à me faire de la bile parce que, devinez quoi ? Le mec au cou tatoué est pas un sympathique candidat à la médaille du bon citoyen s'il est dans la banque de données du FBI, d'accord ? S'il y est, c'est qu'il a été arrêté ou qu'il a un mandat aux fesses parce qu'il a fait quelque chose quelque part, peut-être un crime fédéral.

Il ralentit. La marquise rouge de l'hôtel Élysée se trouvait un peu plus loin sur la gauche.

— J'ai invalidé le mot de passe de mon BlackBerry, avoua Scarpetta.

Ça ne lui ressemblait pas de faire une chose pareille. D'abord il ne sut quoi dire, et soudain il se rendit compte qu'elle était gênée, un état d'esprit exceptionnel chez elle.

— Ça me gave de devoir le déverrouiller à chaque fois. (Sur ce point précis, il pouvait compatir.) Mais jamais je supprimerais le mot de passe. Et alors, qu'est-ce qui peut se passer ?

Il ne voulait pas lui adresser de reproche, mais ce qu'elle avait fait n'était pas malin.

La nervosité le gagna lorsqu'il pensa à ses propres échanges avec elle. Des *e-mails*, des messages vocaux, des textos, des copies de rapports, des photographies de l'enquête Toni Darien, notamment celles qu'il avait prises dans l'appartement de la jeune femme, accompagnées de ses commentaires.

— Vous voulez dire que Carley Crispin aurait pu fouiner partout sur votre foutu BlackBerry ? Merde !

— Vous portez en permanence vos lunettes, Marino. Moi, je n'ai besoin que de verres de lecture et je les enlève souvent. Alors imaginez un peu quand je monte et descends dans mon immeuble, ou quand je sors m'acheter un sandwich et que je dois passer un appel. Je ne vois pas les touches qui permettent d'entrer ce fichu mot de passe !

— Vous pouvez grossir ce qu'il y a sur l'écran.

— Ce fichu cadeau de ma nièce me fait sentir centenaire ! Donc j'ai invalidé le mot de passe. Était-ce une bonne idée ? Non, mais je l'ai fait quand même.

— Vous lui avez dit ?

— J'allais trouver une solution. À vrai dire, je ne sais pas très bien ce que je comptais faire. Sans doute tâcher de m'adapter et réactiver le mot de passe, mais je n'ai pas eu le temps. Non, je ne lui ai rien dit. Elle peut supprimer à distance toutes les informations qu'il renferme et je ne le veux pas. Du moins pas encore.

— Nan. Vous le récupérez et rien ne relie le BlackBerry à vous, sauf le numéro de série ? Je peux quand même inculper Carley Crispin pour vol puisque l'appareil vaut plus de deux cent cinquante dollars. Mais j'aimerais bien avoir un truc un peu plus costaud que ça contre elle. (Il y avait pas mal réfléchi.) Si elle a volé des données, j'ai plus d'éléments. Toute la merde qui se trouve sur votre BlackBerry ? On peut peut-être la coincer pour vol d'identité, un délit de classe C. Je pourrais peut-être prouver la préméditation, bâtir un dossier d'accusation en insistant sur le fait qu'elle comptait vendre des informations provenant de l'institut médico-légal, les rendre publiques et en tirer profit. On peut parvenir à lui coller une dépression nerveuse !

— J'espère qu'elle ne fera rien d'aussi stupide.

Marino n'aurait su dire au juste si elle faisait allusion à Carley Crispin ou à Lucy.

— S'il n'y a pas de données sur votre téléphone..., commença-t-il à répéter.

— Je lui ai demandé de ne pas le désintégrer, pour reprendre son terme.

— Ben, alors elle le fera pas. Lucy est une enquêtrice expérimentée, un expert en informatique légale, en plus elle a été agent fédéral. Elle sait comment fonctionne le système et sans doute qu'elle sait aussi que vous utilisiez plus votre fichu mot de passe. Elle a mis sur pied un réseau sur un serveur. Et me demandez pas de parler avec son jargon pour décrire ce qu'elle fait pour nous rendre un supposé service. De toute façon, elle va passer pour déposer le mandat.

Scarpetta demeura silencieuse.

— Ce que je veux dire, c'est qu'elle était vraisemblablement capable de vérifier si votre mot de passe était désactivé, d'accord ? continua Marino. Elle pourrait savoir que vous avez cessé de l'utiliser, hein ? Je suis certain qu'elle vérifie ce genre de trucs.

— Je ne pense pas être la personne qu'elle a surveillée récemment, répondit Scarpetta.

Marino commençait à comprendre pourquoi elle se comportait comme si quelque chose la rongeait, quelque chose n'ayant qu'un lointain rapport avec son *smartphone*, ou même une prise de bec avec Benton. Il ne commenta pas. Ils étaient assis côte à côte dans sa voiture cabossée, garée en face d'un des plus jolis hôtels de New York, le portier les regardant sans s'aventurer dehors, les laissant seuls. Le personnel des hôtels sait reconnaître une voiture de police au premier coup d'œil.

— Cela étant, je pense vraiment qu'elle surveille quelqu'un, poursuivit Scarpetta. Ça a commencé à me trotter dans la tête après avoir parcouru le journal GPS dont je vous ai parlé. Lucy peut nous localiser en permanence et n'importe quand si elle le souhaite. Et je ne pense pas qu'elle nous ait filés, ni vous, ni Benton, ni moi. Qu'elle décide brusquement que nous devons tous avoir ces super-téléphones, ce n'est, selon moi, pas une coïncidence.

La main sur la poignée de la portière, Marino ne savait que répondre. Lucy semblait ailleurs, différente, nerveuse, prompte à la colère et un peu paranoïaque depuis des semaines, et il aurait dû être plus vigilant. Il aurait dû établir le même lien, un lien qui paraissait de plus en plus évident depuis que Scarpetta l'avait évoqué dans l'habitable sombre et crasseux de sa voiture. Marino n'aurait jamais pensé que Lucy puisse espionner Berger. Et si ça ne lui avait pas traversé l'esprit, c'était parce qu'il n'avait aucune envie d'y croire. Lucy était capable de tant de choses lorsqu'elle se sentait coincée ou simplement dans son bon droit, et Marino n'aimait pas s'en souvenir. Il ne voulait pas se rappeler ce qu'elle avait fait à son fils. Rocco était né méchant, pour devenir un criminel endurci qui n'avait rien à faire de personne. Si Lucy ne l'avait pas descendu, quelqu'un d'autre s'en serait chargé, mais Marino évitait d'y repenser. Il avait peine à le digérer.

— Jaime ne fait que travailler. Je ne vois vraiment pas pourquoi ma nièce se montrerait aussi paranoïaque à son sujet. De plus, je ne veux même pas imaginer quelle serait la réaction de Jaime si elle se rendait compte que… Enfin, si c'est vrai, et j'espère que non. Bien sûr, vous ne dites rien, et ce n'est sans doute pas le moment d'en parler. Comment allons-nous procéder avec Carley ?

— Quand quelqu'un pense qu'à son boulot, parfois l'autre perd un peu les pédales. Vous voyez, il fait des trucs qu'il aurait jamais faits sans ça. J'ai un peu le même problème en ce moment avec Bacardi.

— Et vous la fliquez à l'aide d'une ultra-technologie WAAS-GPS que vous avez adaptée sur un super-téléphone censé être un cadeau ? lança Scarpetta d'un ton amer.

— Je suis comme vous, Doc. J'ai été tenté de balancer ce téléphone dans la flotte, admit-il très sérieusement. (Il était embêté pour elle.) Vous savez que je tape comme un nul, même avec un clavier normal. L'autre jour, je pensais monter le volume de ce truc et, au lieu de ça, j'ai pris une foutue photo de mon pied.

— Vous n'espionneriez pas Bacardi par GPS interposé, même si vous soupçonniez qu'elle vous trompe. Les gens tels que nous ne font pas des choses pareilles, Marino.

— Ouais, mais Lucy n'est pas nous. Attention, je dis pas qu'elle a commis un truc de ce genre.

Il n'en savait rien. Elle en était parfaitement capable.

— Vous travaillez pour Jaime. Je ne veux pas demander s'il y a un fondement à…

— Non, y a rien. Berger fait rien du tout. Je peux vous le garantir. Si elle s'envoyait en l'air à droite ou à gauche, avait une liaison secrète, je le saurais, croyez-moi. Et c'est pas les occasions qui lui manquent. Ça aussi, je le sais. Tout ce que je souhaite, c'est que Lucy fasse rien de particulier avec le super-téléphone. Espionne Berger, je veux dire. Parce que, si jamais Jaime le découvrait, je peux vous assurer qu'elle le laisserait pas passer.

— Et vous, vous laisseriez passer une chose pareille, Marino ?

— Bordel, non ! Vous avez un problème avec moi ? On en discute. Vous pensez que je suis pas réglo ? Dites-le. Mais m'offrez pas un super-téléphone juste pour pouvoir espionner mes faits et gestes. Ça, c'est inacceptable quand on est supposé faire confiance à quelqu'un.

— J'espère que ce n'est pas le cas. Comment procède-t-on ? répéta Scarpetta en revenant à Carley Crispin.

Ils descendirent de voiture.

— Je vais montrer mon badge à la réception et obtenir son numéro de chambre. Et puis on va monter lui dire un petit bonjour. Bon, évitez de lui cogner dessus. Pas envie de vous traîner en justice pour agression.

— Pourtant j'aimerais vraiment, Marino. Vous n'avez pas idée.

CHAPITRE 16

En dépit des gros coups de poing de Marino assenés contre la porte de la chambre 412, de ses appels répétés, personne ne répondit.

— Département de police de New York ! beugla-t-il. Ouvrez !

Scarpetta et lui patientèrent en tendant l'oreille dans le long couloir élégant, avec ses appliques lumineuses en cristal et sa moquette marron et jaune dont le motif évoquait un tapis de Bidjar.

— J'entends une télé, dit Marino en cognant d'une main contre le panneau et en tenant sa boîte à outils de scène de crime dans l'autre. C'est plutôt bizarre qu'elle regarde la télé à cinq heures du matin. Carley ? cria-t-il. Police, ouvrez !

D'un mouvement de main, il indiqua à Scarpetta de se reculer et déclara :

— Pas la peine ! Elle va pas ouvrir. Bon, ben, on emploie les grands moyens.

Il tira son BlackBerry de son étui et dut taper son mot de passe. Ce geste rappela à Scarpetta toute la pagaille qu'elle causait, mais également la lamentable vérité : elle n'en serait pas là si Lucy n'avait pas fait quelque chose d'assez terrible. Sa nièce avait mis sur pied un serveur et équipé des *smartphones* uniquement par ruse. Elle avait manipulé et trompé tout le monde.

Scarpetta se sentait affreusement mal vis-à-vis de Berger. D'elle-même aussi. De tous d'ailleurs. Marino composa le numéro gravé sur la carte de visite que lui avait tendu le responsable de nuit de l'hôtel quelques minutes plus tôt. Scarpetta et lui avancèrent en direction de l'ascenseur. Si Carley se trouvait dans la chambre, le grand flic n'avait pas envie qu'elle entende sa conversation.

— Ouais, va falloir que vous montiez, déclara Marino à son interlocuteur. Nan, et pourtant j'ai cogné assez fort pour réveiller les morts… (Un silence, puis :) Ouais, peut-être, mais la télé marche. Vraiment ? C'est bon à savoir. (Il mit un terme à la communication et expliqua à Scarpetta :) Paraît qu'ils ont eu des ennuis parce que le son de la télé était trop fort et des clients se sont plaints.

— C'est assez étrange.

— Carley a des problèmes d'audition ?

— Pas que je sache. Non, je ne crois pas, répondit Scarpetta.

Ils atteignirent l'autre bout du couloir, au niveau de l'ascenseur. Marino poussa une porte surmontée d'une applique lumineuse de signalisation qui indiquait « sortie ».

— Si vous vouliez quitter l'hôtel sans traverser la réception, vous emprunteriez l'escalier. Mais pour remonter à votre chambre, faudrait que vous preniez l'ascenseur, déclara-t-il en maintenant la porte ouverte et en jetant un regard aux volées de marches en ciment brut. Y a aucun moyen de rejoindre l'escalier depuis la rue, pour des raisons évidentes de sécurité.

— Vous pensez que Carley est rentrée tard dans la nuit et qu'elle est ressortie par l'escalier parce qu'elle ne voulait pas qu'on la remarque, résuma Scarpetta en s'interrogeant sur la raison d'une telle conduite.

Carley Crispin, avec ses talons aiguilles et ses jupes moulantes, ne semblait pas être du genre à emprunter un escalier, ni à se dépenser physiquement si elle pouvait l'éviter.

— Enfin, elle n'a jamais fait mystère du fait qu'elle louait une chambre dans cet hôtel, souligna Scarpetta. Ce que je trouve aussi curieux. À partir du moment où on sait qu'elle séjourne ici, ou si on se demande où elle peut se trouver, ce qui était mon cas, il suffit de téléphoner et on vous passe sa chambre. La plupart des gens célèbres demandent que leur nom ne soit pas enregistré à la réception afin d'éviter que des appels incessants envahissent leur intimité. Cet hôtel, notamment, est habitué à accueillir des personnalités. Ça remonte aux années vingt, et l'établissement est devenu une sorte de point de repère pour les riches et célèbres.

Marino posa sa boîte à outils par terre et s'enquit :

— Ah ouais ? Et qui y a eu de célèbre ?

Elle lui avoua qu'elle ne s'en souvenait pas trop, si ce n'est que Tennessee Williams y était mort en 1983, étouffé par une capsule de bouteille.

— Bien sûr, vous vous rappelez les gens qui ont claqué ici. Carley Crispin est pas si célèbre que ça. Personnellement, je l'ajouterais pas à la liste de « Devinez qui a dormi et qui est mort ici ». Je veux dire, c'est pas Mike Jagger ou Marilyn Monroe et ça m'étonnerait que beaucoup de gens la reconnaissent quand elle se balade.

Le dos appuyé au mur, toujours habillé des vêtements qu'elle lui avait vus la dernière fois, six heures plus tôt, un duvet poivre et sel couvrant le bas de son visage, il réfléchissait.

— Berger a dit qu'elle pouvait obtenir un mandat de perquisition pour la chambre en moins de deux heures. (Il jeta un regard à sa montre.) Ça fait pas loin d'une heure que je lui ai parlé. Donc, peut-être encore une heure à patienter et Lucy se pointe avec le mandat. Mais bon, on va pas poireauter tout ce temps, on entre. On va retrouver votre BlackBerry et Dieu sait quoi d'autre. (Son regard balaya le long couloir paisible.) J'ai énuméré tous les éléments nécessaires dans l'affidavit, à peu près tout, sans oublier l'évier de la cuisine, plaisanta-t-il. Stockage numérique, médias, disques durs en tout genre, clés USB, documents, *e-mails*, numéros de téléphone, en gardant à l'esprit que Carley aurait pu exporter les données de votre téléphone, les imprimer ou les copier sur un autre ordinateur. J'aime rien autant que de fouiner sur une fouine. Et je suis content que Berger ait pensé à Lucy. Si je trouve pas un truc, elle, elle le dégotera.

Ce n'était pas Berger qui avait pensé à envoyer Lucy, mais Scarpetta qui le lui avait soufflé. Toutefois, en cet instant, ce n'était pas tant l'aide que pouvait leur apporter Lucy qui l'intéressait que le fait de la voir. Il fallait qu'elles discutent. Ça ne pouvait pas attendre.

Scarpetta avait un peu parlé avec Benton après avoir envoyé l'*e-mail* à Berger lui suggérant qu'un addendum soit ajouté, assurant qu'il était parfaitement légal qu'un civil participe à la fouille de la chambre réservée par Carley. Elle s'était assise à côté de lui et lui avait caressé le bras afin qu'il se réveille. Elle avait expliqué qu'elle se rendait sur une scène avec Marino, resterait en sa compagnie sans doute toute la matinée, et qu'elle avait une affaire personnelle des plus urgentes à régler. Il était préférable que Benton ne l'accompagne pas, avait-elle ajouté avant qu'il ne la devance. La sonnerie du téléphone de son mari avait retenti à cet instant : le FBI.

La porte de l'ascenseur s'ouvrit et Curtis, le responsable de nuit de l'hôtel, en émergea. C'était un homme d'âge intermédiaire, portant une moustache, pimpant dans son costume en tweed sombre. Ils remontèrent tous trois le couloir et Curtis tenta à son tour de frapper à la porte 412, de sonner, tout en remarquant le voyant lumineux « Ne pas déranger ». Il leur apprit qu'il était allumé la plupart du temps, puis ouvrit la porte, passant la tête par l'entrebâillement en criant « Hello, hello ! », en vain. Il recula ensuite dans le couloir et Marino lui demanda de les attendre. Le grand flic et Scarpetta pénétrèrent dans la chambre. Aucun signe, aucun son signalant une présence. Une télé scellée au mur était allumée sur CNN, son volume sonore assez bas.

— Normalement, vous devriez pas être avec moi, rappela Marino. Mais y a des BlackBerry partout et j'ai besoin de vous pour reconnaître le vôtre. C'est la version que je vais donner et on s'y tient.

Plantés derrière la porte refermée, ils regardaient la suite luxueuse mais de taille assez modeste. Un être négligé et solitaire, peut-être asocial et déprimé, vivait en ce lieu, déduisit Scarpetta. Le lit à deux places était défait et jonché de journaux, de vêtements masculins. Sur la table de chevet s'amoncelaient des bouteilles d'eau vides et des gobelets à café. À gauche du lit se trouvaient une commode ventrue et une large fenêtre devant laquelle les doubles rideaux étaient tirés. À droite, une sorte de partie boudoir meublée de deux fauteuils français recouverts d'une tapisserie bleue sur lesquels s'empilaient des livres et des papiers, et une table basse en acajou sur laquelle étaient posés un ordinateur portable et une petite imprimante. Bien en vue, sur une pile de paperasses, un BlackBerry était couché dans sa protection caoutchouteuse gris fumée. Juste à côté de l'appareil gisait une carte-clé en plastique.

Marino pointa l'index vers l'appareil :

— C'est lui ?

— On dirait bien. Le mien a aussi une housse grise.

Il ouvrit sa mallette à outils et en tira des gants. Lui en tendant une paire, il précisa :

— C'est pas qu'on va faire des trucs qu'on devrait pas. Mais c'est ce que j'appelle des circonstances exigeantes.

Un qualificatif sans doute abusif. À l'évidence, personne ne tentait de s'enfuir ou de détruire des preuves incriminantes. D'ailleurs la preuve était juste devant leur nez et il n'y avait personne d'autre qu'eux dans la pièce.

— Je ne pense pas avoir besoin de vous rappeler la parabole de l'arbre aux fruits empoisonnés ?

Scarpetta faisait allusion à la non-admissibilité devant un tribunal des preuves recueillies lors de fouilles ou de saisies jugées déraisonnables. Elle n'enfila pas ses gants.

— Nan... J'ai assez de Berger pour ça. Avec un peu de bol, elle aura tiré son juge favori du lit, le juge Fable, quel nom ! Une légende à lui tout seul. J'ai tout passé en revue par téléphone, sur haut-parleur, avec elle et un autre détective qu'elle avait récupéré comme témoin et qui va certifier le mandat en présence du juge. Je veux dire les faits dont on dispose. Ça s'appelle un double ouï-dire, un peu compliqué, mais en général ça passe. Le truc, c'est que Berger prend aucun risque avec les affidavits et elle évite à tout prix d'être elle-même le déclarant. Je me fous de savoir de qui émane au juste le mandat. Bon, j'espère que Lucy va pas tarder à débarquer.

Il s'approcha du BlackBerry et le récupéra par ses flancs recouverts de caoutchouc.

— L'écran est la seule surface correcte pour les empreintes digitales, et je le toucherai pas avant de l'avoir passé à la poudre, décida-t-il. Ensuite, je vais l'écouvillonner pour l'ADN.

Il se pencha sur sa mallette et en extirpa un flacon de poudre noire et une brosse en fibres de carbone. Scarpetta s'intéressa aux vêtements masculins éparpillés sur le lit, se rapprochant assez pour percevoir une odeur désagréable, des relents de chair malpropre. Elle remarqua que les journaux dataient des jours derniers, le *New York Times* et le *Wall Street Journal*, et s'étonna de trouver un téléphone mobile Motorola abandonné sur un oreiller. Un pantalon de treillis sale, une chemise Oxford bleu et blanc, plusieurs paires de chaussettes, un pyjama bleu pâle et des slips d'homme souillés de jaune à l'entrejambe étaient jetés avec négligence sur les draps chiffonnés. Les vêtements semblaient ne pas avoir été lavés de longtemps. Quelqu'un qui portait toujours la même chose et ne donnait jamais rien au pressing. Cette personne n'était certainement pas Carley Crispin. Ces habits ne lui appartenaient pas, d'ailleurs Scarpetta ne détectait aucune trace d'elle dans la chambre. Au demeurant, si son BlackBerry n'avait pas été là, rien n'aurait indiqué que la présentatrice y soit jamais passée.

Scarpetta jeta un regard à plusieurs corbeilles de bureau sans prendre la peine de renverser leur contenu sur le sol pour trier les choses importantes. Des papiers froissés en boule, des mouchoirs jetables, d'autres journaux. Elle se dirigea vers la salle de bains et resta sur le pas de la porte. Le lavabo, le marbre qui l'entourait, ainsi que celui du sol étaient jonchés de poils, des mèches de cheveux gris de différentes longueurs, certaines de plus de sept centimètres, d'autres de quelques millimètres. Une paire de ciseaux, un rasoir et une bombe de mousse Gillette à raser achetée chez Walgreens étaient posés sur un gant. À côté traînaient une autre carte-clé d'hôtel et une paire de lunettes avec une monture noire carrée, datée.

Au fond de la tablette de toilette, une brosse à dents et un tube de dentifrice Sensodyne presque vide, sans oublier un vaporisateur pour nettoyer le cérumen des oreilles. Un boîtier argenté pour chargeur, marque Siemens, était ouvert. Dedans se trouvaient deux appareils auditifs Siemens Motion 700 couleur chair, ces sortes de discrètes coquilles qui se placent derrière les oreilles. Toutefois, Scarpetta ne vit pas la télécommande, et elle retourna dans la chambre, prenant garde de ne rien toucher et de ne rien déranger, résistant à la tentation d'ouvrir la penderie ou les tiroirs.

— Un individu qui présente une perte d'audition moyenne ou sévère, commenta Scarpetta pendant que Marino relevait les empreintes de son BlackBerry. Des appareils haut de gamme. Atténuation des arrière-sons, blocage du *feedback*, Bluetooth. On peut les brancher sur un téléphone portable. Il devrait y avoir une télécommande quelque part, remarqua-t-elle en faisant quelques pas et en regardant autour d'elle. Pour régler le volume, vérifier le niveau de charge des batteries, ce genre de choses. En général, les gens la fourrent dans une poche ou un sac à main. Peut-être l'a-t-il sur lui. Pourtant ses appareils auditifs sont ici. Tout cela ne semble pas très logique, et j'irais jusqu'à dire que ça n'augure rien de bon.

— J'en ai deux chouettes ici, observa Marino en lissant l'adhésif à empreintes sur une carte blanche. Je comprends rien à ce que vous racontez. Qui a des appareils auditifs ?

— L'homme qui s'est rasé les cheveux et la barbe dans cette salle de bains, lança-t-elle en ouvrant la porte palière et en avançant dans le couloir où Curtis, le responsable de nuit, patientait, l'air nerveux et mal à l'aise.

— Écoutez, je ne veux pas poser de questions indiscrètes, mais je suis complètement dans le brouillard, lui déclara-t-il.

— C'est moi qui dois vous poser quelques questions. Vous dites avoir pris votre service à minuit.

— En effet, je travaille de minuit à huit heures du matin, précisa Curtis. Je n'ai pas vu cette dame depuis mon arrivée. En réalité, ainsi que je l'ai mentionné un peu plus tôt, je ne crois pas l'avoir jamais rencontrée. Mme Crispin a réservé une chambre en octobre, sans doute parce qu'elle souhaitait un pied-à-terre à New York. Avec son émission, vous voyez. En fait, elle n'utilise que très rarement sa chambre et son ami n'aime pas qu'on le dérange.

Il s'agissait d'une information nouvelle, ce que cherchait Scarpetta.

— Connaissez-vous le nom de ce monsieur et où nous pourrions le trouver ?

— Malheureusement, je ne peux pas vous aider. Je n'ai jamais vu ce monsieur à cause de mes horaires.

— Un homme d'un certain âge avec une barbe et des cheveux gris ?

— Comme je vous l'ai dit, je ne l'ai jamais rencontré et je suis incapable de vous le décrire. Mais on m'a raconté qu'il était souvent invité sur le plateau de l'émission de Mme Crispin. J'ignore son nom et je ne peux rien vous apprendre de plus, si ce n'est qu'il s'agit d'un monsieur très secret. Je ne devrais pas... mais il est un peu bizarre. Il n'adresse jamais la parole à personne. Il sort s'acheter à manger, ramène ses repas dans sa chambre et laisse les sacs de déchets devant la porte. Il n'appelle jamais le service d'étage ou les autres numéros et ne veut pas de la femme de chambre. Alors, il n'y a personne à l'intérieur ?

Le regard de Curtis était collé à l'entrebâillement de la porte 412.

— Le Dr Agee, l'aida Scarpetta. Un psychiatre légal, Warner Agee. C'est un invité fréquent de Carley Crispin.

— Je ne regarde pas son émission.

— C'est le seul participant récurrent auquel je puisse penser qui porte des appareils auditifs et qui ait une barbe et des cheveux gris, insista Scarpetta.

— Je vous ai raconté tout ce que je savais. Nous avons beaucoup de clients très en vue dans cet hôtel. La discrétion est l'une de nos vertus. Le seul problème que nous ayons rencontré avec ce monsieur, c'est le bruit. Hier soir, par exemple, d'autres clients se sont plaints que le volume sonore de sa télé était trop fort. Je le sais grâce aux messages qui m'ont été laissés au bureau de la réception, plusieurs personnes ont téléphoné.

— Vers quelle heure ? s'enquit Scarpetta.

— Environs vingt heures trente, vingt heures quarante-cinq.

Elle était à CNN à ce moment-là, en compagnie de Carley. Warner Agee se trouvait dans la chambre et regardait la télé trop fort. D'ailleurs l'appareil était toujours allumé lorsque Marino et elle étaient entrés quelques minutes plus tôt, sur CNN, mais le volume avait été baissé. Elle imagina Agee assis sur son lit en fouillis, regardant *The Crispin Report*. En d'autres termes, il avait dû baisser le son après les plaintes de voisins vers vingt heures trente. Il s'était sans doute équipé de ses appareils auditifs. Que s'était-il passé ensuite ? Il les avait retirés, puis avait quitté la chambre après s'être rasé la barbe et le crâne ?

— Si quelqu'un appelait la réception pour Carley Crispin, vous ne sauriez pas nécessairement si elle est bien là ? vérifia Scarpetta. Juste que c'est une cliente enregistrée sous ce nom, c'est-à-dire ce qui s'affiche sur l'écran de l'ordinateur lorsqu'un des employés de l'accueil vérifie. La chambre est donc bien à son nom, mais un ami l'occupe. Probablement le Dr Agee.

— C'est cela, si tant est que vous ayez raison concernant l'identité de ce monsieur.

— Et qui règle la chambre ?

— Je ne devrais vraiment pas…

— L'homme qui occupait cette chambre, le Dr Agee, n'est plus là, et je vous avoue que je suis un peu inquiète. Je me fais du souci, et pour des tas de raisons. Vous n'avez pas la moindre idée de l'endroit où il pourrait se trouver ? Il a un problème de surdité et ses appareils auditifs sont dans la chambre.

— Non, je ne l'ai pas vu quitter notre établissement. C'est très perturbant. Je suppose que cela explique pourquoi il mettait la télévision si fort.

Le regard du responsable de nuit se perdit à l'autre bout du couloir, vers le signe lumineux rouge « sortie ».

— Très, très déconcertant. Et qu'espérez-vous trouver là-dedans ? demanda-t-il, son regard revenant vers la porte de la chambre 412.

Scarpetta n'avait pas l'intention de le renseigner. Lorsque Lucy arriverait, porteuse du mandat, il en recevrait une copie et verrait ce qu'ils recherchaient.

— Mais s'il a quitté l'hôtel par l'escalier, personne ne pouvait l'apercevoir, poursuivit-elle. Le portier ne reste pas planté sur le trottoir si tard et lorsqu'il fait un froid glacial. À qui envoie-t-on la facture pour la chambre ? tenta-t-elle à nouveau.

— À elle, à Mme Crispin. Hier soir, aux environs de vingt-trois heures quarante-cinq, elle s'est arrêtée à la réception. Je n'étais pas encore là. J'ai pris mon service quelques minutes plus tard.

— Et pour quelle raison s'est-elle arrêtée si elle est cliente depuis octobre ? Pourquoi ne pas monter directement à sa chambre ?

— Nous utilisons des serrures à cartes magnétiques. Je suis certain que la chose a dû vous arriver : vous ne vous servez pas de votre carte durant un certain temps et vous vous apercevez qu'elle ne fonctionne plus parce qu'elle a expiré. Lorsque de nouvelles cartes sont faites, nous en gardons une trace sur l'ordinateur, trace qui inclut la date de départ. Mme Crispin avait demandé deux nouvelles cartes.

Le renseignement était déroutant, et Scarpetta enjoignit à Curtis de réfléchir. Si Carley hébergeait un ami – Warner Agee – dans la chambre qu'elle avait retenue, elle ne lui aurait pas laissé une carte dont la date d'expiration était dépassée.

— Il n'est donc pas enregistré et il n'acquitte pas les factures, résuma-t-elle. Il ne pourrait donc pas demander un renouvellement de la carte parce que l'ancienne est devenue obsolète. D'ailleurs, si je ne m'abuse, il ne pourrait pas non plus prolonger la réservation de la chambre puisqu'il ne règle pas en personne et que son nom ne figure nulle part.

— C'est exact.

— On peut donc peut-être conclure que sa carte à elle était toujours valide et que ce n'est donc pas pour cela qu'elle en a fait faire deux nouvelles. Mme Crispin a-t-elle demandé autre chose hier, lorsqu'elle s'est arrêtée à la réception ?

— Juste une minute. Je vais voir ce que je peux trouver.

Il récupéra son téléphone portable et appela. Il déclara à son interlocuteur :

— Mme Crispin était-elle coincée à l'extérieur de sa chambre ou a-t-elle simplement demandé deux nouvelles cartes-clés ? Et, dans ce cas, pourquoi ? (Il écouta, puis :) Bien sûr. Oui, oui, si vous pouviez, aussitôt… Je suis désolé de le réveiller.

On devait téléphoner à l'employé de la réception qui s'était occupé de Carley le soir précédent, sans doute chez lui, endormi à l'heure actuelle. Curtis ne cessait de présenter ses excuses à Scarpetta pour l'attente qu'il lui imposait.

Il semblait de plus en plus secoué, se tamponnant le front à l'aide d'un mouchoir, s'éclaircissant sans arrêt la gorge. La voix de Marino lui parvint de la chambre et elle l'entendit arpenter la pièce. Il était plongé dans une conversation téléphonique, mais elle ne parvenait pas à saisir ce qu'il disait.

Le responsable annonça :

— Oui, je suis toujours là. (Il hocha la tête.) Je vois. Ça semble logique.

Il raccrocha, fourra son téléphone dans la poche de sa veste en tweed et expliqua à Scarpetta :

— Mme Cripsin est donc entrée et a foncé directement vers la réception. Elle a dit qu'elle n'était pas passée depuis un moment et qu'elle craignait que sa carte-clé ne fonctionne plus, d'autant que son ami avait des problèmes d'audition. Elle avait peur qu'il ne l'entende pas frapper. Vous voyez, elle louait la chambre au mois et la dernière réservation remonte au 20 novembre, ce qui signifie qu'elle se termine demain, samedi. Il lui fallait donc la renouveler si elle avait l'intention de conserver la chambre, ce qu'elle a fait en demandant deux nouvelles clés.

— Elle a prolongé sa réservation jusqu'au 20 janvier ?

— Non, juste pour ce week-end. Elle a dit qu'elle quitterait sans doute l'hôtel lundi, le 22, expliqua Curtis en regardant la porte entrebâillée de la 412.

Scarpetta entendait les allées et venues de Marino à l'intérieur.

— Il ne l'a pas vue ressortir, ajouta le responsable. Le réceptionniste. Il l'a bien vue monter par l'ascenseur, mais il ne l'a pas vue redescendre. Moi non plus d'ailleurs, comme je vous l'ai dit.

— Donc elle a dû prendre l'escalier, conclut Scarpetta. Elle n'est pas dans la chambre, pas plus que son ami le Dr Agee, *a priori.* À votre connaissance, lorsque Mme Crispin passait, avait-elle coutume de quitter l'hôtel par ce chemin ?

— Nos clients le font rarement. Et je n'ai jamais entendu un employé le mentionner dans son cas. Bien sûr, certains de nos invités très connus s'efforcent d'être aussi discrets que possible, notamment lorsqu'ils entrent et sortent de l'hôtel. Mais, franchement, je n'ai pas eu le sentiment que Mme Crispin est du genre timide.

Scarpetta repensa aux mèches de cheveux coupées qui traînaient dans l'évier. Carley était-elle entrée dans la chambre, avait-elle découvert l'état de la salle de bains ? Peut-être Agee était-il toujours là lorsqu'elle était passée pour déposer le BlackBerry volé à Scarpetta. Étaient-ils sortis ensemble ? En empruntant tous deux l'escalier et en abandonnant le BlackBerry dans la chambre ? Scarpetta tenta d'imaginer Warner Agee, barbe et crâne rasés, sans appareils auditifs, peut-être sans ses lunettes, sortant furtivement de l'hôtel en compagnie de Carley. Cela n'avait aucun sens. Il s'était passé autre chose.

— Votre hôtel garde-t-il une trace informatique de toute entrée ou sortie d'une chambre à l'aide des cartes magnétiques ?

Elle en doutait, mais tentait quand même le coup.

— Non. Aucun hôtel, à ma connaissance, ne fait cela. Pas plus que nous n'avons de données enregistrées sur les cartes-clés.

— Pas de nom, adresse, numéro de carte de crédit. Rien de tout cela n'est encodé sur les cartes ?

— Certainement pas ! C'est enregistré sur l'ordinateur, mais pas sur les cartes. Ça sert à ouvrir les portes, rien d'autre. Nous ne tenons pas de journal. D'ailleurs la plupart des cartes magnétiques d'hôtel, du moins les systèmes que je connais, ne portent rien d'encodé, pas même le numéro de chambre, à l'exception de la date prévue de sortie. (Il regarda la porte et lança :) Je suppose que vous n'avez trouvé personne. La chambre est vide.

— Non, il y a le détective Marino.

— Eh bien, ça me soulage, déclara Curtis, sincère. Je ne voulais surtout pas en venir à imaginer le pire au sujet de Mme Crispin et de son ami.

Sous-entendu : il aurait détesté qu'on les retrouve morts dans la chambre.

— Inutile de perdre votre temps ici, lui conseilla Scarpetta. Nous vous ferons savoir lorsque nous en aurons terminé. Ça peut durer un bon moment.

La chambre était silencieuse lorsqu'elle y pénétra à nouveau en refermant la porte derrière elle. Marino avait éteint la télé et se tenait dans la salle de bains. Le BlackBerry dans sa main gantée, il détaillait le lavabo, le comptoir de marbre et le sol.

Elle enfila les gants qu'il lui avait donnés un peu plus tôt et déclara :

— Warner Agee. C'est lui qui occupe cette chambre. Sans doute pas Carley Crispin. Sans doute jamais. Elle est passée hier, tard, vers vingt-trois heures quarante-cinq, à mon avis dans le but de remettre mon BlackBerry à Agee. J'aurais besoin d'utiliser le vôtre, je ne peux pas me servir du mien.

— Si c'est bien lui qui a fait ça, ça sent pas bon, commenta Marino en entrant son mot de passe sur son téléphone et en le lui tendant. J'aime pas trop ce que je vois. Se raser le crâne et sortir sans appareils auditifs ou lunettes.

— Quand avez-vous contacté l'OME et la DOS pour la dernière fois ? Y avait-il des trucs que nous devrions savoir ?

Elle voulait parler des récentes mises à jour du bureau chargé de la gestion des urgences et de la division des opérations spéciales.

Une expression étrange passa sur le visage de Marino.

— Je peux vérifier, proposa-t-elle. Enfin, pas si quelqu'un a atterri à l'hôpital, a été arrêté ou emmené dans un refuge, ou même s'il traîne dans les rues. Je n'apprendrai rien, sauf si cette personne est morte, et à New York de surcroît.

Elle composa un numéro sur le BlackBerry de Marino.

— Le pont George-Washington. C'est pas vrai !

— Quoi, le pont ? s'enquit-elle pendant qu'à l'autre bout de la ligne la sonnerie du téléphone résonnait dans l'unité d'investigations de l'institut médico-légal.

— Le mec qui a sauté. Aux environs de deux heures du matin. Je l'ai regardé en direct quand j'étais au CCTR. Un gars d'une soixantaine d'années, chauve, sans barbe. Un hélico de la police a filmé toute la foutue scène.

Un enquêteur médico-légal, un certain Dennis, répondit.

— J'ai besoin de savoir qui est arrivé, lui dit Scarpetta. On a un cas ayant un rapport avec le pont George-Washington ?

— Un peu, oui ! Une chute devant témoins. L'unité des urgences a tenté de le raisonner, en vain. Ils ont tout sur vidéo.

Un hélicoptère de la police filmait et je les ai prévenus que nous aurions besoin d'une copie.

— Bien réagi. On a une idée de son identité ?

— L'officier avec qui j'ai discuté m'a dit qu'ils n'en avaient pas la moindre idée. Un homme blanc, la cinquantaine ou la soixantaine. Il n'avait aucun effet personnel sur lui qui puisse nous aider. Pas de portefeuille, pas de téléphone. Quant au visuel, ça ne va pas être terrible. Il est dans un sale état. D'où il avait grimpé, je dirais qu'il a fait une chute d'environ soixante mètres. Vous voyez, haut comme un immeuble de vingt étages. Vous ne voudrez montrer sa photo à personne !

— Rendez-moi un service, Dennis. Descendez et vérifiez le contenu de ses poches. N'importe quoi qui aurait pu arriver avec le cadavre. Prenez une photo et expédiez-la-moi par *e-mail*. Rappelez-moi lorsque vous serez à côté du corps. (Elle lui communiqua le numéro de Marino.) D'autres hommes blancs non identifiés ?

— Aucun pour lesquels nous n'ayons pas l'ombre d'une piste. Jusque-là, on pense parvenir à les identifier tous. Un autre suicide, une fusillade, un piéton renversé, une overdose, le gars avait encore des comprimés dans la bouche quand ils l'ont amené. C'est la première fois que je vois ça. Vous cherchez quelqu'un en particulier ?

— Peut-être un psychiatre disparu. Warner Agee.

— Pourquoi est-ce que ça m'évoque quelque chose ? En tout cas, personne de ce nom ici.

— Descendez voir le suicidé du pont et rappelez-moi aussitôt.

— Sa silhouette m'était pas inconnue, déclara Marino. J'étais assis, je regardais la scène en direct et j'arrêtais pas de me dire qu'elle me rappelait un type.

Scarpetta rejoignit la salle de bains et récupéra la carte magnétique posée sur la tablette de toilette en la tenant par les bords.

— Relevons les empreintes, ainsi que sur celle de la table basse. Il faudra aussi collecter quelques cheveux, sa brosse à dents, bref ce qui permettra de l'identifier. Allons-y.

Marino enfila une nouvelle paire de gants et récupéra la carte qu'elle tenait. Il entreprit de la passer à la poudre pendant qu'elle consultait sa messagerie vocale sur son BlackBerry. Onze appels avaient été enregistrés depuis la dernière fois qu'elle s'était servie de l'appareil, hier soir à dix-neuf heures quinze, lorsqu'elle avait discuté avec Grace Darien avant de partir pour CNN. Depuis, Mme Darien avait tenté de la joindre à trois reprises, entre vingt-deux et vingt-trois heures, sans doute à cause de la une des informations après les déclarations intempestives de Carley Crispin. Les huit autres appels étaient accompagnés de la mention « numéro inconnu », le premier à vingt-deux heures cinq et le dernier aux environs de minuit. Benton et Lucy. Son mari lui avait téléphoné alors qu'elle rentrait accompagnée de Carley, et Lucy sans doute après avoir entendu parler de l'alerte à la bombe. Aux petites icônes vertes qui flanquaient chaque appel de la liste, Scarpetta sut qu'aucun n'avait été écouté, or la chose eût été simple. La consultation visuelle de la messagerie vocale ne requérait pas le mot de passe de l'abonné de la ligne, seulement celui du BlackBerry qu'elle avait invalidé.

Marino changea à nouveau de gants et attaqua la deuxième carte magnétique alors que Scarpetta s'interrogeait : devait-elle accéder à sa messagerie vocale par l'intermédiaire du téléphone de Marino ? Les messages de Mme Darien la préoccupaient particulièrement. La détresse de la mère de Toni avait dû être effroyable lorsqu'elle avait entendu parler du taxi jaune et que Carley avait lancé cette information bidon selon laquelle des cheveux d'Hannah auraient été retrouvés dans l'un de ces véhicules. Mme Darien avait alors probablement imaginé, à l'instar du public, que sa fille avait été abattue par un prédateur, déjà meurtrier d'Hannah Starr. Dans ce cas, si la police avait livré ce détail plus tôt, peut-être que Toni n'aurait jamais hélé un taxi. *Ne fais pas à nouveau l'imbécile,* songea-t-elle. *N'ouvre aucun dossier tant que Lucy n'est pas là.* Elle fit défiler les messages instantanés et les *e-mails.* Aucun nouveau message n'avait été lu.

À première vue, rien ne semblait indiquer qu'on ait fouillé le contenu de son BlackBerry, mais elle ne pouvait en jurer. Elle était dans l'incapacité de déterminer si quelqu'un avait consulté ses présentations PowerPoint, ou des photographies de scène de crime, ou des fichiers quelconques déjà utilisés par elle. Toutefois rien ne lui donnait à croire que Warner Agee ait examiné ce qui se trouvait sur son appareil, et cette conclusion la rendait perplexe. À l'évidence, les messages laissés par la mère de la joggeuse assassinée auraient dû aiguiser sa curiosité. Une information de première main que Carley aurait pu lâcher lors de sa prochaine émission. Pourquoi n'avait-il pas fouiné ? Si Carley était montée dans la chambre aux environs de vingt-trois heures quarante-cinq, il était toujours en vie, si tant est qu'il fût l'homme qui avait sauté deux heures et demie plus tard du pont George-Washington. *La dépression et plus rien qui vous retient. Peut-être.*

Marino en avait terminé avec les cartes magnétiques et elle prit pour lui une autre paire de gants, ceux dont ils se débarrassaient formant une petite pile nette sur le sol, tels de larges pétales de magnolia. Elle récupéra la carte qui se trouvait sur la table de toilette et l'essaya dans la serrure de la porte. Le voyant vira au jaune.

— Non, déclara-t-elle.

Elle tenta la même expérience avec celle abandonnée sur la table basse, juste à côté de son BlackBerry. Une lumière verte clignota et la serrure émit un cliquettement prometteur.

— La nouvelle carte-clé fonctionne. Carley a laissé à Agee une clé neuve et mon téléphone. Elle a dû conserver la seconde.

— La seule idée qui me vient, c'est qu'Agee était plus là quand elle est passée, énonça Marino en étiquetant un sac à indices à l'aide d'un feutre, avant de le placer avec soin à côté des autres dans sa mallette de scène de crime.

Scarpetta se souvint de l'époque où il balançait les preuves, les effets personnels d'une victime, son équipement de police dans tout ce qui se trouvait à portée de sa main, quittant en général une scène de crime les bras chargés de sacs en papier d'épicerie, de cartons recyclés qu'il enfermait dans le triangle des Bermudes qu'était devenu son coffre encombré par ailleurs de matériel de pêche, d'une boule de bowling, voire d'un pack de bière. Cependant il n'avait jamais rien égaré ou contaminé d'important, et elle ne se souvenait que de quelques rares occasions où son manque de discipline avait provoqué un tracas, et encore, bien minime. D'une façon générale, Marino avait toujours été une menace uniquement pour lui-même et ceux qui comptaient sur lui.

— Donc elle s'arrête à la réception parce qu'elle a pas d'autre choix. Elle veut être sûre que sa clé fonctionne, modifie la réservation. Et puis elle monte, elle entre et elle découvre qu'il est parti, résuma Marino en tentant de retracer les faits et gestes de Carley. À moins qu'elle ait décidé d'en profiter pour utiliser les chiottes, elle pouvait pas savoir dans quel état était la salle de bains. Ses cheveux partout, ses appareils. Personnellement, je crois qu'elle a rien vu de tout ça, ni lui d'ailleurs. Après, je pense qu'elle a laissé votre téléphone et une nouvelle clé, et qu'elle s'est défilée en douce par l'escalier, peu désireuse d'attirer l'attention parce qu'elle avait un sale coup en tête.

L'esprit toujours occupé par Agee, Scarpetta murmura :

— Peut-être qu'il est resté un moment dehors, à traîner. À y penser. À penser à ce qu'il allait faire. Du moins si on part du principe qu'il a commis un acte tragique.

Marino était en train de refermer sa mallette lorsque la sonnerie de son téléphone retentit. Il déchiffra l'écran et tendit l'appareil à Scarpetta.

— Rien dans ses poches, qui avaient été retournées, annonça Dennis. La police cherchait un objet de nature à permettre une identification, ou une substance illicite, voire une arme, n'importe quoi. Ils ont récupéré des petits trucs qu'ils ont placés dans un sachet : un peu de monnaie et un objet qui ressemble à une minuscule télécommande. Le genre qui sert à un ghetto blaster ou à une radio par satellite.

— Ça porte un nom de fabricant ? demanda Scarpetta.

— Siemens, épela Dennis.

On cogna à la porte de la chambre et Marino alla l'ouvrir pendant que Scarpetta poursuivait :

— Selon vous, la télécommande est allumée ?

— Eh bien, il y a comme une petite fenêtre, vous voyez ? Un écran.

Lucy pénétra, tendant à Marino une large enveloppe en papier kraft et ôtant son bomber de cuir noir. Elle était en vêtements de vol, un treillis, une chemise réglementaire et des boots légères à semelles en caoutchouc. Le grand fourre-tout couleur sienne foncé qu'elle trimbalait partout était jeté sur son épaule, orné d'une multitude de poches intérieures ou en tissu maillé. Sans doute avait-elle fourré une arme dans l'une d'elles. Elle posa le sac à terre, tira la fermeture à glissière du plus grand compartiment et en extirpa son MacBook.

— Il devrait y avoir un bouton d'alimentation, continuait Scarpetta en regardant Lucy ouvrir son ordinateur, pendant que Marino lui désignait le BlackBerry volé. (Ils parlaient tous deux à voix basse et Scarpetta tentait de ne pas se laisser distraire.) Appuyez dessus jusqu'à ce que vous pensiez avoir éteint la télécommande. Vous m'avez envoyé une photo ?

— Vous devriez déjà l'avoir. Je pense que ce truc est éteint, déclara Dennis.

— Donc elle devait être allumée lorsqu'elle se trouvait dans sa poche.

— C'est aussi mon avis, approuva Dennis.

— Si tel était le cas, la police n'a rien pu voir sur l'écran qui permette de l'identifier. On n'a jamais de messages de ce genre, sauf lorsqu'on active l'appareil que dirige la télécommande. Et j'ai besoin que vous fassiez cette manipulation. Enfoncez à nouveau le bouton jusqu'à ce que l'appareil se rallume et vérifiez si un message système apparaît. C'est la même chose que lorsque vous allumez votre téléphone et que votre numéro s'inscrit sur l'écran. Je pense que la télécommande que vous avez entre les mains appartient à un appareil auditif. Deux, en fait.

— Le corps n'en portait pas, remarqua Dennis. Mais j'imagine que vous avez toutes les chances de les perdre quand vous sautez du haut d'un pont.

Scarpetta se tourna vers sa nièce.

— Lucy, peux-tu accéder à ma messagerie électronique, celle de mon bureau ? Une photo devrait être arrivée. Ouvre le dossier. Tu connais mon mot de passe. C'est le même que celui que tu avais installé sur le BlackBerry.

Lucy déposa son ordinateur sur la console située sous la télé scellée au mur et commença à taper. Une image emplit l'écran et elle fouilla dans son sac pour y récupérer un adaptateur VGA et un câble vidéo. Elle brancha le premier dans l'un des ports de son ordinateur.

— J'ai quelque chose sur l'écran : « En cas de perte, contactez, s'il vous plaît, le Dr Warner Agee », annonça Dennis en communiquant à Scarpetta le numéro de téléphone qui suivait. Alors ça, c'est pas rien ! s'exclama-t-il d'une voix excitée. J'aurai pas perdu ma nuit ! C'est quoi, 2-0-2 ? Ce n'est pas la zone de Washington DC ?

Lucy était en train de brancher le câble dans le flanc de la télé lorsque la sonnerie du téléphone portable abandonné sur le lit se déclencha. Une sonnerie forte, la fugue de Bach en ré mineur. Au même moment, une image sanglante s'étala sur l'écran plat de la télé.

Marino s'en approcha et affirma :

— C'est le mec du pont. Je reconnais les fringues qu'il portait.

La housse noire à cadavre était ouverte, ses côtés rabattus. Le visage rasé était maculé de sang séché, si défiguré qu'il était méconnaissable. Le haut de son crâne était fracturé, du sang et de la matière cérébrale ayant coulé des plaies du cuir chevelu terriblement lacéré. La mandibule gauche était également fracturée, au moins à un endroit, sa mâchoire tombant de travers, découvrant les dents du bas recouvertes de sang, certaines cassées, d'autres manquantes. Le globe oculaire gauche sortait presque complètement de l'orbite. Les coutures des manches de sa veste noire avaient cédé, tout comme l'ourlet de sa jambe de pantalon gauche. L'extrémité déchiquetée du fémur pointait hors du tissu kaki, telle une branche brisée. Les chevilles étaient inclinées selon des angles impossibles.

— Il est tombé d'abord sur les pieds, puis a basculé sur le côté gauche, déduisit Scarpetta alors que la sonnerie du téléphone jeté sur le lit, la fugue de Bach, s'interrompait. Je pense que sa tête a heurté un contrefort du pont durant la chute.

— Il portait une montre, continua Dennis toujours en ligne. C'est dans le sachet, avec ses autres effets. Explosée. Une vieille Bulova en métal argenté montée sur un bracelet extensible. Elle s'est arrêtée à deux heures dix-huit. Du coup, on connaît l'heure de la mort. Vous voulez que j'appelle la police pour lui passer l'info ?

— La police est à mes côtés. Merci, Dennis. Je m'occupe de tout à partir de maintenant.

Elle raccrocha et rendit son BlackBerry à Marino au moment où la sonnerie retentissait à nouveau. Il décrocha et se mit à arpenter la pièce.

— D'accord, dit-il en lui jetant un regard. Mais y aura sans doute que moi.

Il raccrocha en lui expliquant :

— Lobo. Il vient juste d'arriver à Rodman's Neck. Il faut que je me mette en route.

— J'ai à peine commencé ici. La cause de la mort n'est vraiment pas ardue à découvrir. Contrairement à tout le reste.

L'autopsie qu'elle allait devoir conduire sur le Dr Agee serait psychologique. Et sans doute sa nièce aurait-elle grand besoin d'une dissection de cet ordre, elle aussi. Scarpetta ramassa son sac de scène de crime là où elle l'avait déposé, sur la moquette, contre le mur juste derrière la porte. Elle en tira un sachet à indices transparent dans lequel se trouvait l'enveloppe FedEx renfermant la carte chantante expédiée par Dodie Hodge. Scarpetta n'avait ni regardé, ni écouté la carte. Benton la lui avait confiée lorsqu'elle était partie tôt ce matin.

— Vous devriez prendre ça avec vous, suggéra-t-elle à Marino.

CHAPITRE 17

Les lumières de Manhattan jetaient une lueur trouble sur l'horizon, le colorant d'un mauve-bleu qui évoquait un hématome à Benton pendant qu'il filait vers le sud sur l'autoroute West Side, longeant l'Hudson, se dirigeant vers le centre-ville dans l'obscurité de cette fin de nuit.

Entre les hangars et les clôtures grillagées, il aperçut l'immeuble Palmolive, et l'horloge Colgate lui indiqua qu'il était sept heures moins vingt. La statue de la Liberté formait une sorte de bas-relief contre la rivière et le ciel, son bras tendu haut. Le chauffeur de Benton coupa par Vestry Street, s'enfonçant plus profond dans le quartier financier où les symptômes de l'économie languissante étaient bien perceptibles et déprimants : des devantures de restaurants occultées de gros papier marron, des avis de faillite ou de saisie apposés sur leurs portes, des ventes en liquidation, des magasins ou des appartements à louer.

Les gens étaient partis et les graffitis arrivés, de la peinture en bombe maculant les restaurants et les boutiques abandonnés, les volets métalliques et les panneaux d'affichage vierges. Des gribouillages grossiers, vulgaires même, la plupart choquants ou grotesques, stupides. Et puis des dessins un peu partout, certains étonnants. La Bourse représentée sous forme d'un gros œuf qui se fracassait au sol. Le vaisseau *USS Economy* qui coulait à pic tel le *Titanic*. Un mur représentant la société d'actions Freddie Mac sous les traits du Grinch, installé dans un traîneau sur lequel s'empilaient des dettes, ses prêteurs transformés en rennes qui galopaient au-dessus des toits des maisons saisies. Sur un autre, l'Oncle Sam se penchait vers l'avant pour permettre à AIG de l'enculer.

Warner Agee était mort. Ce n'était pas Scarpetta qui avait prévenu Benton, mais Marino. Il lui avait téléphoné quelques minutes plus tôt. Pas parce qu'il était au courant ou avait deviné le rôle joué par Agee dans le passé de Benton, mais parce qu'il avait simplement pensé que Benton voudrait savoir que le psychiatre légal s'était jeté du haut d'un pont et que le BlackBerry de Scarpetta avait été retrouvé dans une chambre d'hôtel qu'Agee occupait depuis la mi-octobre, pour la saison d'automne de CNN. Carley Crispin, ou quelqu'un d'autre, avait dû lui proposer un marché. Elle le faisait venir à New York, l'hébergeait, s'occupait de lui en échange d'informations et d'apparitions dans son émission. D'une façon ou d'une autre, elle avait pensé qu'il en valait le coup. Benton se demanda si elle avait vraiment cru à l'étoffe d'expert de Warner Agee, ou alors si elle se moquait de sa légitimité pour peu qu'elle puisse ainsi se faire un nom sur une chaîne de télé importante. D'un autre côté, Warner Agee avait-il été impliqué dans quelque chose que Benton ne soupçonnait pas ? Il l'ignorait. Du reste, il ne savait pas grand-chose, et se demanda s'il parviendrait un jour à enterrer Agee. Pourquoi n'éprouvait-il aucun soulagement, aucune satisfaction ? Pourquoi ne ressentait-il rien ? Il était comme engourdi. La même sensation qui l'avait envahi lorsqu'il était enfin sorti de son existence d'ombre, revenu d'entre les morts.

La première fois qu'il s'était promené le long du port de Boston, la ville de sa jeunesse, où il se cachait depuis six ans, changeant d'hôtels, la première fois qu'il avait pris conscience qu'il n'avait plus à endosser une vie d'emprunt, celle d'un certain Tom Haviland, il n'avait éprouvé aucune euphorie. Il ne s'était pas senti libre. Il avait soudain compris pourquoi des voleurs remis en liberté foncent aussitôt dévaliser le premier magasin qu'ils voient : pour retourner en prison. Benton avait regretté son existence d'exilé de lui-même. Il lui était devenu aisé de ne plus endurer le fardeau d'être Benton Wesley. Il s'était fort bien accommodé de sa culpabilité rampante. Il avait découvert une signification et une consolation dans son existence insignifiante et pénible, bien qu'œuvrant sans relâche à en sortir, calculant, planifiant avec une précision chirurgicale l'élimination de ceux qui l'avaient poussé à se terrer, le cartel français du crime, la famille Chandonne.

Printemps 2003. Frais, presque froid. Le vent s'engouffrait dans le port en dépit du soleil. Planté sur Burroughs Wharf, le débarcadère, Benton contemplait les manœuvres d'un destroyer portant pavillon norvégien, escorté par l'unité maritime des pompiers, les petits bateaux rouges entourant l'énorme vaisseau gris requin. Les pompiers, d'excellente humeur, servaient les armes de pont, visaient le ciel, des gerbes d'eau s'élevant en salut joyeux. *Bienvenue en Amérique !* Comme si cet accueil lui avait été réservé. *Bienvenue parmi nous, Benton !* Mais il ne s'était pas senti bienvenu. Il n'avait rien éprouvé de particulier. Il avait contemplé le spectacle, prétendant qu'il lui était réservé, un peu comme s'il se pinçait pour être certain d'être en vie. *Est-ce vrai ?* se répétait-il. *Qui suis-je ?* Il avait conclu sa mission dans le cœur sombre de la Louisiane, dans les bayous, les demeures délabrées et les ports. Il avait eu recours à son intelligence et à son arme pour se défaire enfin de ses oppresseurs, les Chandonne et leurs hommes de main. Il avait vaincu. *C'est terminé,* se disait-il. *Tu as gagné.* Pourtant rien n'aurait dû se passer ainsi, avait-il songé en longeant le débarcadère, en observant les pompiers qui s'amusaient. L'anticipation de la joie qui serait sienne lorsqu'il serait enfin libre se révélait mensongère et lui laissait un goût amer. Une sorte de mirage sur une autoroute écrasée de soleil, un mirage impossible à approcher.

Il avait été terrifié de devoir retourner à une vie qui n'existait plus. Au fond, la perspective d'avoir à nouveau le choix le paniquait, autant que les six années durant lesquelles il n'en avait eu aucun. Il avait peur de rejoindre Kay, autant qu'il avait redouté de l'avoir perdue à jamais. La vie, sa complexité et ses contradictions. Rien n'a de sens et tout en possède un.

Warner Agee avait récolté ce qu'il méritait et les torts étaient de son côté. Pourtant ça n'était pas non plus de sa faute, et il avait des excuses. Une méningite à l'âge de quatre ans avait scellé son destin, aussi sûrement que s'il avait été percuté par un véhicule. La réaction en chaîne avait fait boule de neige, une collision après l'autre, ne s'arrêtant que lorsque son corps avait heurté le tablier du pont. Agee était à la morgue et Benton dans un taxi. En cet instant précis, tous deux partageaient un point commun. Le moment de rendre des comptes était enfin advenu, et ils allaient rencontrer leur Créateur.

Le FBI occupait six étages du Jacob K. Javits Federal Building, qui hébergeait aussi les douanes au cœur de Government Center, un complexe à l'architecture moderniste, tout de vitre et de béton, entouré de bâtiments plus classiques à colonnes, dont le palais de justice et les bureaux de l'administration fédérale, et plus loin l'hôtel de ville, le One Police Plaza, le One Hogan Place et la prison. Comme à l'habitude, l'accès à ce centre névralgique était sécurisé par des rubans jaunes et des barrières, des blocs de ciment placés de façon stratégique afin d'empêcher des véhicules de trop s'approcher. La place principale, un dédale de bancs verts arrondis et de tertres à l'herbe desséchée par l'hiver et recouverts de plaques de neige, était inaccessible au public. Pour parvenir jusqu'à l'entrée de l'immeuble, Benton dut descendre du taxi à Thomas Paine Park, traverser Lafayette dont la circulation enflait déjà. Il bifurqua à droite dans Duane Street, interdite aux voitures, défendue par une barrière qui surgissait du sol, une déchiqueteuse à pneus et un poste de garde au cas où un distrait n'aurait pas remarqué les pancartes « Entrée interdite ».

L'immeuble de granit et de verre de quarante étages n'était pas encore ouvert. Il dut sonner et justifier de son identité auprès d'un policier portant l'uniforme du FBI qui le détaillait derrière la porte vitrée. Benton déclara qu'il venait rencontrer l'agent spécial Marty Lanier. L'officier vérifia avant de le laisser pénétrer. Benton tendit son permis de conduire, vida ses poches et passa sous le détecteur à rayons X, son statut soudain guère plus enviable que celui des immigrés qui faisaient la queue dans Worth Street les jours de semaine, dans l'espoir d'obtenir la nationalité américaine. Il traversa le hall d'accueil en granit et s'arrêta devant un second poste de contrôle situé à côté des ascenseurs, protégé par une épaisse porte de verre et d'acier. Les mêmes vérifications recommencèrent, à ceci près qu'il n'eut pas à montrer de pièce d'identité. En échange, on lui donna une clé et un badge d'identification.

— Des appareils électroniques, incluant les téléphones portables ? Tout reste ici, déclara l'officier derrière la vitre en désignant une rangée de petits coffres au-dessus d'une table, à croire qu'il s'agissait de la première visite de Benton. Votre badge doit être visible en permanence et on vous rendra votre permis de conduire lorsque vous nous remettrez la clé.

— Merci. J'espère me souvenir de tous ces détails !

Benton fit semblant de déposer son BlackBerry dans un petit coffre, au lieu de quoi il le fourra dans sa manche. Comme s'il risquait de prendre des photos ou une vidéo de cette foutue antenne du FBI ! Il glissa la clé dans sa poche de manteau et monta dans l'ascenseur. Il enfonça le bouton correspondant au vingt-septième étage. Son badge orné d'un grand V pour « visiteur » était une autre insulte, et il rejoignit la clé dans sa poche. Benton se demanda s'il avait agi convenablement lorsque Marino l'avait prévenu du suicide d'Agee.

Marino avait spécifié qu'il était en route pour Rodman's Neck et qu'il verrait Benton plus tard, lors de la réunion, du moins lorsque le FBI aurait décidé d'une heure. Benton venait juste de grimper dans un taxi et se dirigeait vers le centre-ville pour assister à la réunion dont parlait le grand flic, et il avait choisi de ne pas l'avertir. De fait, Marty Lanier n'avait pas requis la présence de Marino. Benton ignorait qui serait présent. Toutefois le grand flic ne se trouvait pas sur la liste, sans cela il ne se rendrait pas dans le Bronx à cet instant même. Benton se demanda si Marino n'avait pas hérissé l'agent Lanier lorsqu'il avait discuté avec elle un peu plus tôt.

Les portes de l'ascenseur coulissèrent juste devant la section du management exécutif, dont les locaux étaient protégés par une porte vitrée portant gravé le sceau du département de la Justice. Il ne vit aucun signe de présence, et n'entra pas pour prendre un siège, préférant attendre dans le couloir. Il traîna devant les inévitables vitrines installées à la gloire du Bureau, comme dans tous ses quartiers généraux : des trophées de chasse, ainsi qu'il les avait baptisés. Il ôta son manteau, écoutant, surveillant si quelqu'un se trouvait déjà dans les lieux, jetant un regard machinal aux vestiges exhibés de la guerre froide. Des éclats de roche, des pièces de monnaie et des paquets de cigarettes évidés pour permettre le transport clandestin de microfilms. Des armes antichars du bloc soviétique.

Il se promena devant les posters de films inspirés du FBI : *G-Men*, *The FBI Story*, *The House on 92nd Street*, *Cœur de tonnerre*, *Donnie Brasco*. Tout un mur recouvert d'affiches qui se renouvelaient. Il s'étonnait toujours de l'insatiable intérêt du public pour ce qui concernait le Bureau, pas uniquement aux États-Unis mais un peu partout dans le monde. Rien de ce qui entourait les agents du FBI ne lassait jamais, sauf lorsqu'on en était un. Dès lors, cela devenait un travail. De surcroît, vous lui apparteniez. Pas seulement vous, mais tous ceux qui avaient un lien avec vous. Lorsque le Bureau avait possédé Benton, il avait également acquis Scarpetta dans la foulée, et avait permis à Warner Agee de s'immiscer entre eux et de les séparer, de les arracher l'un à l'autre, de les contraindre à monter dans des trains filant dans des directions opposées. Benton se répétait que son ancienne vie ne lui manquait pas, que le foutu Bureau ne lui manquait pas. Ce foutu Agee lui avait rendu un sacré service. Agee était mort. Une vague émotion l'envahit, le sidérant.

Il tourna la tête en direction d'un claquement rapide de talons sur le carrelage. Une femme qu'il n'avait jamais vue se dirigeait vers lui, une brune d'une beauté saisissante, une magnifique silhouette, habillée d'une veste de cuir souple de couleur fauve, d'un pantalon noir, et chaussée de bottes. Le Bureau avait toujours un faible pour les gens beaux et rayonnants. Il ne s'agissait pas d'un stéréotype, mais d'un fait. Un miracle que les deux sexes n'aient pas davantage fraternisé, se côtoyant jour après jour, la crème des forces de police, un peu grisés par leur pouvoir, le tout agrémenté d'une bonne dose de narcissisme. Ils s'autodisciplinaient la plupart du temps. À l'époque où Benton faisait partie du Bureau, les liaisons entre agents étaient exceptionnelles, en général si planquées qu'on ne les soupçonnait jamais.

La femme tendit la main et serra celle de Benton avec fermeté en se présentant :

— Benton ? Marty Lanier. La sécurité m'a prévenue de votre arrivée. Désolée de vous avoir fait attendre. Mais vous connaissez les lieux.

Il ne s'agissait pas d'une question. D'ailleurs elle ne l'aurait pas formulée ainsi si elle n'avait pas connu la réponse, en plus de tout ce qu'elle avait pu glaner à son sujet. Benton comprit aussitôt à qui il avait affaire. Supérieurement intelligente, hypomaniaque, ignorant l'échec. Ce qu'il appelait EMP : en mouvement permanent. Benton tenait son BlackBerry à la main et se moquait qu'elle le remarque. Pire, il consultait ses messages avec une totale désinvolture. Et qu'on ne lui dise pas ce qu'il devait faire. Il n'était pas un fichu visiteur !

— Nous sommes installés dans la SSAR, la salle de réunion du super-agent responsable, déclara-t-elle. Mais d'abord : café !

Qu'elle ait choisi cette salle indiquait qu'ils seraient plus de deux. Elle parlait avec un très léger accent de Brooklyn ou peut-être celui des quartiers résidentiels de La Nouvelle-Orléans blanche, difficiles à différencier. Quoi qu'il en soit, elle s'était appliquée à le gommer.

Fourrant le BlackBerry dans sa poche, Benton l'informa :

— Le détective Marino n'est pas là.

Poursuivant sa marche, elle répliqua :

— Il n'est pas essentiel.

Quelque chose dans cette sortie agaça Benton. Elle poursuivit :

— Comme vous le savez, je lui ai parlé un peu plus tôt. À la lumière des récents développements, Pete Marino nous est plus utile s'il se trouve… là où il est…

Elle jeta un regard à sa montre, une Luminox à bracelet plastique très prisée des Navy SEALs. Lanier faisait sans doute partie du prestigieux Dive Team, une autre des *wonder women* du Bureau. Elle précisa, faisant allusion à Rodman's Neck :

— Il ne devrait pas tarder à arriver. Le soleil se lève à sept heures quinze, à peu près. Le paquet devrait être sécurisé sous peu. Nous connaîtrons alors sa nature et la façon dont il convient de procéder.

Benton conserva le silence. L'irritation le gagnait et il se sentait devenir hostile.

— Je devrais le mettre au conditionnel. Nous saurons si nous avons une raison d'aller plus loin. J'ignore si c'est lié à d'autres événements, continua-t-elle, répondant à des questions qu'il ne posait pas.

FBI pur jus. À se demander si les nouveaux agents ne suivaient pas des cours dans une école Berlitz d'un genre spécial où l'on aurait enseigné l'usage bureaucratique du double langage. Dites aux gens ce que vous souhaitez qu'ils sachent. Peu importe ce dont ils ont vraiment besoin. Induisez-les en erreur, biaisez ou, plus généralement, ne leur révélez rien.

— D'ailleurs, actuellement, difficile de dire ce qui a un lien et avec quoi, souligna-t-elle.

Il eut le sentiment qu'une haute cloche de verre venait de l'envelopper. Inutile de commenter. Il ne serait pas entendu. Sa voix ne porterait pas. Il aurait tout aussi bien pu être muet.

— Je l'ai d'abord appelé parce que son nom figurait en tant que contact sur une requête d'informations envoyée électroniquement par le CCTR, expliqua-t-elle. Au sujet du tatouage que portait l'homme qui a livré le paquet suspect à votre immeuble. Cela, je vous l'ai déjà dit lors de notre brève conversation téléphonique, Benton. Cependant, je me rends compte que vous ignorez tout le reste. Je vous présente mes plates excuses à ce sujet, mais je puis vous assurer que nous n'aurions pas insisté pour que vous veniez aux aurores s'il ne s'agissait pas d'une affaire de la plus haute importance.

Ils longèrent un interminable couloir, dépassant des salles d'interrogatoire, nues à l'exception d'une table, deux chaises et d'un rail d'acier où l'on attachait les menottes. Tout en beige et bleu, celui que Benton avait surnommé le « bleu fédéral ». Le fond bleu de toutes les photos des directeurs. Le bleu des robes de Janet Reno, la première femme ministre, dans l'administration Clinton. Le bleu des cravates de George W. Bush. Le bleu des gens qui mentaient. Le bleu républicain. Il y avait un paquet de républicains bleus au FBI. L'organisation avait toujours été ultra-conservatrice. Pas vraiment une surprise si Lucy avait été poussée dehors, virée. Benton, quant à lui, était indépendant. Il n'était plus rien de particulier.

— Des questions avant que nous rejoignions les autres ? s'enquit Lanier, marquant un arrêt devant une porte de métal beige.

Elle tapa sa combinaison sur le verrou numérique. Un déclic se fit entendre.

— J'en déduis que vous espérez que j'explique au détective Marino pourquoi on lui a dit que sa présence ici était souhaitée. Et comment il se fait que nous sommes réunis sans qu'il le sache, lâcha Benton.

Sa colère couvait.

— Vous partagez une relation de longue date avec Peter Rocco Marino.

Étrange d'entendre quelqu'un énoncer le nom complet de Marino. Lanier avançait à nouveau de sa démarche rapide. Un autre couloir, encore plus long. La colère de Benton. Il commençait à bouillir.

Lanier poursuivit :

— Vous avez travaillé ensemble sur pas mal d'affaires dans les années quatre-vingt-dix, lorsque vous dirigiez l'unité des sciences du comportement, maintenant rebaptisée « Centre d'analyse des crimes violents ». Et puis votre carrière a été interrompue. J'imagine que vous êtes au courant ? (Elle parlait alors qu'ils avançaient, sans le regarder.) Au sujet de Warner Agee. Je ne le connaissais pas. Jamais rencontré. Bien qu'il ait été un sujet d'intérêt depuis pas mal de temps.

Benton stoppa net. Ils se tenaient tous deux dans cet interminable couloir désert et monotone, aux murs d'un beige défraîchi, au carrelage gris éraflé. Institutionnel, dépersonnalisé. Destiné à être passe-partout, sans imagination, peu gratifiant et tout à la fois impitoyable. Il posa la main sur son épaule, un peu surpris de sa fermeté. Elle était petite mais musclée. Elle leva un regard interrogateur vers lui. Il murmura :

— N'essayez pas de m'entuber.

Une lueur métallique passa dans les yeux de Lanier. Elle ordonna :

— Ôtez votre main, je vous prie.

Son bras retomba et il répéta d'une voix calme, atone :

— N'essayez pas de m'entuber, Marty.

Le fixant, elle croisa les bras, une posture un peu agressive qui ne trahissait aucune crainte.

— Vous faites partie de la nouvelle génération et vous êtes motivée jusqu'aux sourcils. Cela étant, même si vous viviez dix fois, j'en saurais toujours davantage que vous sur la façon dont fonctionne le système.

— Nul ne remet en cause votre expérience et votre compétence, Benton.

— Vous savez exactement ce que je veux dire, Marty. Ne me sifflez pas comme un foutu chien, pour ensuite me traîner dans une réunion où vous pourrez faire admirer à tous les tours que le Bureau m'a enseignés il y a une éternité. Vous savez quoi ? Le Bureau ne m'a enseigné aucun tour. Je me suis débrouillé tout seul. Vous ne comprendrez jamais ce que j'ai traversé, ni pourquoi. Vous ne comprendrez jamais qui ils sont.

— *Qui ils sont ?*

Rien de ce qu'il venait de dire ne semblait ébranler la jeune femme. Il reprit :

— Les gens autour desquels Warner Agee gravitait. Parce que c'est bien là que nous allons en venir, n'est-ce pas ? Une sorte de papillon de nuit se fondant dans l'ombre de son environnement. Au bout d'un moment, on ne peut plus distinguer des êtres tels que lui des édifices pollués auxquels ils s'accrochent. Agee était un parasite, une personnalité antisociale, un désordre comportemental, un sociopathe – bref, le terme que vous employez pour désigner les aberrations de nos jours. Dommage. Dire que je commençais à plaindre cet enfoiré sourd !

— Pourquoi le plaindriez-vous ? Après ce qu'il vous a fait ?

La remarque prit Benton de court.

— Un long discours est superflu, poursuivit-elle. Si Warner Agee n'avait pas tout perdu – et je ne fais pas uniquement référence à l'aspect financier –, s'il n'avait pas décompensé au point de ne plus pouvoir se contrôler, en d'autres termes s'il n'avait pas sombré dans le désespoir, nous aurions beaucoup plus de sujets d'inquiétude. Quant à sa chambre d'hôtel, Carley Crispin en réglait sans doute les factures. Pour une raison bien banale, toutefois : Agee n'avait plus de cartes de crédit. Elles avaient toutes expiré. Il était dans le dénuement le plus complet, mais remboursait peut-être Carley en liquide ou autrement. À ce sujet, je ne pense pas qu'elle ait quoi que ce soit à voir avec cette histoire. Vraiment. La seule chose qui importait à ses yeux était son émission.

— Les personnes avec qui Agee a frayé.

Il ne s'agissait pas d'une question.

— J'ai une certitude. Trouvez les points faibles et vous parvenez à mettre hors jeu quelqu'un du double de votre taille.

— Les points faibles. Au pluriel, releva Benton.

— Nous enquêtons sur ces gens, sans trop savoir qui ils sont, mais nous nous rapprochons du jour où nous en viendrons à bout. C'est la raison de votre présence.

— Ils sont toujours là.

Elle reprit sa progression.

— Je ne pouvais pas me débarrasser de tous, poursuivit-il. Ils n'ont pas chômé depuis des années, semant leurs dégâts, décidant ce qu'ils voulaient vraiment.

— À la manière des terroristes, approuva Lanier.

— Ce sont des terroristes. D'un autre genre.

— J'ai pris connaissance du rapport relatant vos opérations de nettoyage en Louisiane. Impressionnant. Bienvenue. Je n'aurais pas du tout aimé être à votre place durant cette période. Je n'aurais pas aimé être Scarpetta non plus. Warner Agee n'avait pas tout à fait tort. Vous étiez confronté à un immense danger, à peine imaginable. Cela étant, ses mobiles étaient totalement tordus. Il voulait que vous disparaissiez. Au fond, c'était pire que de vous tuer. (C'était comme si elle soupesait ce qui serait le plus désagréable, la méningite ou la grippe aviaire.) Le reste est de notre faute, et ce bien que je n'aie rejoint le FBI que plus tard. À l'époque, j'étais une toute jeune assistante du procureur fédéral de La Nouvelle-Orléans. J'ai intégré le Bureau un an plus tard. J'ai obtenu une maîtrise en psychologie médico-légale parce que l'analyse comportementale m'intéressait, et je suis maintenant la coordinatrice du Centre national d'analyses des crimes violents pour notre antenne de La Nouvelle-Orléans. Je ne prétendrais pas que je n'ai pas été influencée par la situation là-bas, ou par vous.

— Non, vous étiez là-bas en même temps que moi. Et qu'eux. Sam Lanier. Le coroner de Baton Rouge Est, déclara Benton. Un membre de votre famille ?

— Mon oncle. Sans doute peut-on affirmer que s'intéresser au plus sombre de l'âme humaine est un trait de famille. Je sais ce qui s'est passé là-bas. Je suis affectée à notre antenne de La Nouvelle-Orléans. Je ne suis arrivée à New York qu'il y a quelques semaines. Je pourrais vite y prendre goût, du moins si on parvenait à trouver un emplacement où se garer. On n'aurait jamais dû vous pousser hors du Bureau, Benton. Mais ce n'est pas ce que je pensais avant.

— Avant ?

— Warner Agee était si évident. Il procédait, soi-disant, à votre évaluation à la demande de l'USU, l'unité chargée de protéger les agents infiltrés ou en planque. La chambre d'hôtel à Waltham, Massachusetts, à l'été 2003. Lorsqu'il a jugé que vous n'étiez plus apte au service actif, suggérant que l'on vous confie un emploi de bureau ou de formateur pour les nouveaux agents. J'en suis tout à fait consciente. Encore une fois : une bonne solution, mais pour de mauvaises raisons. Son opinion devait être écoutée. Et peut-être, finalement, était-ce pour le mieux. Si vous étiez resté, selon vous, qu'auriez-vous fait ?

Elle le regarda et s'immobilisa devant une porte close.

Benton ne répondit pas. Elle tapa son code et ils pénétrèrent dans la division criminelle, un labyrinthe de stations de travail séparées par de minces cloisons, toutes bleues.

Elle reprit :

— Cela étant, ce fut une perte pour le Bureau. Une très grande perte. Prenons donc un petit café dans la salle de repos.

Elle se dirigea vers une petite pièce équipée d'une machine à café, d'un réfrigérateur, d'une table entourée de quatre chaises. Elle remplit deux gobelets et ajouta :

— Je n'irai pas jusqu'à dire qu'on récolte ce que l'on sème. À propos d'Agee. Il a suicidé votre carrière, du moins a-t-il essayé, et il vient de suicider la sienne.

— Oh, il a commencé à la détruire bien avant aujourd'hui.

— En effet.

— Celui qui s'est échappé du couloir de la mort au Texas, déclara Benton. Je ne suis pas parvenu à me débarrasser de tous. Pas de lui, je n'ai jamais réussi le retrouver. Il est toujours en vie ?

Elle ouvrit un Tupperware de crème en poudre et rinça une cuiller en plastique en s'enquérant :

— Comment le prenez-vous ?

— Je ne suis pas parvenu à me débarrasser de tous. Pas de lui, l'instinct du mal, répéta-t-il.

— Mais si nous pouvions nous débarrasser de tous, je n'aurais plus de travail, rétorqua Lanier.

La section des armes à feu et de la tactique du département de police de New York située à Rodman's Neck était entourée d'une clôture haute de trois mètres, surmontée de rouleaux de barbelé. Si l'on excluait cet accueil peu chaleureux, les armes lourdes en action et les panneaux accrochés partout qui menaçaient : « Attention, explosions ! », « Interdiction d'entrer », « N'essayez même pas de vous garer ici », cette partie à l'extrême sud du Bronx, qui avançait telle une langue dans l'estuaire de Long Island, aurait été l'endroit rêvé du Nord-Est pour un investissement immobilier, du moins de l'avis de Marino.

Ce petit matin était gris et couvert. La vallisnérie et les arbres dénudés s'agitaient sous le vent. Marino était installé à côté du lieutenant Al Lobo dans un SUV noir qui filait à travers plus de vingt hectares de ce qui ressemblait, du moins pour le grand flic, à un parc à thème planté de dépôts de matériel, de baraques d'entraînement, de magasins pour l'entretien des équipements, de hangars dans lesquels se garaient des camions réservés aux situations d'urgence ou des véhicules blindés, de champs de tir, extérieurs ou intérieurs, dont un réservé aux tireurs d'élite. La police, le FBI et les officiers des autres forces de police utilisaient tant de munitions que les bidons métalliques qui les recueillaient ponctuaient les lieux, telles des poubelles sur une aire de pique-nique. Rien n'était gâché. Les carcasses de voitures de police totalement irréparables que l'on remorquait ici étaient criblées de balles ou réduites en fragments dans une explosion et servaient aux simulations d'émeutes ou d'attentats-suicides.

En dépit du sérieux de l'endroit, des touches d'humour flic ne faisaient pas défaut, des bombes et des roquettes peintes de couleurs vives et des projectiles Howitzer le nez enfoui dans le sol, la queue pointant vers le ciel, dans les endroits les plus inattendus, évoquant presque des vignettes de BD. Lorsque l'activité ralentissait et qu'il faisait beau, les techniciens et les instructeurs préparaient leur repas devant les abris semi-circulaires Quonset et jouaient aux cartes ou avec les chiens de déminage. À cette époque de l'année où le froid régnait, ils s'installaient à l'intérieur, discutaient et réparaient tous les circuits électriques des jouets donnés aux familles démunies qui ne pouvaient rien offrir à leurs enfants pour Noël. Marino adorait le Neck. Alors que Lobo et lui étaient en voiture, discutant de Dodie Hodge, il se rendit compte que c'était la première fois qu'il n'entendait pas de détonations, les rafales de semi-automatiques et d'automatiques MP5, un vacarme si constant qu'il l'apaisait, comme se trouver dans une salle de cinéma et entendre le pop-corn craquer.

Même les canards s'y habituaient, et peut-être qu'ils en venaient à l'attendre. Des eiders et des canards de Virginie qui nageaient non loin venaient parfois se dandiner sur la terre ferme. Pas étonnant que la chasse la plus fructueuse au gibier d'eau ait lieu dans les parages. Les canards n'avaient plus peur des armes à feu. Pas du tout sportif, selon Marino. Ils auraient dû appeler ça « carton garanti », pensait-il, tout en se demandant ce que ces incessantes déflagrations et détonations pouvaient avoir comme conséquences sur la pêche. Il avait entendu dire qu'il y avait de très jolis bars noirs, des flets d'hiver et d'été dans l'estuaire. Un de ces jours, il aurait son propre bateau et il l'arrimerait dans la marina de City Island. Peut-être même qu'il s'installerait là-bas, définitivement.

— Je crois qu'on devrait se garer ici, annonça Lobo en arrêtant la Tahoe au milieu du terrain de destruction des explosifs, à une centaine de mètres d'où avait été entreposé le paquet de Scarpetta. Vaut mieux que ma voiture soit hors de portée. Ça les contrarie quand une propriété de l'État se fait exploser par inadvertance.

Marino descendit, prenant garde où il posait les pieds sur le sol irrégulier, parsemé de pierres et de bouts de ferraille. Le terrain autour de lui n'était que puits, bermes bordées de sacs de sable et chemins approximatifs qui menaient à des guérites, des postes d'observation faits de béton et de vitres blindées. Ensuite s'étendait la mer. De l'eau aussi loin qu'il pouvait voir, ponctuée de quelques bateaux, sans oublier le Yacht Club de City Island. On racontait que certaines embarcations détachées de leurs amarres dérivaient parfois, poussées par les marées, pour toucher terre sur les rivages de Rodman's Neck. Cependant les entreprises civiles de remorquage ne se pressaient pas pour venir les récupérer, d'aucuns affirmant qu'il faudrait les payer bien plus pour qu'ils acceptent. Selon Marino, tout aurait été plus simple si l'on avait appliqué le principe « possession vaut loi ». Un catamaran World Cat 290 avec deux moteurs Suzuki quatre temps échoué sur le sable et les galets, et Marino se sentait capable de braver une averse de balles et d'éclats d'obus tant qu'il n'avait pas à le restituer.

La technicienne de déminage Ann Droiden se tenait devant eux, vêtue d'un uniforme de toile bleu marine avec un pantalon de treillis sept poches, sans doute doublé de flanelle en raison du froid, une parka, des boots ATAC et de larges lunettes aux verres ambre incurvés. Elle ne portait pas de casque. À mains nues, elle positionna le perturbateur PAN sur un trépied. Un plaisir pour les yeux, mais sans doute trop jeune pour Marino qui lui donnait une petite trentaine.

— Essaie de te conduire en gentil garçon, plaisanta Lobo.

Marino, qui avait toujours éprouvé des difficultés à ne pas dévisager Droiden bouche bée, rétorqua :

— Selon moi, elle devrait faire partie de l'inventaire des armes de destruction massive !

Il y avait quelque chose dans cette silhouette parfaite et ferme, dans ces mains incroyablement aptes, qui lui rappelait un peu la Doc, ce à quoi elle ressemblait au même âge, lorsqu'ils avaient commencé à collaborer à Richmond. À cette époque, qu'une femme devienne médecin expert en chef d'un

État entier, la Virginie, constituait un précédent. Scarpetta était le premier anatomopathologiste de sexe féminin que Marino ait jamais rencontré, ou simplement vu.

Lobo reprit la conversation où elle s'était interrompue lorsqu'ils avaient abandonné leur véhicule.

— L'appel téléphonique passé à CNN depuis l'hôtel Élysée... Juste une idée que j'ai eue. C'est peut-être tiré par les cheveux, mais je préfère quand même la mentionner, parce que cette femme, elle a quoi ? La cinquantaine ?

— Qu'est-ce que l'âge de Dodie Hodge a à voir avec le fait qu'elle a passé cet appel ? demanda Marino, qui n'était pas certain d'avoir agi à bon escient en laissant Scarpetta et Lucy à l'hôtel Élysée.

Il ne comprenait pas trop ce qui se passait là-bas, sauf que Lucy savait admirablement se débrouiller, sans doute mieux que lui, s'il était honnête. Mais tout s'embrouillait, et il ne parvenait pas à défaire ce sac de nœuds. Si l'on en croyait Lobo, le coup de téléphone donné par Dodie Hodge à CNN avait été passé de l'hôtel Élysée. Ils avaient vérifié le numéro grâce au standard. Pourtant Dodie Hodge n'y séjournait pas. Le responsable de nuit, celui qu'avait rencontré Marino un peu plus tôt, était formel sur ce point : ils n'avaient aucune trace d'une cliente portant ce nom, même en remontant loin. Lorsque Marino lui avait fourni une description physique de Dodie en se fiant aux informations glanées au CCTR, le responsable avait affirmé qu'il ne la connaissait pas. Il n'avait aucune idée de qui était Dodie Hodge et, de plus, aucun appel n'avait été passé de l'hôtel à destination du numéro 1800 de *The Crispin Report* la veille au soir. Encore plus surprenant, absolument aucun appel n'avait été passé de l'hôtel au moment précis où Dodie Hodge était mise en attente par le standard de CNN, avant de passer à l'antenne, c'est-à-dire à vingt et une heures quarante-trois.

— Tu es au courant au sujet du *spoofing* ? dit Lobo tout en marchant à côté de Marino. Tu sais qu'on peut même acheter des SpoofCards ?

— Ouais, j'ai entendu parler de ces trucs d'usurpation. Un autre clou à la fesse dont il faut maintenant qu'on s'inquiète !

L'utilisation des téléphones portables, ou de tout autre appareil émettant un signal électronique, était interdite dans le périmètre. Pourtant Marino avait envie de contacter Scarpetta pour l'avertir au sujet de Dodie Hodge. Ou plutôt Lucy. Peut-être que Dodie Hodge avait un lien avec Warner Agee ? Cependant il ne pouvait appeler personne dans le périmètre réservé aux explosions, d'autant plus qu'une bombe les attendait éventuellement dans son conteneur.

— M'en parle pas ! s'indigna Lobo alors qu'un vent glacial en provenance de l'estuaire les fouettait, s'engouffrant par les grillages et slalomant entre les bermes. T'achètes ces SpoofCards parfaitement légales et tu peux afficher n'importe quel numéro de téléphone bidon sur l'écran de ton correspondant, celui que tu es en train de mener en bateau.

Marino tentait de rassembler ses idées. Si Dodie Hodge avait un rapport avec Warner Agee, lequel était de toute évidence en affaire avec Carley Crispin puisqu'il apparaissait souvent sur son plateau, et que Dodie ait appelé l'émission hier soir, peut-être tous les trois étaient-ils liés. C'était complètement dingue ! Comment expliquer qu'Agee, Carley et Dodie se connaissent ? Et pourquoi ? Ça ressemblait un peu aux ramifications qui apparaissaient sur le mur de données du CCTR. On cherchait un nom et cinquante autres, liés au premier, surgissaient. Ça lui rappelait l'école catholique Saint Henry, la classe d'anglais, l'arbre aux branches partant dans tous les sens qu'il avait été contraint de dessiner sur le tableau lorsqu'il avait dû établir un diagramme des phrases renfermant des propositions indépendantes.

Lobo poursuivit :

— Il y a deux mois de ça, mon téléphone sonne et je vois apparaître ce numéro sur l'écran. Le foutu numéro du standard de la Maison-Blanche ! Je me dis : *Merde, qu'est-ce que c'est que ce truc ?* Je décroche et qui j'entends ? Ma fille de dix ans qui tente de prendre une grosse voix et qui me dit : « Patientez, je vous prie. Je vous mets en communication avec le président des États-Unis. » Ça ne m'a pas amusé. Il s'agit du téléphone du boulot et, durant une seconde, j'ai cru que j'avais une crise cardiaque.

Si un nom était commun à toutes les ramifications, songea Marino, lequel serait-ce ?

— J'ai découvert qu'elle avait récupéré la SpoofCard et l'idée d'un de ses copains, un garçon qui ne doit pas avoir onze ans. Suffit d'aller sur Internet pour trouver le numéro de téléphone de la Maison-Blanche. C'est une vraie galère. À chaque fois qu'on arrive à se défendre d'une merde quelconque, il y en a une autre qui sort et qui annule tous les efforts.

Hannah Starr, pensa Marino. Sauf que, maintenant, il semblait que le grand point commun entre tout le monde n'était autre que la Doc, et cela inquiétait le grand flic. C'était d'ailleurs la raison pour laquelle il traversait le champ de tir réservé aux explosifs à l'aube, par un froid polaire. Il remonta le col de son manteau dans l'espoir de se réchauffer les oreilles, si gelées qu'elles auraient pu se détacher de sa tête.

— À mon avis, si tu achètes une SpoofCard, tu dois pouvoir tracer l'appel par l'opérateur.

Ann Droiden s'approcha du conteneur en métal blanc, un broc à la main. Elle se baissa pour le remplir d'eau à une cuve.

— Ouais, si tu obtiens une assignation à comparaître contre l'opérateur en question, tu peux avoir un coup de bol. Mais ça signifie que tu as déjà un suspect. Si tu n'en as pas, comment tu peux remonter jusqu'à la personne qui a affiché un numéro bidon, surtout si elle n'utilise pas son propre téléphone pour appeler ? C'est un putain de cauchemar ! Pour en revenir à cette Dodie Hodge… partons du principe qu'elle est intelligente, au moins autant qu'un gamin de dix ans. Elle pourrait avoir utilisé une SpoofCard pour nous balader, notamment lorsqu'elle a téléphoné hier soir au *Cripsin Report*. Du coup, avec le numéro, on a eu l'impression qu'elle passait l'appel depuis l'hôtel Élysée, alors qu'en fait on n'a pas la moindre idée d'où elle se trouvait. Peut-être aussi qu'elle voulait charger ce gars dont tu me parles, cet Agee. Peut-être qu'elle ne l'aimait pas et qu'elle lui a fait une farce, dans le genre vraiment pourri. Mais y a un autre truc qui m'intrigue. La carte de Noël. Comment tu es certain que c'est elle qui l'a envoyée ? interrogea Lobo.

— Parce que c'est elle qui chante.

— Qui affirme ça ?

— Benton. Et il est bien placé pour le savoir puisqu'il s'est occupé d'elle chez les dingues.

— Ça ne prouve toujours pas que c'est elle l'expéditrice de la carte, observa Lobo. Il faut faire très gaffe avec les suppositions, voilà où je voulais en venir. Merde, ça caille. Et avec ce qu'on fait dans le coin je n'ai pas de gants épais qui protègent un peu.

Droiden posa le broc d'eau par terre, à côté de la grande mallette rigide de couleur noire qui contenait les cartouches pour le fusil calibre 12 et les différents éléments du PAN, le canon à eau. Non loin étaient alignés une cantine en métal, véritable mini-arsenal, ainsi que plusieurs mallettes Roco et sacs de grande taille qui devaient contenir encore de l'équipement et des tenues de travail, dont celle réservée au déminage, ainsi que le casque qu'Ann coifferait lorsqu'elle serait prête à sortir l'objet suspect de son conteneur. Elle s'accroupit à côté d'une mallette ouverte et en tira un bouchon en plastique noir, une culasse adaptable et une des cartouches du canon à eau. Le ronflement lointain d'un moteur diesel leur parvint. Une ambulance apparut et se gara sur le chemin de terre, au cas où tout ne se déroulerait pas comme prévu.

Lobo se défit du sac qu'il portait en bandoulière et reprit :

— Je me répète. Je ne dis pas que cette Dodie Hodge a utilisé une SpoofCard. J'insiste juste sur le fait qu'un numéro de téléphone qui s'affiche ne signifie plus rien.

— M'en parlez pas, renchérit Droiden en bouchant une extrémité du tube du canon à eau. C'est arrivé à mon petit ami. Une connasse contre laquelle il a obtenu une ordonnance restrictive. Elle l'a appelé et le numéro qui s'est inscrit était celui de sa mère.

— C'est moche, commenta Marino.

Il ignorait qu'elle avait un petit ami.

— C'est comme ces anonymiseurs que les gens utilisent pour qu'on ne puisse pas remonter jusqu'à leur adresse IP. Ou bien, si on tente le coup, on vous annonce que ça provient d'un autre pays, alors qu'il s'agit de la bécane de votre voisin…

Elle inséra la cartouche dans la culasse, qu'elle vissa à l'extrémité bouchée du tube.

— … Quand il s'agit d'ordinateurs ou de téléphones, on ne peut plus être certain de rien, et surtout pas se fier aux apparences. Les auteurs de ce genre d'arnaques sont invisibles. On ne sait plus qui fait quoi, et même quand on le découvre, c'est difficile à prouver. Plus personne ne se sent responsable de rien maintenant.

Lobo avait extirpé un ordinateur portable de son sac et le mettait en marche. Marino s'interrogea : pourquoi un ordinateur ne posait-il aucun problème ici, au contraire de son téléphone ? Il se tint coi. Il avait l'impression que ses neurones étaient en surchauffe.

— Donc j'ai pas besoin de passer une combinaison de protection ou un truc quelconque ? vérifia-t-il. Tu es certaine qu'il y a aucune cochonnerie là-dedans, du genre anthrax ou substance chimique qui va me filer un cancer ?

— Avant de placer le paquet dans le conteneur hier soir, je l'ai analysé sous toutes les coutures à l'aide de la FH 40, du 2200-R et de l'APD 2000, un détecteur de gaz, une chambre d'ionisation… tous les détecteurs possibles et imaginables, notamment à cause de la cible…

Elle voulait dire Scarpetta.

— … Nous avons pris les choses très au sérieux, c'est le moins qu'on puisse dire, continua-t-elle. Non pas que nous soyons du genre relax ici en général, mais les circonstances sont considérées comme spéciales. L'objet est négatif en ce qui concerne les agents biologiques, du moins ceux qu'on connaît, comme l'anthrax, la ricine, la toxine botulique, l'ESB et la peste. Négatif pour les radiations alpha, bêta, gamma et neutron. Pas d'agents chimiques militaires, ni d'irritants. Pas de neurotoxiques, ni de vésicants, encore une fois ceux que nous connaissons. Pas de gaz toxiques, tels que l'ammoniac, le chlore, le sulfure d'hydrogène ou l'anhydride sulfureux. Aucun signal d'alarme n'a retenti. Mais la chose qui se trouve dans ce paquet relâche du gaz, un truc, je l'ai senti.

— C'est peut-être ce qui se trouve dans le récipient en forme de fiole, suggéra Marino.

— Un machin à l'odeur nauséabonde, fétide, avec des relents goudronnés, précisa-t-elle. J'ignore ce que c'est. Aucun des détecteurs n'a pu fournir de précision.

— Au moins, on sait ce que ce n'est pas, résuma Lobo. Ça rassure quand même. Avec un peu de bol, y aura rien de dangereux.

— Peut-être que c'est un des autres contaminants, les anciens, je veux dire ceux qui se trimbalent toujours dans l'air ? proposa Marino en songeant aux innombrables objets qui avaient été neutralisés ici, des décennies de bombes, d'explosifs visés avec des canons à eau, puis détruits.

— Comme je l'ai dit, nous n'avons pas obtenu de signal, rappela Droiden. De plus, nous intégrons les vapeurs parasites potentielles qui peuvent interférer avec le résultat en donnant des faux positifs. Des objets que nous aurions sécurisés ici qui dégageraient des vapeurs allant de l'essence au diesel en passant par les désinfectants ménagers ? Il ne resterait plus assez de molécules d'émanations pour permettre la détection. Aucune fausse alarme hier, bien que la température ne soit pas idéale. Les appareils n'aiment pas ce genre de temps glacial. Mais nous n'allions pas transporter le sac anti-fragments dans un abri quelconque alors que nous ne savons pas encore à quoi nous avons affaire.

Elle inclina le perturbateur PAN, le redressant presque complètement pour le remplir d'eau avant d'occulter l'extrémité supérieure à l'aide d'un bouchon rouge. Elle braqua le tube d'acier et resserra les mâchoires du trépied. Elle tira ensuite de la mallette un viseur laser qui glissait sur le canon. Lobo installa son ordinateur sur un sac de sable, une radio de l'intérieur du paquet de Scarpetta affichée à l'écran. Droiden utiliserait cette image pour créer une cible qu'elle alignerait sur la visée laser, de façon à atteindre l'alimentation – les piles boutons – au plus précis, grâce au canon à eau.

— Tu peux me passer le système de mise à feu à distance ? demanda-t-elle à Lobo.

Il ouvrit le mini-arsenal portatif, une cantine verte de l'armée, de taille intermédiaire, et en extirpa une bobine de ce qui ressemblait à un fil électrique recouvert de plastique jaune vif, d'une section de trois millimètres carrés, un long cordon de détonation que l'on pouvait manipuler sans danger, même lorsqu'on ne portait pas de vêtements ignifugés ou une combinaison de protection de démineur. L'intérieur de la gaine était tapissé d'explosif, le HMX, juste assez pour transmettre une onde de choc suffisante au percuteur de la culasse, qui à son tour heurterait l'amorce de la cartouche, qui mettrait feu à la poudre, à ceci près que ce projectile était chargé à blanc. Ce qui serait propulsé hors du canon n'était autre que cent vingt millilitres d'eau, à la vitesse de deux cent cinquante mètres par seconde, assez pour creuser un gros trou dans le paquet de Scarpetta et neutraliser l'alimentation électrique de l'engin.

Droiden dévida plusieurs mètres du cordon, fixa une extrémité à un raccord de la culasse et l'autre à un mécanisme de mise à feu qui ressemblait à une petite télécommande verte à deux boutons, l'un rouge, l'autre noir. Elle tira ensuite la fermeture à glissière d'une des mallettes Roco et en sortit la veste verte, le pantalon et le casque qui composaient sa tenue de déminage.

— Bon, maintenant excusez-moi, les garçons, mais je dois m'habiller !

CHAPITRE 18

L'ordinateur portable de Warner Agee, un Dell vieux de plusieurs années, et sa petite imprimante étaient branchés à une prise murale. Leurs cordons couraient sur la moquette, des sorties d'imprimante étaient empilées ou éparpillées, au point qu'on pouvait difficilement mettre un pied devant l'autre sans trébucher ou piétiner des feuilles de papier.

Scarpetta songea que Warner Agee avait dû travailler sans interruption dans la chambre d'hôtel que lui avait louée Carley. D'ailleurs il devait être occupé à quelque chose peu avant d'enlever ses appareils auditifs et ses lunettes. Ensuite, il avait abandonné sa carte-clé sur la tablette de toilette, emprunté l'escalier, hélé un taxi, pour rencontrer sa mort. Elle se demanda ce qu'il avait réussi à entendre des derniers instants de sa vie. Sans doute pas les gars de l'unité d'urgence pendus à des cordes, harnachés, risquant leur propre existence pour sauver la sienne. Sans doute pas la circulation qui s'écoulait plus bas sur le pont. Pas même le vent. D'une certaine façon, il avait trouvé le moyen de couper le son et de rendre l'image floue afin que sa descente vers le néant, sans espoir de retour, soit plus aisée. Il n'avait plus aucune envie de rester dans ce monde et avait décidé qu'il n'existait aucune alternative.

— Commençons par les appels les plus récents, décida Lucy en se concentrant sur le téléphone d'Agee qu'elle venait de brancher sur le chargeur récupéré dans une prise proche du lit. Je n'ai pas l'impression qu'il s'en soit beaucoup servi. Deux appels hier matin, puis plus rien jusqu'à vingt heures six hier soir. Ensuite, un autre environ deux heures et demie plus tard, à vingt-deux heures quarante. Je commence par celui de vingt heures six et je vais lancer une recherche pour voir ce qu'il en sort.

Ses doigts volèrent au-dessus du clavier de son MacBook.

— J'ai supprimé le mot de passe de mon BlackBerry, lâcha soudain Scarpetta, sans trop savoir ce qui motivait cet aveu à cet instant précis.

Cette erreur habitait son esprit, mais elle n'avait pas véritablement l'intention de la révéler à sa nièce. C'était sorti, voilà tout. Elle poursuivit :

— Je ne crois pas que Warner Agee a passé en revue ce qui se trouvait dans l'appareil. Ni Carley d'ailleurs, à moins qu'elle ne se soit contentée des photos de scène de crime. Ce que je peux dire, c'est qu'aucun des *e-mails*, messages ou appels arrivés après que je m'en suis servie pour la dernière fois n'a été ouvert.

— Je sais tout cela, tante Kay.

— Ce qui signifie ?

— C'est dingue ! On dirait qu'un million de personnes avaient le numéro du portable d'Agee. Au fait, il est enregistré à son nom, une adresse à Washington DC. Un abonnement chez Verizon, le moins cher pour les communications brèves. Pas un grand bavard. Peut-être à cause de ses problèmes d'audition.

— Je doute que ce soit la raison. Ses appareils auditifs sont haut de gamme, adaptables à un Bluetooth.

Il lui suffisait de regarder la chambre pour en déduire que Warner Agee avait passé le plus clair de son temps dans un univers claustrophobe, le plus souvent silencieux. Elle doutait qu'il ait eu des amis et, s'il avait une famille, il n'en était pas proche. Elle se demanda si son unique relation, son dernier lien émotionnel avec un être, n'avait pas été cette femme, cette mécène intéressée : Carley Crispin. Elle lui avait offert du travail et un toit, semblait-il, et passait parfois pour lui remettre une nouvelle carte-clé. Scarpetta soupçonnait qu'Agee était fauché et elle se demanda ce qu'était devenu son portefeuille. Peut-être s'en était-il débarrassé après avoir quitté la chambre la veille, tard dans la soirée. Peut-être ne souhaitait-il pas être identifié, mais il avait négligé la télécommande du Siemens qu'il devait glisser d'un geste machinal dans sa poche. Il avait oublié le message qui apparaîtrait sur l'écran et qui mènerait quelqu'un comme Scarpetta directement à son propriétaire.

— Qu'est-ce que tu veux dire par « je sais tout cela » ? demanda-t-elle à nouveau à Lucy. Quoi au juste ? Tu savais déjà que personne n'avait pénétré dans les mémoires de mon BlackBerry ?

— Attends. Je vais essayer un truc.

Lucy récupéra son BlackBerry et composa le numéro apparu sur l'écran de son MacBook. Elle écouta durant un bon moment avant de raccrocher et expliqua :

— Ça a sonné et sonné. Je te parie qu'il s'agit d'un autre portable, jetable. Normal que tant de gens aient eu le numéro et que la boîte vocale n'ait pas été activée. (Elle lança un regard au portable d'Agee et déclara :) J'ai procédé à quelques vérifications. Quand tu m'as envoyé un *e-mail*, je t'ai dit que je pouvais désintégrer ton BlackBerry, tu m'as répondu par un non formel. Je me suis aussitôt connectée et j'ai constaté qu'aucun des nouveaux messages n'avait été lu. C'est une des raisons pour lesquelles je n'ai pas mis ma menace à exécution, quelles qu'aient été tes instructions. Pourquoi as-tu supprimé le mot de passe ?

— Depuis quand es-tu au courant ?

— Du moment où tu m'as annoncé que tu avais perdu l'appareil.

— Je ne l'ai pas perdu.

Lucy évitait son regard. Pas par remords. Non, Scarpetta sentait autre chose en elle. Sa nièce se trouvait dans un état émotionnel intense. Elle avait peur, semblait défaite et épuisée. Elle avait minci, peut-être ne s'entraînait-elle plus autant, sa forme et sa force légendaires un peu sur le déclin. En quelques semaines, Lucy paraissait avoir pris vingt ans. Celle qui ressemblait à une adolescente de quinze ans s'était métamorphosée en femme de quarante.

Lucy frappa quelques touches et déclara :

— Bon, je passe maintenant au deuxième appel, celui qu'il a reçu sur son portable personnel hier soir tard.

— Celui de vingt-deux heures quarante ?

— Tout juste. Un numéro sur liste rouge, mais l'appelant ne s'est pas préoccupé d'interdire la présentation. Du coup, c'est enregistré sur le journal d'appels du téléphone d'Agee. Qui que ce soit, il s'agit de la dernière personne à qui il a parlé. D'après ce qu'on en sait. En conclusion, il était toujours en vie et fringant à cette heure-là.

— En vie, c'est certain. Fringant, j'en doute.

Capable d'exécuter dix choses à la fois, Lucy tapait toujours sur son MacBook tout en ouvrant les fichiers du Dell d'Agee. Elle pouvait presque tout faire, sauf avoir une discussion sincère sur ce qui comptait véritablement pour elle.

— Il a été assez malin pour supprimer les traces du journal des appels et vider la mémoire tampon. Au cas où ça t'intéresserait. Ça ne m'empêchera pas de retrouver ce dont il pensait s'être débarrassé. Carley Crispin. Le numéro sur liste rouge qui l'a appelé à vingt-deux heures quarante, c'était elle. C'était Carley. De son téléphone portable, un abonnement AT & T. Donc elle le joint et ils discutent quatre minutes. Ça ne devait pas être une conversation joyeuse s'il s'est balancé du pont deux heures plus tard.

À cette heure précise, Scarpetta se trouvait toujours dans les locaux de CNN. Elle parlait avec Alex Bachta dans la salle de maquillage, porte fermée. Elle tenta de se souvenir de ce qu'elle avait ressenti. Dix ou quinze minutes plus tard, elle avait eu le désastreux sentiment que ce qu'elle avait redouté s'avérait réel. Carley avait écouté à la porte et en avait assez entendu pour comprendre ce qui l'attendait. Scarpetta allait prendre sa place comme animatrice d'une émission, ou du moins était-ce ce que Carley avait dû en conclure. En effet, jamais il ne lui serait venu à l'esprit qu'on puisse refuser l'offre d'Alex. Carley allait être balancée, et elle avait dû être dévastée. Même si elle était restée assez longtemps derrière la porte pour surprendre le refus de Scarpetta et ses arguments expliquant qu'elle jugeait l'idée mauvaise, Carley avait été confrontée à l'inévitable, cet inévitable contre lequel elle luttait avec l'énergie du désespoir : à soixante et un ans, elle allait devoir trouver un autre emploi, et la probabilité qu'elle obtienne l'équivalent sur une chaîne aussi puissante et respectée que CNN était presque nulle. La situation économique ajoutée à son âge, elle risquait de se retrouver sans rien.

— Et puis quoi ? réfléchit tout haut Scarpetta après avoir relaté à Lucy ce qui s'était passé la veille au soir après l'émission de Carley. Est-ce qu'elle s'est précipitée dans sa loge pour appeler brièvement Warner ? Si oui, qu'a-t-elle pu lui raconter ?

— Peut-être que ses services ne seraient plus nécessaires, dit Lucy. Elle perd son émission. En quoi pourrait-il continuer à lui être utile ? Si elle ne passe plus à la télé, lui non plus.

Scarpetta en vint au point qui la tracassait :

— Depuis quand les animateurs de *talk-shows* fournissent-ils des chambres d'hôtel louées sur une longue période à leurs invités ? Surtout en ce moment, alors que tout le monde rogne sur les frais.

— Je ne sais pas.

— Je doute sincèrement que CNN lui remboursait ces factures. Elle a de l'argent ? Deux mois de séjour dans cet hôtel peuvent représenter une fortune, même si la direction lui consentait un tarif très raisonnable. Pourquoi aurait-elle dépensé une telle somme ? Pourquoi ne pas le loger ailleurs, lui louer un endroit moins dispendieux ?

— Je ne sais pas.

— Ça a peut-être un rapport avec l'emplacement, soupesa Scarpetta. Quelqu'un d'autre aurait pu être impliqué et régler les factures. Voire rémunérer Agee. Quelqu'un dont on ignore tout.

Lucy ne paraissait pas l'écouter. Scarpetta continua son monologue :

— Et si elle a téléphoné à vingt-deux heures quarante pour apprendre à Warner qu'il était viré et qu'il allait être expulsé de la chambre, pourquoi avoir pris la peine de passer pour lui remettre mon BlackBerry ? Pourquoi ne pas simplement lui dire de faire ses bagages et de quitter l'hôtel le lendemain au plus tard ? Si l'intention de Carley était de jeter Warner dehors, pour quelle raison lui aurait-elle apporté mon téléphone ? Pourquoi se serait-il senti obligé de l'aider à quoi que ce soit d'autre si elle avait l'intention de se débarrasser de lui ? Agee devait-il remettre mon téléphone à une tierce personne ?

Lucy ne répondait toujours pas.

— Pourquoi mon BlackBerry est-il si important ?

On aurait pu croire que sa nièce n'avait pas compris un traître mot de ce qu'elle disait.

— Certes, il s'agit d'un accès direct à moi. À tout ce qui me concerne. À tout ce qui nous concerne d'ailleurs, résuma-t-elle en répondant à ses propres questions.

Lucy conserva le silence. Elle n'avait guère envie de discuter du BlackBerry volé, surtout parce qu'elle ne tenait pas à évoquer les raisons qui avaient motivé ce « présent » de sa part.

— Il peut même me localiser grâce au récepteur GPS que tu as installé dessus, ajouta Scarpetta. Tant que je l'avais sur moi, bien sûr. Cela étant, je ne pense pas que tu te sois beaucoup inquiétée de mes allées et venues.

Scarpetta entreprit de passer en revue les sorties d'imprimante amoncelées sur la table basse, des centaines de recherches Internet pour découvrir de nouvelles histoires, des éditoriaux, des références ou des *blogs* relatifs à la disparition d'Hannah Starr. Mais elle éprouvait des difficultés à se concentrer, la véritable question, la question non dite, s'élevant entre elles à la manière d'un épais mur.

— Tu ne veux pas en discuter, admettre ce que tu as fait ? lâcha-t-elle.

Lucy ne leva pas les yeux.

— Discuter de quoi ?

Scarpetta parcourut d'autres recherches imprimées effectuées par Agee, probablement pour Carley.

— Eh bien, nous allons quand même l'aborder. Tu m'offres un cadeau que je n'ai pas demandé – et dont, franchement, je n'ai pas envie – ce *smartphone*, sophistiqué au dernier degré, et voilà que mon existence entière est intégrée à une sorte de réseau que tu as mis au point et que je deviens l'otage d'un mot de passe. Mais tu oublies de vérifier ce que je deviens. Si tu étais si résolue à améliorer ma vie – à améliorer les vies de Marino, Benton et Jaime –, pourquoi n'avoir pas fait ce que tout administrateur système qui se respecte ferait ? Se préoccuper de ses utilisateurs en vérifiant, par exemple, que leurs mots de passe sont toujours activés, que l'intégrité des données est assurée, qu'il n'existe aucune faille de sécurité, ce genre de choses ?

Lucy tapait à un rythme effréné sur le clavier du Dell, pénétrant dans les dossiers téléchargés. Elle expliqua :

— Je pensais que tu n'aimais pas que je te surveille.

Scarpetta ramassa une autre liasse de papiers et lâcha :

— Et comment le prend Jaime ?

— En septembre dernier, il a signé un contrat avec une agence immobilière de Washington DC.

— Jaime est-elle au courant pour le système WAAS-GPS ?

— Il a mis son appartement en vente et a déménagé. Le contrat mentionne « non meublé ». (Lucy repassa sur son MacBook et tapa quelques touches.) Voyons s'il l'a vendu.

— As-tu l'intention de me répondre ?

— Non seulement il ne l'a pas vendu, mais en plus il y a un avis de saisie dessus. Deux chambres, deux salles de bains, dans la 14e Rue, pas très loin de Dupont Circle. Le prix initial était de six cent vingt mille dollars. Il est descendu à un peu plus de cinq cent mille. Peut-être qu'une des raisons pour lesquelles il a atterri ici, c'est qu'il n'avait plus nulle part où aller.

— N'essaie pas d'éluder, s'il te plaît, Lucy.

— Lorsqu'il l'a acheté, il y a huit ans, il l'a payé un peu moins de six cent mille dollars. Je suppose que les temps étaient plus fastes pour lui à l'époque.

— As-tu prévenu Jaime au sujet du GPS ?

— Je dirais que ce type était fauché comme les blés. Bon, il est mort maintenant. Du coup, ça n'a plus grande importance si la banque saisit son appartement.

Scarpetta s'obstina :

— Je sais que tu as installé un récepteur GPS sur les appareils. Mais le sait-elle ? Lui as-tu dit ?

— Tu perds tout, et peut-être que c'est finalement ce qui te pousse à bout. Dans le cas d'Agee, du haut d'un pont, déclara Lucy dont l'attitude changea et dont la voix trembla de façon presque imperceptible. C'était quoi déjà, ce que tu me lisais quand j'étais petite ? Ce poème d'Oliver Wendell Holmes, l'histoire de ce diacre qui construisit magnifiquement une sorte de tilbury pour que toutes ses pièces résistent un siècle jour pour jour. « En ce qui concerne la fabrication des chaises à cheval, laissez-moi vous dire / Il existe toujours un point faible… / Et c'est la raison, sans l'ombre d'un doute / Pour laquelle une chaise à cheval se rompt avant de s'être usée... » Quand j'étais petite et que je te rendais visite à Richmond, je vivais un peu avec toi, et je repartais, espérant toujours que tu me garderais à tes côtés. Ma foutue mère ! C'est toujours la même rengaine à cette période de l'année. Est-ce que je descends pour Noël ? Je n'en entends pas parler durant des mois, et, soudain, elle me demande si je rentre pour les fêtes. En fait, l'important pour elle est de s'assurer que je n'oublierai pas de lui envoyer un cadeau. Quelque chose de cher. De préférence un chèque. Qu'elle aille se faire foutre !

— Qu'est-ce qui a pu provoquer ta défiance vis-à-vis de Jaime ? voulut savoir Scarpetta.

— Tu avais l'habitude de t'asseoir à côté de moi sur le lit, dans cette chambre du bout du couloir, juste en dessous de la tienne. Cette chambre a fini par devenir la mienne, dans ta maison de Windsor Farms. J'adorais cette maison. Tu m'avais lu tout un recueil de ses poèmes, en essayant de m'expliquer la vie et la mort. Tu disais que les gens étaient comme ce tilbury. Ils fonctionnent pendant cent ans et, un jour, ils s'effondrent en poussière...

Lucy parlait, chacune de ses mains volant sur un des claviers d'ordinateur, des fichiers et des liens apparaissant, disparaissant des écrans, son regard évitant obstinément sa tante.

— ... Tu affirmais qu'il s'agissait d'une métaphore parfaite de la mort, ces gens qui atterrissaient dans ta morgue, qui croulaient sous les ennuis et qui, pourtant, avaient continué, jusqu'à ce qu'une chose survienne un jour. Cette chose précise qui avait sans doute à voir avec leur point faible et les avait conduits sur ta table d'autopsie.

— J'avais cru comprendre que ton point faible était Jaime.

— Et moi, que c'était l'argent, rétorqua Lucy.

— Est-ce que tu l'as espionnée ? Est-ce la raison pour laquelle tu nous les as offerts ? demanda Scarpetta en désignant les deux BlackBerry posés sur la table basse, celui de Lucy et le sien. Tu crains que Jaime te soutire de l'argent ? Qu'elle soit comme ta mère ? Aide-moi à comprendre.

— Jaime n'a pas besoin de mon argent, ni de moi, déclara Lucy en fournissant un effort pour contrôler le débit de sa voix. Plus personne n'a aujourd'hui ce qu'il avait avant. Avec la situation économique, ça fond comme neige au soleil sous tes yeux, comme ces sculptures élaborées taillées dans la glace, qui coûtent une fortune et s'évaporent. Et tu finis par te demander si elles ont vraiment existé et pourquoi toute cette excitation à leur sujet. Je n'ai plus ce que j'avais. (Elle hésita comme si le reste lui était si difficile qu'elle parvenait à peine à le formuler.) Ce n'est pas à propos de l'argent. Ça concerne une chose dans laquelle je me suis impliquée. Simplement, j'ai mal interprété tout le reste. Il est probablement inutile que j'en dise davantage. J'ai commencé à déchiffrer les événements de travers.

— Pour quelqu'un qui déchiffre mal, tu te débrouilles très bien avec la poésie, remarqua Scarpetta.

Lucy ne répondit pas.

— Qu'as-tu mal interprété ? reprit Scarpetta, décidée à la faire parler.

Mais Lucy s'était fermée. Elles gardèrent un moment le silence, silence seulement troublé par le cliquetis des touches de clavier et par le bruissement des feuilles posées sur les genoux de Scarpetta qui parcourait des sorties d'imprimante. Elle lut en diagonale d'autres recherches Internet portant sur Hannah Starr, mais aussi sur l'émission agonisante de Carley Crispin, ce qu'un critique appelait « la chute libre du *Crispin Report* », ainsi que des mentions d'une future émission qui devrait s'intituler *L'Effet Scarpetta*. Un bloggeur avait écrit que le seul intérêt dans la dernière saison de l'émission de Carley avait été la participation de la consultante senior de CNN en sciences médico-légales, l'intrépide, l'inflexible, la tranchante Scarpetta, dont les remarques tapaient toujours dans le mille. « Kay Scarpetta va droit au cœur du problème avec ses commentaires pointus et la compétition est rude – bien trop rude – pour l'esprit flasque de Carley Crispin dont la réputation a été très exagérée. » Scarpetta se leva de sa chaise.

Elle dit à sa nièce :

— Tu te souviens d'un de tes séjours à Windsor Farms ? Tu devais avoir dix ans et tu étais très en colère contre moi. Du coup, tu avais formaté ce qui se trouvait sur mon ordinateur avant de tout saccager. Tu avais mal compris, mal interprété quelque chose, dramatisé, et c'est un euphémisme. Serais-tu en train de formater ta relation avec Jaime et, ce faisant, en train de la démolir complètement, sans même avoir pris la peine de lui demander si c'est mérité ?

Elle ouvrit son sac et en tira une paire de gants. Elle contourna le lit en désordre jonché des vêtements de Warner Agee, puis ouvrit les tiroirs de la commode ventrue. Elle rompit le silence qui s'était à nouveau installé :

— Qu'a pu faire Jaime que tu aurais mal interprété ?

Encore des vêtements masculins, entassés pêle-mêle. Des caleçons, des maillots de corps, des chaussettes, des pyjamas, des mouchoirs et de petites boîtes recouvertes de velours, contenant des boutons de manchette, certains anciens, aucun précieux. Dans un autre tiroir, elle trouva des sweat-shirts, des tee-shirts décorés de logos, ceux de l'académie du FBI, de diverses antennes du Bureau, de ses équipes d'élite – Hostage Rescue et National Response –, tous vieux, délavés, tous évoquant une appartenance qu'Agee avait convoitée pour ne jamais l'obtenir. Au fond, elle n'avait nul besoin de connaître Warner Agee pour sentir qu'il avait été mené par un besoin désespéré de reconnaissance et l'indéfectible certitude que la vie était injuste.

— Qu'as-tu pu mal interpréter ? insista Scarpetta.

— Il m'est très difficile d'en parler.

— Eh bien, essayons.

— Je ne peux pas parler d'elle. Pas avec toi, s'obstina Lucy.

— Avec personne. Soyons honnêtes !

Lucy la fixa.

— D'une façon générale, poursuivit Scarpetta, il t'est très difficile de discuter des facettes de ta vie qui te concernent vraiment, qui sont terriblement importantes pour toi. Tu peux bavarder durant des heures de choses dépourvues d'affect, insignifiantes. Les machines, l'intangible cyberespace, les gens qui peuplent ces lieux de non-existence – des ombres, comme je les appelle –, qui gaspillent leur temps sur Twitter, papotant, bloguant, blablatant, ne parlant de rien et à personne.

Le tiroir du bas était coincé et Scarpetta dut glisser ses doigts par la mince ouverture pour déloger ce qui le bloquait, qui évoquait au toucher du carton et du plastique dur. Elle continua :

— Je suis réelle et je me trouve dans une chambre d'hôtel qui fut le dernier lieu d'un homme qui n'est plus qu'un monceau d'os brisés à la morgue parce qu'il a décidé un soir que la vie ne valait plus le coup. Parle-moi, Lucy. Explique-moi ce qui ne va pas. Dis-le-moi dans un langage de chair et de sang, dans le langage des émotions. Crois-tu que Jaime ne t'aime plus ?

Le tiroir glissa enfin. S'y trouvaient entassés les emballages vides d'un Tracfone, le téléphone prépayé, et d'une SpoofCard, ainsi que leurs manuels d'utilisation et leurs cartes d'activation, qui ne semblaient pas avoir servi puisque leurs PIN étaient toujours attachés au dos. Il y avait aussi une brochure résumant les services offerts par un site hébergé sur le Web, destiné aux individus sans problème d'élocution mais avec une audition défaillante, leur permettant de lire sur écran en temps réel une conversation téléphonique sous-titrée mot à mot.

— Mais vous discutez quand même ensemble.

Scarpetta s'obstinait dans ses questions. Lucy s'obstinait dans son silence.

Elle fouilla dans un enchevêtrement de cordons de chargeurs et de petits sachets en plastique brillant destinés à recueillir les téléphones prépayés à recycler. Au moins cinq.

— Vous vous bagarrez ?

Elle se dirigea vers le lit et entreprit de fouiller le tas de vêtements sales, tirant les draps.

— Vous n'avez plus de relations sexuelles ?

— Mon Dieu ! Mais tu es ma tante, enfin !

Scarpetta ouvrit les tiroirs de la table de nuit, tout en soulignant :

— Je pose toute la journée les mains sur des corps morts. Le sexe avec Benton, c'est notre façon de recharger notre énergie, de nous donner mutuellement confiance en nous, de nous appartenir, de communiquer et de nous souvenir que nous existons. (Des articles de revues professionnelles, d'autres sorties d'imprimante, toujours pas de Tracfone). Parfois, nous nous disputons. Hier soir, par exemple.

Elle s'accroupit pour regarder sous les meubles en continuant :

— Je te donnais ton bain, je pansais tes blessures, j'écoutais tes colères, je réparais tous les dégâts que tu semais autour de toi, du moins j'essayais de t'en écarter d'une façon ou d'une autre. Parfois je fondais en larmes une fois dans ma chambre, parce que tu me rendais folle. J'ai rencontré ta longue liste de partenaires amoureux ou de flirts et j'ai une bonne idée de ce que vous pouvez faire dans un lit parce que nous sommes tous les mêmes, nos corps sont identiques et nous nous en servons de façon similaire. De plus, j'ose dire que j'ai vu et entendu tant de choses dont tu n'as même pas idée…

Elle se releva, le Tracfone toujours introuvable.

— … Pourquoi donc serais-tu gênée avec moi ? Et je ne suis pas ta mère. Merci, mon Dieu, je ne suis pas mon affreuse sœur qui t'a pratiquement donnée à moi. Et j'aurais voulu qu'elle aille jusqu'au bout. J'aurais voulu qu'elle se débarrasse totalement de toi pour que je m'occupe de toi dès ta naissance. Je suis ta tante. Je suis ton amie. Et à cette étape de notre vie nous sommes devenues collègues. Tu peux donc me parler. Tu aimes Jaime ?

Lucy avait posé les mains sur ses genoux et les fixait avec intensité.

— Tu l'aimes ?

Scarpetta renversa le contenu des corbeilles à papier, plongeant les mains dans les feuilles chiffonnées.

— Qu'est-ce que tu fais ? demanda enfin sa nièce.

— Il avait des Tracfone, au moins cinq. Peut-être achetés après son emménagement ici, il y a environ deux mois. Juste des codes-barres, pas d'étiquettes qui indiquent où il aurait pu se les procurer. Il les utilisait vraisemblablement avec des SpoofCards pour déguiser son identité et son numéro. Aimes-tu Jaime ?

— Quelle réserve avait-il sur les Tracfone ?

— Une heure de communication sur chacun et/ou quatre-vingt-dix jours d'utilisation.

— Je vois. Tu achètes ce genre d'appareil dans les boutiques d'aéroport, les magasins pour touristes, les supermarchés, et tu paies comptant. Quand tu as utilisé ta provision de minutes, plutôt que d'en racheter – ce qui exige le plus souvent une transaction par carte bancaire –, tu balances le téléphone et tu le remplaces par un nouveau. Il y a environ un mois, Jaime m'a fait comprendre qu'elle ne voulait plus que je passe la nuit chez elle. (Les joues de Lucy s'empourprèrent.) D'abord, c'était une ou deux nuits par semaine, ensuite trois ou quatre. Elle a dit qu'elle était débordée, paniquée par la masse de travail qu'elle avait sur le dos. Mais si tu ne dors pas avec quelqu'un…

— Jaime a toujours été submergée de boulot. C'est le cas de tous les gens tels que nous, répliqua Scarpetta.

Elle ouvrit la penderie et remarqua un petit coffre-fort dans le mur, vide, sa porte grande ouverte.

— C'est pire, non ? C'est ça, le fichu point noir, tu ne crois pas ? (Lucy avait l'air si désemparée, si triste. Dans son regard se mêlaient le chagrin et la colère.) Je veux dire : c'est différent pour elle, n'est-ce pas ? Tu as beau être noyée sous le travail, tu as toujours envie de Benton, même après vingt ans. Mais Jaime ne veut plus de moi et on se voit à peine en ce moment. Donc ça n'a rien à voir avec son foutu boulot trop prenant.

— Je suis d'accord. Ça vient d'autre chose.

Scarpetta promena ses doigts gantés sur les vêtements qui avaient été à la mode dans les années quatre-vingt-quatre-vingt-dix, des costumes croisés trois pièces à fines rayures, à revers larges, à pochette de poitrine, et des chemises à manchettes à la française qui évoquaient les caricatures de gangsters du temps de J. Edgar Hoover, directeur du FBI. Cinq cravates à fines rayures étaient suspendues à un cintre et deux ceintures réversibles étaient enroulées autour d'un autre, l'une en tissu à mailles, l'autre en faux crocodile, des accessoires compatibles avec les chaussures de ville Florsheim marron et noir à bout effilé alignées sur le sol.

— Les capacités de ton récepteur WAAS-GPS me sont apparues lorsque nous pistions mon BlackBerry volé. C'est d'ailleurs pour cela que nous nous retrouvons ici. Ces nuits où Jaime était loin de toi, as-tu pisté son téléphone à distance ? As-tu obtenu des informations importantes ?

Une valise de grande taille, noire, rigide, était poussée au fond de la penderie. Ses flancs étaient très éraflés et un enchevêtrement d'étiquettes de voyage était toujours noué autour de sa poignée.

— Elle n'est allée nulle part, répondit Lucy. Elle a travaillé jusqu'à pas d'heure au bureau ou chez elle. Sauf, bien sûr, si elle n'avait pas pris son BlackBerry. Mais ça ne signifie pas qu'une autre personne ne l'ait pas rejointe dans son appartement ou qu'elle n'ait pas une liaison avec quelqu'un au travail.

— Pourquoi ne pas pirater le fournisseur qui a équipé son immeuble de caméras de surveillance, ou les bureaux du procureur général de l'État de New York, ou même tout le One Hogan Place ? Et puis quoi d'autre ? Ah si, tu pourrais toi-même installer des caméras de surveillance dans son bureau, sa salle de réunion, son appartement, bref l'espionner dans tous les coins. Ne me dis pas que tu l'as fait !

Scarpetta bagarrait pour sortir la valise de la penderie, se faisant la réflexion qu'elle était très lourde.

— Bien sûr que non !

— Ça n'a rien à voir avec Jaime, tu es seule en cause.

Scarpetta poussa les fermetures de la valise qui s'ouvrirent dans un claquement sec.

L'écho de la détonation d'un fusil.

Marino et Lobo retirèrent leurs protections d'oreilles et sortirent de derrière des tonnes de blocs de ciment et de vitres blindées, à environ une centaine de mètres de l'endroit où se tenait Droiden engoncée dans sa tenue de démineur. Elle s'avança vers le puits dans lequel le paquet FedEx reçu par Scarpetta venait de servir de cible et s'agenouilla pour détailler ce qu'elle avait détruit. Sa tête casquée se tourna vers Marino et Lobo, et elle leva les pouces de satisfaction, ses petites mains nues et pâles sortant du rembourrage vert foncé qui la faisait paraître deux fois plus massive qu'elle ne l'était.

— C'est comme ouvrir une des vieilles boîtes de lessive, s'extasia Marino. On a hâte de voir le petit cadeau qu'il y a dedans.

Sa double attente était incohérente : d'un côté, il espérait que le paquet reçu par Scarpetta serait à la hauteur du mal que tout le monde s'était donné ; de l'autre, que son contenu serait inoffensif. Sa carrière n'avait été qu'un conflit chronique dont il ne faisait jamais état, et il n'avait même pas envie d'admettre, en son for intérieur, ce qu'il ressentait vraiment. Pour qu'une enquête soit gratifiante, il fallait qu'il y ait eu un danger réel ou des dégâts bien visibles. Toutefois, quel humain normal pouvait souhaiter une telle chose ?

— Qu'est-ce que c'est ? s'enquit Lobo.

Un autre technicien aidait Droiden à s'extirper de son harnachement de protection. Le visage fermé, elle enfila son manteau et remonta la fermeture à glissière.

— Un truc qui pue. La même odeur affreuse. Ce n'est pas vraiment une bombe canular. C'est la première fois que je tombe sur un machin de ce genre. Même l'odeur, je n'arrive pas vraiment à l'identifier, expliqua-t-elle à Lobo et Marino pendant que l'autre technicien pliait et rangeait la tenue de protection. Trois piles boutons AG 10, des feux d'artifice avec projection répétée. Une sorte de carte de vœux avec une poupée vaudou attachée en haut. Une bombe puante.

Le paquet FedEx avait été ouvert en grand par le canon à eau. Ce n'était plus qu'un tas de lambeaux de carton détrempé, de verre brisé, les restes d'une petite poupée de tissu blanc et quelque chose qui ressemblait à de la fourrure de chien, le tout derrière une paroi de sacs de sable sales. Un module d'enregistrement vocal, pas plus grand qu'une carte de crédit, avait explosé en plusieurs morceaux qui gisaient non loin des vestiges des piles. Marino s'approcha et les relents nauséabonds lui fouettèrent le visage.

— On dirait un mélange d'asphalte, d'œuf pourri et de merde de chien, déclara-t-il. Bordel, mais qu'est-ce que c'est ?

— La substance contenue dans la fiole, une fiole de verre.

Droiden ouvrit une mallette noire Roco et en tira des sachets à indices, une boîte d'aluminium recouverte d'une résine époxy, des masques et des gants de nitrile. Elle poursuivit :

— Ça ne ressemble à rien de ce que j'ai déjà senti. Une substance pétrolière, mais pas vraiment. Du goudron, du soufre et du fumier.

— Et c'était censé faire quoi ? demanda Marino.

— Je pense que l'expéditeur voulait que le paquet soit ouvert. Le destinataire découvrait la carte de vœux avec la poupée attachée dessus. Quand la carte était dépliée, ça explosait et la fiole de verre se brisait, répandant sa substance puante. L'alimentation du module vocal, les piles, était connectée à trois feux d'artifice du commerce attachés à une allumette électrique, un système pyrotechnique de mise à feu.

Elle désigna ce qui restait des trois pétards reliés par un mince fil électrique.

— Les allumettes électriques sont très sensibles, expliqua Lobo à Marino. Il suffit de quelques piles banales. Mais il a fallu que le créateur du mécanisme modifie le commutateur à glissière du module vocal et le circuit enregistreur pour que le courant des piles déclenche l'explosion, au lieu de lancer l'enregistrement.

— Et n'importe qui en serait capable ? voulut savoir Marino.

— N'importe qui, à partir du moment où cette personne n'est pas stupide et qu'elle suit à la lettre les instructions, répondit Lobo.

— Internet !

— Oh oui. Tu peux presque construire une bombe atomique avec ce que tu trouves sur le Net.

— Et si la Doc l'avait ouvert ?

— Difficile à dire, fit Droiden. Elle aurait pu être blessée, c'est certain. Peut-être qu'elle y aurait laissé quelques doigts ou que des éclats de verre lui auraient lacéré le visage, les yeux. Défigurée. Aveugle. En plus, elle aurait été aspergée de substance puante.

— Je crois d'ailleurs que c'était le but, renchérit Lobo. Quelqu'un voulait qu'elle soit arrosée par le liquide en question. La dégueulasser sérieux. Fais-moi voir la carte.

Marino ouvrit sa sacoche et en tira le sachet à indices que lui avait remis Scarpetta. Lobo enfila une paire de gants et l'examina. Il ouvrit la carte sur laquelle un pauvre Père Noël se faisait pourchasser par une Mère Noël armée d'un rouleau à pâtisserie. Une voix de femme chanta faux : « Un joyeux, très joyeux Noël, et quand vous penserez à Dodie... » Lobo tira un morceau de fin carton et récupéra le module vocal pendant que l'exaspérant refrain continuait : « ... suspendez à la place rêvée du gui dodu... » Il déconnecta l'enregistreur de ses piles boutons, trois AG 10, de la taille de celles qui alimentent une montre. Soudain le silence. Le vent qui soufflait en bourrasques depuis la mer s'infiltrait par les grillages. Marino ne sentait plus ses oreilles et ses lèvres étaient desséchées. Il avait tellement froid qu'il éprouvait des difficultés à parler.

— Un module vocal nu, idéal pour les cartes de vœux chantantes, annonça Lobo en approchant l'enregistreur des yeux de

Marino. Le genre qu'utilisent les fabricants, mais aussi les bricoleurs. Un circuit fermé avec un haut-parleur. Un commutateur à glissière pour une diffusion automatique, c'est la clé du système. Le commutateur ferme le circuit de mise à feu et déclenche la bombe. Tu peux les acheter tout prêts à l'usage. C'est vachement plus facile que d'en confectionner un soi-même.

Droiden ramassait les fragments de la bombe éparpillés dans le dégoûtant magma du puits. Elle se redressa et s'avança vers les deux hommes, tenant au creux de sa main gantée de nitrile des fragments de plastique et de métal argentés, noirs et vert foncé, ainsi que des morceaux de fil électrique cuivrés et noirs. Elle récupéra l'enregistreur intact de Lobo et entreprit de le comparer avec ses éclats.

— L'examen microscopique confirmera, lâcha-t-elle.

Toutefois il était évident que sa conviction était faite.

— Même type d'enregistreur, conclut Marino.

Il avait placé ses grandes mains en coupe autour de la sienne pour protéger les fragments du vent et aurait aimé rester un peu plus longtemps aussi proche d'elle. Peu importait qu'il n'ait pas dormi de la nuit, qu'il soit en train de se transformer en bloc de glace, il se sentait soudain réchauffé, plein de vie. Il reprit :

— Bordel, qu'est-ce que ça sent mauvais ! Et qu'est-ce que c'est, ce truc ? De la fourrure de chien ? (D'un doigt ganté il effleura plusieurs longs poils rêches.) Qu'est-ce que ça venait foutre dans le paquet ?

— On dirait que la poupée de chiffon était bourrée avec de la fourrure. Peut-être de chien, suggéra Droiden. Selon moi, il y a des similitudes de construction. Le circuit imprimé, le commutateur à glissière, l'enregistreur, le haut-parleur de microphone.

Lobo détaillait la carte de vœux. Il la retourna pour voir ce qui se trouvait au dos.

— *Made in China*, papier recyclé. Une bombe de Noël écolo, c'est si mignon ! ironisa-t-il.

CHAPITRE 19

Scarpetta tira la valise ouverte sur le sol. À l'intérieur, des classeurs d'archives à soufflet de vingt-neuf compartiments étaient entourés d'élastiques qui assuraient leur fermeture. Leurs étiquettes blanches portaient des dates écrites à la main qui couvraient vingt-six années. La presque intégralité de la carrière de Warner Agee.

— Si je discutais avec Jaime, que me dirait-elle de toi, à ton avis ? continua Scarpetta.

— Facile. Que je suis pathologique, balança Lucy dans un éclat de colère.

Sa rage était parfois si soudaine, si intense que Scarpetta la voyait presque, à la manière d'un éclair.

— Je suis de mauvais poil sans arrêt. J'ai envie de faire du mal à quelqu'un.

Agee avait dû transporter pas mal de ses possessions dans sa chambre de l'hôtel Élysée, du moins celles qui étaient importantes à ses yeux. Scarpetta tira les dossiers les plus récents et s'installa sur la moquette, aux pieds de sa nièce.

— Et pourquoi voudrais-tu faire du mal à quelqu'un ? s'enquit-elle.

— Pour récupérer ce qu'on m'a pris. Pour me rembourser, d'une façon ou d'une autre, avoir une deuxième chance, afin de ne plus jamais laisser personne me faire un truc pareil. Tu sais ce qui est terrible ? (Le regard vert s'alluma de fureur.) C'est d'en venir à décider qu'il existe certaines personnes qui devraient être détruites, tuées. L'imaginer, se le jouer dans la tête, sans ressentir la moindre émotion. Ne rien sentir. Probablement comme lui, ajouta-t-elle en désignant un point, comme si Warner Agee avait été présent. C'est dans ces moments-là que le pire survient. Quand tu ne ressens plus rien. C'est terrible de songer qu'au fond tu n'es pas différente des salopards que tu pourchasses et dont tu tentes de protéger les gens.

Elle ôta l'élastique du dossier qui semblait être le dernier. Seule la date de début de constitution avait été tracée : janvier de l'année en cours.

— Non, tu es différente d'eux, affirma Scarpetta.

— Je ne peux pas revenir en arrière.

— Revenir où ça ?

Six compartiments du dossier étaient bourrés de papiers, de reçus. Un chéquier et un portefeuille en cuir marron, souple d'usure et incurvé par les années qu'il avait passé fourré dans la poche arrière d'un pantalon, étaient glissés à l'intérieur.

Lucy prit une longue inspiration, luttant contre les larmes, et assena :

— Je ne peux pas défaire ce que j'ai fait. Je suis un être mauvais.

— Certainement pas !

Le permis de conduire d'Agee n'était plus valable depuis trois ans. La date d'expiration de toutes ses cartes bancaires – Master Card, Visa et American Express – était dépassée.

— Si ! Et tu sais ce que j'ai fait ! s'exclama Lucy.

— Tu n'es pas un être mauvais et je dis cela tout en sachant, en effet, ce que tu as fait. Peut-être pas tout, mais pas mal quand même. Tu as appartenu au FBI, à l'ATF et, comme Benton, tu as été impliquée dans quantité de choses contre lesquelles tu ne pouvais rien, dont tu ne pouvais pas parler et qu'il faut sans doute encore que tu taises. Bien sûr que j'en suis consciente, et je suis également consciente qu'il s'agissait de tes missions, ou que tu avais une excellente raison. Un soldat au front. C'est ce que sont les flics, des soldats qui dépassent les limites de la normalité pour que le reste de la population puisse vivre dans la normalité, justement.

Elle compta mille quatre cent quarante dollars, en billets de vingt comme s'ils sortaient d'un distributeur.

— Vraiment ? Et Rocco Caggiano ? contra Lucy.

— Et son père, Pete Marino, que devenait-il si tu n'avais rien fait ? (Scarpetta ignorait les détails de ce qui s'était déroulé en Pologne. Au demeurant, elle préférait ne pas le savoir, mais elle en comprenait la justification.) Marino serait mort. Rocco faisait partie du crime organisé et il l'aurait descendu. La mécanique était déjà lancée, tu l'as arrêtée.

Elle passa en revue des reçus, pour des produits alimentaires, de toilette, des transports, beaucoup provenant d'hôtels, de magasins, de restaurants et de taxis de Detroit, dans le Michigan. Des paiements en liquide.

— J'aurais tant voulu ne pas le faire. Que quelqu'un d'autre l'exécute à ma place. J'ai tué le fils de Marino. J'ai fait beaucoup de choses que je ne peux pas défaire, répéta Lucy.

— Nous sommes tous dans le même cas, argumenta Scarpetta. Des mots, une phrase idiote. Tout le monde la serine, mais en réalité on ne peut jamais revenir en arrière. Tout ce qui nous reste, c'est continuer à aller de l'avant en acceptant la responsabilité des dégâts que nous avons occasionnés et en nous excusant.

Elle constituait des piles sur la moquette, plongeant la main dans les dossiers en accordéon à la recherche de ce qu'Agee avait jugé digne d'être conservé. Une enveloppe de chèques marqués d'une opposition. Au mois de janvier précédent, il avait dépensé plus de six mille dollars pour deux appareils auditifs de marque Siemens Motion 700 avec leurs accessoires. Il avait offert les anciens à Goodwill, une organisation qui aidait les gens à s'insérer professionnellement, et on lui avait délivré un reçu. Peu après, il s'était abonné à un service sur Internet qui sous-titrait les conversations téléphoniques pour les malentendants. Pas de fiches de paye, pas de relevés bancaires qui indiquent d'où pouvait provenir son argent. Elle tira une épaisse enveloppe en papier kraft sur laquelle était tracé « IPA ». Serrés à l'intérieur : des lettres d'information, des programmes de conférences, des articles de publications professionnelles, le tout en français, et encore des reçus, ainsi que des billets d'avion. En juillet 2006, Agee s'était rendu à Paris pour assister à une conférence donnée à l'Institut de psychologie anormale.

Le français parlé de Scarpetta était médiocre, mais elle le lisait assez bien. Elle parcourut une lettre envoyée par un membre du comité scientifique d'un « projet de conscience globale » qui remerciait Agee d'avoir accepté de participer à une table ronde sur l'utilisation d'outils scientifiques pour la recherche de structures parmi des données aléatoires recueillies lors d'événements mondiaux majeurs tel le 11 Septembre. Le membre du comité se félicitait de cette occasion de revoir Warner Agee et s'enquérait de ses recherches en psychokinésie. Rencontrait-il toujours les mêmes difficultés à reproduire les résultats ?

— « Le problème, bien sûr, c'est le matériel de base humain et les contraintes légales et éthiques que cela implique », traduisit Scarpetta. Pourquoi penses-tu à la mort et au meurtre ? demanda-t-elle à sa nièce. Qui veux-tu tuer et souhaiterais-tu être morte ? (Sa question ne recueillit que le silence.) Tu ferais mieux de me le dire. J'ai l'intention de m'incruster dans cette pièce aussi longtemps que nécessaire.

— Hannah.

— Tu veux tuer Hannah Starr ? lança Scarpetta en levant le regard vers sa nièce. Ou alors tu l'as déjà fait, ou tu aimerais qu'elle soit morte ?

— Je ne l'ai pas tuée, je ne sais pas si elle est morte et je m'en fiche. Je veux juste qu'elle soit punie et je veux m'en charger moi-même.

Agee avait répondu au membre du comité, en français : « S'il est exact que les sujets humains présentent des distorsions, et en conséquence ont tendance à être peu fiables, cet obstacle peut-être contourné si les sujets en question sont manipulés d'une façon qui obvie à leur conscience d'eux-mêmes. »

— Punie pour quel motif ? Qu'a-t-elle pu te faire pour mériter que tu te charges d'elle en personne ?

Elle ouvrit un autre dossier en accordéon. Encore des articles traitant de parapsychologie. Le français d'Agee était impeccable et il avait une prestigieuse réputation dans le domaine de la psychologie paranormale, l'étude du « septième sens », la science du surnaturel. L'Institut de psychologie anormale de Paris avait payé ses frais de déplacement et lui avait peut-être réglé des honoraires, offert d'autres rémunérations, et pourquoi pas des allocations de recherche. La fondation Lecoq, qui finançait l'IPA, semblait très intéressée par les travaux d'Agee. Il était fait état, à plusieurs reprises, du vif désir de M. Lecoq de rencontrer Warner Agee afin de discuter avec lui de leurs « passions et intérêts mutuels ».

— Elle t'a porté préjudice, déclara Scarpetta. (Il ne s'agissait pas d'une question, Lucy devait connaître Hannah Starr.) Que s'est-il passé ? Tu as eu une liaison avec elle ? Des relations sexuelles ? Quoi ?

— Non, je n'ai pas eu de relations sexuelles, mais…

— Mais quoi ? Tu en as eu ou tu n'en as pas eu ? Où l'as-tu rencontrée ?

Un résumé de publication : « Dans cet article paru en 2007, Warner Agee, l'un des pionniers de la recherche en parapsychologie, en particulier de l'expérience de mort imminente et de sortie hors du corps… »

— Elle voulait que j'essaie quelque chose de nouveau, que je lui fasse des propositions.

— Du genre physique ?

— Elle partait du principe que tout le monde voulait avoir une expérience avec elle, la draguer. Je n'ai pas suivi le mouvement. Elle flirtait avec moi, elle s'étalait pas mal, si tu vois ce que je veux dire. Nous étions seules. Je pensais que Bobby serait présent, mais ce n'était pas le cas. Juste elle. Elle a tout fait pour m'allumer. Moi pas. Foutue garce !

Mort imminente, expériences extracorporelles. Des gens qui décèdent pour revenir à la vie dotés de pouvoirs paranormaux : la guérison et l'esprit supérieur à la matière. La croyance que nos esprits peuvent contrôler nos corps et avoir une influence sur les systèmes physiques et les objets. Scarpetta poursuivit sa lecture : « … tels les appareils électriques, le son, les dés, de la même façon que les phases lunaires peuvent influencer les gains au casino. »

Scarpetta demanda :

— Et qu'a fait Hannah de si terrible ?

— Je t'ai déjà parlé de mon conseiller financier.

— Celui que tu appelais « l'Homme Argent » ?

La déclaration d'impôts d'Agee pour 2007. Ses revenus se limitaient à une retraite, pourtant, compte tenu de sa correspondance ainsi que d'autres papiers, il était évident qu'il recevait de l'argent d'ailleurs ou de quelqu'un. Peut-être la fondation Lecoq à Paris.

— Son père. Rupe Starr. C'était lui l'Homme Argent, déclara Lucy. Depuis le début, quand je n'avais pas vingt ans et que j'ai commencé à gagner beaucoup d'argent, c'est lui qui l'a géré. Sans ses conseils ? Eh bien, j'aurais peut-être tout donné. J'étais tellement heureuse d'inventer, de rêver, d'avoir des idées que je pouvais mettre en œuvre. Créer quelque chose à partir de rien et constater que les gens étaient intéressés, le voulaient.

2008. Pas de voyage en France. En revanche, Agee avait fait de multiples allers et retours à Detroit. D'où provenait son argent ?

— À une certaine époque, je m'étais lancée dans des trucs numériques assez super dont je pensais qu'ils pouvaient avoir des applications dans le domaine de l'animation, poursuivit Lucy. Et cette personne de chez Apple avec qui j'étais en contact m'a donné les coordonnées de Rupe. Tu sais sans doute qu'il s'agissait d'un des investisseurs les plus talentueux et respectés de Wall Street.

— Je me demande pour quelle raison tu n'as jamais pu me parler de lui ou de ton argent ! lâcha Scarpetta.

— Tu ne m'as pas posé de questions.

Qu'y avait-il à Detroit, hormis une industrie automobile défaillante ? Scarpetta récupéra le MacBook de sa nièce.

— Si, j'ai quand même dû t'interroger, rétorqua Scarpetta tout en ne se souvenant pas d'une seule occasion où elle aurait posé une telle question.

— Non.

Scarpetta entra le nom de la fondation Lecoq sur Google. Aucun résultat. Elle tapa ensuite « Monsieur Lecoq » pour voir apparaître les multiples références au roman policier d'Émile

Gaboriau, écrit au dix-neuvième siècle. Toutefois Scarpetta ne trouva aucune entrée au sujet d'une personne réelle nommée M. Lecoq, qui semblait être un riche mécène passionné de psychologie paranormale.

— Pourtant tu n'hésites jamais à m'interroger sur tout le reste, commenta Lucy. Mais tu ne m'as jamais posé de questions spécifiques sur ma fortune, et si un jour j'ai mentionné l'Homme Argent, tu n'as pas relevé.

— J'avais peut-être peur, admit Scarpetta, une éventualité assez triste. Du coup, j'ai éludé par timidité en me convainquant que je ne devais pas m'immiscer dans tes affaires.

Elle rechercha le Motor City Casino Hotel et le Grand Palais de Detroit sur Google. Elle avait trouvé des reçus provenant des deux hôtels, établis au cours des dernières années, dans les papiers d'Agee, mais rien ne prouvait qu'il y ait séjourné. Pour quelle raison ? Le jeu ? Agee était-il un de ces joueurs sérieux auxquels les hôtels des casinos offraient la chambre ? Mais comment pouvait-il se permettre de jouer ? Son regard tomba sur une feuille de papier provenant d'un bloc personnalisé : « Bureau de Freddie Maestro », et ce qui semblait être un numéro d'identification personnel, suivi de « City Bank de Detroit » et d'une adresse tracée au feutre. Pourquoi ce nom de Freddie Maestro lui paraissait-il familier ? Le numéro d'identification était-il un code de distributeur d'argent ?

— D'accord, continua Lucy. Tu peux discuter de cadavres et de sexe, mais pas des biens de quelqu'un. Tu peux fouiller dans les poches d'un individu décédé, dans les tiroirs de sa commode, ses dossiers, ses papiers personnels, mais ne jamais me poser des questions simples sur la façon dont je gagne ma vie et les gens avec lesquels je travaille. Car tu ne m'as jamais posé de questions, répéta Lucy d'un ton insistant. J'ai fini par penser que tu évitais le sujet de crainte que je commette des trucs illégaux. Tu vois, truander le gouvernement, par exemple. Donc j'ai décidé de laisser filer parce que je n'avais aucune intention de me justifier, ni auprès de toi, ni auprès de quelqu'un d'autre.

— Je ne savais pas parce que je n'avais pas envie de savoir, avoua Scarpetta, consciente que son sentiment d'insécurité, hérité de son enfance pauvre, était le fondement de son attitude. Au fond, je voulais me trouver en terrain d'égalité. (Son inaptitude parce que, enfant, elle avait été impuissante, dans une famille sans le sou, avec un père à l'agonie.) Je ne peux pas rivaliser avec toi lorsqu'il s'agit de faire de l'argent. Je sais assez bien le gérer, le conserver, mais je n'ai jamais eu la main de Midas, ni été dans le business du business pour le bonheur du business. Je ne suis pas très douée pour ça.

— Et pourquoi voudrais-tu rivaliser ?

— C'est exactement ce que je dis. Je ne suis pas entrée en compétition avec toi parce que je ne pouvais pas. Peut-être que j'avais peur de perdre ton respect. De fait, pourquoi aurais-tu respecté mon sens des affaires ? Si j'avais été une femme d'affaires performante, je n'aurais pas fait mon droit, ma médecine, je n'aurais pas passé quinze ans à l'université pour finir par gagner moins qu'un agent immobilier ou un concessionnaire de voitures.

— Si j'avais été une femme d'affaires aussi géniale que ça, nous n'aurions pas cette conversation, observa sa nièce.

Scarpetta entra le mot clé « Michigan ». Le nouveau Las Vegas. Nombre de films étaient tournés là-bas, l'État du Michigan faisant ce qu'il pouvait pour injecter de l'argent dans une économie en pleine hémorragie. Un rabais de quarante pour cent d'impôts en matière d'incitation, sans oublier les casinos. Le Michigan avait créé un centre de formation professionnelle pour préparer au métier de croupier, et diverses organisations participaient aux frais de scolarité, dont l'Administration des vétérans, un syndicat des ouvriers sidérurgistes et un autre représentant l'industrie automobile. Rentrez d'Irak ou perdez votre boulot chez General Motors et devenez croupier à une table de blackjack.

— Je me suis plantée. Rupe est mort en mai dernier. Hannah a hérité de tout et a repris ses affaires. Avec un MBA de Wharton. Je ne dis pas qu'elle est bête.

— Elle a repris ton compte aussi ?

— Elle a essayé.

Les gens survivaient comme ils pouvaient ces temps-ci, et le secteur du divertissement, le jeu, les vices semblaient en pleine santé. Les films, la nourriture et l'alcool. Notamment l'alcool.

Lorsque les gens vont mal, ils n'ont de cesse de trouver un moyen de se sentir mieux. Mais quel lien pouvait-il y avoir avec Warner Agee ? Scarpetta repensa au porte-clés orné d'un dé de Toni Darien, au fait qu'elle travaillait au High Roller Lanes, comparé à Las Vegas par Bonnell. Mme Darien et sa fille avaient espéré ouvrir un restaurant à Paris ou à Monte-Carlo. Quant au père, ancien diplômé du MIT, il s'agissait, selon Marino, d'un joueur dont on soupçonnait qu'il avait des accointances avec le crime organisé. Un déclic se produisit dans l'esprit de Scarpetta : Freddie Maestro. Le propriétaire du High Roller Lanes. Il possédait des salles de jeux vidéo et autres à Detroit, en Louisiane, en Floride du Sud et encore ailleurs, elle avait oublié où. De plus, il avait été le patron de Toni Darien. Avait-il connu son père ?

Lucy expliquait :

— Je l'avais rencontrée à plusieurs reprises, et puis nous avons eu une grande discussion chez elle, en Floride, et j'ai refusé sa proposition. Mais j'ai baissé ma garde et j'ai mis à profit un tuyau qu'elle m'avait donné. J'ai évité une balle, mais je me suis pris un coup de couteau dans le dos. Je n'ai pas écouté mon instinct et elle m'a entubée. Elle m'a vraiment entubée.

— Tu es ruinée ?

Scarpetta tapa « Dr Warner Agee » en combinaison avec d'autres mots clés : « jeux », « casinos », « industrie du jeu », « Michigan ».

— Non. Ce qui me reste est sans intérêt. Ce qui compte n'est même pas la somme que j'ai perdue. L'important, c'est qu'elle voulait me nuire. Ça lui procurait du plaisir.

— Comment Jaime peut-elle ignorer tout cela avec l'enquête méticuleuse qu'elle mène ?

— Qui poursuit une enquête méticuleuse, tante Kay ? Pas Jaime. Du moins pas en ce qui concerne la recherche informatique. Tout vient de moi.

Tout en explorant le contenu d'autres dossiers à soufflet, Scarpetta résuma :

— Elle n'a donc aucune idée du fait que tu connaissais Hannah et que tu te retrouves prise dans un conflit d'intérêts, parce qu'il s'agit précisément de cela.

— Elle me virerait immédiatement de l'enquête, ce qui serait contre-productif et grotesque, argumenta Lucy. Si quelqu'un peut vraiment aider, c'est moi. Et je n'étais pas cliente d'Hannah, mais de son père. Tu sais ce qui se trouve dans les archives de Rupe ? Disons que rien d'important concernant ce qu'Hannah m'a fait ne refera surface. Je m'en suis assurée.

— Ce n'est pas bien, commenta Scarpetta.

— Ce qui n'est pas bien, c'est ce qu'elle a fait.

Deux ans auparavant, Warner Agee avait fait paraître un article dans une publication anglaise, *Mécanique quantique.* L'épistémologie quantique et les mesures. Planck, Bohr, Broglie, Einstein. Le rôle de la conscience humaine dans l'effondrement de la fonction d'onde. L'interférence d'un photon unique et les violations du principe de causalité en thermodynamique. L'insaisissable conscience humaine.

— Mais qu'est-ce que tu épluches ?

— Je ne sais pas très bien.

Scarpetta feuilletait, lisait en diagonale pour s'arrêter parfois sur certains chapitres.

Elle annonça :

— Des recrutements d'étudiants dans le cadre d'expériences. La relation entre l'aptitude créatrice et artistique et le « psi » de la parapsychologie. Une étude poursuivie à Juilliard, ici, à New York. Des recherches à Duke University, à Cornell, à Princeton. Les expériences *Ganzfeld.*

— Les phénomènes psychiques ? La perception extrasensorielle ? interrogea Lucy, l'air déconcerté.

Scarpetta leva les yeux vers elle et précisa :

— La privation sensorielle. Pourquoi veut-on atteindre un état de privation sensorielle ?

— Parce que c'est inversement proportionnel à la perception, à l'acquisition d'informations. Moins mes sens sont stimulés, plus je perçois et je crée. C'est une des raisons pour lesquelles les gens méditent.

— Alors pourquoi souhaiterions-nous le contraire pour les autres ? La surstimulation en d'autres termes, la poussa Scarpetta.

— On ne doit pas le souhaiter.

— Sauf, bien sûr, si on fait partie de l'industrie du jeu, d'un casino. À ce moment-là, on cherche les moyens les plus efficaces de surstimuler, d'éviter la privation sensorielle. On veut que les gens se fient à leurs impulsions, s'égarent, et on les bombarde de stimulations visuelles et sonores, tous les sens en jeu, le *Ganzfeld.* Tes clients se transforment alors en proies désorientées, sans plus distinguer ce qui est dangereux de ce qui ne l'est pas. Tu les aveugles et tu les assourdis avec des lumières étincelantes et du bruit afin de pouvoir prendre ce qu'ils ont.

Scarpetta ne pouvait s'empêcher de repenser à Toni Darien, à son emploi dans un endroit luxueux, où s'entrecroisaient des lumières vives changeantes et des images qui se succédaient à un rythme effréné sur d'immenses écrans vidéo, où les clients étaient encouragés à dépenser leur argent pour acheter à manger, à boire, pour jouer. Une partie médiocre ? Rejouez ! Une autre partie médiocre ? Buvez encore un peu ! La photographie d'Hap Judd s'affichait sur l'un des murs du High Roller Lanes. Il aurait pu connaître Toni. Il pouvait connaître cette ancienne patiente de Benton, Dodie Hodge. Marino avait dit quelque chose à ce sujet à Berger durant la conférence téléphonique de la veille au soir. Warner Agee aurait pu connaître l'ancien patron de Toni Darien, Freddie Maestro. Tous ces gens pouvaient tous s'être rencontrés ou être liés d'une façon ou d'une autre. Il était presque neuf heures du matin et Scarpetta était environnée de reçus, de tickets, de programmes, de publications – les détritus de la petite vie intéressée, aux buts malfaisants, de Warner Agee. *L'ordure sans âme.* Elle se releva.

— Il faut qu'on parte maintenant. L'immeuble de l'ADN.

Les images captées par une caméra de surveillance envahirent les multiples écrans de la salle de réunion du FBI, celles d'une femme et d'un homme. Depuis juin dernier, au moins dix-neuf banques avaient été braquées par les deux mêmes voleurs intrépides que le Bureau avait surnommés « Mamie et Clyde ».

— Vous recevez bien tout ? demanda Jaime Berger en inclinant son MacBook de sorte que Benton voie ce qu'elle regardait, un nouvel *e-mail.*

Il opina d'un signe de tête. Il savait. Il ouvrait les messages sur son BlackBerry au fur et à mesure qu'ils arrivaient, ceux-là mêmes que Lucy et Marino envoyaient à Berger. Ils communiquaient entre eux presque en temps réel.

La bombe était fonctionnelle, et le module vocal retrouvé à l'intérieur du même modèle que celui qui équipait la carte chantante envoyée par Dodie, à ceci près que Benton ne pensait plus qu'elle en était l'auteur. Certes, elle avait enregistré la chanson et peut-être même inscrit l'adresse sur le bordereau d'envoi, mais Benton doutait que la petite chansonnette de Noël à connotations hostiles soit son idée. Elle n'était pas l'auteur du scénario des événements survenus récemment, dont son appel à CNN, le but n'ayant été que de perturber Benton, lui adresser une mise en garde avant que la bombe suivante ne soit lancée. Au sens propre.

Dodie s'épanouissait dans le drame. Cependant ce drame-là n'était pas le sien, ce n'était pas son spectacle, son *modus operandi.* Benton savait qui se trouvait derrière, il en était certain. Il aurait dû s'en rendre compte plus tôt, pourtant il n'avait pas regardé dans la bonne direction. Au fond, il avait cessé de regarder parce qu'il voulait se persuader qu'il n'en avait pas besoin. Si incroyable que cela puisse paraître, il avait oublié, tout simplement. Il avait oublié de rester en permanence aux aguets, et le monstre était de retour. Il avait pris une forme différente, mais sa marque était aussi reconnaissable et perceptible qu'une puanteur. Le sadisme. Inévitablement le sadisme s'en mêlerait, et lorsqu'il aurait commencé, il ne s'arrêterait pas. Un jeu de torture avec la souris, maintenue à l'agonie jusqu'à ce qu'un dernier coup de patte la mette en pièces. Dodie n'avait pas assez d'imagination ni l'expérience requise, elle n'était ni assez dérangée, ni suffisamment intelligente pour mettre sur pied un plan si complexe sans l'aide d'un tiers. Toutefois il s'agissait d'une personnalité histrionique, limite. Elle avait donc sauté sur l'occasion et auditionné pour le rôle.

À un moment quelconque, Dodie Hodge avait collaboré avec le crime organisé, à l'instar de Warner Agee. Celui-ci semblait être à l'origine de projets de recherche non éthiques en relation avec l'industrie internationale du jeu, des casinos aux États-

Unis et ailleurs, notamment en France. Benton pensait maintenant qu'Agee et Dodie étaient des fantassins de la famille Chandonne. Ils s'étaient laissé entraîner par le pire de ses membres, le fils survivant, un pervers violent, Jean-Baptiste, dont des traces d'ADN avaient été retrouvées sur la banquette arrière d'une Mercedes noire modèle 1991, utilisée lors d'un braquage de banque à Miami le mois précédent. On ignorait ce qu'il faisait dans la voiture en question. L'amusement peut-être, participer au braquage. D'un autre côté, il avait pu laisser son ADN alors qu'il était conduit pour une raison inconnue dans cette Mercedes volée, avant que les voleurs s'en servent pour prendre la fuite. Jean-Baptiste devait savoir que son ADN était enregistré dans la banque de données CODIS du FBI. Il était un meurtrier en cavale. Il devenait négligent, imprudent, ses compulsions prenant le dessus. De surcroît, si l'on en jugeait par son passé, il pouvait être dépendant de l'alcool et des drogues.

Un autre braquage, celui-ci à Detroit, avait été commis trois jours après celui de Miami. Il s'agissait du dix-neuvième, *a priori* le dernier. Coïncidence, il avait eu lieu le jour de l'arrestation de Dodie pour vol à l'étalage et troubles à l'ordre public dans cette même ville, après qu'elle avait fait un scandale, furieuse qu'on l'empêche de fourrer trois DVD d'Hap Judd dans son pantalon. Elle avait totalement perdu la maîtrise de ses actes. Avec une personnalité telle que la sienne, elle aurait une autre crise tôt ou tard et passerait à l'acte, ainsi qu'elle l'avait fait au Betty's Bookstore Café. Une coïncidence fâcheuse, le mauvais moment, et des gens avaient dû trouver d'urgence une solution pour écarter Dodie avant qu'elle ne fasse un scandale plus retentissant, qu'ils ne pouvaient se permettre. Quelqu'un lui avait trouvé un avocat à Detroit, un Sebastian Lafourche, originaire de Baton Rouge, en Louisiane, où les Chandonne avaient jadis de puissantes ramifications.

Lafourche avait suggéré que Warner Agee réalise l'évaluation psychologique de Dodie Hodge. Ce n'était certes pas la récente célébrité du psychiatre qui l'avait retenu, mais son implication dans le crime organisé, dans le réseau Chandonne, même si la participation d'Agee n'était qu'annexe. Un peu comme confier un gangster à un gardien de prison corrompu par la mafia. Mais le plan avait échoué. Le procureur général et le McLean n'avaient pas marché. Le réseau avait dû repenser sa stratégie, se ressaisir et trouver une opportunité pour semer la pagaille et causer du tort. Dodie allait à Belmont, et c'était le point de départ de l'acte suivant. L'ennemi pénétrait sur le territoire d'une cible, le territoire de Benton, peut-être aussi celui de Scarpetta. Dodie entrait à l'hôpital et se rapprochait de Benton. Le jeu et les tortures continuaient, et des éclats de rire résonnaient sous les chevrons dans la maison du dix-septième siècle des Chandonne.

Benton lança un regard à Marty Lanier, installée de l'autre côté de la table.

— Votre nouveau système informatique peut-il relier les données ainsi que le fait le CCTR ? Nous offrir un diagramme, un arbre de décisions, de sorte que nous voyions les probabilités conditionnelles et que nous puissions visualiser ce dont nous discutons ? Je pense que cela clarifierait les choses. Les racines sont profondes et les branches hautes et nombreuses. Il est important que nous déterminions du mieux possible ce qui est pertinent et ce qui ne l'est pas. Par exemple, ce braquage dans le Bronx le 1er août dernier. Ce vendredi-là, à dix heures vingt du matin, quand les voleurs ont pénétré chez American Union…, dit-il en parcourant ses notes. Moins d'une heure plus tard, Dodie Hodge a reçu une assignation à comparaître de la part du département des transports en commun, alors qu'elle se trouvait à bord d'un bus à l'intersection de Southern Boulevard et de 149e Rue Est. En d'autres termes, elle était à proximité de la banque dévalisée. Elle était surexcitée et a fait un scandale en s'en prenant à un voyageur.

— Je ne suis pas au courant de cette assignation, observa Jim O'Dell, un détective du département de police de New York, la petite quarantaine, un roux aux cheveux clairsemés avec un début de bedaine.

Il était assis à côté de son partenaire du FBI à la force spéciale chargée des braquages, l'agent spécial Andy Stockman, la bonne trentaine, une abondante chevelure brune et pas de bedaine.

— C'est ressorti à l'occasion d'une recherche portant sur tout ce qui mentionnait FedEx, expliqua Benton à O'Dell. Lorsqu'un officier a tenté de ramener Dodie à la mesure, elle lui a conseillé d'envoyer son cul jusqu'en enfer par FedEx, distribution en urgence.

— Une formulation étrange. J'avais encore jamais entendu ça, commenta Stockman.

— Elle aime tout envoyer par FedEx. Elle est toujours pressée et elle veut voir presque instantanément le résultat de ses drames. Je ne sais pas, déclara Benton d'un ton impatient. (Les clichés et les hyperboles de Dodie n'avaient pas d'importance et elle l'irritait au possible.) Ce qui compte, c'est le motif répétitif que vous allez découvrir au fur et à mesure que nous progressons dans nos discussions. L'impulsivité. Un leader, un patron de la mafia, compulsif et impulsif, qui est dirigé par des forces intérieures qu'il ne parvient plus à contrôler. Ajoutez à cela que les gens qui l'entourent ne sont pas mieux. On dit que les contraires s'attirent. Parfois l'aimant, ce sont les similitudes.

— Qui se ressemble s'assemble.

— Jean-Baptiste et ses acolytes, en effet, approuva Benton. Bref, l'instinct du mal.

— Il nous faudrait un mur de données comme celui qu'ils ont là-bas, déclara O'Dell à Berger qui n'y pouvait pas grand-chose.

Stockman récupéra sa tasse de café en marmonnant :

— Bonne chance ! Ils nous font payer pour nos bouteilles d'eau.

— Visualiser les connexions serait un plus, admit Berger.

— On ne sait jamais ce qui se dissimule… tant qu'on ne le sait pas, dit Benton. Surtout dans quelque chose d'aussi complexe. Parce que ces crimes n'ont pas débuté en juin. Ils remontent à bien avant le 11 Septembre, à plus d'une décennie, du moins en ce qui concerne mon implication. Je ne parle pas exclusivement des braquages de banques, mais de la famille Chandonne elle-même, du très important réseau criminel qu'elle dirigeait.

— Pourquoi « dirigeait » ? J'ai l'impression qu'ils sont bien vivants et actifs, si ce que j'entends est exact, remarqua O'Dell.

— Ils ne sont plus ce qu'ils étaient. Vous ne pourriez pas comprendre. Disons simplement que c'est différent, rectifia Benton. C'est la mauvaise graine de la famille qui a repris les affaires et est en train de les mener droit dans le ravin.

— Ça m'évoque assez les huit dernières années à la Maison-Blanche, plaisanta O'Dell.

— Les Chandonne ne sont plus la famille mafieuse d'antan, et de loin, souligna Benton dont le sens de l'humour était en berne ce matin-là. Ils sont désorganisés, en bonne voie pour la désintégration avec Jean-Baptiste à la barre. Son histoire ne peut se terminer que d'une seule façon, et peu importe qu'il la réécrive à loisir et le nombre de personnages qu'il interprète. Il peut se concentrer durant un moment, et sans doute l'a-t-il fait. Mais dans le même temps ses obsessions ont continué de progresser parce qu'elles ne le lâchent jamais. C'est impossible dans son cas et la conclusion est prévisible. Ses obsessions vont vaincre. Il s'égare un peu. Il s'égare beaucoup pour finir par perdre tout repère. Il n'y a pas de limite à son pouvoir de destruction. À ceci près que ça se termine toujours par la mort. Quelqu'un meurt. Ensuite, d'autres suivent.

— Oui, nous pourrions établir un modèle prédictif, le projeter sur le mur, proposa Lanier à O'Dell et à Stockman.

— Ça ne prendra qu'une minute, annonça Stockman en frappant quelques touches du clavier de son ordinateur portable. Juste les braquages ou tout le reste aussi ? s'enquit-il en jetant un regard à Lanier.

— Notre préoccupation ne se limite pas aux braquages, rétorqua-t-elle d'une voix teintée d'impatience. C'est, je crois, là où veut en venir Benton, et l'objet de cette réunion. Les banques dévalisées sont secondaires. La partie visible de l'iceberg en quelque sorte. Ou, pour rester dans l'ambiance de cette période de fêtes, l'angelot accroché à la cime du sapin. Moi, je veux tout l'arbre.

La référence ramena Dodie à l'esprit de Benton, sa chansonnette idiote, sa voix essoufflée et fausse lui souhaitant, ainsi qu'à Scarpetta, un « joyeux, très joyeux Noël », un vœu en apparence banal, mais semé de sous-entendus sexuels et d'une allusion à ce qui allait survenir. Scarpetta, l'ange, serait pendue en haut du sapin, lynchée en d'autres termes, et Benton pourrait se le coller au derrière, un truc de ce genre. Il imagina le délice de Jean-Baptiste Chandonne. Il était fort plausible que la carte chantante ait été son idée, la première moquerie, aussitôt suivie par le paquet FedEx contenant une bombe d'un genre particulier. Un des *e-mails* de Marino précisait : « une bombe puante qui aurait pu arracher les doigts de la Doc ou la rendre aveugle ».

— Ouais, c'est ridicule que les fédéraux ne puissent pas fournir un truc identique, ronchonna O'Dell. Un foutu mur de données comme au CCTR. On aurait besoin d'un endroit dix fois plus spacieux que cette salle de réunion parce qu'il ne s'agit plus d'un arbre de décisions. C'est toute une forêt !

Stockman proposa :

— Je vais l'afficher à l'écran. Un mètre cinquante, c'est aussi grand qu'un des cubes Mitsubishi du CCTR.

— Je ne crois pas.

— À peu près.

— Non. Il faudrait une salle IMAX.

— Bon, arrête de te plaindre et projetons-le sur le mur pour que tout le monde le voie.

— Ce que je veux dire, c'est que c'est si compliqué qu'on aurait besoin d'un mur haut de deux étages, au moins. Tout ça sur un écran plat ? Il va falloir tout réduire à la taille d'une police de journal.

O'Dell et Stockman avaient passé tant de temps ensemble qu'ils se chamaillaient à la manière d'un vieux couple. Durant les six derniers mois, ils avaient enquêté sur les fameux Mamie et Clyde et leur stratégie de braquage, en conjonction avec d'autres forces de police dans certaines antennes du FBI, principalement celles de Miami, New York et Detroit. Le Bureau était parvenu à dissimuler aux médias la série de casses ainsi que les théories que les agents avaient ébauchées. Cette extrême discrétion était délibérée et justifiée. Le Bureau soupçonnait que les voleurs ne soient que des pions dans un montage beaucoup plus important et redoutable. Des poissons pilotes en quelque sorte, de petits carnivores accompagnant des requins.

Or c'étaient les requins que voulait le FBI, et Benton aurait parié qu'il connaissait exactement leur espèce. Des requins français. Les requins Chandonne. Toutefois la véritable question demeurait : quels étaient leurs noms et où les localisait-on aujourd'hui ? Où se trouvait Jean-Baptiste Chandonne ? Le grand requin blanc, le patron, le dépravé à la tête de ce qu'il restait d'une importante famille du crime. Le père, M. Chandonne, profitait de sa retraite dans le quartier d'isolement de la Santé, à Paris. Le frère de Jean-Baptiste, l'héritier présomptif, était mort. Jean-Baptiste ne disposait pas des talents nécessaires pour devenir un chef, mais il était motivé, dopé par des fantasmes violents et des obsessions sexuelles. De plus, il avait soif de vengeance. Il parvenait à se contrôler durant un laps de temps restreint, à contenir ses véritables inclinations, et puis le fragile équilibre se rompait, exposant sa véritable nature, une explosion de pulsions, d'envies meurtrières, de fureur, de jeux cruels, beaucoup plus dangereuse que n'importe quelle bombe. Il fallait désarmer Jean-Baptiste Chandonne, le neutraliser. Au plus vite.

Benton était certain que Jean-Baptiste avait expédié le paquet contenant la bombe puante. Il était derrière. Sans doute l'avait-il fabriquée. Peut-être s'était-il caché la veille au soir pour voir son complice le livrer. Mutiler Scarpetta physiquement et mentalement. Benton imagina Chandonne dissimulé dans l'obscurité, à proximité de leur immeuble, attendant le retour de Scarpetta de CNN. Il imagina Scarpetta, qui avait dû tolérer que Carley Crispin la raccompagne, dépassant un sans-abri emmitouflé sous des couches de vêtements et un duvet, allongé sur un banc non loin de Columbus Circle. La première fois que Scarpetta avait mentionné ce SDF lorsqu'ils discutaient avec Lobo dans la voiture de Marino, un certain malaise avait envahi Benton. Une sorte d'intuition troublante. Plus il y avait repensé, plus son malaise avait augmenté. La personne qui était à l'origine de cette bombe visait Scarpetta ou Benton, ou les deux ensemble, et n'aurait que difficilement résisté à l'envie de voir le résultat de sa malfaisance.

Mutiler Scarpetta ou lui. Ils auraient pu être tous deux blessés, peut-être pas morts, peut-être pire que morts. Jean-Baptiste devait savoir que Benton se trouvait chez lui hier soir, à New York, attendant que sa femme rentre de CNN, de l'émission en direct. Jean-Baptiste savait tout ce qu'il désirait savoir, et il n'ignorait pas ce que partageaient Scarpetta et Benton. Jean-Baptiste le savait parce qu'il était également conscient de ce qu'il n'avait pas, n'avait jamais eu. Jean-Baptiste comprenait mieux que personne l'éloignement, la mise à l'écart, et cette expérience lui avait fait percevoir l'antithèse de l'extrême isolement. L'ombre et la lumière. L'amour et la haine. La création et la destruction. Les opposés sont intimement liés. Benton devait le retrouver. Benton devait l'arrêter.

La méthode la plus sûre consistait à attaquer les points vulnérables. Le credo de Benton : votre compétence dépend de ceux qui vous entourent. Il se le répétait, tentant de se rassurer : Jean-Baptiste avait commis une erreur. Il avait mal recruté, engageant de petits carnivores qui n'avaient pas assez de suite dans les idées, n'étaient pas programmés de façon adéquate et, de toute évidence, ne possédaient pas assez d'expérience. Il allait payer pour ses décisions hâtives, ses désirs malsains et ses choix dominés par sa subjectivité. Au fond, son esprit peu fiable serait la cause de sa perte. Mamie et Clyde le feraient plonger. Jean-Baptiste n'aurait jamais dû s'abaisser à ce qui, selon les standards Chandonne, n'était qu'un crime médiocre. Il aurait dû éviter des individus inaptes à le servir, des êtres instables, menés par leurs faiblesses et leurs dysfonctionnements. Jean-Baptiste n'aurait jamais dû s'approcher de minables criminels présentant des désordres de la personnalité, ni des banques.

Un schéma identique se dégageait de tous les casses, un vrai mode d'emploi. Une agence de la même banque avait été dévalisée dans le passé, parfois plusieurs. Elles n'étaient pas équipées de cloisons pare-balles, ces « barrières à bandit » entre employés et clients. Les braquages avaient tous eu lieu un vendredi entre neuf heures et onze heures du matin, quand l'affluence était réduite mais les sommes conservées en liquide les plus importantes. Une femme âgée à l'allure inoffensive, que jusqu'à ce matin le FBI ne connaissait que par son surnom de Mamie, pénétrait, ressemblant à une dame catéchiste, mal fagotée dans sa petite robe, chaussée de tennis, un chapeau ou un foulard couvrant sa tête. Elle portait toujours des lunettes à verres teintés, à monture datée. Selon les conditions météo, elle complétait sa tenue par un manteau et des gants de laine. Si le casse avait lieu aux beaux jours, elle enfilait une paire de gants transparents, comme en portent les gens qui manipulent les aliments, pour ne pas risquer de laisser ses empreintes digitales ou son ADN.

Mamie était toujours munie d'un sac fourre-tout prévu pour les dépôts d'argent. Elle commençait à l'ouvrir en se rapprochant du guichet. Elle plongeait alors la main dedans et en tirait une arme, toujours la même, que le logiciel d'agrandissement d'images avait permis d'identifier : un pistolet à canon court neuf millimètres, un jouet. Le marquage orange du canon, exigé par l'administration fédérale dans le cas de jouets si réalistes qu'on pouvait les confondre avec des armes véritables, avait été ôté. Elle glissait alors une feuille à l'employé du guichet, portant le même message à chaque fois : « Videz les tiroirs dans le sac. Pas de liasse avec teinture ou vous êtes mort. » L'écriture était nette et précise, en capitales, sur une petite page blanche de calepin. Puis elle ouvrait son fourre-tout, que l'employé remplissait de billets. Mamie remontait la fermeture et se dirigeait vers la sortie d'un pas vif pour monter dans une voiture conduite par son complice, l'homme que le FBI avait surnommé Clyde. Il s'agissait à chaque fois d'un véhicule volé, abandonné peu après le casse sur le parking d'un centre commercial.

Lorsque Benton avait pénétré dans la salle de réunion plusieurs heures auparavant, il avait aussitôt reconnu Mamie, ainsi que l'écriture des messages, si parfaite que l'on aurait cru une sortie d'imprimante. Le FBI avait précisé qu'elle ressemblait comme deux gouttes d'eau à une police de caractères du nom de Gotham, une graphie de base sans prétention, celle du paysage urbain, un tracé simple souvent utilisé pour les panneaux de signalisation, la même écriture que celle de l'expéditeur de l'enveloppe FedEx ayant contenu la carte chantante de Dodie Hodge et peut-être que l'adresse portée sur le bordereau d'envoi du paquet FedEx qui avait contenu la bombe puante. Ce dernier point serait ardu à vérifier. Si l'on en jugeait par la multitude d'*e-mails* envoyés par Marino, ledit bordereau n'avait pas survécu au canon à eau. Cela étant, peut-être ce détail n'avait-il pas d'importance.

Des photos de Dodie Hodge dans différents déguisements et des messages menaçants qu'elle tendait aux employés de banque s'étalaient sur tous les murs de la salle de réunion, des prises de caméras de surveillance. Elle était accoutrée à la manière d'une mamie gâteau bien inoffensive. Benton l'aurait reconnue partout, sous quelque attifement que ce soit. Impossible de cacher ce lourd visage à bajoues, ces lèvres minces, ce gros nez arrondi et ces oreilles décollées. Quant à son corps imposant planté sur deux jambes d'une maigreur disproportionnée, elle ne pouvait le dissimuler que partiellement. Elle était blanche dans la plupart des casses, noire dans certains. Dans l'un des plus récents, en octobre, sa peau avait pris une couleur caramel. Une charmante voisine, une grand-mère innocente à l'allure rassurante. Elle souriait sur quelques-uns des clichés, alors qu'elle hâtait le pas vers la sortie, son sac fourre-tout de dépôt en tissu ignifugé gonflé de plus de dix mille dollars, un sac de couleur différente à chaque fois, rouge, bleu, vert, noir, dont le matériau lui offrait une protection au cas où sa mise en garde serait ignorée et où un mécanisme caché au milieu d'une liasse ferait exploser la charge de teinture et de fumée rouges et, parfois, de gaz lacrymogène.

Peut-être que Dodie Hodge n'aurait jamais éveillé l'attention de quiconque et aurait poursuivi sa carrière de casseuse encore longtemps si son complice dans le crime, dont le véritable nom était Jerome Wild, n'avait décidé d'offrir à son cou un tatouage très repérable alors qu'il se trouvait au camp militaire Pendleton au mois de mai précédent, juste avant de déserter. Il s'agissait d'un de ces tatouages que l'on a toutes les peines du monde à dissimuler, non que Wild ait fait des efforts dans ce sens : pas de col roulé ou de bandana en écharpe, pas de maquillage professionnel auquel avait recours Dodie et dont on avait retrouvé des traces dans les différents véhicules utilisés par les comparses dans leurs fuites. Un maquillage minéral, avait précisé Marty Lanier. Les labos de Quantico avaient révélé la présence de nitrure de bore, d'oxyde de zinc, de carbonate de calcium, de kaolin, de magnésium, d'oxydes de fer, de silice, de mica, sans oublier différents pigments et additifs utilisés dans les fards à paupières, rouges à lèvres, fonds de teint et poudres très complexes dont se servent les acteurs et mannequins.

Le tatouage de Jerome Wild était étendu et élaboré. Il commençait juste au-dessus de la clavicule gauche pour se terminer derrière l'oreille gauche, et peut-être le déserteur n'avait-il jamais songé qu'il présentait un danger en termes d'identification. Après tout, il n'était que le conducteur et ne pénétrait jamais dans les banques. Il devait se rassurer en pensant qu'il n'y avait guère de probabilités qu'une caméra de surveillance le saisisse. Il se trompait. Lors de l'un des braquages, la caméra scellée au coin d'une autre banque située juste en face de celle qu'ils dévalisaient l'avait enregistré. Installé derrière le volant d'une Ford Taurus blanche volée, il ajustait le rétroviseur latéral par la vitre côté conducteur. Il portait des gants noirs doublés de lapin.

Ce fragment d'enregistrement avait signé sa perte. La prise fixe s'étalait sur l'un des écrans vidéo de la salle de réunion. Un visage que Benton avait découvert récemment, la veille au soir, sur d'autres prises de caméra de surveillance, celle de son immeuble. Jerome Wild avec ses lunettes de soleil, sa casquette de base-ball et ses gants de cuir noir doublés de fourrure. Des squelettes en train d'escalader un cercueil sur la gauche de son cou. Le cliché du casse de la banque et celui d'hier, côte à côte sur un grand écran plat. Le même homme, un poisson pilote, un petit prédateur, une recrue mal dégrossie ou trop téméraire qui croyait qu'elle ne serait jamais arrêtée ou qui n'y avait même pas pensé. Wild ignorait l'existence de banques de données recensant les tatouages, ou alors il s'en moquait. Tout comme Jean-Baptiste Chandonne, à l'évidence.

Jerome Wild n'avait que vingt-trois ans. Il était intelligent, avide de sensations fortes et aimait le risque. En revanche, il n'avait ni valeurs, ni croyances, ni états d'âme. D'ailleurs il était dépourvu de conscience. Il n'avait aucun sens patriotique et se contrefichait de son pays ou de ceux qui se battaient pour lui. Il ne s'était enrôlé chez les Marines que pour l'argent, et lorsqu'il avait été expédié au camp Pendleton, il n'avait pas servi assez longtemps pour endurer la perte de camarades tombés au combat. Il n'était pas encore monté à bord du C-17 qui devait l'emmener au Koweït. Il n'avait rien fait, hormis s'amuser comme un fou en Californie, tous frais payés. La seule raison qui avait motivé son choix d'un tatouage aussi puissamment symbolique avait été son envie d'en trouver un, n'importe lequel, qui soit vraiment *cool*, si l'on en croyait un autre soldat que le FBI avait interrogé à plusieurs reprises.

Wild s'était donc fait réaliser son tatouage *cool* et était rentré peu après à Detroit, sa ville natale, pour un week-end de permission avant de partir au combat. Il n'avait jamais réintégré sa base de Marines. La dernière fois qu'on avait aperçu Wild, il se trouvait au casino de l'hôtel Grand Palais en train de jouer aux machines à sous. Le témoignage émanait d'un de ses anciens camarades d'école, presque certain qu'il s'agissait de lui. Ledit témoignage avait été confirmé par les enregistrements de sécurité. Wild s'était donc amusé avec les machines à sous, pour passer ensuite aux tables de roulette. On le voyait à un moment marcher en compagnie d'un homme âgé, fort bien habillé, que le FBI avait identifié comme étant Freddie Maestro, soupçonné d'avoir des liens avec le crime organisé et propriétaire, entre autres établissements, du High Roller Lanes à New York. Deux semaines plus tard, une agence bancaire située à proximité de Detroit Tower Center Mall était dévalisée par une femme blanche attifée d'étrange manière, qui avait ensuite pris la fuite dans une Chevrolet Malibu volée, conduite par un homme noir.

Benton était abasourdi et se sentait stupide. Il fallait qu'il mette sa vie à plat, qu'il l'examine, et ce n'était guère le moment, pas au cours d'une discussion de ce genre, avec les personnes présentes dans cette salle de réunion. Il avait été un membre des forces de l'ordre, puis un expert judiciaire assermenté, pour devenir un foutu universitaire. Une de ses foutues anciennes patientes s'était métamorphosée en braqueuse de banques et il n'en avait jamais eu la moindre idée parce que la loi lui interdisait de vérifier le passé et la vie de Dodie Hodge. Il n'avait pas le droit de se renseigner sur qui elle était au juste, à part une femme détestable présentant un désordre sévère de la personnalité et qui prétendait être la tante d'Hap Judd.

Certes, Benton se serinait que même s'il s'était lancé dans des recherches à son sujet, en toute logique il n'aurait pas trouvé grand-chose, voire rien du tout. Pourtant la colère se mêlait à l'humiliation en lui et il aurait souhaité appartenir encore au FBI, être armé, avoir un badge, le droit d'enquêter sur ce qu'il voulait. *Mais tu n'aurais rien trouvé*, se répétait-il alors qu'il était installé à cette table de la salle de réunion, dans une pièce inévitablement bleue de la moquette aux murs en passant par le tissu qui recouvrait les chaises. *Personne n'a rien déterré jusqu'à ce que tu la reconnaisses sur les prises de vues des caméras de surveillance.* Elle n'avait pas été reconnue. Aucun ordinateur n'aurait pu faire remonter à la surface des informations la concernant.

Dodie ne portait aucune marque distinctive – comme un tatouage – qui puisse finir un jour dans une banque de données. Elle n'avait jamais été accusée d'un délit plus grave que provoquer un scandale dans un bus du Bronx, ou d'un vol à l'étalage assorti de troubles à l'ordre public à Detroit, le mois précédent. Il n'y avait donc aucune raison de lier cette femme grandiloquente et odieuse de cinquante-six ans à une série de casses exécutés avec finesse et qui – comme par hasard – s'était interrompue alors qu'elle était patiente au McLean. Benton se répétait en boucle qu'il aurait pu vérifier tous azimuts sans parvenir pour autant à établir une relation entre elle et Jerome Wild, et bien sûr les Chandonne. La relation en question était un pur coup de chance. Un coup de pure malchance pour Jean-Baptiste, parce que rien ne suffisait jamais à ses yeux. Négligent, il avait laissé son ADN sur la banquette d'une Mercedes volée. Il avait fait d'autres choses qui allaient trop loin. Il était en pleine décompensation et croisait leur chemin. Il croisait à nouveau celui de Benton. Pas un simple lien, ni même une branche ; la racine.

Sa photo d'identité, qui emplissait un écran plat situé juste en face de Benton, le dernier cliché connu pris par le département de la Justice du Texas, remontait à presque dix ans. À quoi pouvait ressembler maintenant cette ordure ? Benton ne parvenait pas à en détacher ses yeux. On aurait presque pu croire qu'ils se défiaient tous deux du regard, prêts à l'affrontement. Le crâne rasé, le visage asymétrique, un œil plus bas que l'autre, environné de chair rouge vif inflammée, le résultat d'une brûlure par un produit chimique dont Jean-Baptiste clamait qu'il l'avait rendu aveugle. Un mensonge. Deux des gardiens de l'unité Polunsky de la prison texane l'avaient vérifié pour leur plus grand malheur, lorsque Jean-Baptiste les avait propulsés avec violence contre le mur de ciment et leur avait écrasé la trachée. Au printemps 2003. Jean-Baptiste était sorti tranquillement, portant l'uniforme et le badge de l'un d'eux, avec les clés de sa voiture dans sa poche de pantalon.

— Il ne s'agit pas d'un simple rameau mais d'un véritable rhizome, disait Lanier à Berger.

Elles argumentaient depuis un moment. Benton n'avait pas prêté attention aux propos qui s'échangeaient.

Un nouveau message de Marino arriva :

En route pour l'imm ADN rejoins lucy et doc

— Ce sera plus évident lorsque nous aurons un visuel. Je suis d'accord avec Benton. Mais Jerome n'est pas un individu violent, expliquait Lanier. Il ne l'a jamais été. En fait, il était si peu agressif qu'il a déserté. Il ne s'est enrôlé dans l'armée que parce qu'il ne trouvait pas de boulot, et puis il s'est tiré parce qu'il est tombé sur une occasion du genre illégal.

Benton répondit à Marino :

Pourquoi ?

Lanier continuait à parler :

— Les tentacules des Chandonne s'étendent jusqu'à Detroit. Sans oublier la Louisiane, Las Vegas, Miami, Paris, Monte-Carlo. Des villes portuaires, des villes de jeux. Peut-être même jusqu'à Hollywood. Bref, tous les endroits qui attirent le crime organisé.

Benton rappela à tous :

— Mais le père n'est plus là, pas plus que le frère aîné de Jean-Baptiste. Nous avons déjà taillé dans le fruit pourri en 2003. Nous ne sommes pas parvenus jusqu'au noyau. Cela étant, il ne fait pas partie de la même race.

Le retour de Marino fut presque immédiat :

la montre toni darien

Benton poursuivit :

— Nous parlons d'un meurtrier jouisseur, un sujet bien trop compulsif, mené par ses pulsions et donc incapable de diriger un cartel, des affaires familiales qui sont devenues très complexes depuis près d'un siècle. Nous ne pouvons pas aborder le problème comme s'il s'agissait du crime organisé. Il faut le considérer comme un criminel sexuel multirécidiviste.

— La bombe était fonctionnelle, déclara Berger à Lanier comme si Benton n'était pas intervenu. Elle aurait pu sérieusement blesser Kay, voire la tuer. Comment pouvez-vous ranger la participation d'un individu à un tel acte dans la rubrique « non-violence » ?

— Non, vous ne comprenez pas ce que je veux dire, se défendit Lanier. Tout dépend de l'intention. En réalité, Wild a juste servi de messager. Rien ne prouve qu'il connaissait la nature du contenu de la boîte FedEx.

— Ça et le *modus operandi* du type. Dans tous ces casses, il n'y a jamais eu un incident violent. C'est un trouillard, il reste dans la voiture. Même le flingue est faux, renchérit Stockman alors qu'il se démenait pour faire apparaître l'arbre de décisions – ou plutôt la forêt, ainsi qu'il l'avait appelée – sur l'un des écrans plats. J'avoue que je suis d'accord avec Marty : lui et Mamie… cette Dodie… désolé, je l'ai appelée Mamie durant six mois… quoi qu'il en soit, lui et Dodie sont des grouillots.

— Non, Dodie Hodge ne sera jamais le grouillot de personne, contra Benton. Si elle marche avec quelqu'un, c'est qu'elle en tire une gratification. Elle s'amuse. Toutefois ce n'est pas un simple pion téléguidé. Elle coopère, on peut la diriger jusqu'à un certain point. C'est du reste la raison pour laquelle Jean-Baptiste Chandonne a commis une erreur en la recrutant, en choisissant Jerome et tous ceux qui l'ont rejoint. Ils sont tous tordus d'une certaine façon, parce qu'il l'est.

— Mais pourquoi aller voler des DVD, bon sang ? demanda Berger à Lanier. Quelques films d'Hap Judd valent-ils d'être arrêtée ?

— Ce n'est pas l'explication, lança Benton. Elle ne pouvait pas s'en empêcher, c'est tout. Et le réseau a été confronté à un grave problème. Un de leurs braqueurs se fait donc arrêter. Ils ont un avocat marron qui tente de leur obtenir un expert médico-légal, lui aussi marron. Au lieu de cela, ils se retrouvent avec moi, à cause de l'histrionisme, du narcissisme de Dodie. Elle voulait être internée dans l'hôpital fréquenté par les riches et célèbres. Je le répète, ce n'est pas de la simple valetaille. C'est une mauvaise recrue.

— Une idée stupide de voler ces DVD, approuva Stockman. Ils seraient toujours en train de braquer des banques si elle n'avait pas tenté de les fourrer dans son pantalon.

— Une mauvaise idée de la ramener au sujet de son prétendu lien de parenté avec Hap Judd, ajouta Benton. Cela étant, elle ne pouvait pas non plus s'en empêcher. Mais elle leur occasionne des ennuis, elle les expose. On ne sait pas jusqu'à quel point Hap Judd est impliqué là-dedans. Toutefois il est lié à Dodie Hodge, à Hannah Starr, et une photo de lui en compagnie de Freddie Maestro est accrochée à l'un des murs du High Roller Lanes. Ça pourrait donc aussi suggérer l'existence d'un lien entre lui et Toni Darien. Il faudrait vraiment que nous ayons cet arbre projeté sur un écran, un visuel. Je vais vous montrer comment tout cela est connecté.

— Revenons à cette bombe, proposa Berger à Lanier. Je voudrais m'éclaircir les idées. Vous pensez que quelqu'un est derrière la livraison de ce paquet ? C'est-à-dire Jean-Baptiste ? Sur quoi fondez-vous votre théorie ?

— Je n'irais pas jusqu'à évoquer le bon sens…

— Si, et vous venez de le dire, souligna Berger. De surcroît, la condescendance n'est pas de mise.

— Laissez-moi finir. Il n'a jamais été dans mon intention de me montrer un tant soit peu condescendante vis-à-vis de vous, Jaime, ni de personne autour de cette table. Si on s'astreint à une perspective analytique (et ce que Lanier voulait vraiment dire était : *Si on adopte le point de vue d'un analyste criminel du FBI, d'un profileur*), ce qu'on a fait, ou tenté de faire, au Dr Scarpetta est d'ordre personnel. (Lanier jeta un regard à Benton et insista :) Je dirais même intime.

À son ton, on aurait presque pu croire qu'elle soupçonnait Benton d'avoir livré une bombe à sa femme.

Berger la fixa et lança :

— Je ne vois pas où se niche le « bon sens ».

Berger ne l'aimait pas. Il ne s'agissait sans doute pas de jalousie ou d'insécurité, ou de quelque autre motif expliquant que des femmes de pouvoir se prennent parfois à la gorge. L'explication était pragmatique. Si le FBI récupérait l'enquête dans son intégralité, dont l'éventuelle implication d'Hap Judd, de Dodie Hodge ou de quiconque dans l'affaire Hannah Starr, le procureur général des États-Unis serait chargé du dossier, qui échapperait au procureur général de New York, donc à Berger. *Fais-en ton deuil*, songea Benton. L'histoire dépassait largement cinq fichues circonscriptions. Elle était nationale, internationale. Elle était répugnante et très dangereuse. Si Berger y avait réfléchi quelques minutes, elle aurait été la première à ne pas vouloir s'en approcher à moins d'un kilomètre.

Lanier s'adressa à Berger :

— Ce type de bombe, du moins la façon dont on nous l'a décrite, est une menace implicite, une intimidation. Une moquerie qui implique une connaissance de la victime, de ses habitudes et de ce qui compte à ses yeux. Dodie Hodge a pu jouer un rôle d'acolyte majeur. Toutefois le vrai cerveau derrière tout cela est probablement Chandonne.

Stockman étudiait quelque chose sur l'écran de son ordinateur. Il déclara :

— J'aimerais me rendre là-bas. Chez Dodie Hodge, à Edgewater. (Il commença à taper un *mail* en poursuivant :) Elle a un problème d'alcoolisme ? Il y a des bouteilles de vin partout.

— Il faut qu'on sache ce qu'il y a chez elle, approuva O'Dell en regardant à son tour l'écran de son partenaire. Voir si on découvre des notes, d'autres trucs qui pourraient la relier aux casses ou à je ne sais quoi. Enfin, je veux dire, c'est bien que ces gars fouillent, mais ils ignorent ce qu'on a appris.

— Selon moi, l'urgence véritable est Jean-Baptiste Chandonne, souligna Benton.

En effet, la police, le FBI cherchaient Dodie, mais personne ne se préoccupait de Chandonne.

— Pas d'écrits intéressants jusque-là, mais deux flingues gadgets, leur annonça O'Dell alors que des agents et des flics de la force spéciale chargée des braquages fouillaient la maison de Dodie Hodge et les informaient en temps réel par *e-mails*.

— Géant ! s'exclama Stockman en lisant « De la came ». On dirait que Mamie appréciait la coke. En plus, elle fumait. Hé, Benton, à votre connaissance, est-ce que Dodie fumait des cigarettes françaises ? Des Gouloises ? Je suis sûr que j'ai massacré le mot. D'un autre côté, peut-être que quelqu'un a séjourné avec elle, se reprit Stockman tout en correspondant par *mails* avec à ses collègues sur le terrain.

— Je vais me retirer de la conversation quelques instants, prévint Benton.

Ce genre de sortie fonctionnait presque toujours. Lorsque les gens commençaient à se disputer, à se laisser distraire, lorsque leurs priorités personnelles crevaient la surface et biaisaient la conversation, Benton annonçait qu'il allait devoir arrêter d'écouter et tout le monde se taisait.

— Je vais vous dire ce que je pense et il faut que vous l'écoutiez parce que cela vous aidera à comprendre ce que vous verrez sous peu, lorsque les liens auront été figurés, là, sur le mur, annonça Benton. Où en sommes-nous avec ce diagramme d'arbre ? demanda-t-il d'un ton sec.

— À part moi, quelqu'un a-t-il besoin d'un café ? s'enquit O'Dell, et l'agacement était perceptible dans sa voix. Il se passe trop de trucs à la fois. En plus, je dois aller faire un petit pipi.

CHAPITRE 20

Scarpetta, Lucy et Marino se trouvaient dans un laboratoire de formation scientifique situé au septième étage du bâtiment de l'ADN. On n'y analysait pas de véritables échantillons provenant d'enquêtes criminelles. Cependant les exigences en matière de contaminants étaient appliquées à la lettre.

Ils auraient été difficiles à reconnaître, engoncés dans leurs combinaisons jetables, le crâne recouvert d'une charlotte, les pieds de protège-chaussures, portant les masques, les gants et les lunettes de sécurité qu'ils avaient chaussées dans le bio-vestibule, avant de passer dans un sas à air, pour pénétrer dans cet espace décontaminé équipé de la dernière technologie en matière d'analyses, ce que Marino nommait les « machins » : des séquenceurs, des amplificateurs, des centrifugeuses, des vortex, des appareils de cyclage en temps réel et des robots pour l'extraction et la préparation de grands volumes d'échantillons tels que le sang. Marino allait et venait dans un bruit de papier froissé, tirant sur sa combinaison, poussant du doigt, remontant puis baissant ses lunettes, son masque de sécurité et ce qu'il appelait son « bonnet de bain », rajustant sans cesse ceci ou cela en râlant sur sa tenue.

— Vous avez déjà collé des chaussures en papier à un chat ? (Son masque adoptait les mouvements de son souffle.) La pauvre bête court dans tous les sens en tentant de s'en débarrasser. Ben, je me sens exactement pareil.

— Enfant, je ne torturais pas les animaux, je ne mettais pas le feu et je ne faisais pas pipi au lit, lâcha Lucy en récupérant un micro-câble USB qu'elle avait enveloppé et stérilisé.

Deux MacBook étaient alignés en face d'elle, sur une paillasse recouverte de papier marron. Les deux ordinateurs avaient été stérilisés par un nettoyage à l'isopropanol et recouverts d'un film en polypropylène transparent. Quant à cet appareil BioGraph qui évoquait une montre, il avait été écouvillonné en vue d'une analyse ADN dans la salle située au bout du couloir et pouvait maintenant être manipulé. Lucy brancha le câble dans le BioGraph et le connecta à l'un des ordinateurs.

— Ça revient à le brancher sur un iPod ou un iPhone, précisa-t-elle. Ça rentre en synchronisation avec quelque chose. Bon, qu'est-ce qu'on a…

L'écran s'obscurcit et lui demanda ensuite un nom d'utilisateur et un mot de passe. En haut de l'écran, sur une bande, défilait un long chapelet de 0 et de 1. Scarpetta reconnut le code binaire.

— C'est bizarre, murmura-t-elle.

— Très, renchérit Lucy. Il ne veut pas que nous apprenions son nom. C'est transcrit en binaire, dissuasif, décourageant. Si tu fais partie de ces gens qui surfent sur le Net et que tu tombes sur un tel site, il va falloir que tu te casses pas mal la tête pour avoir une idée de l'endroit où tu as atterri. Et même dans ce cas-là, tu ne pourras pas entrer, à moins d'y être autorisée ou d'utiliser ton passe-partout.

« Passe-partout » était l'un de ses euphémismes pour « piratage ». Elle poursuivit :

— Et je te parie que cette adresse en binaire une fois traduite en texte ne renfermera pas le mot « BioGraph ». (Lucy tapa sur le clavier de l'autre MacBook et ouvrit un dossier.) Dans le cas contraire, mes moteurs de recherche l'auraient quand même trouvée, parce qu'ils savent repérer les éléments binaires et leurs équivalents en mots ou en phrases.

— Bon Dieu ! commenta Marino. J'ai pas la moindre fichue idée de ce dont tu parles.

Depuis que Scarpetta l'avait rencontré dans le hall de réception et accompagné au septième étage, il s'était montré un peu désagréable. Il était plus que contrarié au sujet de la bombe. Il n'allait pas le lui avouer, mais après vingt ans de collaboration ce n'était pas la peine. Elle le connaissait mieux que lui-même. Marino était irritable parce qu'il avait peur.

— Je recommence et cette fois-ci je remuerai les lèvres en parlant, lui balança Lucy.

— T'as la bouche couverte d'un masque. Je peux pas voir tes lèvres, bougonna-t-il. Faut au moins que j'enlève ce bonnet de bain. Si encore il me restait des cheveux ! Je commence à transpirer.

— Votre crâne chauve va semer des cellules de peau partout, rétorqua Lucy. C'est d'ailleurs sans doute l'origine de la poussière qu'il y a chez vous. Cette prétendue montre a été créée pour se synchroniser avec un ordinateur portable. On peut l'interfacer avec à peu près tous les ordinateurs grâce à son micro-câble USB. Probablement parce que des tas de gens portent ces montres étranges et recueillent des données, à l'instar de Toni Darien. Bon, on va traduire le binaire en norme ASCII.

Elle tapa le chapelet de 0 et de 1 dans un champ de l'autre MacBook et enfonça la touche « entrée ». Aussitôt le code fut traduit en texte, un texte qui donna matière à réflexion à Scarpetta. Plus exactement qui lui fit froid dans le dos.

Un mot était inscrit : « Caligula ».

— C'est pas cet empereur romain qui a foutu le feu à Rome ? demanda Marino.

— Non, celui-là, c'était Néron, rectifia Scarpetta. Caligula était sans doute pire. Probablement l'empereur le plus fou, le plus dépravé et le plus sadique de l'histoire de l'Empire romain.

— Ce que j'essaie de faire maintenant, c'est contourner le nom d'usager et le mot de passe. Plus simplement, j'ai piraté le site et ce qui se trouve sur le BioGraph de sorte que les programmes qui sont sur mon serveur puissent nous aider.

— Je crois que j'ai vu un film sur lui, poursuivit Marino sur sa lancée. Il couchait avec ses sœurs et il vivait dans son palais avec un cheval, ou un truc de ce genre. Peut-être qu'il sautait aussi le cheval. Un salopard, moche de surcroît. Je crois bien qu'il était difforme.

— C'est un nom assez glaçant pour un site Web, observa Scarpetta.

— Allez, on se dépêche ! ordonna Lucy d'un ton impatient aux ordinateurs et aux programmes qui travaillaient pour lui permettre d'accéder à ce qu'elle voulait.

— Je vous ai déjà mise en garde au sujet de vos allées et venues là-bas, lança Marino à Scarpetta en pensant à la bombe et a ce qui avait suivi à Rodman's Neck. Quand vous participez à une émission en direct à la télé, faudrait vous préoccuper un peu de votre sécurité. Peut-être que vous allez enfin être d'accord avec moi.

Marino était convaincu que s'il l'avait escortée la nuit précédente, il aurait tout de suite vu que le paquet FedEx était suspect et l'aurait empêchée de le toucher. Marino se sentait responsable de sa protection et avait l'habitude d'en faire un peu trop à ce sujet. Ironiquement, il avait été une des menaces les plus sérieuses à laquelle elle ait dû faire face il n'y avait pas si longtemps que cela.

Lucy s'activait sur l'autre MacBook et expliquait :

— « Caligula » est sans doute l'intitulé d'un projet de dépôt de brevet. C'est ce que je crois.

— Le problème est : quelle est la suite du programme ? continua Marino à l'adresse de Scarpetta. J'ai le sentiment que quelqu'un s'échauffe avant le vrai truc. Cette carte chantante que Benton a reçue hier au Bellevue. Et puis, moins de douze heures plus tard, cette bombe en paquet FedEx avec une poupée vaudoue. Bordel, qu'est-ce que ça puait ! Je suis vraiment impatient de savoir ce que va nous raconter Geffner.

Geffner était un technicien spécialisé dans l'analyse de traces dans les labos du département de police de New York, situés dans le quartier de Queens.

— Je l'ai appelé en venant ici et je lui ai dit qu'il avait intérêt à sauter sur son microscope dès que les débris de la bombe passeraient la porte de son labo. (Marino considéra sa manche de papier bleu et la repoussa d'une main gantée de latex pour consulter sa montre.) Il devrait être en plein dedans. Faudrait l'appeler. Il est presque midi. Un mélange d'asphalte chaud, d'œuf pourri et de merde de chien, un peu comme une scène d'incendie bien dégueulasse, comme si quelqu'un avait utilisé un accélérant de feu pour faire cramer une foutue latrine. J'ai failli dégueuler, et pourtant il m'en faut beaucoup. Et aussi de la fourrure de chien. L'ancienne patiente de Benton ? La timbrée qui vous a téléphoné sur le plateau de CNN ? J'ai vachement de mal à gober qu'elle ait pu réaliser un truc pareil. Lobo et Ann ont dit que c'était super-bien fichu.

Étrange : un objet explosif qui aurait pu arracher les mains, ou pire, de son destinataire méritait des éloges.

— Ça y est, nous y sommes, se réjouit Lucy.

L'écran noir et sa bande en binaire virèrent au bleu marine. CALIGULA apparut au centre, écrit avec ce qui ressemblait à des lettres en trois dimensions qui semblaient moulées dans l'argent. Une police familière. Un vague malaise gagna Scarpetta.

— Gotham, déclara sa nièce. Intéressant. La police est du Gotham.

Escorté par le froissement de sa combinaison en papier, Marino se rapprocha pour voir ce dont elle parlait. Ses yeux cachés derrière ses lunettes de protection étaient injectés de sang. Il plaisanta :

— Gotham ? Je vois pas de Batman dans les parages.

L'écran encourageait Lucy à appuyer sur n'importe quelle touche afin de continuer. Toutefois elle ne s'exécuta pas, intriguée par la police Gotham et ce que celle-ci pouvait signifier.

— Pratique, faisant autorité, la police standard qu'on trouve dans les endroits publics. La police sans serif, c'est-à-dire sans empattement, qu'on utilise pour les noms, les numéros sur les panneaux de signalisation et autres, les immeubles, les murs et la pierre angulaire des fondations de la Freedom Tower sur le site du World Trade Center. Mais la raison principale pour laquelle la police Gotham a retenu l'attention ces derniers temps, c'est le président Obama.

— J'ai jamais entendu parler de cette police. Mais je reçois pas la lettre d'information au sujet des polices ni le mensuel, et j'assiste pas à de foutus congrès qui traitent des polices de caractères, grommela Marino.

— Gotham est la police utilisée par l'équipe de campagne d'Obama. Et vous devriez faire attention aux polices, je ne sais pas combien de fois je vous l'ai répété. Elles font partie de l'analyse des documents du vingt et unième siècle et vous les ignorez à vos risques et périls. Ce qu'elles sont et la raison pour laquelle un individu en choisira une plutôt qu'une autre pour une communication particulière peuvent être riches d'enseignements et révélateurs.

Le souvenir du bordereau d'envoi FedEx, de l'écriture presque parfaite traversa l'esprit de Scarpetta.

— Mais pourquoi choisir la police Gotham pour ce site ? demanda-t-elle.

— Je ne sais pas, si ce n'est qu'elle suggère la crédibilité. Elle inspire confiance. On est censé prendre ce site au sérieux, de façon presque subliminale si je puis dire, répondit Lucy.

— En attendant, le nom Caligula inspire tout sauf la confiance, argumenta sa tante.

— Les gens aiment bien Gotham. C'est une police sympa. Elle doit suggérer des choses positives si tu veux influencer quelqu'un pour qu'il pense que toi ou le produit que tu vends, un candidat politique ou un projet scientifique, êtes sérieux.

— Ou penser qu'un paquet dangereux est inoffensif, ajouta Scarpetta, soudain en colère. La police ressemble beaucoup aux lettres manuscrites de l'adresse portée sur le paquet qui m'a été livré hier soir. (Elle se tourna vers Marino et vérifia :) Je suppose que vous n'avez pas pu voir la boîte avant qu'elle soit détruite par le canon à eau.

— Je vous l'ai dit, les piles qu'ils ont prises pour cible se trouvaient juste derrière le bordereau. Vous disiez qu'on vous avait affublée d'un titre bizarre, « médecin expert en chef de Gotham City ». Et on retrouve une référence à Gotham. Est-ce que ça préoccupe quelqu'un d'autre que moi qu'Hap Judd ait joué dans un Batman et baise des cadavres ?

— Et pour quelle raison Hap Judd enverrait-il ce que vous nommez une « bombe puante » à ma tante ? demanda Lucy en travaillant sur l'autre MacBook.

— Ce tordu a tué Hannah Starr, peut-être ? Ou alors peut-être qu'il a quelque chose à voir avec le meurtre de Toni Darien puisqu'il a été client du High Roller Lanes et qu'il l'a, au moins, rencontrée. C'est la Doc qui a réalisé l'autopsie de Toni et y a des chances qu'elle fasse aussi celle d'Hannah.

— Et donc on lui livre une bombe ? Et ça éviterait à Hap Judd d'être arrêté si on découvre le cadavre d'Hannah ou pour un autre motif ? contra Lucy comme si Scarpetta s'était volatilisée de la salle. Attention, je ne dis pas que cet enfoiré n'est pas coupable de quelque chose vis-à-vis d'Hannah ou qu'il ne sait pas où elle se trouve.

— Ouais, lui et les cadavres. Assez intéressant quand on pense que Toni était peut-être morte depuis plusieurs jours avant que son corps soit balancé. À se demander où elle était et quel genre d'amusement un fondu a pu en tirer. À mon avis, il s'est sans doute fait cette fille décédée, dans la chambre froide de l'hôpital. Sans ça, je vois pas pourquoi il serait resté à l'intérieur plus d'un quart d'heure pour ressortir avec un seul gant.

— Cela étant, je ne crois vraiment pas qu'il soit à l'origine de la bombe reçue par tante Kay. Je ne crois pas qu'il ait espéré que ça lui ficherait la trouille et l'encouragerait à laisser tomber une affaire, deux ou plus. Ce serait débile, argumenta Lucy. Quant à la police de caractères Gotham, elle n'a rien à voir avec Batman.

— Peut-être que si, si la personne s'amuse à un jeu de fondu.

L'odeur du feu et du soufre. Scarpetta ne cessait de penser à la bombe. Une bombe puante, une autre sorte de bombe sale, une bombe prévue pour détruire émotionnellement. Quelqu'un qui connaissait Scarpetta. Qui connaissait Benton. Qui connaissait leur histoire presque aussi intimement qu'eux-mêmes. *Un jeu*, songea-t-elle. *Un jeu malsain.*

Lucy enfonça la touche « entrée » et CALIGULA disparut de l'écran pour se trouver remplacé par :

Bienvenue, Toni.

Puis :

Voulez-vous synchroniser les données ? Oui ? Non ?

Lucy répondit « oui » et le message qu'elle obtint ensuite fut :

> **Toni, vos paramètres sont en retard de trois jours. Souhaitez-vous les compléter maintenant ? Oui ? Non ?**

Lucy cliqua sur « oui ». L'écran s'obscurcit et un autre le remplaça :

> **Classez ces adjectifs en fonction de leur pertinence à décrire l'état dans lequel vous vous sentez aujourd'hui, s'il vous plaît.**

Une liste suivait proposant différents choix : « transportée de joie », « perplexe », « contente », « heureuse », « irritable », « en colère », « enthousiaste », « inspirée », chaque adjectif devant être assorti d'une note qui allait de 1 à 5, 1 pour « très peu ou pas du tout » et 5 pour « extrêmement ».

— Si Toni remplissait ce questionnaire chaque jour, on devrait pas le retrouver sur son ordinateur portable ? s'enquit Marino. D'ailleurs c'est peut-être pour ça qu'il a disparu.

— Non, ce ne serait pas sur son ordinateur personnel. Ce que vous voyez n'est enregistré que sur le serveur du site Web, le détrompa Lucy.

— Ouais, mais elle connectait bien sa montre à son portable ?

— En effet, pour télécharger des informations ou les expédier. Les données collectées par cette sorte de montre n'étaient pas destinées à son usage et n'ont donc pas persisté sur son ordinateur. Non seulement elle ne pouvait pas les utiliser, mais, en plus, elle ne disposait pas du logiciel qui les réunit, les trie et leur donne une signification.

Le programme exigeait d'autres réponses de Lucy, qui s'exécutait parce qu'elle voulait savoir où tout cela allait l'amener. Elle qualifia ses différentes humeurs de « très peu ou pas du tout ». Si Scarpetta avait été à sa place, elle aurait plutôt opté pour « extrêmement ».

— Je sais pas…, reprit Marino. Je peux pas m'empêcher de penser que ce projet Caligula pourrait expliquer que quelqu'un s'est introduit chez elle pour voler son ordinateur portable, son téléphone et peut-être d'autres trucs. (Ses lunettes de protection se tournèrent vers Scarpetta.) Et vous avez raison sur ce point : on sait pas qui est la fille qu'on voit sur les enregistrements de sécurité. Ça veut rien dire que cette personne ait porté le même manteau que Toni ou un qui lui ressemble. Ce serait pas compliqué à mettre en scène avec une femme d'une taille voisine, en la chaussant avec les mêmes pompes de sport. Bon, elle était pas petite. Mince mais grande. Environ un mètre soixante-quinze, non ? Je vois pas comment elle aurait pu rentrer dans son immeuble mercredi en début de soirée, à dix-sept heures quarante-cinq, et en ressortir à dix-neuf heures. Vous, vous affirmez qu'elle est morte depuis mardi. Et maintenant ce machin Caligula a l'air d'être d'accord avec vous puisqu'elle a pas rempli son questionnaire depuis trois jours.

— S'il est exact que quelqu'un s'est fait passer pour elle sur les enregistrements de sécurité, cette personne avait son manteau ou un autre très ressemblant, sans oublier les clés de son appartement, résuma Lucy.

— Elle était morte depuis au moins trente-six heures, martela Scarpetta. Si les clés de son domicile étaient dans sa poche et si son tueur savait où elle habitait, il ne lui aurait pas été difficile de les récupérer pour pénétrer chez elle, embarquer ce qu'il voulait et remettre ensuite les clés dans la poche de Toni lorsqu'il a balancé son cadavre dans le parc. Peut-être que cette personne a également pris son manteau, si Toni le portait lors de sa dernière sortie. Cela expliquerait pourquoi elle était habillée si peu chaudement lorsque son corps a été découvert. Le tueur peut ne pas avoir restitué le manteau.

— C'est se donner beaucoup de mal et prendre beaucoup de risques, réfléchit Lucy. Quelqu'un a mal planifié son coup. D'ailleurs on a le sentiment que tout a été calculé après le meurtre, et pas avant. Ça m'évoque un crime impulsif et sans doute un meurtrier qu'elle connaissait.

— Si elle communiquait avec lui, ça pourrait expliquer pourquoi on a jamais retrouvé son ordinateur portable et son téléphone, dit Marino qui n'en démordait pas. Je sais pas… des textos. Peut-être que quand tu vas finalement pénétrer sur sa messagerie, on va trouver des *e-mails* envoyés à ces gens de Caligula, ou alors des documents incriminants.

— En ce cas, pourquoi lui laisser le BioGraph ? Pourquoi prendre le risque que quelqu'un fasse ce que nous sommes en train de faire ? rétorqua Lucy.

— Il n'est pas exclu que le tueur ait voulu récupérer son ordinateur portable et son téléphone mobile, intervint Scarpetta. Mais cela ne signifie pas qu'il avait une raison rationnelle de le faire. Cette absence de raison logique explique peut-être pourquoi on lui a laissé le BioGraph.

— Y a toujours une raison, contra Marino.

— Pas le genre de raison que vous avez en tête, car il ne s'agit peut-être pas du genre de crime auquel vous pensez, déclara Scarpetta en songeant à son BlackBerry.

Elle réfléchit à nouveau au mobile du vol. Peut-être s'était-elle trompée sur ce qui avait poussé Carley Crispin à récupérer l'appareil. Et si l'explication ne tenait pas simplement dans ce qu'avait lâché Carley alors qu'elles dépassaient Columbus Circle : « D'ailleurs, vous pourriez convaincre tout le monde avec vos relations… » ? La phrase impliquait que Scarpetta n'aurait aucune difficulté à convaincre n'importe quel spécialiste d'intervenir dans une émission, la sienne éventuellement. De là Scarpetta avait extrapolé, se forgeant une interprétation qui justifiait le vol. Carley voulait des informations, les contacts de Scarpetta, et il était possible qu'elle ait téléchargé une photo de scène de crime enregistrée sur l'appareil. Toutefois une autre raison prenait forme : le BlackBerry n'était pas destiné à Carley, pas plus qu'à Agee, mais à une tierce personne. Un être rusé et démoniaque. La dernière personne à avoir eu le téléphone en main était bien Warner Agee, mais peut-être aurait-il été remis à quelqu'un d'autre si Agee ne s'était pas suicidé.

— Certains meurtriers reviennent sur la scène de crime, pas toujours parce qu'ils sont paranoïaques et qu'ils veulent s'assurer d'avoir brouillé leurs traces, commença Scarpetta. Parfois, c'est afin de revivre un acte violent très gratifiant pour eux. Il n'est pas exclu que plusieurs justifications se mêlent dans le cas de Toni. Son téléphone mobile, son ordinateur portable sont des souvenirs pour le tueur, mais également le moyen de se faire passer pour elle avant que son cadavre ne soit découvert, de nous perdre en ce qui concerne l'évaluation de l'heure de la mort en utilisant son téléphone aux environs de vingt heures mercredi soir, pour envoyer un texto à sa mère. De la manipulation, un jeu, des fantasmes, un sujet dominé par ses émotions, ses pulsions sexuelles et sadiques. Un mélange de motivations qui introduit une dissonance malfaisante. C'est souvent le cas. Nous ne sommes pas confrontés à un seul mobile.

Lucy finit de répondre à toutes les questions concernant son humeur du moment et une boîte de dialogue « envoyer » apparut sur l'écran. Elle cliqua dessus et reçut une confirmation : les informations qu'elle venait de saisir avaient bien été transmises au site qui les analysait. Mais qui les analysait, justement ? Un intervenant du programme, psychologue, psychiatre, neuroscientifique, un assistant de recherche, un étudiant en thèse ? Qui pouvait le dire ? Sans doute plusieurs. Probablement tout un groupe. Ces sponsors qui participaient dans l'ombre à l'étude pouvaient être n'importe qui, n'importe où, et s'étaient impliqués dans un projet qui, de toute évidence, avait pour but d'établir des prédictions sur le comportement humain. À qui cela servait-il ?

— C'est un acronyme, lança Lucy.

Sur l'écran s'étalait :

> MERCI DE PARTICIPER À
> L'ÉTUDE : CALCUL INTÉGRÉ VIA
> GPS DE LA LUMINOSITÉ ET
> DE L'ACTIVITÉ.

— CALIGULA, répéta Scarpetta. Je ne comprends toujours pas pourquoi quelqu'un opterait pour un tel acronyme.

— Il souffrait d'insomnies et de cauchemars chroniques, lut Lucy, qui faisait défiler sur l'écran de son autre MacBook les entrées sur sa recherche Google au sujet de Caligula. Il errait toute la nuit dans son palais en attendant que le soleil se lève. Le nom choisi pourrait avoir un lien avec ça. L'étude en question pourrait porter sur les troubles du sommeil et l'effet du cycle jour/nuit sur l'humeur. Son nom est dérivé du latin *caliga*, « petite botte ».

Marino regarda Scarpetta.

— Et votre nom signifie « petite chaussure ».

— Allez, les potes, marmonna Lucy en s'adressant aux programmes de son réseau neuronal et à ses moteurs de recherche. C'est sûr que ce serait vachement plus simple si je pouvais embarquer ça à mon bureau, regretta-t-elle en faisant référence au BioGraph.

— C'est mentionné partout sur Internet, que Scarpetta veut dire « petite chaussure » en italien, insista Marino, le regard inquiet derrière ses lunettes d'épais plastique. La petite chaussure, la petite détective, la petite dame avec tant de pouvoir.

— Bon, ça mouline.

Des données filaient sur l'écran, un mélange de lettres, de symboles, de chiffres.

— Je me demande si Toni savait quel genre d'informations recueillait le truc qu'elle portait en permanence au poignet, s'interrogea Lucy. Ou si la personne qui l'a tuée était au courant.

— Dans son cas, j'en doute, observa Scarpetta. Les détails de cette recherche, de la théorie qu'entendent prouver ceux qui la conduisent ne font l'objet d'aucune communication, publication ou autre. Même les sujets inclus dans l'expérience n'en savent rien, hormis peut-être les généralités. Sans cela, ils pourraient involontairement biaiser les résultats.

— Attendez, elle devait bien avoir un intérêt là-dedans, intervint Marino. Porter cette montre sans arrêt, répondre quotidiennement à toutes ces questions.

— Peut-être qu'elle avait des problèmes d'insomnie, des changements d'humeur saisonniers, qui sait ? Elle a pu voir une annonce pour cette étude, ou alors une personne lui en a parlé. Sa mère a dit qu'elle avait des sautes d'humeur et que le mauvais temps la déprimait, rappela Scarpetta. De plus, en général les sujets d'expériences sont rémunérés.

Elle repensa au père de Toni, Lawrence Darien, à son agressivité lorsqu'il avait réclamé qu'on lui remette les effets personnels de sa fille et son corps. Un ingénieur en bioélectricité du MIT. Un joueur, alcoolique, ayant des attaches avec le crime organisé. Lorsqu'il avait fait ce scandale à la morgue, est-ce qu'il ne cherchait pas seulement à récupérer le BioGraph ?

— C'est dingue ce qui est stocké dans ce machin, s'étonna Lucy en tirant un tabouret devant ses MacBook. (Elle s'installa et détailla les données brutes emmagasinées dans la mémoire du BioGraph de Toni.) De toute évidence, il s'agit d'une combinaison entre des résultats d'actigraphie avec un compilateur de données et un accéléromètre très sensible ou un élément bimorphe dans un senseur piézoélectrique qui, en réalité, mesure l'activité motrice. Rien ne me frappe qui aurait un rapport avec l'armée ou le gouvernement.

— Et tu t'attendrais à quoi ? la poussa Marino. Je veux dire, si c'était la CIA ou autre ?

— Pas à ça. Rien n'est crypté de la façon habituelle quand le projet est classifié *top secret* par le gouvernement. On n'a pas les codes avec les séries standard de trois, avec les bits et les tailles de série que j'associe avec les algorithmes utilisés pour la cryptographie symétrique à clé secrète. Vous savez, ces clés très longues, plus de quarante bits, qui sont supposées être exportables, mais qui rendent la vie très difficile aux pirates. Ils ont un mal de chien à casser le code. Ce n'est pas ce que nous avons ici. Non, il ne s'agit pas d'un projet militaire, ni d'un service de renseignements. Là, on est dans le secteur privé.

— Bon, vaut mieux pas demander pourquoi tu es au courant de la façon dont le gouvernement code ses informations *top secret*, ironisa Marino.

— Le but de cet appareil est de recueillir des données dans le cadre d'une recherche quelconque. Ce n'est pas l'espionnage, ni la guerre, pas même les terroristes pour une fois, résuma Lucy pendant que les paramètres défilaient sur l'écran. Il n'est pas destiné à l'utilisateur ultime, mais aux chercheurs. Des cracks, quelque part, qui moulinent des résultats, mais pour qui ? Les variabilités des horaires de sommeil, la durée dudit sommeil, les schémas d'activité diurne, tout cela en corrélation avec la luminosité. Allez, trie-nous tout ça et réunis-le, donne-nous un ordre qui soit aisé à comprendre, intima-t-elle à son ordinateur. Donne-moi des tableaux, des graphiques, des plans. Il trie les données par type. Il y en a une multitude. Cet appareil BioGraph procède à un enregistrement toutes les quinze secondes. Ce truc recueillait je ne sais combien de paramètres différents cinq mille sept cent soixante fois par jour. GPS et indications d'un pédomètre. Localisation, vitesse, distance, altitude et les signes vitaux du porteur de la pseudo-montre. Fréquence cardiaque et SpO_2.

— SpO_2, tu dois te tromper, intervint Scarpetta.

— Ben, je vois des enregistrements SpO_2, insista Lucy. Des centaines de milliers. Chacun à quinze secondes d'intervalle.

— Enfin, mais c'est impossible ! Où est le capteur ? Tu ne peux pas mesurer l'oxymétrie de pouls, la saturation en oxygène du sang sans un senseur quelconque. En général, ça se pose au bout d'un doigt ou d'un orteil, voire sur un lobe d'oreille. Bref, il faut que ce soit en contact direct avec la personne pour qu'une lumière traverse le tissu biologique. Une lumière comprenant à la fois des longueurs d'onde dans le rouge et l'infrarouge qui détermine l'oxygénation, le pourcentage de saturation en oxygène du sang.

— Le BioGraph est prévu pour fonctionner avec un Bluetooth, tante Kay. Peut-être que cette oxymétrie de pouls aussi.

— Qu'il s'agisse d'un appareil sans fil ou non, il en fallait un pour prendre les mesures que nous voyons. Un capteur qu'elle portait sur elle en permanence.

Le point rouge vif d'un stylo laser se déplaçait sur les noms, les localisations et les branches qui les reliaient, balayant le graphique en forme d'arbre qui avait envahi un des écrans plats.

— Imaginez : M. Chandonne père ne détient plus les rênes du pouvoir. (Benton pointait l'écran du stylo laser au fur et à mesure qu'il parlait.) Toutes les relations familiales qu'il pouvait avoir se sont éparpillées. Lui et un bon nombre de ses lieutenants sont sous les verrous. L'héritier présomptif, le frère aîné de Jean-Baptiste, est mort. Ajoutez à cela que la majorité des différentes forces de l'ordre a tourné son attention ailleurs, vers les troubles internationaux : Al Qaïda, l'Iran, la Corée du Nord, le désastre économique. Jean-Baptiste, le fils survivant, saisit cette opportunité de prendre le pouvoir, de recommencer sa vie en espérant faire mieux cette fois.

— Je ne vois pas comment, contra O'Dell. C'est un dingue.

— Non, ce n'est pas un dingue. Il est très intelligent, très intuitif, et son intellect peut prendre le dessus sur ses compulsions et ses obsessions, du moins pour un temps. La question est : combien de temps ?

— Je ne suis pas d'accord, argumenta O'Dell. Ce type, un patron mafieux ? Enfin, je veux dire, il ne peut pas se balader en public sans se coller une taie d'oreiller sur la tête ! Il s'agit d'un fugitif international, il a Interpol aux fesses, il est difforme, c'est un monstre.

— Vous pouvez ne pas être d'accord. Cela étant, vous ne le connaissez pas.

— Cette maladie génétique dont il est atteint, continua O'Dell. Je me souviens plus le nom.

— L'hypertrichose universelle congénitale, le renseigna Marty Lanier. Les individus porteurs de cette rare maladie sont couverts de laguno, ce duvet très fin de bébé, partout sur le corps, même dans des zones habituellement peu ou pas poilues. Le front, le dos des mains, les coudes. Il peut y avoir d'autres difformités : une hyperplasie gingivale, de petites dents très espacées.

— C'est ce que je viens de dire, un monstre. Il ressemble à un loup-garou, souligna O'Dell en s'adressant à tous. D'ailleurs la légende est probablement née à partir de ces gens-là.

— Ce n'est pas un loup-garou et cette pathologie n'a rien à voir avec un film d'horreur. Ce n'est pas une légende, c'est très réel, contra Benton.

— Nous ignorons combien de cas existent, poursuivit Lanier. Cinquante, cent. Fort peu sont rapportés de par le monde.

— « Rapportés » est le mot crucial, intervint Jaime Berger qui semblait abattue. En effet, on ne peut pas établir de chiffrage si les cas ne sont pas rapportés. Cela étant, l'hypertrichose est stigmatisée, l'objet de préjugés qui voudraient que la personne atteinte soit un monstre, une créature diabolique.

— Et vous le traitez de cette façon, au risque de céder aux mêmes préjugés, approuva Lanier.

— Des familles ont caché leurs enfants atteints et Jean-Baptiste ne fait pas exception à la règle, reprit Benton. Il a grandi dans un sous-sol, dans les souterrains aveugles de l'hôtel particulier du dix-septième siècle situé sur l'île Saint-Louis, appartenant à la famille Chandonne. Il est possible que le gène dont a hérité Jean-

Baptiste remonte à un homme qui vécut au seizième siècle et qui fut présenté au roi Henri II à Paris. Il aurait été élevé à la cour comme une curiosité, un amusement, une sorte d'animal de compagnie. Cet homme s'est marié et plusieurs de ses enfants ont hérité de la tare génétique. On pense qu'à la fin du dix-neuvième siècle l'une de leurs descendantes a épousé un Chandonne, et cent ans plus tard le gène récessif s'est exprimé en la personne de Jean-Baptiste.

O'Dell n'avait pas dit son dernier mot :

— Ce que j'essaie de montrer, c'est que les gens se sauvent en hurlant lorsqu'ils croisent le chemin d'un individu pareil. Comment donc Jean-Baptiste aurait-il pu reprendre les affaires et tout diriger depuis la demeure familiale à Paris ?

— Nous ignorons où il a pu vivre, répliqua Benton. Nous ne savons pas ce qu'il a fait au cours des cinq dernières années, ni à quoi il peut bien ressembler aujourd'hui. N'oublions pas l'épilation laser, la dentisterie prothétique, la chirurgie plastique, toutes les nouvelles technologies médicales disponibles de nos jours. Nous ne savons rien de ce qu'il a pu faire de lui-même depuis qu'il s'est échappé du couloir de la mort. En revanche, notre certitude, c'est que nous avons récupéré son ADN à Miami, sur la banquette arrière d'une Mercedes volée, et que cela le relie sans équivoque aux casses commis par Jerome Wild et Dodie Hodge. Tous deux ont des liens avec Detroit, et on peut donc supposer que tel est également le cas de Jean-Baptiste. Et à Miami et à New York aussi.

— L'industrie du jeu, résuma Lanier. Et peut-être aussi celle du cinéma.

— La famille Chandonne s'est toujours impliquée dans toutes les activités lucratives, rappela Benton. L'industrie du divertissement au sens large, le jeu, la prostitution, la drogue, le trafic d'armes, la contrefaçon de marque, la contrebande dans tous les domaines. Tout ce que vous pouvez associer au crime organisé, sachez que Jean-Baptiste le connaît. Il est versé dans le crime. C'est son histoire familiale. C'est dans son sang. Il a eu cinq ans pour mettre à profit un réseau puissant en raison de ses attaches familiales. Il a eu accès à beaucoup d'argent. Il a peaufiné son plan, quel qu'il soit, et toute organisation sous-entend un recrutement. Il avait besoin de troupes. Si son but était de rétablir la famille criminelle Chandonne, ou de mettre sur pieds son propre empire, de se réinventer, de se recréer, il lui fallait engager beaucoup d'aides, et il était évident qu'il les choisirait mal. Un sujet ayant son histoire de maltraitance, de psychopathologie, et traînant derrière lui des crimes d'une extrême violence n'a pas les capacités pour devenir un chef talentueux et perspicace, du moins pas sur la durée. D'autant qu'il est intoxiqué par ses compulsions sexuelles violentes et par son désir de vengeance.

Jean-Baptiste Chandonne était la racine de l'arbre étalé sur le mur. Son nom se retrouvait au milieu de l'écran et tous les autres noms lui étaient reliés, directement ou pas.

— Donc nous avons Dodie Hodge et Jerome Wild, poursuivit Benton en les désignant tour à tour du point rouge de son stylo laser.

— Il faudrait ajouter Hap Judd, suggéra Berger, qui paraissait soudain différente, d'une humeur très sombre. Il a un lien avec Dodie, même s'il affirme n'avoir plus aucun rapport avec elle.

Berger n'était plus elle-même, et Benton se demanda ce qui avait bien pu se produire. Lorsque tous avaient pris un café, elle s'était installée dans le bureau d'un agent absent et avait passé un coup de téléphone depuis la ligne filaire. Après, elle s'était montrée taciturne. Elle n'avait plus fait part de ses remarques, exposé ses arguments, et elle avait cessé de contrer Lanier dès qu'elle ouvrait la bouche. Benton avait le sentiment que cela n'avait rien à voir avec un conflit d'autorité, un domaine de compétences, ni même une chamaillerie au sujet de qui engagerait des poursuites et sur quoi. Jaime Berger semblait défaite, épuisée.

— Hap Judd a eu recours à ses prétendus talents de spirite pendant un moment, continua le procureur d'un ton plat et monocorde. Il l'a admis très tôt ce matin pendant notre entrevue. Il affirme que Dodie Hodge est un fléau et qu'elle ne cesse d'appeler son bureau de Los Angeles. Il prétend qu'il l'évite.

— Comment l'a-t-il rencontrée ? voulut savoir Marty Lanier.

— Elle aurait servi de conseiller spirituel à Hannah Starr, lui aurait fait profiter de ses dons de médium, répondit Berger. Ça n'a rien d'extraordinaire. Nombre de célébrités et de gens fortunés et en vue, dont des politiciens, font appel à des spirites, des sorciers, des mages, des prophètes autoproclamés, pour la plupart des charlatans.

— Oui, mais rares sont ceux qui se métamorphosent en braqueurs de banques, intervint Stockman.

— Vous seriez surpris des « aptitudes » de pas mal d'entre eux, rétorqua Berger. Vol, extorsion, arnaques financières en tout genre leur viennent assez naturellement.

— Dodie Hodge a-t-elle mis les pieds dans la demeure des Starr située à Park Avenue ? s'enquit Lanier.

— C'est ce que prétend Hap Judd.

— Selon vous, Hap fait-il partie de la liste de suspects dans l'affaire Hannah Starr ? s'enquéra O'Dell. Saurait-il où elle se trouve, aurait-il quelque chose à voir dans sa disparition ?

— À ce point de notre enquête, je considère, en effet, qu'il s'agit de notre suspect principal.

Berger semblait épuisée, presque détachée et peut-être même brisée. Cependant son attitude n'avait rien à voir avec la fatigue. Il s'agissait de tout autre chose. Elle poursuivit :

— Judd devrait se trouver sur ce mur, notamment à cause de Dodie et d'Hannah. (Le regard de Berger fit le tour de la table sans pour autant rechercher le contact, un peu comme si elle s'adressait à un jury.) Toni Darien aussi, en raison des liens entre Hap Judd et l'High Roller Lanes et, pourquoi pas, avec Freddie Maestro. Nous devrions également ajouter le Park General Hospital dans Harlem, pas très éloigné de l'endroit où fut découvert le cadavre de Toni, à proximité de la 110e Rue.

D'autres branches se dessinèrent sur l'écran plat : Hannah Starr associée à Hap Judd, lui-même relié à Dodie Hodge, et indirectement à Jerome Wild. Toutes ces connexions repartaient vers Toni Darien, l'High Roller Lanes, puis le Park General Hospital. Toutes se terminaient à la racine, Jean-Baptiste Chandonne. Berger expliqua le passé d'Hap Judd au Park General, évoqua Farrah Lacy, cette jeune fille qui y était décédée. Elle revint ensuite aux liens existant entre l'acteur et les Starr, ses visites dans la demeure de Park Avenue où il avait été invité au moins une fois à dîner, sans compter ses passages d'amant lors de sa liaison avec Hannah Starr. O'Dell l'interrompit alors en soulignant que Rupe Starr n'aurait jamais courtisé un acteur mineur qui ne pouvait pas investir plus d'un demi-million de dollars.

— Les joueurs sérieux tels que Rupe ne vous adressent même pas la parole si vous n'avez pas beaucoup plus d'argent à leur confier, observa O'Dell.

— Ça remonte à environ un an avant le décès de Rupe Starr, précisa Berger. À cette époque-là, Hannah était déjà mariée à Bobby Fuller.

— C'est peut-être une de ces situations où la famille tente de pousser le grand chef dehors, veut reprendre les affaires à sa façon ? remarqua Stockman.

— Je sais que vous avez épluché les bilans financiers d'Hannah Starr, dit Berger, le « vous » désignant le FBI. À cause des informations que j'ai transmises, des éléments que nous avions découverts, Lucy et moi.

Pensait-elle que tous sauraient qui était Lucy et, surtout, ce qu'elle représentait pour elle ?

— Beaucoup de mouvements dans de nombreuses banques, chez nous ou à l'étranger, résuma Stockman. Ça a commencé il y a deux ans environ. Ensuite, après le décès de Rupe Starr en mai dernier, le plus gros de l'argent s'est volatilisé.

— Hap Judd affirme qu'il se trouvait à New York la veille du soir de Thanksgiving, lorsque Hannah a disparu. Le lendemain, il s'est envolé pour L. A. Nous allons avoir besoin de mandats pour perquisitionner son appartement de TriBeCa. Je suggère que nous ne tardions pas. Il prétend que le couple Hannah et Bobby n'avait aucune relation sexuelle, poursuivit Berger d'une voix qui avait perdu son habituelle force et son humour désabusé. Je cite ses propres mots : « pas une seule fois ».

— Ouais, c'est ça, ironisa O'Dell. C'est vieux comme le monde, cet argument ! Y a rien à la maison, donc on va voir ailleurs.

— Hannah Starr était une mondaine. Elle faisait partie de la *jet set.* Elle frayait beaucoup avec les riches et célèbres, mais pas dans la demeure familiale, continua Berger. Elle aimait épater la galerie et aurait de loin préféré se retrouver en page 6 du *Post* que dans la salle à manger de Park Avenue. Son style était l'antithèse de celui de son père et, à l'évidence, ses priorités radicalement différentes. Si l'on se fie aux dires d'Hap, c'est elle qui aurait fait le premier pas vers lui. Ils se sont rencontrés au Monkey Bar. Peu après, Hap Judd a été invité à un dîner donné par Rupe Starr et il est devenu un de leurs clients. C'est Hannah qui s'est chargée personnellement de son argent. Judd affirme qu'Hannah avait peur de son mari, Bobby.

— Ce n'est pas Bobby Fuller qui se trouvait à New York la nuit de la disparition d'Hannah Starr, pas lui qui a pris dès le lendemain un avion pour L. A., remarqua Marty Lanier d'un ton sec.

— C'est tout à fait exact, admit Berger en jetant un regard à Benton. Le rôle précis de Judd dans toute cette affaire m'intéresse vivement. Sans même mentionner ses... inclinations. Kay affirme que Toni Darien était déjà morte depuis un jour et demi lorsqu'on a abandonné son corps dans le parc. On a gardé son cadavre dans un endroit frais, à l'intérieur. Peut-être cela prend-il maintenant une tout autre signification.

D'autres noms s'ajoutèrent au graphique projeté sur le mur.

— Et Warner Agee, et Carley Crispin ? demanda Benton à Stockman. Ils devraient aussi être là.

— Nous n'avons aucune raison de penser qu'Agee ou Carley aient un rapport avec ceux qui sont déjà mentionnés sur l'arbre, contra O'Dell.

— Pourtant nous connaissons le lien entre Carley et Kay. Quant à ma connexion avec Agee, elle est évidente.

Un cliquettement de touches de clavier et les noms de Benton et Scarpetta apparurent sur l'écran plat. C'était choquant de les voir rejoindre les autres, plonger vers la racine, Jean-Baptiste Chandonne.

— Et si je considère ce que Kay et Lucy ont trouvé dans la chambre d'hôtel d'Agee, j'en viens à la conclusion qu'il était impliqué d'une façon ou d'une autre dans l'industrie du jeu, les casinos.

« Casinos » fut ajouté au diagramme.

— Il utilisait ses connaissances du paranormal et son influence pour mener des recherches sur quelque chose, manipuler je ne sais quoi.

Une autre branche prit forme : « paranormal ».

— Peut-être grâce à un mécène, un riche Français, prétendument appelé Lecoq, poursuivit Benton, et ce nom rejoignit les autres. Quelqu'un – ce M. Lecoq, pourquoi pas ? – payait Agee en liquide. Peut-être Freddie Maestro se montrait-il également généreux avec lui. En d'autres termes, Lecoq et Maestro pourraient avoir un lien, ce qui reviendrait à établir une connexion entre Detroit et la France.

— Nous ne savons pas qui est ce Lecoq, ni même s'il existe vraiment, lui fit remarquer Lanier.

— Oh, il existe, mais, en effet, nous ignorons qui il est.

— Vous pensez que ce Lecoq pourrait être notre loup-garou ? demanda O'Dell à Benton.

— Évitons de le nommer ainsi. Jean-Baptiste Chandonne n'a rien d'un stéréotype. Ce n'est pas un mythe. Il s'agit en revanche d'un individu qui, aujourd'hui, pourrait avoir l'air parfaitement normal. Il peut jongler avec les pseudonymes. Au demeurant, il y a tout intérêt.

— Il parle avec un accent français ? s'enquit Stockman en pianotant sur son ordinateur portable, ajoutant d'autres ramifications à l'arbre sur le mur.

— Il peut s'exprimer en adoptant différents accents, ou aucun. En plus du français, il parle parfaitement l'italien, l'espagnol, le portugais, l'allemand et l'anglais. Peut-être également d'autres langues apprises plus récemment. Je ne sais pas.

— Pourquoi Carley Crispin ? insista Stockman tout en poursuivant l'établissement du graphique. Et pourquoi payait-elle la chambre d'Agee ? Ou alors l'argent transitait-il seulement par ses mains ?

— Un insignifiant blanchiment d'argent ? suggéra Lanier en prenant des notes. Il semble que beaucoup d'opérations de ce genre aient lieu actuellement, concernant des montants très modestes parfois. Les gens payent en liquide. Des gens qui payent des tierces personnes qui doivent payer d'autres gens. Pas de cartes ni de transferts bancaires, pas de chèques, bref tout ce qui pourrait laisser une trace. Du moins pour les petites activités en sous-main.

Le regard de Berger croisa celui de Benton, un regard impénétrable, aussi lisse qu'une pierre.

— Carley avait l'intention de virer Agee de la chambre ce week-end. Pourquoi ?

— J'ai une théorie, dit Benton. Agee a expédié par *mail* des informations prétendument recueillies auprès d'un témoin sérieux. Nous savons maintenant qu'elles étaient bidon. Il s'est fait passer pour Harvey Fahley en utilisant un service Web de sous-titrage destiné aux malentendants. Lucy a retrouvé cette transcription – parmi d'autres – sur l'ordinateur d'Agee. Les producteurs de l'émission *The Crispin Report* sont dans de sales draps, à cause de ce que Carley a balancé hier en direct sur des cheveux d'Hannah qu'on aurait retrouvés dans un taxi jaune. Un détail fabriqué de toutes pièces par Agee pour pimenter sa fausse interview, et Carley a mordu à l'hameçon. Ou alors ça l'arrangeait d'y mordre. Quoi qu'il en soit, elle n'avait aucune intention de s'attirer encore plus d'ennuis avec la chaîne.

— Et elle l'a viré, résuma Lanier.

— Pourquoi s'en serait-elle privée ? Elle savait aussi qu'on était en train de la pousser vers la sortie. Elle n'allait plus avoir besoin d'Agee, qui que soit la personne qui payait vraiment pour sa chambre. Il s'y mêle peut-être aussi un élément personnel, ajouta Benton. Nous ignorons ce qu'a pu dire Carley à Agee lorsqu'elle l'a appelé de CNN la nuit dernière, à presque vingt-trois heures. Le dernier appel qu'il ait reçu, semble-t-il.

— Il faut que nous discutions avec Carley Crispin, déclara Stockman. Dommage qu'Agee soit mort. J'ai l'impression qu'il pourrait être la clé de toute cette histoire.

— Il s'est vraiment comporté à la manière d'un abruti, observa O'Dell. C'était quand même un psychiatre légal. Il aurait dû faire preuve de plus d'intelligence. Il était évident que cet Harvey Fahley allait nier s'être entretenu avec lui.

— C'est le cas, renchérit Berger. J'ai appelé l'enquêtrice Bonnell durant notre pause-café. Elle a réussi à le joindre après l'émission d'hier soir. Il a reconnu avoir expédié un *e-mail* à Agee, mais jure ses grands dieux qu'il ne lui a jamais parlé de vive voix et qu'il n'a jamais dit qu'on avait retrouvé des cheveux d'Hannah.

— Les relevés téléphoniques d'Harvey Fahley devraient nous apprendre s'il a téléphoné à Agee..., poursuivit O'Dell.

— L'appel a été passé depuis un Tracfone et l'appareil a disparu, l'interrompit Benton. Un des tiroirs de la commode de la chambre d'Agee était bourré de boîtes vides de Tracfone. À l'instar de Lucy, je suis convaincu que l'interview de Fahley est une supercherie. Cela étant, je doute que l'intention consciente d'Agee ait été de se faire virer.

— Une intention inconsciente ? proposa Lanier.

— C'est en effet mon opinion, approuva Benton, tant il était certain qu'Agee était prêt à s'autodétruire. Je suis certain que des idées de suicide lui sont passées par l'esprit avant la nuit dernière. Son appartement de Washington DC allait être saisi et ses cartes bancaires n'étaient plus valides. Il dépendait des autres pour de petits apports d'argent. C'était un parasite auquel il ne restait plus que ses infirmités et ses démons, et il semble qu'il se soit mêlé de quelque chose qui le dépassait largement. Il se doutait qu'il serait arrêté.

— Une autre recrue qui s'est avérée un choix médiocre, déclara Lanier en fixant Benton. Vous pensez que Jean-Baptiste est au courant ?

— De quoi ? Au courant qu'Agee s'est débrouillé pour que je sois exilé de ma propre vie avec pour récompense de devoir quitter le FBI alors qu'il n'a pu y parvenir que grâce à eux, les Chandonne ?

Un silence s'installa dans la salle de réunion du FBI.

— Est-ce que je pense qu'Agee a rencontré Jean-Baptiste, qu'ils se connaissaient d'une façon ou d'une autre ? poursuivit Benton. En effet, c'est ce que je crois. Agee, qui aspirait à tant de reconnaissance, devait baver d'envie à l'idée de discuter avec un prétendu monstre tel que Jean-Baptiste Chandonne. Il a dû être attiré. Il n'est pas exclu que Warner Agee ait ignoré qui il était réellement, si, par exemple, Chandonne s'est présenté en utilisant un pseudonyme. Quoi qu'il en soit, la psychopathie de Jean-Baptiste l'a aimanté, son côté diabolique aussi, et cela s'est soldé par la plus gigantesque erreur de la foutue vie de Warner Agee.

Après une courte pause, Marty Lanier renchérit :

— Ça semble évident puisqu'il est maintenant à la morgue.

— L'hôtel Élysée est très proche de la demeure des Starr dans Park Avenue, rappela Berger. (Elle était calme, trop calme.) À trois ou quatre pâtés de maisons. Environ cinq à dix minutes de marche.

Stockman pianota sur les touches, et « hôtel Élysée » puis « demeure des Starr » apparurent sur l'écran plat, les branches les plus jeunes de l'arbre.

— Il convient d'ajouter également le nom de Lucy Farinelli, lâcha Berger. Ce qui implique que je me retrouve également sur le diagramme. Pas seulement parce que j'enquête sur la disparition d'Hannah Starr et que j'ai rencontré son mari et Hap Judd, mais en raison des liens qui m'unissent à Lucy. Elle était cliente de Rupe Starr, depuis plus de dix ans. Il serait donc étonnant qu'elle n'ait jamais rencontré Hannah, ou même Bobby.

Benton n'avait pas la moindre idée de ce dont elle parlait, ni d'où elle détenait ces informations. Peu désireux de le lui demander devant tous, il chercha à capter son attention afin de l'interroger des yeux. Le long regard pénétrant qu'elle lui destina fut sa réponse. Non, Lucy ne lui avait rien dit. Berger avait déterré cette vérité par un autre biais.

— Des photographies, poursuivit Berger à l'adresse des autres. Des albums photo reliés de cuir se suivent dans la bibliothèque des livres rares de Rupe Starr. Des réceptions, des dîners en compagnie de ses clients, sur une longue période. Elle est dans l'un de ces albums. Lucy.

— Quand avez-vous découvert cela ? demanda Benton.

— Il y a trois semaines.

Si le procureur était au courant depuis si longtemps, son changement brutal de comportement devait être mis au compte d'un autre événement. Bonnell avait dû lui communiquer des informations lors de leur conversation téléphonique, informations encore plus perturbantes.

— En 1996. Elle avait vingt ans et était encore à l'université. Je n'ai pas vu de photos d'elle dans d'autres albums, sans doute parce qu'elle a ensuite intégré le FBI. Elle devait se montrer très prudente concernant les invitations à de grandes réceptions ou à des dîners fastueux, et n'aurait certainement plus accepté qu'on la prenne en photo, précisa Berger. Ainsi que vous le savez, lorsque la disparition d'Hannah a été signalée par son mari, nous lui avons demandé la permission de récupérer certains effets personnels de sa femme, son ADN, dans la demeure de Park Avenue. J'ai souhaité m'entretenir avec lui.

— Il était en Floride quand elle s'est volatilisée, non ? dit O'Dell.

— Cette nuit-là, lorsqu'elle n'est pas rentrée chez elle après le restaurant, Bobby se trouvait dans leur appartement de North Miami Beach, déclara Berger. Nous en avons la confirmation grâce aux *e-mails* expédiés depuis l'adresse IP de l'ordinateur de l'appartement, les relevés téléphoniques et le témoignage de Rosie, l'employée de maison en Floride. Elle a été interrogée. Je lui ai moi-même parlé au téléphone et elle a certifié que Bobby Fuller était bien là-bas la nuit du 26 novembre, la veille de Thanksgiving.

— Peut-on être certain que la personne qui a expédié ces *e-mails* et passé ces coups de fil était bien Bobby ? intervint Marty Lanier. Comment pouvez-vous affirmer que ce n'est pas Rosie qui aurait menti pour protéger son patron ?

— Je n'ai aucun mobile vraisemblable, ni même de soupçon un tant soit peu sérieux pour placer Fuller sous surveillance alors que rien de rien ne laisse supposer une conduite criminelle de sa part, rétorqua Berger d'une voix monocorde. Cela signifie-t-il que je lui fais confiance ? Certes pas. Je ne fais confiance à personne.

— Connaît-on la teneur du testament d'Hannah ? voulut savoir Lanier.

— Elle est la fille unique de Rupe Starr. Il lui a tout laissé lorsqu'il est mort en mai dernier, précisa Berger. Peu après, elle a fait modifier son testament à elle. En cas de décès, tout irait à une fondation.

— Elle a donc déshérité Bobby. C'est un peu inhabituel, non ? observa Stockman.

— Les meilleurs contrats de mariage sont faits pour s'assurer que votre conjoint ne profitera pas de votre fortune en vous trahissant, voire en vous tuant, répondit Berger. C'est maintenant un aspect assez secondaire puisque la fortune d'Hannah Starr serait réduite à quelques millions et qu'elle croule sous les dettes. Elle aurait presque tout perdu en septembre dernier, lors de l'effondrement du marché et par le biais d'arnaques diverses et variées qui se seraient retournées contre elle.

— Elle est probablement installée en ce moment même sur le pont d'un yacht qui sillonne la Méditerranée, ou alors dans un salon de manucure à Cannes ou à Monte-Carlo, commenta Lanier. Donc Bobby ne récupère rien. Quelle impression vous a-t-il faite ? Si l'on exclut votre propension à n'accorder votre confiance à qui que ce soit.

— Bouleversé, résuma Berger en ne s'adressant à personne en particulier, continuant d'agir comme si elle avait un jury en face d'elle. Lorsque je lui ai parlé à leur domicile, il était très inquiet, stressé. Il est certain qu'elle a été victime d'un meurtre, affirme qu'elle n'aurait jamais fugué, ne l'aurait jamais quitté. J'étais disposée à considérer cette éventualité avec le plus grand sérieux jusqu'à ce que Lucy découvre les informations financières que vous connaissez maintenant tous.

— Revenons-en à la nuit de la disparition d'Hannah, suggéra O'Dell. Comment Bobby l'a-t-il apprise ?

— Il a tenté de l'appeler, ce que nous avons vérifié grâce au relevé téléphonique qu'il nous a fourni. Le jour suivant, celui de Thanksgiving donc, Hannah devait prendre un avion privé pour Miami, afin de passer un long week-end avec son mari. Ensuite, elle était censée s'envoler pour Saint-Barthélemy.

— Seule ? s'enquit Stockman.

— En effet.

— Elle avait peut-être l'intention de quitter le pays ? suggéra Lanier.

— C'est la question que je me suis posée, approuva le procureur. Si tel est le cas, ce n'était pas à bord de son jet privé, un Gulfstream. Personne ne l'a vue à l'aéroport de White Plains.

— C'est ce que vous a dit Bobby ? demanda Benton. Sait-on s'il s'agit de la vérité ?

— Il l'a affirmé. Et il y a un plan de vol. Mais Hannah ne s'est pas manifestée à l'aéroport. Elle n'est jamais montée à bord du jet et Bobby ne faisait pas partie de la liste des passagers pour Saint-Barthélemy. De plus, elle ne répondait pas au téléphone. L'employée de maison de New York…

— Son nom ? l'interrompit Lanier.

— Nastya. (Berger l'épela et le prénom apparut aussitôt sur l'écran plat.) Elle vit chez eux et, selon elle, Hannah n'est pas rentrée après son dîner au restaurant, dans le Village, le soir du 26 novembre. Toutefois j'ai compris que cela n'avait pas suffi à la convaincre d'appeler la police puisque Hannah découchait parfois. Elle avait été invitée à un dîner d'anniversaire dans Barrow Street. Elle était en compagnie d'un groupe d'amis et on l'aurait vue monter dans un taxi alors que tout le monde quittait le restaurant. Nous n'en savons pas davantage.

— Bobby était au courant qu'elle s'envoyait en l'air à droite et à gauche ? demanda O'Dell.

— Beaucoup d'espace dans leur union, c'est la façon dont il l'a décrite. Cela étant, que sait-il au juste ? Je n'en ai pas la moindre idée, répondit Berger. Peut-être que les affirmations d'Hap Judd sont exactes. Billy et Hannah étaient avant tout des partenaires de travail. Bobby jure qu'il l'aimait. Mais nous entendons cela très souvent.

— Ouais, il s'agissait donc d'un arrangement. Peut-être que chacun avait sa double vie. Il vient d'une famille très riche, n'est-ce pas ? reprit O'Dell.

— Pas aussi fortunée que celle d'Hannah. Mais plus qu'à l'aise. Ils sont de Californie. Bobby a étudié à Stanford et obtenu son MBA à Yale. Il est devenu gestionnaire de fonds de couverture pour deux produits financiers, l'un en Angleterre, l'autre à Monaco.

— Ces types des *hedge funds.* C'est dingue, certains se faisaient des centaines de millions, lâcha O'Dell.

— Eh bien, ce n'est plus le cas pour beaucoup aujourd'hui et il y en a même derrière les barreaux, remarqua Stockman avant de demander à Berger : Et Bobby ? Il y a perdu sa chemise ?

— À l'instar de pas mal de ces investisseurs, il escomptait que le secteur minier et l'énergie poursuivraient leur envolée pendant que les produits financiers continueraient à plonger. C'est du moins ce qu'il m'a confié.

— Mais la tendance s'est inversée en juillet, résuma Stockman.

— Il a utilisé la formule « un vrai carnage », se souvint Berger. Il ne peut plus mener le genre de vie auquel la fortune des Starr l'avait habitué. C'est certain.

— En d'autres termes, leur couple était davantage une fusion qu'un mariage, répéta O'Dell

— Je ne me risquerais pas à préjuger de ses sentiments véritables pour sa femme. Qui peut prétendre savoir ce que ressentent les gens ? lâcha-t-elle sans une trace d'émotion dans la voix. Il semblait désespéré lorsque je l'ai rencontré et que nous avons discuté. Quand Hannah ne s'est pas présentée à l'aéroport pour prendre l'avion, il a paniqué, selon ses dires, a appelé la police, qui m'a contactée. Bobby affirme qu'il redoutait que sa femme ait été victime de violences et a ajouté qu'elle avait été la cible d'un harceleur dans le passé. Il a pris le premier vol pour New York, nous a reçus dans la maison de Park Avenue, nous l'a fait visiter. C'est ainsi que nous avons récupéré une brosse à dents afin d'établir son empreinte ADN, si nécessaire. Au cas où l'on découvrirait un cadavre.

Benton, qui pensait toujours aux révélations sur Lucy et s'inquiétait de ce que sa nièce par alliance dissimulait encore, s'enquit :

— Et les albums photo… pourquoi vous les a-t-il montrés ?

— J'ai posé des questions sur les clients d'Hannah, dans l'éventualité où l'un d'eux se serait vengé d'elle. Bobby a répondu qu'il ignorait l'identité de la plupart des anciens clients de son beau-père et il nous a suggéré…

— « Nous », qui ?

— Marino m'accompagnait. Bobby a donc suggéré que nous feuilletions les albums, en précisant que Rupe avait l'habitude de recevoir ses nouveaux clients chez lui, une initiation plus qu'une invitation. Si vous n'acceptiez pas de venir dîner, il ne retenait pas votre candidature. Il voulait tisser une véritable relation avec ses clients et y parvenait, de toute évidence.

— Vous êtes donc tombée sur cette photo de Lucy datant de 1996, s'obstina Benton, s'imaginant sans peine ce que devait ressentir le procureur. Marino l'a-t-il vue, lui aussi ?

— J'ai reconnu Lucy sur le cliché. Marino n'était pas dans la bibliothèque lorsque j'ai feuilleté les albums. Il ne l'a donc pas vu.

Benton n'allait pas lui demander pour quelle raison elle avait tu cette information au grand flic.

— Avez-vous posé des questions à Bobby à ce sujet ?

Il était presque certain de connaître la réponse. Berger espérait que Lucy déballerait la vérité sans qu'il soit besoin de l'y confronter. De toute évidence, tel n'avait pas été le cas.

— Non, je n'ai pas montré la photo à Bobby. Je ne l'ai d'ailleurs même pas évoquée. De toute façon, il n'y avait pas de raison qu'il connaisse Lucy. Hannah et lui ne sont ensemble que depuis moins de deux ans.

— Ce qui ne veut pas dire qu'il n'a pas entendu parler de Lucy, contra Benton. Hannah aurait pu lui en parler. D'ailleurs cela m'étonnerait qu'elle ne l'ait pas fait. Jaime, lorsque vous étiez dans cette bibliothèque, avez-vous sélectionné cet album en particulier ? Il devait y en avoir des douzaines.

— Une quantité, en effet. Bobby en a descendu une pile qu'il a posée sur la table afin que je les consulte.

La sensation familière revint. Une sorte d'intuition envoyait un message à Benton.

— Selon vous, aurait-il pu souhaiter que vous découvriez cette photo ?

— Il a posé les albums sur la table, puis il est sorti de la bibliothèque, répliqua Berger.

Un jeu. Un jeu cruel, songea Benton. Bobby avait-il œuvré pour que Berger tombe sur la photo ? En admettant qu'il fût au courant de la vie privée du procureur, il ne pouvait pas ignorer qu'elle serait bouleversée de découvrir que sa compagne, son expert en informatique légale, avait été invitée chez Rupe Starr, avait frayé avec certaines de ces personnes sans jamais rien lui dire.

Marty Lanier s'adressa alors à Berger :

— Pardonnez-moi cette question, mais pourquoi avoir autorisé Lucy à s'occuper de l'aspect informatique de cette investigation si elle possédait des liens avec la supposée victime ? Avec toute la famille Starr d'ailleurs.

Berger ne répondit pas aussitôt, puis :

— J'attendais qu'elle s'en explique.

— Et quelle fut l'explication ?

— Je l'attends toujours.

— D'accord, intervint Stockman. Ça pourrait nous retomber dessus, du moins si l'affaire est jugée un jour.

— Quant à moi, je considère qu'il s'agit d'un problème dès maintenant, rectifia Berger, la mine sombre. Un problème beaucoup plus important que je ne souhaite le souligner.

— Où est Bobby en ce moment ? demanda Lanier d'un ton un peu radouci.

— Il est de retour à New York, pour ce que j'en sais. Il envoie des *e-mails* à Hannah. Quotidiennement.

— C'est un peu dingue, non ? s'exclama O'Dell.

— Que ce le soit ou pas, c'est un fait, rétorqua le procureur. Nous le savons puisque nous avons accès à la messagerie d'Hannah. Il lui a envoyé un message électronique hier soir tard. Il y confiait qu'il avait entendu parler de nouveaux développements dans l'enquête et qu'il rentrerait à New York dès le lendemain, à la première heure. Je suppose qu'il est déjà arrivé.

— À moins d'imaginer que ce type soit un crétin, il doit se douter que quelqu'un peut surveiller les *mails* d'Hannah. Je me demande s'il n'écrit pas à sa femme pour notre seul bénéfice, dit O'Dell.

— C'est exactement ce que j'ai pensé, renchérit Lanier.

Des jeux, songea Benton, et l'étrange sensation s'amplifia.

— J'ignore ce dont il se doute au juste, reprit Berger. En apparence, il espère toujours qu'Hannah est en vie quelque part et qu'elle prend connaissance des messages qu'il lui envoie. Je suppose qu'il est au courant de ce qui s'est produit hier soir durant l'émission de Carley Crispin, cette prétendue révélation sur le fait qu'on aurait retrouvé des cheveux de sa femme dans un taxi. C'est probablement la raison pour laquelle il est brusquement rentré à New York.

— Ça revenait à apprendre qu'elle était morte. Foutus journalistes ! s'exclama Stockman. Tout pour l'audience et ils se contrefichent de ce que cela peut provoquer chez ceux dont ils saccagent la vie. (Se tournant vers Benton, il demanda :) Elle a vraiment sorti ça à notre sujet ? Vous savez, sur le FBI, sur le profilage qui serait obsolète ?

Stockman faisait allusion à Scarpetta, à ce qui avait défilé sur l'auvent de CNN la nuit précédente, pour se répandre ensuite sur Internet.

— La remarque a été tirée de son contexte, répondit Benton d'un ton plat. Elle voulait parler de ce fameux « bon vieux temps » qui n'a jamais été si bon que ça.

CHAPITRE 21

Les poils de garde étaient longs, épais, portant quatre bandes alternées blanches et noires autour de la tige qui s'effilait vers l'extrémité.

— Vous pouvez demander une empreinte ADN si vous souhaitez une confirmation d'espèce, déclara la voix de Geffner par l'intermédiaire du téléphone mains libres. Je connais un labo en Pennsylvanie, Mitotyping Technologies, qui s'est spécialisé dans la détermination des espèces animales. Mais je peux déjà vous répondre grâce à ce que je vois. Un loup classique. *Canis lupus nubilus*, une sous-espèce du loup gris commun.

— D'accord, ça ne provient pas d'un chien, puisque vous le dites. Mais ces poils ressemblent à ceux d'un berger allemand, déclara Scarpetta installée devant une station de travail où elle pouvait examiner les images que lui envoyait électroniquement Geffner.

De l'autre côté du labo, Lucy et Marino surveillaient ce qui défilait sur les écrans des MacBook. D'où se trouvait Scarpetta, elle ne parvenait à distinguer que des données qui se rejoignaient pour former des diagrammes et des plans.

— Vous ne verrez jamais ces poils de garde à bandes dans la fourrure d'un berger allemand, expliqua Geffner.

— Et ceux qui sont plus fins, grisâtres ?

— Mélangés aux poils de garde ? Il s'agit d'un peu de sous-poil, encore appelé « duvet ». Quant à cette espèce de poupée vaudoue qui était collée sur le devant de la carte, elle était fourrée de poils de garde et de duvet, sans oublier quelques débris, peut-être d'excréments ou de feuilles séchées, ce genre de choses. Un élément qui semble indiquer que la fourrure n'a pas été traitée, qu'elle provient sans doute de son habitat naturel, peut-être une tanière. Évidemment, je n'ai pas passé en revue tous les poils, mais je dirais que tous appartiennent bien à un loup.

— Et où peut-on se procurer ce genre de fourrure ?

—J'ai procédé à quelques recherches et j'ai trouvé plusieurs sources possibles, dit Geffner. Des réserves naturelles, des refuges, des zoos. La fourrure de loup est également vendue dans une boutique de sorcellerie très connue, à Salem. Elle s'appelle « Le Sort ».

— Dans le quartier historique, sur Essex Street, compléta Scarpetta. J'y suis déjà allée. On y trouve des huiles essentielles très agréables et des bougies. Rien à voir avec la magie noire ou le satanisme.

— Même si ça n'a rien à voir, on peut y aller pour ces raisons, commenta Geffner. La boutique Le Sort vend des amulettes, des potions, et vous pouvez aussi acheter de la fourrure de loup dans des petits sacs dorés. Elle serait protectrice et aurait des vertus curatives. Je suppose qu'un truc vendu pour ce genre de pouvoirs ne doit pas être traité. Peut-être donc que la fourrure de la poupée provient d'une de ces boutiques de magie.

De l'autre bout de la salle, Lucy jeta un regard à Scarpetta, comme si elle venait de trouver quelque chose d'important dont celle-ci devrait prendre connaissance.

Geffner poursuivit :

— Les loups ont donc deux couches de poils. Le sous-poil, très doux, qui isole et protège. Ça évoque un peu la laine, bref il s'agit du duvet. Vient ensuite la couche supérieure, le poil de garde, épais, sur lequel l'eau glisse. Ce sont ces poils qui sont pigmentés, donnant la couleur que vous voyez sur les images que je viens de vous expédier. La couleur varie selon les différentes espèces. *Canis lupus nubilus*, le loup des grandes plaines, n'est pas natif de notre région. Il vient surtout du Midwest. De surcroît, il est très rare de trouver de la fourrure de loup dans les affaires criminelles. Notamment à New York !

— En effet, je ne crois pas en avoir jamais vu, que ce soit ici ou ailleurs.

Lucy et Marino, debout, vêtus de leurs tenues de protection, semblaient plongés dans une discussion tendue. Scarpetta ne pouvait les entendre. Il se passait quelque chose.

— Moi, ça m'est déjà arrivé…, continua Geffner de sa voix paisible de ténor.

Peu de choses l'impressionnaient. À l'aide de son microscope, il poursuivait les criminels depuis des années. Il ajouta :

— … Les cochonneries qu'on peut dégoter chez les gens ! Vous avez déjà étudié au microscope des moutons retrouvés sous un lit ? C'est encore plus fascinant que l'astronomie. Un univers d'informations sur qui et quoi entre et sort de chez la personne en question. Plein de poils, de fourrure.

Marino et Lucy scrutaient les diagrammes qui se succédaient sur les écrans des MacBook.

— Merde ! s'écria Marino et il tourna son regard protégé par les grosses lunettes ambre vers Scarpetta. Doc, faudrait que vous jetiez un œil à ça.

La voix de Geffner continuait à se déverser par le haut-parleur du téléphone mains libres :

— Il y a des gens qui élèvent des loups, ou plutôt des hybrides chien et loup. Toutefois une fourrure provenant exclusivement d'un loup, non traitée, dans une poupée vaudoue… Ça m'a tout l'air lié à l'aspect rituel de la bombe. Toutes mes recherches indiquent qu'il s'agirait d'un truc de magie noire, bien que la symbolique soit assez contradictoire. Les loups ne sont pas mauvais. En revanche tout le reste l'est, notamment l'explosif, les pétards qui vous auraient blessée, vous ou quelqu'un d'autre, et auraient pu occasionner d'autres dégâts.

— J'ignore ce que vous avez trouvé au juste.

Scarpetta lui rappelait ainsi que tout ce qu'elle avait appris de lui jusque-là se résumait à ceci : Marino avait pris pour du poil de chien ce qui s'avérait être de la fourrure de loup.

De l'autre côté du labo, des plans se succédaient sur l'écran d'un des MacBook. Plans de rues, altitude, relevés topographiques.

— Pour l'instant, je ne peux pas vous en dire plus, admit Geffner. Cette odeur nauséabonde, et je peux vous assurer que ça sent... Un peu goudronnée, avec des relents de merde, pour appeler un chat un chat. Vous connaissez l'*Asa foetida* ?

— Je ne cuisine pas indien, mais, en effet, je connais. Une épice à l'odeur plus que dissuasive.

Dans un bruissement de combinaison, Marino rejoignit Scarpetta et déclara :

— Elle la portait en permanence.

— Quoi donc ?

— La montre, plus un de ces capteurs.

La portion de son visage que l'on apercevait entre le masque et la charlotte bouffante était rouge et il transpirait.

— Excusez-moi, fit-elle à Geffner. Je suis désolée. Je m'occupe de dix choses à la fois. Et que disiez-vous au sujet du diable ?

— C'est la raison pour laquelle on appelle aussi *Asa foetida* la « bouse du diable », comme dans « bouse de vache ». Ça vous intéressera de savoir que son odeur est réputée pour attirer les loups.

Le froissement de papier des protections de chaussures. Lucy traversa le sol carrelé de blanc et se dirigea vers un poste de travail, vérifiant différentes connexions et débranchant un large écran plat. Elle passa à une autre station et déconnecta le moniteur correspondant.

— Quelqu'un s'est donné beaucoup de mal. Il a fallu moudre de l'*Asa foetida* et ce qui ressemble à de l'asphalte, et le mélanger à une huile assez pâle, je dirais de l'huile de pépins de raisin ou de lin.

Lucy transporta les écrans vidéo jusqu'à sa tante et les posa sur son bureau. Elle brancha les moniteurs sur un port USB et les écrans s'illuminèrent, des images commençant à défiler lentement, d'abord un peu troubles, puis gagnant en définition. Lucy retourna à ses MacBook dans un froissement de protections de chaussures. Elle et Marino reprirent leur discussion. Scarpetta saisit quelques mots : « putain de lent » et « dans le désordre ». Sa nièce était exaspérée.

— Je vais réaliser une chromatographie en phase gazeuse avec spectrométrie de masse et une spectroscopie à infrarouges par transformation de Fourier. Mais bon, jusque-là, avec seulement le microscope…

Des diagrammes, des plans, des captures d'écran se succédaient. Des paramètres vitaux, des dates, des horaires. La mobilité et l'exposition à la lumière ambiante. Scarpetta parcourut les données provenant du BioGraph, tout en regardant le contenu du fichier qu'elle venait juste d'ouvrir sur l'écran de l'ordinateur posé en face d'elle. Des images provenant du microscope : de minces rubans ondulés et argentés recouverts de rouille et ce qui ressemblait à des fragments de balles.

La voix de Geffner précisa :

— De l'acier, sans hésitation. Ça se vérifie à l'œil et grâce à un aimant. C'est mélangé à des particules gris mat, elles aussi lourdes. Elles tombent au fond d'un tube à essai rempli d'eau. Peut-être du plomb.

Les signes vitaux de Toni Darien, les localisations, les conditions météo, les dates et les horaires relevés toutes les quinze secondes. À quatorze heures douze, ce mardi 16 décembre, la température était de vingt et un degrés, l'intensité de la lumière ambiante de cinq cents lux, typique d'un éclairage d'appartement, l'oxymétrie de pouls était de quatre-vingt-dix-neuf pour cent, sa fréquence cardiaque de soixante-quatre, elle avait fait cinq pas. Elle se trouvait dans son appartement de la 2e Avenue. Elle était chez elle, éveillée, et elle marchait, si, bien sûr, Scarpetta partait du principe que c'était elle qui portait le BioGraph.

Geffner disait :

— Je vais vérifier avec une spectroscopie en fluorescence. On a des fragments de quartz, ça, c'est certain, et pas étonnant si nous avons affaire à de l'asphalte concassé. J'ai effleuré quelques-uns des résidus marron foncé et noirs, collants, visqueux, semi-solides, avec une aiguille de tungstène chaude pour voir s'ils ramollissaient. C'est le cas. De surcroît, il y a cette odeur caractéristique d'asphalte et de pétrole.

Les relents qu'avait perçus Scarpetta lorsqu'elle avait monté la boîte FedEx à son appartement. *Asa foetida* et l'asphalte. D'autres cartes et diagrammes défilaient lentement sur l'écran. Elle retraçait le voyage de Toni Darien, celui qui la conduisait vers la mort. À quatorze heures quinze, ce 16 décembre, l'allure de la jeune femme s'accélérait et la température chutait à quatre degrés. L'humidité était de quatre-vingt-cinq pour cent, la lumière de huit cents lux, le vent venait du nord-est. Toni était dehors. Il faisait froid et le temps était couvert. Son oxymétrie de pouls était inchangée, mais sa fréquence cardiaque augmentait : soixante-cinq, soixante-sept, soixante-dix, quatre-vingt-cinq, de plus en plus rapide au fil des minutes. Elle se dirigeait vers l'ouest sur la 86e Rue Est, avançant de trente-trois pas toutes les quinze secondes. Toni courait.

Geffner continuait d'expliquer :

— Je vois quelque chose qui pourrait être des grains de poivre moulus. Leur morphologie et leurs propriétés physiques sont typiques des poivres noir, blanc et rouge. Je m'en assurerai avec une chromatographie en phase gazeuse associée à une spectrométrie de masse. *Asa foetida*, de l'acier, du plomb, du poivre et de l'asphalte, les ingrédients d'une potion qu'on voulait maléfique.

— Ou ce que Marino appelle une « bombe puante », lui répondit Scarpetta tout en suivant Toni Darien le long de la 86e Rue Est.

La jeune femme tournait au sud dans Park Avenue, son oxymétrie de pouls identique, sa fréquence cardiaque à cent vingt-trois battements par minute.

— De la magie noire, mais je ne vois rien dans ce mélange qui désigne une secte quelconque ou une obédience. Ni Palo Mayombe, ni Santeria. Rien jusque-là ne me permet d'apparenter ce que nous avons à leurs rituels. Ce dont je suis certain, c'est que la potion qui vous était destinée n'était pas supposée vous protéger, ce qui me ramène à la contradiction que j'ai évoquée. Les loups sont connotés de manière positive. Ils auraient d'immenses pouvoirs pour restaurer la paix et l'harmonie, guérir et porter chance à la chasse.

À quinze heures passées de quatre minutes et trente secondes, Toni dépassait la 63e Rue, joggant toujours sur Park Avenue en direction du sud. L'intensité lumineuse avait baissé à moins de sept cents lux, l'humidité relative grimpé à cent pour cent. Le ciel était encore plus couvert et il pleuvait. Son oxymétrie de pouls était stable et sa fréquence cardiaque plus élevée : cent quarante. Grace Darien avait précisé que Toni n'aimait pas courir par mauvais temps. Pourtant c'était ce qu'elle avait fait : courir dans le froid et la pluie. Pourquoi ? Scarpetta ne quittait pas des yeux l'écran, tout en écoutant Geffner :

— Le seul lien que j'ai dégoté avec la sorcellerie, c'est un terme navajo. Dans cette langue, « loup » se dit *mai-cob*, qui signifie aussi « sorcier ». Un individu capable de se transformer en quelqu'un ou quelque chose d'autre s'il se couvre d'une peau de loup. Si on se réfère au mythe, les sorcières et les loups-garous se métamorphosent afin de voyager sans se faire remarquer. Quant aux Pawnees, ils utilisent des peaux et de la fourrure de loup pour protéger leurs trésors et à l'occasion de diverses cérémonies magiques. Bon, j'ai cherché un peu partout, au fur et à mesure. Je ne voudrais surtout pas que vous pensiez que je suis expert en sorts, en charabia de sorcier ou en folklore.

— Selon moi, il s'agirait maintenant de savoir si c'est la même personne qui a envoyé la carte de vœux chantante.

Scarpetta pensait à l'ancienne patiente de Benton, Dodie Hodge, en même temps qu'elle regardait les données qui se succédaient sur l'écran.

Oxymétrie de pouls stable, mais la fréquence cardiaque ralentissait. Elle avait dû arrêter de courir au coin de Park Avenue et de la 58e Rue Est. La fréquence retombait à cent trente-deux, cent trente et un, cent trente... Elle marchait maintenant le long de Park Avenue, sous la pluie, toujours en direction du sud. Il était quinze heures onze.

Geffner dit :

— Quant à moi, je pense que la question est : la personne qui a confectionné votre bombe puante a-t-elle quelque chose à voir dans le meurtre de Toni Darien ?

— Vous pourriez répéter ? demanda Scarpetta.

Elle regardait un relevé GPS saisi par le BioGraph de Toni Darien à quinze heures quatorze le mardi précédent. La flèche rouge figurée sur la carte pointait en direction d'une adresse dans Park Avenue.

La demeure d'Hannah Starr.

— Que disiez-vous au sujet de Toni Darien ? réitéra Scarpetta, faisant défiler d'autres relevés GPS, songeant qu'elle devait se tromper.

Mais ce n'était pas le cas. La course de Toni l'avait menée chez les Starr. Pour cette raison, elle avait bravé son aversion du mauvais temps. Elle devait y rencontrer quelqu'un.

— Encore de la fourrure de loup et des fragments de poils de garde, disait Geffner.

Oxymétrie de pouls toujours à quatre-vingt-dix-neuf pour cent. Fréquence cardiaque quatre-vingt-trois et ralentissant. Des saisies d'écran GPS défilaient au fil des minutes et le rythme cardiaque de Toni baissait jusqu'à revenir à une fréquence de repos. Le froissement des protections de chaussures : Marino et Lucy s'avançaient vers Scarpetta.

— Tu as vu où elle se trouve ?

Le regard de Lucy était intense derrière ses lunettes ambrées. Elle tenait à s'assurer que Scarpetta avait compris l'importance des données GPS.

La voix de Geffner résonna dans le labo :

— Je suis loin d'avoir analysé tout ce que vous m'avez fait parvenir concernant l'affaire Toni Darien. Toutefois j'ai retrouvé des fragments de poils de garde de loup, des fragments microscopiques, dans les échantillons fournis hier. Ils sont similaires à ce que j'ai vu lorsque j'ai examiné la fourrure de la poupée vaudoue. Blancs, noirs, épais. Dans le cas Darien, je n'aurais probablement pas pu les identifier aussi vite parce que les fragments sont trop partiels. Mais ça m'avait traversé l'esprit : fourrure de loup ou de chien. Cependant j'ai immédiatement eu un doute après avoir analysé ce qui provenait des débris de votre bombe. Je parie donc sur un loup dans les deux cas.

Marino fronça les sourcils, très agité, et demanda :

— Vous dites qu'il ne s'agit pas de poils de chien. C'est du loup dans les deux cas ? Je veux dire dans l'affaire Toni Darien et dans les débris de la bombe ?

— Marino ? C'est bien vous ? se renseigna Geffner d'un ton incertain.

— Ouais. J'suis au labo avec la Doc. Bordel, mais de quoi vous parlez là ? Vous êtes sûr de pas avoir mélangé des choses ?

— Je vais faire comme si vous n'aviez pas sorti un truc pareil. Et le labo d'empreintes ADN dont je vous ai parlé, docteur Scarpetta ?

— Je suis d'accord. Il faut procéder à une identification d'espèce afin de nous assurer que ces poils proviennent bien de loups des grandes plaines dans les deux cas.

Elle l'écoutait tout en regardant les données. Température : trois degrés et demi, humidité relative : quatre-vingt-dix-neuf pour cent, rythme cardiaque : soixante-dix-sept. Deux minutes et quinze secondes plus tard, à quinze heures dix-sept, la température s'était élevée à dix-neuf degrés et l'humidité avait chuté à trente pour cent. Toni Darien venait de pénétrer dans la maison d'Hannah Starr.

L'enquêtrice Bonnell se gara devant la demeure en pierres calcaires qui rappelait Newport, Rhode Island, à Berger, les édifices massifs d'une époque où les fortunes américaines les plus époustouflantes provenaient du charbon, du coton, de l'argent, de l'acier, de biens tangibles.

Bonnell fixait la façade calcaire de la résidence qui s'étalait sur presque un pâté de maisons, à quelques minutes de marche de Central Park.

— Attendez, là... Quatre-vingts millions de dollars ? Merde, mais qui a un tel paquet d'argent ? s'exclama-t-elle.

Un respect presque craintif se mêlait au dégoût sur son visage.

— Plus Bobby Fuller, déclara Berger. Du moins pour ce que nous en savons. J'imagine qu'il va devoir la vendre et personne ne pourra l'acheter, sauf, peut-être, un cheikh de Dubaï.

— À moins qu'Hannah refasse surface.

— Elle et la fortune familiale ont disparu. D'une façon ou d'une autre, souligna Berger.

Bonnell fixait tour à tour la maison, les voitures qui s'écoulaient dans l'artère, les passants. Bref, son regard se posait partout, sauf sur le procureur.

— Mon Dieu ! Quand je vois ça, je me dis toujours que je n'habite pas la même planète que certaines personnes. Mon appart dans le Queens ? Je ne sais même pas ce que ça signifie de vivre dans un endroit sans entendre des abrutis gueuler, des voitures klaxonner et des sirènes hurler matin, midi et soir. La semaine dernière, j'ai vu un rat. Il a filé dans la salle de bains et il a disparu derrière les toilettes. Je n'arrête pas d'y penser à chaque fois que je mets un pied dedans, si vous voyez ce que je veux dire. C'est sans doute faux, ce qu'on raconte, qu'ils peuvent remonter des égouts.

Berger déboucla sa ceinture de sécurité et tenta à nouveau de joindre Marino sur son BlackBerry. Il ne répondait pas, pas plus que Lucy. S'ils se trouvaient toujours à l'intérieur de l'immeuble de l'ADN, ils ne captaient pas le signal ou ils avaient éteint leurs téléphones, selon le labo ou la station de travail où ils étaient. Les installations de l'institut médico-légal réservées aux sciences biologiques étaient sans doute les plus vastes et les plus sophistiquées du monde. Marino et Lucy pouvaient avoir atterri n'importe où dans l'immeuble, et Berger n'avait pas envie de téléphoner au standard pour les localiser.

Elle laissa un nouveau message : « Je me rends à cette entrevue chez les Starr. Je ne pourrais donc sans doute pas vous répondre lorsque vous me rappellerez. Je me demandais ce que vous aviez découvert. » Son ton était froid, plat, inamical. Elle était en colère contre Marino. Quant à Lucy, Berger ne savait pas trop ce qu'elle ressentait : le chagrin ou la fureur, l'amour ou la haine, et quelque chose qui ressemblait à la mort. Du moins ce qu'elle supposait de la mort. Elle songea que ce devait être comme glisser le long d'une abrupte falaise, s'y cramponner jusqu'à lâcher prise, tomber en se demandant à qui revenait la faute. Berger rendait Lucy responsable, tout en se sentant elle-même coupable. Le déni, plonger la tête dans le sable, peut-être la réaction de Bobby qui continuait à envoyer chaque jour des *e-mails* à Hannah.

Berger connaissait depuis trois semaines l'existence des photos prises en 1996 dans cette maison. Celle dans laquelle elle allait entrer sous peu, suivie de Bonnell. Berger avait un faible pour l'évitement, la fuite devant ce qu'elle ne pouvait gérer. Si quelqu'un savait ce que signifiaient le mensonge et ses dérapages, c'était bien elle. Elle passait sa vie à parler à des gens évasifs et peu réalistes. Mais cela n'avait fait aucune différence : savoir ne sert pas à grand-chose lorsqu'on va souffrir, tout perdre. Elle avait foncé droit devant jusqu'à ce matin. Jusqu'à ce que Bonnell la piste dans les bureaux du FBI pour lui communiquer des informations importantes. Elle lâcha :

— Je veux vous dire quelque chose avant que nous entrions. Je ne suis ni faible, ni trouillarde. Voir quelques photographies prises il y a douze ans est une chose. Ce que vous m'avez révélé est une autre affaire. J'avais des raisons de croire que Lucy connaissait Rupe Starr depuis ses années d'université, mais aucune de penser qu'elle avait des liens financiers avec Hannah Starr il y a encore six mois. L'histoire a donc changé, et nous allons agir en conséquence. Je voulais vous le dire de vive voix parce que vous ne me connaissez pas et que ce n'était probablement pas la meilleure introduction.

— Je ne voulais pas m'occuper de ce qui ne me regardait pas, répéta Bonnell pour la énième fois. Mais il y a ce qu'a trouvé Lucy sur l'ordinateur de Warner Agee, dans sa chambre d'hôtel. À partir de ce moment, ça concerne mon enquête puisqu'il s'est fait passer pour mon témoin, Harvey Fahley. En plus, on ne sait pas encore jusqu'où ça risque de remonter, avec tous ces gens impliqués et, en arrière-plan, le crime organisé, sans oublier ce que vous m'avez raconté à propos de ce type français qui a une maladie génétique.

— Vous n'avez pas à vous justifier de nouveau.

— Ce n'est pas que je voulais fouiner, ni même de la curiosité, et encore moins le fait que j'ai abusé de mes privilèges d'officier de police. Je n'aurais jamais rien demandé au CCTR si je n'avais pas éprouvé une inquiétude légitime au sujet de la crédibilité de Lucy. J'allais devoir dépendre d'elle, or j'ai entendu des choses. Elle a été dans le paramilitaire, non ? Et elle s'est fait virer du FBI et de l'ATF. Le fait qu'elle vous aide dans le cadre de l'affaire Hannah Starr ne me concernait pas. Tel n'est plus le cas. Je suis chargée de l'enquête sur Toni Darien.

— Je comprends, déclara Berger, sincère.

— Je veux m'en assurer. Vous êtes le procureur, la patronne de l'unité des crimes sexuels. Je ne fais partie des homicides que depuis un an et nous n'avons encore jamais eu l'occasion de travailler ensemble. Croyez-moi, ce n'est pas vraiment la meilleure introduction pour moi non plus. Mais je ne vais pas signer un chèque en blanc à un témoin sans poser aucune question, juste parce que c'est quelqu'un que vous connaissez, une amie. Lucy sera mon témoin et il fallait que je vérifie certains points.

— Ce n'est pas mon amie.

— Elle sera appelée à la barre des témoins si l'affaire Toni Darien passe au tribunal. Ou celle d'Hannah.

— Lucy n'est pas seulement une amie, et vous savez aussi bien que moi ce qu'elle représente vraiment dans ma vie, poursuivit Berger, les émotions se télescopant en elle. Je suis bien certaine que je me suis retrouvée sur ce foutu mur de données du CCTR, au vu et au su de tous. C'est plus qu'une amie. Vous n'êtes pas si naïve.

— Les analystes n'ont balancé aucune des infos concernant Lucy ou vous sur le mur. Par respect. Nous étions installés à un poste de travail pour lire les données et tous les liens qui sont sortis. Je ne veux pas me mêler de vos affaires. Je me fiche de la façon dont vivent les gens, sauf lorsque ça devient illégal. Très sincèrement, je ne m'attendais pas à ce que le CCTR déterre ces informations au sujet de Bay Bridge Finance. Elles relient sans ambiguïté Lucy à Hannah. Attention, je ne prétends pas que Lucy soit impliquée dans une fraude.

— Nous allons le découvrir.

— S'il est au courant et qu'il accepte de nous le dire, rétorqua Bonnell en faisant allusion à Bobby. Et peut-être qu'il ne pourra rien nous apprendre, pour la même raison que Lucy. Pas mal de gens détenteurs de tant d'argent ne connaissent rien aux détails parce que d'autres se chargent de leurs investissements, de la gestion de leur portefeuille et de tout le reste. C'est ce qui est arrivé aux victimes de Bernie Madoff, la même chose. Ils ne savaient pas et ils n'ont rien fait de mal.

— Lucy n'est pas du genre à ne pas savoir, la détrompa Berger d'autant que Lucy était aussi du genre à ne pas lâcher le morceau.

Bay Bridge Finance était une compagnie de courtage qui s'était prétendument spécialisée dans la diversification de portefeuilles vers différents secteurs : minier, bois, extraction pétrolière, immobilier haut de gamme, comme des appartements de Floride du Sud en front de mer. Si Berger en jugeait par ce qu'elle avait appris de l'ampleur considérable de cette fraude, découverte peu avant, Lucy avait pu perdre énormément d'argent. Le procureur avait la ferme intention de tirer ce qu'elle pourrait de Bobby Fuller, pas seulement au sujet des affaires d'Hannah, mais également de sa liaison avec Hap Judd, un monsieur aux « inclinations » très inquiétantes, si ce n'est dangereuses. Il était temps d'interroger Bobby sur Judd et un certain nombre d'autres sujets, de lui présenter une multitude de liens troubles dans l'espoir qu'il les éclaire, d'autant qu'il avait semblé y être décidé. Lorsque Berger l'avait contacté par téléphone moins d'une heure auparavant, il avait déclaré qu'il serait heureux de discuter avec elle et Bonnell, mais pas dans un lieu public. Il lui avait proposé la demeure Starr, comme la dernière fois.

— Allons-y, lança Berger à Bonnell en descendant de la voiture banalisée.

Le temps était froid et très venteux. Des nuages filaient à toute allure, annonciateurs de l'arrivée d'un nouveau front. Sans doute des hautes pressions qui lessiveraient le ciel, donnant ce que Lucy appelait un temps d'une « sévère clarté », dégagé mais glacial. Elles suivirent l'allée qui menait de l'avenue à l'imposante entrée de la demeure, au-dessus de laquelle flottait un drapeau vert et blanc portant le blason des Starr : un lion rampant et un casque, accompagnés de la devise « Vivre en espoir », en français. *Quelle ironie !* songea Berger, que l'espoir avait pour l'instant abandonnée.

Elle enfonça le bouton d'un interphone sous lequel était indiqué : « Starr » et « Résidence privée ». Elle enfonça les mains dans les poches de son manteau, et Bonnell et elle patientèrent en silence dans le vent, le drapeau claquant au-dessus de leurs têtes, conscientes qu'un système de surveillance en circuit fermé les filmait et transmettait peut-être leurs paroles. Le déclic sonore d'un verrou, et la porte principale en acajou sculpté s'entrouvrit. La silhouette d'une femme vêtue de l'uniforme noir et blanc des employés de maison apparut au travers des volutes du portail en fer forgé.

Nastya, pensa Berger. Elle les avait fait pénétrer sans poser de questions par interphone, parce qu'elle connaissait l'identité des deux femmes et qu'elles étaient attendues. Des insinuations sur son statut d'immigrée avaient fait la une et différentes photographies d'elle circulaient, accompagnées de rumeurs selon lesquelles elle offrait à Bobby d'autres services que cuisiner et faire son lit. Nastya avait environ trente-cinq ans, les pommettes saillantes, la peau olivâtre et des yeux d'un bleu saisissant.

— Entrez, je vous en prie, les accueillit-elle en s'effaçant.

Le vestibule était de travertin, aux ouvertures en arche et au plafond encaissé, haut de six mètres, au centre duquel pendait un lustre d'améthyste et de quartz gris fumée. À l'une des extrémités, un escalier orné d'une rampe en fer forgé au motif complexe montait vers l'étage. Nastya les invita à la suivre dans la bibliothèque. Berger se souvint qu'elle était située au deuxième étage, vers l'arrière de la demeure, une immense pièce dans laquelle Rupe Starr avait passé sa vie à accumuler des antiquités dignes d'une université ou d'un palais.

— La nuit a été longue pour M. Fuller, il a très peu dormi. Nous sommes bouleversés par ce qui se répète aux informations. (Nastya s'était arrêtée au milieu des marches et regardait Berger.) Est-ce que c'est vrai ? (Ses pas résonnaient sur la pierre tandis qu'elle reprenait son ascension, leur parlant dos tourné en inclinant la tête sur le côté.) Je m'inquiète toujours au sujet des chauffeurs de taxi. On monte et, après tout, que sait-on ? On se retrouve en voiture avec un étranger qui pourrait vous emmener n'importe où. Je peux vous offrir quelque chose à boire ? Du café, du thé, un verre d'eau ou une boisson plus corsée ? Ça ne pose pas de problème de boire dans la bibliothèque pour peu qu'on ne pose pas son verre à proximité des ouvrages.

— Merci, non, déclina Berger.

Parvenues au deuxième étage, elles suivirent un long couloir dont le sol était couvert d'un antique chemin en soie de nuances rose et rouge intense. Elles dépassèrent des portes closes pour parvenir à la bibliothèque. Berger se fit la réflexion qu'elle sentait bien plus le renfermé qu'à sa première visite, trois semaines auparavant. Les lustres, tous électriques, dispensaient une clarté minimale et la pièce était glaciale, abandonnée, au point qu'on aurait dit que personne n'y était entré depuis Berger, à Thanksgiving. Les albums photo qu'elle avait consultés ce jour-là étaient toujours en pile sur la table, et la chaise, ornée d'une tapisserie au point d'aiguille, sur laquelle elle avait pris place et découvert les photos de Lucy n'avait pas bougé. Sur une petite table aux pieds de griffon, non loin, était toujours posé le verre vide de Bobby. Il avait bu une généreuse rasade de cognac pour se calmer les nerfs. La haute horloge sculptée de grand-père n'avait pas été remontée.

— Renseignez-moi à nouveau… Vous occupez un appartement ici ? demanda Berger alors qu'elle et Bonnell s'installaient sur le canapé de cuir.

— En effet, à l'arrière, au troisième étage.

Son regard suivit celui de Berger et tomba sur l'horloge arrêtée et sur le verre sale. Elle expliqua :

— Je ne suis pas restée à la maison… Je suis revenue lundi. M. Fuller était absent…

— En Floride.

— Il m'a prévenue que vous passiez et je me suis dépêchée de rentrer. J'ai séjourné à l'hôtel. Il a été assez gentil pour m'en choisir un qui soit proche de la maison, afin que je puisse venir dès qu'on a besoin de moi, sans pour autant dormir ici, toute seule. Vous comprenez à quel point ce serait déplaisant pour moi.

— Quel hôtel ? intervint Bonnell.

— L'hôtel Élysée. La famille Starr y est cliente depuis très longtemps, notamment lorsqu'elle a des invités ou des associés dont elle ne souhaite pas qu'ils passent la nuit chez elle. C'est à quelques minutes de marche. Je suis sûre que vous pouvez comprendre pour quelle raison je ne veux pas rester ici en ce moment, répéta-t-elle. Ces dernières semaines ont été affreuses. Ce qui est arrivé à Hannah, et puis les médias, et leurs camions, leurs caméras… Vous ne savez jamais quand ils vont débarquer. Et c'est encore pire maintenant, avec cette femme qui a raconté des choses sur CNN hier soir. Elle ne parle que de ça, chaque soir, et elle ennuie constamment M. Fuller en tentant de lui arracher une interview. Les gens n'ont aucun respect. M. Fuller m'a permis de prendre de petits congés. Pourquoi est-ce que je resterais ici, toute seule, en ce moment ?

— Carley Crispin, compléta Berger. Elle ennuie M. Fuller ?

— Je ne peux pas la supporter, mais je regarde ses émissions parce que je veux savoir. C'était terrible, ce qu'elle a sorti hier soir. J'ai éclaté en larmes, j'étais retournée.

— Mais comment peut-elle casser les pieds de M. Fuller ? interrogea Bonnell. Je suppose qu'il n'est pas si facile que cela à joindre.

Nastya tira un fauteuil vers les deux femmes et s'installa.

— Tout ce que je sais, c'est qu'elle a déjà été invitée ici. À une ou deux réceptions, dans le passé. Quand elle faisait partie du personnel de la Maison-Blanche, comment ça s'appelle ? Un porte-parole ? Je n'étais pas encore employée par la famille Starr, c'était avant que j'arrive, mais vous avez entendu parler de M. Starr, de ses réceptions et de ses dîners très réputés. C'est la raison de tous ces albums photo, précisa-t-elle en désignant ceux qui étaient posés sur la grande table. Et il y en a plein d'autres sur les étagères. Ça couvre presque trente ans et vous n'avez sans doute pas eu le temps de tous les consulter.

Elle l'ignorait parce qu'elle était absente le jour où Berger et Marino étaient passés. Il n'y avait que Bobby, et Berger n'avait, en effet, parcouru que certains des albums. Elle s'était arrêtée après être tombée sur les photographies de celui qui couvrait l'année 1996.

Nastya poursuivit sur un ton rempli de fierté :

— Remarquez, ça n'est pas du tout surprenant que Carley Crispin ait été invitée à des dîners. Je suis certaine que la moitié des gens célèbres de la planète sont venus ici, à un moment ou à un autre. Hannah la connaissait sans doute, en tout cas elle l'avait rencontrée. Je déteste le calme qui s'est installé ici. Depuis le décès de M. Starr… Ah, les jours anciens sont terminés. Nous avions tant de fêtes, tant de gens, tant de choses qui se produisaient. M. Fuller est un homme beaucoup plus privé, discret, et, en plus, il est absent la plupart du temps.

L'employée de maison semblait parfaitement à son aise dans cette bibliothèque qu'elle n'avait ni rangée ni nettoyée depuis trois semaines. N'eût été son uniforme, elle aurait pu passer pour la maîtresse de maison, et le fait qu'elle appelait son ancienne employeuse par son prénom et en parlait au passé était intéressant. Pourtant Bobby était « M. Fuller ». De plus, il était en retard. Aucun signe de lui, alors qu'il était seize heures vingt. Berger se demanda s'il était là ou s'il avait décidé, après réflexion, de ne pas les rencontrer. La maison était terriblement silencieuse, même les échos lointains de la circulation ne parvenaient pas à franchir les murs de calcaire, d'autant que la bibliothèque était une pièce aveugle qui évoquait un mausolée ou une chambre forte, peut-être dans le but de protéger des ouvrages rares et des antiquités de la trop grande lumière ou de l'humidité.

— D'ailleurs ça rend son discours sur Hannah encore plus insupportable, continua Nastya au sujet de Carley Crispin. Soir après soir. Comment peut-on faire une chose pareille lorsqu'il s'agit de quelqu'un qu'on a rencontré ?

— Savez-vous à quand remonte la dernière visite de Carley Crispin ici ? demanda Berger en récupérant son portable.

— Non.

Bonnell revint à sa déclaration :

— Vous avez dit qu'elle ennuyait M. Fuller. Le connaît-elle, peut-être par Hannah ?

— Tout ce que je sais, c'est qu'elle a téléphoné à la maison.

— Comment possède-t-elle le numéro ? insista l'enquêtrice.

Berger tentait de joindre Bobby pour savoir où il se trouvait, mais le signal ne passait pas dans la bibliothèque.

— Je l'ignore. En plus, je ne réponds plus au téléphone. Je crains toujours qu'il s'agisse d'un journaliste. On peut trouver tant de choses de nos jours. On ne sait jamais qui peut découvrir votre numéro.

Le regard de Nastya se perdit en direction d'une immense toile représentant des clippers, une œuvre qui évoquait Montague Dawson et qui couvrait un panneau de mur entre des bibliothèques qui montaient du sol au plafond.

— Pourquoi Hannah a-t-elle pris un taxi ? interrogea Bonnell. En général, de quelle façon se déplaçait-elle ?

— Elle conduisait, répondit Nastya, les yeux toujours fixés sur le tableau. Sauf lorsqu'elle savait qu'elle allait boire quelques verres. Parfois ses amis ou ses clients la raccompagnaient, ou alors elle louait les services d'une compagnie de limousines. Mais, vous savez, quand on vit à New York, on finit par prendre des taxis, et peu importe qui vous êtes si vous n'avez pas d'autre solution. Elle le faisait de temps en temps, surtout lorsqu'elle se décidait à la dernière minute. Toutes leurs voitures de collection... Beaucoup d'entre elles sont très vieilles et ne sortent pas du garage. La collection de M. Starr. Vous l'avez vue. Peut-être que M. Fuller vous l'a montrée lorsque vous êtes venue la première fois.

Berger ne l'avait pas vue et ne répondit pas.

— Elles sont dans le garage du sous-sol, ajouta Nastya.

Lorsque Bobby avait fait faire le tour du propriétaire à Berger et Marino, ils n'étaient pas descendus au garage. Une collection de voitures anciennes n'avait pas paru importante sur le moment.

— Parfois, certaines d'entre elles sont bloquées.

— Bloquées ? releva Berger.

— La Bentley, parce que M. Fuller a déménagé plein de choses dans le garage, précisa Nastya, son attention se concentrant à nouveau sur la peinture marine. Il est très fier de ses voitures et passe un temps fou avec.

— Hannah n'a pas pu prendre sa Bentley pour se rendre à ce dîner parce qu'elle était bloquée ? voulut vérifier le procureur.

— Et il faisait un temps affreux. Toutes ces voitures, et la plupart qu'on ne peut pas sortir. La Duesenberg, la Bugati, la Ferrai.

Elle écorchait leurs noms.

— Attendez, je me trompe peut-être, mais je pensais que Bobby était absent cette nuit-là.

CHAPITRE 22

Scarpetta était assise à l'une des stations de travail du laboratoire de formation, Lucy et Marino l'ayant quittée peu avant pour rejoindre Berger et Benton.

Elle continuait à examiner ce que Geffner lui envoyait tout en étudiant ce qui s'affichait sur les deux autres écrans, des copeaux de peintures multicouches, l'un jaune chrome, l'autre rouge vif, et les données qui illustraient la vie de Toni Darien, minute par minute, de plus en plus proches de sa mort.

La voix de Geffner retentit dans le haut-parleur :

— Ces débris que vous avez recueillis de la blessure à la tête de Toni Darien et de ses cheveux, j'ai fait des coupes transversales de ceux que vous voyez, mais je n'ai pas eu le temps de les préparer sur une lame de microscope en Melt Mount, donc ce que je vous envoie comme préparation est vraiment brut, vite fait et assez sale. Vous avez les images ?

— Tout à fait, dit Scarpetta en scrutant les copeaux sans perdre des yeux les diagrammes, les plans et une multitude de graphiques.

Des milliers de rapports émanant du BioGraph. Elle ne pouvait pas faire un arrêt sur image, ni les repasser, ni même effectuer un bond dans le futur pour en sauter certains. Elle n'avait pas d'autre option que de regarder toutes les données que les programmes de Lucy passaient au crible et triaient. Le processus n'était pas assez rapide et n'avait rien de simpliste. Surtout, il était déroutant. Le problème se nommait Caligula. Ils ne possédaient pas le logiciel développé dans le seul but de manipuler, d'interpréter la myriade de données que recueillaient les BioGraph en circulation.

— Les copeaux jaune chrome proviennent d'une peinture à l'huile, une mélamine acrylique et une résine alkyde. Un véhicule ancien, expliquait Geffner. Quant au copeau de peinture rouge, il est plus récent. Ça, on en est certain parce que les pigments sont organiques, contrairement aux vieux pigments inorganiques, des métaux lourds.

Depuis vingt-sept minutes, Scarpetta suivait Toni Darien dans la demeure d'Hannah Starr, les minutes de Toni, celles qui s'étaient écoulées entre quinze heures vingt-six et quinze heures cinquante-trois le mardi précédent. Durant cet intervalle, la température ambiante de la maison de Park Avenue était passée de dix-neuf à vingt-deux degrés en fonction des lieux que la jeune femme avait traversés lentement, s'immobilisant parfois, son rythme cardiaque n'excédant jamais soixante-sept, la fréquence d'une personne détendue qui marchait, peut-être en parlant à quelqu'un. La température chuta soudain. Dix-neuf degrés, dix-huit, seize degrés, encore plus bas. En revanche sa mobilité restait stable, dix à vingt pas toutes les quinze secondes, une allure paisible. Toni Darien avançait dans une zone plus fraîche de la maison.

— De toute évidence, ce n'est pas l'arme qui a transféré les copeaux dans la plaie, dit Scarpetta à Geffner. Sauf si elle était couverte de peinture automobile.

— C'est plutôt un transfert passif, en effet. Par l'intermédiaire soit de l'objet avec lequel elle a été frappée, soit du véhicule qui a transporté son cadavre.

Quinze degrés, quatorze et demi, quatorze, la température baissant au fur et à mesure de la progression lente de Toni. Huit pas. Trois pas. Dix-sept pas. Aucun pas. Quatre pas. Chaque quinze secondes. Température ambiante : treize degrés. Il faisait frais. Sa mobilité était à peu près constante : elle avançait, puis s'arrêtait, peut-être pour parler à quelqu'un ou regarder quelque chose.

— L'origine n'est pas la même, sauf si on admet un second transfert passif, déclara Scarpetta. Le copeau jaune provient d'un véhicule plus ancien que le rouge vif.

— Tout à fait. Les pigments de la peinture jaune sont inorganiques et elle renferme du plomb, renchérit Geffner. Je sais déjà que je vais retrouver du plomb, bien que je n'aie pas eu recours à une spectroscopie à infrarouges par transformation de Fourier et à une pyrolyse suivie d'une chromatographie en phase gazeuse avec spectrométrie de masse. Les copeaux que vous voyez sont faciles à distinguer parce qu'ils n'ont pas le même âge. La peinture la plus récente est composée d'une couche superficielle de protection transparente, une couche de base rouge avec des pigments organiques, et, entre les deux, trois couches d'apprêt rouge. Le copeau jaune est différent : pas de couche superficielle, une première couche très épaisse, puis une autre. Quant aux deux éclats noirs, la peinture est récente, elle aussi. Seule la jaune est ancienne.

D'autres diagrammes et plans défilaient avec lenteur. Quinze heures cinquante-neuf. Heure de Toni Darien. Seize heures une. Seize heures trois. Son oxymétrie de pouls était stable à quatre-vingt-dix-neuf pour cent, sa fréquence cardiaque de soixante-six, son allure comprise entre huit et seize pas, la luminosité ambiante n'était que de trois cents lux. La température avait encore chuté, douze degrés et demi. Elle avançait dans un endroit très frais et faiblement éclairé. Ses paramètres vitaux indiquaient qu'elle se portait bien et n'était soumise à aucun stress particulier.

— On n'utilise plus de plomb dans la composition des peintures depuis combien de temps ? demanda Scarpetta. Une vingtaine d'années, c'est cela ?

— Les pigments aux métaux lourds remontent aux années soixante-dix-quatre-vingt et avant, bien sûr. Ils ne sont pas écologiques, précisa Geffner. C'est cohérent avec les fibres que vous avez collectées dans la plaie qu'elle porte à la tête, dans les cheveux et sur différentes zones du corps. Du synthétique, de l'acrylique, surteint en noir, j'en ai repéré au moins quinze sortes jusque-là, le genre de choses que j'associe avec des fibres recyclées, des sous-produits de fabrication assez typiques des tapis de sol ou de coffre dans les véhicules déjà anciens.

— Et les fibres d'un véhicule récent ? voulut savoir Scarpetta.

— Jusque-là, ce que j'ai vu des échantillons que vous m'avez transmis, ce sont des fibres de recyclage.

— Ce qui corroborerait la thèse que son corps a été transporté en voiture, mais sans doute pas dans un taxi jaune ?

Seize heures dix, heure de Toni Darien. Quelque chose se produisait. Un événement soudain, rapide, dévastateur et décisif. En l'espace de trente secondes, son allure passait de deux pas à l'immobilité complète. Elle ne bougeait plus ni les bras ni les jambes, et son oxymétrie de pouls baissait : quatre-vingt-dix-huit pour cent, puis quatre-vingt-dix-sept. Sa fréquence cardiaque tombait à soixante.

— Je me doutais que vous me poseriez la question, docteur Scarpetta, en raison de tout ce qu'on a pu entendre aux informations. L'âge moyen des taxis jaunes new-yorkais est inférieur à quatre ans. Il suffit d'imaginer le nombre de kilomètres qu'ils accumulent. Il est peu probable, je devrais dire très improbable, que le copeau jaune chrome provienne de l'un d'eux. Non, plutôt d'un vieux véhicule, même si j'ignore lequel.

Seize heures seize, heure de Toni Darien. Elle était à nouveau mobile bien que ne marchant pas, puisque le pédomètre inclus dans sa fausse montre restait à zéro. Mobile sans faire un pas, sans doute pas debout. Quelqu'un d'autre la déplaçait. Son oxymétrie de pouls n'était plus que de quatre-vingt-quinze pour cent, sa fréquence cardiaque de cinquante-sept. Température ambiante et luminosité identiques. Elle se trouvait donc toujours au même endroit dans la demeure, et elle était en train de mourir.

— … L'autre trace est de la rouille. En plus de grains ressemblant à du sable, des particules de roche, d'argile, de matière organique en décomposition, et des fragments d'insectes. De la poussière, en d'autres termes.

Scarpetta imagina la scène. Toni Darien était frappée avec une grande violence à l'arrière du crâne, du côté gauche, un seul coup. Elle avait dû s'écrouler immédiatement au sol, inconsciente. Seize heures vingt et la saturation en oxygène de son sang n'était plus que de quatre-vingt-quatorze pour cent, son rythme cardiaque de cinquante-cinq. On la déplaçait à nouveau puisque le pédomètre restait à zéro. Elle ne marchait pas, on la tirait.

— … Je peux vous envoyer des images, disait Geffner mais Scarpetta l'écoutait à peine. Du pollen, des fragments de cheveux portant des marques d'attaque par des insectes, des déjections des insectes en question, et, bien sûr, des acariens. Il y en avait partout sur elle et je doute qu'ils proviennent de Central Park. Peut-être du véhicule dans lequel elle a été transportée. Ou d'un endroit plein de poussière.

Les diagrammes se succédaient. Des pics sur les rapports d'actigraphie. Un mouvement continu, enregistré toutes les quinze secondes, minute après minute. Quelqu'un la déplaçait de façon répétée.

— … qui sont des arachnides microscopiques et on s'attend à les trouver en abondance dans un vieux tapis ou une pièce bourrée de poussière. Les acariens meurent lorsqu'ils n'ont plus rien à manger, comme des squames, ce qu'ils recherchent à l'intérieur des maisons.

Seize heures vingt-neuf, heure de Toni Darien. Oxymétrie de pouls : quatre-vingt-treize pour cent. Rythme cardiaque : quarante-neuf battements par minute. L'hypoxie s'installait, la faible saturation du sang commençait à priver son cerveau d'oxygène, son cerveau qui saignait, qui enflait en raison de sa terrible blessure. Des pics et des bosses d'actigraphe, son corps bougeant au fil des ondulations et des lignes, selon un rythme qui se répétait, seconde après seconde, puis minute après minute.

— … en d'autres termes, les acariens…

— Merci infiniment. Il faut que j'y aille, lança Scarpetta à Geffner en interrompant la communication.

Le silence s'abattit dans le laboratoire de formation. Des graphiques, des diagrammes, des plans se succédaient sur les deux grands écrans plats. Elle était assise, comme hypnotisée. Le rythme s'était modifié. Des mouvements par à-coups, parfois intenses, puis plus rien. Et la séquence recommençait. À dix-sept heures, heure de Toni Darien, l'oxymétrie de pouls avait chuté à soixante-dix-neuf pour cent et la fréquence cardiaque à trente-trois. Elle avait sombré dans le coma. Une minute plus tard, la ligne de l'actigraphe devenait plate parce que le mouvement avait cessé. Encore quatre minutes plus tard, sans reprise de la mobilité, la luminosité ambiante passait de trois cents à moins d'un lux. Quelqu'un avait éteint les lumières. À dix-sept heures quatorze, Toni Darien était morte dans le noir.

Lucy ouvrit le coffre de la voiture de Marino, alors que Benton et une femme descendaient d'un SUV noir et traversaient Park Avenue d'un pas vif. Il était plus de dix-sept heures, une nuit très froide était tombée et un vent hargneux fouettait le drapeau fiché en haut de l'entrée principale de la demeure des Starr.

— On a quelque chose ? s'enquit Benton en remontant le col de son manteau.

— On a fait le tour, en essayant d'apercevoir un truc par les fenêtres, détecter une activité quelconque. Jusque-là rien, le renseigna Marino. Lucy pense qu'un brouilleur a été installé, et moi, je pense qu'on devrait y aller au bélier et aux flingues, sans attendre l'unité d'urgence.

— Pourquoi ? demanda la silhouette sombre de la femme à Lucy.

— Vous êtes ?

Lucy était à cran, désagréable, et l'affolement la gagnait.

— Marty Lanier, FBI.

— Je connais la maison, répondit Lucy en tirant la fermeture à glissière d'un sac et en ouvrant un des tiroirs de rangement aménagés par Marino dans le coffre de sa voiture. Rupe détestait les téléphones portables et ne les autorisait pas chez lui.

— L'espionnage industriel…, suggéra Lanier.

Lucy la coupa :

— Il les détestait, les trouvait importuns. Lorsque vous tentiez de passer une communication ou de vous connecter à Internet, il n'y avait plus de signal. Rupe n'était pas dans l'espionnage, en revanche il avait peur que les autres y soient.

— Il doit y avoir pas mal de zones non couvertes par le réseau ici, déclara Benton en faisant allusion au bâtiment de pierres calcaires avec ses hautes fenêtres, ses balcons protégés de rambardes en fer forgé, l'ensemble faisant songer aux hôtels particuliers parisiens, ces grandes demeures privées que Lucy associait au cœur de Paris, à l'île Saint-Louis.

Elle connaissait l'hôtel Chandonne, habité par la noblesse corrompue dont descendait Jean-Baptiste. La demeure Starr lui ressemblait, que ce soit par son style ou sa taille. Quelque part à l'intérieur se trouvaient Berger et Bonnell, et Lucy était déterminée à les rejoindre. Elle fourra subrepticement un Rabbit Tool, un levier de forcement de porte, dans le sac, puis, sans plus de discrétion, l'appareil d'imagerie thermique qu'elle avait offert à Marino pour son dernier anniversaire et qui n'était autre qu'un détecteur d'infrarouges portable, relevant d'une technologie identique à celui qui équipait son hélicoptère.

— Je n'ai certes pas une passion pour les subtilités de procédure..., attaqua Lanier.

— Toutefois le point mérite d'être évoqué, approuva Benton d'une voix cassante d'impatience où se percevaient son inquiétude et son impuissance. On défonce la porte et on les retrouve tranquillement assis autour d'un café. Ce qui me préoccupe le plus est une situation de prise d'otages : on risque de provoquer une escalade. Je ne suis pas armé, précisa-t-il à Marino d'un ton accusateur.

— Tu sais ce que j'ai, dit le grand flic à Lucy, une instruction voilée de sa part.

L'agent spécial Lanier feignit de ne pas avoir suivi l'échange, ni de remarquer que Lucy tirait une housse noire de la taille d'une raquette de tennis avec « Beretta CX4 » brodé dessus. Elle la tendit à Benton, qui la passa en bandoulière, puis referma le coffre. Ils ignoraient qui était à l'intérieur de la demeure ou à proximité, mais s'attendaient à découvrir Jean-Baptiste Chandonne. Était-il le fameux Bobby Fuller ou un autre ? Il travaillait avec eux, avec ceux qui exécutaient ses ordres, des gens malfaisants qu'aucune bassesse ne rebutait. Dans le cas où Benton tomberait sur lui, il n'avait aucune intention de se défendre à mains nues, mais grâce à une carabine compacte à canon court capable d'envoyer des projectiles de neuf millimètres.

Lanier avança sur des œufs, peu désireuse de se substituer au département de police de New York :

— Je crois que nous devrions appeler l'unité d'urgence et attendre l'équipe chargée de forcer la porte.

Marino l'ignora, le regard fixé sur la maison. Il s'adressa à Lucy :

— Et c'était quand ? Quand t'es venue pour la dernière fois et t'as entendu parler de ce brouilleur ?

— Il y a deux ans. Rupe s'était équipé dans les années quatre-vingt-dix, au moins. Le genre de brouilleur très puissant qui peut neutraliser les ondes radio entre vingt et trois mille mégahertz. La fréquence des radios du département de police est huit cents mégahertz et elles ne seront d'aucune utilité, pas plus que les téléphones portables. Un petit conseil tactique ? Je suis d'accord. (Lucy regarda Lanier.) Faites venir l'unité d'urgence, l'équipe A, parce que défoncer la porte n'est pas le plus difficile. Là où ça va se gâter, c'est si nous rencontrons une résistance une fois à l'intérieur, puisque nous ne savons pas à qui ou à quoi nous allons avoir affaire. On fait une entrée forcée tout seuls, et on risque de se faire exploser le cul ou écorcher vifs. À vous de choisir.

Lucy parlait d'une voix calme, raisonnable, alors qu'elle hurlait dans sa tête et n'allait certainement pas attendre les renforts.

— Sur quelle fréquence directe êtes-vous si je vois quelqu'un ? demanda-t-elle à Marino.

— Tac I.

Lucy se dirigea d'un pas vif vers Central Park South et se mit à courir dès qu'elle eut dépassé le coin. À l'arrière de la maison, une langue de pavés menait à une porte de garage en bois peint de noir qui ouvrait du côté gauche. Le policier en tenue qu'elle avait vu plus tôt se trouvait non loin. Il balayait les buissons d'arbustes du faisceau de sa lampe torche. Au-dessus d'eux s'élevaient les trois étages de la demeure, plongée dans l'obscurité, sans aucune lueur derrière les fenêtres.

Lucy ouvrit la fermeture de son sac et en extirpa son appareil d'imagerie thermique en expliquant :

— Écoutez, je vais rester là un moment et vérifier si je perçois de la chaleur derrière les fenêtres. Vous pourriez rejoindre les autres devant. Ils s'apprêtent à défoncer la porte.

— Personne m'a appelé.

L'officier la regardait, ses traits indiscernables dans la lumière irrégulière des lampadaires de rue. Il était en train de dire, très courtoisement, au petit génie de l'informatique recruté par Berger d'aller se faire foutre.

— L'équipe A est en route et personne ne vous contactera. Vous pouvez vérifier avec Marino. Il est sur Tac Ida.

Lucy alluma le détecteur et le braqua sur des fenêtres qui virèrent au vert sombre en infrarouges, les doubles rideaux qui les occultaient se transformant en taches d'un gris blanchâtre.

— Peut-être de la chaleur radiante provenant des couloirs, dit-elle alors que l'officier s'écartait.

Il disparut, se dirigeant vers une entrée qui ne serait pas forcée puisque la porte concernée se trouvait à l'endroit qu'il venait de quitter. Lucy tira le levier d'enfoncement portatif, sorte de pince-monseigneur hydraulique capable d'exercer plus de huit cents kilos de pression par centimètre carré. Elle faufila les extrémités des mâchoires dans l'interstice entre le côté gauche de la porte de garage et le chambranle, et activa la pompe de son pied. Le bois gémit et quelques claquements retentirent alors que les gonds se déformaient puis cédaient. Elle ramassa ses outils et pénétra, tirant le battant derrière elle afin que la brèche soit aussi peu visible que possible depuis la rue. Elle s'immobilisa dans la pénombre froide, l'oreille aux aguets, tentant de s'orienter dans ce qui était le niveau inférieur du garage Starr. Le détecteur thermique ne lui serait d'aucune aide ici puisqu'il ne percevait que la chaleur. Elle sortit sa lampe SureFire et l'alluma.

Le système d'alarme de la demeure avait été désactivé, suggérant que la personne qui avait fait entrer Berger et Bonnell ne l'avait pas rebranché ensuite. *Nastya peut-être*, songea Lucy. Elle l'avait rencontrée lors de sa dernière visite. L'employée de maison lui avait fait l'impression d'une femme négligente, imbue d'elle-même, sans doute engagée récemment par Hannah, ou bien était-ce Bobby qui l'avait choisie. Cependant Lucy avait été frappée par le fait que des gens tels que Nastya fassent désormais partie de l'environnement de Rupe. Ce n'était pas son genre. Il y avait peu de chances que le vieux monsieur ait pris cette décision, et Lucy se demandait de plus en plus ce qui lui était véritablement arrivé. Il semblait impossible d'assassiner quelqu'un par le biais d'une salmonelle, et il paraissait exclu qu'une erreur de diagnostic soit intervenue dans une ville telle qu'Atlanta, connue pour son CDC, le Centre de prévention et de contrôle des maladies. Peut-être Rupe s'était-il laissé mourir parce que Hannah et Bobby étaient en train de cannibaliser sa vie et qu'il se doutait de ce qui l'attendait : perdre sa fortune, devenir un vieillard impuissant, à leur merci. Possible. Certains individus développaient un cancer ou avaient un accident, court-circuitant l'inacceptable à leurs yeux.

Elle posa le sac à ses pieds et tira son pistolet Glock de l'holster qui serrait sa cheville. Le puissant faisceau lumineux de sa torche éclairait alentour, léchant les murs de pierre blanchis au lait de chaux et le carrelage en terre cuite. À gauche de la porte du garage se trouvait une aire réservée au lavage des voitures et de l'eau s'égouttait de l'extrémité d'un tuyau enroulé sans soin. Des serviettes crasseuses gisaient au sol, un seau en plastique était renversé sur le flanc à côté de plusieurs gros bidons d'eau de Javel. Des empreintes de chaussures et d'innombrables marques de pneus zébraient les pavés de terre cuite. Une brouette et une pelle recouvertes d'une croûte de ciment sec étaient abandonnées dans un coin.

Elle suivit les empreintes de pneus et de pas, différents motifs, différentes tailles, de la poussière partout, peut-être une chaussure de sport ou une botte, deux personnes ou davantage. Elle écoutait, perçant les ténèbres du faisceau de sa torche. Elle se souvenait à quoi avait ressemblé cet endroit et remarqua combien il avait changé. Elle découvrit partout des signes d'activité qui n'avaient rien à voir avec l'entretien de voitures de collection. Le puissant éclairage balaya la zone dans laquelle se trouvaient les établis, les compresseurs, les jauges, les chargeurs de batteries, les crics, les bidons d'huile, des pneus, le tout recouvert de poussière et entassés comme si on les avait relégués dans un coin pour s'en débarrasser, inutiles, sans plus d'importance.

Plus rien à voir avec le passé. Dans le temps, on aurait pu manger par terre. Le garage était le bonheur et la fierté de Rupe avec sa bibliothèque, les deux lieux communiquant par une porte dérobée dissimulée derrière une marine. Le faisceau illumina l'épaisse poussière, les toiles d'araignée qui s'étaient accumulées sur le pont hydraulique que Rupe avait fait installer lorsque les fosses de réparation avaient été interdites car jugées dangereuses, le monoxyde de carbone s'accumulant au fond lorsque le moteur tournait. Il n'y avait jamais eu de matelas ici – un matelas nu poussé près du mur, maculé de grandes taches brunâtres et de traînées qui évoquaient du sang. Lucy y découvrit des cheveux, de longs cheveux, certains bruns, d'autres blonds. Elle perçut une odeur, ou du moins le crut. À côté du matelas gisait une boîte de gants chirurgicaux.

L'ancienne fosse de réparation était située à quelques mètres, recouverte d'une bâche de peintre que Lucy n'avait jamais vue auparavant. Le sol alentour était semé d'empreintes de semelle similaires à certaines de celles qu'elle avait vues plus tôt et d'éclaboussures, de traînées de ciment. Elle s'accroupit et souleva un coin de la bâche. Dessous se trouvaient de larges planches de contre-plaqué, et, encore en dessous, sa lampe illumina le fond de la fosse, tapissé d'une couche de ciment irrégulière de moins de soixante centimètres d'épaisseur. La personne qui avait versé le ciment humide ne s'était pas cassé la tête pour l'aplanir, et la surface était déformée de creux et de bosses. Lucy eut l'impression que la même odeur lui montait aux narines, et elle frôla son arme.

Progressant plus rapidement, elle longea la rampe qui menait au niveau supérieur, restant proche du mur. C'était à cet étage que Rupe gardait ses voitures. Au fur et à mesure qu'elle remontait, elle aperçut de la lumière. Ses boots ne produisaient aucun son sur le carrelage italien naguère immaculé et aujourd'hui poussiéreux, zébré d'empreintes de pneus et partiellement recouvert de sable et de sel. Elle entendit des voix et s'immobilisa. Des voix de femmes. Elle crut reconnaître celle de Berger. Quelque chose comme « être bloqué à l'intérieur ». Une autre voix disait : « Eh bien, mais c'est quelqu'un d'autre », « On nous avait d'abord déclaré… » et, à plusieurs reprises : « C'est faux, à l'évidence. »

Puis, Berger demandait :

— Quels amis ? Pourquoi ne pas nous en avoir parlé plus tôt ?

Une voix teintée d'accent, assourdie, celle d'une femme parlant vite, répondait. Lucy pensa aussitôt à Nastya. Elle écoutait, attendant qu'un homme prenne la parole : Bobby Fuller. Où était-il ? Le message que Berger avait laissé à Marino alors qu'il se trouvait avec Lucy dans le labo de formation, dans l'incapacité d'utiliser leurs téléphones, précisait que le procureur et Bonnell devaient rencontrer Bobby. Il affirmait avoir pris un vol tôt le matin de Fort Lauderdale, après avoir entendu aux informations qu'on avait retrouvé des cheveux d'Hannah. Berger avait insisté pour le rencontrer à nouveau afin de lui poser un certain nombre de questions. Il avait refusé de venir au One Hogan Place ou dans un quelconque lieu public, et suggéré la demeure Starr. Où était-il ? Lucy avait vérifié, avait téléphoné à la tour de l'aéroport de Westchester et parlé au contrôleur aérien, celui qui était toujours si impoli.

Il se nommait Lech Peterek, était polonais et froid, très inamical au téléphone, simplement parce qu'il s'agissait de sa personnalité, cela n'avait rien à voir avec Lucy. En réalité, il avait été incapable de se souvenir d'elle jusqu'à ce qu'elle énonce ses immatriculations de queue, et même à ce moment-là il était resté vague. Il lui avait révélé qu'il n'existait aucune trace d'une arrivée matinale en provenance de Floride du Sud, en tout cas pas celle du Gulfstream qu'empruntaient toujours Bobby Fuller et Hannah Starr, celui de Rupe. L'appareil n'avait pas quitté son hangar depuis des semaines, le hangar qui abritait l'hélicoptère de Lucy, puisque c'était Rupe Starr qui négociait les achats d'aéronefs de la jeune femme. Rupe l'avait initiée à ces merveilleuses machines que sont les hélicoptères Bell et les Ferrari. Au contraire de sa fille Hannah, c'était un homme bien intentionné et, jusqu'à sa mort, Lucy s'était sentie en sécurité à propos de ses revenus. Elle n'avait jamais imaginé qu'on puisse vouloir la ruiner par plaisir.

Elle parvint en haut de la rampe, longeant toujours le mur au plus proche. Une pénombre imparfaite régnait et le seul éclairage de cette zone provenait du coin gauche, assez lointain, d'où émanaient les voix. Cependant elle ne voyait personne. Berger, sans doute Bonnell et Nastya devaient être dissimulées par des voitures et les robustes colonnes entourées de panneaux d'acajou et enveloppées dans du néoprène noir, de sorte que les portières des précieux véhicules ne récoltent aucune bosse. Lucy s'avança, tentant de percevoir une nuance de peur ou de colère dans les voix, mais elles paraissaient calmes. Il s'agissait d'une conversation intense, parfois même conflictuelle.

— Eh bien, quelqu'un d'autre dans ce cas. Ça paraît évident.

La voix de Berger, à n'en pas douter.

L'accent répondit :

— Les gens entrent et sortent. Ils reçoivent énormément. Ils ont toujours beaucoup reçu.

— Vous nous avez pourtant dit que les réceptions s'étaient raréfiées avec le décès de Rupe Starr.

— Oui. Il y en a moins qu'avant. Mais il y a quand même toujours des gens qui viennent. Je ne sais pas. M. Fuller est très secret. Lui et ses amis se rejoignent ici et je n'interfère pas.

— Et nous devrions croire que vous ne savez pas qui entre et sort ?

La troisième voix, sans doute celle de Bonnell.

Les voitures de Rupe Starr. Une collection aussi choyée et sentimentale que rare et impressionnante. Une Packard 1940, identique à celle que le père de Rupe avait possédée. La Thunderbird 1957, le rêve de Rupe lorsqu'il était au lycée et conduisait une Coccinelle Volkswagen. Une Camaro 1969, similaire à celle qu'il avait achetée après son MBA d'Harvard. La berline Mercedes de 1970, une récompense qu'il s'était accordée lorsqu'il avait commencé à récolter des succès à Wall Street. Lucy dépassa sa précieuse Duesenberg Speedster 1933, sa Ferrari 355 Spyder et la dernière voiture qu'il s'était offerte peu avant sa mort et n'avait pas eu le temps de restaurer, un taxi Checker jaune de 1979, dont il affirmait qu'il lui rappelait New York à son apogée.

Les nouvelles pièces de sa collection, les Ferrari, les Porsche et la Lamborghini, étaient des achats récents, influencés par Hannah et Bobby, notamment la Bentley Azure blanche décapotable, garée le nez contre le mur du fond, et la Carrera GT rouge de Bobby qui la bloquait. Berger, Bonnell et Nastya se tenaient à côté de l'aile arrière de la Bentley, discutant le dos tourné, n'ayant pas encore remarqué Lucy. Elle leur cria un hello, leur disant de ne pas être surprises, et s'approcha du taxi Checker. Elle remarqua un peu de sable prisonnier des rainures de pneus et des traces qui menaient à eux. Elle prévint tout le monde d'une voix forte qu'elle était armée et continua d'avancer. Les trois femmes se tournèrent vers elle et elle reconnut l'expression peinte sur le visage de Berger parce qu'elle l'avait déjà vue. La peur. La méfiance et le chagrin.

— Non ! s'exclama Berger, et il devint clair que c'était Lucy qu'elle redoutait. Pose cette arme.

— Quoi ? lança Lucy, sidérée, tout en remarquant le mouvement de la main droite de Bonnell.

— S'il te plaît, pose cette arme, répéta Berger d'un ton maintenant monocorde.

— On a essayé d'appeler, de te contacter par radio. Attention, doucement. (La mise en garde s'adressait à Bonnell.) Écartez lentement les mains du corps. Tendez-les vers moi.

Le pistolet de Lucy était levé.

— Rien de ce que tu as pu faire ne justifie ceci, lui dit Berger. S'il te plaît, pose-le.

— Doucement. Restez calmes. Je vais m'approcher afin que nous ayons une conversation, leur déclara Lucy en avançant vers elles. Vous ne savez pas ce qui s'est passé. Nous n'avons pas réussi à vous contacter. Merde à la fin ! Ne bougez pas votre putain de main, hurla-t-elle à l'adresse de Bonnell.

Nastya marmonna quelque chose en russe et fondit en larmes.

Berger se rapprocha de Lucy et réitéra :

— Donne-moi ce pistolet et on parlera. De ce que tu veux. Tout va bien. Rien de ce que tu as pu faire n'est important. Qu'il s'agisse d'argent ou d'Hannah.

— Je n'ai rien fait. Écoute-moi !

— Tout va bien. Donne-moi cette arme.

Berger la fixait pendant que Lucy ne quittait pas Bonnell des yeux, guettant le moindre geste de la femme flic vers son arme.

— Non, ça ne va pas. Tu ne sais pas qui elle est, rétorqua Lucy en faisant allusion à Nastya. Ni qui ils sont tous. Toni est passée ici. Tu l'ignores parce que nous ne parvenions pas à vous joindre. L'espèce de montre que portait Toni possédait un GPS et nous savons qu'elle est venue. Mardi. C'est ici qu'elle est morte. (Lucy jeta un regard au taxi Checker jaune.) Il l'a gardée durant un moment. Ou eux.

— Personne n'est venu ici, protesta Nastya en secouant la tête et en pleurant.

— Foutue menteuse ! cria Lucy. Où est Bobby ?

— Je ne sais rien. J'obéis juste aux ordres, pleurnicha l'autre.

— Où était-il mardi après-midi ? Où étiez-vous tous les deux ?

— Je ne descends jamais lorsqu'ils montrent les voitures aux invités.

— Qui d'autre se trouvait dans la maison ? lança Lucy à Nastya qui garda le silence. Qui était ici mardi après-midi et toute la journée de mercredi ? Qui est sorti en voiture à environ quatre heures du matin hier ? Au volant de ça, précisa Lucy en désignant le taxi Checker d'un signe du menton. (S'adressant à Berger, elle poursuivit :) Toni était dedans. On n'a pas réussi à te contacter. Les copeaux de peinture retrouvés sur elle proviennent de quelque chose d'ancien. Un vieux véhicule jaune.

— Lucy, il y a assez de dégâts comme ça. On parviendra à tout réparer, d'une façon ou d'une autre. Je t'en prie, donne-moi le revolver.

Lucy commença à comprendre ce que Berger voulait dire.

— Quoi que tu aies fait, Lucy.

— Je n'ai rien fait, répéta celle-ci sans lâcher Bonnell et Nastya des yeux.

— Ça n'a pas d'importance pour moi. Nous le dépasserons. Mais il faut que ça cesse maintenant. Tu peux y mettre un terme. Donne-moi l'arme.

— Là-bas, à côté de la Duesenberg, il y a des sortes de boîtes, expliqua Lucy. Le système stationnaire qui brouille les téléphones et ta radio. Si tu regardes, tu peux les apercevoir d'ici. À ma gauche, elles sont contre le mur. Elles ressemblent à un petit sèche-linge et à une machine à laver avec des rangées de lampes devant. Des interrupteurs correspondant à différentes bandes radio. C'est Rupe qui l'avait fait installer et tu peux constater d'ici que c'est allumé. Les rangées de témoins lumineux sont toutes rouges parce que toutes les fréquences ont été brouillées.

Personne ne bougea, ni ne regarda dans cette direction. Elles fixaient toutes les deux Lucy comme si celle-ci risquait de les abattre d'un instant à l'autre. Et Berger s'était mis en tête que c'était ce que Lucy avait fait subir à Hannah. « Et tu étais chez toi cette nuit-là. C'est vraiment dommage que tu n'aies rien vu. » Cette phrase que répétait Berger depuis quelques semaines, parce que le loft de Lucy était situé dans Barrow Street et que c'était dans cette rue qu'on avait aperçu Hannah pour la dernière fois. Berger n'ignorait pas ce dont Lucy était capable. Elle ne lui faisait pas confiance, en avait peur, la considérant maintenant comme une étrangère ou un monstre. Lucy ne savait que dire pour rétablir la situation, pour que leurs vies redeviennent ce qu'elles avaient été. Néanmoins elle ne tolérerait pas l'avancée de la destruction. Pas un pouce de plus. Elle y mettait un terme.

— Jaime, va voir. S'il te plaît, dirige-toi vers les boîtes, regarde. Les interrupteurs correspondent à différentes fréquences mégahertz.

Berger la dépassa sans s'approcher d'elle et Lucy ne la suivit pas du regard. Elle fixait les mains de Bonnell. Marino avait mentionné que l'enquêtrice n'avait rejoint la brigade des homicides que peu auparavant. Elle manquait d'expérience et ne comprenait pas ce qui était en train de se passer parce qu'elle ne se fiait pas à son instinct. Elle écoutait sa tête et elle paniquait. Si Bonnell s'était fiée à son intuition, elle aurait senti que Lucy n'était agressive qu'en réponse à sa propre agressivité, que Lucy n'était pas à l'origine de cette épreuve de force.

Parvenue au mur, Berger lança :

— Je suis devant les boîtes.

— Abaisse tous les interrupteurs. (Lucy ne tourna pas la tête vers elle. Il était exclu qu'elle se fasse descendre par une foutue flic.) Les témoins lumineux devraient devenir verts et des tonnes de messages vont parvenir sur ton téléphone portable et celui de Bonnell. Ça devrait te convaincre que des gens ont tenté de vous joindre, que je ne mens pas.

Les claquements des interrupteurs que Berger manipulait. Lucy lança à Bonnell :

— Essayez votre radio. Marino est devant la maison. Si l'équipe A n'a pas déjà forcé la porte, ils sont tous dehors. Contactez-le par radio. Il est sur Tac Ida.

Elle conseillait à Bonnell d'utiliser une fréquence directe Tac I, au lieu de passer par le service radio habituel qui nécessitait un dispatcheur intermédiaire. Bonnell décrocha l'appareil pendu à sa ceinture, changea de canal et enfonça le bouton de transmission.

— Fumeur, tu me reçois ? annonça Bonnell en surveillant Lucy. Fumeur, tu es là ?

La voix tendue de Marino :

— Ouais, je te reçois, Los Angeles. C'est quoi ton 20 ?

— Nous sommes dans le sous-sol en compagnie de Gros Bonnet, déclara Bonnell sans répondre à la question du grand flic.

Il lui avait demandé si elle allait bien et elle lui indiquait l'endroit où elles se trouvaient, en se servant de surnoms qu'ils avaient dû se donner ainsi qu'à Lucy. Lucy était donc Gros Bonnet et Bonnell n'avait aucune confiance en elle. Bonnell ne tenait pas à rassurer Marino en lui annonçant que tout le monde allait bien, au contraire.

— Gros Bonnet est avec toi ? Et l'Aigle ?

— Oui aux deux.

— Quelqu'un d'autre ?

Bonnell lança un regard à Nastya et déclara :

— Noisette.

Un surnom qu'elle venait de trouver.

— Dites-lui que j'ai ouvert la porte du garage, intima Lucy.

Bonnell s'exécuta et Berger revint vers les autres femmes, consultant son BlackBerry sur lequel atterrissaient les messages bloqués dans une succession de carillons. Des messages récents, quelques-uns de Marino, d'autres de Scarpetta. Des messages de Lucy, au moins cinq, lorsque la jeune femme avait compris que Berger se rendait dans la demeure des Starr, sans se rendre compte de ce qui se passait parce qu'il lui manquait des informations cruciales. Lucy n'avait cessé de l'appeler, la terreur l'envahissant, une terreur qu'elle était certaine de ne jamais avoir éprouvée auparavant.

— C'est quoi ton 20 ? répéta Marino, désireux de savoir si toutes allaient bien.

— Je sais pas trop qui est à l'intérieur et on a eu des problèmes radio.

— Vous sortez quand ?

— Dites-lui de pénétrer par la porte du garage. C'est ouvert. Il faut qu'ils gravissent la rampe jusqu'à l'étage supérieur du sous-sol, conseilla Lucy.

Bonnell transmit le message et déclara à Lucy :

— Tout va bien, impliquant par là qu'elle n'allait pas tirer son flingue et commettre un acte aussi stupide que tenter de la descendre.

Lucy baissa le bras, sans pour autant ranger le Glock dans son holster de cheville. Berger et elle avancèrent, et elle lui montra le taxi Checker jaune, la poussière sableuse sur les pneus et sur le sol carrelé. Elles ne touchèrent à rien. Elles n'ouvrirent pas les portières mais regardèrent par les vitres arrière, découvrant le tapis de sol déchiré et en piteux état, le revêtement noir de la banquette en lambeaux et taché, le strapontin relevé. Un manteau traînait par terre. Vert. Ressemblant à une parka. Le témoin, Harvey Fahley, avait déclaré avoir vu un taxi jaune. Harvey n'était pas un passionné de voitures. Il n'y avait pas de grandes chances qu'il remarque que ce taxi-là avait trente ans, ni qu'il portait la signature caractéristique en damier absente des modèles contemporains. Ce qu'une personne normale devait percevoir en passant devant le véhicule, alors que le jour n'était pas levé, était la couleur jaune, la silhouette carrée du châssis General Motors et la lumière de toit, dont Fahley avait précisé qu'elle était éteinte, indiquant que le taxi n'était pas libre.

Lucy livra des bribes d'informations que Scarpetta lui avait transmises par téléphone alors que la jeune femme et Marino fonçaient ici, paniqués à l'idée que quelque chose d'affreux ait pu se produire. Les portables et radios de police de Berger et Bonnell étaient neutralisés par le brouilleur et elles n'avaient aucun moyen d'apprendre que Toni Darien avait couru jusqu'à la demeure des Starr mardi après-midi, qu'elle était sans doute morte dans ce sous-sol et qu'elle n'était peut-être pas l'unique victime. Lucy et Berger discutèrent, tout en cherchant et en épiant l'arrivée de Marino. Lucy répéta qu'elle était désolée jusqu'à ce que Berger exige qu'elle cesse. Toutes deux étaient coupables. Elles avaient gardé pour elles des choses qui auraient dû être dévoilées. Berger admit qu'aucune d'entre elles n'avait été honnête. Elles parvinrent devant les établis, dont deux en plastique, équipés de tiroirs et de poubelles. Des outils et des bouts d'un peu tout les jonchaient, des valves, des ornements de capot, des colliers en chrome, des vis, des têtes de boulon. Des traces de sang ou peut-être de rouille maculaient un levier de boîte de vitesses surmonté par une grosse boule d'acier. Elles ne le touchèrent pas, pas plus que les bobines de fin fil électrique, ni ce qui ressemblait à des petits circuits imprimés que Lucy identifia comme étant des modules enregistreurs, posés à côté d'un grand carnet.

Sa couverture en toile noire était parsemée d'étoiles jaunes. Lucy l'ouvrit du bout de son canon. Un livre de formules magiques, d'incantations, des recettes de potions, de sorts, pour protéger, gagner et porter chance, le tout manuscrit d'une écriture parfaite, en Gotham, aussi précise qu'une police d'ordinateur. De petits sacs en soie dorée étaient aussi abandonnés sur l'établi, certains vidés de la fourrure qu'ils avaient contenue, de longs poils noir et blanc mêlés à du sous-poil. Ce qui évoquait de la fourrure de loup était éparpillé sur les surfaces de travail et le sol, qui avait été nettoyé à larges coups de serpillière, hormis une zone essuyée avec soin, non loin de la Lamborghini Diablo VT orange métallisé. La capote était abaissée et une paire de mitaines en nylon olive aux paumes renforcées de cuir brun-roux traînait sur le siège passager. Lucy imagina Toni Darien en train de pénétrer par l'entrée principale après son jogging jusqu'à la demeure.

Elle imagina la jeune femme à l'aise en compagnie de la personne qui l'avait accueillie, qui la précédait jusqu'au sous-sol dans lequel régnait une température n'excédant pas treize degrés. Sans doute portait-elle son manteau alors qu'on lui faisait visiter le garage, découvrir les voitures. La Lamborghini avait dû particulièrement la séduire. Peut-être s'était-elle glissée derrière le volant en ôtant ses mitaines afin de frôler la fibre de carbone et de rêver. Peut-être tout s'était-il produit lorsqu'elle était sortie de la voiture. Elle avait tourné le dos, s'immobilisant quelques instants. Quelqu'un avait saisi un objet, peut-être la boîte de vitesses, et l'avait frappée avec violence derrière le crâne.

— Et ensuite elle a été violée, résuma Berger.

— Elle ne bougeait plus, mais on la déplaçait, précisa Lucy. Tante Kay affirme que ça a duré plus d'une heure. Elle est enfin morte, et ça a recommencé. Elle a été abandonnée ici, sur ce matelas sans doute, et il est revenu. Ça a continué durant un jour et demi.

— Quand il a commencé à tuer, c'était en compagnie de son frère Jay, dit Berger sans prononcer le nom de Jean-Baptiste. Jay était le beau mec. Il couchait avec les femmes et Jean-Baptiste intervenait, les battant à mort, sans toutefois les violer. Son excitation provenait du meurtre.

— En effet, c'était Jay que le sexe intéressait. Peut-être qu'il s'est trouvé un autre Jay, suggéra Lucy.

— Il faut que nous mettions la main sur Hap Judd au plus vite.

— De quelle façon as-tu convenu d'un rendez-vous avec Bobby ?

Marino, escorté de quatre flics revêtus de la combinaison des brigades d'intervention, apparut en haut de la rampe et ils se dirigèrent vers elles, la main effleurant leur arme.

— Je l'ai appelé sur son portable après la réunion dans les bureaux du FBI, la renseigna Berger.

— Donc il n'était pas à la maison, pas ici. À moins qu'il ait désactivé le brouilleur pour le remettre en marche après votre conversation.

— Il y a un verre à cognac dans la bibliothèque. Ça pourrait prouver qu'il s'agit bien de lui, proposa Berger en évitant à nouveau de prononcer le prénom du dernier héritier Chandonne.

Marino parvint à leur hauteur et Lucy lui demanda :

— Où est Benton ?

— Marty et lui sont partis chercher la Doc.

Son regard inventoriait l'espace, enregistrant tout ce qui se trouvait sur les établis et par terre, scrutant le taxi Checker jaune. Il poursuivit :

— Les techniciens de scène de crime sont en chemin pour tenter de comprendre ce qui a pu se passer dans ce foutu garage. La Doc apporte le renifleur.

CHAPITRE 23

Dans ce que le personnel du bâtiment réservé aux recherches ADN avait coutume d'appeler la « pièce à giclures de sang », Scarpetta plongea un écouvillon dans une bouteille d'hexane. Elle déposa un résidu dans une boîte de Pétri qu'elle avait posée sur le sol en résine époxy et alluma l'analyseur poids plume capable de détecter les restes enterrés et les corps en décomposition, qu'ils avaient baptisé « le Labrador ».

Le e-nez ou renifleur évoquait un chien robot tel qu'aurait pu l'imaginer le créateur des Jetsons. Il s'agissait d'une sorte de tige en S, flanquée d'un haut-parleur de chaque côté qui pouvait figurer les oreilles. Le nez était constitué d'un cribleur en métal comprenant douze capteurs, l'ensemble ressemblant à une gaufre. Il permettait de distinguer différentes signatures chimiques, de la même façon qu'un chien. La batterie était retenue par une sangle que Scarpetta passa à son épaule. Elle se saisit de la tige et promena le nez au-dessus de la boîte de Pétri. La réponse du Labrador ne se fit pas attendre : un diagramme lumineux en bâtons s'afficha sur l'écran de la console de contrôle et un signal sonore retentit, sorte de cascade de notes de harpe, une harmonie distinctive qui désignait l'hexane. L'e-nez était content. Il avait donné l'alerte en reconnaissant un hydrocarbure de la famille des alcanes, un solvant classique, et avait réussi le test. Toutefois l'épreuve qui l'attendait maintenant était bien plus sombre.

Scarpetta était partie d'une hypothèse simple. De toute évidence, Toni Darien avait été assassinée dans la demeure Starr. Restait à savoir où et si d'autres femmes avaient été attirées par la ruse avant elle, ou si Toni était l'unique victime. Si Scarpetta se fondait sur les températures enregistrées par le BioGraph et sur ses propres déductions qui prouvaient que le corps avait été conservé dans un endroit frais et préservé des éléments, elle parvenait à la conclusion que Toni était descendue dans l'un des sous-sols. Où qu'ait été son cadavre, il avait nécessairement abandonné des molécules, des débris. Il avait laissé des odeurs indécelables par le nez humain, mais que le Labrador pourrait peut-être détecter. Scarpetta éteignit l'appareil et le fourra dans son rangement en nylon noir. Elle éteignit également les plafonniers montés sur des rails scellés au plafond, que l'on pouvait déplacer en fonction des besoins. Leur vue lui fit penser à un plateau de télévision, à Carley Crispin. Elle enfila son manteau. Elle sortit du laboratoire et emprunta l'escalier aux rambardes de verre qui menait au hall d'accueil, puis quitta l'immeuble. Il était presque vingt heures. Le jardin qui s'étendait devant le bâtiment, ponctué de bancs de granit, était désert, plongé dans l'obscurité et balayé par le vent.

Elle tourna à droite dans la 1re Avenue et suivit le trottoir. Elle dépassa le Bellevue Hospital Center, se dirigeant vers son bureau, où elle était censée rejoindre Benton. La porte principale de l'immeuble serait verrouillée, elle tourna donc à nouveau à droite dans la 30e. Elle remarqua le flot de lumière qui illuminait une portion de la rue. Il provenait de la porte métallique levée d'une des baies de déchargement. Une fourgonnette blanche y était garée, le moteur tournant, le hayon arrière soulevé. Pourtant elle ne vit personne alentour. Grâce à sa carte, elle ouvrit la porte située en haut de la rampe, pénétrant à nouveau dans l'univers carrelé de blanc et de verdâtre. Une musique lui parvint, du *soft rock*. Filene devait être de service. Ça ne lui ressemblait pourtant pas de laisser la porte de la baie grande ouverte.

Scarpetta dépassa la balance de sol et le bureau de la morgue, sans voir âme qui vive. La chaise qui trônait devant la vitre de plexiglas était tournée sur le côté. La radio de Filene était posée sur le sol et sa veste d'uniforme du personnel de sécurité était suspendue derrière la porte. Scarpetta entendit l'écho d'un pas et un gardien dans son treillis bleu marine apparut, revenant sans doute du vestiaire des hommes et plus probablement des toilettes.

— La porte de la baie de déchargement est ouverte, lui signala-t-elle.

Elle ne connaissait pas son nom, ne se rappelant pas l'avoir déjà vu.

— Une livraison, répondit-il.

Pourtant quelque chose chez lui semblait familier à Scarpetta.

— D'où ?

— Une femme qui s'est fait écraser par un bus dans Harlem.

Il était mince mais musclé. Les veines saillaient sous la peau pâle de ses mains et des mèches de très fins cheveux bruns s'échappaient de sa casquette. Ses yeux étaient dissimulés derrière des lunettes à verres teintés en gris. Son visage était rasé de près et ses dents trop blanches et bien alignées. Peut-être des dentiers, bien qu'il parût trop jeune pour cela. Il semblait agité, excité ou nerveux, et Scarpetta se demanda s'il ne faisait pas partie de ces gens qui se sentent très mal à l'aise au soir tombé dans une morgue. Un intérimaire ? L'économie avait empiré, et avec elle le problème du recrutement. En raison des coupes budgétaires, il devenait plus logique d'employer des gens à temps partiel, des intérimaires, d'autant que pas mal de membres du personnel régulier étaient alités avec la grippe. Des bribes de pensées se télescopèrent dans son esprit, pendant que son cœur s'emballait et qu'une onde électrisait son cuir chevelu. Sa bouche se dessécha. Elle pivota, tentant de fuir, mais il l'attrapa par le bras. Les sacs de nylon qu'elle portait à l'épaule glissèrent alors qu'elle se débattait, et il la tira avec une force herculéenne en direction de la baie ouverte, de la fourgonnette blanche dont le hayon était relevé et le moteur tournait.

Des sons inintelligibles sortirent de la gorge de Scarpetta, des sons de panique viscérale alors qu'elle tentait de se défaire de son étreinte, de se dépêtrer des sacs et de leurs brides d'épaule, lui donnant des coups de pied et tirant pendant qu'il ouvrait la porte du haut de la rampe qui lui avait livré passage quelques instants auparavant. Le panneau heurta à plusieurs reprises le mur avec une telle force qu'on eût cru un marteau-piqueur attaquant un bloc de ciment. Le grand sac du Labrador se retrouva pris dans le chambranle de la porte. Sur le moment, elle songea que c'était la raison pour laquelle il la lâchait. Il s'écroula à ses pieds. Une petite mare de sang se forma avant de s'écouler en épousant la pente de la rampe d'accès. Benton apparut de derrière la camionnette, une carabine à la main, visant toujours le corps inerte au sol, dont Scarpetta s'écarta.

Le sang coulait à profusion de la plaie de son front et la balle était ressortie à l'arrière du crâne. Une traînée de sang maculait l'encadrement de la porte, à quelques centimètres d'où elle s'était tenue. Son visage et son cou lui parurent frais et humides, et elle essuya le sang et la matière cérébrale qui avaient giclé sur sa peau. Elle laissa tomber ses sacs sur le sol carrelé au moment où une femme déboulait dans la baie, tenant son pistolet à deux mains, la gueule du canon pointée. Le canon s'abaissa au fur et à mesure qu'elle se rapprochait.

— Il est neutralisé, lança la femme.

Scarpetta songea soudain que, peut-être, quelqu'un d'autre avait été abattu.

— Les renforts arrivent, annonça la femme.

— Assurez-vous que l'extérieur est dégagé, lui enjoignit Benton en enjambant le corps et la mare de sang. Je vérifie à l'intérieur. (Son regard scrutant chaque recoin, il demanda à Scarpetta :) Quelqu'un d'autre est dans les lieux ? Sais-tu si quelqu'un se trouve à l'intérieur ?

— Mais comment est-ce possible ?

— Reste à mes côtés.

Benton la devança, surveillant les couloirs, vérifiant le bureau de la morgue, ouvrant d'un coup de pied les portes qui menaient au vestiaire des hommes et à celui des femmes, ne cessant de lui demander si elle tenait le coup. Il lui expliqua qu'ils avaient retrouvé des vêtements et des casquettes identiques à ceux que portaient les employés de sécurité de l'institut médico-légal dans une pièce du sous-sol de la demeure Starr. Un autre pan de leur plan. Il répéta qu'une partie de ce plan consistait à s'introduire ici, pour elle. Peut-être le fait que Berger s'était rapproché de *lui* l'avait-*il* poussé à passer à l'action. *Il* avait toujours su où se trouvait tout le monde. Benton ressassait les mêmes phrases, ne le désignait que par *lui*, insistant pour savoir si elle était blessée, si elle allait bien.

Marino avait appelé Benton dès qu'ils avaient découvert les vêtements. Il s'inquiétait de leur probable utilisation. Lorsque Lanier et Benton étaient arrivés à l'institut médico-légal, qu'ils avaient vu la porte ouverte de la baie de déchargement, ils s'étaient préparés à l'attaque. Ils se tenaient alors dans la 30e Rue. Hap Judd s'était soudain matérialisé dans la nuit sombre. Il s'était avancé vers la baie et avait grimpé dans la fourgonnette. Dès qu'il les avait aperçus, il avait tenté de fuir, et Lanier s'était lancée à sa poursuite au moment même où Jean-Baptiste Chandonne tentait de tirer Scarpetta jusqu'à la porte du haut de la rampe. Benton longea le couloir carrelé de blanc, vérifia l'antichambre, puis la grande salle d'autopsie. Hap Judd était armé, il était mort, résuma-t-il. Bobby Fuller, dont Benton était certain qu'il s'agissait de Jean-Baptiste Chandonne, était lui aussi mort. Au bout du couloir, après l'ascenseur qui permettait de monter les corps pour que les familles puissent les voir, des gouttes de sang constellaient le sol. Les gouttes se transformaient peu à peu en traînées. Une porte ouvrait sur la cage d'escalier. Filene gisait sur le palier. Un marteau couvert de sang avait été abandonné à côté d'elle, un des marteaux qui servaient à clouer les cercueils en pin. Elle avait de toute évidence été tirée jusque-là. Scarpetta s'accroupit et appuya ses doigts sur son cou.

— Appelle une ambulance ! lança-t-elle à Benton.

Elle palpa la blessure à l'arrière du crâne, du côté droit. La zone était enflée, visqueuse et sanglante. Elle ouvrit les paupières de Filene afin de s'assurer de l'état des pupilles. La droite était dilatée et figée. La respiration de l'agent de sécurité était laborieuse, son rythme cardiaque très rapide et irrégulier, et Scarpetta redoutait que le tronc cérébral soit comprimé.

— Je dois rester ici, continua-t-elle pendant qu'il téléphonait aux secours. Elle peut se mettre à vomir ou avoir une attaque. Je dois dégager ses voies respiratoires. Je suis là, murmura-t-elle à Filene. Tout va bien se passer, vous allez vous en sortir. Les secours sont en chemin.

SIX JOURS PLUS TARD

Des chaises et des bancs avaient été tirés et installés non loin du distributeur de sodas et du coffre-fort réservé aux armes dans la petite pièce du Two Truck transformée en mémorial. La place manquait dans la cuisine. Scarpetta avait apporté beaucoup trop à manger.

Des *pappardelle* aux œufs et aux épinards, des macaronis, des *penne* et des spaghettis débordaient de grands saladiers posés sur la table, et des marmites de soupe réchauffaient sur la cuisinière, une sauce à la viande avec des champignons *porcini*, une bolognaise et une autre au jambon de Parme. Une simple sauce aux tomates pour Marino qui adorait en inonder ses lasagnes et, ainsi qu'il l'avait spécifié, une ration supplémentaire de viande et de *ricotta*. Benton avait choisi des côtes de veau à la sauce *marsala* et Lucy commandé son plat favori : une salade au fenouil. Quant à Berger, elle se contenterait de poulet au citron. L'air était saturé des effluves puissants d'ail, de champignons et de parmesan. Le lieutenant Lobo s'affolait à propos de l'écoulement de la foule.

— Attendez, toutes les forces de l'ordre du coin vont débouler, dit-il en vérifiant la cuisson du pain. Peut-être même tous ceux d'Harlem. On dirait que c'est prêt.

— Ça doit sonner creux lorsque vous tapez dessus, le renseigna Scarpetta en s'essuyant les mains à son tablier.

Elle jeta un coup d'œil, une vague odorante et chaude s'élevant du four.

— Ça m'a l'air creux, déclara Lobo en léchant le doigt avec lequel il avait sondé le pain.

Marino entra dans la cuisine, suivi de Mac le boxer et du bouledogue de Lucy, Jet Ranger, leurs griffes glissant sur le carrelage. Il lança :

— Il vérifie les bombes pareil ! Il les tapote et si ça pète pas, il peut rentrer chez lui de bonne heure, une bonne journée. On peut leur donner un petit quelque chose ? demanda-t-il en parlant des chiens.

— Non ! cria Lucy depuis la pièce du mémorial. Pas de nourriture pour humains.

De l'autre côté de l'embrasure de la porte, Berger et elle arrangeaient des guirlandes lumineuses blanches au-dessus de la vitrine qui renfermait les effets personnels de Joe Vigiano, John D'Allara et Mike Curtin, les officiers du Two Truck morts le 11 Septembre. Leurs lambeaux d'équipement retrouvés dans les ruines avaient été exposés sur des étagères, un assortiment de menottes, de clés, d'holsters, de pinces coupantes à fils électriques, de torches lumineuses, d'anneaux, de bagues de serrage pour leurs harnais, fondus, tordus. Une portion de poutre métallique provenant du World Trade Center avait été déposée par terre. Des photos des trois hommes et d'autres membres du Two Truck morts en service étaient exposées sur les murs lambrissés d'érable. Un drapeau américain en patchwork, réalisé par une école primaire, avait été planté au-dessus de la corbeille de Mac. Des chants de Noël se mêlaient aux échanges radio de policiers et Scarpetta perçut l'écho d'un pas dans l'escalier.

Benton, accompagné de Bonnell, était parti afin de rapporter le reste des plats, une mousse chocolat-pistache givrée, un biscuit sans beurre, des saucisses sèches, sans oublier les fromages. Scarpetta avait eu la main lourde sur les *antipasti* parce que ça se conserverait bien et que les flics n'appréciaient rien tant que les restes lorsqu'ils se retrouvaient de garde dans leurs quartiers, bricolant leurs véhicules, attendant un appel d'urgence. C'était le jour de Noël, dans le milieu de l'après-midi, des averses de neige en rafales avaient encore rafraîchi l'atmosphère. Lobo et Ann

Droiden étaient arrivés du sixième commissariat, tous se rassemblant au Two Truck parce que Scarpetta avait décidé qu'elle voulait passer ce dîner de fête en compagnie des gens qui l'avaient le plus aidée dernièrement.

Benton apparut dans l'embrasure de la porte, les joues rosies par le froid, agrippant une boîte.

— L. A. tente toujours de se garer, annonça-t-il. Même les flics ne trouvent pas de place dans ce coin. Où veux-tu que je pose ça ?

Il pénétra dans la cuisine, cherchant un endroit du regard, mais pas un centimètre carré de libre ne restait sur le comptoir ou la table.

Scarpetta poussa quelques saladiers.

— Là ! La mousse, dans le freezer pour l'instant. Ah, je vois que tu as pensé au vin. On peut boire un peu de vin ici ? lança-t-elle à la cantonade, espérant une réponse de la salle du mémorial où se trouvaient Lobo et Droiden, ainsi que Berger et Lucy.

— Seulement si c'est fermé par une capsule à vis et que ça sort d'un pack, lança Lobo.

— Si la bouteille coûte plus de cinq dollars, c'est de la contrebande, plaisanta à son tour Droiden.

— Qui est de permanence ? s'enquit Lucy. Pas moi, ni Jaime. Je crois que Mac a envie de faire ses besoins.

— Il a encore des gaz ? s'enquit Lobo.

Le boxer bringé était vieux, bourré d'arthrose, tout comme Jet Ranger, deux rescapés. Scarpetta trouva le paquet de gourmandises qu'elle avait préparées pour eux, un cookie sain au beurre de cacahuètes et à la farine d'épeautre. Elle siffla, les chiens rappliquèrent, à petite vitesse bien que n'ayant rien perdu de leur enthousiasme. Elle ordonna « Assis ! » et les récompensa.

Elle retira son tablier et lança à Benton :

— Si seulement ça pouvait être aussi simple avec les humains ! Viens. Mac a besoin d'un peu d'exercice.

Benton récupéra la laisse et ils passèrent leurs manteaux. Scarpetta fourra une poignée de sacs en plastique dans sa poche. Ils descendirent l'escalier de bois aux marches éraflées et traversèrent l'immense garage bourré comme un œuf de camions d'urgence et d'équipements en tout genre, au point qu'on progressait avec difficulté. Ils sortirent par une porte latérale. Ils rejoignirent le petit square situé de l'autre côté de 10e Avenue, non loin de l'église Saint Mary, parce que l'herbe rase et gelée était tout de même plus encourageante pour un chien qu'un vulgaire trottoir.

Benton sourit.

— Rapport intermédiaire : tu as préparé assez à manger pour deux jours.

— Je sais.

Mac commença à renifler tous azimuts, le tirant vers un arbre dénudé, puis vers un buisson.

— Je ne veux pas qu'on aborde ça là-bas. Ils vont en discuter toute la nuit. Je pense qu'il faut laisser faire et, ensuite, se débrouiller pour rentrer à la maison. Il faut qu'on se retrouve un peu seuls. Nous n'avons pas été ensemble, tous seuls, depuis une semaine.

Ils n'avaient pas non plus beaucoup dormi. La fouille du sous-sol de la demeure Starr avait nécessité plusieurs jours, parce que le nez électronique, le Labrador, s'était autant obstiné que le faisait Mac à cet instant précis, menant Scarpetta de place en place, l'alertant dès qu'il découvrait des traces de sang en décomposition. À un moment, elle avait craint de trouver une multitude de cadavres dissimulés dans les deux niveaux du garage creusé sous la maison, où Rupe Starr avait conservé et bichonné ses voitures. Tel n'avait pas été le cas. Seul le corps d'Hannah avait été mis au jour au fond de la fosse de réparation, sous la couche irrégulière de ciment. La cause de la mort était identique à celle de Toni Darien, à ceci prêt que les blessures d'Hannah étaient pires, « passionnées » en quelque sorte. Elle avait été frappée à la tête et au visage à seize reprises, possiblement avec l'arme utilisée contre Toni, la boîte de vitesses avec une grosse boule d'acier de la taille et de la forme d'une boule de billard.

La boîte de vitesses provenait d'une voiture construite par un amateur, une Spyker. Lucy précisa que Rupe l'avait restaurée et vendue cinq ans plus tôt. L'ADN que l'on avait découvert dessus appartenait à des sources multiples, dont trois avaient été identifiées sans doute possible : Hannah, Toni et l'individu qui selon Scarpetta les avait battues à mort : Jean-Baptiste Chandonne, alias

Bobby Fuller, un businessman américain aussi fictif que tous les autres pseudonymes de Chandonne. Scarpetta n'avait pas réalisé son autopsie mais avait tenu à y assister, certaine que cela se révélerait aussi important pour son avenir que pour son passé. Le Dr Edison s'était chargé du cas et l'examen avait été identique à tous ceux accomplis par l'institut médico-légal de New York. Elle n'avait pu s'empêcher de penser que cette similarité aurait terriblement déçu Jean-Baptiste Chandonne.

Il était comme n'importe qui, juste un nouveau cadavre sur une table, si ce n'est qu'il portait bien plus de traces de chirurgie reconstructrice et cosmétique que les autres, sans compter diverses améliorations en institut. Les opérations cosmétiques qu'il avait subies avaient dû prendre des années et impliquaient de longues convalescences, sans doute très douloureuses. Scarpetta préférait ne pas imaginer la douleur causée par une épilation laser intégrale et la pose d'une couronne à chaque dent. Mais peut-être était-il satisfait du résultat. Elle avait eu beau l'étudier sous toutes les coutures à la morgue, elle n'avait trouvé que peu de traces de ses difformités, juste les cicatrices chirurgicales qui étaient apparues lorsqu'on lui avait rasé le crâne autour des plaies d'entrée et de sortie causées par le projectile neuf millimètres tiré par Benton.

Jean-Baptiste Chandonne était mort et Scarpetta savait qu'il s'agissait bien de lui. L'ADN ne mentait pas et elle pouvait se rassurer : jamais plus il ne serait allongé sur un banc de parc, ni dans sa morgue, ni dans une demeure – nulle part. Hap Judd était mort. Il avait été l'auteur d'une remarquable mise en scène afin de dissimuler ses prédilections paraphiles et ses crimes. Pourtant il avait laissé derrière lui une piste ADN très révélatrice : sur la montre BioGraph que Toni portait puisqu'elle avait intégré une prétendue recherche Caligula financée par Chandonne, à laquelle son père, un gangster diplômé du MIT, l'avait persuadée de participer ; dans le vagin de la jeune femme, car les gants en latex ne sont pas aussi infaillibles que les préservatifs pour ce genre d'utilisation ; sur l'écharpe rouge enroulée autour du cou de Toni ; sur les feuilles de papier essuie-tout collectées par Marino dans la poubelle de la jeune femme, qu'Hap avait sans doute utilisées en pensant enlever toute trace de son passage dans l'appartement de la victime ; sur deux livres de poche relatant d'authentiques enquêtes criminelles, livres retrouvés dans un tiroir de sa table de chevet. Selon leur théorie actuelle, Judd avait joué le rôle de Toni Darien au profit de la caméra de surveillance de son immeuble. Son dernier rôle.

Il avait endossé la parka de Toni et mis une paire de chaussures de course identiques aux siennes. Toutefois il avait commis une erreur au sujet des gants : Toni avait opté pour des mitaines roux-brun et olive, celles qu'elle avait laissées sur le siège avant de la Lamborghini. On avait retrouvé un contact de doigt sans fil, faisant partie d'un d'oxymètre, au fond de l'une d'entre elles. Hap avait pénétré dans l'immeuble de Toni grâce aux clés qu'il avait trouvées sur son cadavre pour les replacer ensuite. Scarpetta ne saurait jamais ce qui était passé par l'esprit de l'acteur. Mais elle soupçonnait une combinaison de mobiles. Il voulait éliminer toute preuve pouvant le lier à Toni. Or il en existait une multitude sur le téléphone et l'ordinateur portable de la jeune femme qui avaient été découverts dans l'appartement de Judd à TriBeCa, en plus des chargeurs qui suggéraient qu'elle avait passé un peu de temps avec lui, grâce à son portefeuille, sans oublier d'autres objets. Elle lui avait envoyé des centaines de textos et il lui avait adressé par *mails* certains de ses scénarios pour le moins dérangeants. Elle les avait conservés sur son disque dur. Dans ses textos, il insistait lourdement sur le fait que leur relation devait rester un secret en raison de sa célébrité. Scarpetta doutait que Toni ait jamais soupçonné que les fantasmes sexuels de son petit ami soient aussi saugrenus que ce qu'il écrivait ou aimait lire.

Les individus qui pouvaient en dire long sur les Chandonne, leur réseau et tout ce qui avait pu se produire continuaient à être appréhendés par le FBI. Dodie Hodge et un Marine déserteur du nom de Jerome Wild se retrouveraient bientôt sur la liste des personnes les plus recherchées. Carley Crispin, dont les empreintes digitales avaient été identifiées sur le BlackBerry de Scarpetta, venait de s'offrir les services d'un avocat célèbre et n'avait plus d'émission, n'en aurait sans doute plus jamais, du moins sur CNN. Les employées de maison, Rosie et Nastya, étaient interrogées, et la rumeur courait que le corps de Rupe Starr serait exhumé. Scarpetta espérait que tel ne serait pas le cas. Selon elle, cela n'apporterait rien, si ce n'est une autre nouvelle sensationnelle dont s'empareraient les médias. Benton disait que la liste des délinquants et criminels recrutés par Chandonne était longue. Il faudrait du temps avant que l'on détermine qui était réel – tel Freddie Maestro – et qui n'était qu'une autre enveloppe de Jean-Baptiste, le fameux philanthrope M. Lecoq par exemple.

— Quel gentil garçon tu es !

Scarpetta se répandit en louages, remerciant avec effusion Mac pour son dépôt.

Elle ramassa la chose à l'aide d'un sac en plastique, et Benton et elle rebroussèrent chemin le long de la 10e Avenue. La lumière de l'après-midi expirait lentement. De petits flocons de neige tombaient. Ils ne persistaient pas, mais, du moins, étaient-ils vraiment blancs. Benton déclara qu'après tout c'était Noël et qu'il s'agissait d'un signe.

— Un signe de quoi ? demanda-t-elle. Que nos péchés seront lavés ? Et tu peux prendre ma main. Celle-ci, pas l'autre.

Elle lui tendit la main qui ne portait pas le petit sac en plastique et il enfonça le bouton de sonnette du Two Truck.

— Si nos péchés étaient lavés, que resterait-il ?

— Rien d'intéressant, admit-elle comme la porte se déverrouillait. D'ailleurs j'entends bien commettre autant de péchés que possible dès que nous serons rentrés chez nous. Il s'agit d'une mise en garde, super-agent Wesley.

Tous se bousculaient dans la cuisine située à l'étage. Benton débouchait les bouteilles de vin et servait un agréable chianti dans des verres en plastique pour ceux qui pouvaient en boire. Marino ouvrit la porte du réfrigérateur et en tira des sodas pour Lobo et Droiden, et une bière sans alcool pour lui. Bonnell venait d'arriver et tous décidèrent que le moment idéal pour porter un toast était arrivé. Ils passèrent dans la pièce du mémorial et Scarpetta les rejoignit, portant une corbeille de pain frais.

— Une tradition familiale que j'aimerais vous faire partager, si vous me le permettez, expliqua-t-elle. Le pain du souvenir. Ma mère le préparait lorsque j'étais enfant. Il porte ce nom parce que lorsque vous en mangez un morceau, vous devez vous souvenir de quelque chose d'important. Un événement survenu dans votre enfance ou n'importe quand, n'importe où. J'ai donc pensé qu'on pourrait porter un toast et partager le pain pour nous souvenir de ce que nous avons traversé, de qui nous fûmes parce que c'est également qui nous sommes.

— Vous êtes sûre qu'on peut faire ça ici ? s'inquiéta Bonnell. Je ne voudrais pas me montrer irrespectueuse.

— Ces gars ? lança Lobo en faisant allusion à ses camarades morts en service dont les effets personnels n'avaient plus l'air aussi tristes et abandonnés dans la lueur des guirlandes lumineuses. Ils seraient les premiers à être de la partie. Je suis presque tenté de leur préparer une assiette. Je me souviens que John adorait les animaux. (Lobo regarda la photographie de D'Allara pendant que Marino caressait Mac.) On a toujours sa pince à serpent dans son vestiaire.

— Je ne crois pas avoir jamais vu de serpent à Manhattan, intervint Berger.

— Juste tous les jours, plaisanta Lucy. On gagne notre vie grâce aux serpents.

— Les gens les lâchent dans le parc, précisa Droiden. Des pythons de compagnie, un jour les propriétaires n'en veulent plus. Une fois, on a même eu un alligator. Et qui on appelle dans ces cas-là ?

Un chœur de voix s'éleva :

— Nous !

Scarpetta fit circuler la corbeille de pain. Chacun en prit un morceau et le dégusta pendant qu'elle expliquait le secret de fabrication du pain du souvenir. On pouvait y ajouter ce qu'on voulait : des graines de céréales moulues grossièrement, des restes de pommes de terre ou même de fromage et des herbes aromatiques, parce que les gens vivraient bien mieux s'ils faisaient attention à ce qu'ils ont et s'ils ne le gâchaient pas. Les souvenirs sont un peu à l'image de ce que l'on trouve dans les cuisines, poursuivit-elle, tous ces restes, ces bouts de tout et de rien qu'on découvre dans les tiroirs ou au fond des placards, dont on se demande ce qu'ils font là et s'ils sont toujours consommables, mais qui, en réalité, peuvent améliorer ce qu'on est en train de préparer.

Elle leva son verre et lança :

— Aux amis !

REMERCIEMENTS

Des remerciements tout particuliers aux personnes suivantes pour leurs conseils techniques :

— Dr Staci Gruber, directrice, laboratoire de neuro-imagerie cognitive, hôpital McLean, professeur assistant de psychiatrie à l'Harvard Medical School.

— Barbara A. Butcher, directrice du personnel et directrice des investigations médico-légales, bureaux du médecin expert en chef de New York.

— Paul J. Browne, préfet de police adjoint, département de police de New York.

— Nicholas Petraco, responsable technique en criminalistique, division d'investigation médico-légale du département de police de New York.

— Lieutenant-commandant Mark Torre, commandant de la brigade de déminage, département de police de New York.

— Dr Louis Schlesinger, professeur de psychologie médico-légale, John Jay College de justice pénale.

— Dr Marcella Fierro, ancien médecin expert en chef de Virginie.

— Lisa Friel, assistante du procureur général du comté de New York, directrice de l'unité chargée des crimes sexuels.

— Révérende Lori Bruno, médium-voyante, The Hex (Le Sort) : Old World Witchery, Salem, Massachusetts.

Du même auteur

Postmortem
Éditions des Deux Terres, (nouvelle traduction), 2004
Le Livre de Poche, 2005

Mémoires mortes
Éditions des Deux Terres, (nouvelle traduction), 2004
Le Livre de Poche, 2005

Et il ne restera que poussière
Éditions des Deux Terres, (nouvelle traduction), 2005
Le Livre de Poche, 2006

Une peine d'exception
Éditions des Deux Terres, (nouvelle traduction), 2005
Le Livre de Poche, 2006

La Séquence des corps
Éditions des Deux Terres (nouvelle traduction), 2006
Le Livre de Poche, 2007

Une mort sans nom
Éditions des Deux Terres, (nouvelle traduction), 2006
Le Livre de Poche, 2007

Morts en eaux troubles
Calmann-Lévy, 1997
Le Livre de Poche, 1998

Mordoc
Calmann-Lévy, 1998
Le Livre de Poche, 1999

La Ville des frelons
Calmann-Lévy, 1998
Le Livre de Poche, 1999

Combustion
Calmann-Lévy, 1999
Le Livre de Poche, 2000

La Griffe du Sud
Calmann-Lévy, 1999
Le Livre de Poche, 2000

Cadavre X
Calmann-Lévy, 2000
Le Livre de Poche, 2001

Dossier Benton
Calmann-Lévy, 2001
Le Livre de Poche, 2002

L'Île des chiens
Calmann-Lévy, 2002
Le Livre de Poche, 2003

Jack l'Éventreur
Éditions des Deux Terres, 2003
Le Livre de Poche, 2004

Baton Rouge
Calmann-Lévy, 2004
Le Livre de Poche, 2005

Signe suspect
Éditions des Deux Terres, 2005
Le Livre de Poche, 2006

Sans raison
Éditions des Deux Terres, 2006
Le Livre de Poche, 2008

Tolérance zéro
Éditions des Deux Terres, 2007
Le Livre de Poche, 2009

Registre des morts
Éditions des Deux Terres, 2008
Le Livre de Poche, 2009

Scarpetta
Éditions des Deux Terres, 2009
Le Livre de Poche, 2010

Trompe-l'œil
Éditions des Deux Terres, 2009

Dans la même collection

Jodi Compton
La 37e Heure

Patricia Cornwell
Jack l'Éventreur
Signe suspect
Sans raison
Tolérance zéro
Registre des morts
Scarpetta
Trompe-l'œil

Jeffery Deaver
Le Rectificateur
La Carte du pendu
Clair de lune
La Belle Endormie

Jilliane Hoffman
Justice imminente
Ultime témoin

Alexander McCall Smith
Le Club des philosophes amateurs
Amis, amants, chocolat
Une question d'attitude

Ruth Rendell

Rottweiler

La 13e Marche

Deux Doigts de mensonge

Et l'eau devint sang

Tu accoucheras dans la douleur

On ne peut pas tout avoir

Jô Soares

Meurtres à l'académie

Composition : Nord Compo
achevé d'imprimer sur Roto-Page
par l'Imprimerie Floch à Mayenne
Dépôt légal : mars 2010.
N° d'imprimeur : 75898.
Imprimé en France